番外/

钟情一生

Zhong Qing Yi Sheng

今年C市的冬季格外寒冷。

时念之收起雨伞，随手拂掉浮在白毛呢大衣袖上的几颗晶莹水珠，轻车熟路地来到一间病房前。

她推开门，抬眸便看见穿着病号服的老人坐在床上，凝视着窗外明亮的天。

“奶奶。”时念之慢慢靠近，脚步声极轻。

老人缓缓回头，开口唤人：“夏夏？”

时念之微笑着摇头：“奶奶，我是念之。”

老人口中的“夏夏”是她母亲的名字，她现在的模样跟母亲年轻时有几分相似，不过年龄差摆在那里，认错另有原因。

奶奶在72岁那年患上阿尔茨海默症，记忆力开始下降，这几年时而清醒时而糊涂，认知功能减退，病情愈发严重。

并发症已经严重影响老人的身体，几个月前医院下过病危通知书，但奶奶奇迹般挺过来了。

她曾说最喜欢夏天，要将最美好的记忆留存在这个季节。

在家人的精心照料下，奶奶平安地度过了夏秋两季。

秋叶凋零，枯枝残败，凛冬将至。

在奶奶即将走到生命尽头时，爷爷提出替奶奶办理出院手续，带她回家。

时念之感到困惑，医院有最先进的抢救设施，在这关键时刻为什么要出院？爷爷分明是最不舍得奶奶离开的人。

刚开始时念之不解，直到出院那日，她亲眼看见奶奶脸上流露出向往的神情。

爷爷是最懂奶奶的人，一直都是。

回到熟悉温暖的家中，奶奶心情很好，不需言明都能感受得到。

有时候她喜欢黏在爷爷身边，有时候会一个人坐在窗前发呆。

默默守候的爷爷偶尔会发出叹气声：“其实你奶奶最不喜欢医院，可我还是自私地让她住了那么久。”

绝对偏爱

江萝萝 著

上册

长江出版社
CHANGJIANGPRESS

图书在版编目（CIP）数据

绝对偏宠 / 江萝萝著.—武汉：长江出版社，
2022.7
ISBN 978-7-5492-8390-3

Ⅰ.①绝… Ⅱ.①江… Ⅲ.①言情小说—中国—当代 Ⅳ.①I247.5

中国版本图书馆CIP数据核字（2022）第107666号

绝对偏宠 / 江萝萝 著

出　　版 长江出版社
（武汉市解放大道1863号）
选题策划 奔跑的小狐狸制作组
市场发行 长江出版社发行部
网　　址 http://www.cjpress.com.cn
责任编辑 钟一丹
特约编辑 酒　酒
印　　刷 大厂回族自治县德诚印务有限公司
版　　次 2022年7月第1版
印　　次 2024年5月第2次印刷
开　　本 880mm × 1230mm　1/32
印　　张 16
字　　数 530千字
书　　号 ISBN 978-7-5492-8390-3
定　　价 65.00元

目录

上册

目录

下册

第一章

给你买糖

九月暑热，燥热的空气烧得人心里越发难以平静。

天色渐暗，白日金灿灿的阳光被夜幕遮盖了，窗外的灯陆续被人点亮，千丝万缕的光芒汇聚在一起，照耀着整片漆黑的夜空。

穿着天蓝色短裙的少女从出租车上走下来，皮质柔软的珠光高跟凉鞋踩在地面上，露在外面的脚背在灯光的照耀下泛起一层莹白的光。

虞稚一把手机当作镜子，看看头顶蓬松的丸子头，轻扯蓝裙的轻纱飞袖整理仪容，然后握紧套在手腕上的无声的铃铛。

还有四小时零八分钟，就是她最喜欢的人——时奕——十八岁的生日。

而她，准备告白。

前方霓虹闪烁的 KTV 店名吸引了她的视线，虞稚一局促地往前迈出一步，又瞬间收回了脚。

她紧张地拨弄塞在右耳的耳机跟人对话，声音轻得发软："尔尔，我有点害怕……"

"怕什么？你们都认识多少年了？别怕，直接上。"

"可是……这次我真的……"虞稚一犹豫不决地道。

一个小时前，她的好友姜觅尔告诉她，碰巧在 KTV 遇到时奕，见他跟朋友一起进了包间，手里还提着蛋糕。

过了今晚十二点，就是时奕的十八岁成年日，这么重要的生日，他提前跟朋友庆祝，却没叫上她一起？

这是他们认识以来，从未发生过的事。

“里面可热闹了，这是你竹马过生日，你来了就是惊喜。”姜觅尔以校友之名混入其中打听情报，还趁机蹭了块儿蛋糕，躲在角落跟她虞稚一汇报最新情况。

她低头盯着拎在手中的礼盒袋，不安地握紧礼袋提手，说：“这次不一样嘛……”

别人是大大方方地祝贺生日快乐，而她是小心翼翼地想跟喜欢的人告白。

礼袋口微微被撑开，放在底下的纯黑色方形礼盒隐约可见，这是她为时奕准备了三个月的成年礼。然而只有她自己知道，礼盒里面还夹着一张表露少女心迹的红色爱心卡片。

姜觅尔突然惊呼道：“不得了，我刚才发现其中有个妹子一直盯着时奕，她还唱那种甜甜的恋爱歌曲，我估计她对时奕有想法。”

醋，是个好东西。

“啊啊啊——不行，不可以！”被刺激的虞稚一感觉脑子里有什么砰的一声炸开了，等她回过神来，人已经到了五二六包间的门口。

女孩儿一只手贴着门边，另一只拎着礼物袋的手不断发颤。她竖起耳朵，忽然听见里面的歌曲变了音调。

旋律一出，她很快确认出那是一首情歌的前奏。

“这首歌我想邀请在场的一位男生跟我一起唱。”一阵好听的女声通过话筒传出来，接着响起男声起哄：“今天是时奕的生日，时奕上呗。”

女孩儿笑着说：“好啊，那我想邀请时奕跟我一起……”

“不可以！”

虞稚一再也忍不住了，径直推开门，入眼的第一人便是那坐在沙发边缘的少年。

他那双惹眼的大长腿自然地伸出来，修长的手臂倚靠扶手，自然弯曲的五指撑着侧脸，整个人用这样一副慵懒的姿态坐在沙发上。

包间内所有人都被突然闯进的女孩儿所吸引，纷纷扭头望去。

少年也看向她，浓黑的睫毛扫过下眼睑，一双多情魅惑的桃花眼仿佛天生带电。

虞稚一刚出生时瘦巴巴的，连哭声都没有，直到护士抱着她往她屁股上拍了两下，她才张嘴哭起来，声音却很弱，不像健康小孩儿。

虞母阮晴的母乳不足，加上当时生活不够宽裕，买不起奶粉，孩子连吃喝都成问题。

周围的亲戚邻居都在议论，这孩子恐怕养不好，说难听一点儿，就是容易夭折。

此类话听得多了，阮晴的内心也十分焦灼。

与之相反的是院子对面那户姓时的人家。

时家生活富足，虽然跟他们的院子相邻，但房子的价值完全不同。

他们这一个院子里住着好几户人家，房子就是普普通通的两层楼，装修更是朴素一般。而时家拥有独栋楼房，三层都打了水泥地嵌瓷砖，房屋四周宽阔，采光极好。

时家三个月前添了一个大胖小子，出生的时候白白胖胖，养了没多久模样就长好了，旁人见了喜爱得很。

小稚一吃不饱，白天晚上不分时间地哭闹，吵得邻居都来敲门。阮晴被逼得没办法，抱着瘦弱的女儿厚着脸皮来到了时家门前。

时家女主人宁素雅刚做母亲，看不得孩子受苦，第一次见到小稚一就心疼得不得了。

感性的女人小心翼翼地把奶娃娃抱进怀中，一双眼睛透满怜惜："都是当母亲的，我便悄悄跟你说了，分给她吃些，应该是够的。"

宁素雅在月子里被养得很好，经常会胀奶，也是件麻烦事儿。如今阮晴送来一个缺粮食的奶娃娃，算是帮她解决了一个小麻烦。

阮晴连连拜谢，对宁素雅感激不已。

小稚一的温饱问题得到解决，身体逐渐长了起来。

时光飞逝，两个相差不大的孩子在同一环境中成长。

小时奕八个月大的时候喜欢在沙发上爬，比他小三个月的小稚一连坐都坐不稳。

小时奕十个月大的时候开始模仿大人发音，而此时，七个月大的小稚一还只会咿咿呀呀。

两岁的时奕能够很好地吸收外界的知识，新的词语基本给他讲一遍他就能记住，并且他还能重复出来。

而小稚一发育迟缓，还不会开口说话，只是嘴里偶尔蹦出几声“咯咯、姨姨、妈妈”，连爸爸都还不会喊。

后来他们才知道，小稚一第一声喊出来的不是“咯咯”，而是“哥哥”。

时奕满三岁生日那天，时爸爸买了一个蛋糕拎回家，分给两个小家伙。

还没开饭，时奕就迫不及待地把蛋糕拆开，催促爸爸点亮生日蜡烛，他还着急许愿呢！

三根细长的蜡烛冒出橙红的火焰，小稚一被漂亮的火花吸引，突然就伸手去抓，被烫得哇哇大哭。

为了哄她，时爸爸把蛋糕上最好吃的奶油放到她的碗里，小稚一却一口没动，眼巴巴地瞅着蛋糕边缘那圈鲜嫩欲滴的草莓。

“妹妹喜欢吃草莓。”时奕恍然大悟，拿叉子戳起半块爱心形状的草莓，直接递到她嘴边。

小稚一果然喜欢，咬住叉子不松口。

“这是我的叉子。”早慧的时奕试图跟她讲道理，然而小稚一无动于衷，黑葡萄似的双眼眨巴了两下。

就在时爸爸和时妈妈准备重新给儿子换叉子的时候，只见三岁的时奕耐心地把手里这半块草莓让妹妹吃完，有样学样地像大人一样抬手摸了摸小稚一的脑袋，用一副无奈却又必须得宠着的语气说：“真是拿你没办法。”

时爸爸和时妈妈对视一眼，忍俊不禁。

忙于工作的虞家父母每天白天就将小稚一托付给时家，宁素雅从不觉得麻烦，因为小稚一基本都乖乖坐在那里，只要吃饱了就不哭不闹。

小稚一平时不好动，跟那个喜欢踩着沙发往墙上爬的儿子形成了两个极端。

看看乖乖的女娃，再看满地爬的麻烦制造机，饶是脾气极好的宁素雅都被儿子气得跳脚：“时奕！你再把玩具乱丢，我就没收你所有的玩具！”

三岁半的时奕已经是个小人精了，调皮归调皮，察觉到母亲真生气的时候，认错比谁都快，马上便说：“妈妈，我再也不扔了。”

说完他就跑到小稚一身边挨着她坐下，暂时做个乖宝宝。等宁素雅去收拾地板，他便开始拉扯小稚一软乎乎的小手，说："妹妹，我们一起玩吧。"

反应迟钝的小稚一扭过脑袋看了他一眼，噘起粉嘟嘟的小嘴，低头在他的手背上轻轻吹气。

原来，他刚才玩玩具的时候不小心刮红了手。

突然想起自己玩了玩具没洗手，时奕往后一缩，却不小心磕碰到了小稚一的嘴巴。

牙齿被撞疼，娇娇的小稚一猝不及防地哭出声来，怒气未消的宁素雅举着衣架冲了过来，喊道："时奕！你还敢欺负妹妹了？"

"我不是故意的。"

小男孩儿比较调皮，接二连三地制造麻烦，正在气头上的宁素雅罚他面壁思过，一路走过来顺手捡起地上的玩具球，嘴里念念有词："你看看你，玩具球乱丢，今天中午不许吃饭。"

三岁半的时奕已经很聪明了，面对问题思路清晰，自己理亏，愣是没有反驳他妈妈，自己站到角落去，把玩具球举在头顶，面对墙壁罚站。

时奕肚子饿得咕咕叫，偷偷回头瞥了一眼，见妈妈把小稚一抱到了椅子上。

他转回身，耷拉着脑袋。

宁素雅给小稚一盛了半碗饭，又夹了平日她爱吃的蔬菜放在儿童碗中，这才去厨房给自己盛饭。

宁素雅的身影消失在餐厅里后，坐在椅子上的小稚一忽然动了。

只见她用一只白嫩嫩的小手抱着碗，另一只手扶着桌子，直接顺着椅子爬了下来。碗里的勺子差点被晃出来，她又把勺子抓在手心里。

瞄准了时奕所在的方向，小稚一抱着碗摇摇晃晃、慢吞吞地走到时奕身边。

她努力把自己的粉白色儿童碗捧高，递给时奕，因为胳膊举得太高拿不稳，她的手臂控制不住地微微晃动着。

"你把自己的饭给我干什么？"时奕挠挠头说。他犯了错，不敢接。

小稚一仰起脑袋，目光熠熠。

她固执地捧着碗，鼓起粉嫩嫩的脸颊，奶声奶气地讲出了第一句清晰的话："哥哥，吃。"

嗒——嗒——嗒，玩具球落到了地上。

软糯清脆的一声“哥哥”，让时奕直接傻傻地愣在了原地。

下半年，两个孩子将满四岁，时爸爸、时妈妈开始商量把儿子送去幼儿园的事。

得知了要上幼儿园的消息，时奕非常积极，想着上了幼儿园，就可以每天都跟一群伙伴玩耍了。

不过，他没忘记妹妹。

“妈妈，那一一也上幼儿园吗？”

“这……”宁素雅欲言又止。

她问过虞家，那对夫妻似乎没有把小稚一送进幼儿园的打算，说是孩子小，去了也只知道玩，浪费钱。

虽然他们极其喜爱那个女孩儿，但也不好插手别人的家事。

聪明的时奕没被糊弄，非要问出答案，宁素雅被儿子缠得没办法，顺口回答：“一一现在不太会讲话，走路也不是很稳，可能要晚一点儿上学。”

时奕立即出声反驳：“一一会讲话，只是懒得讲话；一一会走路，只是速度比较慢。妈妈，你知道有些人就是沉默寡言的，而且走得慢也不影响上学。”

宁素雅不知道儿子哪里学的成语，但是他用得还挺对。

时奕不肯放弃，脑子里就一个念头：得想个办法让妹妹和他一起上学。

时奕扭头跑回自己的房间，从玩具箱里翻出一根玩具钓鱼竿，努力回想之前看过的视频，有样学样地把玩具鱼竿绑在帽子上，又将一颗鲜艳的草莓果子吊在前面，跑去找小稚一。

“一一！”时奕的声音很响亮，他站在门口一喊，里头的人就能听见。

隔壁屋坐在门口晒太阳的邻居见他找人，笑着打趣道：“时奕又来找一一啊，干脆让虞家把女儿送给你们时家得了。”

如果别的小孩儿听到这种话，或许会欣喜同意，但时奕不喜欢听这些大人乱讲。

一一又不是货物，怎么可以随随便便送人呢？

正在屋里洗衣服的阮晴听见喊声，牵着女儿出来，让两个孩子在院子里玩。

时奕从背后变出了一颗草莓，小稚一的眼睛瞬间亮起光来。她急忙伸手去拿，时奕却故意躲开她。

“你要是想吃，就自己拿。”说完，他便将帽子戴在小稚一的头顶，而那颗草莓就被吊在了前方。

小稚一的手不够长，伸出去也抓不到，她只能一个劲地往前追，可无论如何也碰不着。

“对，对，就这样，多走两步。”时奕跟在小稚一的旁边为她加油鼓气。

话音刚落，猝不及防地砰的一声响，小稚一踢着石头摔到地上。

“哇哇哇——”一阵哭声震地。

听到孩子的哭声，阮晴急忙从屋里跑出来把女儿抱起来，时奕跟在后面不断地道歉：“——对不起，阿姨对不起。”

后来宁素雅手握衣架来领儿子回家。

时奕盯着被打红的手心，心里哀叹：今天又是被罚面壁思过的一天呢……

经此教训，时奕被迫消停了几天。就在他叹气发愁的时候，事情突然迎来了转机。

经厂子里的兄弟介绍，虞凯找到一份省外的建筑工作，薪资可观。

虞凯回到家中跟妻子阮晴商议：“那边的人说女人也能去，可以跟着做饭，干些零散的活儿。”

刚开始阮晴有些迟疑，虞凯每天回家就重复那些从他人口中听来的话，绘声绘色地描述着外面的世界多么精彩。

“那个大老板承包的工程，听说一年下来能赚好几万块钱，总比守在这个小地方强。”

最终，阮晴动了心思，夫妻俩收拾东西准备外出赚钱。

“那——怎么办？”他们从来没出去过，带个不懂事的小孩儿在身边恐怕很麻烦。

夫妻俩合计一番，最后跟同院的阮家舅舅商量，把女儿放在舅舅家养着，孩子的外婆顺便能照看着孩子，他们每月打钱回来。

时奕这里走走，那里逛逛，从周围那些邻居嘴里打听出不少消息，邻居都说虞家夫妇要出门赚大钱。

趁虞凯下班回家的时候，时奕守在虞家院子外，将人给拦下了，说：“虞叔叔，我想跟你谈谈！”他的语气竟像个大人。

虞父心情好，将就着小孩儿，当真找了个安静的地方跟他坐下。

“虞叔叔，你能让一一上幼儿园吗？”

“一一还小，现在上学也是玩。”

“不会的，妈妈带我去幼儿园体验过两天，老师会教读书写字、唱歌跳舞，还有其他的，我就学到了很多很多东西。”

“那是因为你聪明。”

时奕背起小手缓慢摇头，用少年老成的语气说：“多读书才会有出息，虞叔叔，难道你想让自己的女儿输在起跑线上吗？”

许是中了小家伙的激将法，许是想着外面生活的美好，虞凯最终同意出钱让女儿上幼儿园。

就这样，时奕得偿所愿。

他满心盼着九月份跟妹妹一起上学，结果开学第一天就差点迟到。

时奕给自己设置的闹钟没响，为赶时间，宁素雅直接把他抱上了车，让时爸爸开车送他去幼儿园上学。

时奕跪坐在车上，扒着车窗盯着大院方向，问：“一一也要上学，我们不跟她一起吗？”

“宝贝，今天是我们迟到了，一一的家长自然也会送她上学的。”

“哦，那好吧。”时奕开始期待在幼儿园和稚一相遇。但天不遂人愿，他从走进大门到最后分班都没看见虞稚一。

时奕左顾右盼，还专门跑去穿着工作服的老师面前打探消息：“老师，你知道虞稚一在哪儿吗？”

幼儿园的老师被他的这个问题问蒙了：“小朋友，你说的虞稚一也是这个幼儿园的吗？”

“对！她是我妹妹，今天跟我一起上学。”

“我们班上没有这个小朋友的名字哦。”

时奕一听，当即不乐意了，趁人不注意，一溜烟跑出教室找妹妹。

可惜他还没来得及实施寻人计划，就被随班的小老师逮了个正着：“小朋友，不可以乱跑哦。”

“放开我，我要找我妹妹。”

小老师拉着时奕的手，想把他哄回教室，他却扯起嗓子大喊：“救命啊！”

他这一吼，园长都被吸引过来了。

一通闹剧过后，时奕如愿以偿地在隔壁“西瓜班”找到了虞稚一。

因为不放心儿子而守在楼下的宁素雅被老师喊了上去，听说了缘由，真是又好气又好笑。

“小奕，你们只是不同班，还是可以一起玩的。”宁素雅蹲下身，试图跟儿子讲道理。

“不行，我就要跟妹妹一起上学，妹妹离不开我的。”时奕紧紧牵着虞稚一的手，无论如何都不肯放开。

众人一致回头看向虞稚一，见女孩儿一声不吭地站在耍赖的男孩儿身旁，不哭不闹，淡定得不行。

众人心想：到底是谁离不开谁?

见他们都关注虞稚一，时奕举着小小的手掌往她细软的头发上一按，并说：“一一，快点头！”

听到哥哥的指令，小姑娘转了转黑溜溜的眼睛。反应迟钝的她在大家的注视下，握起粉嫩嫩的小拳头，小脑袋郑重地一点，说：“我跟哥哥一起！”

一番折腾，时奕如愿以偿地跟虞稚一被分在同一班，开启了多姿多彩的校园生活。

幼儿园的午餐都按照营养来搭配，并且老师每天都会督促孩子们食用不同种类的水果，只是数量不多。

他们运气极好，开学没多久就遇到了草莓分配日，孩子们坐在板凳上，老师挨个给每个人发两颗草莓。

虞稚一看到喜欢的水果顿时欣喜不已，一口一口吃得很快。

时奕刚要往嘴里送，下意识地看向虞稚一，见她的草莓只剩下半颗，趁着老师不注意，悄悄将自己的草莓塞进了她的手里。

小姑娘看看左手剩下的半颗草莓，又看看右手多出的两颗，迟疑片刻，把草莓举到时奕的嘴边，说：“哥哥，吃。”

“哥哥不喜欢吃这个，都给你。”

小姑娘点点头，正准备把草莓解决掉，隔壁的小胖已经跑去老师那里告状：“老师，虞稚一吃了时奕的草莓。”

拎着温水壶的老师转过身来，果然看到虞稚一手里多出的两颗新鲜草莓，便试图讲道理：“一一，每个小朋友都是两颗草莓，你不可以抢时奕的哦。”

时奕当即反驳：“是我自己给一一的，不是她抢的。”

无奈之下，老师又拿了两颗草莓给时奕，并且亲眼盯着他吃完才走的。

时奕对着老师的背影做了一个鬼脸。

入学之后，时奕发现自己之前对幼儿园的认知大错特错了。

原本他以为跟很多小朋友在一起就能玩得更开心，直到进入班级才发现，这些小孩儿真的很麻烦。

有人不会自己吃饭，有人鼻涕不断，还有的人不会念字、不会数数，根本没办法一起愉快地玩耍。

同学们叽里呱啦地讲个不停，他捂住耳朵都没用。再看看旁边的虞稚一，她在自己的本子上写写画画，对外界的声音不闻不问。

老师回办公室接水，发现自己的办公椅已经被人占领了。

学校出了名的天才小男孩儿坐在她的办公椅上，不停地转动着手里的魔方。

“时奕，你怎么跑这里来了？”

“他们太吵了，看不懂书，又不会做题，还有人哭。”

吐槽到最后，他还特别认真地做总结：“我跟他们没办法交流。”

班主任对这个机灵过头的四岁小孩儿实在无奈，说：“那你不管你的一一妹妹了？”

时奕认真地想了想，从椅子上爬下来，道：“算了，我还是回教室看着她吧。”

老师跟在他身后，亲眼看着他进了教室。

隔壁班老师从旁边路过，好奇地搭话道：“那孩子是时奕吧？听说他很聪明，比大班的孩子都厉害。”

“是啊，那孩子脑子转得快，根本不像四岁的，我们都常常被他套路，刚才他还跑到我的办公室里坐着，说跟班上的同学没法交流……这……”

实在令人哭笑不得。

“哈哈，那不是很难管教？”

“是有点，不过他也有个弱点。”

“什么啊？”

“班上还有个叫虞稚一的小女孩儿，不认字、不识数，也不怎么说话，偏偏时奕就喜欢围着她转。”

“这么小就知道保护女孩子啊。”老师之间开开玩笑，也并没怎么放在心上。

直到后来，她们亲眼看见小姑娘坐在滑滑梯上，而那个讨厌跟幼稚小朋友玩耍的时奕一直站在旁边，小心翼翼地护着她。

“时奕。”幼儿园放学，家长来接孩子时，老师便会点学生的名字。

听到老师的声音，时奕立即把手中的画本放回图书柜上，背好小书包走了出去。

跟妈妈碰面之后，他如往常一般开始寻找虞稚一的家长，问：“妈妈，你看到一一的外婆了吗？”

“没有呀。”宁素雅摇头。

“那我们再等等吧。”

“好吧。”宁素雅摸了摸他的头。

可是他们等啊等，等到所有小朋友都离开了，还是没等到有人来接稚一。

空荡的大厅里只剩下几位老师和虞稚一。小姑娘站在门边眼巴巴地等着，快要哭起来了。

时奕连忙挣脱了妈妈的手跑过去，说：“一一，你外婆呢？”

她迷茫地摇头，显得更加无助。

虞稚一家里的电话打不通，联系不上家长，老师也很头疼。

小姑娘晶莹的眼泪珠子唰唰往下掉，泪水沾湿了长长的睫毛，黑溜溜的葡萄眼里蒙上了一层水雾，她声音软糯糯地喊着哥哥：“哥哥，一一回不了家了。”

时奕伸出自己的小胳膊揽着妹妹，学着大人模样轻轻给她拍背，安慰道：“一一别哭，我会带一一回家的。”

宁素雅上前跟老师沟通了一番，将两个孩子一并带回家了。

当他们把虞稚一送回阮家时，见虞稚一的舅舅和舅妈刚做好了一桌晚饭，完全没注意到孩子没回家的事。

宁素雅不禁皱眉，问："一一在幼儿园都没人去接，你们难道不知道吗？"

这时候阮家舅舅才过来领孩子，表示不知道这事。

虞稚一的父母外出打工后，外婆就带着她住在原本的家中。今日外婆有事离开，临走前嘱咐阮家舅妈下午去接孩子，可舅妈根本没放在心上，更不知道小孩儿还没回家。

回家路上，时奕扭头对母亲说道："妈妈，以后你来接我的时候，我们带一一一起回家吧。"

外婆回来后，宁素雅亲自去跟老人家商量，说："反正两个孩子同班，咱们两家又隔得近，干脆以后我就把一一跟小奕一起接回来得了。"

"好好好，那真的谢谢你，麻烦你了。"老人家欣然同意。

秋风送爽，寒冬悄然来临。

虞稚一出生在一月，五岁生日这天，皑皑白雪铺满大地，把简朴的院落装点成了银装素裹的新世界。

外出打工的阮晴再度怀孕，不方便来回折腾，便寄了一套新衣服回来给女儿当作生日礼物。

小稚一看见新衣服的时候高兴得不得了，迫不及待地把那件红色棉袄换上了。外婆手巧地给她扎了一对羊角辫，剪了两根红绳绑着。她圆嘟嘟的小脸被衬得红扑扑的，可爱极了。

小稚一穿上新衣服，踩着滑溜溜的雪地，摇摇晃晃地跑去了对面独栋楼的时家。

时家院落外的空地上，一个男孩儿正挥舞着手里的玩具铲铲雪。

小稚一奔向他，脚下打滑，直接一屁股坐在了雪地上。

两个孩子都愣了一下。

时奕连忙丢了铲子把她扶起来，坚强的小姑娘一点儿不觉得疼，反而高高兴兴地扯着自己的衣服，臭美地在原地转了一圈，说："哥哥，哥哥你看，妈妈给我买的新衣服。"

时奕认真地打量着她这一身新衣服，摸着下巴，陷入了沉思之中。

怎么说呢?

他觉得稚一都快胖成一个球了。

但他知道不能说女孩子胖，于是委婉地称赞：“可爱！”

受到赞美的小姑娘开心地捂住脸颊，噘起了粉嫩嫩的樱桃唇。

时奕拿着玩具铲不停地铲雪玩，小稚一跟了一路，在雪地里留下了凌乱的小脚印。

雪地易滑，她走路的步伐不比时奕稳当，几步路两个人之间就能拉开一大段距离。

时奕边走边等，最后蹲在路边朝她招手。

她小手一握，努力加快速度冲过来，没想到一时刹不住车，一头栽进雪地里。

盖在草堆上的白雪被她撞落大片，小稚一茫然地回过头望向他，指间抓着两根枯枝。

瞧她傻乎乎的模样，时奕笑弯了腰，说：“就你这样，长大了能做什么？”

小稚一把枯枝往前一扔，红着脸，吞吞吐吐地回答：“长……长大了，去……去要饭……”

“哼，真是没出息。”时奕叹了口气，蹲在她面前，忍不住伸出手，在她软嘟嘟的脸蛋上捏了一把，“算了，以后我努力多赚点钱养你好了。”

小稚一鼓起脸颊，晶亮的眸子扑闪扑闪的，像是会说话。

时光飞逝，时奕千盼万盼，终于盼来了幼儿园的毕业典礼。

老师们为每个孩子送上亲手制作的礼物，孩子们的父母大部分准时到场，来庆祝孩子毕业。

“我爸爸妈妈都来了。”

“我爸爸忙着赚大钱来不了，但我妈妈来了。”

当有一人提起，其他小朋友就会跟着附和，无形之中产生了一种攀比心理。

攀比之余，还有人指出某个小孩儿的不同之处：“一一的爸妈又没来。”

正捧着小学课本自学的时奕终于发声：“笨，每个大人都有自己的工作，幼儿园毕业的是我们，又不是家长。”

“可爸爸妈妈和孩子是一家人。”

“一一是我家的。”时奕毫不犹豫地接话。

小男生反驳：“撒谎，一一又不是你妹妹。”

立即有人附和：“对啊，只有爸爸妈妈和宝宝才算一家人。”

时奕将书合上，看向众人，问道：“那你们知道为什么爸爸妈妈是一起的吗？”

“不知道。”孩子们坦诚地摇头。

时奕便解释道：“因为爸爸和妈妈结婚了，就是一家人。”

“哦——”孩子们异口同声地回。

“时奕你好聪明啊。”

“那你跟一一是一家人，你们也结婚了吗？”

“噗……”早熟的时奕无奈地摇头，懒得跟这群无知儿童解释。

他坐正身子，刚把书打开，一个小脑袋突然就从旁边冒了出来：“哥哥，我们结婚了吗？”

时奕认真回答：“一一，小孩子是不可以结婚的。”

“那什么时候才能结婚呢？”

“当然是长大之后啊。”

小稚一点点头，也不知道到底明白没有。

典礼之后就迎来暑假，时奕跟妈妈一起去看望爷爷奶奶迟迟不归。

这天，无聊的小稚一坐在院子里，听到外面有其他小朋友嬉闹的声音，迈开小短腿，慢吞吞地走了出去。

不同院里的孩子难得凑在一起玩耍，年龄不同，性格差别也极大。

小学二年级的汪思苑是放暑假来到这里的女孩儿，身着一身漂亮的裙子，成为院里孩子们羡慕的对象，无论是小男孩儿还是小女孩儿都喜欢跟她玩。

汪思苑高傲地站在矮板凳上，像只骄傲的孔雀。

她左看右看，一伸手便指到了站在院门边的虞稚一，大声问道：“喂，你躲在后面干什么？”

小稚一勇敢地往前迈了两步，小声问道：“我……我可以跟你们一起玩吗？”

她刚问出声，中间那个胖胖的小男孩儿便站了出来，说：“别带虞稚一玩，她玩游戏最笨了。”

汪思苑不信，非把她拉了过来。

他们商量着玩扮家家酒的游戏，汪思苑想当大人，做母亲的角色，因为觉得小孩子都必须听母亲的话。

男孩儿们争着要当爸爸，也想让大家听话。

大家讨论不出结果，干脆采取抽签的方式。

众人竞相挑选，留下最后的纸团就归虞稚一。

大家领取到自己的角色身份后，都好奇能够指挥小孩儿的“爸爸妈妈”是谁。

汪思苑没有抽到自己想要的角色，不太高兴，便说：“你们都把字条翻过来，我看看。”

虞稚一动作慢悠悠的，最后一个展示出来。

大家一看，这个最不会玩游戏的人居然抽到了这么好的角色。

小胖哈哈大笑：“虞稚一居然要当妈妈，她那么笨，什么都不会。”

那个抽中孩子角色的小男孩儿一听，顿时哭了起来：“虞稚一这么笨，我才不要当她的傻小孩儿。”

觊觎这个角色的汪思苑往前一站，把虞稚一手里的字条抢了过来，说：“大家都不跟你玩，你还是到旁边去吧。”

果然——小伙伴们还是不愿意带她玩。

被排斥的小姑娘只能眼巴巴地站在那里，看着其他人不亦乐乎地准备玩游戏。

小稚一无聊地蹲在地上，白嫩嫩的小手拽起一根根绿色小草。

“哥哥怎么还不回来？”

话音刚落，眼前投下一道黑色阴影。

小稚一抬头一瞧，眼里顿时露出欣喜之色：“哥哥。”

时奕弯腰抓起她那细细的胳膊，把人拎起来站好，问：“你一个人蹲在这里干什么？”

“他们说我太笨了，不让我一起玩。”

时奕牢牢地牵住她的手，带她走到那些人面前，大声问道：“刚才是谁说她笨的？给我站出来！”

时奕是这些孩子们不敢招惹的存在，因为时奕在幼儿园就能做出小学的题目，还特别会哄大人开心。家长都让自家小孩儿跟时奕学习，如果孩子们否认了，还可能会被骂。

于是，小胖被人们供了出来。

小胖也害怕，把另一个人也供了出来，说：“是他说不想当虞稚一的笨小孩儿的。”

从其他人的只言片语中，时奕理出了事情经过，指着虞稚一对大家说：“给她道歉！”

“对不起。”

“对不起。”

两个人异口同声地说。

虽然小伙伴们给她道歉了，虞稚一还是很难过。

跟时奕回家的路上，她傻乎乎地问道：“哥哥，我真的很笨吗？当我的小孩儿也会很笨吗？”

“你是小笨蛋，需要找个高智商的另一半拯救你未来的小孩儿。”

“那……那我该找谁呀？”

“看在咱们是邻居的份儿上，我允许你长大后成为时太太。”

时奕如愿离开了幼儿园那个幼稚的地方，却发现一年级的小孩儿在他眼里还是跟幼儿园里的孩子一样。

他的年龄在长，掌握的知识也随之增加，时奕为此感到无奈，唯一值得庆幸的是，他家一一还在。

时奕的个子比较高，老师安排他坐后面——那就意味着他要跟虞稚一分开。

时奕不肯，抓着虞稚一不肯松手，还想玩幼儿园耍赖那套。可老师没答应，最终他俩定下的座位相隔四排。

刚来到陌生环境，虞稚一不像其他孩子那样热衷于结交新朋友。她心里多少有些不安，上课的时候频频回头，下课之后更是直接跑到时奕的座位上去。

时奕虽然生气不能和一一做同桌，却也不会吓唬她，反倒耐心哄她：

“不用怕，哥哥在后面守着你。”

虞稚一对他极其信任，在他的陪伴下逐渐适应了新班级。

班上同学大多不认识，玩游戏的时候更偏向于活跃和长得好看的人。

“时奕，我们来玩捉迷藏吧。”一个蘑菇头的女孩儿跑过来，热情邀请时奕。

时奕淡定地翻了一页手中的课本，直接拒绝道：“不玩。”

他才不想玩这么幼稚的游戏。

可一转头，那个蘑菇头女孩儿就找到虞稚一，说：“一一，我们一起来玩捉迷藏吧。”

院子里的孩子不愿意带虞稚一玩游戏，现在有人邀请，她自然高兴得不得了。

她下意识地跑去时奕身边，拽住他的衣袖。

时奕放下书，问：“干什么？”

“哥哥，我们去玩捉迷藏。”

时奕余光扫过那个蘑菇头女孩儿，当即明白缘由，说：“去吧。”

他知道虞稚一想跟大家一起玩游戏。

虞稚一跟朋友们去了小操场，时奕并没有参与其中。

等到午休时间快要结束的时候，蘑菇头女孩儿跟另外几个小伙伴开开心心地回到教室，笑声引起了时奕的注意。

他往教室门口看了看，那群人中，唯独少了虞稚一。

时奕立即放下课本冲了过去，问：“一一呢？”

他这么一问，大家左顾右盼，才发现少了个人。

“不……不知道啊。”人群中冒出弱弱的声音，时奕当即变了脸。

他在操场上怎么也找不到虞稚一，身上出了一层汗，气喘吁吁地跑进办公室，却发现他要找的小姑娘就坐在这里。

小姑娘坐在办公室的凉沙发上，身上搭着一条薄毯子，黑溜溜的眼珠转啊转，安安静静地坐在那里。

时奕正要走过去的时候，被老师拦住了，老师对他说：“时奕小朋友，现在不可以过去哦。”

时奕回头一瞧，见老师拿着吹风机在吹手里的衣服。

那是虞稚一的衣服。

他着急地问道："一一怎么了？"

老师手里握着吹风机，也没怎么听清他的话。

虞稚一见到时奕，揪着薄毯的两只小手便伸了出来，喊着："哥哥。"

一时之间，时奕顾不得老师的叮嘱，跑到沙发边。

老师连忙关掉手里的吹风机，提起薄毯将虞稚一的身体裹好，嘱咐道："小朋友，不可以乱动哦。"

虽然老师的声音很温柔，可虞稚一更在意的是时奕。见时奕被挡在后面，她有些难过，两只白嫩嫩的胳膊努力往外伸，说："我要哥哥。"

老师正要安抚虞稚一，时奕自个儿想明白了，问道："老师，我知道了，一一脱了衣服是不是？

没得到老师的回答，他一脸认真地拍了拍胸脯，说："我不会看的，我会照顾一一的。"

老师无言以对，心想这孩子挺早熟的。

经由虞稚一和老师的解释，时奕才知道，虞稚一跟小伙伴玩捉迷藏的时候，去了趟厕所，不幸被顽皮的孩子弄湿了衣服，刚好被老师看到。

虞稚一回去找小伙伴的时候，发现那些人都不见了，便被老师带来办公室，脱了衣服吹干。

经过这件事，时奕再也不让她单独去跟同学们玩了，甚至不知道从哪里搞了一个铃铛给她套在手上，还说："这样你走到哪儿，我都找得到了。"

她一动胳膊，铃铛就发出清脆的声响。

只要她在教室里，他就听得见。

可这绝非长久之计，虞稚一不动还好，一动铃铛声音便会吵到其他人。

没办法，时奕只能把铃铛取下。

他将铃铛拿走的时候，虞稚一还有些不开心，撇着小嘴一副可怜兮兮的模样。

时奕实在是受不了她的眼神，回家找爸爸妈妈想办法，最后买了一个不会发出声音的铃铛重新给她戴上。

在这样的环境下，他们一起成长着。

三年级的时候，老师讲到作文，让小朋友们谈论梦想。

小孩子的梦想天马行空，什么外星人、奥特曼、拥有超能力的人，也有些会说自己长大了想当一名老师、医生，都是些他们常常听说的角色。

大家谈起梦想都在笑，时奕也在笑，可他的笑点跟其他人不同。

当老师问："你们长大了想做什么呀？"时奕的脑海中浮现的画面是：虞稚一穿着红色棉袄坐在雪地上，傻乎乎地说："长……长大了去要饭……"

别的小女孩儿都争着当童话里的公主，就他家小姑娘脑回路不同，居然想去要饭?

下课了，时奕站在过道中央，刚好听见虞稚一的同桌问她："一一，你写了什么梦想？"

他轻笑了一声，抢着回答："她想去要饭。"

虞稚一闹了个大脸红，回道："才没有。"

时奕不肯放过她，还说："但凡你说一句想当公主，我都会觉得你有出息。"

谁知虞稚一摇头道："一一不是公主。"

时奕挑眉，问："嗯？怎么不是？"

小姑娘一本正经地回答："住在城堡里的才是公主。"

时奕伸手捏住她那苹果似的脸颊，说："如果你想当公主，我就去给你建一座城堡。"

不经意的许诺，被小姑娘记在心里很久很久。

光阴似箭，日月如梭，转眼几年过去，两个孩子都成了六年级的学生。

丁零零——

第四节课的下课铃一响，班上的学生就开始躁动。

老师刚喊一声"下课"，大部分人直接冲下楼去。

六年级的教室在四楼，等其他人几乎走完，虞稚一才慢悠悠地捧着粉色食盒去食堂用餐。

食堂某处的"老地点"坐着一个气质出挑的男孩儿。

十一岁的时奕外表出众，身着蓝白间色羽绒服，双脚靠在长桌下，手指贴着蓝色饭盒，有一搭没一搭地轻轻敲击着食盒。

没过多久，一个扎着双马尾的小姑娘捧着粉色的食盒，直接坐到了他对面，这时候，时奕才将自己的食盒收回来。

虞稚一盯着他将食盒打开，看着对面饭盒里那味道十足的辣子鸡，不断地咽口水。

“想吃？”时奕明知故问。

她鼓着腮帮子点头。

“不准。”时奕移开饭盒，毫不留情地拒绝。

小姑娘捂着嘴角，可怜兮兮地夹起自己食盒里的清炒白菜，张嘴咬了一口，又说：“好疼……”

“哼，谁叫你偷吃零食还不喝水。”时奕瞥了她一眼，故意当着她的面夹起香辣的肉送进嘴里。

虞稚一委屈极了。

前几天她馋嘴吃了口味重的东西，结果上了火，吃饭都疼。

时奕啧啧两声，让她长记性。

周末，时奕被宁素雅强行拖去逛街，宁素雅还说：“儿子，我觉得你最近又长个儿了，得买新衣服。”

时奕不仅脑子转得快，身体也长得快，才十一岁就有一米六高。宁素雅带儿子在商场里逛了一圈，买了两套新衣服，又带他去超市。

时奕东看看西看看，目标锁定了货柜上的水杯。

最新上架的饮水杯设计独特，杯子顶端还有一只天鹅。据营销员说，喝水的时候，天鹅里的装饰液体也会随之流动。

时奕伸手拿了两个水杯，一粉一蓝。

“妈妈，我想买这个水杯，行吗？”

“家里不是有吗？买那么多做什么？”

“这个好看。”

“哟——”还没看出来，她家儿子这么有少女心。

时奕没吭声，结果隔天，那个粉色的天鹅水杯就出现在了虞稚一的课桌上。

杯子十分可爱，虞稚一高兴极了，对它爱不释手，抱去后排对时奕表示感谢。

“不用谢。”时奕指着杯子，缓缓道出不可拒绝的命令，“我上午、中午、下午都会给你接一杯水，必须喝光。”

小姑娘脸上灿烂的笑容瞬间僵住，她说道：“哥哥，我喝不完……”

"喝不完？那我亲自灌你。"

小姑娘抱着天鹅杯，脚底抹油似的逃回了自己的座位上。

她时不时回头，趁时奕低头时，悄悄将水杯打开，递到窗外，同桌忽然开口："一一，你在干什么？"

反应慢半拍的虞稚一被时奕逮个正着。

班主任提前走进教室，见班长时奕捧着个粉色杯子亲自给虞稚一喂水喝，而小姑娘脸蛋通红，像是在害羞。她早知道这两个孩子感情好，没想到在班里两个人的行为都如此亲密！

"时奕！你们在干什么？"小小年纪，他们居然早恋？

一下课，两个人就被老师带进了办公室。

"老师，我跟一一没有早恋。"作为班长的时奕对被老师叫去办公室已经轻车熟路，甚至自己走完了所有流程，"如果你不相信，可以私下找班上同学了解情况。"

"当然，为了让您消气，我已经写好了一千字的检讨。"他不急不缓地递上千字检讨书，并且主动承认，"您想得没错，就是刚才上课的时候写的。不过您放心，上节课学的那篇课文我已经熟记了，您想抽查的话，我也可以现场背诵。

"最后，需要我帮您联系家长吗？"

班主任已经想掐人中了。

放学回家的路上，虞稚一按着手指数数。

时奕见她低头慢吞吞地走路，差点撞上前面的电杆，他快速一步向前，手掌挡在她的额头前，提醒她道："看路。"

额前覆上一抹温热的触感，虞稚一停下了脚步。

"你嘀嘀咕咕什么？一会儿撞了、摔了可别哭！"时奕凶巴巴地把小姑娘教训了一顿。

虞稚一丝毫不怕，仰起白净的小脸，说："哥哥，我的生日快到了。"

他嗯了一声，毫不迟疑地道出时间："还有五天。"

"哥哥好厉害！"小姑娘睁大了眼，流露出钦佩的目光。

"笨。"

他每次都会提前准备好礼物，根本不需要计算时间。

快要到家的时候，时奕伸手抓住她的马尾辫，说："今天数学老师布置的作业有些难度，如果你不会，就来找我，我教你。"

虞稚一歪着脑袋，问："今天的数学题很难吗？"

"嗯……"

"那我直接去你家做作业吧！"她欢欢喜喜地搭上时奕的手腕，眸中含笑，"哥哥等一下，我回去跟外婆说一声。"

刚踏进院门虞稚一就隐约察觉今日有所不同。她疑惑地走向家门，见大门敞开，原本简陋的屋子里多出几个新的家用电器，特别惹眼。

"外婆？"

门开着，却没人回应她。

她从自家门口退出来，转去隔壁舅舅家，听见里头热闹的谈话声。

虞稚一悄悄在门口探出脑袋，看见几个陌生又熟悉的人，难以置信地睁大了眼睛。

忽然有个五六岁大的小女孩儿追着玩具车跑出来，虞稚一反射性地躲避，往旁边跳了一步，里面的人回头发现了她。

"一一？"阮晴站起身，连忙朝着门外的女儿走来。

虞稚一张了张嘴，生疏地喊出一声："妈妈。"

在虞稚一三岁半那年，父亲虞凯跟母亲阮晴外出打工，到现在已经七年多了，中途只回来过两次。对虞稚一来说，他们真的是熟悉又陌生的人。

这两个人是将她带来世界的血脉至亲，即使这么多年很少见面，她依然渴望父母的爱。

在门口等待的时奕不见小姑娘出来，便走进大院去找她。

他远远地看见阮家舅舅门前母女拥抱的一幕，静静地站在原地，没有上前打扰。

"一一，快来看看妈妈给你买的礼物。"阮晴喜悦地拉着大女儿回家拆礼物，岂料虞稚一抽回了手，说："哥哥在外面等我，我要先去跟哥哥说一声。"

"哥哥？"乍一听她的称呼，阮晴没反应过来。

虞稚一没听出母亲语气中的疑惑，冲母亲点了下头，转身向外跑去。

她猝不及防地撞进一个人怀中，抬头就看见了时奕。

"哥哥，我爸爸妈妈回来了。"她毫不掩饰兴奋的语气和喜悦的眼神。

时奕摸了摸她的脑袋，说：“我看见了，你先回去陪陪爸爸妈妈，有空再过来吧。如果没空的话，明天到学校我再教你。”

“嗯嗯！”她开心地点头。

时奕完全能明白她此刻的心情，毕竟孩子都希望得到父母的关爱。

虞家夫妻这些年在外面工作赚了些钱，这次回来特意给家里换了几套新家具，添置了电冰箱和洗衣机。

阮晴一只手牵着五岁的小女儿，虞稚一这才知道，刚才那个蘑菇头小女孩儿是她的妹妹——虞心妍。

虞稚一上次见到妹妹还是三年前，那时候妹妹才两岁，跟现在的模样差别很大，所以刚开始没认出来。

“一一，跟妈妈来。”阮晴带女儿进屋，当着她的面打开了一个大口袋。

“一一，这些都是妈妈给你买的，你看看喜不喜欢？”阮晴开心地将礼物都拿出来，冬季棉袄、春季外套、夏季短裙，每一样都有。

“喜欢！”头一回收到妈妈亲手赠送的礼物，虞稚一忙不迭地点头。

只要是妈妈送的礼物，她都喜欢。

虞心妍从包里翻出了一盒水果糖，要妈妈撕给她吃。阮晴直接把一整盒收了起来，不给她，说：“这是送给姐姐的糖果，你不能吃。”

吃不到糖的虞心妍很不开心，就跳起来去抢。

阮晴没给，而是把水果糖递给了虞稚一，道：“一一，这是进口水果糖，妈妈特意给你挑的，有多种口味。”

虞稚一收下糖果，笑弯了嘴角。

见糖果转到了姐姐手中，虞心妍立即转换目标，对虞稚一说：“姐姐，给我一颗糖吧。”

虞稚一心软，正要从盒子里拿糖果，却被阮晴阻止。

“没关系的，这里有很多糖果，可以分给妹妹吃。”虞稚一善解人意又大方。

然而她又听见阮晴说：“妍妍要换牙了，不能吃糖。”

虞心妍小时候就喜欢吃糖，阮晴一直在控制，妍妍如今不到六岁就开始替换牙齿了，她有些担心，直接禁止小女儿吃糖。

“你好好收着，千万别给妹妹偷吃了。”阮晴仔细叮嘱虞稚一，生怕被小女儿钻了空子。

虞稚一低头看着手中的糖果，脸上的笑容逐渐淡去。

爸爸妈妈给她带来了衣服、零食，还有一些学习文具，她将衣服全部抱回房间，整理挂在架子上，又把文具摆好。

最后看着那罐糖果，她又说服自己：爸爸妈妈送一一这么多礼物，一一要感激他们才对。

大人们决定在舅舅家摆一桌团圆饭，都去舅舅家忙活了，虞稚一把简单的作业完成，刚好被叫去吃饭。

虽然舅舅家就在隔壁，但这些年她很少来这里，基本都是跟外婆单独吃饭，有时候，时奕会把她留在时家。

舅舅家因为收到了礼物对他们客客气气的，看起来真像是相亲相爱的一家人。虞稚一有些拘谨，因为这里的热闹跟她有些格格不入。

五岁的妹妹不爱吃饭，手里一直拿着玩具，要阮晴喂她，妹妹才会吃两口。

虞稚一偶尔抬头看着母亲追着妹妹喂饭的样子，又默默地低下了头。

虞父跟阮家舅舅喝着酒，偶尔瞥见大女儿只吃饭也不夹菜，直接夹了一大块肉放进她的碗里，说："一一，多吃点肉，看你这么瘦。"

看着碗里多出来的肉块，虞稚一愣了一下。这肉是半肥半瘦，混着辣椒爆炒的，她这会儿嘴还没好全，根本不能吃辣。

"一一最近上火，不吃辣的。"坐在旁边的外婆替她解围，顺手夹走了肉块。

虞父点点头，又叮嘱她："那你多吃点蔬菜。"

她小声地应了句："好。"最终她也只吃了小半碗白米饭，喝了一些汤。

大人们一边喝酒一边聊天，吃得慢，虞稚一等不了，放好碗筷下桌，一个人先回去了。

回到房间，她拿出两支新的漂亮签字笔装进书包，临走之前又抓了一把水果糖塞进口袋，背着小书包去了时家。

早在学校完成作业的时奕回到家就开始玩游戏机。

今天宁素雅有事耽搁，回家晚了一点儿，这会儿才开始做饭。

虞稚一来敲门的时候，时奕根本没听见，还是宁素雅开的门，说道："一一来了呀。"

“我有些数学题想问哥哥。”小姑娘仰起脑袋，说话时声音软绵乖巧。

“在房间呢，你进去找他吧。”宁素雅笑着示意，让她自己去。

虞稚一对时家非常熟悉，进时奕的房间跟进自己的房间一样，推开门时，时奕还沉浸在游戏激烈的战斗中。

虞稚一默不作声地站在后面，等他打完才开口喊了声：“哥哥。”

正在按肩膀的时奕猛地一回头，诧异地看着她，说：“你怎么过来了？”

虞稚一拉下书包，从里面取出数学题本，时奕了然。

书桌前摆着两张椅子，他们找到自己熟悉的位置，把题本摆在两个人中间。

“你爸爸妈妈回来了，你不用在家里陪他们吗？”

“他们正在舅舅家喝酒。”

“哦。”家长喝酒聊天是一个漫长的过程，他懂。

“那你家那个小妹妹呢？你也不跟她玩？”

“妹妹……我不知道怎么跟她玩。”

妹妹有很多玩具，可她都没有玩过那些。

她吃完饭的时候，妈妈还追着妹妹喂饭，她和妹妹没办法一起玩。

“哦，”时奕听到这些，机灵的眼珠子转了转，“所以说，不同的年龄阶段是没有共同话题的，你看咱们两个就可以一起玩。”

时氏忽悠，专业洗脑。

偏偏小姑娘觉得有道理，非常赞同地点头，说：“我喜欢跟哥哥一起玩。”

时奕摸了摸小姑娘的脑袋，感觉很欣慰。

虞稚一忽然想起了什么，从书包里拿出两支新笔放在桌上，说：“妈妈给我买了一盒笔，我选了两个你喜欢的颜色，送给你。”随后她又从兜里抓出一把糖果，献宝似的递给他，“还有糖果。”

这两个东西是她得到的礼物里面，为数不多的可以送给时奕的，因为衣服没法送，零食他也不需要。

时奕还没来得及为礼物而开心，就被她手中的糖吸引去了注意力，但不是因为他喜欢吃。

“虞稚一！我是不是跟你说过，现在不能吃糖？！”少年突然变得严肃，一把收走所有糖果，一颗也不给她留。

他用手指托起她的下巴，命令道："张嘴。"

她听话地张开嘴巴。

时奕仔细检查她的牙齿，一本正经地教育道："没换完牙齿之前，不准吃糖，知不知道？"

她正是换第二双尖牙的年龄，不能大意。

虞稚一还没表态，宁素雅忽然敲门进来，说："一一吃完没呀？阿姨给你加餐。"

时奕抢着答："妈，一会儿记得菜里不要加辣，一一最近上火还没好。"

"行。"宁素雅笑着挥了挥手里的锅铲，"就你操心，你都在我耳边念叨好几天了，我能不知道？"

宁素雅转身去了厨房。

时奕收回视线，正打算继续嘱咐她呢，却发现小姑娘的眼泪跟金豆子似的往下掉。他顿时投降，哄道："一一，我没凶你，你别哭。"

虞稚一摇头。

她哭不是因为时奕不准她吃糖。

她是笨，却拥有一颗玲珑心，知道谁对她最好。

聪明的时奕唯独在她掉眼泪时慌了神，手指轻拭她的脸颊，笨拙地替她擦掉眼泪，耐心地哄："别哭啊，等你以后长好牙齿，哥哥给你买糖。"

虞家夫妻说这次放假能在家待上半个月，听到这个消息，想念儿女的老人和想念父母的孩子都很高兴。

虞稚一穿上了妈妈给她带回来的新衣服，在学校用着新文具。

同桌见到她的文具盒，惊呼："一一，这个文具盒好好看哦，哪里买的？我也想要。"

"是妈妈从外地买回来的。"女孩儿的语气隐隐透着欢愉。

"好吧！"

虞稚一现在的同桌就是当年那个蘑菇头的小女孩儿，她有一个非常可爱的名字——乔乐芷，别名，"巧乐兹"。

乔乐芷把手伸进书桌里，在里面摸了几下，费劲地掏出一个透明袋子，说："我记得明天是你的生日，周六放假又不来学校，我就先把礼物给你了，提前祝你生日快乐。”

“谢谢乔乔。”

她们同班六年，平时又玩得好，乔乐芷第一次知道她过生日的时候，就给她送了小礼物，她自然是要还的。一来二去，每逢生日互送礼物成了她俩的习惯，虽然都是些普通的小物件，却装着满满的心意。

放学回家路上，时奕想问她明天打算怎么过，便说：“今年你爸妈回来了，他们要给你过生日，是吧？”

“对啊，爸爸妈妈还说要给我买生日蛋糕回来。”小姑娘眉飞色舞，别提多开心了。

“哦……”旁边的男生轻轻挑眉，又垂下视线，仿佛漫不经心地说，“今年就不需要我买了。”

小时候虞稚一过生日，外婆是不会给她买蛋糕的，并非对她不好，而是老人家过多了苦日子，觉得蛋糕不划算，宁愿多买些鸡鸭鱼肉给孩子加餐。

可小朋友都觉得，过生日就是要吃蛋糕呀，不吃蛋糕就不算过生日。于是时奕就把自己的零花钱掏出来，给她买小蛋糕。

虞稚一现在满心欢喜，因为爸爸妈妈答应她，明天要给她买个大蛋糕，可以跟很多人分着吃。她越想越期待，双手抓住时奕的手掌，诚心邀请：“哥哥，到时候你跟宁姨和叔叔一起来我家吃蛋糕吧。”

“好吧，但他们白天还要工作，得等到下班才可以。”

“没问题的！爸爸妈妈说明天白天要去市里买好吃的，也要晚上吃饭。”

这是七年来父母第一次亲自陪伴她过的生日，虞稚一很开心，起了个大早。

早饭桌上她听见爸爸妈妈商量一会儿去市里要买的东西，竖起了耳朵听，在妈妈提醒“给一一买蛋糕和礼物”的时候，笑弯了眼睛。

虞凯和阮晴出门的时候，虞心妍闹着要跟爸爸妈妈一起去，他们不得不带上这个黏人的小家伙。

等父母出门后，今日的小寿星留在家里写作业。

外婆拿着鸡蛋进来，在她身上滚了一圈儿，嘴里念念有词：“吃了这鸡蛋，无病无灾，平平安安。”

这是老一辈人传下来的习俗，每逢生日，外婆都会这样做，说是能带来福气。

虞稚一喜欢这个习俗，因为这代表她得到了生日祝福。

她学习速度比较慢，做题也很慢，等完成了作业，已经是下午了。

她去门口转了一圈，始终没等到父母归来。不知多少次她遥望着路口默念："你们什么时候回来？……"她好想知道爸爸妈妈什么时候才能带着蛋糕回家。

可她等啊等，等到天快黑的时候，只等来一通电话："妈，妍妍突然生病，我们在医院呢，你先带着一一吃晚饭吧，别等我们了。"

"孩子没事吧？"

"急性肠胃炎，医生已经开药了，别担心。"电话那端的父母是这样对外婆说的。

他们打电话时说的话，虞稚一都听见了。

她还是问："妹妹怎么了？"

外婆摸了摸她的脑袋，叹了口气，说："妹妹生病了，他们可能会晚点回来。饿了吧？外婆先去给你做饭。"

看着外婆进入厨房的背影，虞稚一的心里泛起苦涩，是一种说不清的陌生感觉。

冬日的天色黑得早，这会儿时家夫妻已经下班回家了。

见时奕独自在家，宁素雅放下包朝他走过去，问："今天是一一过生日啊，你怎么一个人在家里？"

"一一的爸妈好像还没回来，我也不知道怎么了。"他偷偷去对面的院子里看了两次，没听到什么声音，也没好意思自己凑上去。

话音刚落，还没来得及关上的大门口冒出一个小脑袋，她的视线跟刚进门的时爸爸撞个正着。

"一一，快进来啊。"时爸爸忙朝她招手。

虞稚一抿着唇，往屋里走了两步，视线扫过三人，立即低下头道歉："叔叔阿姨，哥哥，对不起，我爸爸妈妈还没回来，暂时不能请你们吃蛋糕了。"

她食言了，心里十分过意不去。

"我以为多大的事呢。"时爸爸、时妈妈没想到小姑娘这副模样竟然是给他们道歉来了，当即笑起来，又问，“你爸爸妈妈去哪儿了呀？”

“他们去市里买东西了。”小姑娘仍然低着头，手指在身前无意识地绞在一起。

“那肯定是他们给一一买了很多东西，所以才会晚点回来。”他们以为小孩子着急过生日，所以讲好听的话哄着她。

虞稚一垂着脑袋，没认同也没反驳。

时爸爸、时妈妈清楚她的性子，两个人笑着进厨房开始收拾准备晚餐。

没有了大人的关注，她慢吞吞地走到时奕面前，喊了声：“哥哥。”

时奕这才放下手中的游戏机，站起身时，又往她头上揉了揉：“去我房间里拿礼物。”

干净整洁的书桌中央摆着一本厚厚的书籍，深蓝色的书皮封面显得尤为突出。

虞稚一好奇地看了一眼身旁的人，时奕指了指那本书，示意她过去拿。

书封上的是金色字体——《答案之书》。

“哥哥，这不会是我的礼物吧？”她心里想，这千万别是让她看书啊！她最讨厌看书了……

“嗯哼。”时奕抬了抬下巴，没有否认。

虞稚一欲哭无泪地说：“我能不收这个礼物吗？”

时奕眼皮子一跳，他完全能猜透这个小笨蛋此刻在想什么。

“翻开看看。”

在时奕的指示下，虞稚一听话地翻开了书，扉页之后是《答案之书》的使用说明：将书用双手夹住，闭上眼睛，集中思考问题，凭自己的感觉从后往前翻动书页，寻找到你需要的答案。

“咦……”这好像跟她想象中的书不一样。

“要不要试试？”时奕问她。

可一时之间，她好像想不出什么问题。

时奕开口：“就问问，一一小笨蛋什么时候会变聪明？”

《答案之书》：谁都不能保证。

虞稚一觉得老扎心了。她把书抢了回来，用双手夹住，闭上眼睛说：“我来问，哥哥的游戏通关了吗？”

《答案之书》：从来没有。

"哈哈哈。"看到这个答案，小姑娘顿时心理平衡了。可是她知道时奕很聪明，每个游戏都能通关，所以这本书的答案不正确。

她指着书本道："哥哥，这本书的内容跟问题明明没什么关系！"

见她得意的表情，时奕眉眼带笑，淡定地回答："它的确不能告诉你正确答案，但可以帮你找到正确答案。"

当你翻开这本书，潜意识里想要看见的答案，就是你内心的选择。

虞稚一捧着礼物回家，专门为这本神奇的书腾出了位置。

她刚把书摆上去，又给抽了出来，用双手夹着书，默念了一个问题。

《答案之书》给出的答案是：当然。

晚上八点多，外婆又打了一通电话，关心妹妹的情况，爸妈说快要回家了。

晚上九点多，虞稚一等得有些犯困，但仍然守在门口。

"一一，你先去睡觉吧。"外婆不忍见外孙女这么疲惫地等待着。

虞稚一摇头，固执地道："我想再等等爸爸妈妈和妹妹。"

她想知道妹妹的病有没有好，想知道爸爸妈妈给她带回了什么样的礼物和蛋糕。

九点半的时候，虞凯和阮晴终于抱着小女儿回来了，手里还提着些塑料袋。

外婆迎上去，关心小外孙女："妍妍还好吧？"

"没事了，吃了医生开的药，回来的路上就睡了。"阮晴刻意压低了声音。

虞稚一不是那种话多的孩子，听到妈妈已经回答过"妹妹没事"这种话就没有再问关于妹妹的情况。她将视线移到了爸妈带回的袋子上，口袋都是比较扁的，绝对装不下蛋糕。

阮晴随手将东西放在了桌上，虞凯抱着小女儿去他们屋里。大家因为关心妹妹，也都跟了进去。她看见爸爸把妹妹放在床上，妈妈细心地替妹妹掖好了被角。

怕吵醒妹妹，一家人全到外面说话。

外婆问起小孩儿生病的原因，阮晴解释："今天去市里买东西的时候，妍妍看到那些美食吵着要吃，结果吃坏了肚子，又因为不适应这里的天气受了寒。去医院检查的时候才知道是急性肠胃炎，当时可把我们吓坏了。”

“那你们给一一买的蛋糕和礼物呢？”

“没来得及，就只有这些菜。”阮晴抬手指了下桌上的塑料袋，“本来以为能晚点去买，可没想到会折腾这么久。”

外婆知道虞稚一等待了一整天，都不敢去看孩子失望的模样。

阮晴看了眼时间，提醒道：“一一怎么还没睡觉？这都快十点钟了，赶紧回屋睡觉吧，小孩子睡晚了不好。”

阮晴脱口而出的也是关心孩子的话，可他们都不知道，孩子真正想要的是什么。

虞稚一憋住眼泪，跑回了自己的房间。

她很伤心，还有些生气，可不知道该怪谁。

准确来说，她好像不应该责怪谁。

爸爸妈妈是因为妹妹生病，才忘记对她的承诺，可为什么……偏偏是这个时候？

有父母陪伴的生日，她期待了整整七年，最终却等来了一场空欢喜。

吃过晚饭，时奕不时地将脑袋探到窗外，想看看对面的院子是否已经因为庆祝生日热闹了起来。

可现实的情况似乎很冷清。

他站在窗口想了想，从抽屉的存钱夹里取出一百块钱揣进裤兜，说：“妈妈，我出去一趟。”

“天都黑了，你要去哪儿？”

“就去买些东西，不远。”

“那你把妈妈的手机带上，有事往家里打电话。”

“行。”

这是在镇上，冬季八点钟的时候许多店铺已经关门了，但他还想去试试看。

时奕绕着镇子跑了一圈，终于找到一家即将关门的蛋糕店，问：“老板，现在还有蛋糕吗？”

“小朋友你来晚了，我们已经打算关门了。”

他看到老板将散装的蛋糕收起来，的确在是准备关门，真诚恳求道：

“老板，我妹妹今天过生日，你能不能再做一个蛋糕啊？”

“唉，这么晚了……”

“老板，生日一年只有一次，她真的很喜欢吃蛋糕，你就帮忙做一个吧，小蛋糕也行，拜托了。”他把一百元钱递给老板，没有丁点儿不舍。

老板是个心软的好人，见小男孩儿在这寒冬的晚上跑来给妹妹买生日蛋糕，心被戳动，也就答应了。只是工具都已经收了起来，再做一个蛋糕需要时间，他说：“现在做个蛋糕我估摸着得一个多小时吧，你能等吗？”

“可以的。”

他给家里的妈妈打电话，说明了自己的情况。

宁素雅听到他摸黑跑去蛋糕店给虞稚一买蛋糕，也不知道是该生气还是该欣慰。

明明时奕自己还是个小孩儿，在虞稚一面前却总是跟大哥哥一样。

但她也只是在心里想想，没阻止儿子的决定，说：“那你买好蛋糕的时候跟妈妈说一声，妈妈过去接你。”

时奕答应得很爽快。

为赶时间，老板做了一个 6 寸小蛋糕，在表面敷上奶油，上面还裱了花朵写上了“生日快乐”。

“小朋友，蛋糕做好了。”

“谢谢老板。”

老板没坑他的钱，按照平常的价格收的费，把零钱找给了他。

宁素雅来接人的时候，见儿子提着蛋糕坐在店里等候，两个人又对好心的老板道了谢，这才离开。

回到院子外，时奕便开口：“妈妈，我去把蛋糕送给一一。”

宁素雅想了想，这是两个小孩儿的友谊，她不好掺和，就说：“去吧，早点回来。”

“谢谢妈妈。”他很庆幸自己有一个善解人意的好妈妈。

这时候虞家夫妇刚从市里回来不久，小女儿睡着了，大女儿进了房间。忽然，他们见一个小男孩儿出现在家门口，阮晴这才想起来，这是时家那孩子。

“外婆，叔叔阿姨好，我是来找一一的。”时奕拎着蛋糕站在门口跟他们打招呼。

外婆知道时奕平常总是很照顾外孙女，所以对他极其喜欢，立即把人带了进来，问：“这么晚了，你找一一有什么事吗？”

“我给一一的礼物忘记了，我来送给她。”他没有直接说明礼物是蛋糕。

外婆了然于心，指着虞稚一的房间说：“一一刚进去，肯定还没睡。”

阮晴看着觉得有些不妥，拉着外婆小声说道：“妈，这么晚了，怎么能直接让男生进一一的卧室呢？”在她看来，男女有别，而且两个孩子已经十一岁了，应该懂界限了。

外婆白了女儿一眼，呵斥道：“你还说别人，你没看见刚才小奕手里拿的是什么吗？那是蛋糕！人家十一岁的小孩儿都比你们有心。”

隔间的屋内，虞稚一趴在桌上呜咽着。

她不敢闹脾气，觉得自己这么大了应该懂事，要体谅父母。她只是控制不住自己的情绪，竟还有些嫉妒妹妹可以生活在爸妈身边，对他们任性地撒娇。

咚咚咚——门口传来敲门声。

她连忙擦掉眼泪，跑到门边打开了一丝缝隙，问：“谁呀？”

确定小姑娘还没睡，时奕就大胆地推开门走了进去。

“哥哥！”虞稚一惊讶地望着他。

躲在门口的小姑娘被他揪了出来，他顺手一推把门关上，顺着头顶的灯光看清了眼前那张白皙的脸。

“哭了？”他低下头仔细地看了看，她的眼角还残留着抹过眼泪的痕迹。

虞稚一心虚地转过头去。

时奕大概猜到了原因，霸占了虞稚一的凳子，后背靠在桌边，将带来的礼物藏在了身后。

“为什么哭？”

他可不希望小姑娘把委屈藏在心里，任何事情都可能产生惯性，她憋了一次就可能会有下次，这样常年累积的话，那可就糟糕了……

虞稚一慢慢地挪到他面前，小声问道：“哥哥，你怎么来了？”

“不想见到我？”

"没有。"

"那就是想见到我了。"

这逻辑是不是有点问题？可她无力反驳。

"一一，你还没回答我的问题。"时奕定定地望着她，深沉的表情像是成年人一般。

"不想说？"面对虞稚一的沉默，他不断地用语言追击她，"很好，一一现在长大了，有秘密也不跟哥哥分享了。"他深深地叹了口气，打算站起来。

"不是秘密。"见他一副失望的表情，虞稚一顿时慌慌张张地按住他的手，"是因为妹妹生病，爸爸妈妈忘记给我买礼物和蛋糕了，我有些难过。

"我知道他们不是故意的，可竟然有些生气，感觉自己很不懂事。"

他盯着那张挂着泪痕的脸，脸上隐隐有一丝愠色。

果然，跟他猜测的原因相差无几。

父母因为一个孩子没有完成对另一个孩子的承诺，而受到委屈的孩子甚至不能生气，因为她怕被指责不懂事。如此小心翼翼，孩子怎么能够开心？

"一一，他们是你的父母，你觉得不开心，可以直接告诉他们。"时奕牵住她的手指，有阵阵暖流淌过心田。

虞稚一轻抿嘴角，说："爸爸妈妈好不容易回来一次，而且妹妹生病了，我是大姐姐，应该体谅他们。"

难得见到爸妈，她不想让他们认为自己不懂事。时奕完全理解了她的想法，但并不赞同。

"每个人都是第一次来到这个世界上，没有规定谁必须谦让谁。你愿意对妹妹好，那是你自己的意愿，而你想在生日得到礼物和祝福，这也没错。"停了一下，他又说，"只要你没有做坏事，就不必为了别人的看法而小心翼翼。"

虞稚一缓缓垂下脑袋，小声嘀咕："我就是有点难过。"

"别难过了，我给你带了礼物。"

"啊？可我已经收到礼物了啊。"

他笑而不语，将藏在后边的蛋糕拎了出来。

虞稚一瞬间眼睛放光！

“是蛋糕！”

“当然，我答应过每年都让你吃到生日蛋糕，绝对不会食言的。”

“谢谢哥哥！”她藏不住内心的感动和喜悦，紧紧地将时奕抱住。

“嘘，我们悄悄点蜡烛，这是送给一一的生日蛋糕。”他故意放低声音说。

虞稚一被这气氛感染，激动地点头，蜡烛被点亮的那一刻，心里的伤口瞬间被治愈。

她闭眼许愿，他低头温柔地注视着她，瞳孔中跳跃着明亮的火花。从窗外看，屋内映出的两道身影互相依偎在一起。

“《答案之书》啊，我今年能不能吃到蛋糕呢？”

《答案之书》：当然。

虞稚一十一岁的生日有些坎坷，但最终她是带着甜甜的好心情入睡的。

梦里，爸爸妈妈牵着她的手，带她来到了这个世界。

她期盼着长大，可这时候爸爸妈妈已经松开了她的手。

妈妈抱着另一个孩子，爸爸守护着他们，只有她一个人被遗留在原地。

难过、恐惧、孤独，可怕的情绪侵袭着她的世界。

可就在她最迷茫、最无助的时候，一个帅气的小哥哥出现了，再也没有离开过。

第二章

别　哭

“小奕，市里的实验中学那边来电话了，说你成绩优异，可以直接被保送到实验中学的重点班。”

九年义务教育，虽然学生可以直接从小学升到初中，但每个初中学校的录取分数还是有区别的。实验中学的重点班，汇聚了全市学习最厉害的初中生，那是不知多少小学生及家长的希望。时奕可以直接被保送，这是很多人羡慕不来的事情。

老师因为培育出这样一个聪明的孩子而感到自豪，在家长会上直接提了时奕的名字，引得众人对宁素雅羡慕又嫉妒。

家长会后，好些人跑来向宁素雅讨教如何教育孩子。

一来二去，班上的同学也知道时奕要去市里的重点班读书了。

“哇，我好羡慕他啊，我肯定考不进去。”乔乐芷望天感叹，随即戳了戳同桌，又说，“一一，你会直接升入镇上的中学吧？咱们成绩差不多，说不定初中也能在一起呢！”

虞稚一摇了摇头。

她从听到时奕被保送到实验中学重点班的时候就慌了。

听着周围的人议论纷纷，搞得她整天心不在焉的，下午放学走路时都在走神。

“看路！”时奕拎着她的书包，以防她撞到什么东西。

虞稚一憋了很久，眼看着快要到家门口了，终于忍不住问出声："哥哥，你真的要去实验中学重点班了吗？"

"也许吧。"

"那……那我们以后就不能一起上学了。"从她有记忆以来，时奕就一直在她身边，像她的亲哥哥一样。如果他们初中要分开，那她会很难过的。

"这样吧，你对哥哥撒个娇，哥哥考虑一下。"

虞稚一低头踢着地上的石子。

她是有些笨，可也知道上学很重要，这种事情哪里是撒个娇就能改变的？而且……"被宠的孩子才有资格撒娇。"

呢喃细语落入耳中，时奕耳朵一动，揪起她的马尾辫，使她不得不跟着扭头。

虞稚一回眸那一瞬间，看见那少年扬起嘴角，脸上尽是肆意自在的笑。

"哥哥宠你。"

九月金秋，又是一年开学季。

穿着蓝白色短袖的少年站在校园小卖铺前，递出零钱，向店主要了两瓶常温的矿泉水。

他生得一副好模样，不过才十二岁，那双桃花眼里就生出了些勾人的光。

有些女孩儿频频回顾，看到他时面容羞涩，但碍于家长在旁边，也没人主动去跟他认识。

"那个男生几年级的啊？"

"没见过哎，应该是新生吧。"否则这么出众的颜值，他们作为初三学生是不可能不知道的。

"他身边又没有家长，还来小卖铺买水，感觉不是新生。"

"跟去看看？"

有两个胆子大、好奇心强的学生悄悄跟了上去，操场上人多，也不容易被发现。

时奕左右手各拎着一瓶矿泉水，轻车熟路地走向教学楼的阴凉处。

这所中学他来过两回，早已把学校的路记熟了。

"给。"他把其中一瓶水拧开，递给了站在楼梯边上的女孩儿。

女孩儿抱着矿泉水瓶，喝了两小口，说："哥哥，我们现在去看分班吗？"

时奕嗯了一声，动身向前走去。

虞稚一跟时奕一起来报到，来之前她还有些担忧，不知道能不能跟时奕被分在同一个班。待看到排班表之后，她高兴得快要蹦起来了，高兴地说："太好了！我们还是同班，太有缘了！"

这就意味着，接下来的三年，他们还是可以在一起上课的。

时奕望着分班表，讪讪地摸了摸鼻子。

他拒绝了市里最好的实验中学，镇上的两所中学都争着往他家里打电话，他当时就提了一个要求，虞稚一必须和他同班。

走进教室，里面稀稀拉拉地坐了三分之一的人，时奕扫了一眼教室，对她说："挑一个。"

他这是让她挑一个位子先坐着。

虞稚一扭头，打量时奕的身高，开始往后排走。

在小学常年坐在前三排的小姑娘坐到了倒数第二排的位子上，时奕当时就笑了，说："坐在这里，你打算上课看别人的脑袋啊？"

她只是想跟哥哥靠近一些啊。

时奕拎起她那空空的小书包，拉着小姑娘走到第四排，霸道地占了两个位子。

虞稚一踌躇地问道："哥哥，你坐在这里真的行吗？"

她总担心时奕会因为身高而被调去后排。

"到时候再说吧。"时奕倒是无所谓。

虞稚一偷偷环顾四周，班上的同学也不全是陌生人，有许多是跟她一个小学升上来的，不过平时不太熟罢了。

倒是时奕走到哪儿都是焦点，刚坐下就有人过来打招呼："真是时奕啊，没想到咱们同班了。"

时奕在小学的时候，那可是全体老师捧在手心里的宝贝。他从来不偏科，还为学校赢取过许多的荣誉奖。据说他在小学就已经学完了初中知识，连高中题目都会做。曾有人建议他跳级，可不知道什么原因，他更愿意一步一个脚印地慢慢升学。

虞稚一百无聊赖地趴在桌上，两只圆溜溜的眼睛望着前门，期盼下一个走进来的是熟人。

她看了一个又一个，终于，在一抹熟悉的身影映入眼帘时，激动得直接站了起来。

“乔乔！”她高兴地冲乔乐芷挥手，她们真的又在一起上学了。

新生们对陌生的初中生活充满了期待，期待能够在这里遇见形形色色的人。教室里闹哄哄的，热情的谈话声此起彼伏。

今天还不算正式开学，大家在教室里只为等待着发新书。这天气令人昏昏欲睡，虞稚一等着等着，眼皮一耷，直接趴在桌上睡着了。

乔乐芷刚跟后面不认识的同学结交完，回头正要唤虞稚一的名字，被时奕一个犀利的眼神制止了。她悻悻地举起手，不敢打扰。

九月的天气还是炎热，没过多久，小姑娘的额头和鼻尖都冒出了细细密密的汗。

头顶的风扇没什么效果，时奕将两份报名通知书叠在一起，手动制造着凉风。

他这样做并非一时兴起，哪怕手酸了也仍在坚持。

这让对他们不够熟悉的人看得目瞪口呆，悄声讨论道：“刚刚听到那个女生喊男生哥哥，他们是兄妹吗？这也太好了吧！”他们以为，时奕是一个“妹控”，一个好哥哥。

然而，已经和他们做了整整六年同班同学的乔乐芷竖起了一根食指，左右摇了摇，神秘地回答：“这都不算啥，以后你们就知道了。”

乔乐芷那句话没说清楚，大家仍然很羡慕虞稚一有个这么好的哥哥，照顾妹妹细心又温柔。

慢慢地，他们发现，扇风算个啥？

正式开学后，班主任按照身高重新排位子。依照虞稚一跟时奕的身高差，虞稚一必然不能和时奕坐在同排，好在她跟乔乐芷继续做同桌。

“同学们好，我是你们的班主任杨晓，很高兴……”班主任在黑板上写下自己的名字，开学就给大家灌了一碗心灵鸡汤。

班主任手中拿着入学成绩单，面向全班新同学问道：“我想临时选几名班委，有没有人毛遂自荐？”

有人面对陌生环境害羞，有人来到新环境反而自在，有两三个人跃跃欲试，却见时奕毫不犹豫地举起了手。

“他好有自信啊。”

“那可不？人家可是实验中学点名想录取的人。”

“那他怎么跑到我们班来了？”

“这就不知道了。”

时奕在小学当了三年班长，成绩又好，竞选班长几乎是板上钉钉的事。

可偏偏此刻又有一名女生举手道：“我也想竞选班长。”

“这个是我们学校的学霸，程清羽。”有人悄悄说。

两所不同小学的升上来的学霸竞选班长一职，老师公平地让他们共同处理事务，等到两个星期后以投票的形式选定班长。

程清羽铆足了劲儿，刚开学就请班上的同学喝饮料。

时奕呢，一场篮球赛就跟班上大部分男生混成了兄弟。这个年龄的女生对阳光帅气、成绩好、会打篮球的男生没什么抵抗力。

竞选班长时，时奕以五票的优势被选为班长。时奕为班长，程清羽为副班长。

部分同学的文言文默写没有合格，被老师罚抄十遍，虞稚一就在其中。

老师让班长和副班长监督检查，程清羽一脸严肃地在教室里走来走去，催促他们赶快抄写。时奕则跷起二郎腿，懒散地坐在后面闭目养神，完全不把这当回事。

程清羽想：再这样下去，老师一定会明白，她才是最合适的班长人选。

于是她更加严厉地检查监督。

有些人速度快，但字迹潦草，没过多久就抄完了十遍。

程清羽走来走去，发现虞稚一大半天都没有翻页，认为她在偷懒拖延时间，便说：“虞稚一，你写快点，人家都要抄完了，你才写到一半。”

这时候教室里很安静，程清羽一开口说话，靠在后排假寐的少年倏地睁开了眼。

虞稚一翻了翻已完成的四遍抄写，认真道歉：“对不起，我写得比较慢，但我会写满十遍的。”

她从小写字就很规矩，一笔一画不容出错，所以速度比较慢，哪怕是抄写，那字体也漂亮得跟写书法似的。

程清羽盯着她的字迹，嘀咕道：“字写好看又没用，还不是要抄十遍，你赶紧的吧。”

快放学时，隔壁班的一个女生往虞稚一的怀里塞了一封信，说：“虞稚一，拜托你把这封信转交给你哥！”

还没来得及拒绝，女生已经跑得没影了，虞稚一捻着粉嫩嫩的信封，有些犹豫。

临近十月的天气还有些燥热，坐在窗前写作业的女孩儿有些心不在焉。

她悄悄将那微微隆起的课本翻开，里面正夹着一封粉色的书信。

她又不傻，这么明显的东西，肯定是情书！

这是别人托她转交给时奕的情书，令她犹豫不决的是，她该不该替那个女孩儿把这封信送出去？

其一，这不是她承诺会完成的任务，是别人硬塞给她的。

其二，学校不允许他们这个年龄的学生谈恋爱，万一这封信影响到时奕怎么办？

可是，这毕竟是人家想要给时奕的。

她自个儿纠结了半天，终于在下午出门去了时家。

周末宁素雅休息，见敲门的是虞稚一，将她喊了进来。

“哥哥不在家吗？”

“好像说是跟朋友约出去打篮球了，一会儿就该回来了。”

“那我等他。”

“正好我要出门买菜，——你就在家等会儿，桌上有水果和零食，想吃什么自己拿。”宁素雅对她一向照顾，也很放心将她留在家里。

虞稚一连连点头。

宁素雅出门没一会儿，门口又传来了一阵窸窸窣窣，像是钥匙插进锁孔的声音。

她跑到猫眼处一看，见外头那人，忽然起了玩心，躲在门后。

时奕刚从了篮球场回来，出了一身汗。他一只臂弯夹着篮球，另一只手将钥匙对准锁孔，插进去，然后拧开。

他径直踏进大门，余光扫到了一个身影，回头一瞧，跟门后站着的那个举着双手准备吓唬人的小姑娘面面相觑。

小姑娘眨眼，再眨眼。

他脚步倒退，向后移动，一脸淡定地回到门外，稍等了一会儿，再次踏进了门。

“哈——”

就在他即将迈进大门时，旁边忽然探出了一个小脑袋，小姑娘举着双手故作凶狠状。

时奕配合地往后一仰，面色惊恐，连手里的篮球都被吓得掉在了地上。

他拍着胸脯，嘴里还念念有词：“吓死我了。”

虞稚一连忙跑到门外将他的篮球捡回来，嘴角上扬的弧度越来越深，笑着说：“哥哥，你可以去当演员了。”

“小没良心的，我到底是为了谁啊？”时奕没想到她还玩这么幼稚的游戏。

见他身上有汗，她又勤快地打了盆清水端过来，将毛巾浸湿，拧掉大部分水，这才递给时奕。

时奕抓着毛巾随意擦了两下。

此刻，虞稚一坐在旁边，将书包搁在膝盖上，慢慢拉开拉链。

她悄悄地瞥了时奕一眼，最终还是把信取出来，拿在手里，说：“有人托我转交给你一封信。”

“什么信？”

“这个……”她将半掩在书包里的信拿出来，“你要看吗？”

粉色的信封本身就具有深层含义，他只是瞥了一眼便道：“扔了吧。”

“啊？”虞稚一万万没想到是这样的结果，“可是你还没看，万一别人在里面给你留了很重要的话呢？”

“如果这件事情对那人来说真的很重要，对方就不会随意以托人转交的方式把信给我。所以，这没什么可看的。”别看时奕年龄不大，在这种事情上却看得很开。

十二三岁的年龄对爱情懵懵懂懂的，但有些心理较成熟的孩子已经能够确定心里的喜欢和爱的情感了。

时奕知道不予回应，对方自然会打消心思。

他就当作没有这回事，懒得跟那些无聊的家伙发生更多的牵扯。在他看来，这个年龄段产生的感情都是很幼稚的。

他看着前面发呆的小姑娘，恨铁不成钢地戳了戳她的额头，说："还有你，有时间帮别人送信，不如多做两道题。"

"我也不想啊，可那人把信塞给我后就跑没影儿了。"

"以后这些东西就不要再给我了。"

"那好吧，我以后都不帮她们送了。"小姑娘听话地点了点头。

见她一副乖巧好欺负的模样，他不由得想笑，大爷似的往后一躺，指着那盆水道："去，把水倒了。"

"哦。"小姑娘听话地站起身，顺手将信放在了旁边，替他把用过的水端去卫生间倒掉。

时奕坐起身，用手指夹起那封信，毫不犹豫地扔进了垃圾桶。

这不是他第一次见到这种东西，倒是第一次从虞稚一手里接过来。

宁素雅买菜回家的时候，虞稚一已经离开了。

"一一走了啊？你怎么不留她吃饭呢？"

"她要回去帮外婆做饭。"

"一一真是个好孩子。"

她是好孩子没错，但她的这种贴心懂事是因为父母不在身边，必须让自己成长罢了。

宁素雅准备择菜，便将客厅的垃圾桶挪了过来，打开一看，里面那封粉色的信极其显眼。

对这种信，宁素雅见怪不怪了。

虽然儿子还小，但这种信她见了没有十次也有八次。

最开始发现她家儿子把人家的情书扔垃圾桶里时，她还有心思打趣，问他在学校是不是有很多女孩子喜欢。

时奕不肯接她的这个话题。

后来她发现扔进垃圾桶的信还都是未拆封的，更是诧异，问："既然你不看这些信，又干吗带回家？"难道是为了给他们做家长的看看自己在学校多受欢迎吗？

当时时奕怎么回答的？

"扔教室会被别人看见，放学后一一跟我在一起，路上扔不方便，所以只好带回家扔了。”

时奕这样，让宁素雅没办法把他当成一个上小学的小孩儿来看待。宁素雅转念一想，在她出门买菜之前垃圾桶里可没这东西，刚才只有虞稚一来过，这信不会是……不会是虞稚一送的吧？

她赶紧去敲了时奕的房门，说：“小奕，我问你个事。”

正抱着游戏机的时奕疑惑地抬头：“怎么了？”

“垃圾桶里那封信是谁送的？”

“不知道。”

“不是一一吗？”因为刚才只有虞稚一来过。

“妈，你想什么呢？怎么可能是她送的？那家伙笨死了。”虞稚一要是知道写情书，他时奕两个字倒过来念。

宁素雅点了点头，道：“说得也是。”

如果真是虞稚一送的东西，就算时奕不喜欢，也不至于未拆就扔进垃圾桶。

“我知道你聪明，不过妈妈还是想提醒你，现在最重要的是学习。”

“知道了。”他随意地抬了抬手，表示对那些事不感兴趣。

虞稚一以为，那封情书只是个意外，没想到在未来很长一段时间里，她又遇到了好几次这种情况。

能拒绝的她都拒绝了，拒绝不了的，例如直接放她的课桌上让她代替转交的，她还是会在放学时拿给时奕看。

时奕现在扔情书都不避着她了，毕竟当着她的面儿扔情书这事也不是没发生过。

“虞稚一，你以后要是再给我这些东西……”少年眼中掠过一丝危险的警告。

她连连摇头说：“我再也不送了！保证！”

就在她决定以后再也不接触这种事时，不知道从哪里传出了虞稚一悄悄把别人让她转交的书信扔掉的事。

大家对这种事情本就敏感，有人害怕自己的心意被发现，有人想着看热闹，所以私底下传出了一些不好听的话。

虞稚一表示很冤枉。

一开始她还能忍，直到偶尔一两个同学从她旁边路过，特意问她：“哎，听说隔壁班女生让你转交给时奕的情书，你直接扔了？”

“我没有。”

她解释过，不是当事人也不太在意，只当是在开玩笑。

后来一些话她实在是听不下去了，闷闷不乐地捂住耳朵，终于说出了心里话：“她们自己非要给我，最后还怪我没送到，这些人好讨厌。”

时奕哑然失笑，说：“我还以为你不在意。”

“哥哥！”她语调极重地唤了声，圆溜溜的眼睛瞪了起来。

他忍不住捏了一把她微鼓的脸颊，回道：“你就会冲我凶。”

“我哪有……”

“行了，这件事情交给我解决。”

“本来就是……”

“嗯？”他眉头一挑。

打算反驳的小姑娘立刻举手投降，改口道：“相信哥哥一定能够完美解决这件事。”

时奕行动速度很快，不仅替她解决了问题，还给全体同学敲了一记警钟。

周一的升旗仪式上，年级主任用委婉的言辞表示学校杜绝早恋行为。

这会议一开，大家都消停了一阵子。

“班长，昨天老师布置的数学卷子你做了吗？借来抄一下。”

时奕的学霸人设不倒，还让部分人养成了习惯。很多人不爱把作业带回家，总是等第二天来学校直接抄上答案。

这一次，他依然是大方地把数学卷子递了出去。

坐在前排的虞稚一往后面看了好几眼，悄悄拽住了乔乐芷的手，小声说：“乔乔，一会儿给我看看答案。”

“啊？你也要抄？”

这就奇怪了。

虽然虞稚一的学习成绩一般，但每次作业她都会认真完成，即便遇到不会的题目，也会请教时奕，再认真地写完。

虞稚一心虚地把卷子抽出来，卷子竟然一片空白。她悄声说："我昨天忘了带回去，没来得及做。"

"好吧……"反正答案传过来了，大家不抄白不抄。

数学课代表站起来，提醒大家交作业。

大家陆陆续续地把卷子传了过来。

数学课代表忽然捂着肚子，着急地拍了拍时奕的手，说："我去上个厕所，班长帮我收一下。"

"嗯。"他们是同桌，这种小忙没什么可说的。

部分人交来的卷子上，有道填空题他们所填的答案很明显是错误的。

时奕将视线落在填空题上，嘴角微勾。

努力抄完答案的虞稚一跑来后面交卷，他扭头一看，目光微抬，然后对她说："站住。"

虞稚一背脊发凉，心想不会第一次搞小动作就被发现了吧？

"卷子是你自己做的？"

"是……"

"行。"

虞稚一敢对他撒谎了，好样的。

数学课代表回到教室，将卷子收齐整理好，就在他要把卷子送去办公室时，时奕叫住了他："等会儿，我想起我有一个题需要修改。"

课代表对班长万分信任，直接把卷子推过去，说："那你自己找找。"

"嗯。"

时奕迅速地翻出某张试卷，将那道填空题原本的答案涂黑，重新写上了一个答案。

上课铃响后，数学老师沉着脸走进教室，啪的一声将手中的一沓试卷拍在讲桌上，生气地说："我发现最近班上出现了严重的抄作业现象！哪些人抄了作业自己心里有数，我现在给你机会主动站起来！"

老师把试卷分成了两摞，放在上面的那摞看厚度有十几张。心虚的同学低头看着自己的桌面，生怕自己被揪出来。

"没人站是吧？一个个的敢做不敢承认，等着我点名吗？"

虞稚一已经开始发抖了，甚至想要站起来承认，却被乔乐芷死死地按住了。

虞稚一咬紧嘴唇，心里发怵，心想她头一回干这种事，怎么就翻车了呢？

因为没人开这个头，过了好几分钟，还是没有一个人站起来。现在就是打心理战的时候了，看是老师的激将法厉害，还是心虚的学生先投降。

终于，数学老师先憋不住了，把上面那十几张卷子摆在讲台上，一个一个地念名字。

“张嘉祯、褚和怡……”

被点名的同学全部站了起来，相互看了几眼，发现还真是平常爱抄作业的那些人。

老师真是神了……

虞稚一的心里一直在打鼓，直到听见乔乐芷也被点名，她觉得自己完蛋了。

老师手里头的卷子逐渐见底，虞稚一总觉得下一个就是自己，可等到最后也没听见自己的名字。

虞稚一又惊又喜。

“你们这些人，可别说老师冤枉你们。”数学老师拿起粉笔，转身就在黑板上写出一道填空题。

数学老师敲了敲黑板，问：“站着的这些同学，你们说说这道题的答案是什么？”

有些人抄的时候根本没看题目，有些人还有点儿印象，但也不敢回答。

数学老师恨铁不成钢地大声说道：“你们不敢回答，我替你们答！你们一个两个的卷子上都写着根号二！”

抄答案的人不解：根号二怎么了？

那是填空题的第一题，又是班长的答案，肯定没错啊……

课代表看向时奕，小声问话：“班长，他们不是照你的卷子写的吗？我记得那道题的答案是 π 啊？”

时奕转动着指间的签字笔，说：“我是写的 π。”

不过他写得比较潦草，容易被人错看成根号二而已。

一两个人做错还有可能，但十几个人犯同一个不该犯的错，老师肯定会在意，生气是必然的。

被数学老师训了一顿，抄作业的那些人都有点后怕，但连抄答案都抄成这样，他们怪得了谁呢？他们总不能怪一直“照顾”他们的班长吧，所有的苦只能自己咽下。

课后，虞稚一特意从时奕的座位旁边经过，递给他一张字条。

时奕展开字条，上面写着三个字：对不起。

他看了一遍，将字条揉捏成团，扔进了垃圾桶里。

他从来都不需要她这三个字。

下午放学，虞稚一小心翼翼地跟在他身后。

时奕忽然停下，她直接撞到了他的背上

“哎哟。”她一不小心撞疼了鼻头。

“笨死了。”

“哥哥，对不起。”

“别跟我说对不起，我不喜欢听这三个字。”

“那我不说了。我不是故意骗你的，我昨天把数学卷子落在教室了，所以就……”抄了答案。

当她看见自己的试卷上的填空题被修改过时，就知道时奕已经发现她在撒谎了。

她是真的认识到了自己的错误。

“哥哥，你别生气了，我以后再也不会了。”她立即竖起三根手指，“我发誓！”

时奕淡淡瞄了她一眼，还是没松口。

为了哄好他，虞稚一直接背着书包去了时家做作业，遇到不会的题就问：“哥哥，这道题怎么做呀？”

她又是削水果，又是递水杯，不断献殷勤。

连宁素雅都看不下去了，对时奕说：“行了啊，一一哪里惹到你了，你还不肯松口啊？”

她平日不爱掺和小孩儿的事，哪怕他们吵架也有自己和解的方式，不过她还从未见过这两个孩子吵架。

宁素雅有些担忧，问：“真跟一一生气呢？”

时奕摇头：“没有。”

宁素雅又问：“那你这副样子做给谁看？”

“谁心虚谁看。”他要是第一次就轻易原谅虞稚一，那她以后还会犯错，索性从一开始就让她意识到：不能对时奕撒谎！

宁素雅扭头看着正努力剥瓜子的小姑娘，有些心疼又有些想笑。

这小姑娘单纯得很，怎么斗得过她那年少成精的儿子？

不一会儿，虞稚一将剥好的一小盘瓜子仁送到时奕面前，讨好般笑着说：“哥哥，吃瓜子。”

虞稚一知道，他喜欢这种小零食。

他拈起了一枚小瓜子，递到她的嘴边。

她微微张口，吃下了瓜子。

他收回手，说：“下次再对我撒谎……”

他话没说完，虞稚一就连连摆手，回道：“不会了，没有下次了，绝对没有！”

这盘由虞稚一辛辛苦苦剥出来的瓜子，最后还是送进了她自己的嘴里。

时奕以为，自己从小养大的妹妹会一直乖乖的，按照他所期待的那样长大。

没想到，初二那年虞稚一收到了一封情书，但是差点没把他自己给气死！

升到初二年级，学校按照成绩小小地调整了班级，班上多出了三名新同学。

这事本不值得时奕放在心上，直到……

开学两个月后的某一天，他打开虞稚一的书包拿笔，却发现里面装着一封粉色的信。

“又是这东西……”他习惯性地要扔掉信，却发现虞稚一拽住信封一角，不肯给他。

小姑娘眼神闪躲，怯怯地说：“这个不是。”

他眉头一皱，嗅出了一丝不同寻常的味道，道：“哟，不是我的，那是……你的？”

他一猜即中，惹得虞稚一脸颊泛红，支支吾吾却也不敢撒谎：“是……是我的。”

时奕挑眉，问：“你看过了？”

她摇头。

“那你打算怎么处理？”他问道。

“还没想好。”她觉得不好意思看，但又做不到像时奕那样扔得果断。

时奕皮笑肉不笑，觉得这小笨蛋胆子越来越大了，都开始背着他收情书了！而且她还不舍得扔！呵！

“这东西没什么好看的，扔了最好。”他想引导她把信扔掉。

“这样不好……”

时奕因为收到了太多情书所以不在意，这可是她第一次收到情书，也算是别人对她的一种认可吧？

见小姑娘反而把信捂紧，他暗暗咬牙。

但下一秒他又变成了一本正经的大哥哥，逐字逐句地给她讲道理：“哥哥理解你的想法，但你现在才十三岁，在学习之外还要分出精力去处理这些问题的话，会非常累的。如果你回应了他，到时候你们两个都会觉得很麻烦。你觉得对吗？”

“嗯。”这话逻辑清晰，听起来十分有道理，她表示赞同，“哥哥说得有道理。”

“这件事情就交给哥哥处理，OK？”

“好吧。”

就这样，时奕轻松地从她手中取走了情书。

这是他第一次拆情书，拆的还是男生写的。

书信辞藻华丽，内容不堪入目——至少在时奕看来是这样的。

他没有直接扔掉信，而是拿着信去找了那个男同学，说：“请你以后不要再打扰虞稚一了。”

大家都知道时奕是虞稚一的哥哥，哥哥表态了，那就代表了虞稚一的意思。

男同学又羞又涩，心虚地将这写满心意的东西收回。

时奕以为这件事到此就完结了，没想到那两个人还能给他整出后续！

期中考试之后班里调换座位，虞稚一竟跟那男同学成了同桌。

这谁能忍？

一周之后，虞稚一跟男同学被老师点名调换位置。无辜的两个人一脸纳闷儿。

放学路上，虞稚一随口提起：“不知道今天老师怎么忽然要我换位置。”

“听起来，你很舍不得？”

“也不是，就是很奇怪。”

“哦，可能老师看着不顺眼吧。”

不久之前，某班长一脸正气地走进办公室，站在班主任面前，诚恳地提出建议：“老师，我发现班上有两位同学上课总是爱讲话，我建议让他俩分开坐。”

幕后操作者一副与之无关的模样，将可能发生的纯情早恋扼杀在摇篮之中！

两个人在院门口分开，各自回家。

家中的大门开着，虞稚一直接走了进去，听见外婆在打电话。

因为老人耳朵不便，说话声音较大，虞稚一隐约听见了一些话。

“你们打算买房啦？”

“不在这里买啊？……”

“那一一上学怎么办？”

“哦哦，你们有安排就行。”

断断续续的内容组合在一起，大约是与房屋住宿相关。

等电话挂断，虞稚一直接问外婆：“外婆，你刚才在说什么房子？”

“一一回来了啊，我刚才跟你爸妈打电话呢。他们说这些年存了钱，打算在市里买一套房子，再过不久咱们就能住进新房子了。”

“哇！”新房子，虞稚一想想都觉得很美好。

可在高兴之余，她又想到了另一个问题，问：“买了新房子，我们就要离开这里了吗？”

“当然了，要是你爸妈买新房子，这旧房子得卖掉，这样还能为新房多筹一些款。”

虞稚一刚才还因为新房子高兴，听到这句话又变得惊慌了。

“买了新房子就要离开这里了吗？外婆，我想留在这里，我们能不能先不去新房子？……”如果搬去新房子，那她岂不是不能跟时奕一起上学、一起回家了？

从来没想过要跟时奕分开的虞稚一心事重重，当晚就做了噩梦。

她梦见自己提着行李箱跟在爸妈身后，跟时奕背道而驰。

从小到大一直都在一起的人，怎么可以分开？

她不想，一点儿都不想！

接下来的几天虞稚一总是心不在焉的。

“啊！”一不小心，虞稚一又撞上了什么东西，抬头一看，竟是时奕的手心。

“跟你说过多少遍了，走路不要低着头，我要是不在你身边怎么办？”

这小姑娘不知道什么时候养成的习惯，总喜欢走在路上想事情，走着走着就不看路了，他都不知道替她拦了多少回危险。

往常被训，小姑娘都会笑着卖乖，今日她的脸上却没有笑容。

她情绪低落地拉住了时奕的手，说：“哥哥，我们不会分开吧？”

“你这小脑袋瓜里整天想些什么？”

“前几天我听到外婆跟爸爸妈妈打电话，外婆说，爸爸妈妈他们准备在市里买房子，到时候就会将院子里的这套房子卖掉然后搬过去。”

刚才还想逗她玩的时奕一下沉了脸色。

回家之后，他径直进了卧室，把自己关在里面，晚饭都没吃。

时奕不是爱耍小孩儿脾气的人，所以当他说不想吃饭的时候，宁素雅以为他只是当时不饿。

可等到晚上也没见他出过房门，宁素雅不禁担忧起来，敲门说：“小奕，你开门，是妈妈。”

磨蹭了一会儿，里面的人终于将门打开了。

“你今天回来都没吃饭，还把自己关在房间里，是发生什么事了吗？”

“妈妈，如果一一搬家了，怎么办？”

“啊……”宁素雅完全没想到是这么大的一件事。

跟时奕谈论这些事情绝不能用敷衍的哄骗态度，宁素雅认真地思索了一番，缓缓说道：“一切分离都是为了下一次更好地重逢，儿子，我知道你跟一一感情很好，可你们在不断长大，总有一天会分开的。”

“为什么一定会分开？”

“因为每个人都是独立的个体，长大之后会拥有自己的生活。就算亲兄妹也会分开呀，这种分开并不代表你们再也不能相见，只是跟小时候的相处模式不同而已。”

时奕闭上眼，不悦地说："我不想。"

他知道母亲说的这些话是什么意思，好像每个人都应该面对分离，可他觉得这些话并不是百分之百准确的。

"妈妈你说得对，就算亲兄妹也会分开，但我跟一一不是。"他不会像幼稚小孩儿一样哭闹，应该想办法让他们更好地在一起。

虞家夫妻买房的事情还在计划中，他并不想杞人忧天。

网上有个十几岁的孩子玩转魔方的视频火了，便宜又好玩的魔方在学生群体中流行起来，有人为了学会转魔方，甚至专门背诵了魔方公式。

虞稚一觉得那公式挺神奇的，可她跟乔乐芷按照公式也转不过来。

虞稚一郁闷地说："同样是公式，怎么我就转不回原位呢？"

乔乐芷也哀叹道："难啊……"

两个小菜鸟正感叹着，教室后排传来劲爆的掌声："哇，班长厉害！"

"班长十秒钟还原了三阶魔方，你敢信吗？"

敢不敢信，他都做到了。

一直跟班长各方面能力较接近的副班长也铆足了劲儿，用时十五秒。

围观群众表示："大神"之间的战斗方式非常人所能及。

当下，学校举办了几场益智兴趣活动，鼓励孩子们在学习之余多掌握一些兴趣，例如：玩魔方。

学校支持他们的兴趣活动，甚至举办了比赛，还设立了奖金。虽然奖金不多，但大家都很想要。对魔方感兴趣的人跃跃欲试，不管三七二十一，只要能还原魔方的人都报了名。

为了鼓励更多人参加比赛，学校不仅设置了三阶魔方单人赛，还设置了团队赛，两个人可以一起参加。团体赛计算还原完所有魔方的总时间。

为了班级荣誉，程清羽主动找上时奕，说："班长，合作一次怎么样？"

"都可以。"他无所谓队友是谁，因为对自己的能力有信心。

乔乐芷最看不惯程清羽平日在班上嚣张的样子，听说她要跟时奕合作比赛，故意开了个玩笑，说："班长，我们一一也想参加，合作一次怎么样？"

乔乐芷明显是在学程清羽说话，众人哄堂大笑。

虞稚一连忙把乔乐芷拉住。她还原魔方的速度超级慢，根本就上不了台。

却没想到，时奕仍然毫不犹豫地应了一声："行啊。"

程清羽一听他要带上虞稚一组队，当即不悦，说："虞稚一根本就不会玩，咱们是要去比赛拿奖的，你别乱带人。"

"我高兴。"

"不行！我绝对不要跟她一队！"程清羽的目标是拿到冠军，她可不想被人拖后腿。

"那就不要组队好了。"

"我就说嘛，你还是有理智的，知道谁才是最好的队友人选。"程清羽自以为稳了。

可她没想到时奕说："我是说，我跟一一组队，请副班长你另寻高明。"

其他人听到这话大吃一惊。虞稚一："呃……你们别争，我没想参加这个游戏。"

时奕摊了摊手，不给她拒绝的机会，说："那不行，我都选你做队友了，你要是不参加，我的团队赛怎么办？"

虞稚一就是这样被推上比赛舞台的。

虞稚一看到别人的队伍合作默契，队员同时操作，还原魔方时间不过一两秒钟之差。她握着手中的魔方，手抖了抖，说："哥哥，我要对不起你了。"

就算时奕十秒钟还原一个魔方，可虞稚一还原一个魔方就没那么简单了。

"稳住，我们能赢。"

她知道自己有几斤几两，这次真的稳不住啊。

有些人参加游戏就为了好玩，几分钟完成复原的有，十几分钟未完成的也有。

程清羽上台前，从他们的座位旁边经过时还给了两个人一记别具深意的眼神，似乎在说：我一定会赢。

程清羽这组的成绩确实不错，她跟队友都是二十秒之内完成的。

等到时奕跟虞稚一这组比了，上台前，时奕只跟虞稚一说了一句话。

台上摆着两个魔方，他们有观察时间。

计时开始，时奕拿起魔方迅速转动，其他人甚至看不清他的动作。而虞稚一就站在那里，碰都没碰魔方一下。

“咦……”

“她怎么不动？”

正当程清羽等着看好戏的时候，时奕已经完成了自己的魔方复原，接着拿起虞稚一的魔方迅速转动，两个魔方完成复原的总时间加起来也才十八秒钟。

“哇！”观众看得目瞪口呆，简直不敢相信那种新闻里的速度竟然出现在了现实中。

程清羽当时就傻眼了，不可思议地说：“这……这怎么可能？”

可事实就是如此，那么多双眼睛盯着也没人怀疑时奕作假，毕竟他可是他们学校出了名的天才。

别人问起虞稚一当时为什么不动魔方，虞稚一解释道：“因为上台之前，时奕跟我说了一句话，他说：‘上台之后你不用动手，哥哥帮你完成。’”

她相信时奕，相信他的任何话。

圣诞节将至，学校流行起写贺卡。

虞稚一跟乔乐芷是小女孩儿心思，看着漂亮的贺卡就单纯地喜欢。

“一一，我送你贺卡，你也送我贺卡。”那个年纪的小孩儿都认为，付出是相互的。

虞稚一点点头，买了一张贺卡写给乔乐芷，还有其他几个平时经常玩的小伙伴。

可中午放学，她又一个人跑到了小卖铺里。

别人都有的东西，她肯定是要送给时奕一份的。她看中的那张漂亮贺卡有点贵，比普通的贵一倍。可她想把最好的东西给时奕，所以坚定地买下了那张贺卡。

虞稚一发挥自己所有的知识存储量，认真地写下了一大篇内容，只需要等到圣诞节，就可以把礼物送出去啦。

“听说国外很多家长会在圣诞节那天假装成圣诞老人给孩子送礼物。”

“如果真的有圣诞老人，你们想要什么礼物？”

休息时候，大家聚在一起闲聊。

扯起这个话题，大家都无所顾忌地把自己想要的东西说了出来，有的人说："我想买一套玩具，可惜我妈不给我过圣诞节。"

"我想要零食大礼包。"大家说得并非天马行空，而是很容易买到的东西。

"班长，你呢？"

当他们问起时奕时，虞稚一便竖起了耳朵认真听。

时奕随口说道："随身听吧。"

原来哥哥想要的圣诞礼物是随身听啊……

放假的时候，虞稚一独自上街，找到了卖随身听的地方。

太贵的她买不起，但那种功能简单一点儿的也要一百来块钱。

她平时没什么零花钱，攒一年的钱也买不起这个。

"小朋友，这款就剩下最后一个了，如果你喜欢的话，要抓紧时间哦。"

商店里就还剩下最后一个随身听，圣诞节马上就要到了，她想给时奕一个惊喜。

"姐姐，你帮我留一下行吗？我会尽快来买的。"

她赶快跑回家，敲开了自己保存好几年的陶瓷存钱罐，从里面取出三张五十块的钱。

她家亲戚不多，舅舅家又不主张给孩子压岁钱，过年的时候只有爸妈给她五十块钱。

时奕对班上兴起的这阵圣诞风真的不感兴趣，在他看来，那些人送贺卡就为了好玩，有的人还为自己收到的贺卡多而沾沾自喜，可谁知道这里面又有几分真情实意？

圣诞节这天，时奕的抽屉里被塞了很多贺卡，而他思考的问题是：要把这些东西扔在哪里好呢？

这可真麻烦！

他干脆把这些全塞进书包，在离学校远些的地方，一并扔掉。时奕是这么想的，也是这么做的。

当虞稚一看到这一幕时，内心又轻轻地被戳动了，问："哥哥，这么多人送你贺卡，你都不喜欢吗？"

“没什么意思。”他是真的不想收这些东西。

“可是……唉……”她也准备了贺卡，可没想到时奕不喜欢。

听旁边的小姑娘唉声叹气，他依旧觉得无所谓，说：“我要是把这些东西都带回家，再加上以前的，我家里还塞得下吗？”

小姑娘默默垂头。

她还是不要送贺卡了，反正他也不会喜欢的。

“我看你这书包胀鼓鼓的，不会是装了很多贺卡吧？”时奕忽然拎起她的书包。

虞稚一警惕地将书包护住。

瞧她这副着急模样，他反倒更想看看里面那些东西都是谁送的，一边拽书包一边说：“来，让哥哥看看，我们一一都收到了什么贺卡。”

“不给看。”她捂紧书包不撒手。

“不得了啊，一一长大了，跟哥哥之间有秘密了。”

小姑娘哼一声垂下了头。

又是这句话，她才不上当呢。

时奕平时的行为还算稳重，现在他反倒跟她玩起来了，直接抢了书包。

眼看着自己的秘密即将暴露，虞稚一急忙伸出手，却被时奕单手抓住了。

“小样儿，你抢得过我？”他嚣张地拉开了书包拉链。

虞稚一气急道：“那是我的书包！”

“小气的家伙。”他是看不得她生气的，逗一逗她也就罢了，“好了，哥哥不看就是，书包还给你。”

交接书包时，虞稚一还没拿稳，时奕就松了手。

这个意外让书包落在地上，里头的贺卡掉出来半截。

时奕视力极好，一眼就看清了贺卡信封上的三个字：赠时奕。

当时奕看到贺卡的时候，脑子里闪过的是：这家伙又帮人给他送卡片了？

但很快他就清醒过来，贺卡信封上的字迹分明是虞稚一的。

虞稚一也没想到会出现这样的意外，明明打算藏起来的东西被时奕发现了，现在觉得好难堪。

她连忙弯下腰将东西拾起来，塞进书包。

她正要拉上拉链的时候，手突然被时奕按住，他问："不是送给我的吗？"

虞稚一扯了一下，仍然动不了，低声道："你又不喜欢。"

"谁说我不喜欢了？"

"你都……不看贺卡的……"他扔了那么多贺卡，还亲口说贺卡没意思，可不就是不喜欢？

"别人的贺卡我自然不感兴趣，可一一不是别人。"

一听到这话，小姑娘果然欣喜地抬头，不再躲避他的眼神。

时奕轻勾嘴角，笑着点了点她的手背，示意她松开手，说："哥哥帮你背书包。"

小姑娘毫无战斗力，书包自然是被"夺走"了。

他轻易地取出那张贺卡，装进了自己的书包里，并且承诺："哥哥一定好好保存这张贺卡。"

虞稚一的心情跟坐过山车一样，一下子从低谷升到了顶端，现在她简直太激动了，于是胆子也大了起来，说："哥哥，我还有圣诞礼物送给你。"

"嗯？"今天的惊喜似乎格外多。

"在书包里。"她指了指自己的小书包，此刻正被时奕拎在手中。

时奕将书包放下，让她可以打开书包。

小姑娘把手伸进去摸了摸，找到一个长方形的包装盒，便将那东西取了出来，说："看！"

她把手掌摊开，包装盒上正是随身听的图案。

他大概已经猜到这个礼物是什么了。

小姑娘满心欢喜地将自己精心准备的礼物捧在手中给他看，说道："上次在班上听到你说想要随身听当圣诞礼物，这是送给你的。"

时奕也没想到竟然是这个原因。

小姑娘眨了眨眼，圆溜溜的眼珠水灵通透，眼神中包含着对他的喜爱。她期待地问："哥哥，你喜欢这个礼物吗？"

时奕将礼物收下，上前一步抱着她，轻轻地揉了揉她的小脑袋，声音格外温柔地说："很喜欢，谢谢一一。"

回到家后，他迫不及待地把随身听的包装拆开，装上了储存卡。

宁素雅看了一眼，见他手里的随身听换了个颜色，有些疑惑，问："我记得你前天买回来的那个随身听是蓝色的吧？怎么现在是银黑色的了？”

“换了一个。”

“换了？”宁素雅仔细看了两眼，总觉得不对，“这个看起来还没你之前那个好，多少钱？”

“妈，你就别问东问西的了。”

“我怎么能不问呢？你那可是五六百买来的东西，那么贵！”虽然时奕用的是奖学金，但五六百真不是小数目了。

“哎……”见母亲非要刨根究底，他轻声叹气，只得明明白白地告诉她，“这是一一送的礼物，我不知道多少钱，但我很喜欢。”

行吧，宁素雅懂了。但凡虞稚一送的东西，就算是颗石头，在时奕眼里那也是镶金的！

春暖花开的季节，已经是初二下学期了。

四月份的时候，阮晴忽然带着虞心妍回来住了半个月。

外婆跟妈妈都瞒着虞稚一，只说：“大人的事情小孩子不懂。”

她知道，大人是不想让她掺和，也可能是真的觉得她还小，不懂。

可她哪里不懂呢？

因为从小没有父母在身边，她本身对家庭的事情就特别敏感。当看见别人家的孩子在父母怀里撒娇时，她会非常羡慕；当看到妹妹虞心妍可以肆无忌惮地向母亲索要某些东西时，她也会嫉妒。

可她总是小心翼翼的，怕自己提出的要求令父母不悦，怕他们觉得自己不懂事，怕他们不喜欢自己。

她经常去时家，看惯了时奕跟爸爸妈妈相处的模式，再想到自己跟爸妈相处的情况，真是天差地别。

放学回家的时候，虞稚一在院子外面看见了正在玩耍的妹妹。

八岁的虞心妍本应该在上小学，妈妈却给她请了假，把她带回了老家。虞心妍穿着漂亮的裙子，头上扎着头花，看起来像个小公主。

虞稚一突然停住脚步，就在这里默默地看着她，眼里满是羡慕之色。

因为阮晴回来不用工作，有时间给妹妹编发，给妹妹挑选衣服，带妹妹逛街。

而虞稚一要上课，没时间。

“哥哥，你知道吗？”她忽然开口，自问自答，“我好羡慕妍妍。”

“——。”这是时奕第一次在虞稚一面前丧失语言能力。

“妍妍一直在爸妈身边，妈妈了解妍妍的一切。可能是我长得太快了，妈妈都忘记我今年已经十四岁了。”妈妈也给她买过一条裙子，可妈妈不知道她长大了，穿不下那裙子。

她没再说下去，扭头看向时奕时，又笑了起来，说：“今天还有很多作业，我有两道不会做的题，哥哥等会儿教教我吧。”

期中考试即将来临。

数学课代表抱着英语书痛哭：“啊，为什么要出现英语这种反人类的科目？我是不可能攻略它的，绝对不可能！”

别误会，数学课代表的英语成绩并不差，只是作为年级第一的同桌，他压力很大。

“自从上次开家长会，我爸妈知道我的同桌是年级第一名后，对我那是威逼利诱，还说我要是哪次大型考试能考到全班第一，就奖励我两千块钱。”

“哈哈哈，干掉班长，你就是第一。”

“怎么可能？……”他虽然是班上第二名，但跟班长差的不止一两分。

数学课代表正想着，班长忽然敲了敲他的课桌。

“做个交易？”

“什么？”

“让你考第一，但奖金得我们俩分了。”

“真的假的？班长你愿意把第一让我？”

“第一给你，钱归我。”

“好说好说，全给你都行。”第一名这个名头，对万年老二的数学课代表来说，简直是梦想之最。

期中考试成绩下来，数学课代表荣登班级第一的宝座，高兴得想放鞭炮庆祝，激动地对时奕说：“班长！班长！我谢谢你！”

时奕淡定地翻看着期中试卷，回道：“不谢，钱到位就行。”

数学课代表说话算数，开开心心地把自己得到的两千块奖金交给了他。

时奕看着这钱的厚度，从中抽出一半还给数学课代表，说：“这些就够了，其他的你自己留着吧。”

“班长，期末考试要不要再……”数学课代表挑了挑眉，明示暗示时奕。

时奕：“呵呵。”

两个人的这番“暗箱操作”，其他人都未察觉。

期中考试，时奕名次下降，老师非但没有找他的麻烦，还对他关怀备至，关心道：“时奕，听说你这次英语考试身体不舒服，作文没写，以后可得好好注意身体啊。”

“知道了，谢谢老师。”

因为“不舒服”而少写了英语作文的时奕被老师特别关照，宁素雅更是加强管理他的饮食。

总之，没有一个人批评他。

倒是有个小姑娘，紧张得不行，对他说：“哥哥，你考试那天不舒服吗？你都没有跟我说。”

“哥哥你那次是怎么回事？现在还会不会不舒服？”虞稚一记得那天回家的时候，她什么也没察觉到，真是后悔死了。

时奕被缠得没办法，低头在她耳边轻声说了几句话。

虞稚一顿时瞪大了眼，原来是——人有三急啊！

“哥哥在学校可是学霸人设，这种事就只告诉你一个人，可不能再提了，知不知道？”

“嗯嗯！——已经忘记了。”小姑娘很上道儿。

“看你这么听话，哥哥决定给你一个奖励。”

“什么？”

时奕带她来了商场，径直走向女装区，这里各式各样的服装让人眼花缭乱，最受小女生喜欢了。

虞稚一这才知道，他竟是要送裙子给她当礼物！

这里的裙子最便宜的都是一百块钱起，她可不敢要时奕花钱。

小姑娘要走，时奕直接把人拦在门口，说：“我运气好抽中了一张一百块钱的兑换券，可这里都是小女孩儿的衣服，给我家里人都不合适，只能给你用了。”

“一百块钱的兑换券，可不能浪费。”他一脸严肃地说。

虞稚一不信，时奕带她亲自去问了店员。

店员承认，是有这个优惠券，又补充道：“不过只有限定的几个款式才能使用这张优惠券哦。”

遇上这等好事，他们自然不能浪费机会。

店员给她指了几件，虞稚一从中选择了最便宜的那条裙子，浅紫色，衬得小姑娘肌肤雪白。

“哥哥，这个好看吗？”她原地转了个圈，裙摆飘起来，像绽放的花瓣。

他见女生都喜欢小背包，可那种皮包不适合虞稚一，于是凭借自己的审美，从架子上拿了一个珍珠链的熊包给她挎在肩上，可爱极了。

“嗯，好看。”

他催着虞稚一进去把裙子换下来，然后去买单。

趁小姑娘进入更衣室的时间，时奕直接将手中的熊包提起来，对店员说：“裙子，还有这个，都要。”

这些东西一共付款三百块钱。

见男孩儿对妹妹这般大方，老板都忍不住称赞：“你真是个好哥哥。”

时奕笑而不语。

虞稚一把紫色裙子拿出来，时奕交给店员“兑换券”，交易就算完成了。

就在这个时候，时奕又把熊包挂在她身上。

虞稚一拎着珍珠链，一脸疑惑地说：“这个是店里的东西。”

时奕：“嗯，老板说你可爱，送你了。”

虞稚一才不信！

老板及时出现，解释道：“这本来就是个便宜的摆件，小姑娘喜欢就二十块钱给你。”

虞稚一连连摇头，拒绝：“不要这个了。”

时奕按住了她的脑袋，说：“我已经付钱了。”

虞稚一皱起眉头，问老板：“那能退吗？”

老板摇头，说：“不好意思，刚才你哥哥已经把吊牌剪掉了，概不退货。”

老板都这样拒绝了，她还能说什么？

虞稚一为难地跟时奕商量：“哥哥，等我下次存够了零花钱就还给你。”

这次他没有拒绝，只说：“好吧，不着急。”

就这样，她拎着购物袋，挎着小熊包开开心心地回家了。

她迫不及待地想换上小裙子，再跟妈妈和外婆分享这个幸运的好消息。

可当她穿上新裙子，提着熊包出去时，却被妹妹拉住。

“姐姐，这个小熊好好看，我想玩！”

虞心妍一把拽住了珍珠链，捏了捏小熊软绵的耳朵。

虞稚一下意识地后退，将熊包护住，说：“妍妍，这个不是玩具熊，不能玩。”

“我喜欢这个小熊！”虞心妍再次抓住珍珠链，不肯再松手，还理直气壮地说，“你比我大，姐姐应该让着妹妹。”

虞心妍时常听见别人说，要让着小孩子。她是这个家里最小的，爸妈宠着，外婆疼着，自然就觉得她想要的东西别人都会给。

可惜这次虞稚一不会让着她。

“这个是我的熊包。”虞稚一试图把虞心妍的手指从珍珠链上掰开。

虞心妍无论如何也不肯松手，嘴里念叨着：“姐姐你就给我玩一下吧。”

若是其他东西，虞稚一就大方让给虞心妍玩了，可今天这身裙子和熊包，对她而言意义非凡。

这一次她真的不想妥协。

两姐妹争执起来，舅妈从门前路过，看她俩争着要玩小熊，顺口说了一句：“妍妍喜欢就让她玩一会儿呗，你是姐姐，别跟妹妹争了。”

“可这是我的东西。”这是时奕送给她的礼物，她根本就不是争。

舅妈哪里听得了小孩儿反驳自己，当即拉下脸色，说：“嘿，你这丫头，我就说了一句话，你这么凶做什么？”

虞稚一咬牙，手上力道加重了些。

她真是眼泪都快掉下来了，却努力忍着，不想示弱，说：“妍妍，我再说一遍，放开。”

“不，我就要。”虞心妍完全不讲道理。

终于，虞稚一忍无可忍，强行将虞心妍的手指掰开。

虞心妍挣扎着，两个人纠缠时，指甲不小心挠到了对方，虞心妍的手红了，虞稚一的手背上出现了一道刮痕。

舅妈连声招呼，终于把阮晴给唤了回来。

阮晴一进屋就见大女儿垂头站在门口，小女儿蹲在那里大声哭，立即就问："怎么回事？"

虞心妍一听到阮晴的声音，马上就站起来扑进了阮晴的怀抱中，哭着喊道："妈妈，姐姐打我！"她故意把泛红的手伸出去给阮晴看，眼泪哗啦啦地掉，"妈妈，我的手好痛。"

阮晴看向了虞稚一。

她知道这个大女儿性格文静，不信一一会无缘无故地跟妹妹打架。

她不急着呵斥，想先问清楚缘由，便说："一一，你跟妹妹为什么闹矛盾了？"

虞稚一扣住身侧的熊包，抬起头说："是她非要抢我的熊包，我说了这个不能玩，她不听。"

阮晴这才注意到虞稚一的这身裙子是新的，那熊包也没见她背过。

"你这衣服和包是从哪里来的？"

"哥哥送我的。"

哥哥……阮晴默念着这个称呼，当即明白女儿口中的哥哥就是时奕。

"他怎么送你这些东西？"

她上次逛街时见过这条裙子，那家店里的东西都要好几百呢。虽然两个孩子感情好，可时奕无缘无故地送几百块钱的裙子给一一，实在令人难以相信。

"哥哥有优惠券……"小姑娘老实交代了。

虞稚一对时奕的话深信不疑，可阮晴不信。

"妍妍，姐姐的东西有她自己的处置权，你不能任性。"阮晴先是教育了小女儿，又走过来对大女儿说："一一，你把衣服换下来，咱们去还给时奕。"

虞稚一之前还想将获得新裙子的喜悦心情分享给家人，现在却满心郁闷。

"为什么？"哥哥送给她的东西，为什么妈妈要让她还回去？

"你这孩子，你想想哪个老板会做亏本生意？你若是想要新裙子可以告诉妈妈，不能跟别人说这些。"

“不是我跟哥哥要的。”虞稚一反驳道。

阮晴指着她的房间，语气严厉了几分：“一一！快去换掉！”

阮晴想的是，肯定是女儿在时家人面前提起过这事，时家人心好给她买了裙子，可他们自己不能白占人家的便宜。

虞稚一不能理解母亲的思维，明明已经把买裙子的经过解释清楚了，妈妈却不肯相信。

她最终还是换回了以前宽松的旧衣服，将新裙子叠好放进了袋子里。

阮晴把虞心妍安顿好，直接拉着虞稚一去了时家。

开门的是宁素雅，热情地招呼她们进屋坐。

阮晴脸上带着不好意思的笑，说：“不好意思啊，打扰了。”

宁素雅端上水果和茶，两个大人说了一阵客套话。

虞稚一心情不好，一直没开口。

宁素雅注意到她的情绪，问她：“一一，哥哥在房间里，你要去找他玩吗？”

虞稚一刚抬头，就被母亲制止了。

阮晴一脸正色地将手中的购物袋递了出去，说：“阿雅，这个东西你们还是退回去吧。”

“什么啊？”宁素雅一脸疑惑地接过袋子，打开一看，竟是条漂亮的小裙子，明显是小女孩儿的东西。

“这是什么意思啊？”宁素雅表示不解。

见宁素雅这般反应，阮晴也皱起了眉，问：“这不是你们给一一买的裙子吗？一一还小不懂事，可这东西我们不能收，你看看还能不能退回去？若是退不了，我把裙子的钱给你们也行。”

“不是，我们没有给一一买过裙子啊。”宁素雅摇头道。

“那是……时奕买的？”阮晴也有些不解。

宁素雅赶紧去敲了时奕的房门，说：“小奕，出来。”

房间的隔音效果好，时奕戴着耳机，一时没察觉家里来了人，直到听见母亲砰砰的敲门声。

他一边玩游戏，一边走过去开门，问：“妈，有事？”

“你先跟我出来。”

“等会儿啊，我这把游戏还没完呢。”时奕靠着墙壁，没往外走。

时奕喜欢打游戏，家里人是知道的，因为他是在完成学习任务和作业的前提下玩耍的，所以平时他们不怎么管他。

宁素雅只好拿出撒手锏，说：“一一来了。”

刚才还沉迷在游戏中的少年立即拔了耳机去客厅。

两位母亲正要问裙子的事，他的目光立即就落在了虞稚一身上。小姑娘一直垂着脑袋，看起来状态不对。

“阿姨好。”他先跟阮晴打了声招呼，然后径直朝虞稚一走过去。

他眼神一定，见小姑娘的手背上有一道明显的红痕。

虞稚一下意识地想把手往身后藏，却被时奕稳稳地按住了手，他问：“怎么回事？”

“不小心刮到了。”

时奕心想，难道他看起来很好骗吗？

碍于阮晴在场，时奕并没有刨根究底，只说：“以后小心点。”

阮晴还惦记着裙子的事，说明了来意，时奕也大方承认：“裙子是我带一一去买的。”

“小奕，妹妹不懂事，让你花了钱，这些东西用了多少你告诉阿姨，阿姨还给你。”阮晴作势要递钱给他。

时奕听到阮晴这哄孩子般的语气，当真想笑，说：“阿姨，一一没有不懂事，裙子是我自己想要送给她的。”

他还说：“一一不知道这件事，也从来没跟我提过。我听说小女孩儿都喜欢穿漂亮裙子，所以才想送给她当礼物的。”

“那怎么行呢？怎么能花你的钱？你爸爸妈妈挣钱也不容易。”阮晴还是以为他花了大人的钱。

时奕回道：“阿姨，我用的是我自己的钱，跟我爸妈没关系。我有自己处理我的钱的权利，您心里想的那些都不用担心。”

从这些话里，宁素雅大概听懂了：是她这位早熟的儿子要给小女孩儿买裙子，还骗人家说不要钱……得亏这孩子是她从小看着长大的，这思维能力、这心思，有些大人也不一定有。

“阿晴，我们家小奕的事情基本都是他自己做主，既然他要给一一送礼物，你们就收着吧。”宁素雅在旁边调解，“两个孩子关系好，一一叫了小奕那么多声哥哥，他这个当哥哥的给妹妹买条裙子不算什么。”

阮晴真是晕头了。搞了半天，这件事竟然这么复杂？一个十四岁的小男孩儿竟有这么多的心思？

折腾了大半天，阮晴还是让虞稚一收下了裙子。

她不好意思再留下，想带着女儿回家的时候，虞稚一却不肯跟她走了。

宁素雅劝了几句，让孩子们自己处理事情去了。

阮晴离开后，虞稚一跟着时奕回到了他的卧室。时奕继续他未完成的游戏，虞稚一凑过去看，入眼的是一片星空，她感叹道：“这个游戏的背景图好漂亮。”

时奕回道：“这是宇宙全景。”

“我记得哥哥小时候还说自己要去宇宙呢。”

“就算哥哥去宇宙，也会拽着你一起去的。”

“去干吗？”

“不知道，无聊就数数星星。”

“星星那么多，根本数不过来。”

“我说，我数星星，你笨就数月亮吧。”时奕笑逐颜开。

虞稚一愣了一下，反应过来，有点生气地说：“哥哥，你太过分了！”

月亮就一个，还需要数吗？

“谁让你笨呢？”

“哼！”

宁素雅贴在门口，听到里面欢快的笑声也就安心了。

她想，原来自己儿子这么喜欢妹妹啊！那她是不是可以考虑生个二胎？

吃饭的时候，宁素雅故意逗时奕：“给你生个妹妹怎么样？”

时奕无所谓地耸肩，说：“你们高兴就好。”

“你不是很喜欢妹妹吗？”

“我只是很喜欢一一。”

被点名的小姑娘笑眯了眼。

宁素雅觉得这事态发展有点儿不对劲，等到虞稚一回家之后，特意去儿子的房间坐了一会儿。

时奕的桌上放着一本高等数学习题精解。

“小奕啊，妈妈问你个事。”

“您说。”

宁素雅迟疑着问道：“你是不是……喜欢一一？”

怕他直言喜欢，她又特别注明：“我是说，除了哥哥对妹妹的那种喜欢。”

时奕回道：“您想听真话还是假话？”

宁素雅说：“当然是真话。”

时奕随即放下了手中的笔，说：“妈，我才十四岁。”

“所以呢？”她只是想要一个准确的答案。

“在我还没有足够的能力去承担另一个人的一辈子之前，我是不会跟那个人谈恋爱的。”“喜欢”两个字很简单，但爱情包含了责任。

宁素雅似被噎了一下，若有所思地说：“你才十四岁……”

他才十四岁，就明白了责任和担当。

他们从来没有像别的家长那样反复禁止孩子早恋，只是因为她知道儿子几乎不跟除了虞稚一以外的女孩子玩。

“儿子，你是不是太早熟了？”她原本以为儿子对小姑娘的感情超越了兄妹情，最多不过是发展成男孩儿对女孩儿的那种喜欢，没想到他竟然认真思考过这些问题。

时奕指了指桌面上的高等数学资料，说：“智商如此，没办法。”

“好吧，既然你这样说，我就不多问什么了。”只要孩子懂分寸，她愿意尊重孩子的选择。

依照时奕的想法，等他能够承担另一个人的一辈子，那起码也得大学毕业吧？这样她还担心什么呢？

可宁素雅没想到，过了一年，时奕就“早恋”了。

阮晴带着小女儿回来住了半个月又走了，虞稚一的生活恢复了常态，如同普通的初中生一样，生活就是学习、跟朋友玩耍、学习。

炎热的暑假过去，他们再次升了一级，这学期踏进校门就是初三学生了。

校园里迎来了一大批初一新生，时奕的校草和学霸形象连续三年屹立不倒，惹得某些小学妹春心萌动。

这个年龄阶段表达喜欢的方式是羞涩的、小心翼翼的，大家有时候会在私底下讨论，却没几个真的敢冲上去表明心意。

可凡事都有例外，初一年级来了一个胆儿大的人，专门跑去初三教室等人，见时奕出现，她便将人拦在门口，问："时奕同学，谈恋爱吗？"

听听，多么直白的告白。

时奕无动于衷，只回了一句"抱歉"，便拉着身旁错愕的虞稚一进了教室。

他从书包里拿出一盒牛奶递给虞稚一，两个人小声说了几句话，虞稚一就回到了自己的座位上。

教室里的人对这两个人在一起的场景见怪不怪，毕竟在他们眼里，他俩是相亲相爱的两兄妹。

可偏偏那个被当面拒绝的女生是新生里的刺儿头，时奕对她跟对另一个女生的态度区别太大，很是扎眼。她心里不舒坦，又听到说学校禁止早恋，直接写了封告密信递到了教导主任的办公室里。

教导主任一打开这信就笑了。

时奕是谁啊？是他们学校的重点培养对象，大家都关注着呢！他早不早恋的，他们当老师的能不知道？

教导主任把这封信交给了时奕的班主任，说道："你瞧瞧现在这些孩子，都开始造谣了。"

"话不能这么说，时奕跟虞稚一走得太近，很有可能让别的同学误会，令他们产生不好的想法。万一大家都学时奕跟虞稚一，两个异性走得太近，很容易出问题的。"

但那两个人做什么都是光明正大的，又是从小一起长大，跟兄妹一样互相照顾，他们总不能因为这封信就不让他们交流了。

"要不然这样，有空的时候找他们两个私下沟通沟通，让他们在学校表现得不要太亲近。"

"嗯，这样好。"

老师的担忧不无道理，被谈论的两位主角浑然不知。

班主任决定按照教导主任的提议，私下找时奕谈谈。

午休时间，她来到班级教室外，大多数人趴在桌上睡觉，还有些睡不着的人正在做着自己的事。

班主任很少在午休时间来，今天来得巧，发现时奕的座位上趴着一个长头发的女生。

她不可能记错时奕的位置啊……

于是她又将视线移到前排虞稚一的位置，看到了时奕。

时奕坐在虞稚一的同桌的位子上，手里举着把小扇子正在给小姑娘扇风。

合着时奕是跟虞稚一的同桌换了位子，照顾虞稚一去了？难怪有人举报他俩早恋呢，亲兄妹都不一定照顾得这般仔细。

班主任轻声推门走进教室，来到时奕身边，小声道："你跟我出来一下。"

午休时间走廊上没什么人，安安静静的，正好谈事。

班主任跟他说了许多话，时奕从头到尾安静听着，不打断、不反驳，该表态的时候就回应两个字。

班主任说得口干舌燥，觉得差不多了，便说："时奕，刚才老师跟你说的那些话都是为了你们好，希望你们能理解。"

"我非常理解老师的意思，也知道该怎么做。不过我希望老师不要再去找虞稚一了，女孩子心思敏感，容易被影响。"

跟时奕聊天是件很愉快的事情，连老师都这么认为。因为他聪明，一点就通，而他说出来的话好听又让人无从拒绝。就好比现在这种情况。

班主任点头，反倒是向他承诺，不会去打扰虞稚一。

目送班主任离开后，时奕重新回到教室，继续坐到了虞稚一身旁。刚才睡着的小姑娘不知何时皱起眉头，好像快要醒了。

感受到熟悉的人回到身边，她慢慢睁开眼，搭在桌上的胳膊忽然垂下去，按着肚子。

"怎么了？"时奕察觉不妙。

"肚子有些不舒服。"

看她脸色都白了几分，时奕突然变得严肃，说："去医务室。"

虞稚一跟时奕离开教室，走到楼梯间，虞稚一的情况也没有缓解。

时奕真的急了，直接蹲在下一级阶梯上，弯下腰，着急地说："我背你去。"

“不……不用。”虞稚一不想让他太辛苦。

时奕拿她没办法，只是牵着她，又别扭地伸手从她身后揽住她。

虞稚一咬着唇瓣，忽然感觉身下有些不适，赶紧说：“哥哥，我想去厕所。”

“我在外面等你。”

虞稚一走进厕所，脱了裤子一看，发现内裤上面有红色血迹。

她心中猛地一惊。

生物课上学过这些知识，她知道这意味着什么，或许肚子不舒服也是因为这个。可这一切来得太过突然，她完全没有准备，这才发现裤子也被弄脏了。这下她要怎么办？……

厕所里面没有其他女同学，午休时间也很难等到人，她能求助的只有守在外面的时奕。

初潮对十三四岁的小姑娘来说，是难以启齿的，更何况要对男孩子说这件事。她努力地想将宽松的上衣往下拉，可再怎么样都遮不住身后那片突兀的红色痕迹。

小姑娘迟疑地走出厕所，时奕开口就问：“好些了吗？”

虞稚一摇头。

“那还得去医务室。”

见时奕伸手牵住了自己，小姑娘心里又急又羞，赶忙说：“哥哥，不是肚子疼……是……”

话到嘴边说不出口，因为她感觉太丢脸了。

“你到底怎么了？”

“我……生理期……”

这话一出，时奕顿时语塞。

他担忧半天，竟然是因为这个。

他每天都跟虞稚一在一起，即便男女有别，也知道这是虞稚一的第一次生理期。

大脑迅速回忆着看过的书籍，他大概知道该怎么处理了。

“你有那个东西吗？”

虞稚一摇头。

“那你先在这里等着，我去给你买。”

“哥哥……裤子脏了……”小姑娘是真的羞红了眼。

时奕最不想看到她哭，轻声安抚道：“一一听话，先去厕所里面，哥哥会帮你解决问题，一会儿找人给你把东西送过来。”

“嗯！”这个时候，她对时奕的话深信不疑，“哥哥，你要快点儿。”

虞稚一重新进厕所躲着。

时奕拔腿就跑回教室，不客气地将还在睡觉的乔乐芷叫醒，又把抽屉里的外套塞到她手上。

“一一现在在二楼的厕所里……”

他用简单的话将重要的事情告知了乔乐芷，乔乐芷打着哈欠，说：“可是我也没有带那个东西……”

这东西不好大肆宣扬，时奕立即说：“你先去二楼陪着她，叫她不要害怕。我去买东西，很快去找你们。”

“哦哦，好的。”

乔乐芷跟时奕兵分两路，一个去了二楼厕所，一个跑去楼下小卖部。

乔乐芷走到一半，一拍脑袋，自言自语道：“不对啊，这东西不是应该让我去买比较好吗？”

男生懂得怎么买女孩子的东西吗？他不会觉得尴尬吗？

现在没人能替她解惑，乔乐芷走进二楼厕所，试探性地喊道：“虞稚一？”

虞稚一伸出一只手，说：“我在这里。”

她以为乔乐芷这么快就把东西送来了，结果并没有。

听说时奕去给她买女生用品，小姑娘脸上的表情十分复杂，她说道：“乔乔，能麻烦你跑一趟吗？哥哥不会买怎么办？……”

“他说让我来这里陪你。”乔乐芷下意识地回答，转念想想确实不太好，于是改口，“那我现在去看看，你再等等，我们尽快回来。”

“好。”

乔乐芷刚走到楼梯间，就见时奕拎着一个黑色塑料袋跑了上来。

两个人差点撞上。

时奕跑得急，喘息声很重，一边走一边问：“你怎么在这儿？”

乔乐芷解释：“我想去找你来着，没想到你这么快。”

“你先把这东西拿进去。”他把塑料袋递给了乔乐芷。

乔乐芷心领神会，接过东西跑去厕所。

两个人在厕所里磨蹭了一会儿，终于出来了。

见到虞稚一，时奕的第一句话还是担心，他问："肚子还有没有不舒服？"

"已经好多了。"虞稚一低着头，双手扯着外套，还是有些拘谨。

乔乐芷说话没什么顾忌，反倒调侃起来："班长你也太牛了，你买东西的时候不尴尬吗？你当时跑得太快了，直接叫我去买就行了。"

时奕长长地舒了口气，打断她的话道："这些都不重要。"

尴尬什么的，都不重要。

乔乐芷一时没反应过来，顺口问了一句："那什么重要？"

他差点脱口而出：——最重要。

他嘴唇微动，沉吟道："没什么，先回教室吧。"

他当时完全没想过买东西会不会尴尬，只知道：小姑娘一个人留在那里会害怕。

初三上学期的冬季就是虞稚一的十四岁生日。

她的生日仍然跟往年一样，外婆会给她做很多好吃的东西，而时奕会陪她吃蛋糕。

只是……今年她没有收到爸妈寄来的礼物。

外婆按照往年的习惯给她煮了鸡蛋，说道："过了今天的生日，我们——就是十五岁的姑娘了。"

她今天是满十四周岁，不过在老人家看来，过了十四岁的生日就是十五岁的孩子了。

她也觉得自己长大了不少。

外婆提前买好了一些菜拿回家，做饭的时候，虞稚一就在旁边帮忙。

"外婆，我来做菜，您在外面等等就好。"小姑娘平日都会帮着做家务事，不让外婆一个人操劳。

外婆本要弯腰去端那水盆，就在蹲下去那一刻，脑袋发晕，差点起不来了。

虞稚一背对着外婆在洗菜，也没注意到身后发生的事。

外婆扶着墙壁站起身，只说了一句："我先出去看看别的东西。"

“好。”虞稚一继续忙着厨房的事。

外婆扶着墙壁才慢悠悠地走到客厅里，一下子就瘫坐在了沙发上。

她这头晕的症状出现过两三回了，但持续的时间不久。老人家没敢告诉外孙女，怕孩子担心，想着去医院浪费钱，在家休息一下也就挺过去了。

虞稚一下午去了时家，原先时家也让外婆一起过去吃蛋糕，可外婆觉得人家愿意对孩子好是因为喜欢一一，她再跟过去就不好意思了。

虞稚一待到晚上才回来，过了一会儿才问：“外婆，今天有人给家里打过电话吗？”

她跟外婆都没有手机，都是用家里的座机联系别人。

她还隐隐地期待着什么。

外婆看到她那副期待又不敢开口的模样，心里满是怜惜，但也只能摇头。

虞稚一回了自己的房间。

外婆犹豫了一会儿，主动给阮晴打去电话，想问问他们这做父母的到底干什么去了，女儿的生日连一句祝福都没有！

她们不晓得，此时的虞凯跟阮晴哪里还顾得上庆生？

“这日子没法过了！你干什么不好？你居然去……去赌！”

“阿晴，我错了，我真的知道错了，你原谅我吧，我以后再也不会了，咱们以后好好生活行吗？”

阮晴看着跪在地上求原谅的丈夫，哭红了眼。

她上半年带着小女儿回老家就是因为跟丈夫吵架。

他们在外面工作这十年攒了一些积蓄，开开心心地计划在市里买房，想着以后在外边也能有个好归宿。

可谁知那时候虞凯听信了别人的话，拿了几万块钱出去投资，非但没有赚到钱，最后又赔了几万进去。

几万再加几万，这对普通人家来说可不是个小数目。阮晴跟虞凯吵架，一气之下带着小女儿回了老家。

在虞稚一看来，妈妈和妹妹不过是回来住了半个月。但其实那时候虞凯白天来找过阮晴，求她原谅。

看在孩子的份儿上，阮晴心软了，也不敢耽误太多工作，所以只在老家待了半个月。

这大半年来他们的生活看似恢复了平静，可芥蒂一旦产生，之后就容易形成更大的冲突。

阮晴对虞凯起了防备心，但凡他有一点儿不对劲儿的地方就会怀疑、质问，两个人免不了发生争吵。两个人吵闹的次数多了，心中的不满与积怨就越来越深。

虞凯到底是个男人，每日回家看到妻子的脸色，终于爆发了，总是出去跟人喝酒，不知道怎么的沾上了赌博。

刚开始他赢了些小钱，有些沾沾自喜，第二天还给妻子和女儿买了一些好东西回去。

后来那哥们儿再拉着他去，他也半推半就地去了。他发现自己的手气很好，两三次下来竟然赚了上万块。他一个月的工资还不到一万，这东西玩两三次就能赢上万块。虞凯欣喜不已，有时间就忍不住去搓两把。

有些东西像是毒药，人一旦碰了就会上瘾。

当虞凯沉迷在这赚快钱的方式中时，现实却给了他致命一击！

他原本想着赌一次大的，买房的首付就赚回来了，可偏偏在关键时刻，他输得血本无归！原本他们计划好买房的首付，就这么没了……

辛辛苦苦攒了多年的钱因为丈夫两次犯蠢，白白打了水漂，这让阮晴如何咽得下心里这口怨气？

若非工作忙，请不到假，阮晴真想离开这里。

他们回到家里就开始吵架，被吵醒的虞心妍站在门口，揉着眼睛喊爸爸妈妈。

阮晴连忙去把小女儿牵走，哄道："妍妍，这么晚了赶紧睡觉……"

虞心妍也是八九岁的人了，父母不对劲儿，她能察觉出来。过了两天，阮晴直接带着小女儿去朋友家暂住了。

虞凯回家看着空荡荡的房间，跌坐在地上，彻底失了神。

过了不久，虞稚一从舅妈嘴里听说自家的房子买不成了。

她不知道具体发生了什么事情，只是听说爸爸妈妈因为房子的事情吵架了。

外婆坐在床上看电视的时候，虞稚一进去陪她坐了会儿，纠结了好久才开口问道："外婆，爸爸妈妈发生什么事情了吗？"

“没事，别担心啊，一一好好学习就是了。”和蔼可亲的外婆依然是只报喜不报忧。

虞稚一能询问的人也就外婆跟舅舅舅妈，大家都说一半儿藏一半儿，她也不知道事情有多严重。

可对暂时不买房子这个结果，她还蛮开心的，因为她可以安心地跟时奕继续在一起了。

正当虞稚一打算将这个消息告知时奕的时候，却在时家听到宁素雅满心欢喜地对时奕说：“我跟你爸爸前两天去市区看了一套房子，靠近那边的学校，风水也不错，等你考上高中，咱们一家就可以搬过去了。”

当初时奕选择在镇上念初中，但高中肯定是要去市区的。况且以他的成绩，他考进本市最好的学校也没问题。

这几年时家夫妻俩的工作都很顺利，时父两个月后将要升职调去市里，他们是打算等到时奕初中毕业就彻底搬家了。

“对了，一一，你们家那房子选定在什么地方了吗？如果隔得近，到时候你跟哥哥还可以每天一起玩呢。”宁素雅是真心想问这个问题。

她之前听旁人说过几句，可这都一年了买房的事还没落定，她作为外人也不方便查问别人的家事。这会儿自己家已经确定要买房搬家，她倒是顺口提起来了。

虞稚一暗暗咬牙，摇头道：“我不知道。”

宁素雅没再追问，可这个消息砸在虞稚一的心头又是一阵难受。

她不搬家了，时奕却要搬走。

所以他们两个注定要分别吗？

时奕了解虞稚一，哪怕她多眨了一下眼睛他都会留意，更何况虞稚一根本藏不住心思。

卧室就剩下他们两个了，时奕才问：“怎么了？不开心？”

她仍然摇头，说：“我只是不知道以后会住在哪里。”

时奕的手落在她的头顶，他安慰道：“还早着呢，别想这些有的没的。”说到最后他又开起她的玩笑，“本来就很笨了，脑袋瓜里还装那么多东西。”

时奕的作业早就完成了，虞稚一得靠自己慢慢写。

时奕坐在旁边打游戏，没有发出声音，虞稚一偶尔转头看他一眼，尽量不用问题去打扰他。

最后她把会做的题都完成了，剩下不会的题空着。

时奕的游戏正到关键时候，虞稚一转了一下椅子，正面对着他，圆溜溜的眼睛一眨不眨地盯着他，等他得空。

时奕瞥了她一眼，放下游戏机，半边身体探过来，问："哪道题不会？"

虞稚一翻开练习册，将空着的题指出来给他看。

时奕熟练地从笔筒中抽出签字笔，扯过草稿纸，画图辅助讲解："圆心为点 O，AB、CD 是两条在点 O 两侧的平行弦……"

讲到最后那两道题，时奕终于忍不住了，拿着笔在书面上敲了两下，说："虞稚一，这些题型我都讲过几次了？每次你都犯同样的错误！"

其实学到后面，练习册上对应的题型都是差不多的。

自知理亏的小姑娘扯着他的衣角，说："哥哥别生气，一一努力在听呢。"

在小姑娘的呢喃细语下，他就是有再硬的脾气也被磨掉了。

时奕做了个深呼吸，自己调节心情。

其实他也没发现，即使虞稚一每道题都重复询问，他也会一次又一次地详细讲解。

等到最后推算出答案，他还会确认一遍，问她："听懂了吗？"

小姑娘连连点头，在练习册上写下正确答案。

完成作业，她也终于肯袒露心扉，说道："爸爸妈妈好像吵架了，外婆说我们不搬家了。可我问他们爸爸妈妈到底发生了什么事情，他们都瞒着不告诉我。其实有一次我趁外婆不在的时候给妈妈打了电话，妈妈说她在工作，很忙，就没有回答我的问题。"小姑娘耷拉着脑袋，"我要是一直缠着他们问，他们会不会觉得我很麻烦？"

"我们一一这么可爱，没人会把你当作麻烦的。"

生活环境对一个人的成长至关重要，家是否和谐也会影响孩子的身心健康。这个小姑娘，最终还是因为缺失父母的爱而变得敏感。

虞稚一最近心情低落，把作业装回书包打算回家的时候，时奕跟着站了起来，说："送你回家。"

两家相隔不远，他们两三分钟就走进了院里。

舅妈正站在外面的洗衣台前搓洗衣物，跟隔壁的邻居扯闲话："我家那小姑子跟丈夫闹翻了，听说是准备离婚了。”

舅妈口中的小姑子自然是指虞稚一的妈妈——阮晴。

不巧，大人在小孩儿面前藏着掖着的秘密就这么被虞稚一听见了。

时奕动作迅速地捂住了她的双耳，似乎这样就能为她屏蔽掉外界那些不好的话。

虞稚一难以置信地睁大眼，身体微微颤抖起来。

对一个渴望家庭温暖的孩子来说，父母婚姻破灭，那是无法面对的噩梦！

时奕忽然伸手将人拉入怀中，小姑娘的半边脸颊被他按在胸膛上。

他微微低着头，另一只手绕至她的后背上轻轻拍抚，低声安慰道：“——可千万别哭，哥哥会受不了的。”

第三章

带你回家

舅妈说漏嘴，虞稚一听到了残忍的真相，再也忍不住，跑进家门给爸爸妈妈打电话。

很悲哀的是，哪怕到了这个地步，他们也不肯耐心地跟孩子讲道理，只用一句“大人的事小孩子不要管”就把她打发了。

外婆安慰她：“爸爸妈妈是怕你担心，这些事情你没办法帮他们解决，你就相信他们，好吗？”

虞稚一很难过，可不能向外婆表达太多的负面情绪。

夜深人静的时候，小姑娘坐在床前，一遍一遍地折着小星星。

她睡不着，一闭上眼睛，满脑子都是不好的事情。

她听说，折一千颗星星就能够实现人的一个心愿。

她知道，这种听起来很美的话并不真实，但这代表着人们内心对美好生活的期盼。她也会幼稚地想，若是这一千颗星星折成后，爸爸妈妈真的和好了呢？

这时候已经临近期末，虞稚一的考试成绩比之平时下滑了些。

还有一个学期就要中考了，老师对班上同学的分数比较在意，单独联系了虞稚一的家长，希望寒假期间可以给孩子做做思想工作。

阮晴接到老师的电话之后沉默了许久，最终还是主动找上虞凯，和他说：“一一的成绩下滑了，或许是因为我们的事情。不管我们的关系走到哪一步，我都希望能为孩子营造一个好的环境，至少在一一中考之前，我们不要影响到她。”

就这样，阮晴跟虞凯为了女儿的考试，暂时达成共识。

阮晴是怕耽搁女儿的学习，而虞凯是想着用这半年时间挽回妻子的心。

为了演足这场戏，夫妻二人带着小女儿在新年的时候回到了老家。

见爸爸妈妈带着妹妹一起回来了，虞稚一高兴不已，踮脚在时奕耳边分享好心情：“爸爸妈妈没有离婚，他们和好了，我以后还是有爸爸妈妈的孩子。”

时奕一直都知道，虞稚一渴望父母的爱。

见她这么开心，他也忍着没有戳破虞凯跟阮晴那貌合神离的演戏行为。

其实明眼人都能发现，但虞稚一看着他们时，仍觉得爸爸妈妈跟以前一样恩爱。

在除夕夜那天，她甚至将自己曾经以为“幼稚”的、装满一千颗星星的盒子拿出来许愿，说道：“希望我能跟所有我喜欢的人，永远不分开。”

她所喜欢的人，有没有血缘关系但像哥哥一样待她好的人，也包括像外婆、爸爸妈妈一样有血缘关系的亲人。

除夕夜，十二点的时候有人放烟花，虞稚一站在院子门口，而时奕就在窗边。

在这漆黑的夜晚，他们看不见彼此，但知道那个方向有对方在。

虞稚一把装着一千颗小星星的盒子放在桌上，看了一眼睡在旁边的妹妹，揣着美好的期待进入了梦乡。

可是第二天清晨，当她醒来发现装星星的盒子不见了，盖子摆在桌上，零零散散的星星落在了桌面及地上时，非常震惊，想知道是谁动了她的星星！

她脑子里第一个浮现的人就是——虞心妍。

虞心妍不方便跟着爸妈睡，也不愿意跟着外婆睡，自然就得跟虞稚一挤在一张床上。家里的大人应该不会把她的星星拿出来玩，最有可能的就是虞心妍。

那些落在桌上和地上的星星加起来也不过两三百颗，其他的星星去了哪里？

虞稚一连忙穿上外套和棉鞋跑出去。

“妍妍！虞心妍！”

她喊着妹妹的名字，找出去才发现虞心妍左手抱着装星星的盒子，从里面抓出小星星，如天女散花般将几十颗、上百颗的星星抛向空中，看它们像流星坠落，散在地面上。

虞稚一心中一紧，立即跑过去将盒子抢过来。她低头一看，盒子里哪里还有星星？星星都被虞心妍给扔光了。

那些她因为担心家庭破裂而在失眠的夜晚创造出来的心愿，被虞心妍当作一文不值的玩具扔在了地上，仿佛将她那些美好的期待踩在了脚下，让它再也无法实现。

虞稚一急红了眼，没有哭，而是被气得想……想教育虞心妍，又不知道该怎么办。

“虞心妍！你为什么要拿我的东西？”虞稚一觉得她不问自取即为偷。

“我就玩了一下啊……”虞心妍没想到姐姐会这么生气，但娇气惯了自然不肯低头认错，便指着地面上的星星，道，“大不了再捡回来就是了，又不会消失。”

“你做错事情还狡辩，你给我道歉！”平日虞稚一都是温柔体贴的大姐姐，可真有人触及自己的底线，她也要为自己寻求公道。

虞心妍不肯，还坚持说：“我就是玩了一下，又没把东西丢掉，捡起来就好了。”

两姐妹的争闹引起了外婆的注意，外婆看见地上的星星，心疼地拍了拍虞稚一的肩膀，对虞心妍说：“快把姐姐的东西捡起来，然后跟你姐姐道歉。”

虞心妍不肯。她一年也见不到外婆几次，对这个老人的印象并不是很深，只觉得长辈都会偏向自己。

这会儿她听见外婆帮姐姐说话，更生气了，故意踩了两脚地面上的星星。

虞稚一气得打了她的手。

虞心妍哭着要爸爸妈妈。

虞凯和阮晴回来后，一个哄着小女儿，一个安慰大女儿。

虞稚一盯着那个任性骄纵的妹妹，愤愤地握紧了拳头，又慢慢松开。

见外婆在外面为她捡星星，虞稚一忙挣脱母亲的手跑了出去，自己蹲在地上，小心翼翼地将星星捧回来。

此后的一段时间，虞稚一几乎不再搭理虞心妍。

每次虞心妍回来，总是想抢她的东西，她不得不承认自己内心的阴暗面，她不是很喜欢这个妹妹，想守护好属于自己的一切。

新年假期不长，虞凯跟阮晴已经买了离开的车票。

虞稚一还记得他们离开的时候，妈妈温柔地摸着她的脑袋，说："一一要好好学习，争取考进市一中。"

有了妈妈的鼓励，她信心倍增。

初三下学期的学习更加紧张，学校增加了晚自习。虞稚一也静下心来看书、做题，遇到不会的题目，哪怕冒着被时奕骂笨的风险，也会找他问清楚。

老师对两个孩子的学习状态很满意，因为全校都在关注时奕，所以他们也会关注一下跟时奕走得最近的虞稚一。

六月份高考的时间，初中学生放假，为即将面对高考的高三学生腾出教室考试。

这几天，虞稚一天天抱着书去找时奕。

或许是被虞稚一努力学习的行为感染了，时奕也暂时放下了游戏，陪她一起复习，巩固知识。

"哥哥，我们要是都考进市一中的话，接下来的三年就又可以在一起了。"

她想开了，即便她家不在市里买房子，她还可以住在学校里，那时候上课依然能跟时奕见面。

"哦……出生在一起，幼儿园在一起，小学在一起，初中在一起，高中还要在一起，那是不是大学也要在一起？"

"大学？"这对还在为中考烦恼的小姑娘来说有点遥远，但既然时奕问了，她还是认真思考了一下才回答，"听说大学有很多不同的学校可以选择，到时候我跟哥哥选同一所学校就好了。"

在她的脑子里，就没有跟哥哥分开这个想法。

"哦——"少年转身看向她，眉毛微微一挑，狭长的桃花眼有些蛊惑人心，“大学也要跟哥哥在一起啊，那大学毕业呢？你跟我一起工作吗？”

小姑娘眼睛一亮，开心地说：“啊，可以吗？我还不知道以后要学什么哎。”

时奕欲言又止，心想算了，她还小，问了也是白搭。

紧张的高考过后，初中生返校，继续埋头学习。

在这最后一个月的时间里，虞稚一铆足了劲儿。

进入考场那天，她一直保持着良好的状态，自觉发挥没问题，跟平常没什么不一样。

离开学校时，平时大大咧咧的乔乐芷忽然抱着虞稚一哭着说：“一一，我好像考砸了，我觉得我后面的选择题都涂错了。”

乔乐芷很伤心，并且表示以后大概不能跟虞稚一念一所学校了。

虞稚一安慰了乔乐芷许久，又觉得她现在的担忧有点多余，毕竟再担心都要等结果出来。

当然，这种话虞稚一得委婉地告诉乔乐芷，并安慰她。

乔乐芷抱着虞稚一哭了一会儿，直到时奕来领人。时奕嫌弃地对乔乐芷说：“巧乐兹，你哭就哭，别抱着我家一一。要是把她也带哭了，你负责？”

乔乐芷连忙擦掉眼角仅有的几滴泪，说道：“我负责就我负责！”

她想把虞稚一夺回来，却不料时奕嚣张地对她说：“你想得美！”

欢乐声传出来，乔乐芷果然忘记了伤心。

虞稚一跟时奕一起回家，跟他分享在考试之前听到的令她拥有好心情的消息。她告诉时奕：“爸爸妈妈打电话说等我考完了就回来看我，我一直计算着时间，就是明天了！”

她顺利参加了中考，为初中生涯画上了完美的句号。

但虞稚一还不知道，她所期待的明日，并非幸福的家庭团圆，而是将她推向了黑暗的深渊。

虞凯跟阮晴是在虞稚一中考后的第一天撕破脸的。

他们不再假装和睦的夫妻，直接把离婚的事情摊开了。阮晴告诉虞稚一：“我跟你爸爸已经没办法在一起生活了，这件事情必须得告诉你。”

父母离婚，两个女儿的归属就成了问题。

其实这事他们私底下讨论过几次，毋庸置疑，他们一人养一个。在他们心里，他们都更偏心于要从小养在身边的虞心妍。

“妍妍还不懂事，更需要母亲的照顾，我带着她最合适。”在阮晴看来，大女儿一直都很懂事，也能照顾自己，即便是跟着爸爸也让人放心。而小女儿娇气惯了，爸爸带着不方便。

虞凯想要小女儿也有两个原因，一是妍妍自己亲手带大的，感情更深；二是他想要跟阮晴争一争，大约是为了维护男人那点面子。

两个人心中都有人选，却偏偏要假情假意地来询问女儿的意见：“一一，爸爸妈妈分开之后，你想跟着谁？”

在电话里对她嘘寒问暖的爸妈，转眼之间撕破了脸皮，仿佛两个陌生人。

他们都在问她“想要跟着爸爸还是妈妈”，这是在让她自由地做选择吗？

可她更想知道另一件事，于是问：“爸爸和妈妈一定要分开的话，谁想要我呢？”

虞凯跟阮晴同时沉默了，虞稚一低垂着眉眼，已经知道答案了。

多么残酷的现实啊……

一夕之间，她体会到了从云端跌落谷底的感觉，甚至连中途求救的机会都没有。

他们早就计划好了一切，等到时机成熟，只管通知她：我们已经离婚了。

“爸爸、妈妈，你们真的好残忍……”

在得知家庭破碎的同时，她忽然发现自己没有被任何人选择，这样真的好残忍。

站在门口的外婆按着脑袋，待自己这头晕的症状好些才推开门进去，把小姑娘带回自己的房间。

“外婆，是不是一一不够好，所以他们都不喜欢我？”虞稚一双手掩面藏住泪汪汪的眼，一股强烈的酸涩感从嗓子眼里钻了出来，“我会做家务，还学了很多菜，可以照顾自己也可以照顾家人，也好好听话地努力学习，可是……”

她期待家庭和睦，哪怕是一家人真的走不下去，要分开了，即使自己难受，也会尊重父母的选择，甚至不求爸爸妈妈把她照顾得无微不至。

可为什么，他们都不要她呢？

听到孩子这饱含委屈的心里话，外婆心疼不已，搂着外孙女默默擦泪，安慰道：“我们一一是最懂事的孩子，外婆喜欢，外婆要你的。”

虞稚一是外婆从小养大的外孙女，外婆最是心疼她的。

小时候因为父母不在身边，她比同龄人更懂事，很早就学会做力所能及的家务。她帮着外婆洗衣做饭，从来不任性，更不会像某些顽皮的孩子那样总给家里添麻烦。

别人待她好，她高兴又珍惜，并且会用自己的方式予以回报。别人待她不好，她也只会将委屈藏在心里，不会对着人大吵大闹。

这是老人家见过最省心的孩子，可她父母对这孩子不够负责，终究伤到了她的心。

最后结果无法改变，阮晴带走了虞心妍，虞稚一以后就得跟着爸爸生活。

阮晴还要赶回市里去工作，而虞凯留在了老家。因为他赌博的事闹得有点儿大，他被原先的工作单位辞退了。

外婆发觉自己头晕的症状越来越严重了，迫不得已跟女儿交代了实话。阮晴带着母亲去医院做了检查，镇上的医院建议外婆去大城市动手术。

“妈，这边的医院治不好，您先跟我去我那边一阵子吧。”阮晴打算这次把母亲一起带走，到大城市的好医院去治病。

一开始外婆还在犹豫，可实在是怕出事，最后还是同意跟女儿去大城市治病。

临行前她对外孙女很是担忧，和阮晴说：“一一最近为你们两个的事情难过得很，若是让她晓得我这病这么严重，不知道又要伤心成什么样。”

外婆不忍心让孩子难过，跟阮晴商量好了一套说辞：“一一，外婆要跟妈妈去城里一阵子，你跟爸爸就先住在家里。”

虞稚一突然很害怕，紧紧地抓住了外婆的手，问：“外婆也要走了吗？”

“外婆不走，一一的妈妈也是外婆的女儿啊，外婆只是去那边住一阵子，很快就回来了。”

外婆是这么说的，虞稚一也只能选择相信。

她相信外婆只是去住几天，很快就会回来。

外婆说过不会抛弃她的。

从那天起，虞凯白天出去找工作，虞稚一就一个人待在家里。

虞稚一没事做的时候研究了一些好吃的东西，想给时奕送过去。她拿盒子将小点心装好，单手拎着，刚出院门，忽然发现有一辆搬家公司的车停在时家楼下，有几个人正往车里搬东西。

虞稚一愣在原处，这才想起很早以前宁素雅就说过，等时奕初中毕业之后，他们要搬去市区。

得知父母离婚那天，她一下子成长许多，不知道为什么就想起了时奕曾说过的话。他说："爸爸妈妈和孩子是一家人，会永远在一起。"

可事实证明他说错了，爸爸妈妈会分开，父母和孩子也会分开。

她跟时奕……最终也会分开。

那盒点心最后没送出去，被虞稚一摆在桌上，温度渐渐消失，变得又凉又硬。

下午虞凯回到家，心情很不好。

前几年他在外面发展得还不错，这次回来就看不上家里那点儿小钱，可若现在让他一个人出去，他既没门路，也没本金。

他找工作处处碰壁，心情自然不好受。

"饭呢？"

"桌上，有……"虞稚一揭开桌上的盖子，又替父亲盛了一碗饭。

虞凯很饿，迅速地吃了两大碗饭，盛菜的盘子里只剩下残汁，将碗筷往桌上一扔便不再管了。

虞稚一又把碗筷收去厨房，将桌子和灶台擦干净。

她整理好一切出来之后，看见父亲坐在沙发上抽烟，烟圈从他的嘴里吐出来，一股呛人的味儿散开来。她忍着难受走到父亲面前，迟疑片刻，道："爸爸……家里没米了。"

平时外婆会在附近的田里种菜，他们暂时不缺蔬菜，但米缸已经见底了。

她又把自己存钱罐里仅有的一些钱拿出来，跑去街上买米，却发现自己力气太小了，提不动，只好跟老板商量将这袋米分几次提回去。

她最后一次去提米刚巧遇到出门的时奕。

来人直接夺走了她手中的米袋，还问她："这么重怎么不让叔叔去提？"

"爸爸白天找工作已经很累了，反正现在放假我也没事，多跑两趟就可以。"小姑娘十分懂事。

时奕皱了皱眉，说："你体谅叔叔，也可以找我帮忙的。"

他陪母亲去了一趟市区办资料，没顾上虞稚一，转眼她就能自己扛米袋了？

虞稚一不自然地捏了捏手指，脸上露出浅浅的微笑，只是说："谢谢哥哥。"

虞稚一家里发生了变故，时奕每天都会过来陪她。

很不巧的是，时爸爸接到电话，说老家的父亲摔了一跤，住院了，希望儿子能带着妻子和孩子回去看看。

时爸爸听了之后十分心急，立即跟单位请假，要带妻子和儿子去看望父亲。

车子停在门外，时奕却拐进对面的院子，对父亲说："爸爸，我去跟一一说一声。"

父母理解他，只说："那你快点儿。"

时奕点头，跑进院子一瞧，却发现小姑娘站在洗衣台前，柔弱的小手费力地搓洗着大人的衣服。

时奕当即皱起了眉头，问她："你在干什么？"

"洗衣服。"她回他的话时手里还拎着一件衣服。

"怎么不用洗衣机？"

"夏天衣服薄，很快就洗好了。"

其实是因为洗衣服开一次洗衣机要半个小时，费电。

她前两天看过电表，里面的钱快没了，她得节约一些。

小姑娘低头搓洗着衣服，耳边的一缕发丝飘落下来，贴到脸颊上。时奕抬手帮她撩起那缕头发，小姑娘仰头看过来。

他想帮忙也没时间，微微叹了口气，说："一一，我跟爸妈要去看望爷爷，得离开几天。"

"哥哥也要离开吗？"虞稚一望着他，第一个反应是心慌。

见她失落的表情，时奕顿时明白她心里的想法。

这段时间她身边的亲人接二连三地离开，必然对她的心理造成了伤害。

他很心疼一一，但一一现在是平安的，他必须得回去看望爷爷。

时奕跟她解释："因为爷爷住院了，所以我必须回去看看。等爷爷好了，哥哥会回来的。"

他赶时间，不能停留太久，又仔细叮嘱她："有什么事情就给哥哥打电话，或者找邻居帮忙，不要像上次那样逞强。你在家里要好好照顾自己，知道吗？"

"好……"她只能答应，知道自己不能阻止他离开。

"哥哥等一下，我去拿个东西。"她忽然想起了什么，匆匆跑回屋。

趁这空当，时奕看哪家邻居还在家就跑过去说："阿姨，方便的话帮忙照顾一下一一，拜托了。"

虞稚一把桌上的点心全部装进干净的袋子里，拎了出来，对时奕说："哥哥，这个给你和叔叔阿姨，可以路上吃。还有，希望你爷爷平安无事，身体健康。"懂事的孩子都会说那些大家认为正确、好听的话。

其实她心里还有一句话：希望你还会回来。

时奕走后，虞稚一盯着空旷的门口看了许久，才慢慢收回心思，继续手里的事。她把衣服晾晒起来，回屋又开始洗菜，准备晚上的饭菜。

虞凯今天回来得晚些，身上还带着一股酒气。

"爸爸，你要吃饭吗？"如果爸爸吃的话，她得将饭菜拿去锅里热一热。

谁知她刚走上前就被虞凯推了一把，小姑娘没有防备，往后退了一步直接坐到了地上。

"吃吃吃，整天就知道吃！"虞凯把外面受的气全部发泄在女儿身上，说了好多难听的话，"要不是因为你，老子用得着留在这个地方？"

他没钱，没办法带虞稚一去其他地方安家。

虞稚一错愕地望着父亲，心跟被针扎似的起了痛意。

即便知道自己没有被选择，在她听到这么直白的话时，心里还是很难受。

哪怕她每天仔细做好家里的每一件事，宁愿花光自己存了多年的压岁钱也不找父亲索要，还是成为他的累赘了吗？原来在父母心里，她一直都是拖累他们的那个人吗？

泪水在眼里打转，她努力忍着不让眼泪掉下来。

妈妈说要回来看她，结果是回来告诉她她被抛弃的事。

外婆说很快回家，这期间却只有几通电话，甚至有时候是她主动打电话过去，说了几句就被挂断。一开始她会问外婆什么时候回来，对方总回答“再等等”，后来她就不问了。

哥哥说他会回来，说有事情可以找他。

可她要怎么找他？是告诉他，一一被所有人抛弃，再也没有家了吗？

虞凯找不到合心意的工作，为生活不得已只能去干那些苦力活。他白天在工作上受累受气，回到家后的脾气就越来越暴躁。

虞稚一甚至萌生找兼职的念头，可镇上这种小地方哪里会需要一个十五岁的小女孩儿做事？她问过的地方都拒绝了她。

虞凯的房间里闷着一股烟酒味，虞稚一每天都会去打扫，这几天家里多出了许多啤酒瓶和烟头，她甚至清理不过来。

虞凯喝醉之后就会对着她说很多难听的话，甚至会动手打她，酒醒之后又会抱着她道歉。虞稚一不知道该用什么样的心情去面对这个父亲，只是更加沉默了。

有一次连平日刻薄的舅妈都看不下去了，把她拉回家，对她说：“你爸也太过分了，我给你妈打通电话。”

虞稚一握紧手指，不敢承认自己在这时候心里都还留着一丝期待，期待妈妈会心疼她。

可当舅妈打通电话，刚和阮晴提起“虞凯”这个名字时，对方就匆匆挂断了电话。

刹那间，小姑娘脸色煞白。

她还在期待什么？心疼？她妈妈根本就不关心她的情况，哪里会担心她过得好不好？

这天虞凯在工地上跟人起了冲突，因为打架斗殴被辞退了。他又抱着酒瓶子喝得烂醉，坐在地上。

虞稚一试图唤他去房间休息：“爸爸，地板凉，你去房间睡觉吧。”

虞凯看到眼前晃来晃去的人影觉得心烦，抄起酒瓶子就朝她砸了过去。

“啊——”

寂静的夜晚爆发出一声惨痛的叫声。

时奕也没想到，爷爷摔倒去医院还查出了其他老年病。

爷爷想念晚辈，但因为时爸爸工作繁忙，宁素雅也不能请太长时间的假，于是就把时奕留在了这里。

爷爷对这个聪明的孙子极其疼爱，舍不得他走。

时奕这一住，住了快一个月。

爷爷出院那天，全家人都来接他。

时奕扶着爷爷，在他耳边叮嘱：“爷爷，以后不能再喝酒抽烟了，您需要保重身体。”

“我知道。”爷爷是老顽童性子，答应他们的话总是不算数，有时候还会悄悄把酒藏起来喝。

爷爷病好了，时奕就可以回去陪一一了。

他正想着，忽然接到备注是“杨阿姨”的电话。

“时奕啊，虞家好像真的出事了……

“我也是今天才知道，一一好像被送去医院了，我去他们家里看了看，地上还有血呢……”

虞稚一受伤的消息像一颗巨大的滚石砸进平静的湖水，在时奕心里掀起一阵翻涌不停的巨浪。

年少沉稳的时奕第一次被吓到惊慌失措，差点被自己绊倒。

他要回去。

宁素雅没阻止时奕，只是问他：“连一一的妈妈和舅舅都管不了的事情，我们要怎么插手？”

少年捏紧手指，眼神是那样坚毅，果断明白地告诉母亲：“敏感的小孩子被丢下一次就会质疑所有人的爱。

“妈妈，我不会丢下一一。永远不会！”

外婆从手术台上下来了，苏醒之后想给外孙女打个电话，却发现家里的电话打不通。

先前她一直在医院检查和治疗，有时候虞稚一打电话过来，但护士进来了她又不得不中断电话，后来打过去也只能跟外孙女说：“一一再等等，再过一阵子外婆就回去了。”

老人家手术前那段时间精神不太好，和稚一联系少。现在外婆平安地从手术台上下来，身体逐渐恢复了，心里最记挂的还是老家的外孙女。她发现电话打不通，便问阮晴：“小晴啊，家里的电话怎么打不通了？”

“啊？”阮晴也不知道。

刚离婚的时候，虞凯每天打电话过来求复合，她嫌烦，根本就不接。虞凯甚至找隔壁的哥哥嫂嫂来求情，后来嫂嫂打电话说起虞凯，她就直接挂了电话。

说起来，她们确实快一个月没联系了。

“妈你等等，我这就打电话过去问问。”

阮晴刚要给虞凯打电话，小女儿突然跑进病房，手里还拿着草莓味的冰激凌，开心地说：“妈妈你看，赵叔叔给我买的冰激凌！”

跟在虞心妍后面来的还有一个男人，穿着西装，看起来比虞凯顺眼得多。

“哎，叫你别惯着她。”

“没事，小孩子喜欢吃，给她买一个也无妨。”男人笑着摇头，又将双手提来的补品放到桌上，对病床上的老人嘘寒问暖。

外婆知道女儿离婚是因为虞凯败家，见女儿身边有优秀人士出现，也不好耽搁女儿的姻缘，便没在他面前提起过跟虞凯相关的事。

一来二去，那通电话又被耽搁下来了。

时奕赶去镇上医院的时候已经是下午了。

查到病房后，他匆忙跑上楼，差点在楼梯上摔倒。

这一路上他一直忍不住去想，小姑娘是生什么病进了医院？但那些猜想远远没有眼前的一幕带给他的震撼大。

虞稚一额头上缠着雪白的纱布，右边脸颊上也贴着纱布，下巴处还看得见伤痕。

时奕抬头的那一刻，双眼变得通红。跟着时奕过来的宁素雅也被吓了一大跳，吃惊地问：“怎么会这样？”

是啊，怎么会这样？

那个曾经会对他笑，会抓着他的胳膊撒娇的小女孩儿，如今毫无生气地躺在病床上，脸上满是包扎的痕迹。他甚至不敢相信这是虞稚一。

守在床边的舅妈犹豫着开口："说是酒瓶子砸的……"

她还记得当时虞稚一满脸是血地哭着敲开他们家的门，用微弱的声音喊着救命的场景。他们找过去的时候，发现虞凯还躺在屋里，醉得不省人事。

"当时我跟她舅舅连夜抱着她来的医院，医生把碎片取出来，又给她的脸上缝了针……"舅妈说出来都觉得残忍，更何况亲自经历过这一切的小姑娘。

"送她来的时候，她一直在哭。"舅妈说着说着，捂着脸哭了起来。

她承认自己平日里是有些尖酸刻薄，可当她看着丈夫怀里抱着的外甥女那么娇小、那么瘦弱，好像一不小心就会死掉的时候，内心是真的被触动了。

"到底是我看着长大的孩子，怎么可能不心疼呢？

"我是真不明白，她爸怎么下得去手！"说到最后，舅妈又骂起来。

见她控制不住情绪，宁素雅连忙安慰，把她拉了出去，说："咱出去说吧，别吵到病人了。"

这病房里还有其他病人，的确不是说这事的地方。

时奕在旁边一言不发，却从头听到尾。

他听懂了，虞凯竟然对女儿家暴。

所有人都以为，孩子跟着父亲即便不那么开心，总归还是有家的，可谁也未曾想到，那父亲如此狠心。

时奕弯腰站在床边，轻轻地握住了虞稚一的手，柔弱的小手那么纤瘦，冰冰凉凉的，都焐不热。

床上躺着的小姑娘那么脆弱，脆弱到只有轻微的呼吸声证明她还活着。

"一一，对不起。

"哥哥来迟了。"

他差点……差点就失去她了。

他早该知道，小姑娘经历了那么多事情，内心敏感得要命。她总是把自己的伤痛藏起来，努力将最好的一面展示给大家看，小心翼翼地讨好他人，怕被人抛弃。

他怎么能只听信电话里的那几句"没事"呢？

他早该知道的。

“一一还是小笨蛋，哥哥不够疼你吗？受了委屈你也不敢跟我讲？”他想求她醒过来，想她睁眼看看他回来了。

他想亲口告诉她，并且用行动证明：一一没有被抛弃，哥哥永远都在。

曾经有人问过他：“你不是最讨厌那些幼稚的孩子吗？你嫌弃他们的认知跟不上你的智商，那你守着虞稚一干吗？”

他的答案永远都是一句：“我乐意。”

是，守着虞稚一，他乐意。

从虞稚一牙牙学语到蹒跚学步，他一直看在眼里，从未把她当成麻烦。他只知道，当粉妆玉琢的小女孩儿仰起笑脸喊出第一声“哥哥”的时候，他就想守护她。

他想一直一直守护她，没有期限。

夜幕低垂，虞稚一是在晚上苏醒的。

时奕一直陪着她，她稍微有点动静时奕就能发现，他连忙按铃唤医生和护士过来检查。虞稚一微微睁开了眼，眼神茫然。

酒醒之后的虞凯满心愧疚，下意识地冲了过去，想问女儿的状况。然而就在他出现的那一刻，虞稚一的眼里浮现恐惧之色，她抓着雪白的床单想往后躲。

时奕连忙握住了她的手，轻声说道：“一一。”

听到时奕的声音，虞稚一仿佛抓住了救命的稻草，努力往他身边靠。但只要虞凯伸出手，虞稚一便吓得尖叫。

时奕拍背安抚她，却毫无用处。他抬头望着虞凯，神色冷然地说：“叔叔，能请你先出去一下吗？”

谁都知道虞稚一躲避虞凯的原因，看着往日温柔乖巧的女儿变成这样，虞凯后悔不已。

虞稚一的身体没什么问题，但她的伤口都在脸上，这对一个青春期的孩子来说，比身体的痛苦更难承受。

为了安抚她的情绪，虞凯没敢再出现在她面前。舅妈带来了一些清淡的食物，虞稚一却不肯吃。

她说自己吃不下。

一开始大家都不逼她，原想着她自己饿了就会吃东西，可她似乎感觉不到饥饿，一整天都不曾开口要吃饭。

时奕将盛着米粥的碗举到她嘴边，她仍然不肯张口，直接默默地别开头。

"一一还不饿吗？"

她仍然回答："吃不下。"

时奕耐心地哄着她："吃一点点，哥哥喂你。"

勺子碰到了她的唇，虞稚一终究不忍拒绝，微微张开口，勉强咽下米粥。

时奕松了口气，再递出第二勺，可就在虞稚一想要张口吃下时，她忽然趴在床边呕吐了起来。

她没吐出来，小脸被呛得通红，眼泪珠子挂在眼角。这番动作牵动了她脸上的伤口，她难受至极。

她不是耍脾气，是真的吃不下。

虞稚一的情况比他们想象中的严重，严肃的医生皱起眉头说："根据最近的检查结果来看，她的身体是没什么问题，病人可能存在严重的心理问题。"

沉重的心理压力加上受伤的痛苦，令虞稚一食欲减退，喂进去的食物也会被她吐出来，他们只能选择给她输营养液。

虞凯没钱，不得已联系了孩子的母亲。

舅舅也打了电话过去，阮晴终于肯接电话了："哥，有什么事吗？"

"你还知道接电话啊？你女儿快死了知不知道？"舅舅说的话有些狠，却真正把阮晴吓到了。

最终舅舅还是说了实话，阮晴拿着手机的手都在哆嗦，她声音颤抖着问："一一，一一她还好吗？我马上就回去，我马上就回去……"

外婆听闻外孙女出事，恨不得直接出院，可她的治疗进行到了一半，医生根本不允许她离开。

阮晴安抚母亲，说自己马上回去照顾孩子，又承诺跟她汇报真实情况，外婆才安定下来。

老人躺在床上，默默地擦眼泪，嘴里念着："一一啊……"

那么好的孩子，怎么就摊上这种爹了呢？！也怪她这身子骨没用，想回去陪陪孩子都做不到。

阮晴赶回来的时候，舅舅还松了口气，想着孩子对母亲总会在意的。

可谁也没想到，虞稚一见到阮晴的时候，仿佛看见了一个陌生人，低头玩着手指，闷闷不乐。

阮晴走过去，想摸摸女儿。

刚被她碰到，虞稚一又反射性地开始躲避，眼神里隐隐带着畏惧。

"一一，我是妈妈，妈妈回来了。"看着往日灵动可爱的女儿变成这般模样，阮晴泪流不止。

可是没用，现在无论阮晴说什么，虞稚一给她的反应只有躲避。

在虞稚一最需要陪伴与爱的时候，他们吝啬给予，所以现在她不要了。

她什么都不要了。

她是被抛弃的孩子，不再有任何奢望。

宁素雅下班来医院时，听到走廊边上有两个声音在吵。她听着有些耳熟，定睛一看，真的是虞凯跟阮晴。

"你怎么能这么狠心？！她可是你的亲生女儿啊，你怎么下得了手？"阮晴疾言厉色地质问前夫的恶行，"你知不知道她脸上缝了多少针？她多疼啊？！一一才十五岁，若是……若是女孩子最在意的脸蛋儿没了，你要她以后怎么办啊？"

女孩子大多爱美，虞稚一不可能不在意自己的容貌，只是她醒来之后，除了回答了几个简单的问题，基本上没有主动说什么话。

阮晴说几句话又哭起来，还伸手推了虞凯几下。

虞凯烦躁地抓着头发，蹲在了地上。

他被吵得心烦，也忍不住反驳："你说我，难道你就照顾过她吗？当初你还不是走得干干净净？！别以为我不知道你早就跟那个姓赵的好上了，你就盼着带妍妍改嫁呢吧？你哪里还记得一一？！"

阮晴更加激动，说道："你说什么呢？！你怎么能这么说我？！当初是你犯蠢赌输了买房的钱，你还有什么资格怪我？"

听到这里，宁素雅无奈地叹气。

女儿遭受了身体和心理的双重打击，这夫妻俩伤心的同时还不忘把责任推卸给对方。

说他们不爱女儿吧，他们又会心疼、后悔，也没真打算把孩子丢掉；说他们爱女儿吧，爹妈都不够负责，把好好的孩子伤成了这样……

虞稚一动手术的费用是舅舅给垫的，阮晴回来之后把钱还给了他。

因为这事，她又骂了虞凯一遍，说他一个大男人没用，连女儿的医药费都交不起。

虞稚一的脸伤需要时间恢复，可她不能一直住在医院里，因为那昂贵的住院费他们实在是承担不起。

几个大人商量着把虞稚一带回家，在她身旁留个人悉心照料便是。

怕吵到孩子，他们几个站在角落悄悄谈着这事。

“要是一一回去，你们打算让谁照看她？”宁素雅作为旁观者，脑袋最清醒。

虞凯跟阮晴、舅舅跟舅妈两两相望。

他们个个都不好先开口，还是舅妈忍不住，又开始刻薄地唠叨起来：“你们也真是，一一以前多好啊，天天做饭做家务都没有怨言，现在可好，不仅缺了一个帮手，还得分神去照顾她，谁有这么多的时间啊？”

以前谁听着这话肯定想将说这话的人打出去，可现在听起来，还真是没错。

这可不就是虞稚一的情况吗？

真有危险的时候，还是舅舅舅妈救了孩子的命呢。

轮到亲生父母表态，虞凯无奈地摇头，说：“一一现在根本不想见到我，我怎么照顾她？”

虞稚一见到他就躲避，心里对他这个父亲产生了恐惧与抗拒心理，这样他的确不方便照顾她。

阮晴又说：“我不是不想照顾女儿，且不说我那边工作走不开，妍妍需要我带，还有一一的外婆现在也需要我照顾，我实在是分不开身照顾三个人啊。”

阮晴心疼女儿是真的，无法分出精神照顾她也是真的。

再看舅舅舅妈呢，人家也要工作，替他们照顾是情分，人家不愿意接受孩子，那也勉强不来。

宁素雅懂了，问："所以，你们是都不能照顾一一了？"

四人沉默。

平时好脾性的宁素雅都被气笑了，生气地说："亏你们还是一一的长辈，她的血脉亲人。我今天站在这里就不怕说些得罪你们的话，一一今年十五岁了，花一般的年纪，在学校，哪个老师不夸她文静听话？在院子里，哪个邻居不赞她懂事？现在因为你们大人之间那点儿破事变成了这样！

"你们倒好，一个个的都是甩手掌柜，是想让已经受伤的孩子自力更生吗？

"不要觉得孩子懂事就不需要关爱，恰恰相反，这种孩子内心最敏感，最需要爱！我真不知道你们怎么想的，这要是我家的女儿，我是万万舍不得她受一分罪的。

"别说是孩子懂事帮着干活了，我宁可她娇气一些，什么都不做，总比因为懂事落得爹不疼娘不爱还被家暴的下场好。"

平日友善温和的宁素雅第一次跟人撕破脸，满腔愤懑，心绪难平。

身为亲人的他们被外人这么斥责，却偏偏反驳不了。宁素雅的每句话都戳在他们的心坎上了，可即便如此，谁来照顾一一这个问题还是没能解决。

他们没注意到，站在病房门口的小姑娘抓着门框，手指都在发抖。

虞稚一转身进了卫生间，把门关上，抬头看着镜子里的自己，额头上缠着难看的纱布，脸颊上贴着药，下巴上的伤痕也没好。

"真丑……"

虞稚一，你真丑，再也没有人会夸你可爱了。

她懂事有什么用？会干活有什么用？

"他们都说你可爱、懂事……"她盯着镜子小声说话，好像是透过这扇镜子看到了以前的自己，"可即便是这样的你也会被遗弃，你当时为什么要求救呢？"

若是她没有求救，就在那个夜晚安静地死去，现在那些人就不会再因为她争吵了吧……

那她也不会听见自己多么可怜，多么可悲，哪怕是到了现在，他们依然不肯要她。

她主动想要得到关爱时，那些人看不见她。现在她害怕了，躲避了，那些人更能以此为由离她远远的。

或许是她不配被爱，所以没有人会坚定地选择她。

她好想离开啊……

只有离开了这个世界，她才能解脱。

锋利的刀子划破皮肤的时候，她竟感觉不到疼痛。她觉得自己可能真的快死了，连痛感都消失了。

“一一呢？

“一一，是你在厕所里吗？”

咚咚咚……有人不断敲门，嘈杂的声音吵得她闭不上眼睛。

“虞稚一！你是不是在里面？！听到的话，就回答我！”

她听见了一个很熟悉的声音，那人似乎很着急，不断喊着她的名字。

虞稚一勉强睁开眼，轻声说：“哥哥……”

哐当——外面的人破门而入。

当时奕看见小姑娘坐在地上，手边全是血的时候，整个人都惊慌失措了，大声喊道：“一一！一一！”

后面跟来的大人堵在门口，他直接将小姑娘抱回了病床上，然后疯狂按铃叫来医生。

好在发现及时，伤口不深，虞稚一没有性命之忧。

所有人都松了口气。

时奕再也顾不上什么礼貌，盯着这群不可靠的大人，额头青筋隐现，紧攥着拳头质问：“刚才发生了什么？你们跟她说了什么？”

他不过是去外面吃了饭回来，他的小姑娘就变成了这个模样！这么多人留在这里，竟看不住她一个人？

时奕完全不敢相信如果自己再回来晚一点儿，会发生什么事情。他现在整个人的脑子都是乱哄哄的。

偏偏这些大人还纷纷摇头，表示不知道。

隔壁床的大妈弱弱地说了一句：“我刚才看到那小姑娘站在门口待了一会儿，后来就去厕所了。”

所有大人都愣住了。

刚才……

舅妈惊讶地说："一一是不是听到我们在讨论谁照顾她的事了？"

没人敢应这话。

他们只当是孩子受伤了心情不好，从未想过她已经生出了放弃生命的念头。

"呵……"时奕转身背对着众人，不再说话。

是他不该相信别人，很多人按照他们自己心里想的"不可能""不会"来考虑事情，直到悲剧真正发生，才会开始后悔。

在知道他们商量虞稚一出院之后由谁照顾的时候，时奕单独跟母亲谈了话。

"妈妈，你知道吗？当我看见一一毫无生气地躺在病床上时，甚至想报警……

"可我没有那样做，我无法确定——在失去母亲之后，还能不能承受失去父亲的痛，即便那个男人不配为人父。"

在表达了自己对那两个狠心父母的态度之后，他诚恳地说出了自己的目的："妈妈，我想带一一回家。"

时奕的决定在宁素雅的意料之外，又好像在意料之中，她说："小奕，这次的事情不像往常那样简单。"

虞家现在的情况十分复杂，不是像以前虞稚一随意跑来他们家里待一会儿就能解决问题的。

"妈妈，我知道选择一个人就要承担很重大的责任，但如果我现在因为畏惧而放弃了她，那才是我一辈子的遗憾。"

宁素雅蹙眉道："你也才十几岁。"

他才十几岁，何谈一辈子？

"我认为，每个年龄的我都有做出选择的权利，至少现在的我想要守护好一一，并且这件事将会持续很长时间。如果总是把现在想做的事情推给以后，谁又能保证将来会发生什么变数呢？"

"可是小奕，你忘记医生说的话了吗？她现在很可能患上了抑郁症。"那么可怕的病，摧毁了多少生命？

时奕向宁素雅请求，眼神是那样坚定无畏，又流露着无法隐藏的疼惜，他再次恳求道："妈妈，请您答应让我带一一回家吧。"

宁素雅捂住嘴，别开脸，不让儿子看到自己落泪了。

她吸了一下鼻子，沉声道：“你去跟虞家说吧，只要他们同意，我们就带一一回家。”

那孩子，也是她从小看着长大的女儿啊。

时奕点头，说：“谢谢妈妈。”

他几乎不担心虞家的人，那些人恐怕巴不得有人接手在他们眼中的麻烦吧。

但时奕还是分别找到虞凯跟阮晴谈了一次，表明自己的决定之后也没多说什么，只是最后都给两个人留下了同一句话：你们有千百个不重视她的理由，她却只有爱你们这么一个念头。

当孩子被父母伤害的时候，她不会停止爱父母，只会不断怀疑自己，甚至到最后放弃自己的生命。

两个人听后特别惭愧。他们活了几十年，竟还不如一个十几岁的孩子心思透彻。原本他们该是女儿最亲近的人，却变成了令女儿惧怕的噩梦。

时奕回到病床前，守着虞稚一从夜幕到天明。

“如果助人求取回报就会玷污一份善念。我没有大公无私的善念，可在你这里，我想当一回善人。”

一个甘愿付出，不求回报的善人。

宁素雅站在帘子后面听到了这句话，倍感心酸。

她还记得时奕回来之前跟她说的那句话“敏感的小孩子被抛弃一次就会质疑所有人的爱”，如今这话真真切切地体现在了虞稚一身上。

那个小姑娘大概是觉得，全世界都不再爱她了吧。

虞稚一终于睁眼。她两次劫后余生看到的第一个人都是时奕。

小姑娘面无表情，微卷的睫毛一颤一颤的，像蝴蝶轻轻扑扇着翅膀。

她脸上受伤的地方被遮盖起来了，剩下露出来的，最吸引人的就是那双圆溜溜的眼睛。往日大家都觉得那双水晶葡萄似的大眼睛充满灵气，如今却失去了光。

时奕就坐在旁边，安安静静地与她对视。

两个人沉默许久，他低下头，身体微微向前倾，在她面前轻声问道：“为什么要这样做？”

虞稚一闭上眼，不敢看他。

时奕没打算放过她，继续说道：“往日你皱皱眉头我都生怕你难过，掉两滴眼泪我就输给你了。

“现在你对自己这么狠心，是想自己死，还是想让我心疼死？

“哥哥对你这么好，你就是这么回报哥哥的吗？”

她闭着眼睛看不见，也就不说话。

“一一，你可真没良心。”时奕微微抬起手，把手腕搭在她那只未受伤的胳膊上，柔软温暖的指腹在她的手背上轻轻点了两下，语气却没有半点责备的意思。

“对不起。”她缓缓睁开眼，眼眶里噙着泪。

从手背上传来的轻微触感消失了，那双温暖的手掌将她的小手紧紧包裹住，他忽然笑起来，说：“既然你知道错了，那哥哥给你一个改过的机会，跟哥哥回家吧。”

回到院子会让虞稚一不断回忆起那些伤心的事情，时奕跟母亲商量着带她去市里。

时家在云阳市买的那套房子早已经装修完毕，先前就在陆续地搬家，现在直接住进去也完全没问题。

这是套三室一厅的房子，厨房和卫生间是单独分开的，对三口之家来说，这面积绰绰有余。

“刚好，左边空出的卧室可以给一一住。哎呀，当初我说买三室一厅真是明智之举。”在宁素雅亲口答应把虞稚一带回来的时候，就决定要好好照顾这个小姑娘，不会为此纠结的。

她把房间好好布置了一番，主要以浅粉和米色为主，摆放好基本的生活物品之后，又在房间里摆放了一瓶插花，让房间看起来更有生机。

搞定这一切后，宁素雅双手叉腰地欣赏整个房间的布局，自觉十分满意。

她回头，见儿子牵着小姑娘的手站在门外，连忙冲两个孩子招手，说：“一一，快进来看看喜不喜欢这个房间。”

“你要是觉得哪里不合适就跟宁姨说，随时可以改。”大约是心里接受了“养小姑娘”这件事，宁素雅竟有种养女儿的快乐感，对此也更加用心。

“谢谢宁姨，我很喜欢。”虞稚一内心很感动，用细弱的声音道谢。

这个被人精心布置的房间，本身就很温暖。

小姑娘很拘束，跟以前来时家的放松状态完全不同。宁素雅心里泛酸，但面色不显，倒是笑着说："那你们自己在这边玩会儿，我先去准备午饭。"

她出了门才摇头叹气，明明是大人的错，到最后承担一切的却是无辜的孩子。

现在所有人面对虞稚一都小心翼翼的，生怕吓着她，这反倒让她自己也无法放松。

时奕呢？该教育的时候他会指出虞稚一的错误，也不把虞稚一当客人。

"刚才带你在房子的每个地方都转了一圈，你记下了吧？"

"记下了。"

"那行，看到外面的饮水机没有？去给哥哥接杯水来。"

小姑娘接到指令，立马就走了出去。她知道饮水机摆放的位置，也晓得每个人的专属水杯，做这件小事毫不费力。

她接了大半杯水回来，递给时奕。

时奕自然地接过水杯，另一只手轻轻地在她的头顶碰了碰，似随口夸赞道："我们一一真乖。"

小姑娘嘴角微微上扬。

尽管她嘴角的弧度很快消失了，还是被时奕捕捉到了。

对虞稚一来说，她现在最缺乏的就是自信，她的心思那么简单，她想要的也不过是被人认可而已。

在医院的时候，医生对虞稚一做过心理测试。从时奕的观察来看，她的抑郁表现得有些明显：

她心情低落，注意力难以集中，有时候唤她的名字好几声她都不给反应；

她缺乏自信心，觉得自己没有存在的价值，甚至对未来没有明确的期望；

最重要的是，她出现过一次自杀行为。

时奕每天都会督促她吃饭，虞稚一还是很听话，尽可能地让自己吃下去，但她吃得不多。她原本就苗条的身形逐渐消瘦，时奕握着她的手感觉都能摸到骨头，她单薄的身子看起来弱不禁风。

“这样下去怎么行？越补越瘦了。”宁素雅想尽办法做了些营养餐，但作用不大。

看着宁素雅每次把做好的食物端到她面前，虞稚一是真的很想把它吃光，但她的胃不允许她这样做。

有一次她背着他们，偷偷逼自己咽下东西，最后却蹲在厕所里吐。

“这孩子真是……我宁可她不要那么听话。”宁素雅忍不住抹眼泪，再也不敢提让她多吃饭的事。

不过，这些日子还是有一点儿让他们感到开心的事，就是虞稚一没有消极死亡的想法了。

每次时奕去牵她的手，都会抬起她的手腕看看上面逐渐淡去的疤痕。

虞稚一向他保证：“哥哥，我不会再做傻事的。”

那次是她太累了。其实无论是那个夜晚向人求救，还是现在跟时奕回家，这些选择都是她想要活下去的证明。

她不想死，只是开心不起来罢了。

得到想要的答案，时奕心里也松了口气。他想，只要人活着，其他的事可以慢慢来。

“以后都不要再提了，哥哥这心脏不好，不经吓的。”他故意拍着胸口，用轻松的语气开了个玩笑。

小姑娘轻轻抬眸，视线移到他的心口的位置，把右手缓缓贴上去，轻声细语地说：“哥哥不要心疼，一一会听话的。”

她站在悬崖边，有人在最后一刻出现拉了她一把，将摇摇欲坠的她拽回了安全的地方，所以她活了下来。

那时候她知道，世界上还有人没有放弃她。

第四章

值得被爱

脸上的伤口已经结痂了，宁素雅跟时奕带着虞稚一去医院拆除纱布。出门时，时奕将一顶黑色帽子扣在了虞稚一的脑袋上。

拆除纱布的整个过程虞稚一都很紧张，从头到尾都不敢看一切能够照到自己的模样的东西。

医院开了新的药物给她，从医院走出去的时候，她将脑袋埋得很低，即便有帽子遮盖，她也会下意识地用手挡着自己的脸。

伤口在愈合，落在脸上的疤痕却很明显。到家之后，虞稚一几乎是第一时间钻回了房间。

时奕跟进去，见小姑娘坐在床头，她仍然垂着脑袋，双手搁在膝盖上，不断地发抖。

她不肯摘下帽子，因为那是她的最后一层保护。

“一一。”他蹲下身，从这个角度可以看清她的脸。

虞稚一连忙别开头，用手将自己的脸挡住。

她现在很丑，比缠着纱布还要丑。

“现在就不让我看了啊，以后都不想见到哥哥了吗？”时奕的手半举着，停在空中。

当然不是。虞稚一在心里反驳，嘴上却在贬低自己：“很丑。”

“怎么会？”他脸上泛起温柔浅笑，“一一只是受伤了，等伤口恢复还是会跟从前一样漂亮的，哦不，都说女大十八变，我们——以后只会越来越好看的。”

她微微一愣，挡着脸的手臂缓缓垂了下来。

然而这还不够，时奕戳着她头顶的棒球帽，说：“这么喜欢哥哥的帽子吗？戴上就不还了？”

小姑娘被逗得脸颊微红，将头顶的帽子取下，一把塞进他怀里，说道：“还给你就是了，小气鬼！”

这是这段时间以来，虞稚一难得的情绪外露表现。可她还是因为脸受伤这件事而难过，轻声说：“以后都不可爱了。”

时奕站起身，将手中的黑色帽子重新盖在她的头顶上，毫不迟疑地握住了她的手，语气坚定地告诉她：“你很可爱，值得被爱。”

工作日，宁素雅要去上班，只有虞稚一跟时奕两个人在家。

“下午记得把冰箱的肉拿出来解冻，你爸爸最近想吃稀饭，你到时候提前煮好。”这些是宁素雅交代给时奕的事情。

如今虞稚一的情况好些了，时奕也轻松许多，在虞稚一的房间里看看书、打打游戏。下午的时候他犯困，拿手机设置了闹钟便在床上倒头大睡。

坐在书桌前的小姑娘慢慢地回头，摸到手机，把闹钟关上了。

她打开房门，穿着凉拖鞋在家中走了一圈，把宁素雅交代过的事情全部做好了。

路过洗手池，她看到镜子中的自己，脸上的几道疤痕真是触目惊心。她匆匆别开脸，不敢再看。

今天下班早，宁素雅在楼下超市买了些水果回来，但一打开门就觉得家里有什么不对劲儿——

她感觉地板更干净了，家里的东西更整齐了，仔细一瞧，连她昨天随手放在鞋柜外面，说等今天下班再回来刷洗的鞋子也被洗干净放在阳台上了。

走进厨房，宁素雅看见了煮好的稀饭，还有几样洗干净切好的菜，还有个盘子里装着切好的食材配料。

不对劲儿……她家儿子哪儿哪儿都好，就是厨艺不怎么样，这么细致的活儿不像他的杰作。

虞稚一刚踩着板凳站上去，仔细擦拭着玻璃窗的高处，忽然有人将她拦腰抱下。踩在地板上，虞稚一回头就见到了黑脸的时奕。

“爬这么高干什么？”

“就……帮你打扫一下房间。”

“谁让你给我打扫房间了？”

“对不起。”她心里一惊，连忙道歉解释，“不过你放心，我没有乱动你的东西，擦过的地方也复原了。”

“我不是这个意思。”时奕叹气道。

他正想解释的时候，宁素雅敲门进来了，见两个人站在窗边，疑惑地问道：“你们今天打扫房间了？厨房那些菜是？……”

话说到一半，她注意到了虞稚一手上的毛巾和脚边的水盆，忽然明白了什么。

而时奕也从母亲的话里听出了别的信息，出去把虞稚一做的好事浏览了一遍。

“所以你偷偷关掉我的闹钟，就为了在家里洗菜煮饭，扫地拖地？”时奕气笑了，“我带你回家是让你做这些的？”

虞稚一摸不准他的态度，不知道怎么回答。

“怎么说话呢你？！”宁素雅嫌弃地把儿子推开，轻轻握住了虞稚一的肩膀，说：“一一啊，我们的意思是，你在家里不需要做这些。你看你把这些活儿干了，你哥哥什么都不会，都要被养废了！”

“以后有什么事情都让他去做。”宁素雅指着儿子。

被亲妈嫌弃的时奕撇撇嘴，把小姑娘抢了过来，对宁素雅说：“妈，我来跟她谈。”

“行吧，我先出去了。”宁素雅很贴心地把房门关上了。

时奕用背抵着门，拦住小姑娘唯一的出路，追问道：“能告诉我，你心里在想什么吗？”

“哥哥，我怕……”她深吸了口气，垂着脑袋，低声回答，“我怕成为你们的累赘，到最后你们会后悔带我回家。”

她深知不能理所当然地向别人索取，但如果什么都不付出的话，她就真的会惹人嫌的。

到底还是自卑心在作祟，面对优秀的时奕，她竟也开始紧张，说：

“一一能做很多事情，不会的也可以去学，我不想让你失望。”

时奕嘴角一翘，对她说：“你好像还是没有把我说过的话听进去。那我再说一遍，你听清楚。如果那个人是虞稚一的话，不需要刻意地讨好，我也会明目张胆地偏袒她，懂了吗？”

我永远偏袒你……

当有人在你最想要被认可的时候对你说出这样一句话，没有人不会心动。

虞稚一意识到，自己潜意识里对时奕产生了依赖，并且这份依赖在她经历苦难折磨的时候迅速加深了。

夜晚，她睡不着，抱膝坐在床上望着窗外黑色的天空时，就忍不住想起曾经发生过的点点滴滴。

嗒——

虞稚一摸索着按亮床头的小夜灯，暖色的光束照亮床边的一片小区域，虞稚一借着这点点灯光走到书桌边，按下书桌上的台灯开关，白炽灯光瞬间照亮大半个卧室。

她打开书桌抽屉，从抽屉最里面取出一个带锁的日记本，手指熟练地滑动着密码数字，精致小巧的锁被打开了。

她翻开日记本，使用过的篇页已经占了本子总页数的三分之一。

她握着笔，一笔一画地在纸上写下几列黑体文字，到最后这些字全变成了“时奕”。

临近九月，家里又有新的问题需要思考。

宁素雅把时奕拉到一边，小声讨论起关于上学的事，说：“再过不久就要开学了，一一现在这个状态，是不是不太适合去学校？”

宁素雅也是女性，知道女孩子很在乎自己的容貌。

虞稚一脸上有伤，短时间内不可能完全消除，这导致她的心理阴影持续存在。她有时候在他们面前都会下意识地避开他们的视线，到现在依旧连门都不肯出，更何况去学校那种人口聚集的地方呢？

“我找个合适的时间去问问一一的想法，如果她不愿意去的话，就再联系一一的家人到医院开证明跟学校申请长假。”这件事他早已想好了退路。

外面的世界很复杂，并不是所有人心里都怀揣着美好。如果在虞稚一自己没有走出困境之前，将她强行拽出去，只会适得其反。

脸上有伤的话，她会很难接受别人的目光吧？

如果再有不懂事的人说了闲话，小姑娘又该自卑了。

时奕跟母亲商量好了对策，接下来就是打探虞稚一的想法。

倒也不用旁敲侧击，九月开学是每个学生都会面临的问题，时奕索性就开门见山地问了她："到时候开学的话，一一想去学校报到吗？"

果然，虞稚一听到这个信息就反射性地躲避目光，用细弱的声音回应："可以不去吗？"

她连表达自己的想法都这么小心翼翼，真是……

时奕在心里叹气，脸上却浮现温暖的笑，摸着她的脑袋说："可以暂时不去，哥哥会帮你处理。"

是暂时不去学校，他给她一阵自我缓解的时间，但总有一天他会拉着她走出黑暗阴影的。

九月一号那天，外婆回来了，把电话打到了宁素雅的手机上，说是很想见见外孙女。

宁素雅是从阮晴那里听说一一的外婆生病住院的事情的，也体谅老人的想法，便把家里的地址告诉了老人家。

虞稚一虽然畏惧父母，但对从小陪伴她的外婆还是带着很深的感情的。也正是因为这份深厚的亲情，在她最无助的时候变成了双刃剑，她被刀口割得鲜血淋漓。

当外婆亲眼看见孩子脸上的伤痕时，当场就掉了眼泪，哀叹道："作孽啊！"

虞稚一下意识地摸了一下脸，连忙取出抽屉里的口罩戴上，又把额头上的刘海放下来遮住额头。

外婆连忙解释："外婆不是那个意思，你别这样。"

虞稚一摇了摇头，抽出纸巾递给老人，说道："外婆，别哭了，我已经没事了。"

我已经没事了……

听到孩子这句满含辛酸的话，老人家情绪难以自控，哭着握住外孙女的手说："一一，外婆回来了，跟外婆回家吧。"

回家……

这句话她似曾听过。

哦，哥哥也跟她说过，带她回家。

虞稚一对那个话题避而不谈，反问道："外婆的身体好些了吗？"

外婆连连点头，说："好了好了，没事了。"

"那就好。"听到这个结果，她也松了口气，"外婆以后有哪里不舒服要及时告诉我们，及时治疗。"

当初她是真的以为爸妈分开，外婆更愿意跟着自己的女儿生活，所以离开了这个地方，离开了她。

现在她知道了真相，心里也算被安慰了。她理解老人家的想法，可若现在让她回到那个地方，她心里还是抗拒的。

她有时候睡着了做梦，梦见自己在曾经的家里忙碌家务，却遭受着冷眼呵斥，每次到最后都会看见被鲜血染红的自己，然后就被吓醒了，缩在被窝里再也不敢闭眼。

她怕一闭上眼睛，又会回到那场噩梦里。

时奕报名回来，听说一一的外婆来过，直接赶往了虞稚一的房间。

他见小姑娘坐姿端正地坐在书桌前，心里莫名地松了口气。

"一一，这个给你。"时奕往桌上放了一个袋子。

虞稚一好奇地打开口袋，从里面抓出一套文具，问时奕："给我的？"

他点头答道："嗯，虽然你暂时不能去学校，但不能耽搁学习，以后我每天回来给你补课。"

虞稚一睁大了眼，感到有些不可思议。

她原先还在担心的问题，时奕居然已经安排好了。

"其实，外婆今天来过……外婆说先前瞒着我，是怕我担心，现在回来就不会再走了。"

"那你是怎么回答的？"

"这个……"其实在得知真相的时候，她也想过跟外婆回去，但因为对那个地方的抗拒，没有给予答案。

可现在有个人时时刻刻惦念着她，把她放在心上，她也想暂时屏蔽那些小心翼翼的念头，牢牢抓住那根救命的绳索。

小姑娘思及此，脸上终于露出了浅浅的微笑，她说："我就说，我要跟哥哥一起学习呀！"

时奕微愣，心情豁然开朗。

那一刻他竟然在担心虞稚一会因为知道真相而跟外婆离开。

还好，他留住她了。

九月上旬。

升入高中一年级的学生们逐渐适应新环境，陆续进入了学习状态。

操场上，一群穿着短袖的学生刚完成了八百米慢跑。

体育老师告诉他们，新的体育器材还没到，让他们先自由活动，可以自己在操场上打打球或者做其他运动，但不能这么早就直接回教室。

得到解放的命令，众人欢呼起来。

这是刚入学的高一新生，校服还没发下来，他们都穿着自己的衣服，根据不同的穿衣风格也能分辨人的性格。

跑完八百米，有人双手按着膝盖喘息不止，有人忍不住抱着水瓶喝了一大口水，润润喉咙再吐出去。

女生大多往树荫处走，有的不拘一格地坐在楼梯上，有的就算累得双脚发软也坚持站着。女生们在一起，最容易拉进感情的方式就是聊天。

因为开学不久，很多同学彼此之间还不太熟悉，但他们绝对认识一个人——时奕。

开学时，时奕以年级第一的身份，代表新生上台发言，那天几乎全校学生都知道了这个人。

据说他是一中有史以来录取的成绩最高的人，长相还那么出众，站在人群中就是最耀眼的存在，大家想不注意到他都难。

时奕这人，在其他同学眼中几乎是那种十项全优的存在。

他们一开始还以为这种从小被捧在高处的人可能性格比较高冷，不好相处什么的，结果他一来就毛遂自荐地当班长，并且迅速跟班上的同学打成了一片。他性格很开朗，不摆好学生的架子，跟每个人交往有度，简直无可挑剔。

很快，时奕"班草"的名声就传出去了，并在他进行全校讲话之后，顺利晋级为"校草"。

篮球场的边线外站着一个气质出众的少年。

这个年龄的男生活力四射，青春阳光，而那少年肩宽腰窄，身形修长，一米八七的身高使得他那双大长腿非常惹眼。

他用手心托球，偶尔把球放在指尖转动，动作熟练，篮球稳稳地被他顶在指尖，一次都没掉。

刚才累倒众人的八百米对他似乎没什么影响，他顶多是呼吸声重了一些，跑完之后站在那里，背脊都没弯一下，实在吸引眼球。

“你们看那边，时奕真的好帅啊！”

“哎，你们带手机了吗？赶紧拍下来。”

“上体育课我把手机放教室了。”

“我带了，带了。”

她们举起手机拍照的时候，乔乐芷凑过来看热闹。

有人问她：“乔乐芷，你跟时奕不是从小到大的同学吗？你对他的颜值还没免疫啊？”

乔乐芷哈哈大笑，说：“从小看到大也抵不住人家每天都在变帅啊！”

乔乐芷没想到自己运气这么好，中考非但没有发挥失常，反而发挥超常地考进了市一中，又因为学校随机抽号分班，竟有幸跟超级学霸时奕同班。

从小学到初中再到高一，乔乐芷觉得这都能谱写一段传奇了。

乔乐芷觉得自己中考后的那几滴眼泪白掉了，当时应该放鞭炮庆祝的！

有人听说她跟时奕从小就认识，羡慕得很，经常找她聊天，问的却都是跟时奕相关的问题。

这时候乔乐芷就很想翻白眼。

这人说什么想跟她交朋友，却三句话不离时奕，心思昭然若揭。

她倒是很想直接告诉她们：你们别想了，人家时奕家里还养着个从出生就认识的青梅竹马呢。

不过她也听说虞稚一家里出了事，平时大嘴巴的人唯独把这事给瞒住了。

“既然你跟时奕那么熟，要不你喊他一声，等他转身的时候我们就躲在后面悄悄拍一张照？！”

这种时候大家都抱着欣赏帅哥的心理，并不会觉得偷拍会侵犯肖像权。

乔乐芷也是玩心大，听大家这么说，也愿意给姐妹们谋个福利，说：“那我就喊一声，如果他转过来了你们就自己抓拍，如果他不回应我，那我就没办法了。”

“行行行，你快喊他。”

乔乐芷一鼓作气，张口发声，喊道：“时奕！”

背对着她们的少年耳朵一动，转过身来。

刹那间，打算偷拍的女生们心跳加速，甚至羞红了脸。

他的容貌自然无可挑剔，更令人过目难忘的是他的那双眼睛。狭长的桃花眼轻轻一眨，就仿佛有电流直击心脏，把站在树荫下偷看他的女生们羞得面若桃花。

乔乐芷啧啧感叹了一句：“不愧是从小帅到大啊。”

学校开始宣传秋季运动会的事，鼓励大家报名参加。

体育委员走到乔乐芷旁边，敲了敲她的课桌，说：“巧乐兹，秋季运动会你报名吗？”

“报！”她一副充满豪情壮志的模样，吼出，“我要报名短跑五十米！”

体育委员心想：看你那表情还以为你要冲三千米长跑呢。

体育委员拿笔记下了乔乐芷报名的项目，又不死心地问了一句：“再报个其他项目？”

乔乐芷咧了咧嘴，说：“不要，其他项目我实在是无能为力啊。”

她扔铅球扔不远，跳远跳不动，长跑没耐力，短跑是她最好的选择。

体育委员表示很失望，乔乐芷拉住她的手，说：“尔尔，你去问问时奕呗，他全能，以前总是帮我们班级拿奖。”

体育委员是个女生，叫姜觅尔，也是乔乐芷现在的室友。

看在室友这么可怜的份儿上，乔乐芷就指了条明路。

谁知姜觅尔撇嘴摇头，说：“我问过了，时奕什么都不参加。”

“不会吧……”乔乐芷印象中的时奕就是德智体美劳全面发展的呀，以前学校有运动会什么的，他都很积极地参加的。

姜觅尔无奈地叹气，说：“真的，他说他没空，我看到他好像在做题写笔记什么的。”

“哦。”乔乐芷想起来了，是时奕给虞稚一做的笔记。

想起虞稚一，她心里也很惦念这位朋友。下课的时候，乔乐芷跑到时奕的座位边，小声问道：“周末我能去找一一玩吗？”

时奕抬头看了她一眼，停顿了一下，说：“我可以帮你问问。”

乔乐芷眼睛一亮。

第二天，时奕便带来了好消息。

周末，乔乐芷如愿见到了自己的小伙伴，这才知道，原来虞稚一的脸受伤了。

乔乐芷说了许多安慰的话。

虞稚一连连点头，突然问起：“乔乔，你能跟我讲讲学校的事情吗？”

“学校啊……”若说学校，她能讲的最多的事就是关于时奕的了。

“你是没看见时奕在学校多受欢迎，整个学校的人都认识他了，还有女生专门跑到我们班上来偷看他。”

“为什么是偷看？”

“因为时奕在学校被传得挺神的，大家对他很好奇。”

虞稚一对时奕的事情很感兴趣，听到别人称赞他优秀，也不自觉地笑了出来，这几乎是她几个月以来笑得最多的时候。

时奕端了一盘水果进来，脸色很臭。

自己陪了小姑娘这么久也没见她笑过几次，乔乐芷一来就把她逗出了笑声。

这两个人聊天还把他“撵”到门口，实在是气人！

“喀，你打算什么时候回学校？”

“再等会儿呗，我跟一一还没说完呢。”

小姑娘那双期盼的眼睛看了过来，他咬了咬牙，自觉地替她们关上了门。

时奕刚走，虞稚一就迫不及待地追问：“那然后呢？哥哥他在学校……”

最后乔乐芷又说起运动会的事：“时奕对你好好啊，为了给你做笔记都不参加运动会了。”

乔乐芷告诉虞稚一这些事情，主要是让她感受到自己被偏爱着，并没有试图让她说服时奕去参加运动会。

可小姑娘默默地将这些话记在了心里。

乔乐芷走的时候，时奕爽快地给她开门，脸上的笑容比之前要灿烂得多，甚至可以说是欢送她："再见，不送。"

虞稚一挥了挥手，也说："乔乔，下次见。"

乔乐芷心想：对嘛，——这样的告别是正常的。

乔乐芷走后，家里又只剩下了他们两个，虞稚一便直接开口问了时奕："哥哥，学校准备举办运动会了吗？"

"嗯。"

"那你这次参加了什么呢？"

时奕脸上没什么表情，心中却在怒吼：乔乐芷那个大嘴巴，我和她没完！

小姑娘没等到回答也无所谓，只是将双手拱起来，眸中露出了崇拜与期待，开口道："哥哥那么厉害，不管参加什么项目都会赢的吧。"

听到这话后时奕微愣，随后轻轻勾起了嘴角，说："我们——了不得啊，都知道跟哥哥玩激将法了。"她这是在给他戴高帽呢？就是为了让他参加运动会？

这眼神，这语气，他还拒绝得了？

不过时奕也没立即答应，就故意吊着小姑娘，以报今日被忽略之仇。

时奕拍拍她的脑袋，道："行了，回房间上课！"

虞稚一的书本是开学就发下来的，由时奕陆续给她带回家。时奕每天给她讲课，老师布置的作业也会让她做一份。

这段时间下来，时奕俨然成了班上听课最认真的学生，各科老师对他赞不绝口。

老师夸赞他道："2 班那个时奕同学真的不错，成绩好，上课又特别认真，从来不开小差！"

课上学的知识这些时奕自己随便听听就会了，可他得学着老师的思路和方式给虞稚一讲解，不然她那小脑袋瓜儿理解不了。

虞稚一发现，时奕很久没碰过游戏了，是因为她吗？

时奕白天上学，晚上还要给她讲课，就连他犯困的时候也坚持讲课。

时奕以前上课时从来不做笔记，现在每个科目的笔记都写得满满的。就像乔乐芷说的那样，因为她，时奕连体育活动都不参加了。

都是因为她……

时奕救了她，而她带给时奕的只有无尽的麻烦。

时奕对她太好了，好到她都不知道该怎么回报他。

今天是工作日，时爸爸、时妈妈上班，时奕上学，仍然是虞稚一独自在家。

她设置了和学校上、下课时间相同的闹钟，在家的作息时间也和在学校的一样，每天也是学习、休息、学习，如此循环。

自律，是她目前唯一的坚持。

然而今天不同，在家里人都离开之后，虞稚一取出抽屉里的口罩戴上，然后拿起钥匙走到了门口，在那里站了大约十分钟，终于迈出了大门。

临近十月的天气还是有些燥热的，尽管她选择了早上出门，但在这时候戴着口罩，额头又被厚重的刘海遮住，怎么看都是异类。

虞稚一有些难以忍受别人看过来的眼神，尽管她已经把受伤的地方都遮起来了，但有人看过来的时候，她依旧想躲避。

她好想回家，好想回去把自己关在房间里。房间是最安全的地方，谁也不会发现她丑陋不堪的模样。

可如果她继续把自己困在狭小的地方，时奕也会因她而被困住。

虞稚一想过了，自己可以戴着口罩去学校上课，那样的话，时奕就有时间去做自己想做的事了。

不过现在看起来情况不妙，自己这副样子反而惹人注目。

她试着把口罩摘下。

她最重的伤痕在额头上，刘海能够遮挡住；下巴处的伤痕很浅，不靠近就不会发现；而右边脸颊上那两道交错的疤痕虽然细，但很明显。

她摘下口罩时，手指都在颤抖。

路上的人没注意到她，这很好。

有人看到她了，不过多看了两秒便移开了视线。

虞稚一松了口气，情况好像也没她想象中的那么糟糕，或许人家只是乍一看会有些惊讶，其实人们还是能够接受的。她这么安慰自己。

在这个城市，从她身旁路过的都是陌生人，即便那些人看见她的模样，也不会太过在意的。

她走了一段路，忐忑的心稍稍平复了下来，从她的心底涌现出了丝丝勇气，鼓励她去面对未知的校园。

她走了这么久，脸上终于露出了一丝笑容。或许她可以回到学校，哪怕会有人向她投来异样的目光，但他们也只会多看两眼，然后就会将她忽视掉吧？

她抬头望着远处的天空，明媚的阳光是她心之所向。

过了一座桥，她大概已经走了两公里远。虞稚一原路返回，即将过马路时，绿灯变成了红灯，她不得不继续站在太阳底下等待一分钟。

现在的气温比早上又高了几摄氏度，虞稚一走得身体发热，她厚重的刘海下起了汗水。她拿出纸巾，转过身背对着旁边等绿灯的路人，把刘海撩开，用纸巾擦拭着汗水。

没想到旁边蹿出来一个小孩儿，刚好就在她面前。

小孩儿盯着她，接着哇哇大哭起来，边哭边喊："妈妈，有丑八怪！"

因为小孩子的这声吼叫，路人纷纷看过来。那个带着孩子的妇女连忙牵住儿子的手往后面退了两步，赶紧躲开了她。

那一刻，她在如此炎热的天气下，心却如坠湖底。

她……有那么吓人吗？

虞稚一不敢问，只是连忙将刘海放下，戴上口罩匆匆逃离了人们的视线。她最终没能等到绿灯，跨过那条马路，甚至不敢肆意地发泄内心的委屈。

行人匆匆，没人会注意到那个蹲在街角、毫不起眼的小女孩儿在闷声哭泣。

"谁能帮帮我？哥哥，救救我。"她在心中哭喊着。

她站在黑暗的深渊中伸出手，祈求能得到救赎，可这大千世界，有多少人会在意她一个小小的弱者？

这时候，旁边一个拿着大扫帚的环保阿姨路过她身边，听到了她难过的抽泣声，忍不住搭了句话："小姑娘，遇到什么事情需要帮忙吗？"

虞稚一没想到在这陌生城市的街头还有人会关注到她。

她没说话，嗓子哑得难受，张口都说不出来。

"没什么坎儿是迈不过去的，还不如用哭泣的时间想办法解决问题。"

环卫阿姨扫走了不远处的垃圾，把它们倒进垃圾箱。

“你看这地上的垃圾，扫一个就少一个，慢慢地把这些肮脏的东西倒进垃圾桶，街道就会变得越来越干净、漂亮。”环卫阿姨的话实在，也很有道理。

虞稚一被她的话吸引住了。

大大小小的问题累积起来只会让心灵被腐蚀得更加严重，她只有努力去解决问题，哪怕一次只能解决其中小小的一项，慢慢地，这些问题就都会成为过去式，那时候的她也会变得更干净、漂亮。

眼睛哭得红肿，她还是得擦干眼泪自己站起来，亲手为自己戴上伪装。

“小姑娘别哭了，要真是遇到了什么问题就赶紧回家去吧，不然你家人会担心的。”

家人会担心……

对，她不回去的话，哥哥和叔叔阿姨都会担心她的。

虽然这次她出来发生了不好的事，但她还可以回家。

有时奕的地方，就是她梦寐以求的温暖的地方。

她说过，她不想撒手了。

宁素雅下班回家，见到电饭煲里蒸好的米饭和保温箱里准备好的食物，还是感到很欣慰的。

他们没想过让虞稚一为家里做事，但小姑娘好像会因此而忐忑，所以他们干脆同意她每天在家做饭，让她在这个家里少些拘束感。

事实证明，小姑娘的厨艺很棒，几顿饭菜下来，轻轻松松地俘获了他们全家人的心。

宁素雅不得不承认，小姑娘做的饭菜就是比她以前做的香，有时候她都忍不住打趣虞稚一：“吃惯了一一做的菜，我们现在的嘴可挑剔了。”

宁素雅的下班时间跟时奕的放学时间基本是固定的，但时爸爸有时候加班就会在公司用餐。

宁素雅进门没多久，时奕就回来了。

他进屋换了鞋，刚起身走了两步又倒退回来，盯着鞋架上那双白色运动鞋多看了两眼，随后拎起鞋子检查了鞋底，很快就确定了一件事——虞稚一出去过。

从去医院拆纱布回来那天开始，虞稚一就不肯出门了。

之前母亲把刷过鞋底的鞋摆放到这里，而虞稚一在家穿着拖鞋，再也没有碰过这双外出才会穿的运动鞋。这双鞋今天的位置变了，鞋底也有了一层薄薄的灰尘，这就表明有人穿着这双鞋出去过。

“小奕，赶紧洗手，喊一一出来吃饭了。”

“妈妈，等会儿，你先吃着。”他站在水池边将双手洗净，然后直接去了虞稚一的房间。

小姑娘安静地坐在书桌前，手里握着笔，桌上摆放的是英语课本。

她正在抄写英语单词。

“一一。”时奕站在她的身后叫她。

虞稚一微微扭头，轻唤了一声：“哥哥。”

时奕问：“今天在家里做了什么？”

她乖乖地答道：“背诵了一篇英语课文，还有几首古诗，现在在背单词。”

她又伸手把摆在桌子右上角的习题本递给时奕，说：“昨天布置的作业都做完了。”

时奕接过作业的同时看到了她的脸，眉头微皱地问：“怎么把刘海放下来了？”

“嗯……”她低声解释，“这样好看一点儿。”

“最近天气还热，你这样会不舒服。”时奕总觉得那刘海不顺眼，她这样不是不好看，而是太过刻意。

“没事，我还没觉得热。”

在“热”那个字音落下前，时奕突然伸手，摸了摸她的额头。

虞稚一愣住了，眼睛瞬间睁得很大。

时奕感受了一下，确定她额头上没有出汗，但这并不代表他默许她把刘海放下来。

时奕知道小姑娘性子慢，有时委婉的表达方式她还会假装听不懂其中含义，干脆就直接问：“今天出去过吗？”

“啊……我没……”

还没等她否认，时奕就沉下了脸，犀利的目光扫了过去，说：“想好了再回答。”

虞稚一立马怕了，低头搓着手指头，小声回答："出去过。"

"什么时候？"

"八点半。"

"挺会挑时间啊……"她故意挑在他们走了之后离开，还好她平安回来了，若是中途出点儿什么意外，那还得了？

"自己一个人跑出去做什么？"

"就……在附近走走。"

"出门为什么不跟我们说？你现在这样，我怎么放心让你自己出去？"时奕问出这些话的时候，内心已经有些生气了。

他气虞稚一还是不相信他。

谁知这次小姑娘突然反问："哥哥也觉得我现在这样不能出去吗？"

"虞稚一，你倒是最会气我，你难道不知道我怎么想的吗？"他紧紧咬牙，恨不得把面前的人抓过来好好教训一顿。

"对不起，哥哥。"她突然转过身来，用手握住他的手腕，一字一顿地回答，"正因为我了解你，今天才会走出去的。"

"因为我？"虞稚一的这句话让时奕突然感受到一份浓浓的情意，他有点儿受宠若惊。

"我不能因为别人对我不好就厌弃这个世界，因为我知道，这个世界上还有对我非常非常好的人，他们希望我能更好地活下去。"

你是照亮我黑暗道路的明灯，给了我拥抱世界的勇气。

"所以哥哥，陪我一起走出去吧。"

从那天起，每天晚饭之后时奕都会陪着虞稚一出门。

虞稚一仍然不敢把整张脸露出来，借刘海遮挡额头，脸上的伤痕就让它露在外面。

她走在前面，时奕总会离她三米远——这是虞稚一的要求。

她说："哥哥顶着这样一张脸跟一一走在一起，才更会引人注目吧。"

因为这句话，他一直和虞稚一保持着距离。他不在意别人的异样目光，但希望虞稚一心里舒坦些。

陌生的人一般不会对路人太过关注，只要他们不在同一个地方停留太久，走在路上就不会感受到别人的注视。

虞稚一现在想来，当时自己一个人出门也是胆子大。她明明对这座城市一点儿也不熟悉，还是走了出来，而且还没迷路，这真是万幸。

那时候她一个人，不仅心里有负担，还得花费脑子记下路标和方向。

现在她看着三米外的时奕，感到既安心，又焦心。

安心，是因为有时奕在；焦心，是她不知道该往哪个方向走。时奕没逛过这个地方，万一他也找不到路怎么办？

这时候，守候在三米外的时奕迈步向前，来到她的身边，温柔地摸了摸她的脑袋，说："迷路也没关系，哥哥会带你回家。"

那一刻，虞稚一感觉安全感侵袭全身。

她想，这世界上大概没有比"哥哥"两个字更温暖的词语了。

今天走得有些远，虞稚一已经开始流汗了。时奕看向路标，目光触及指示牌，很快决定："我们直接坐地铁回去。"

"好。"

虞稚一先前一直在走路，现在要往人多的地方去，也算是另一种考验。毕竟回到学校的话，她每天都得面对几十个同班同学，甚至还有几百上千名同校同学呢。

他俩进入地铁时发现没有空座儿，时奕跟虞稚一站在一起，他高高举起手臂抓稳了拉环。地铁突然有些不稳，时奕自然地伸手揽住了她的腰，以防她站不稳。

这时候，坐在座位上的女生慢慢举起了手机，看起来是在玩手机，可是拿手机的角度不对。

时奕一记冷眼扫了过去，那人心虚地将手机放下了。

那女生这般模样，必定是心里有鬼，但在时奕的眼神威胁下，她也不敢再轻举妄动。

到达目的地那一站的时候，时奕直接牵着虞稚一的手，护着她走了出去。

他们正好路过小商店，时奕便顺口问道："一一要不要喝水？"

"想！"这种事情虞稚一会直接表达出自己的想法。

"那你在这儿等等，哥哥去给你买。"时奕跑去小商店，从冰箱里拿了两瓶饮料，递给收银员结账。

这时候，有三个男生从小商店里走了出来，看到前面有一个背影苗条的长发妹妹，就互相怂恿朋友上前搭讪。

最调皮的那个人故意跑到了虞稚一的前面，扭头看了一眼。

虞稚一听到动静，也下意识地抬起了头。

结果那人夸张地往后退了一大步，跑回兄弟身边说："她是个'恐龙女'，你们什么眼神啊？我都要长针眼了！"

突然，一瓶未开盖的饮料直接砸在了那乱吼乱叫的男生背上，疼得男生哇哇叫。

三兄弟顿时站在了一起。

他们转过身来看到时奕就一个人，刚刚被砸的那小子立刻向时奕冲了过去。时奕没有丝毫畏惧，一个反手就将那男生擒住了。时奕抓着他的胳膊，又往他的膝盖处踹了两脚，让他上身伏地，双腿跪在了地上。时奕又冲另外两个人说："你们要是敢动一下，我保证把他的手给拧断！"

这三个人一看就不是会打架的，看到时奕这副样子，另外两个人都愣在了原地，完全不敢动。

虞稚一已经跑了过来。

时奕用眼神制止了她开口，又用力拧着男生的胳膊，命令那男生道："给她道歉！"

男生想要反抗，结果毫无反击之力，只能憋屈地跟虞稚一说了句："对不起。"

男生的声音很小，这让时奕非常不满，时奕再次用力，凶狠地说："我听你刚才骂人挺大声的，现在怎么哑巴了？"

男生疼得大叫："对不起。"

"滚！"

虞稚一从来没见过这么"暴虐"的时奕，从来没有。

在她的印象中，时奕一直都是个温暖如太阳的哥哥，守护着她的时候让她倍感安心。

刚才那一幕，着实让她感到震惊，但她的第一反应仍然是关心时奕的安危，她着急地问："你有没有事？"

"哥哥没事。"时奕抚了抚衣摆上的褶皱，又恢复了平日从容温和的模样。

虞稚一松了口气，把刚才落在地上的饮料捡了起来，便没再多说什么。

刚才那三个男生已经被吓跑了，这事情也应该画上句号了。她不会问时奕刚才为什么变成那样，因为知道，时奕做的一切都是在保护她。

刚才时奕听到别人在说她的坏话，毫不犹豫地将水瓶砸向那人的一幕虽然让人害怕，但她仿佛看见了一名勇士，守护着自己。

虞稚一敬佩他、信任他，且依赖他。

时奕的心思更细腻了，处理掉那个人渣后也不忘安慰她："不要在意那些垃圾的话。"

虞稚一缓缓抬手，轻轻触碰脸颊上的疤，说："我知道的，哥哥。"

她说："我不在意，也不害怕。"因为我知道，无论什么时候回头，你都在我身后。

那天回家之后虞稚一跟往常表现无异。

时父加班回来，时奕听到动静后，从虞稚一的房间里走出来。

"爸，吃过饭了吗？"

"吃了吃了。"时父站在门口，时奕便主动上前接住他的公文包。

时父感觉今天的时奕格外勤快，一直关心问候他，还特意给他打水洗脚。时父看了一眼乖巧的儿子，忽然觉得这里面有什么阴谋，便对时奕说："小奕，你有话直说，别对你亲爹耍小心思啊。"

既然他亲爹都挑明了，时奕便大大方方地往父亲面前一站，说："爸，想跟你商量件事。"

"你说？"能让儿子这样做，时父直觉一会儿提出的事不简单。

"您能借我一些钱吗？"都是最亲近的家人，时奕也不磨蹭，直接开门见山地道。

时父面露诧异之色，问："怎么？你小子不是从来不缺钱吗？"

时奕不仅不缺钱，还挺会赚钱，平时他们不给他零花钱他都能过得潇洒。时父这可是头一次从时奕嘴里听到"借钱"两个字，想必事情不简单。

"你要做什么？怎么还需要跟我借钱？"

"跟一一有关。"时奕沉吟道，"一一受伤的时候，碎片扎进去得有些深。若要等疤痕淡化，时间太长了，她等不起，我也不想看她总是因此而难受。"

时奕又想起今天在小商店外发生的一幕。

这一次是他亲耳听到了别人对她的语言羞辱，尽管他用武力制服了那个男生，让那男生向虞稚一道了歉，但有些事情不是说一句“对不起”就可以抹掉的。就算那个男生向虞稚一道歉一百次，都无法抹平她心里受到的伤害。

小姑娘总是跟他说“没事”“我会努力”“我会坚强”，那是因为她想要穿透阻碍，向上成长。

但她将来面对的还会是更多的难题。

他知道虞稚一已经很努力、很努力地去面对这些难题了，她的内心既是坚强又是脆弱的。

“其实我早就有这个打算，先前是时机不对，但现在我想把这个计划付诸实践，只不过我需要一点儿资金。”他想帮虞稚一彻底解决这个问题。

时父懂了，儿子问自己借钱，是给别人家的小姑娘治病。

平心而论，虞稚一这事他看在眼里，也是很心疼这个小姑娘的，但没法儿大大方方地拿出一大笔钱花在别人家的孩子身上。

“小奕，爸爸一向支持你的决定，但这个事情……一一的伤痕落在脸上，想要彻底解决问题，那可不是一笔小数目。”

对普通家庭来说，几万块钱绝对不是小数目了。

这么一大一笔钱，花在自己的孩子身上，父母不会有怨言，可花在跟自己没有血缘关系和法律关系的人身上，又有多少人能轻轻松松地做到呢？

“爸爸，我是在跟您借钱。”时奕态度诚恳地说。

时父最后被儿子说服了，同意借钱给他。

十二月份的时候，高一（2）班多出一位新生。

“这位同学原本就是我们班的，不过因为某些特殊情况迟到了半学期来报到，到时候大家多多照顾新同学。”在新同学到来之前，班主任给班上的同学提了个醒。

高一年级女生206寝室的寝室长姜觅尔被老师喊去，要她接待一下新室友。

姜觅尔在寝室里等着新室友，不一会儿便见到一个妇女跟一个戴着口罩的女生提着东西走了进来。

“你好，请问这里是高一年级（2）班的206寝室吗？”女孩儿的声音细细的，飘进耳里有些发软，很好听。

姜觅尔愣了一下，然后连忙点头道：“是的是的。”

姜觅尔是个乐于助人的体育委员兼好寝室长，勤快地帮她们把东西放下，又指着靠门的那张床说：“这张床一直没人住，我们之前收拾了一下，你的东西可以放在这边。”

“谢谢。”

虞稚一带来的东西并不多，除了必备的衣物和日用品，就是一些文具。被套是学校统一购买的，不需要自己准备。

她跟宁素雅很快就把床位收拾好了，姜觅尔偶尔为她们搭把手。

虞稚一话不多，宁素雅倒是跟姜觅尔聊了起来：“同学，你们这寝室一直都是三个人住吗？”

“对，一直有张空床，原来是等着你们搬进来啊。”

东西安置好之后，宁素雅把一些水果和小零食提到了公用桌上，对姜觅尔说：“这是阿姨买的一点儿水果和零食，给你和另外两个室友带的。”

“阿姨您太客气了。”姜觅尔不好意思收。

宁素雅笑着说：“我们一一比较害羞，希望你们以后能够多多照顾她。”

原来是这个意思，姜觅尔也就安心收下了东西，说：“阿姨您放心，我们寝室的三个人都挺好相处的，一定照顾这位……”

“你好，我叫虞稚一。”虞稚一开口做了自我介绍。

“哦哦。”姜觅尔点头，大方地保证，“我叫姜觅尔，放心吧，以后我罩着你！”

随后她向虞稚一介绍起寝室的情况：“这张床是我的，睡左边里面那张床的叫闻听语，右边里面那张床的叫乔乐芷，她们都很好相处的。”

听到乔乐芷的名字，虞稚一笑了。

她心想：又和乔乔在一起上学，真好。

宁素雅和虞稚一收拾完在这里待了一会儿，该走了。

因为今天虞稚一不用直接去上课，说是明天早上再来学校。

姜觅尔挥手跟她们道别。

宁素雅跟虞稚一慢慢下楼，宁素雅回头看了一眼女生寝室，内心感慨万千，说：“一一啊，你要不还是回家住吧，还可以天天跟哥哥一起上学一起回家。”

虞稚一摇了摇头。

是虞稚一自己申请住校的，一是在学校方便，二是……如果她住在家里，时奕会继续把大部分精力放在她身上的。

能够被人坚定地选择，就永远都是幸福的，这一点，她自己明白就够了。

下午放学之后，女生206寝室的三名室友聚齐了。

姜觅尔迫不及待地跟她们分享今天见到的新同学：“那个新同学叫虞稚一，今天跟她妈妈一起来的，桌子上的水果是她们带来的，她妈妈让我们好好照顾她。

“不过那个女生一直戴着口罩，我也没看清楚她长什么模样。”

乔乐芷坐在凳子上，眼睛眨了又眨。

今天老师说有同学回来上课的时候她就知道这事了，当时就盼着虞稚一被分到她们寝室，结果还真是。

“其实有一件事情我憋了很久了……”如果虞稚一回来了，那她这满肚子的故事，就终于可以说出口了！

“啥？”室友们问她。

乔乐芷坦白：“其实我不是班上跟时奕认识时间最长的人。”

几个室友一起惊讶道：“啊？”

在室友惊疑的目光中，乔乐芷抬起手往虞稚一的床位指了指，道：“这位才是时奕的‘正牌小青梅’！而且，从明天开始，大家眼中的男神时奕，可能会做出很多刷新你们对他的认知的事情。”她先给室友打了预防针。

翌日，还未正式上课之前，教室里哄闹成一团，时奕出现在教室门口时，就有人多看了两眼。

这不看不知道，一看吓一跳，有人问时奕：“班长，你后面背的这是啥？”

时奕背着一个白色的女生书包，上面还挂着一个可爱的粉色玩偶。这一看就不是时奕的书包。

时奕淡定地把手里抱着的几本书放在了桌上，又将书包取下来摆在桌面上。

“奕哥，这咋回事啊？”周围想看热闹的人都挤了过来。

“班长今天这么有少女心？”

“这娃娃还挺可爱的，哪儿买的？我也……”就在一个人说着说着要动手摸那玩偶的时候，时奕抓起书本挡住了。

“别碰！”时奕说。

“得，这还碰不得了。”

他们的班长，被封为全校第一男神的奕哥，今天不对劲儿。

乔乐芷看到这一幕，完全变成了一副“我知道原因，我得意”的样子，忍不住戳了戳前排的姜觅尔，说：“看到没，看到没？他开始了，开始了！”

时奕又要开始刷新同学们对他的认知了。

上课铃响了，班上同学把语文课本摆到了桌上。

班主任踩着铃声踏进了教室，身后还跟着一个小姑娘。

“同学们，让我们用热烈的掌声欢迎一下新同学。”

讲台下的掌声此起彼伏，大家都对新同学感到好奇。

可很奇怪的是，这个新同学戴着口罩遮挡了半边脸，额头也有刘海挡着，唯一能看清的，只有那双黑白分明的大眼睛。

是以，众人对这位新同学兴趣倍增，都好奇她为什么是这副装扮，也都想看看这位新同学口罩下的模样。

前面几排的同学碍于老师在场不敢放肆，后面几排的同学就开始窃窃私语了，讨论关于新同学的事。

在老师的示意下，虞稚一站上讲台，说：“大家好，我叫虞稚一，很高兴能跟大家成为同班同学，以后请多多指教。”

言罢，她微微鞠了一躬。

女孩儿的声音温柔婉转，跟她的个子和身形看起来十分匹配。都说闻声如见人，他们听到了她的声音，就能够联想出一副可爱柔美的模样。

“哇——”后排那几个不太安分的男同学故意发出声音。

坐在时奕前面的黎少舟配合周围的哥们儿起哄，忽然就感觉自己的屁股被人踹了一脚。

黎少舟猛地回头，见班长时奕摆出了一副警告的模样。他以为班长这是在维护课堂纪律，顿时收了声。

班主任伸手拍了拍讲桌，示意下面的人安静，又指着教室里那唯一的空位，对虞稚一说：“虞稚一同学，你暂时先坐到倒数第四排那个空位上。”

“谢谢老师。”

虞稚一抓紧手中那两份入学材料，不急不缓地走到那个空位子上。

昨日在寝室接待她的姜觅尔冲她招手道：“嘿。”

虞稚一对姜觅尔笑了笑，姜觅尔虽然看不清虞稚一的脸部表情，可虞稚一笑起来时眼睛弯弯的像月牙，很漂亮。

自打昨天晚上从乔乐芷嘴里得知了虞稚一的另一层身份，姜觅尔就对虞稚一产生了浓烈的兴趣，加上老师特别交代过要照顾这个同学，她作为体育委员兼室长兼同桌，在面对虞稚一的时候就生出了一种使命感！

虞稚一刚入座，就发现自己的抽屉里已经放着几本书了。

她将抽屉里的课本拿出来，翻开一看，果然是自己每天在使用的课本。今天早上她跟时奕一起来学校的时候，时奕按照课程表只给她拿了今天上课需要的书，他说剩下的再慢慢带过来。

她想着高中课本数量多，书又厚，一次性拿过来的确费力，所以赞同时奕的做法。

如此一来，时奕就会每天早上递给她几本书——属于她的书。

姜觅尔就坐在虞稚一的旁边，稍微一转头就能看清她的书本上面有不同颜色标注的笔记。

姜觅尔有些好奇，问她：“咦？你这是找的别人用过的书吗？”

姜觅尔想，虞稚一耽搁了快半个学期才来上学，多半是在学校外面买了毕业生卖出去的旧书。

听到这话，虞稚一摇了摇头，将第二页右下角的名字翻给姜觅尔看，并说：“这是我自己的书。”

两个人轻声聊着，讲台上的班主任拍了拍手，说：“好了，接下来打开课本，复习昨天学习的文言文。”

姜觅尔细心地发现虞稚一没笔，翻了翻自己的抽屉，想起之前丢了一支笔，现在也没有多余的。

“你带笔了吗？没有的话我帮你借一支”姜觅尔已经迅速进入了“照顾人”的状态。

虞稚一冲她摇了摇头，说："我带了笔的。"

只不过她的书包在时奕那里。

她回头往后望，看到时奕就坐在倒数第二排。她也不明白时奕为什么把书给她放在了抽屉里，却忘记把书包一并给她。

"嗷——"黎少舟感觉自己的背被戳了一下，扭头就见时奕递给他一黑一红两支笔。

"递给虞稚一。"时奕说。

黎少舟不明所以，时奕再次重复道："把笔递给虞稚一。"

被时奕搞蒙的黎少舟将两支笔递给了他斜前排的虞稚一。

虞稚一对黎少舟无声道谢。

虞稚一本身没觉得这有什么不对，可坐在她后面这几排的同学不这样想。

刚才他们可是亲眼看着时奕拿了几本书来，又放到了空位上。一开始他们以为是时奕身为班长，班主任让他做的这件事情，但现在看来事情不简单。

可现在是班主任的课，他们有疑惑也得憋着。

叮——

好不容易等到了下课铃响，班主任还拖堂了，占用了三四分钟休息时间。

班主任整理好书本教材，朗声道："好了，下课。一会儿课代表来我这里领作业本，大家把文言文抄写两遍，明天上课之前交给我。"

直到班主任的身影消失在前门处，班上的同学才参差不齐地站起来。

下课了，有人结伴去上厕所，有人瘫在位子上，还有些人有意无意地挤到后排来，想看看虞稚一的模样。

"嘿，虞稚一，你戴口罩干吗？"

说来奇怪，不允许在教室戴帽子和口罩的班主任亲自把虞稚一带了过来，居然也没说什么。

那么多道目光落在自己身上，虞稚一忽然心跳加速，想起被人当作异类看待时的情景，有些紧张。

咚——

虞稚一的耳边传来一声不大不小的动静，她抬头一看，竟然是时奕把白色书包放在了她的桌上。

“班长，你和虞稚一是不是认识啊？”

“哇，关系不一般哦——”

时奕淡定地扫了众人一眼，说：“就你们话多，都给我站远点儿，别围在这里！”

他的语气并不凶，周围几个和他玩得好的男生也不怕他，起哄道：“那不行啊，你们两个到底是什么关系啊？坦白从宽，抗拒从严。”

虞稚一叹了口气，将书包塞进抽屉里，对着时奕喊：“哥哥。”

众人惊讶地重复：“哥哥？”

“班长，这是你妹妹啊？”

“早说啊，既然是班长的妹妹，那咱们也算朋友了。”

虞稚一知道时奕从小到大人缘儿都很好，没想到沾他的光，大家这么快就接纳她了。

时奕笑而不语，既没特意承认，也没否认。

第五章

哥哥最厉害

知道虞稚一跟时奕有关系，大家更想看她的模样了。

“虞稚一，中午一起去食堂呀。”

“好。”面对热情地邀请她结伴的人，她也不拒绝，乖乖地把抽屉里的食盒拿出来。

她跟同学一起到食堂打完饭后，就要回寝室吃了。

那些准备趁她吃饭时取下口罩看她的人失望了。

虞稚一口罩换得勤，但白天上课的时候都是戴着的。

他们私下去找虞稚一的室友们，想从她们口中探出点儿什么，可三位室友对此绝口不提。

好不容易等到了有体育课的周五，大家想着上体育课要跑步，虞稚一肯定得取下口罩了吧？

可是偏偏到了下午，天空就开始下雨，体育课老师拿着口哨走进了教室，对同学们说了声：“这节课自由安排。”

那些准备看她上体育课取口罩的人也失望了。

虞稚一在众人的心中变得越来越神秘了。

周五放学，虞稚一得跟时奕一起回家。应该说，她终于可以跟他一起回家了。

听到老师喊了下课，她就开始收拾东西。

需要预习的课本、要做测试的练习册、笔记本还有作业本，几本书装进去，书包的分量还真是不轻。

现在时奕不用再帮她做笔记了，简直是一身轻松，到了周五只带了必须做的几科作业。

他将作业本和练习册放在桌上，等着前排的虞稚一收拾东西。

“一一，书包拿过来。”

“哦。”她乖乖地把自己的书包交出去。时奕拎起书包掂量了两下，心想，这书包还挺重。

“怎么带了这么多？”

“都是老师说过要预习和做题的书。”

“还真是老实。”

班上有几个人会真的听老师的话去预习的？

偏偏虞稚一就是其中一个。

时奕拉开书包拉链，不客气地把自己的作业本也塞进了虞稚一的书包，还没等她把书包拿回去，时奕已经单手将书包拎起，把书包挂在了右肩上。

书包一动，拉链扣上的粉色吊坠也跟着摇摇晃晃的，十分可爱。

“一一，我觉得回去你还是把书包的挂饰去掉比较好。”

“啊？这挂饰很可爱呀。”

“是可爱，但……你觉得哥哥背着一个挂着粉色娃娃的书包真的好吗？”

虞稚一听懂了他的弦外之音，抿嘴一笑，连忙将挂饰取下。

两个人走出了教室，毫不避讳地并肩而行。

有人感叹道：“哇，班长对他妹妹真好，还帮她背书包，我哥只知道跟我抢电脑！”

“别说了，我跟我哥三天一小吵，五天一大吵，差点儿就要跑去医院验DNA了。”

大家都觉得时奕对虞稚一不错。

唯有乔乐芷连连摇头，嘴里还念叨：“不对劲，不对劲。”

剩下三个人的寝室里，她们聊到了唯一不在场的虞稚一。

姜觅尔根据自己这两天的观察得出结论：“我看班上很多人以为时奕跟虞稚一是亲戚吧，班长对他的小邻居确实不错，但也没你说的那么夸张。”

从这两天的情况来看，他俩在班上也没有过多接触，关系是很好，可没看出来有乔乐芷形容的那么……那么令人羡慕。

乔乐芷咬唇，不断摇头，说："这两天确实不太对，但我说的都是真的！"她今天就把话撂在这里，"我绝对没有夸大其词，不信你们等着！"

姜觅尔不是不相信时奕跟虞稚一关系好，只是觉得乔乐芷讲出来的故事有点儿不真实。

"这两天在学校住得怎么样？"

"还可以。"寝室的确不如家中自由，但好在她的室友都是好相处的人。

"食堂饭菜都还习惯吗？"

"也不错。"她对食物并不是很挑剔。

"那你觉得班上的同学好相处吗？"

接二连三的问题抛过来，虞稚一愣了一下，反问道："哥哥不是跟他们更加熟悉吗？"

时奕停下脚步，站在原地，悠悠地抄起手，说："可某人不是说，让我在学校收敛一点儿，免得大家对你过多关注吗？"

"哥哥，你知道我不是那个意思……"只是因为时奕在学校太过出名，她便提醒他稍微收敛一点儿，免得到时候同学八卦，老师还要找她谈话。

这些都是她曾经经历过的事。

那时候的她还挺天真，每次都傻傻地跟人解释一遍，把自己跟时奕的关系说清楚。

后来她才明白，他俩这种关系真的说不清楚啊，除非直接告诉其他人两个人是亲戚，但她又不想这样做。她也说不清为什么，就是不想跟时奕被绑在"亲戚"关系上。

时奕上学都骑自行车，虞稚一选择住校的时候就没有单独给她买，她也不想再让时家人给她花钱，所以这会儿……只好跟时奕同乘了。

时奕把书包递给她，将自行车锁打开，大长腿跨了上去，两只脚可以稳稳地站在地上。

他把自行车稳稳固定，虞稚一便抱着书包坐在了后座上。

她下意识地抓住前座底托，前方却传来时奕的声音："抱好。"

少年嗓音干净清朗，包裹着别样的温暖。

“嗯嗯。”她随即应声，乖乖伸出双手环住他的腰。

她跟时奕待在一起，很有安全感。

大约二十分钟后，两个人到家。

时奕直接从虞稚一的书包里掏出钥匙，熟练地将钥匙对准锁孔插入，然后开门。

两个人弯腰换鞋时，却听见屋里有道别的声音，好像来了客人。他们走进客厅一看，坐在沙发上的两个人还真是出乎意料。

从暑假受伤出院到现在，这是虞稚一第一次跟父母见面。

时隔几个月，她在看见虞凯的时候，仍然感觉脊背发凉，一时之间不知道该做什么了。

倒是虞凯跟阮晴在发现两个孩子的时候立即站起身，朝他们走了过来。

虞稚一下意识地往后退了一步，时奕不着痕迹地挡在了虞稚一的前方，用毫无感情的语气喊了一声：“叔叔阿姨。”

这里毕竟是时家，虞凯跟阮晴面对时奕的时候，还是笑着的。阮晴开口说：“小奕，好久不见，又变帅了。”

无论这是客套话还是真心话，时奕都没放在心上，他只是护着身后的小姑娘。

虞凯跟阮晴尴尬地对视一眼，虞凯搓了搓手，没开口。

还是阮晴绕到了虞稚一的身旁，试探性地道：“一一，爸爸妈妈想看看你。”

虞稚一摇头。

“我们只是想关心你。”阮晴下意识地伸手去拉女儿，却被虞稚一避开。

虞稚一从时奕怀中夺过书包，似想要逃离这个令人窒息的地方。

虞凯见人要跑，便要伸手拉住她。虞凯刚触碰到她，虞稚一便吓得尖叫。

时奕心中一急，直接动了手，强制将两个人分开。

时奕转身抱着虞稚一，将她护在怀中，轻声安抚：“没事了，没事了。”

在一旁尴尬地站了许久的宁素雅也终于站出来，让两个孩子先进屋，自己则留在外面。

等两个孩子去了房间，宁素雅直接跟两个大人把话摊开讲：“你们两个也看到了，一一仍然无法接受你们。”

其实这几个月来，虞凯跟阮晴给宁素雅打过好几次电话，可虞稚一不愿意跟他们见面。

宁素雅尊重孩子的意见，每次都拒绝了这两个人。

可不知道怎么的，这两个人今天自己找上门来了，还守在门口不肯走。宁素雅能怎么办？只能让他们进屋了。

阮晴抬头朝那卧室方向看了一眼，深深叹气，说：“也不知道随谁了，这孩子脾气怎么这么犟啊……”

阮晴到现在都没想明白，女儿为什么连她都要躲避？

她当初做的选择也是为了大家考虑，并没有故意伤害虞稚一，这孩子怎么就不体谅她这个妈妈呢？！

宁素雅听着这话，只觉得心里犯堵，忍不住说了一句：“是你们抛弃女儿在先，还差点儿毁了一个女孩儿的一辈子，你们凭什么要求她释怀？”

被一个外人这么指责，虞凯的大男子主义冒了出来，他抗议道：“我们是她的亲生父母，这打断骨头还连着筋呢！”

他知道自己犯了错，可当时是在喝了酒不清醒的情况下打的稚一，只能算是个意外。他也因此愧疚了许久，多次想跟女儿接触都被拒之门外，心里头多多少少有些不爽。

宁素雅觉得自己没办法跟这两个人沟通了，便说：“行了行了，刚才是你们非要留下来的，现在看到女儿了，是一一不愿意见你们，可不是我故意阻拦。”

“阿雅，你能不能再去跟一一说说？你看我这大老远回来一趟也不容易。还有，刚才他们两个进屋，我看她还戴着口罩，我都没看到她的脸现在怎么样了。”

“能怎么样啊？当初虞凯做的那事你们都是亲眼看见的，缝了那么多针……”宁素雅对这个话题表现出了不耐烦。

听到这话，阮晴也明白了。

她转过头，幽怨地瞪着虞凯，生气地说：“都是你干的好事！”

“我都说了我当时喝醉了。”

“你还在狡辩，你怎么这么没用？！”

“等一下，这里是我家，如果你们两个之间有什么问题需要争论，麻烦另寻他处。”宁素雅直接下了逐客令。

虞凯怒道：“一一是我的女儿，我就算把她带回家也是名正言顺的。”

“也行，那就麻烦虞先生把这几个月的费用结一下。”宁素雅忽然笑了起来，“你们等等啊，这几个月她去医院换药和复查的缴费单我还留着，还有在我家吃的用的，包括上学花的费用，麻烦先结清一下。”

一听这话，虞凯立即不出声了。

他现在靠做苦力活儿赚钱，自己都还过得紧巴巴的，哪里还得清医院的账。

两个人最终没见到女儿，灰溜溜地离去。

送走这两个看不顺眼的人，宁素雅揉了揉额头，觉得脑袋疼。

“这都什么事啊……”

宁素雅一开始就不愿意让他们进来，可那两个人即便站在门口也要等着女儿回来。她想着这两个人到底还是因为关心女儿的情况来的，才勉强让两个人进来坐坐。

可现在事态发展不妙，虞稚一见到父亲还是很恐惧，怕是影响了她的情绪。

再次见到父母，虞稚一没有一点儿好心情。

曾经她那么渴望得到父母的关注和爱护，哪怕是一点点，她都会因此欣喜不已。

父母不能经常回家，她告诉自己：爸爸妈妈在外面辛苦赚钱都是为了这个家。

妈妈给她买了一件新衣服，即使不合身，她也会高兴地说喜欢，然后安慰自己：妈妈心里有我。

后来她跟着爸爸，即便爸爸对她发脾气，她仍然安慰自己：爸爸只是因为没有找到工作而心情不好。

直到她进了医院，心里的恐惧全跑了出来。

妈妈照顾不了太多人，却选择了照顾妹妹。

爸爸心情不好，为什么要用骂她、打她的方式发泄？

如今见到父母，她从心底里抗拒和畏惧他们。

她总觉得一旦靠近了父母，就不知道他们什么时候会揭开脸上的假笑面具，露出狰狞的面孔将她撕得支离破碎。

虞稚一虽然心里堵得慌，但没有哭。

时奕原本都想好哄她的话了，到最后却化作一句夸赞和鼓励：“我们一一今天好勇敢啊。”

“才没有……”她明明就胆小地躲起来了。

“让哥哥看看眼睛有没有掉珍珠？”他是知道小姑娘没掉眼泪，不过她这反应着实可爱，让他忍不住想要逗逗她。

“没有，我不会哭的。”

若是以前，她现在应该躲在角落委屈地给自己擦眼泪了。但现在她不一样了。她现在有时奕。

“哥哥你别小看我了，我现在很坚强的。”她总是在他面前难过地哭鼻子的话，那也太丑了。

两个人有了交流，气氛缓和了许多，不过小姑娘一直垂着脑袋，显示她心情低落。

时奕手一抬，动作熟练又自然地在她那头柔软的黑发上揉了揉，轻声道：“一一，哥哥可能要食言了。”

“什么？”

“不想再跟你假装关系一般好了，我就是要让所有人都看见，时奕跟虞稚一天下第一好。”

最后那句话听起来语气颇为得意，小姑娘被逗笑了，说：“哥哥你好幼稚。”

他低头，把双手绕到她的耳边，将挂在耳边的白色松紧带给钩了出来。

口罩被揭开，露出一张几近无瑕的脸蛋，红彤彤的，仿佛抹了层胭脂。

周一，教室里早早就来了一批同学，几乎都在赶作业。

黎少舟扭头看着空空的后桌，惋惜地叹气道：“班长怎么还不来？”

班长再不带着作业来“救”他们，他们一会儿就没时间抄作业了。

黎少舟扭头看四周，问：“你们谁的物理作业做了？”

被他盯上的某个男同学扬起手中空空的练习本，说：“我也想问这个问题。”

刚好乔乐芷走到后面扔垃圾，黎少舟伸手拦了她一下，说：“巧乐兹，你的物理作业做了吗？”

乔乐芷顿了顿，歪头问道：“你确定你敢抄我的？”

好吧，他还真不敢！

这个目标不行，他就继续换下一个。

姜觅尔刚进教室就听到黎少舟在借作业，她也被逮个正着。

黎少舟问她：“姜觅尔，你呢？”

姜觅尔把书本往桌上一摆，说：“别问了，问就是没有，这物理简直是反人类的学科。”

黎少舟龇了龇牙，问：“有那么难吗？”

“不难吗？你看看普朗克学物理前后，就知道物理有多难了。”姜觅尔把物理题的练习本翻开，里面还夹着乱七八糟的草稿纸。

黎少舟绝望地挠头。

他没有做过题，也没去研究过，更不知道这次的物理题有多难。他只晓得，他得赶在课代表收作业前把作业补完。

黎少舟无聊地在前排晃悠，试图捕捉新来的“猎物”。

忽然，他见一个扎着马尾辫的女生从他面前经过，仔细地盯了一眼，伸手将她拦住，问：“同学，你是不是走错教室了？”

刚走进教室的虞稚一疑惑地扫了一眼教室，确认自己没有走错便安心下来。

“黎少舟，麻烦让一下。”

“这声音有点儿耳熟啊。”黎少舟不可思议地望着眼前这个小姑娘说。

他眼前的女孩儿是标准的鹅蛋脸，白皙的皮肤透着一层淡淡的粉色，五官比例精致，睫毛纤长，黑眸晶亮，圆溜溜的大眼睛像是会说话。

这个娇俏可人的女生给了他一种熟悉的感觉。

黎少舟一拍脑袋，像是恍然大悟，试探地问了一句：“你是虞稚一？”

“是哦，早上好。”虞稚一淡定地承认了自己的身份，同他打招呼。

黎少舟惊呆了，说：“你长得这么好看啊！”

他这大嗓门把旁边埋头补作业的同学都引了过来。

虞稚一刚来的时候戴着口罩，大家找遍了机会也没能窥探到新同学的真容。大家私下聊天的时候也讨论过她，说什么可能她长得太好看了，或者长得太丑了。

因为她跟时奕扯上了关系，大家对她的模样还是抱有期待的。没想到啊，这模样长得一点儿没拖后腿。

有些人明明听见了，还非要自己亲自再问一遍："你真是虞稚一啊？"

虞稚一紧张地抠着手指，说："是……"

"哇，你长得这么好看，之前干吗戴口罩啊？"

"就是长得好看才故意遮起来的吧。"大家七嘴八舌地讨论了起来。

虞稚一疑惑地想：长得好不好看跟戴口罩有什么必然联系吗？

她没有故意把自己的脸遮起来，只是刚做完手术的那会儿，她的皮肤很敏感，那几天待在家里甚至不能对着窗户吹风。

后来她的脸慢慢恢复，她又要按照规定的时间回学校开始上课。她怕皮肤脆弱经不起风吹日晒，所以戴上口罩保护脸部，仅此而已。

她只是跟平常一样来教室上课，没想到大家对她这么好奇。

她不喜欢这样被人当作热闹一样盯着，可又不能把人都赶走。

虞稚一紧紧抿着唇，无意识地往后退，转身就往外走。

她还没出前门就跟时奕撞上了。

见教室里的人都看过来，时奕才发现情况不对，问她："怎么了？"

"他们——好像对我很好奇。"她没说自己非常排斥那些目光。

时奕心中了然，忽然拔高了音量，说："到教室的同学把各科目的作业交到各科课代表处，去操场准备升旗。"

他说话很管用，犹如老师到场。

时奕这个班长在班上一直都很有威信，大家都很服他，因为不服的话——老师也会让他们服的！

听他这么一说，大家该交作业的交作业，着急赶作业的赶作业。

看到大家埋头做着自己的事情，虞稚一大大地松了口气。

她下意识地抬头望着时奕。

时奕抬起手，掌心碰到了她的后脑勺，轻轻抚了两下，说："别紧张，他们对你没有恶意。"

"好。"

亲自护送虞稚一回到座位上后，时奕才慢悠悠地走向倒数第二排的位子。

本来他是跟虞稚一一起来学校的，不过刚才进教学楼的时候正好碰上班主任，他被班主任喊去办公室办个事，虞稚一便独自进了教室。

被人这样看也不是什么大事，但对她而言，意义不同。

当初那些异样的眼光，对她造成的心理影响还存在。

她可以大胆地站在人群中，但无法忍受众人的目光齐聚在她身上，即使他们只是对她感到好奇。

慢慢地，大家发现他们班长变了！

以前那个上课绝不走神、笔记本永远被抄写得满满的班长忽然变懒了。

比如，上课没来得及做完笔记，但又爱好学习的同学想找他借笔记本——

“班长，上节课的笔记借一下。”

“没写。”

“不是吧？”

同学不信，疑惑地翻开他的书本，却发现他的书上最近学的课题页面崭新，一个字都没有，更别提笔记了。

老师们也发现以前赞不绝口的好学生时奕开始松动了，以前他上课专心致志地盯着黑板，目光都不挪一下。现在上课，他不做笔记了，回答问题也不积极了。

为此，班主任还把他叫到办公室谈过话，可人家用实力证明，即便上课不做笔记也能考到全校第一。

“老师，每个人都有自己的学习方式，我觉得我现在的方式挺适合我的，这会使我感受到学习的轻松跟快乐。”

时奕本人都这么说了，他们还能逼着人家上课积极且一字不落地做笔记吗？

任何有异议的声音都会被他用实力打败。

对那些谈论班长变化的声音，乔乐芷跷起了二郎腿，悠悠地抄起双手，背靠在后桌上，说：“班长本来就是这样的，你们还真以为他学习好是靠上课听讲和做笔记啊？人家指不定都自学完高中知识了。”

“有你说得这么神吗？那班长岂不是可以直接跳级去参加高考了？”

“不会的，班长不会跳级的。”

“为啥？”

乔乐芷抬起胳膊，指了指虞稚一的方向，说："除非一一也跳级，否则班长一定会按部就班地读完每个年级。"

时奕的能力从小到大都是很突出的，支持他跳级的人很多，可他自己不乐意。

所有人都以为时奕只是单纯不想跳级，直到乔乐芷无意间听见时奕哄虞稚一的话："我不会跳级的，除非你跟我一起。不过你这么笨，想来这辈子都不可能跳级了。"

这话听起来是在说虞稚一笨，可背后包含了多少故事？

中午放学的下课铃声一响，学生们便争分夺秒地冲进食堂，排队打饭。

靠窗边的位置坐着三个男生，他们的对面还有空位。

两个扎着马尾辫的女孩儿端着餐盘走到他们对面，有些害羞地问道："我们可以坐在这里吗？"

时奕将手边的粉色饭盒推到了对面去，说："不好意思，这里有人。"

女孩儿们羞涩地坐到了后排座位。

"好帅啊，特别是最左边那个。"

"那不是高一（2）班的时奕吗？咱们学校出了名的学霸。"

"啊啊啊，长得帅学习成绩又好，男神级别的人物啊。"

"收起你的花痴模样，咱们都高三了。"

被戳到了痛处，女生没了声音。但这并不妨碍她们欣赏时奕。

即便是只能看见背影，她们也能看出那人的身材比例极好，身形都堪称一绝。

此时，三个女生走到了他们对面，其中一个还是空手来的，却直接坐在了时奕的前方。

时奕跟他对面的那个女生所使用的饭盒，分明是颜色不一样的同种款式。

黎少舟大口吃饭，迅速地解决完了午餐。

他见对面慢条斯理用餐的三位女同学，便向她们伸出手，问："有纸巾吗？借一下。"

虞稚一最先把餐巾纸拿出来，给每个人都递了一张。

乔乐芷打趣道："借了我们一一的纸巾，可是要还的。"

黎少舟擦了擦嘴，说：“我们一一妹妹心地善良，怎么可能像你那么小气？”

他话音刚落，就感觉旁边一道冷飕飕的犀利目光对准了自己。

“谁是你妹妹？”时奕目光不善地说。

黎少舟立马举手投降，说：“好好好，我错了哥，我说错话了，对面这个是虞稚一同学。”

开玩笑，他才不要跟时奕争执，他平时还得蹭班长的作业呢。

三个女生吃得慢，时奕也耐心等着，没打算走。

见状，黎少舟也安心地坐着，还悄悄地把手机摸了出来。

他见群里有人发了个链接，便点开看：电玩城周年大酬宾，游戏币买一送一。

黎少舟顺口问道：“奕哥，周末约吗？”

他这还真是顺口一问，毕竟以前每个周末，时奕都拒绝跟他们出去玩耍。

但没想到这次时奕反问道：“哪儿约？”

一听这话，黎少舟激动了，连忙把手机页面展示出来，说：“电玩城活动，我去过几次，挺有意思的。”

“电玩城……”时奕轻声念着，一目十行地看完活动介绍，手指在桌面上轻轻敲击了两下。

他把视线落在对面那个认认真真吃饭的小姑娘身上停了几秒，嘴角微扬，开口道：“嗯，约。”

周末的电玩城很是热闹，里面每种娱乐机器前方都站着人。

有些人是真的在研究，有些人则是在观望。

黎少舟第一个冲上去，豪气地买下了一百个游戏币。

因为活动，店家给了他两百个。

姜觅尔朝他竖起大拇指，说道：“土豪啊，一来就买这么多。”

黎少舟笑着摇头，不好意思地说：“哪里哪里。”

他说着说着又把自己的游戏币抓了一些放到姜觅尔的篮子里，算是照顾她。

跟随虞稚一的步伐姗姗而来的时奕站在前台，淡定地掏出了十块钱，最后得到二十个游戏币。

黎少舟看着时奕的篮子里少得可怜的游戏币，建议道：“奕哥，一次性多买点儿呗，这二十个哪里够？”

“够了。”时奕淡定地把装着游戏币的篮子交给身旁的虞稚一保管，牵起她的手，径直走向了推币机。

黎少舟跟姜觅尔对视了一眼，疑惑地跟了上去，想看看这两个人到底要干什么。

只见时奕走到推币机前观察了一会儿，找准位置，控制时间将游戏币放了进去，游戏币被挤出来一点儿，但还没有掉下来。

时奕不慌不忙地连续投入，忽然听到了游戏币掉落的声音，在取币槽里抓出了一把币。

虞稚一得意扬扬地将游戏币全部放进小篮子里，说：“看，这不就有了？”

黎少舟感觉自己的智商受到了践踏。

姜觅尔是体育特长生，一般男生感兴趣的投篮、开车，她都会玩儿。

但虞稚一就属于乖乖女，力量型游戏她不太喜欢，最后在音乐机前比起了手速。

音乐机里音乐的节奏越来越快，虞稚一玩了两局下来，额头都在冒汗。

这种全神贯注拼手速的游戏还挺刺激的。

“有点儿热了。”她抬手摸了摸额头上的汗。

时奕从她的背包里抽出纸巾，带她到一旁坐下，说：“休息一会儿。”

黎少舟跟姜觅尔两个人找到了共同喜欢的游戏，玩得正开心。

他俩半天没见时奕跟虞稚一，黎少舟找了过来，热情地邀请他们一起：“你们两个不玩啦？坐着干吗？快起来玩。”

还没等时奕开口拒绝，虞稚一就抢答道：“哥哥，你去跟他们玩会儿，我在这里等你们。”

时奕没动，说：“不用了。”

“你就去吧，不然我心里会很愧疚的。”如果因为她在场而不能让时奕跟朋友开心地玩两把游戏，她就觉得自己又把时奕困住了。

时奕看到了小姑娘真挚的眼神，摸了摸她的脑袋，叮嘱道：“不要乱走。”

“知道了，我又不是小孩子。”她总不可能在电玩城走丢吧。

电玩城里只有这个地方设置了休息区，她留在这里等是最好的。

时奕跟黎少舟去那边玩耍，游戏币倒是都留在了虞稚一手上。

她歇了一会儿，看到音乐机前空出位置，又忍不住过去投了币。

她发现这东西玩了两次就会上瘾。

音乐快要开始的时候，她旁边的位置站上来一个男生。

虞稚一随意地瞥了一眼，便全神贯注地投入游戏中。

音乐节奏会随着晋级不断加快，她旁边的人一看就是熟手，动手速度快得惊人。

到最后她都输了游戏，旁边的人还没停下。

“哇——”她小声惊呼，目不转睛地盯着那人灵活的双手在屏幕上点击，听着音乐节奏加速，也跟着紧张起来。

她有种自己在玩游戏的感觉。

游戏节奏越来越快，男生没有达到合格标准，游戏结束。

但他玩到这个程度已经让虞稚一叹为观止了。

男生也注意到了她的视线，转身朝这边看了过来，问道：“看什么？”

虞稚一没想到对方会突然抛出这个问题，愣了一下，按照心里的想法称赞道：“你的手速很快，很厉害。”

“多玩几次，你也可以。”

“哈哈……”她心知肚明，那个速度岂是多玩几次就可以练成的？

虞稚一不打算在高手面前丢人了，却没想到对方主动邀请她：“要继续来一把吗？”

这音乐机还真是有些让人上瘾，她正想答应，身后传来了一道熟悉的声音。

“一一。”

“哥哥。”虞稚一回头，直接跳下音乐机，回到了时奕身边，“哥哥你怎么这么快就回来了？”

“不放心你。”

“那我跟你一起过去吧。”就算让她站在那里等，她也是甘愿的。

“那怎么可以？”时奕把她手中的游戏币篮子拿了过来，“走，哥哥带你去玩个好东西。”

“好啊。”她正要走，才想起来因为时奕的到来，把刚才那个“手速大神”忘得一干二净。

“不好意思，我不玩了，谢谢。”她简单地和他说了一句，就拉着时奕的手走了。

走远了些，时奕才问她：“刚才那个人你认识？”

虞稚一摇头，老实回答：“不认识啊，不过他玩音乐机好厉害，手速超快的！”

后面，时奕每路过一个游戏机都会拉着虞稚一体验一把，最后以胜利的姿态站在她面前，每次都重复一个问题：“哥哥厉害吗？”

“厉害，厉害。”

“我们一一了不得了，都开始学会敷衍哥哥了。”

“啊——哥哥最厉害，超级无敌厉害！”

虞稚一要崩溃了。

她现在听到时奕说“我们一一了不得了”都会害怕。

她怎么感觉平时稳重的时奕忽然变得幼稚起来，还要她来哄？

最后，时奕终于肯放过她，不再追问她“厉害不厉害”这个问题。

见时奕恢复正常，虞稚一大大地松了口气。

看来以后她不能当着时奕的面夸别人了，否则会激起他的胜负欲的。

因为有时奕在场，黎少舟跟姜觅尔玩疯了，甚至不想出去了。

但到了下午，他们肚子饿得受不了了，还是暂停了游戏，在附近找了个地方吃饭。

黎少舟跟姜觅尔聊得热火朝天，黎少舟说：“刚才我那个技术，你看见没？我厉害吧？”

姜觅尔不服地说：“哼，你就是运气好，等会儿吃完饭再进去比两把？”

“比就比，谁怕谁？”

听到这些，虞稚一靠近时奕，小声问道：“原来你们男生都喜欢被夸厉害吗？”

时奕单手支着下巴，面向她，那双桃花眼里盛满了迷人的笑意，说：“你夸别人一个试试看？”

虞稚一紧紧闭上了嘴，不敢再说话。

她心想：这样的哥哥，好可怕啊……

饭菜端上桌，几个朋友也不拘束。

黎少舟吃得最快，第一个解决完了。

他拿起手机玩了会儿，见时奕也放下了碗筷，再一看虞稚一碗里还剩下半碗米饭，就知道还得等着。

黎少舟也不着急，直接把手机举起来，对时奕说："奕哥，玩把游戏？"

"可以。"时奕确实有段时间没碰手机了，今天被挑起了兴趣，也乐意奉陪。

两个人进入游戏，组队比赛。

开局之后发现另外几个队友水平一般，黎少舟就冲到了前面。

时奕是从小玩游戏长大的，即便一段时间没玩，一玩游戏，熟悉的手感就回来了。

他跟黎少舟配合默契，拿了不少分数。

黎少舟越打越激动，不自觉地紧张起来。就在他准备往上冲的时候，发现时奕没有跟上来。他头也没抬地催促道："奕哥跟上啊。"

"等会儿。"时奕悠悠地回答。

黎少舟这才抬头，却发现时奕的手机摆在桌上，而他——正在给虞稚一扎头发。

黎少舟在心中偷偷骂道：这是人干的事？

时奕重新拿起手机，跟黎少舟并肩冲进了敌区。

黎少舟想要的快感又回来了，把刚才时奕抛弃他的委屈忘得一干二净。

"对方的菜鸟，都给爷死！"黎少舟感觉这局游戏胜利在望。

就在他追着敌方砍，敌方还剩下一滴血需要补刀的时候，时奕的游戏人物又停在原地不动了！

黎少舟往前一看，自己的队友正一手托着碗，一手拿着汤勺，给旁边的小姑娘盛汤呢。

他盛完了汤还要叮嘱一句："喝汤。"真是把人照顾得无微不至。

黎少舟惊得张大了嘴巴。

他想知道，以前他遇到的那些挂机队友都是在做这种事吗？

好在最后时刻时奕没有分神，这局赢得了胜利。

黎少舟忍不住说："奕哥，你打游戏能专心一点儿吗？"

时奕反问道："我不够专心吗？"

"这扎头发、盛汤，她自己也可以做的啊。"

"都让她自己做了，还要我干吗？"

黎少舟满脑子问号，心想这逻辑是不是有问题？

"你这是在照顾妹妹吗？江绍文宠他女朋友都不带这样的。"江绍文是他们班搞早恋的人。

黎少舟这么随口一说，没想到时奕又回了他一句："的确不是。"

"什么不是？"

姜觅尔跟虞稚一都抬起了头。

大家都没听懂那四个字的意思，等着他的解释。

时奕扫了一眼旁边仰着脖子的小姑娘，别开视线，目光微垂，说："我是说——江绍文那样不算宠女朋友。"

大家等了半天，结果是一句吐槽的话，黎少舟拍桌笑着说："哈哈哈，奕哥，这是个冷笑话吗？"

"不玩了。"时奕笑而不语，把手机收了起来。

一旁传来虞稚一乖巧的声音："我吃好了。"

姜觅尔也紧跟其后放下碗筷，说："我也饱了。"

虞稚一擦了擦嘴，问道："那接下来还要回电玩城吗？"

"那是当然，我还没跟黎少舟一决胜负呢！"姜觅尔兴冲冲地举起手，四人商量了一下，决定再回去玩一会儿。

姜觅尔跟黎少舟直奔"决战"区域，时奕直接带虞稚一到了一排娃娃机前。

"玩玩这个吧。"时奕看女孩子都挺喜欢夹娃娃的。

"这个夹不出来啊。"店家为了获利，对机器进行了设置，她试过两次，真的夹不出来。

"再试试。"时奕鼓励她说。

虞稚一掂了掂篮子里的游戏币，走到机器面前，取了两枚游戏币投入机器，开始操作遥控杆。机器的爪子把玩偶钩了起来，可就在娃娃即将对准出口时，机器的爪子总会松开，娃娃就掉了下去。

她无奈地冲时奕摆手，说：“你看吧，夹娃娃就是浪费游戏币。”

“再试试。”时奕抓起两枚游戏币继续投入了娃娃机中。

游戏币都投了，那她就继续抓呗。

虞稚一深吸一口气，握住了遥控开关。

就在她开始操作遥控杆移动机器爪子的时候，她的手背上突然覆上一抹温暖触感。

这时候，她的手已经完全不听使唤了，好像软到没有骨头。

嗒——

时奕看准时机往下按按钮，爪子抓住了玩偶的身体，移动到出口时，爪子松开，玩偶落在透明框篮上，摇摇欲坠。

两个人的视线紧紧锁定玩偶，见它在摇摆之后掉进了出口。

“哇！夹到了！夹到了！”虞稚一的脸上绽放笑容。

自己夹了好几次都没有反应，而时奕第一次下手就这么准，虞稚一心中对他的敬佩之意又多了几分。

“哥哥好棒！”这次是虞稚一不经任何思考，发自内心的称赞。

工作人员将玩偶取出递给虞稚一，他们夹到的是一只粉白色的小兔子。

“很喜欢？”时奕问她，用手指捏了捏兔子软软的身体，感觉这玩偶的布料很舒服。

“嗯嗯，娃娃很可爱！”虞稚一一边答话，一边用双手将玩偶抱得很紧。

小时候父母都不在她身边，外婆更愿意把钱花在实在处，所以基本上不会特意给她买玩具，所以玩偶这种东西，她是没有的。

后来她长大了，就更加不记得去买这些东西。

她刚搬入寝室的时候见室友床上摆着一个很大的玩偶娃娃，还蛮喜欢的，不过也只是将喜欢藏在心里，不会刻意说出来。

哪怕是一个小玩偶也能使她欢喜。

时奕见她对着玩偶爱不释手，便抬头扫了一眼四周的抓玩偶机器，说：“喜欢的话，那就多夹一些。”

小姑娘仰起脑袋，语气轻松又愉快地说：“哥哥帮我夹。”

他毫不犹豫地应道：“好。”

最后，黎少舟因为粗心大意输给了姜觅尔，而时奕凭自己的脑子和动手能力为虞稚一得到了好几只玩偶。

黎少舟跟姜觅尔“决战”出来后，见这两个人手上都抱满了玩偶，惊得下巴都快掉了，问：“你们这是抢劫了娃娃机？”

“都是哥哥凭本事夹的！”虞稚一出声维护时奕。

黎少舟难以置信地说：“今天的娃娃机也出问题了？”

他不信这个邪，跑到了娃娃机前，把手里仅剩的两枚游戏币塞了进去。

他猛地操作了一顿，结果什么也没抓到。他又看了看时奕，感觉自己受到了侮辱。

“啧啧啧。”姜觅尔上前两步，为黎少舟鼓了鼓掌，“虽然你不太行，但我佩服你屡败屡战的勇气。”

看在他们这么“可怜”的份儿上，两个人把手中的玩偶分给了姜觅尔跟黎少舟一人一个。

时奕跟虞稚一满载而归，回到家中，时奕直接把所有的玩偶放在了虞稚一的床上。

“哥哥你一个都不留着吗？”虞稚一坐在床边摆弄着玩偶，随口说道，“这是我们自己夹的娃娃，跟买来的意义不同。”

“这样啊，”他把那句话听进了心里，便没再拒绝，“那我自己选一个。”

“好啊，哥哥你要哪个？”这些娃娃本来就是时奕抓到的，他无论要哪个，她都会毫不犹豫地交出去。

时奕垂在身侧的手指微微挑动，他指着那一堆玩偶，手指转了两小圈儿，最后指定了那只粉白色的小兔子。

虞稚一刚开始还以为自己看错了，不太确定地问道：“哥哥，你是要这个小兔子吗？”

“嗯。”他微微点头。

“可这是粉色的……”虞稚一有些疑惑。她不是舍不得，而是觉得时奕那种男生风格很明显的房间里摆着粉白色的小兔子可能有些违和。

“你不是说让我自己选吗？怎么，舍不得？”

“才没有！”她不愿意被冤枉，连忙把小兔子递了出去。

时奕揪住了小兔子的耳朵，这便算是将小兔子收入囊中了。

宁素雅打扫房间，见儿子的枕头边摆着一只少女心满满的小兔子玩偶，还以为这是虞稚一的东西，又好心地把这东西“送回”了虞稚一的卧室里。

时奕在房间里找了一圈不见小兔子的踪影，一推开隔壁房门，见小兔子被摆在了虞稚一的床上。

他直接走过去把兔子拎了起来，说：“虞稚一，你偷我的小兔子？”

“不是我偷的，我刚进来就看到它在床上。”她连忙为自己辩解，脑袋摇得跟拨浪鼓似的。

时奕扑哧一声笑了出来。他当然不会认为是她偷偷拿走的，不过是逗她两句罢了。

后来宁素雅知道了这件事情，脸上的表情很复杂。

小时候他们家里捉了一只兔子回来准备吃掉，时奕嫌兔子味道重，产生了心理阴影，说自己讨厌兔子。

“你不是讨厌兔子吗？”宁素雅问他。这会儿他放个兔子玩偶在枕头边，不怕做噩梦啊？

“这不过是个玩具。”他强调。

“儿子，你喜欢玩偶没什么，但你这又是兔子又是粉色的，也太诡异了。”

“妈，没你想的那么复杂。”时奕摆了摆手，把兔子放了回去，也没刻意解释。

再后来，宁素雅从虞稚一口中得知，那是时奕从娃娃机里抓的第一只玩偶。

可除了时奕自己，没人会想到其中更深层的含义。

转眼到了一月份，虞稚一的十五岁生日将至。

生日的当天早上，时奕就叮嘱她：“今天下午放学跟我回家。”

虞稚一想，他大概是要给她过生日了。

乔乐芷仍旧给虞稚一送上了小礼物。同寝室的姜觅尔跟闻听语知道了这事情，还商量着下午放学去买些东西回来给虞稚一庆祝一下。

“不好意思呀，我今天要回家。”她肯定是会选择跟时奕一起过生日的。

室友们表示理解，并决定将庆祝推移到明天。

中午的时候，天色开始变得阴沉沉的，到了下午第二节课，教室外响起了哗啦啦的雨声。

雨势一会儿变大一会儿变小，到第三节课放学都没有停。

班上有些同学懊恼自己没有带伞，这时候，虞稚一随身携带的花色小雨伞就派上了用场。

黎少舟在教室里磨蹭了一会儿，待不住，要淋着雨走。住学校宿舍的兄弟让他下楼等着，一会儿给他送一把伞过来。

黎少舟走下楼梯，见雨水已经溅进了走廊，抱着手臂戳了戳，算着时间，便转身往最边上的厕所方向走去。

过了一会儿，他从厕所出来，往外走了两步，转身就遇到了一个举着花伞的人。

他瞧着这人有点儿眼熟，仔细一看，竟然是时奕。

黎少舟见时奕手中举着一把女性花色雨伞，直接哈哈笑了出来，调侃道："奕哥，没看出来啊，你这么有少女心啊，哈哈。"

可在他看见虞稚一跑出来，钻到花伞下的那一刻，笑容僵在了脸上。他感觉这外头冰凉的雨水是在直接往他脸上拍啊。

虞稚一刚刚去了一趟厕所，所以时奕会站在这里等她。

她回来见到走廊上多出了一个人，便随口问了句："咦，黎少舟你没有伞吗？"

黎少舟正要回答，却被时奕抢先说："他喜欢下雨天，不用管他。"

话音刚落，时奕就直接揽着虞稚一的肩膀，两个人共撑一把伞离开了。

"哥哥，我今年会有蛋糕吗？"

"这种事情还需要你担心吗？哪年没给你安排啊？"

她努了努嘴，然后嘴角慢慢地翘了起来。

她心情很好，便忍不住多说了两句，把心里话都抖了出来："以前过生日的时候，外婆都会给我煮鸡蛋。"

虞稚一想起了外婆给她煮的鸡蛋，那是最简单又最真诚的祝福。

可今年这个生日与往年不同，她的生日正好在周三，没有放假，不能回镇上去见外婆了。

她想着，放学之后要给外婆打个电话。

"放心吧，今年只会多，不会少。"

一开始虞稚一没理解时奕那句话的真实含义，直到进门之后，看见外婆跟宁阿姨一起坐在客厅的沙发上。

“外婆！”她开心地走了过去。

当初，她知道外婆离开的真相后，在无法释怀的同时也愧疚自己没有能力照顾生病的外婆。不过现在一切都好起来了。

这个生日，代表她人生新的转折点。

或许老天是为了公平，才会让她遇到时奕，让她把在父母那里缺失的感情都补了回来。

吃完饭后，虞稚一把今天收到的几个小礼物拆开，摆在了合适的位置。

虞稚一想着，朋友的祝福收到了，外婆的鸡蛋吃过了，时家送的蛋糕也吃到了，那还剩下——时奕的礼物还没收到！

不是她非要向时奕索要礼物，而是从出生到现在，他们已经共同度过了十五个生日，互相送礼物形成了一种默契。而且时奕每次送的礼物都不会让她失望，所以她很期待那份礼物。

外婆一个人来了市里，太晚了不方便离开，虞稚一陪她聊天，宁素雅也赞同老人暂住一晚。

老人家睡得早，就在虞稚一的卧室里先休息了。

时奕站在她的卧室门口，无声地朝她做了个手势。

虞稚一轻轻地关上房门，两个人转身就进了隔壁时奕的房间。

虞稚一刚踏进房门，目光就在房间里打转。

时奕把礼物藏在了哪里？桌子上？床上？还是别的什么地方？

这个房间的布局她很熟悉，房间里看起来并没有多出什么东西。

“在找什么？”时奕突然问她。

虞稚一正在用目光搜寻礼物的踪影的时候，被人逮了个正着。

她颇为心虚地挺直了脊背，眼睛一眨不眨地盯着前方，丝毫不敢再乱看。

“让我猜猜，你是不是在想我会送什么礼物？”时奕主动提起来了。

“不是！”她不好意思承认。

时奕挑眉，点了点头，道：“不是就好，我正想跟你说我今年没有准备。”

小姑娘顿时瞪大了眼，似乎不敢相信。

“唉，最近学业繁忙，也没时间上街去买东西，连蛋糕都是拜托妈妈拿回来的。”时奕摇头叹气地说。

听起来确实是这样的，虞稚一哪里还会怪他疏忽呢？

她反倒开始安慰他：“没关系的哥哥，一一也不是很想要礼物。”

时奕低着头，肩膀耸了两下。

虞稚一觉得有点儿不对劲，歪着脖子一看，那人终于忍不住笑出声来。

她这才意识到自己被耍了，好像自己的心事完全暴露在他面前了，实在是难为情。

虞稚一手足无措，不知道怎么就伸手捂住了时奕的嘴，软绵绵的声音故作凶狠地威胁道：“不准再笑了！”

时奕更是忍不住了。

虞稚一不明所以地望着他，心里还想着自己刚刚被逗的事。

确定时奕准备了礼物，她胆子大了，直接伸出了手，说：“所以，哥哥现在该把一一的礼物交出来了吧？”

“我真的没有准备。”他仍然坚持说这句话。

“那不行，你生日的时候我都给你送了礼物的。”时奕比她大了三个多月，每年送礼物，肯定是她先送的。

“嗯——”他失笑，道，“那好吧，礼尚往来，我就给你一个好东西。”

“什么啊？”

他转身打开抽屉，从里面拿出了一个长方形的小盒子。

盒子没什么特别装饰，是白色的四菱角造型，不知道里头装着什么。

“打开看看。”时奕把小盒子递给她。

盒子是上下分离的，她手指捏在两边，分别往上下一扯，盒子便打开了。

摆在盒子最上层的，是一部白色手机。

虞稚一心中震惊，迟迟没把手机拿出来。她闷了半晌，然后试探性地问道：“我可以不要这个吗？”

“怎么了？不喜欢吗？”时奕没想到她会是这个反应，不禁皱起眉头。

“手机……很贵吧？我现在上学也不需要手机，买回来也是浪费钱。”她轻轻地咬了下唇瓣，继续说道，“这种东西应该是可以退掉的吧？”

时奕闭上了眼，小声叹气。

原来她是在担心这个。

“你忘了，我会自己赚钱的。”他参加省内的竞赛获得了名次，得到了三千元奖金，那时候他就想好要给她买的礼物了。

他只是想在自己的能力范围之内把所有好的东西送给她。

虞稚一摇了摇头，不肯收下，说：“哥哥总是在为我花钱。”

她一想到这里，心里又冒出了酸酸的泡。

她又想起来，时奕总是不求回报地对她好，为她做了好多好多事情，付出了好多好多东西，时间、精力、金钱，还有很多其他的东西。

她不明白，她一个被父母抛弃的小丫头，真的值得那样优秀的一个人如此对待吗？

她不是悲观，只是有时候觉得这一切好到不太真实。

“你不会要哭吧？”时奕摸到了她的下巴，将她的小脸托了起来，检查她有没有哭。

她摇头，努力忍着不让眼泪冒出来，低声道：“我就是觉得哥哥好可怜，你从小到大都是最优秀、最耀眼的存在，却偏偏带上了我这个麻烦。我倒是宁愿哥哥忘了我的生日，就不会送出这么贵的礼物了。”

时奕叹了口气，摸了摸她的脑袋，耐心哄道：“我要是真忘了你的生日，你恐怕得哭一晚上。”

“我不会哭的……”她只是撇了一下嘴，还好没掉眼泪。

生日那天，她还是被时奕半哄半骗地收下了礼物。

她没用过手机，但玩过时奕的手机，所以上手很快。

时奕把自己的手机丢给她，说：“自己找找平时可能会联系的人，把号码存进去，我这里没有的话，到时候你再问问。”

虞稚一想了想，直接输入了几个号码。

她记得时奕的、外婆的，包括宁姨和时叔叔的电话号码，可以直接输入进去。

因为时奕是班长，还存了几个同学的联系方式，她顺便把乔乐芷、黎少舟和姜觅尔的电话号码也存了进去。

时奕扭头看了一眼她的备注，提醒道：“联系方式最好不要直接存称呼，虽然概率很小，但也有可能被有心人利用，最好换成名字或者只有你自己知道的意思。”

“哦哦。”她听到后，把联系人的备注换成了名字。

她在输入的时候看到了“十一”两个字，心里起了小心思，说：“哥哥，你觉得我给你备注‘十一’怎么样？这样别人都不知道是你，只有我知道！”

“十一吗？”他想了想，摇头，“这个数字不太好。”

“那好吧，我就写你的名字。”

她准备动手打字的时候，时奕忽然伸手挡住了她，把手机从她手中取走。

虞稚一不明所以。

时奕拿到手机，熟练地在屏幕上操作，然后还给了她。

“‘A 十三’是什么意思？”虞稚一低头一看，联系人备注上写着“A 十三”这几个字。

“A 是第一个英文字母。”

“这个我知道，可十三是什么意思？”

“你自己想想吧。”他并没有直接说明答案。

虞稚一把玩着手机，悄悄点开网页浏览器，搜索“联系人备注十三”的意思。

在西方国家，十三是个不吉利的数字，代表邪恶、恶魔、疾病、灾祸，都是一些不好的象征。

可在中国，十三是一个吉祥又高贵的数字。

百度回答上是这样解释的：“朋友”是十二画，“家人”也是十二画，少一画是遗憾，多一画是——偏爱。

室友们发现虞稚一有了手机，还是新款，都羡慕得很，乔乐芷说：“一一，你这部手机好漂亮，我记得看综艺节目的时候，主持人还在给这款手机打广告呢。”

“这是你爸妈给你买的吗？好羡慕啊！”姜觅尔不了解虞稚一的家庭情况，也不知道她父母的事情。在他们现在这个阶段，能够想到送这么贵重的礼物的，肯定是很亲近的人。

乔乐芷想要阻止姜觅尔的时候已经来不及了。毕竟事关虞稚一的家庭，她也不好开口。

“不是。”虞稚一摇了摇头。

“啊？那是谁送的呀？”姜觅尔好奇地问。

“哥哥送的。”

“时奕？这是时奕送你的手机？”

“嗯。”

“哇，时奕对你也太好了吧！”姜觅尔忍不住鼓掌，赞美这令人羡慕的兄妹情，“唯一遗憾的就是我妈没给我生个哥哥，说不定我也能体会一把当妹妹被哥哥宠着的快乐。”

乔乐芷给自己倒了一杯水，学着品茶的姿势端起水杯，心明眼亮地补了一句：“时奕也不是一一的亲哥哥啊，你回去问问你妈，你小时候有没有玩得好的竹马哥哥什么的。”

“啊，你这么一说，我心里更难受了。”不是亲哥哥都能宠虞稚一到这个地步，岂不是让人羡慕死了？

“听语，你的电话号码呢？我也存一下。”

闻听语报出了一串号码，又说：“你给我一下你的电话号码，一会儿我也存上。”

“嗯嗯。”慢慢地，虞稚一的手机里多出了其他同学的电话号码。

虞稚一得到了人生中第一部属于自己的手机，对它爱不释手，保护得很好，不小心摔了一下都要心疼。

见她如此小心翼翼，周末的时候，时奕又带她去买手机壳和给手机屏幕贴膜。

这些东西不贵，可她到现在用的都是时奕的钱。虞稚一心里有一笔账，她觉得，她欠时奕的东西根本不是用钱能还清的。

这时候，她突然好想快点儿长大，变成有能力的人，争取让时奕的“投资”不亏本。

于是，虞稚一更加用心地学习。

勤能补拙，别人学习的时候她在学习，别人玩耍的时候她也在看书。期末考试的时候，她排到了班上前二十名。

这个成绩算不得拔尖，但总体来说还是不错的。

新年的时候，虞稚一回到镇上去陪伴外婆。

虞凯已经离开这个地方，继续去外面打工闯荡。虞稚一没见到那个人，反倒松了口气。

许是因为经历过那场意外，隔壁家的舅舅和舅妈对她的态度好了许多，甚至会将家里给儿子买的零食特意拿来分她一些。

虞稚一真诚道谢，也接受了舅妈的好意。

她和外婆闲聊的时候，外婆告诉她，阮晴跟一个姓赵的叔叔领证再婚了。

听到这个消息的时候，虞稚一说不出自己心里是什么感受，胸口闷闷的，最后只回了一句："那就祝她幸福吧。"

或许是因为割不断的血缘亲情，她不可能因为阮晴没有选择她，就真正怨恨那个人一辈子。

只能说，心里的伤痕出现了，就算时间让它愈合了，也不能让心恢复到从前完美无瑕的模样。

时奕也跟随父母去了爷爷奶奶家。

在奶奶和医生的督促下，爷爷戒了烟酒，虽然有时候会忍不住喝两口酒，但身体没什么大碍了。

爷爷奶奶在家里准备了一些小零嘴儿，等年轻人回家了，就用盘子装着小零食摆在桌上，让他们自己拿。

时奕从小就爱嗑瓜子，所以老人家也给他备了好几种味道的瓜子，可这会儿，他竟然没怎么动瓜子。

爷爷很疑惑，问："小奕，桌上的东西都是你喜欢吃的，怎么不吃了？"

"懒得嗑，麻烦。"

宁素雅刚好走过去，往儿子的后脑勺上戳了一下，说："他那是懒，在家的时候总是一一给他剥的。"

"妈！"

"喊我做什么？我又没说错。"宁素雅吐槽起自己的儿子也毫不留情，"要不是一一性格好，谁乐意给你剥瓜子？"

这种看似平常的小事，却需要许多耐心。

"她剥的一半都喂进她的嘴里了好不好？"他妈妈说得好像他虐待了虞稚一似的。

“知足吧你，换了别人，这待遇你都享受不到。”宁素雅说着说着又笑了起来。

新的一年，全家其乐融融地团聚在一起。

除夕夜倒计时的时候，时奕跟虞稚一还通着电话，等到烟花绽放那一刻，两个人望着同一片天空，看着不同的烟火。

烟火缤纷、绚丽，像一场转瞬即逝的美梦。

微风细雨，万物复苏，新的一学期在这春暖花开的季节开始。

寒假时间是一个月，少数同学在春节时期吃吃喝喝，回来胖了一圈。除此之外，其他并没有什么变化，好学生依然不辞辛苦地努力学习，玩心大的学生也仍旧不知悔改。

“你们两个，给我站好！把手牵上！”

开学的第一周，黎少舟跟江绍文在班上打打闹闹弄坏了扫帚，还被班主任撞了个正着。

班主任沉着脸，让两个人到走廊里罚站，结果这两个人还是互相看不顺眼，班主任就想了个法子，让两个男生手牵着手，继续在外边走廊上罚站。

“马上就是高二的学生了，还整天打打闹闹的，你们到底知不知道高中三年对个人的未来前途有多么重要？分水岭就是在这个时候形成的，以后人家考进好的大学……”

班上靠窗的同学趴在窗边，听着班主任讲大道理，黎少舟跟江绍文钩着手指头，脑袋则别向不同的方向。

有人偷偷把他们牵手的照片拍了下来，还发在了没有班主任的同学群中，甚至隔壁班和上下楼都有人探出脑袋来看热闹。

等到惩罚结束，坐在黎少舟附近的同学问起了黎少舟原因。黎少舟气得捶桌，说：“江绍文自己跟女朋友分手了心情不好，我就劝了一句‘天涯何处无芳草’，结果他说什么一生一世爱一人，我真是受不了了。”

因为意见不合而追逐打闹，其实这也是同学之间的小事。

可偏偏他俩被班主任发现了，被罚到走廊里牵手接受众人的目光，这就很难为情了。

江绍文分手之后进入了情绪低谷期，开始在 QQ 空间里发表一些伤感文字，连着看起来堪比“青春疼痛文学”。

他似乎对“真爱”失望透顶，口头禅也变成了“早恋注定分手”“谈恋爱没有好结果”。

姜觅尔跟乔乐芷这两个最爱围观热闹的人经常在寝室讨论八卦，爱好学习的闻听语跟虞稚一有时候都会被她俩带偏。

那段时间，乔乐芷爱上了看小说，经常从校园外的书店租书来看。

有时候老师突然袭击说要检查课桌，乔乐芷就会把小说分散塞给室友，让她们藏起来。

虞稚一随手翻了一本，就被上面的故事吸引了。

这本书里都是短篇小说，但大多是以悲剧作为故事的核心的。她看完之后，心情都低落了许多。

在众多故事里，男女主角都曾深爱着对方，最后却在各种原因下错过。

生老病死是人间常态，两个相爱的人只希望在最美的年华遇见彼此。

她是晚上回到寝室才把那本书看完的，夜间的情绪容易低落。

最后一个悲伤故事是，男主角因为意外失去了记忆，女主角等候了他多年。但当两个人再次相遇时，男主角的身旁已经有了他人陪伴。

虞稚一为这用文字拼成的故事感到惋惜，甚至掉了眼泪。她看完之后眼睛红彤彤的，但还想继续看，就又问道：“乔乔，你还有其他小说吗？”

这一本书，就彻底把虞稚一带进了言情小说的世界里。

虞稚一拿到的第二本小说跟上一本不一样，都是情节轻松有趣，结局也很美好的故事。

之后她就发现，自己不喜欢看悲伤的故事，所以在她看一本书之前会先翻到结局，如果男女主角最后幸福地走到了一起，她才会开始阅读。

“你看完大结局就没惊喜了。”乔乐芷无法理解虞稚一的这种行为，因为她不喜欢被剧透。

虞稚一抱着书摇头，说：“比起不知道结局的惊喜，我更希望可以看到确定的幸福大结局。”

虞稚一经历了那段低沉的时光，所以宁可不要太多的惊喜，只希望寻到一个能够看见结局的美好未来。

“你要是这么喜欢，不如自己写呗。”

乔乐芷的这句话没有说虞稚一的意思，而是真的把后面几页的投稿方式圈出来给虞稚一看，说："你看，这里可以邮箱投稿。你作文写得好，有文笔基础，去试试写小说，万一被选上了还有稿费拿呢！"

一开始虞稚一没想过这事，但自从乔乐芷提出来之后，她心里就有了想法。

她开始在本子上记录灵感，又按照自己所想的那样，写出了几篇短故事。

可是怎么说呢？故事情节是按照她所想的发展，她的文笔也通顺，可阅读起来她总觉得少了什么。

乔乐芷让她投稿，她反复看着自己的短文稿子，最终还是锁在了手机里，没有发出去。

她想，大概是因为自己还没有体会过喜欢一个人的感觉，所以写不出那种恋爱之间甜蜜时候的微妙感觉。

第六章

秘　密

高一下学期已经开始上晚自习了，并且将晚自习之前的一段时间，设定为了图书阅读时间。

真正的晚自习都会被科任老师用来上课，而图书阅读时间，是为了让大家在紧张的学习期间留出半个小时来看看课外书籍，稍稍放松。

这半个小时里，老师一般不会来教室，但教室里必须保持安静。于是班主任就安排全班同学轮流值日，轮到谁值日了，就要在图书阅读时间坐到讲台上，看着大家不要发出无关的声音。

其实这种时候教室能不能保持安静，就要看讲台上看守纪律的是谁的了。

值日生按照学号排列，时奕是第一个。

他在同学们的心中就是很有威信的班长，所以他值日的时候基本没人吵闹，哪怕是忍不住了，说话也会控制音量，两个人小声嘀咕，隔远一点儿就听不见了。

班委还好，比较有责任心，如果讲台下有同学吵闹，也会不厌其烦地叮嘱。

若是轮到黎少舟这种半吊子值日了，班里同学嘀嘀咕咕的他也不会管，除非声音很大了，他才会拍拍讲台喊一声："聊天的小声点儿。"

不知道是不是黎少舟运气不好，他管理班上纪律的时候放水，偏偏遇到了班主任巡视。

晚上排了两节班主任的自习课，所以班主任提前来教室逛了一圈，听到黎少舟的这句话，直接走了进来。

教室里顿时鸦雀无声。

黎少舟看着朝自己走来的班主任，一颗心都提到了嗓子眼里。他连忙把手里的“书”往前翻了几页，压在了手臂下。

“黎少舟，让你管纪律是让你监督他们，提醒他们要安静，不是放纵他们在底下聊天！”

“嗯嗯，我知道了老师。”黎少舟表现出了一副谦虚受教的模样。

姜觅尔在下面捂着嘴巴，无声地哈哈大笑。

虞稚一好奇地盯着她，似乎在问：你在笑什么？

等到老师离开教室后，姜觅尔凑到虞稚一的身边，悄悄说：“你没看到黎少舟手上那本书有多厚吗？”

“看到了，怎么了？”

“他学网上的视频，在书中间挖了一个坑，把手机藏了进去。往常老师都没来，偏偏今天来了，肯定把他吓惨了。”

“哇，这么刺激的吗？”

虞稚一想：在书里挖一个坑，那不是很麻烦吗？

算了，她还是要做一个热爱学习的好学生。

第三周终于轮到虞稚一了。大家想着她那软绵绵的性子，也就觉得她没什么威慑力。

可阅读时间刚到，就见班长站了起来，不紧不慢地对着全班同学说：“从现在开始保持安静，如果发出吵闹的声音，我会直接记名字。”

他不是给予警告，而是直接记名字，想趁机说话的同学顿时偃旗息鼓了。

他们怎么忘了班上还有这位超级护短的班长呢？虽然这位班长只护着虞稚一。

虞稚一坐在讲台上，视线在全班转了一圈儿，见大家安安静静的，便拿出自己的练习题开始学习。

路过检查的教导主任看到这一幕，满意地点了点头，甚至在老师的会议上夸赞了高一（2）班的纪律管理。

周末，虞稚一在房间里埋头苦干，完成各科老师布置的家庭作业，还要预习即将学习的新知识。

时奕一只手拿着手机，一只手端着水果篮走了进来，把水果篮搁在桌上，说："我妈刚买回来的荔枝。"

宁素雅刚从菜市场回来，买了些蔬菜和水果，他便先给虞稚一装了些水果送进来。

虞稚一扭头看了一眼，说："谢谢哥哥。"

她又继续做题去了。

时奕见到她沉迷学习的模样，觉得她可爱又搞笑。

她可爱是真的可爱，搞笑的是她看书写字的时候，小表情很丰富，那眉毛、鼻子、嘴巴，在学习的不同时期都有不同的表情。

学习无阻的时候她自然是满心畅快的，遇到问题就开始纠结，总之，挺可爱的。

"吃。"看在小姑娘学习这么辛苦的份儿上，他充当起了伺候人的角色，亲自剥了荔枝皮，将荔枝送到她的嘴边。

小姑娘下意识地张开嘴巴，小巧精致的樱桃唇圆润微红，嘴巴张开了也不大，吃个东西都很可爱。

她含着荔枝在嘴里咬了咬，咽下果肉之后迟迟没把果核吐出来。

咯嘣——

从她嘴里传出了一阵清脆的声音，虞稚一微微张着嘴，脸上露出痛苦的表情。

时奕一看，顿时急了，问："硌到牙齿了吗？"

"嗯……"虞稚一低头寻找垃圾桶，可原本应该放在书桌边的垃圾桶被宁素雅拿去洗刷晾干了，现在还没拿回来。

她一时之间找不到地方吐核，时奕直接把手掌伸了过去，对她说："快吐出来。"

虞稚一下意识地张开嘴，果核掉在了时奕的手心里。

时奕也不嫌弃，用另一只手托住虞稚一的下巴，着急地问道："有没有事？"

他的一只手轻轻按在虞稚一的嘴边，虞稚一摇了摇头，回道："刚才咬到核的时候有些疼，等会儿就好了。”

她当时都没意识到自己嘴里还有个这么硬的东西，直接咬了下去，硌到牙齿是真的疼。

见她这反应，时奕也算松了口气。

虞稚一的目光落到时奕的掌心里的果核上，立即站了起来，说：“哥哥，对不起，我们先去洗手吧。”

从别人嘴里吐出来的东西，放在手掌上肯定难受吧。

“你在因为什么跟我道歉？”

“就是……核吐到你手上了，我刚才就是太疼了没反应过来。”但凡她反应过来了，就该吐自己的手上。

“这有什么好道歉的，哥哥又不会嫌弃你。”他耸了耸肩，将果核扔进了客厅的垃圾桶里，“你看你吃颗荔枝都不让人省心，剩下的干脆别吃了。”

“啊……我刚才是太专注了，才会不小心硌咬到牙齿嘛。”她还是蛮喜欢吃荔枝的，哪能因为硌到了牙齿就放弃剩下的美味？

时奕无奈地摇头，随她去了。

可到了下午，虞稚一发现这被硌到的牙齿还起了后遗症，她吃晚饭的时候觉得牙齿有些疼，这顿饭也没怎么吃。

时奕注意到了她的小动作，在饭后又特意去问了她一遍：“刚才看你吃得少，吃饱了吗？”

她点点头，摸了摸脸颊，说：“牙齿有点儿疼。”

时奕走过去，用手指轻轻抬起她的下巴，说：“张嘴，我看看。”

她听话地张开嘴巴，还真担心自己的牙齿出什么问题。时奕低着头检查，两个人的距离一下子拉得很近。

少年那双狭长的桃花眼最是吸引人的，她想起了曾经在小说里看过的描写，当时觉得有些夸张，但在这一刻又觉得，那种描写是存在的。

那双眼睛专注地看着你的时候，你会感觉连魂魄都要被勾去了。

望着那张近在咫尺的脸，虞稚一仿佛听见了自己心脏怦怦直跳的声音，一时之间，连疼痛都忘得一干二净。

“没有出血的情况，你感觉牙齿有松动吗？”

时奕没听见她的回答，又喊了一遍：“一一？”

虞稚一猛地回神，心虚地往后退了一步，垂着脑袋摇晃了几下，说：

“没有没有，可能明天就好了吧。”

“可能是今天真的磕到牙齿了，一直不舒服的话就告诉我，现在天也晚了，如果明天还没好，咱们就去看医生。”

她捂着脸颊，连连点头。

时奕只当她是牙齿疼不想说话。

直到时奕离开她的房间，虞稚一才松了口气。她挪到衣柜旁边的全身镜面前，看着镜子里的自己，莫名感到有些心虚。

她刚刚是在想什么呢？

小说里描写的女主角在面对男主角的时候，就会有脸红、心跳加速的反应，虞稚一现在看着这些文字，不知道怎么又想到了自己跟时奕，连忙将小说合上了。

她一时没注意，合书的声音还挺大的。

听到动静，乔乐芷抬头望了一眼，还以为她已经看完新的一本了，就问：“一一，你又看完一本了吗？”

“没……没有。”虞稚一其实是心虚了。

“好吧。”乔乐芷继续做着自己的事。

两个人沉默了一会儿，虞稚一又看向乔乐芷，把脑袋凑了过去，试探性地问道：“乔乔，你说喜欢一个人，真的像小说里面写的这样吗？”

“那肯定不是啊，你喜欢看的结局好的小说，其实都是经过作者美化的。”乔乐芷并没有理解到虞稚一那个问题的真正含义，只当虞稚一是在问小说与现实的区别。

乔乐芷作为一个阅读过千百万字小说的读者，分得清小说跟现实。

虞稚一打量四周，小声提醒道：“乔乔你小声点儿。”

乔乐芷歪头问：“怎么了？”

“嗯……学校不允许看小说嘛，让大家听见我们讨论小说不好。”虞稚一找了个蹩脚的理由。

乔乐芷耸了耸肩，没多想。

虞稚一重新翻开了那本书，看了两眼，又合上了，把它塞进抽屉里。

啪——

她塞书的动作不小心碰掉了桌上的签字笔，圆圆的笔壳在桌边滚了一圈儿，最后落到了地面上，她忙弯下腰去捡笔。

与此同时，一只手掌按在了桌子边上，虞稚一抬头的时候，她的额头刚好从那只手的手背上擦过去。

她抬头一看，正好对上时奕那张迷人的脸。

“捡东西的时候小心点儿，不然你撞到脑袋，又要喊疼了。”时奕正低头看着她，眼里带着笑意。

虞稚一张了张嘴，竟没发出一个音节。

往常她遇到这种事情，第一反应是道谢，而现在她竟然满脑子都是时奕那抹温和的笑容，以及那句关怀备至的话语。

虞稚一问：“喜欢一个人是什么样的感觉？”

乔乐芷答：“会心跳加速，心里如小鹿乱撞，会不自觉地想念那个人，想起来的时候还会笑。”

“如果看到对方，就会感觉很安心呢？”

“我也不知道这是不是喜欢，喜欢一个人，还会在意自己在对方眼里的形象，希望把最好的一面展示给他看。”乔乐芷绞尽脑汁，把看小说得出的结论全部说了出来，“很想一直一直跟对方在一起吧。”

“你只记录文字能感受到吗？”乔乐芷又问虞稚。乔乐芷敲了敲脑袋，移动凳子坐在了虞稚一面前，跟她更靠近了一些。

刚才虞稚一说，想要将感情融入文字，就必须了解感情。她当真就捧着笔记本仔细地做起了笔记。

她问“喜欢一个人是什么样的感觉”，乔乐芷便回答了她，丝毫没察觉虞稚一的问题还带着另一层含义。

“要我说，你看一百本小说都不如自己去喜欢一个人，保管你对这种感觉深有体会。”乔乐芷觉得这种文字表述出来的意思跟自己的亲身经历没法儿比，虞稚一写不出令人心动的故事，完全是因为经验不足。

虞稚一心头猛地一跳，她垂着脑袋，握在手中的笔开始毫无规则地在纸上画出黑线团。她心虚到说话都结巴了：“不……不能早恋。”

“哎呀，学校当然禁止早恋了，可这不妨碍你找个自己喜欢的人啊。”乔乐芷意有所指，还笑着冲虞稚一挑了下眉头。

路过的姜觅尔大口咬着手里的苹果，附和道：“明恋、暗恋，都是恋嘛。学校不让早恋，那就暗恋喽。”

“暗恋……”虞稚一轻声念着这两个字，笔尖不小心戳到了纸上，留下一抹深深的黑色痕迹。

学校宿舍楼准时熄灯，但并非所有人都会在这个时间睡觉。

乔乐芷还在看小说，姜觅尔正拿着手机偷偷追剧，虞稚一按亮了床头的小台灯，隔壁床的闻听语已经躺在床上，准备入睡了。

虞稚一把压在床头的日记本取了出来，如今这个日记本已经用了一大半了。

翻页的时候无可避免地看到了之前记录的内容，她才发现，自己的日记本里居然十篇里有九篇与时奕有关。

从虞稚一记事开始，时奕在她的生命中就扮演着一个“哥哥”的角色，后来长大了些她才知道，他们是没有血缘关系的邻居。

可即便不是亲戚，也没有影响她跟时奕之间的感情，那时候他们之间的感情叫作——友情。

再后来，在她被抛弃的那个夏天，她把时奕当作唯一的依靠，对他形成了依赖，以为那是从小到大累积的友情和亲情。

她从来没有想过，会在将来某一天突然意识到，自己对时奕的感情跟从前不一样了。

她心虚地去寻找动心的证据，甚至幼稚地把时奕曾经赠送给她的那本《答案之书》当作判断依据，想从中得到答案。

可她并没有翻开《答案之书》，因为在她双手捧书念出问题的时候，脑子里已经浮现自己想要的答案。

她从未想过，不知道怎么自己就动了心。

那种甘甜又微涩的感觉，在心头搅拌着。

虞稚一轻轻地按着日记本，才发现最新的这一页一字未落，仍然保持干净。

她明明有很多想要说的话，可拿起笔的时候，脑子里根本没有词语。

就在虞稚一陷入纠结时，隔壁床的闻听语翻来覆去地睡不着了。

听到动静，虞稚一立即调整台灯光照的位置，趴到床边轻声地问道：“是不是打扰到你了？”

闻听语索性用双臂撑着床，将脑袋仰了起来，解释道：“不是因为你。”

两个人的交流只发出了细微的声音，轻得像是吹了口气，旁人听不见内容。

“一一，你今天问的那个问题，不是想要记录感觉写小说吧？”

虞稚一没想到闻听语会问她这个问题，一时说不出话来。“你不否认，那就是承认了。”

“我……”

“你喜欢的人，是时奕吗？”

虞稚一慌了，想问这个人在她的脑子里安装了监控吗？对方怎么一问一个准儿？

“听语，你……你怎么这样问？”心虚的人结结巴巴的，差点咬到舌头。

“那我问得对吗？”

虞稚一被闻听语一针见血的话搞得心慌，想着：平时闻听语很少说话，给人的印象就是沉默又文静的，怎么今天晚上变成话痨了呀？

“你不会撒谎，没有反驳就是默认了。”闻听语已经心里有数了。

“嘘。”两个人虽然都趴在自己的床上，可脑袋越靠越近，靠在床头窃窃私语了起来。

闻听语用手挡着嘴角，小声问道：“你会去跟他告白吗？”

“我不敢……”虞稚一回应的声音细若蚊声。

小心翼翼地喜欢一个人是非常珍贵的，并不是每个人都能鼓起勇气大胆告白，因为很多人无法承担失败的后果。

两个人同时沉默了，却都默契地保持着那个姿势没动。过了一会儿，闻听语又问：“那你是要暗恋吗？”

“我没想这么多，我都不知道为什么会突然变成这样。”虞稚一说出心里话的时候，一种复杂的情绪蔓延进她的整个大脑里，她的眼睛也突然泛红。

她不知道为什么突然意识到自己对时奕的感情发生了变化，原本应该高兴的事情，她竟然有些惧怕。

她很害怕这突如其来的情感会打破她跟时奕之间的关系，根本就不敢把这件事情说出去。

“哎，对面那两个，你们在说什么悄悄话？”对面床的乔乐芷突然出声。

“没什么。”刚说完悄悄话的两个人异口同声的，随后就保持沉默。

闻听语翻身坐起，到床的另外一边，按着桌上的便笺纸写了一行字，撕下来递给了虞稚一。

“我睡觉了。”闻听语把便笺纸递给虞稚一之后，便重新躺好，闭上了眼睛。

虞稚一抓着便笺纸，又坐回另一端，借着台灯看清楚了上面那行字体娟秀的文字：心动，本来就是一件极其简单又极其复杂的事情。

心动的感觉，或许就是在不经意的某个瞬间，有些人一下子就抓住了那种感觉，有些人却一直无法体会到。

所以这是一件简单又复杂的事情，没办法用逻辑思维去理清楚。

虞稚一望着空白的日记本发呆，长叹了口气，顺手把便笺纸贴在了这一页上，然后合上日记本睡觉了。

翌日，教室。

“今天这堂课就上到这里。”一段漫长的英文阅读后，英语老师合上书本，然而同学们还没来得及欢呼雀跃，老师微笑着补充，“还有十分钟下课，现在大家都把听写本拿出来。”

“啊——”众人交头接耳，对这个突然的状况始料未及。

“下面的都安静！”老师一秒变得严肃了，“我前天就说过，这个单元的单词我不要求你们抄写，但你们要背过，我随时可能抽查。现在你们一个两个的也都别跟我说没时间看，快把听写本拿出来。”

有些单元的英语单词在考试中不常见，老师很少让他们抄写，都是叫他们自己多读几遍，然后背下来，这全看自觉。

以前老师也说过要抽查，但每次都没有真的抽查，久而久之大家就养成了左耳朵进，右耳朵出的习惯。没想到这次老师搞突然袭击，估计以后再说这话，大家都要掂量掂量了。

这次英语听写，班上同学十之七八中招了。

英语老师为了让同学们从这件事中汲取教训，在他们把听写本交上去之后，把手掌压在那一沓厚厚的听写本上，告诉大家：“这个单元有二十几个生单词，我们刚才听写了十几个，但错一个就扣五分，没达到八十分的同学，把每个单词抄写三十遍。”

众人纷纷哀怨，却不敢当着英语老师的面表现出来，毕竟是他们自己偷懒，没有完成老师布置的任务。

下课之后，黎少舟仰天长叹：“算了，我现在就开始抄单词了。”

他交上去的本子基本都是空白的，他肯定达不到八十分。

他想起刚才依次上交听写本的时候，看见时奕的听写本每行写了五个单词，整整齐齐的，大约是都背过了。

“我好想跟班长做同桌啊……”那他就可以偷看两眼了。

姜觅尔转身拍了拍他的桌子，说：“黎少舟，你别在后面鬼哭狼嚎了行吗？没过关的又不止你一个。”

“虞稚一就坐在你旁边，你刚才没抄吗？”

他们都知道，虞稚一学习很刻苦，英语的听写正确率高达百分之九十，姜觅尔有好几次靠她过关的。

可这会儿姜觅尔摇了摇头，说：“这次一一也没有提前背单词。”

黎少舟睁大了眼，连忙往胸口拍了两下，说：“听你这么说，我心里就好受点儿了。”

要是全军覆没，那他一个人的错误也就不会那么突出了。

听写本在第三节课的课间发了下来，全班过关的居然只有十个人，英语课代表说：“刚才我去办公室抱听写本，老师可生气了。”

众人连连叹气，认命地开始抄写单词。

听写本按小组发下去，虞稚一拿到自己的本子，翻开看到了上面的红色标记，只对了五个单词。

“最近学习很累吗？”她旁边突然冒出一个男声，吓得她心头一震。

她用余光瞥了时奕一眼，一时之间格外心虚，说：“哥哥……”

“错了几个？”

“有……有点儿多……”

“本子给我看看。”

若是以前，她老老实实地就将本子交出去了，可现在不知怎么的，不想让时奕看见自己失败的一面。

于是，她紧张地把本子往身前一捞，用手臂压住，借此遮挡住，结结巴巴地说：“就是没……没有合格。”

看虞稚一遮遮掩掩的模样，时奕反而对此更加疑惑。他俩的这一连串对话，她没一句通顺的，她到底在心虚什么？

时奕眉头一皱，在她的座位面前微微弯腰，低声问道：“一一，你最近是不是遇到什么事情了？”

因为现在从早到晚都在上课，他们只有周末才待在一起。目前一周有五天在上课，这五天时间里就可能发生许多他无法预料的事情，所以他有些担心。

虞稚一鼓着腮帮子摇头，心虚又紧张的眼神无处安放。

时奕又道：“如果学习累了你就休息一下，不要强迫自己，单词抄写哥哥可以帮你抄，不过周末回去我要再单独给你听写一遍。”

他知道虞稚一,一直都想努力学习更多知识，所以她常常逼得自己没有时间休息。

抄写单词这种事情，不是抄了就能记住。他可以多给她一些时间，但也不会纵容她贪玩，这个方法两全其美。

然而虞稚一拒绝了。

她紧紧地护着自己的本子，摇着头说：“不用了，我自己抄就行。”

时奕的神色暗了下来。

这时候他可以确定，虞稚一肯定遇到了什么事情。

他从平时跟虞稚一交好的乔乐芷下手，奈何乔乐芷每天只想着吃喝玩乐，回想了许久也想不到虞稚一最近遇到了什么特殊事件。

他再找到姜觅尔，可惜姜觅尔情商堪忧，永远感受不到别人敏感又内敛的情绪。

虞稚一剩下的一个室友，是闻听语。

闻听语的性子很安静，她在班上没什么存在感，平时他也很少听虞稚一提起这个人的名字。不过往往那些安静的人，可能更关注周围的事。

时奕找到了闻听语，旁敲侧击地打听虞稚一最近的情况。

闻听语单手抱书，推了推眼前的黑色眼镜框，说：“一一每天跟我们一样，除了在教室上课就是在寝室学习，没发生什么特别的事。”

这个答案，跟他从姜觅尔和乔乐芷那里了解到的一样。

时奕想着，算了，大不了这两天他仔细看着点儿，等周末回家之后再问清楚。虞稚一在他面前从来藏不住秘密，他总会找到答案的。

然而这一次时奕失算了。

虞稚一把自己的秘密捂得严严实实的，任由他怎么问，都没问出结果。

“我真的没什么事，可能是最近学习有点儿枯燥，哥哥你要是再问，我就会一直惦记着，心里就更烦躁了。”她不仅没有跟他坦白，还拿别的话堵他的嘴。

“一一有秘密都不告诉我了吗？”无论时奕的智商有多高，他都猜不出她此刻内心的想法。

虞稚一反问道：“哥哥，每个人都会有属于自己的秘密，难道你没有吗？”

时奕无言以对。

他想：这下好了，小家伙长大了，以前套路她的法子都不管用了。

“既然哥哥有秘密，那一一也可以有秘密，对不对？”虞稚一冲他眨了眨眼，先发制人，把这个话题压了下去。

“嗯。”他的确有很多没有说的事情。

“那哥哥也会尊重我，让我自己保守这个秘密的吧？”虞稚一继续说着。

他迟疑片刻，决定尊重她的意见，只是有些担心，又问：“这个秘密会让你不高兴，或者受到伤害吗？”

“不会。”虞稚一摇了摇头，又竖起三根手指，“我保证！”

“好吧，哥哥不问了。”他习惯性地碰了碰她的头顶。

待时奕离开之后，虞稚一长舒了一口气。这个秘密，她说出来才可能会让她受到伤害。

每个人习惯了和别人的某种关系状态后，就很难发生改变，因为情感是这个世界上最复杂的事情，它能让毫无关系的两个人变成最亲密的家人，也能让关系亲昵的人从此形同陌路。

时奕——这个在她心里烙下深刻痕迹、对她最特别的人，她怎么敢轻易去赌？

但凡有一丁点儿失去他的可能，她都不想去尝试。

虞稚一的心里藏着一个大秘密，她谁也不能说。

她把自己的心事写进了日记本，每次翻开，阅读那些文字，都能从字里行间回忆起当时写下这篇日记的心情。

慢慢地，她的日记本里堆满了自己跟那个人的故事。

喜欢你，就是我无法说出口的秘密。

“这才五月份，温度就这么高了，热死了。”

“看天气预报说，过两天有降雨，到时候天气会凉快的。”

“我想去剪短发了，剪个齐耳的，夏天到了，短发凉快。”

此时还未到端午时节，午休时间的课表还未发布，中午大家就都待在教室里，没事的时候凑在一起聊聊天。

今年热播的电视剧里女主角是短头发，她的发型在年轻女孩儿中流行一时，好多女孩儿开始讨论剪女主角的同款发型。

有些人习惯了短发，例如姜觅尔；有些人想要尝试新鲜，例如乔乐芷。

乔乐芷对此表现出了浓厚的兴趣，想拉几个同学跟她一起。

“一一，你想不想剪短发啊？你跟我一起去尝试一下吧。”乔乐芷上来挽着虞稚一的手，热情邀约道。

虞稚一抓着自己的马尾捏了一下，在乔乐芷早、中、晚的疯狂介绍下，有些心动。

乔乐芷见虞稚一动摇了，于是更加勤奋地说服她，从教室说到了寝室。刚回寝室乔乐芷就说：“一一，你看着这个，我下载了这个应用软件，我查过了，你的脸型适合这款发型，是不是特别可爱？”

姜觅尔端着水杯从两个人面前路过，忍不住搭腔：“乔乔，你这话就说错了，我们一一长发也很可爱。”

乔乐芷冲姜觅尔摆了摆手，继续给虞稚一洗脑：“选一个对的发型很重要，长发和短发气质不同，你一直都是长发，到时候换个短发还能让人眼前一亮！你看你这么漂亮一张脸蛋儿，尝试一下其他风格也没事，反正你的颜值摆在那里，怎么样都不会出错的。”

“这样啊……”

乔乐芷的这些话还真是戳到虞稚一的心坎儿上了。

不同的气质、眼前一亮的感觉，那如果她换个发型，是不是还能刷新一下时奕对她的认知？

虞稚一让乔乐芷把应用软件分享给她，自己私下找了好几种发型，最后答应跟乔乐芷一起尝试。她说："乔乔，我有点儿想尝试短发，周末我跟你一起去理发店。"

"好耶！"找到姐妹一起去，乔乐芷高兴得鼓掌。

下课了，几个男生在走廊里待着，黎少舟靠着栏杆，还是那副吊儿郎当的模样，说："那群女生好无聊，每天都在讨论换发型。"

靠走廊位置的女生推开窗，说："黎少舟，你是嫉妒吧？我们可以换长短发，你们只能剪短发，哈哈哈。"

"呸，我还能剪寸头，还能剃光头，你们敢吗？"

"不敢不敢，有本事你剃啊！"

黎少舟挠了挠头发，还真开始想象自己光头的画面。他拍了拍旁边的兄弟，问："哎，你们说我留个光头会怎么样？"

"估计会被嫌弃。"

"你们不觉得光头很酷吗？"光头站在人群中肯定是最亮眼的存在！

旁边的哥们儿表示不赞同，说："谁会喜欢光头啊？"

"你看看咱们奕哥这发型，这才是大家喜欢的。"

"谁喜欢了？"

"那些女生都喜欢。"

"呸！她们明明是喜欢奕哥的脸，肤浅！"

时奕转过身来，双手弯曲靠在栏杆边上，说："那你去剃个光头试试，看有没有深沉的人喜欢你。"

黎少舟吃瘪，转移话题，说："哎，话说你们喜欢长发的女生，还是短发的女生？"

左边的兄弟说："长发吧，长发飘飘多仙啊。"

右边的兄弟答："我觉得短发不错，看起来干净清爽。"

他们又问："奕哥呢？"

时奕的脑海中闪现出了一个女孩儿的模样，他轻轻笑了一下，说："长发吧。"

刚跟闻听语一起爬上楼的虞稚一站在拐角，将刚才男生谈论的话题听得清清楚楚。她跟闻听语对视了一眼，默契地站在原地。

等到上课铃声响起，那群男生悠悠地走进教室之后，她俩才过去。

回到寝室，虞稚一就开始给乔乐芷道歉："抱歉乔乔，我周末不能跟你一起去剪头发了。”

“为啥？”

“我想了一下，我还是留长发比较好。”

“啊……可是我们都说好了呀，而且你剪短发也会很好看的，真的，相信我！”

“我相信你，只是我舍不得剪掉而已，不过我周末可以陪你去理发店的。”

虞稚一态度坚决，乔乐芷也只能作罢。

虞稚一对乔乐芷撒了一个小小的谎，这也不算撒谎，她只是隐藏了事实真相。

她一回头，就看见坐在床上的闻听语正盯着自己。虞稚一被那道清亮的眼神戳破了小心思，脸颊滚烫。

当我们喜欢一个人的时候，就很希望自己能够变成对方喜欢的模样。虞稚一就是如此。

小心翼翼地珍藏着自己的心意，是一件痛苦并快乐的事。

乔乐芷跟姜觅尔下楼去买东西，虞稚一踩着爬梯上床，她旁边的闻听语突然开口：“你是因为时奕的那句话才决定不剪头发的吗？”

“嗯……”

当时她们听得很清楚，时奕说自己喜欢长发的女生。

虞稚一不好意思明说，但她的反应已经默认了。

此刻寝室里只有她们两个人，闻听语探出脑袋，直白地道出心中猜测：“万一他说的是你呢？你不觉得，他眼中除了你，就没别的女生了吗？”寝室安静，闻听语的声音就显得格外响亮清晰。

时奕对虞稚一明目张胆的偏爱，大家有目共睹。

“听语，你是想告诉我，或许他也喜欢我吗？”虞稚一想起上次生日的时候，闻听语突然说出“他应该喜欢你吧”，再加上这两次的提醒，明白闻听语是想推她往前走。

不可否认，在她听到这句话的时候，也会忍不住雀跃地期待，可她需要顾及的问题太多了。

“我不敢轻易去改变我跟他之间的关系和相处模式。”虞稚一喊了时奕十几年的哥哥，时奕也从未说过有什么不对，好像他所做的一切都是站在“哥哥”的角色上，去照顾她、爱护她。

时奕是那么聪明的一个人，若是喜欢她的话，总会比她先察觉吧？

可无论他是否察觉，她都不敢轻易地坦白自己的感情。

“依赖是一种很可怕的感觉，它会无声无息地让你沉沦其中，若你想要爬出来，那就得经历难以忍受的痛苦折磨。”

她如果告白失败，那么她跟时奕之间必然会产生隔阂，而且永远也无法修复到以前那般亲密无间的程度。

她如果告白成功，那么她跟时奕之间的关系就会发生质的改变，若是出现意外状况，比如分开了，那结果比暗恋还要惨。

因为啊，真心喜欢过的人，是没办法再交心做朋友的。

进入六月份，天气闷热了起来。

教室大，人多，即便开着空调，在教室里也不能完全感受到清凉。有人拿着扇子来回扇动，有人把迷你小风扇带来教室，就摆在自己的课桌前。

黎少舟也带了一个小风扇来，结果被旁边的兄弟抢走了。

“有话好好说！放下我的小风扇！”

“吹会儿，吹会儿就给你。”他们这群人玩得都比较好，之间没什么顾忌。

倒是姜觅尔，忽然被“赶”到了倒数第二排。她眼睛直直地盯着那个霸占自己座位的男生，嘴角抽动了两下，说：“我终于知道，乔乔没撒谎了。”

当初乔乐芷跟她们说时奕对虞稚一多么多么好的时候，其中就提到时奕多年坚持不懈地给虞稚一扇风这件事……

小学和初中那会儿，教室都没有空调，只有几个吊扇在头顶吹着，比现在的情况更艰难。而现在有了空调，时奕还是会不辞辛苦地替她摇扇，等到上课才会坐回自己的位子。

后来姜觅尔跑去跟乔乐芷聊天，指着气氛独特的那两个人，问：“乔乔，他真的一直都这样吗？”

“你还不信我说的啊？”乔乐芷呼出一口气，再次向姜觅尔声明，“真的，真的一直都是这样的。要不是上学期一一来学校的时候已经是冬天了，你们在她来的时候就能见到这一幕了。”

那时候他们看到的话，应该比现在还要震惊吧？

“哥哥，我不热了，你不用帮我扇风。”这已经是虞稚一第六次跟时奕说这句话了。

然而她每次说完，时奕都会停顿一下，然后手心贴着她的额头感受温度，摸摸还有没有汗。要等到他觉得够凉快了，他才会作罢。

虞稚一内心有愧啊，觉得自己享受得太多了，也想做同样的事情作为回报，便说：“哥哥，我帮你扇风吧。”

而每次虞稚一给时奕献殷勤的时候，时奕都会抓住她的手腕，把扇子夺过来，说：“我一个男生不出点儿汗算什么？”

反正他是舍不得虞稚一“受苦”的。

教室闷热，大家回到宿舍才能歇凉。

虞稚一跟闻听语踏进寝室门后就懒得再动，乔乐芷跟姜觅尔精神奕奕的，甚至约好晚上一起到操场上跑步锻炼。

于是又剩下最安静的两个人待在寝室里。

闻听语又递了张便笺纸过来，虞稚一展开一看，又是感情鼓励的话。

“听语，你是情感专家吗？”虞稚一努了努嘴，脸颊鼓成了小包子。

“不是，” 她哪有那能耐，要不然也不会……

闻听语摇头，说：“我只是觉得，你对他的喜欢能够得到回应。”

“那万一不是我想要的那种喜欢呢？万一他只是把我当妹妹呢？”这是令虞稚一开心又担心的事。

“反正我不觉得没有血缘关系的男生会对一个女生这样好。他帮你扇风，这看起来是一件极其简单的事情，可这世界上又有几个人能坚持十年如一日地对另一个人好？”闻听语坚持己见。

虞稚一原本以为闻听语是个沉默不多话的人，现在才发现，闻听语不是不爱讲话，只是大家没聊到她想聊的点。

看起来，闻听语对她跟时奕的感情进展倒是感兴趣得很。

虞稚一埋在心里的感情一次又一次地被闻听语的话挑起来，她把那张便笺纸握在手心里，卷了卷，说：“那，不然我想个办法试探试探他？”

“嗯……”闻听语迟疑了一下，“也行。”

可惜事与愿违，还没等到虞稚一想办法试探，她就得到了自己想要的答案。

许是时奕对虞稚一的照顾过于明显了，有些心里嫉妒的人就偷偷去跟老师打小报告。

时奕被老师喊去办公室问话那会儿，虞稚一就站在他旁边。班主任委婉地让两个人在班上保持距离，又对时奕说身为班长应该给大家树立一个好的榜样。

时奕没应，反倒大大方方地笑了起来，说："老师，大家都知道一一是我妹妹，哥哥照顾妹妹，不是理所应当的吗？"

班主任被这个问题难住了。

时奕对两个人的关系表现得很坦然，眼神也十分干净。他又说："总不能因为别人照顾得不好，就怪我照顾得太好吧？"

时奕的道理很多，而且从理论上班主任无法反驳他。

班主任自知这个少年难以攻克，便将目标转向了虞稚一。

可班主任的眼神刚移过去，时奕就已经不动声色地挡在了虞稚一前面，为虞稚一开脱道："老师，我妹妹害羞啊，您把她喊到办公室来问这种事情，不知道的还以为她犯错了呢。"

"我是个男生倒无所谓，小姑娘脸皮薄，害羞，您就放过她吧。"他笑着说出了这些话，字字句句把虞稚一保护得很周到。

虞稚一慢慢地往旁边挪了一步，唇瓣颤了颤，开口道："老师，对不起，我们以后会注意的。"

她说完就咬住了唇，垂在身侧的手指慢慢蜷缩起来，指甲在柔软的手心上按下了月牙印记。

时奕眉头微皱，瞥了她一眼，碍于场合不对，也没多说什么。

殊不知这时候说出这样一句话，虞稚一已经是鼓起全部的勇气了。

若是她先开口，若是时奕没有口口声声地承认把她当作妹妹，那么她还是会跟以前一样，心安理得，甚至肆无忌惮地享受着他的好。

可现在不行了。

时奕对她的好，只会让她陷在那个被人精心布置的深渊里，再也舍不得走出来。

在这种时候，相较于时奕的能言善辩，老师会更喜欢乖巧听话的虞稚一。老师也了解了情况，便说："老师也不为难你们，你们都是懂事的孩子。"

得到了孩子们的承诺，班主任也和和气气地放他们离开了。

二人并肩踏出了办公室的门，回教室的路上，虞稚一一直看着斜前方，像是在走神。

"一一。"

"嗯？"

"刚才你为什么要说那句话？"

"我说错了吗？"

"你要注意什么？又想叫我跟你保持距离吗？别人做不到的事情，不代表我做了就是错的。"时奕的语气里生出了一丝急躁之意。

虞稚一停下脚步，忍不住反驳："可你不是我真正的哥哥。"

时奕眉心微皱，对她表示质疑，说："你最近很奇怪。"

他理解小姑娘长大了有秘密，可希望那只是属于女孩子的秘密，而非因为这个秘密要跟他之间保持距离。

"我们从小一起长大，本来就是很亲近的人。我照顾你、对你好都是心甘情愿的事情，我们凭什么因为别人的两句话就要划开界限？"时奕不能忍受这种结果。

虞稚一摇头，说："不是划清界限啊，但女生跟男生之间本来就是不同的，我只是觉得，在班上那样的确不太好，所以就说注意一下。"

"好吧，按照你的说法，你希望我怎么做？"时奕漆黑的眸子紧盯着她，他的语气也不由得加重了几分，能感觉到他心情不太愉快。

虞稚一支支吾吾地说："就……跟其他同学一样好了。这样的话，她是不是就不会再对他动心了？……

"呵！"他似乎被虞稚一的那句话气到了，但嘴里还是不答应，"那真是抱歉了，就算再被请到办公室，我也不可能答应你这个要求的。如果能把你当作普通同学一样对待，那我就不是时奕，你也不是虞稚一。"时奕转身离开了，他腿长，迈步快，只留下虞稚一站在原地。

她默默地望着那道熟悉的背影，感到鼻腔发酸。

两个人讨论的结果是——无果。

时奕不答应跟她保持距离，其实她也做不到。

她只能用忙碌的学习来麻痹自己，尽量让自己的时间被填满，只有这样才不会空出多余的心思去喜欢那个人。

因为每当她空闲下来，脑海里总会浮现时奕当着班主任的面，坦坦荡荡地说：“老师，大家都知道一一是我妹妹，哥哥照顾妹妹，不是理所应当的吗？”

可时奕，我才不想当你的妹妹。虞稚一偷偷在心中说。

虞稚一憋了满腔心事，不愿意告诉任何人，哪怕是时常跟她讨论感情的闻听语也不知晓。

她把自己的心意藏了起来，有时候会忍不住写在纸上。

那白色的纸，黑色的墨，呈现出来的文字，成了她唯一的纾解方式。

她想，自己的性格一点儿都不好。

若是乔乐芷，或许会肆无忌惮地去告白；

若是姜觅尔，嗯……大概只能等着别人主动追求吧；

若是闻听语，虽然那个人总是鼓励她，可她觉得闻听语比自己更藏得住秘密。

“哎，虞稚一你在写什么呢？”黎少舟忽然抢走了她桌上的小本子。

虞稚一心中一惊，想要夺回本子，黎少舟却故意逗她，把本子举到了窗户外面——不是面向走廊的窗户，而是面向草坪的窗户。

“黎少舟，你把本子还给我！”虞稚一着急地吼了一声，心都卡在了嗓子眼里。

“哎呀，每次跟奕哥 PK 他都碾压我，我实在是斗不过他，只能来逗逗你。”黎少舟对她说道。黎少舟想着，时奕跟虞稚一关系太好了，自己逗逗虞稚一还能心理平衡点儿。

可虞稚一急了，那个本子上……那个本子上的内容如果让班上其他同学看见，她就完蛋了。

“黎少舟，把本子还给我！”虞稚一真的生气了，平日里她和和气气的笑容消失得一干二净。

黎少舟这才意识到事情不妙，抖了抖手。

就在此刻，时奕忽然回到教室，刚好听见虞稚一怒气冲冲的那句话，当即一个杀伤力十足的眼神就扫了过去，大声问道：“黎少舟，你在干什么？”

黎少舟被时奕这一声吓了一跳，手一滑，本子直接从窗口掉了下去。

“对……对……对不起啊，我不是故意的。”黎少舟这下彻底慌了，“真对不起，我现在就去给你捡回来。”

“不要你捡！”虞稚一急红了眼，推开旁边的人就冲出了教室。

时奕冲黎少舟比了个手势，说：“待会儿回来找你算账。”

时奕还不太清楚发生了什么事情，但得先找到虞稚一。

平时行动慢吞吞的虞稚一忽然跑得很快，一转眼就没了人影。时奕想了一下那扇窗户径直对准的方位，沿着楼梯跑了下去。

虞稚一沿着草坪找了一圈儿，却没有发现本子的踪迹，彻底慌了神。

本子掉下来的时候她很生气，但也知道这个地方是可以捡回来的。可她没想到自己这么快跑下来，还是没有找到本子。那东西就好像凭空消失了一样。

时奕出现在转角处，刚好与她相遇，问她：“一一，你要找的是什么？”

她被时奕问到这个问题，内心反而更加烦躁，说：“我在找本子，一个蓝色的小本子。”

时奕陪着她又找了两圈儿，她的内心很忐忑，可最后还是没有找到本子。

时奕皱着眉头，提议道：“要不然我们去广播站，让他们发个寻物启事？”

他不知道那本子里有什么东西，可既然虞稚一这么想要找到，那他就不会随便安慰她，说找不到也没关系。

本子没有长脚，掉下来的范围就这么大，极有可能是被其他人捡走了，如果他们通过广播站寻找还快些。

但虞稚一哪里敢？

“不，不用了。”她现在只希望捡到本子的人能好心地联系她，或者再也不要让那东西出现。

只要不让时奕看见就好。

发生这件事，黎少舟对虞稚一愧疚至极，给虞稚一买了各种零食献殷勤，都没能哄她开心。

时奕递给黎少舟一记眼神，黎少舟就差跪地发誓了，保证道：“我以后再也不逗虞稚一了，以后她干什么我都护着。”

他犯了错，得补偿虞稚一。

当然，无论他怎么道歉都没少被时奕折磨。

按照姜觅尔的说法，黎少舟就是“缺一顿毒打”。

虞稚一的情绪明显低落了，时奕一忍再忍，还是打算跟她好好谈一次。

周五放学回家，虞稚一走进卧室，他便跟着进去了，顺便把门给关上了。

虞稚一心不在焉地放下书包坐在了床边，直到时奕站到她的面前。

“虞稚一，我们认认真真地谈一次吧。”

虞稚一坐在床头，而时奕就这么双手交叉抱臂地站在她眼前，居高临下地望着她。

那一刻，她感受到一种无形的压迫与紧张。

她有点儿害怕直视时奕的眼睛，生怕自己哪个表情没控制好，就把心里的秘密袒露出去了。

她双手交叠放在膝盖上，无措地喊了声：“哥哥。”

时奕顺手将后面的椅子拉过来坐下，两个人之间的距离又拉近许多。

他握住了她的手，温暖厚实的手掌将那只微凉的小手包裹住，那人便再也逃不开了。

“我允许你有自己的秘密，但我无法眼睁睁地看着你把不开心的事情憋在心里。

“我说这些话你也不用否认，你眨眨眼我都知道你是高兴还是难过，更别说最近那么明显的变化了。

“周末你跟我待在一起，只有在学校那五天才有可能发生我不知晓的事，所以是学校有什么事情令你不开心了吗？”

“没有。”虞稚一回答道。

“一一，你是不相信哥哥可以帮你解决问题吗？”

“不是的，我……”若非时奕还握着她的手，她可能会飞快地逃离这里。

“有什么话你都可以告诉哥哥。”他目不转睛地盯着那双黑亮的眼睛，让她无所遁形。

虞稚一早就知道，时奕那双桃花眼是能勾人摄魄的。她被那样的眼神注视着，心里渐渐放空，脑子里的画面从杂乱无章变成了空白。

被那样的温柔眼神笼罩着，她不自觉地放松了心理防备，粉嫩的唇瓣微微张合，发出声音：“我喜欢……”

咚咚咚——

“你们两个在房间里吗？出来吃饭了。”门口传来了宁素雅的声音。虞稚一猛地回神，意识完全清醒了。

时奕仍然看着她，但目光比之前深了几分。

虞稚一闭了闭眼，心一横，说：“其实我是在想分科的事情，我喜欢文科，按照我的成绩也是读文科最合适。我只是想着以后不能跟哥哥同班，有些失落，但这种事情说出来好像是在无理取闹，所以我才不好意思开口的。”

她索性把学习上的事情拉来做挡箭牌，这段话看似天衣无缝。

下学期升高二，那时候他们就要分文科班和理科班了。时奕学习理科是毋庸置疑的，而虞稚一更适合文科，两个人从小到大都在同一个班级，如今还是要分开了。

“竟然是这个原因。”时奕松了口气，手指轻轻地捏着她的手心，动作格外温柔。

“没想到我们一一这么黏人，连分班都接受不了。”他的一句玩笑，让整个房间的气氛变得轻松起来。

“好了，不要不开心了，无论如何我们都在同一个学校里。”他又习惯性地抚着她的软发，耐心地哄着她。

虞稚一点头。

饭桌上，时爸爸一直看着电视机，手里捧着饭碗都忘了张口吃饭。

宁素雅用手肘戳了他一下，示意他赶紧吃饭，说：“都这么大的人了，电视瘾比两个孩子都大。”

时爸爸连忙用筷子扒了一大口饭送进嘴里，笑呵呵地说：“这不是直播嘛，错过就得看重播了。”

“去去去，看你的电视去。”

时爸爸工作很忙，但除了工作时间，他都会回家陪伴妻子和孩子。

时妈妈工作比较清闲，除了朝九晚五地打卡上班以外，平时都把家里整理得井井有条。

虞稚一遵守着“食不言”的原则，在饭桌上很少讲话，就默默地吃着饭，听着他们其乐融融的笑声，心里感到微微酸涩。

真幸福啊……

她何其有幸被时奕带进了这个家庭，为了不打破这种平衡，只能在心里一遍一遍地告诉自己：保持原样就好，不要轻易去尝试，否则无法承担后果。

虞稚一回到学校后，某个心虚的男生不断给虞稚一献殷勤。

“虞稚一，这瓶水给你。”黎少舟故意从她的座位旁边路过，还在她的桌上放了一瓶饮料。

“哟哟哟——”

周围有人起哄，说：“哎哟，黎少舟你最近对虞稚一有点儿不一样哦！”

“去去去，瞎说什么？你们不知道我在请罪吗？别起哄，到时候我又要被班长揍了。”黎少舟扯着嗓门把那些掐着嗓子说话的声音都压了下去。

自从上次他不小心把虞稚一的本子弄丢之后，虞稚一对他的态度不温不火。

他当时并非故意的，却没想到那个东西对虞稚一来说这么重要。他现在心里后悔得很，变着法地想要讨好她。

然后虞稚一每次都会把他的东西还回来，并且附带着一句：“上次的事情已经过去了，你不用给我送东西。”

小姑娘说话的声音轻轻淡淡的，却没了往日那股温柔劲儿。

大抵，虞稚一的心里还是对那件事情耿耿于怀。

可其他人都不知道，那本子里到底藏了什么，竟让她如此放不下。

当乔乐芷跟姜觅尔问起这件事的时候，虞稚一只说是在本子里做了许多笔记，一下子找不见了，觉得可惜。

只有闻听语在听到她的解释之后表示沉默，后来又趁其他人不在的时候，悄悄问她：“你是不是在本子上写了时奕？”

虞稚一下意识地咬住了嘴唇，脸色有些泛白。

表面上看起来她是不在意了，其实她只是不敢大肆宣扬而已。

因为她也不知道那个本子被谁捡走了，这些天都没人来找她。她宁可捡到本子的人把那东西当作垃圾扔掉，也不要发现她的秘密，或者，发现了也千万不要告知别人。

闻听语安慰她道：“在这个年龄对异性动心本来就是很正常的事情，更何况他对你那么好，恐怕没有谁抵抗得住时奕的魅力。学校里很多女生喜欢他，你也喜欢他，即便被人发现了，也不是什么天理不容的事。”

有人安慰，虞稚一的内心好受了许多。

稀奇的是，过了一周，那个本子忽然出现在了她的桌子上。

看到那熟悉的封皮，虞稚一吓了一大跳。

她忐忑地打量四周，见其他同学都在埋头做自己的事情，并没有特别的情况。

虞稚一惊魂未定地坐下，翻开本子，她曾经用过的纸张一页未少，包括关于时奕的那些内容。

本子原原本本地被送了回来，她却不知道其中经过。

见时奕还未到教室，她大着胆子向旁边的同学询问：“那个……我想问一下，谁来过我的座位吗？”

“好像是罗琦吧。”

罗琦？

虞稚一起身去了第一排，找到坐在门口位置的罗琦，问她：“罗琦，我想问一下，你见过这个本子吗？”

罗琦抬头看了一眼，说：“这个啊，刚才有个男生来问虞稚一是不是这个班的，我说是，他就把这个本子递给我，说他捡到了这个本子，让我还给你。”她又补充道，“我看你还没来，就直接把本子放在你的位子上了。”

见罗琦表情坦然，虞稚一松了口气。

看来罗琦并不知道本子里的内容。

“那你知道送本子来的那个男生是谁吗？”

罗琦摇头，说：“不认识，好像是我们年级的吧。”

不认识的男生，也没留下别的信息，这她无从查起。不过现在她找回了本子，又没有人提起这里面的内容，应该是没事的。

虞稚一抱着本子，安心了许多，对罗琦说：“谢谢了。”

中午放学的时候，她将本子拿回了寝室，同日记本收在一起，再也不敢将这些拿去教室了。

她也尽量不在本子上留下那个人的名字。

尽管有时候她休息发呆时，会不自觉地写下“时奕”二字，她也会在清醒的时候将其抹掉。

下午，时奕往校园的门卫室跑了一趟，取了个快递上来。

他回到教室却见虞稚一的座位上没人，姜觅尔跟乔乐芷也不在。

时奕觉得许是那三个人又结伴去了哪里，就回到了自己的位子，将快递盒放在脚边。

晚自习下课，时奕路过虞稚一身旁，把课桌敲得发出声响，对她说："等会儿跟我一起走，我有东西给你。"

虞稚一点点头，也不追问，跟室友们打了声招呼就跟着时奕走了。

两个人走下教学楼，一部分人群奔向寝室，一部分人群离开校园，而时奕带她去了校园里的小长亭里。

虞稚一发现了他手中的快递盒。

时奕偶尔会在网上购物，虞稚一习惯性地问他买了什么东西，时奕却将手里的快递盒递给了她，说："这个给你。"

"给我？"

快递盒上的透明胶带已经被东西划开了，她揣着好奇心打开了快递盒，发现里头还有一个方形小盒子。

她把盒子拆开，呈现在她眼前的是一个抹茶色的小风扇。

"呀！风扇！"这个小风扇还是手表的款式，细窄的软胶表带可以扣在手腕上。

这真是个有趣的小东西！

时奕将风扇从她的手中取走。

"伸手。"

小姑娘乖乖地按照他的话，伸出左手。

时奕挑开锁扣，将软胶表带绕到虞稚一的手腕上，找到合适的小孔，将锁扣按了进去。

他一边给她佩戴，一边讲解按键功能："这是充电的款式，可以反复使用。"

虞稚一的手腕很细，仿佛瘦得只有薄薄一层皮遮盖住骨头，这迷你的小风扇她戴上去都显得大了。

时奕托着她的手腕，看见白皙的皮肤上印出了浅浅的红印，很快就又消失。

他似乎有些不满，说："怎么这么瘦？以后得多吃点儿饭。"

"我按时吃饭了呀！"身体不长肉，她也没办法。

虞稚一摸着手腕上的风扇，明知道原因却还是忍不住问："为什么突然给我买这个？"

时奕回答："既然你答应了老师，我也不会让你食言。我正好看到了这个东西，觉得你戴着正合适。"

虽然当时他听到虞稚一说"会注意跟他保持距离"这种话有些生气，但转念一想，小姑娘本来就容易害羞，听多了周围的闲言碎语实在是影响心情，他干脆就寻了个更好的法子去解决问题。

他想得十分周到，所以有了这个小风扇。

虞稚一又问："就一个吗？那你呢？"

"这种小东西就是给你们小女孩儿用的，我要这个做什么？"时奕真的不用这些小东西，也不怕夏天流点儿汗水。

他总是说："男生流汗才叫真男人，知不知道？"

"哥哥的手跟暖炉一样，要不然冬天怎么牵着你？"

他这一句话撩得小姑娘心脏怦怦地跳，偏偏撩人的那个还没有察觉。

他按下风扇开关，仔细地检查每个按键的功能。

"虽然这个风比较小，但你做作业的时候戴在手腕上，可以对准脸颊吹，这样也能凉快一点儿。"时奕不是个啰唆的人，却会在这种小事上絮絮叨叨，生怕她哪里没有理解到。

他在低头测试风扇时，虞稚一也在看他。

她的目光向上，视线仿佛定在了那张脸上。五官的轮廓清秀俊逸，挺立的鼻梁无可挑剔，哪怕没有那双桃花眼，这副容颜也是出色的。

这张熟悉的脸她看了数不清的日夜，反倒更加眷念。

熟悉的声音一次又一次敲击在她的心头，在内心的驱使下，她鬼使神差地抱住了时奕的腰。

时奕眼睁睁地看着那只手从自己的手心挣脱，下一秒就感觉腰间被缠住了，令他猝不及防。

"怎么了？"

她眯了眯眼，贪心地吸取着少年身上的清香，压着嗓音道："就觉得，哥哥对我太好了。

时奕没躲，任由小姑娘在自己的怀中撒娇，还故意逗她："现在才知道啊？"

她摇头，脑袋在他怀中蹭了蹭，借着这微妙的气氛说了心里话："一一很喜欢哥哥，很喜欢……"她很喜欢时奕。

就在这充满无限温情的时刻，一道哨声传来，紧接着又传来一道粗声的严厉警告："那边的同学，你们在干什么！"

"是闫主任！"

不知道是谁喊了一声，虞稚一吓得立即松了手。

他俩刚分开没多久，她又抓紧了时奕的手腕，着急地冲他喊："快跑！"

身体比脑子的反应速度还快，他俩又跑了几层楼梯才停下来。

爬几层楼不算什么，可他们被"赶着"跑楼梯，着实很难受。

虞稚一见后面没有奇怪的人跟来，这才松了口气。

"跑什么？"时奕扶着她的腰，手掌轻轻拍着她的背，给她顺气。

虞稚一深深地喘了口气，说："闫主任啊，被他看见的话，会以为我们在早恋的。"

闫主任又称"阎主任"，简直是学校的"阎罗王"。听说前段时间有两个学生在校园里偷亲被闫主任撞见了，从那以后，闫主任每天晚上都在学校里转悠。

真情侣是不敢去送死的，可闫主任仿佛走火入魔了，看到一男一女走在一起就要查问清楚。

在闫主任眼里，男生跟女生单独待在一起，就等于早恋。

"一一胆子这么小啊？"时奕的心情反倒变得愉悦了。

"不……不是，要是被闫主任抓到，会很麻烦的。"她低着头，好像做错了什么事。

见小姑娘手足无措的模样，时奕抿了下嘴角，语气柔和地安慰道："放心吧，哥哥不早恋。"

虞稚一真不知道该为这句话感到高兴还是难过。

她还是高兴吧，至少说明这三年他不会喜欢别人。

等她再长大些，变得优秀些，那就好了。

虞稚一的手腕上多出了一个迷你小风扇。

同学们稀奇得很，纷纷向她借着看，虞稚一这次却十分谨慎，谁也不肯给。

有人嘀嘀咕咕地说了两句："不就是个小风扇嘛，有什么大不了的？回头我买它几个慢慢玩！"

虞稚一听见，但并未出声。

自私就自私吧，反正时奕给她的东西，她不愿与旁人分享。

日复一日的学习还在继续，虞稚一也逐渐放松了心情。她想，现在的自己根本配不上那么耀眼的时奕，既然喜欢他的话，就要努力向他靠近。

他们即将迎来期末考试，只是这次的期末考试与往日不同。

所有人都要在期末考试之前确定选科，期末考试就直接分科考。

"终于要摆脱那可恶的物理了！爽啊！"姜觅尔拿到志愿表，一丝一毫不犹豫地选了文科。她的物理分数曾低至十五，那十五分还是靠蒙选择题得来的。

而乔乐芷选择了理科，因为讨厌背诵历史、政治。

至于闻听语，就属于名副其实的才女，让她作诗可以，让她写化学公式简直在要她的命。

虞稚一的文理综合成绩其实差不多，但她在物理化上容易犯错丢分，政史地能够维持在一个相对稳定的水平，她本身还是偏向文科的。

她做这个决定的时候，也并不是随自己心意定的，而是时奕和宁素雅都赞同的。

其实她也提过选理科，不过才说了一句就被时奕否决了，他说："高考又不是靠运气，文科最合适你。"

这件事情不算来得突然，其实大家都已经做好了决定，所以很快就把分科志愿表填交上去了。

"虞稚一，刘老师让你去一趟办公室。"

刘老师就是他们的班主任。

她踏进办公室，就听到了班主任的声音："虞稚一你来了，过来看看这志愿表。"

虞稚一很疑惑，以为自己的志愿出了什么问题。

结果，不是她的问题，是时奕的。

她看到时奕的分科志愿表，他竟然选的是——文科。

刘老师对时奕选科的事情十分在意，问她："虞稚一，老师知道你跟时奕家里关系匪浅，我就想问问你，时奕填这个志愿是他家里人的意思吗？"

老师也知道时奕的心思比较灵活，从他口中不好套话，还很容易被糊弄，所以在看到分科志愿表的时候，先找了虞稚一来打听情况。

而虞稚一在看到这张表的时候，几乎不用去问时奕，就猜到了原因。

她想，或许是因为她说的那些话。

虞稚一直接向老师重新索要了一张志愿表，说："刘老师，这大概是个误会，我去跟他说说。"

时奕为了她选文科？

她绝对不会让时奕这么做的。

虞稚一片刻不停地回到教室，找到了时奕，将新的志愿表拿了出来，对她说："哥哥，重新填一次吧。"

时奕瞥了志愿表一眼，轻吐出一口气，说："你都知道了？老刘还真是……"

老刘还真是学聪明了，没有直接找他，反倒直戳他的软肋。

虞稚一眼睛眨都不眨地盯着他，问道："哥哥是因为我之前说的那些话才这样的吗？"

"不是。"他反驳得极快，虞稚一反而能听出来这句是假话。

时奕的同桌不在，她直接扯过旁边的凳子，坐在了时奕旁边，继续说道："哥哥如果是因为我说的那些话而选择文科的话，我会很难过的。"

时奕别开脸，说："瞎说，我就喜欢文科不行？"

果然……

虞稚一想起了时奕房间里的那些书，他提前学习的都是数理化知识，她岂能不知道？

她难以平复心情，深吸了一口气，把崭新的分科志愿表放在时奕面前，对他说："选理科吧。"

"我已经填过了，不需要重新填。"他作势要将这张纸扔掉。

虞稚一按住了他的手，凝视着那双眼睛，认认真真地同他说："我会难过的，真的。"

两个人僵持了半分钟，连旁边的人都看了过来。

虞稚一把心一横，拿起桌上的笔，说："如果哥哥坚持的话，那我干脆把自己的志愿改成理科好了。"

时奕皱了皱眉头，抢走了她手上的笔，在她执着的要求下，写下了一个"理"字。

小姑娘冲他笑了笑。

但是时奕能看出来，她这个笑容也不完全开心。

期末考试，每个年级按照文理分科，打乱了班级排座位。

很不巧，时奕跟虞稚一的考场一个在二楼，一个在三楼，且一个在左，一个在右。

监考老师走进教室，时奕把考试需要的用具摆在了桌上，悠悠地等着老师发卷。

前排的女生忽然转过身来，小声问道："同学，请问你有多余的尺子吗？"

时奕桌上只有直尺，不过是两块相连着的。

老师已经在发试卷了，他看了一眼，直接把直尺掰开，递给了女生。

女生感到非常惊愕。

全校学生都认识时奕，她也不例外。

她在找时奕借东西之前还有些犹豫，没想到他竟直接把自己的东西掰开了给她。

前面的卷子传了过来，女生这才回神，真诚地道了声："谢谢。"

这堂考试结束之后，女生转身将直尺交还给他，再次道谢。

时奕淡淡地扫了一眼，没收，说："不用了就扔掉吧。"

炎热的暑假转瞬即逝，他们正式成为高二学生，而这所学校又迎来了一批充满活力的新人。

校园栽种的老树依然生机盎然，绿树成荫，金色的阳光穿透绿色枝丫，在地面洒下斑驳剪影。

树荫处，扎着马尾辫的女孩儿抱着水瓶安安静静地坐在那里，遥望着篮球场的方向。

她撩了一缕头发挂在耳后，将戴在手上的小风扇对准了自己，动作熟练地摸到开关按了一下，小风扇吹出的风轻轻拍打着脸颊。

她拨动颈窝的发丝，马尾辫上那根蓝色的头绳随风飘扬，像极了盛夏。

“哇，快看那边坐着的女生，好漂亮啊！”

有人发现了坐在树下的她。

“她一个人哎，过去问问哪个班的。”

廖哲文被旁边的同学推了一把，十分无语地翻了个白眼，说：“都高二了，收起你这副没见过女生的表情好吗？”

“拜托，爱美之心人皆有之，我欣赏一下美女也没错啊。”

不可否认，那女生的面貌确实十分出众。

他们走近些看，还觉得有些眼熟。

“我好像见过她。”廖哲文托着下巴，细细地回想。

旁边的鲁赫一掌拍在他的肩头，说：“嘿，刚才还在教育我，这么快就真香了？”

没等他们前去搭讪，已经有人先去了。

一个寸头男生站在阳光底下犹豫半天，终于忍不住走到了那女生跟前。

不知道两个人说了什么，那个男生很快就离开了，还摇了摇头，看样子好像是被拒绝了。

那个男生走后，接着又来了一个，他俩交谈了几句，男生也灰溜溜地走了。

而那个女孩儿仍然坐在树下，安安静静的，视线盯着某一处，也不东张西望。

操场这么大，从她的视角看过去，她好像是在看篮球场。

但她坐在这个地方看人打篮球，会不会太远了？

廖哲文一手搭在鲁赫的肩膀上，说：“有点儿意思。”

“是吧是吧，漂亮妹妹都很有意思，怎么样，你过去试试？”

“呵。”

“好歹你也是咱们班的班草吧。”

“班都散了，OK？”廖哲文本身对那虚名没什么兴趣。

“这有什么？等下午分了班，照你这颜值，你不照样还是班草？”

就在两个人准备上前搏一搏的时候，又有一个男生跑到了她面前去。

然而这次跟前面两次的结局不一样了。

第七章

唯一的答案

时奕跟黎少舟约了打篮球，虞稚一便坚持在操场上等他。

篮球场区没有遮阳的地方，时奕就替她选中了树下这个绝佳的位置。

刚开始虞稚一是拒绝的，说："这里好远，根本就看不清。"

"只有这里才能遮阳，看不清没关系，你看得到我们在那里打球就行。"时奕不愿意让她晒太阳，耐心地哄了她几句，"一一听话。"

"好吧。"她便乖乖地抱着水杯，坐在这里等时奕。

等时奕过来，她便将水杯递了出去，说："哥哥，喝点儿水。"

这是她专门装进去的淡盐水。

虞稚一动作迅速地从书包里取出湿纸巾，仔细给他擦拭覆在额头上的那层密密麻麻的汗水。

他也低下头，配合她的动作。

等到把汗水擦干净，她才细声细气地问："哥哥打完了吗？"

"嗯，我们回教室。"

两个人一同转身爬上教学楼，可惜，他俩一个在三楼，一个在四楼。

高二年级的文科班在三楼，理科班在四楼。这就意味着，除非他们以后特意寻找对方，否则几乎是不会碰见的。

时奕亲自把她送到班上，这时候教室里已经来了二十几位同学。

当这两个人出现的时候，众人纷纷看了过来。

教室里有以前同班的同学，也有很多不认识的人。

好在姜觅尔已经到了。

“一一，来这里，坐我旁边。”姜觅尔指着自己身旁的空位，疯狂明示。

虞稚一径直朝姜觅尔指的空座走过去，时奕便一直陪着她，还不肯走。

姜觅尔嘿嘿一笑，说：“班长，你不是吧，都分班了你还亲自来守着啊？”

一只脚刚踏进教室的闻听语听到姜觅尔的这句话，内心很是无语。

时奕不跟姜觅尔计较，满心都落在虞稚一身上。

“我提前找老师看过分班表，你之前的两个室友都跟你同班，刚开学，你可以跟她们坐在一起，方便照顾。

“我就在楼上的1班，有事情随时找我。

“要记得每天准时喝水，还有中午下楼的时候慢慢走，不要去跟他们挤。记得每天准备一点儿小面包和牛奶在书包里，如果上午饿了要吃东西，还有早餐一顿也不能落下，知不知道？”

虞稚一连连点头，说：“知道了，哥哥。”你都说了不止三次了。

时奕临走之前又对姜觅尔嘱咐了一句：“照顾好她，有事随时找我，谢谢。”

姜觅尔连连摆手，说：“不客气不客气，我懂的。”

此刻闻听语也走进了教室。

时奕跟她擦肩而过，忽然停下了，对她说：“照顾好一一，麻烦了。”

闻听语轻轻点头。

“我们太有缘了，居然被分在了同一个班级。”姜觅尔现在左边一个室友，右边一个室友，简直不要太快乐。

慢慢地，教室里的人多了起来。

很多人互相认识，大家对重新组建的班级感到既陌生又熟悉。

廖哲文跟高一同班的鲁赫慢悠悠地来到了新班级，鲁赫眼尖，一眼就发现了刚刚在操场上看到的女生。

“缘分啊！”鲁赫拍着廖哲文的肩膀，向他示意。

为了拉近距离，鲁赫故意坐到了她们后面一排座位上。

他本想直接出声打招呼，又听前面这几个女生聊得火热，不好随意插嘴。

“我们会换寝室吗？”

“好像说要换吧，表格都打印出来了。”

“那咱们三个还能被分在一起吗？”

“应该是可以的，往届分宿舍都是尽量把高一同班的人安排在一起。”

她们说的都是些琐事，鲁赫终于忍不住了，说：“嘿，前面的同学，认识一下呗。”

姜觅尔扭头一看，认出了这人，问：“鲁赫？”

“你是……姜觅尔？”鲁赫也想起来了。

两个人都是体育生，以前见过，但因为不在一起训练，不太熟。好在这两个人性格外向，随便说几句就能聊上。

他们分别做了自我介绍，鲁赫之后就是廖哲文。廖哲文推了推眼镜框，简单地介绍自己的名字，开口道：“我叫廖哲文。”

姜觅尔对鲁赫爽朗地说：“你朋友还蛮帅的。”

她这也算是当着廖哲文的面夸他了。

之后还剩两个女生没做自我介绍。

“闻听语。”

“我叫虞稚一。”

在虞稚一说出自己的名字的时候，廖哲文深深地看了她一眼。

但虞稚一并没有什么广交好友的兴致，闻听语也一样。她俩不爱跟不熟悉的人聊天，默契地转回了身。

闻听语将随身携带的英语词典拿了出来，虞稚一从书包里拿出了数学练习题。

姜觅尔一看，干脆给她俩让座，说：“不是吧，这还没开始上课你们就学起来了？算了算了，让你们坐在一起得了。”

虞稚一跟闻听语没有任何异议。

闻听语凑过来，翻看虞稚一的练习题封面，问她：“这是你自己买的吗？”

“暑假的时候哥哥帮我选的，说这套题适合我。”

“感觉蛮不错的，回头我也去买一本。”

“好啊，我还有其他科目的练习册，到时候给你拍张照片吧。”

“谢谢。”

“不客气。”

这两个人的对话都充满了学习的气氛。

姜觅尔跟鲁赫从名字聊到了运动，廖哲文偶尔说几句，忽然提问：“你们以前那个班上，是不是还有个叫时奕的人？”

“对啊，我们班长，咋了？”

“没事，就是有点儿好奇。”

“哈哈哈，你对我们班长好奇啊，有什么问题都可以问——，她能帮你解答。”

沉浸在书海中的虞稚一练就了屏蔽外界干扰的本事，奈何他们提起了时奕的名字。

她疑惑地转头，只见廖哲文耸了耸肩膀，也没说别的话了。

上一个班级的同学很大部分留在了理科班，这次是按照期末考试成绩分的班，时奕不用再顾及谁，自然是进了平均分最高的1班。

黎少舟走了关系，勉强以体育生的身份挤了进来。再次见到时奕，他仿佛看见了亲人，夸张地说：“奕哥，太感动了，我们还能在一起。”

黎少舟一身汗水地就要扑过来，时奕往后退，动作快如闪电，对黎少舟吼道：“敢碰我，手打断！”

黎少舟脚步一停，立即收起了那副苦情模样。

乔乐芷在摆脱“政史地”这三个拉分科目之后，理科排名飞涨，虽然排名在1班是倒数，但好歹也是“火箭班”的学生了。

1班是年级排名前六十的学生所在的班级，学生待在这个环境里，气氛莫名的紧张。

他们都在跟时间赛跑，一分一秒都不敢轻易浪费，连老师都会早早到场。

“从今天开始，我就是你们的班主任。

“咱们班跟其他班不一样，我们的竞争比任何人都激烈，要立志走在所有人的前头，只能进步，不能后退！”一番心灵鸡汤的话从班主任的口中说出来就变得让人热血沸腾。

班主任安排男生搬书、发书，而后又开始讲自己上课的规矩。她还专门给1班的同学安排了时间表，规定：“每天早上提前二十分钟来教室，进行早读。”

众人只能哀叹。

说到最后，班主任终于想起了一件重要的事情还未落实，说："想要维护班级秩序，班委缺一不可。每个科目的课代表由任课老师自由安排，至于班长、副班长这些职务，咱们先确定一下。"

"有谁想当班长的？"老师举起手，示意台下的人毛遂自荐。

乔乐芷下意识地看向时奕，却见他这次稳稳当当地抱着手臂，后背靠着后面的桌子，姿态慵懒，一点儿没有竞争的打算。

有人起哄道："时奕当班长呗，他是年级第一，而且高一的时候就是我们班的班长。"

原来是分班前的同班同学说的。

黎少舟一听，也觉得应该支持兄弟，跟着附和了一声："对啊，时奕当班长，咱们心服口服。"

时奕这种全科优秀的学生，哪个老师不喜欢？

班主任也乐意顺水推舟，问："那时奕同学，你……"

"不好意思老师，我想把所有时间用在学习上。"言下之意，他拒绝了班长这个职务。

黎少舟也很疑惑，时奕这班长当得好好的，怎么换班就不当了呢？

就在班主任为难的时候，一个女生站了起来，说："老师，我可以试试。"

"你是姜羽然吧？"

"是的。"

这个女生是年级前十，也是个好苗子。

"那行，以后你就是 1 班的班长了。"

又陆续选了几名班委，班主任接了个电话，让大家在教室里预习新书。

趁机跟时奕做同桌的黎少舟八卦心燃了起来，问时奕："奕哥，你咋不当班长了？"

前排的乔乐芷一副了然于心的模样，在旁边说："咱奕哥是想跑去 16 班当班长吧。"

16 班，正是虞稚一所在的文科班。

理科是从 1 班到 10 班，文科是从 16 班到 11 班，班级相反排列的，虞稚一也是在文科的尖子班。

她这么一说，黎少舟就懂了，调侃道："哎哟，那这次分班可真是委屈我们奕哥了。"

时奕没有接话，但也没反驳。

倒是他们这新班长，时不时地回头看。

开学第二天，班主任拿着班级排名表，让大家站到走廊上，按照名次依次进入教室选座位。

这个排座方法，有人欢喜有人忧。

唯有时奕不需要站出去，因为他就是第一，想坐哪里都没人争。

时奕还是坐在了倒数第二排的位子。从小到大他已经习惯坐在后面了，小时候是因为身高，现在是为了自由。

在他后面的几个人陆续选了中间的位子，算是教室的最佳座位。

直到新班长姜羽然选座，她走进教室一看，就一直往后走，竟走到时奕身旁停下了。

黎少舟顿时瞪大眼睛，说："不会吧不会吧，班长不会坐倒数第二排吧？我的宝座要被抢走了！"

"呵，"旁边的乔乐芷冷笑道，"咱们两个这名次只能捡剩下的。"

黎少舟抓了抓头发，说："你说我要是现在跑进去跟奕哥说，是——让我坐他旁边的，他会给我留位子吗？"

"会。"虽然乔乐芷很不想给他泼冷水，但是她得说实话，"但你得让他相信你的话。"

姜羽然果真选在了时奕旁边，成为他的同桌。

黎少舟跟乔乐芷这次坐到了最后一排，两个人竟也成了同桌。

姜羽然不时地偷看时奕，见他一直低头看着手中的书，她从抽屉里摸出了一把崭新的直尺，还是两块连在一起的款式。

姜羽然将直尺放到时奕的桌上，说："时奕，这个给你。"

时奕微微抬眸，扫了直尺一眼，不明所以地看了她一眼。

姜羽然解释道："你忘记啦？上学期期末考试我就坐在你前面的，那时候向你借直尺，结果毁了你的直尺。没想到咱们能被分在同一个班级，我就买了个新的还给你。"

"不用。"

他的确早就忘记了。

时奕拿起桌上的东西，毫不犹豫地还了回去。

姜羽然仍然不放弃，说："之前那件事情我一直记着的，你就收下吧，不然我会愧疚的。"

时奕听起来像是她很坚定地想要把东西塞给他，就问她："非要给我？"

"嗯嗯，你收下吧，这是我欠你的。"

"东西随我处置？"

"啊？"虽然姜羽然不是很懂时奕说这句话的意思，但还是点了点头。

时奕将直尺取走，转头就扔给了乔乐芷，说："给你。"

乔乐芷蒙了一下，看着课桌上出现的"不明物"，又指了指自己。

时奕跟乔乐芷解释道："直尺，给你玩，不用还了。"

认识多年，他知道乔乐芷有个万年不变的爱好，就是喜欢在本子上画小格子，然后找同学下五子棋……

画格子就需要直尺，他把尺子送给她玩最合适。

乔乐芷受宠若惊，捧着直尺连连道谢："谢了谢了。"

果然，她一拿到这东西就按在本子上画田字格，然后招呼黎少舟，说："黎少舟，来来来，我们又可以下五子棋了。"

姜羽然看到这一幕，心里有些不是滋味，对时奕说："这个……是我还给你的哎……"

"不是你自己同意我随意处理的吗？"

姜羽然哪里会知道时奕收下她的东西，转手就送给了其他女同学。

下课后，时奕从书包里取出一个塑料袋，递给了乔乐芷，两个人说了几句悄悄话。

乔乐芷连连点头。

姜羽然一直盯着他俩互动，心里不舒服。

她随意拉了个以前高一（2）班的同学问道："时奕跟乔乐芷关系很好吗？"

那同学一听，也没深入思考，点头说道："当然了，人家从小一起长大的，关系能不好吗？"

姜羽然一听，这心思也沉了下来。

她本以为他俩是同班一年关系比较近，没想到还有那么多年数不清的交情。

姜羽然这心里话要是让乔乐芷听到，姜羽然就真的要被“打脸”了。

只有乔乐芷自己知道，这么多年，时奕能对她这个异性“近”一点儿，完全是借了虞稚一的光。

就像现在，虞稚一回学校的时候落了一件贴身衣服在家里的床上，这位尽职尽责的“哥哥”就亲自把东西带来了，拜托乔乐芷回寝室的时候交给虞稚一，毕竟她们都是女孩子。

时奕除了带来了那件衣服，还带了三份礼物。

时奕叮嘱道：“绿色盒子是给闻听语的，紫色盒子给姜觅尔，橙色的你自己留着，不过不要让一一知道。”

“OK 没问题，保证完成任务。”时奕是买了三份礼物来贿赂她们，让她们多多照看虞稚一。

黎少舟刚从厕所回来，看见这礼物盒子，顿时心理不平衡了，对时奕说：“奕哥你偏心啊，还给乔乔送礼物，你咋不给我送？”

“你这个大嘴巴，你闭嘴吧你！”乔乐芷差点儿没忍住一巴掌捂住他那大嗓门，“成事不足败事有余。”

“呸呸呸！”

两个人又要吵起来。

姜羽然心里有个猜测：时奕不会是喜欢乔乐芷吧？谁知她想着想着就把这话说出来了。

旁边的同学怪异地看了姜羽然一眼，对她说的话表示诧异，问：“你怎么会这么想？”

姜羽然不解，说：“难道不是吗？我看时奕对她很好的样子。”

“不是啊，这哪里算好啊？”当初高一（2）班的人，谁没见识过时奕真正对一个人好的样子？

见姜羽然现在这副被搞蒙的表情，就跟他们当初刚认识虞稚一的时候一样，同学忽然来了兴致，说：“这真的不算好，你等着看吧。不出意料的话，她应该会过来吧。”

“她是谁？”姜羽然问。

文科16班。

“哎，你们觉得咱们班上的廖哲文跟沈落白，谁更好看？”

“都挺好的……”

“他们在讨论班草呢。”

廖哲文刚来的时候，大家都说他戴着眼镜，斯斯文文的很有书生气质，五官也好看，是当之无愧的班草。

可等到全班人员到齐之后才发现，迟来的沈落白，颜值也无可挑剔。

那个沉默寡言的少年人如其名，肤色很白。他身材纤瘦，脸上没有健康的红润气色，看起来更像是病态的苍白，浓密的长睫毛，漂亮得令女孩子都羡慕不已，还有他睫毛之间的那双琥珀色的眼睛，清澈又明亮。

大家从开学到现在没有听他说过一句话，据原班同学说，沈落白开口说话的次数少之又少。并非他身体有缺陷，而是他本身不愿意讲话。

少年并非故作高冷，却偏偏给人一种淡漠孤寂之感。

曾有人因为喜欢那张漂亮的脸，特意跑去沈落白面前献殷勤，可无论是什么样的人，最后都因为扛不住他的冷漠忽视而放弃了。

即便如此，也没人否认过他的颜值很绝。

当旁边的同学问起虞稚一谁最好看时，她总会下意识地将这些人跟时奕做比较。

当然，在她心里，时奕永远是无可挑剔的第一，是最好的。

只不过，她会习惯性地把时奕当作参照物，来分析别人的优点及缺点。

时奕善于交际，人脉广阔。

沈落白独来独往，性格孤僻。

时奕的五官轮廓分明，俊美艳丽，他那双桃花眼更是惊艳卓绝，令人过目难忘。

沈落白的容貌给人一种朦胧模糊的美感，除去他那清冷的气质，给人一种深沉的感觉。

不过，沈落白再怎么样她都不感兴趣。

虞稚一手里攥着笔，扭头看了同桌一眼，却发现闻听语的目光静静地落在了沈落白身上，仿佛时光在这一刻沉淀了。

虞稚一没有随意出声，只是疑惑地盯了闻听语许久。直到上课铃声响起，闻听语才回过神。

“听语，你刚刚在看什么呢？”

闻听语张了张嘴唇，欲言又止。最后她取下常用的便笺纸，唰唰唰地写下了一句话，趁着老师还未到教室前递给了虞稚一。

纸上的一句话是：月色与雪色之间，还有第三种绝色。

闻听语总爱记录那些用词美好的句子，之前写给虞稚一的都跟暗恋相关，这次是在赞赏他人？

这“话中人”是指沈落白吗？

班草这个称谓也不过是闲暇时，大家谈论的一个娱乐话题。很快大家就默认，班上这两个人都可以称作班草。

16 班同样按照成绩选座位，姜觅尔个子高，成绩也靠后，所以选在了后排。

而名次靠前的虞稚一跟闻听语相约选了中间第五排的座位，两个人正式成为同桌。

虞稚一跟闻听语都喜静，这也是个不错的选择。

班主任很快安排好了班委职务，又暂定单科成绩第一的学生为相应科目的课代表。虞稚一的英语成绩排第一，刚好比第二名多出两分。

虞稚一以前从未担当过班委干部，现在被老师点名，竟有种被委以重任的责任感，有些期待。

尽管只是个英语课代表，她也希望，能够在其位，尽其事。

而且，她还发现文科尖子班跟理科尖子班是同一个英语老师。

“虞稚一，英语老师找。”

“好，知道了。”

英语老师的办公室在楼上，左边楼梯距离办公室最近，走右边楼梯就要绕一段路。

虞稚一走出教室，转身向右走去。

因为理科 1 班在右边，她想着，路过的时候说不定还能见到时奕。

她故意放慢脚步从 1 班教室外面的走廊经过，可走廊上一个人都没有，教室里面的窗帘也拉着，前门看不见，后门也没看到。

“唉……”

暗恋就是，小心翼翼把自己的感情藏起来，却又忍不住想要在他面前出现。

虞稚一站在办公室外，喊了声报告。

英语老师冲她招了招手，待她走进去后又对她说："虞稚一同学，你稍等一下。"

英语老师翻看了排课表，说："我有点儿事想跟你们两个班的课代表说说，正好1班下节课就是英语，我们直接过去说吧。"

英语老师有事情要交代，结果1班迟迟没下课，这会儿休息时间过半了，老师干脆就先去班上了。

英语老师抱着教科书站起身，虞稚一乖巧应声，嘴角露出浅浅的笑。

可惜她并未如她所想的那般进入1班教室，英语老师直接把1班的英语课代表喊了出来。

1班的英语课代表是个男生，两个人分别站在老师的两侧，仔细聆听老师的交代。

1班的后门被打开，黎少舟悠悠地从教室里走了出去。

他揉了揉眼，疑惑地说："虞稚一？"

他又往旁边挪了两步，仔细一看，还真是虞稚一！

黎少舟当即回到教室，拍着时奕的手臂说："奕哥，奕哥，一一在外面。"

时奕闻声而起，后门正对着的，可不就是虞稚一那熟悉的背影？

老师在同他们讲话，小姑娘不时地点头，听得认真。

时奕不便打扰，安心坐下，只是用手撑着脑袋，安静地盯着那道娇小倩影，眸中自然流露出笑意，一脸溺宠的表情。

谁都看得出，时奕此刻心情极好。

"啧啧……"黎少舟返回教室，拍了拍乔乐芷的胳膊，说，"你看现在的奕哥，像不像一块望妻石？"

乔乐芷挠头，说："这个比喻，不太合适吧？"

姜羽然跟朋友手挽着手从厕所回来，也没注意到时奕的目光。她径直回到了座位上，一坐下，刚好就挡住了时奕的视线。

时奕眉头微皱，第一次那么希望同桌变成黎少舟。

姜羽然的余光扫到旁边的男生正面向自己，她扭过头，好奇地问道："时奕，你在看什么？"

"没什么。"时奕已经收回了目光。

等他再次起身望去，走廊上已经没了那道身影。

同时，班主任跟 1 班的课代表一前一后迈进了教室。班主任开口说："同学们，把书拿出来，准备上课了。"

开学半个月，一年一度的秋季运动会又要提上行程了。

"运动会正式举办时间定在十月中旬，还有接近一个月的时间让大家做准备，希望班上的同学能够积极参与、踊跃报名，为班级争取荣誉。"

各班的体育委员都拿到了一份报名表，姜觅尔又开启了她的"全部撒网"模式，挨着问了个遍。

问到闻听语跟虞稚一这里时，两个人纷纷摇头。

虞稚一解释道："不是不想支持你，只是我的运动细胞真的不发达……"

她小时候学走路都比别人慢了半年，现在走路、跑步是没什么问题了，可这速度实在是跟不上，去了也只会拉低班级成绩。

而闻听语向来对这种事情不感兴趣，更愿意拿这些时间多背几篇课文。

做了一年的室友，姜觅尔深知这两个人的性子，没有揪着不放。

"尔尔，我们帮你问其他同学吧。"虞稚一拒绝了姜觅尔，但也陪她一起鼓励其他同学报名参加运动会了。

等他们问完全班同学之后，名额已经足够了。

姜觅尔手中把玩着笔，黑色签字笔在手指间打转，她说："一一、听语，不如你们两个去参加花束队吧？"

"开幕式那个花束队？"

"对啊，就是在运动会开幕式上走方队，但是花束队可以穿裙子，手里捧着花，很漂亮哦。"

试想一下，一群穿着裙子的女孩儿手捧着鲜花排列成队，跟其他穿着校服的人形成了鲜明对比，那绝对是人群中的亮点。

不得不说，虞稚一又被那句话给吸引住了。

她一直都很想改变自己，努力走出去，至少能让那个人看见她的闪光点。

"我想去试试！"虞稚一下定决心地说，而闻听语不为所动，仍然选择低调再低调。

姜觅尔拉着虞稚一去报名，比虞稚一自己还兴奋。

虞稚一的形象、气质都不错，她的身高也在一米六以上，所以她顺利地加入了花束队，开始了训练。

等时奕知晓这件事的时候，她已经报名成功了。

“哥哥，你觉得我去参加花束队合适吗？”

“我们一一这么厉害，必须合适！”

虞稚一没想到时奕毫不犹豫地支持她的决定，对此更加充满信心了。

组织花束队的老师教给了她们统一的口号，并让她们练习踏步等其他动作。

除了这些必须学会的动作和口号之外，老师还让她们自己私下多多练习挺胸抬头，把气势拿出来，让气质凸显出来。

说到“气质”的相关问题，周末放假时，虞稚一还特意上网查看了一下培养气质的方式。

形体美则气质佳，想要培养出独特的气质，最关键的就是注意身体活动时的每个细节。

从站姿、坐姿，再到走路，这些都会影响一个人的气质。一个月的时间虽然不能让自己的气质有太大改变，但她想着，慢慢练习也是对自己的一种鼓励。

虞稚一正按照手机上教的方式练习时，门口响起了一阵敲门声。

“进。”

取得了卧室主人的同意，时奕即刻推门而入。

他不着痕迹地扫视四周环境，并未发现有什么特别的，好奇地问道：“一整天都把自己关在房间里，干什么呢？”

“练习。”虞稚一把手机递给他看。

时奕拉着屏幕上的进度条前进后退，大致了解了内容。他把手机还给虞稚一，忽然说道：“我倒是知道一个简单的办法。”

“什么？”

“你站好。”

虞稚一立即挺胸抬头，站直了身体。

时奕在她的书桌上找了一本书，在她面前单膝蹲下。

“膝盖张开一点儿，把书夹住。”

虞稚一按照他的指示，微微张开双腿，夹住书本，然后将腿并拢。为了使那本书固定不掉，她必须得站直身体，保持这个动作。

“这个训练方式我好像看过哎。”

先夹书，夹的东西慢慢变薄，最后夹住一张 A4 纸，据说这样可以让腿形变得更加笔直修长，整个人都显得亭亭玉立。

待她固定好站姿后，时奕反倒懒懒散散地靠着椅子坐下了，一边玩游戏一边监督她。

她刚想要动一下，那人就会特意提醒一声：“保持。”

虞稚一在心里抱怨：能不能不要在我辛苦训练的时候，躺得那么舒适？！

运动会正式举办那天，全校同学都要先到操场集合。

确认人数之后，参与运动会的人又要去指定的地点集合，姜觅尔、黎少舟等体育生单独集合。

黎少舟正在低头绑鞋带，姜觅尔正要开口喊他，忽然见一个男生从他身旁经过，还故意往黎少舟身上撞了一下。

黎少舟毫无防备，直接一屁股坐在了地上。

撞人的男生散漫地道歉，说：“抱歉啊，走得太急，没注意到你。”

目观全程的姜觅尔忽然加速往前跑，故意跑向那个搞事的男生，狠狠地撞了回去，还扭头对他冷哼了一声。

男生不悦地质问：“姜觅尔，你干什么？”

姜觅尔冷笑，借他的话回了一句：“抱歉啊，跑得太急，没注意到你。”

那男生自认倒霉，骂骂咧咧地走开了。

黎少舟从地上站起来，走到姜觅尔身边，对她说：“姜觅尔，谢了。”

姜觅尔随意地嗐了声，说：“没事，爸爸爱你。”

黎少舟心想：就知道，感动都是假的，只有占便宜才是真的！

运动会开幕式上，花束队的全员穿着优雅的长裙，手里捧着美丽鲜花，在解说员的声音中，整齐排列出现。

“她们手捧鲜花向运动会献礼……她们青春飞扬、朝气蓬勃……让我们一起绽放梦想！”

走在前排的几名女生个个模样出众，穿着同样的服装，梳着同样的发型，化着淡妆，连身高看起来都一样。

若不细看，大家还真难以分清谁是谁。

“左边第三个是我们班的虞稚一吧？”有人认出了虞稚一。

廖哲文推了推眼镜，又听到班上其他同学说：“她平时太低调了，今天换上裙子，还真是让人眼前一亮。”

虞稚一在班里很低调，她的名字不会被人时常挂在嘴边，但若是谁提起了“班上好看的女生”，她必定是其中之一。

操场之外，时奕望着方队前列那个青春飞扬的少女，眼前不断闪过她成长的画面。

他放在心尖上的那个女孩儿终于长大，退去了那层自卑，身上洋溢着自信，在人群里闪闪发光！

走完方队，她们齐步退场。

今日的天气极好，不知道是因为走了一圈有些累还是心里紧张，虞稚一白净的小脸上渗出一层薄薄的汗。

“要纸巾吗？”旁边的女生递来一张干净的卫生纸。

虞稚一接受了好意，点头道谢：“谢谢哦。”

姜羽然望着眼前这个长相标致的女孩儿，心里充满了好奇。

班上那些原来高一（2）班的同学都说，时奕对一个女孩儿极好，她好奇，打听得知那个女生的名字叫“虞稚一”。

先前姜羽然几次路过16班，都没见到那个女生，很巧的是，她在参与花束队时碰见了虞稚一。

虞稚一模样长得不错，声音软软的，性子温良。这种类型的女生从来不合姜羽然的眼缘，但虞稚一是时奕的妹妹……

“等会儿我们打算去中央区看他们比赛，你也一起吧。”

姜羽然没有问虞稚一要不要去，而是直接叫她一起。根据姜羽然这些日子对虞稚一的观察，这种事情她一定不会拒绝。

如姜羽然所料，虞稚一同意了。

姜羽然热情地挽起了虞稚一的手。

虞稚一有些排斥，但看对方这么热情，也就没有表现出来。

但虞稚一先提出了一件事，说：“我想去看男子三千米的比赛。”

三千米长跑正是时奕报名的比赛项目，姜羽然当然也知道这事，便说：

“正好我也想看三千米的比赛。”

有人愿意同行，自然是好的。虞稚一行动之前，还不忘提上自己早已经准备好的常温水杯，里面装着淡盐水。

姜羽然注意到了她的水杯，没说什么。

比赛还未开始，场上的同学早就开始热身了。

两个人找到一个看比赛的绝佳位置，虞稚一站在楼梯上，一眼就看到了人群中的时奕。

她不着痕迹地将手臂从姜羽然的臂弯间抽出，扬起一只手冲着时奕挥了挥。

两个人心有灵犀，在虞稚一挥手的同时，时奕转身朝这个方向望过来，狭长的桃花眼微微眯起，脸上绽放了一抹阳光般灿烂的笑容。

站在这片区域的女生忍不住欢呼，都把自己代入其中。

“时奕在看我们这边！”

“啊啊啊，校草刚才是对我笑了吗？”

“姐妹醒醒，就因为你这句话，他比赛完了还得哄我。”

“呸呸呸，脸呢？”

大约那两个人是关系很好的朋友，才会无所顾忌地开玩笑。

相比之下，刚刚才约定同行的虞稚一跟姜羽然的关系就显得十分尴尬。

虞稚一知道时奕那个笑容是对她的回应，她的嘴角也不自觉地扬起了弧度。

虞稚一把全部的注意力都落在了时奕身上，姜羽然却越看她越觉得奇怪。

所有人都说虞稚一是时奕的妹妹，所以时奕对她极好，也只对她好。可为什么姜羽然看到虞稚一的表情，感觉不像是妹妹对哥哥的那种意思呢？

那更像是……怀春的少女，看见自己心仪的少年郎在人群中光芒万丈。

砰——

一声枪响，比赛开始。

运动健儿们犹如弦上飞箭，向前冲刺。

时奕从小就参加运动会的长跑，掌握了短跑和长跑不同的跑步技巧。

他刚开始没有冲到第一个，但也不至于落后。

慢慢地，在最后一圈时，时奕铆足了劲儿加快速度，一鼓作气地超越了前面的三个人。

淋漓的汗水挂在脸颊上，滚向喉结，他冲破终点线，不出意料地得到了第一！

守在旁边的人一拥而上，虞稚一想挤进去，奈何争不过他们，总是被隔在外层。

时奕个子高，一眼就发现了她。

他拒绝了班上同学递过来的水，拨开人群，径直走到了她面前。

姜羽然借着虞稚一的光，如今就站在虞稚一的身旁。她看着时奕过来，还赶着挡在虞稚一前面，想上去扶他一把。

然而时奕不着痕迹地避开了，绕到了虞稚一身边。

虞稚一连忙扶住他的手臂，又将先前准备好的水递给他，问时奕："哥哥，喝点儿水吗？"

时奕拧开瓶盖，仰头喝下。

姜羽然这才知道，原来虞稚一手里提的那杯水竟然是给时奕准备的。

姜羽然原本想着每个班级都设立了服务区，班上会有专门的人安排送水，这会儿倒是失算了。

班级服务区的男同学凭借身高和手长递过来一条毛巾，对时奕说："奕哥，要不要擦汗啊？"

时奕没动，虞稚一直接取了毛巾过来，对那个男生说："给我吧，谢谢。"

"那就麻烦你了。"那男同学也是认识虞稚一的，安心地把时奕交给了她，也算是省了一桩事。

还有些人围在这里不肯走，那男同学便替他们挡住了，说："时奕刚跑了三千米，各位就让他歇一歇吧。"

"唉……"有时候大家在校园里想多看校草两眼，都跟追星一样。

虞稚一扶着时奕慢慢往旁边走，穿过阶梯，躲进繁茂的大树后面。这里人少了许多，即便是有人路过，也不会围上来。

姜羽然一直跟着他俩，却发现这两个人都直接把她无视掉了。

姜羽然为了显示自己的存在感，提议道："哎，我们要不要去找个地方坐下休息啊？”

“刚跑完步不能立即坐下的。”虞稚一反驳道。

姜羽然被堵了一句。

道理姜羽然都懂，刚才就是脑子没转过弯儿来。

一时之间，她也不好再开口，只能默默地站在后面，没有跟上去了。

但站在这里她也能看清楚。

她亲眼看着虞稚一用毛巾给时奕擦汗，而时奕会将就虞稚一，为虞稚一低头，甚至是弯腰。

校园里，一男一女做这么亲密的行为，怎么都感觉怪怪的。

时奕眼里是真的没有旁人，而虞稚一此刻的心思也都挂在时奕身上，她几乎忘记姜羽然这个人了。

这三千米是时奕跑的，虞稚一自个儿倒是心疼得不得了。

虞稚一是知道跑完三千米很辛苦的，忍不住问时奕：“哥哥，是不是很累啊？”

若是在平时，时奕可能会哄她两句。可这会儿他是真的累了，直接伸手将虞稚一抱了个满怀。

时奕仅仅是抱了她一下，又拉开了一些距离，手臂轻轻地贴在她的背后。他垂下脑袋，把下巴搁在她的肩头。

虞稚一动了一下，耳边就传来了少年低沉的声音，带着丝疲惫，还有依恋，他说：“让哥哥抱会儿。”

虞稚一跟时奕的亲昵举动实在刺眼，看到这一幕，姜羽然深深皱起了眉头。

她真觉得虞稚一跟时奕不像兄妹，他们姓氏不同，可大家都说时奕的家长也是虞稚一的家长，而虞稚一也一直喊时奕哥哥。

姜羽然安慰自己：可能只是这对兄妹关系太好而已。

姜羽然看不下去了，扭头跑下了楼梯。

虞稚一一动不动地站在原处，任由时奕抱着，只是那脸蛋儿越发红润起来。

她没有跑步，时奕简单的一个拥抱都会令她心跳加速难以自控，仿佛她距离时奕又近了一步。虞稚一有时候觉得，当他妹妹也挺好，可以光明正大地站在他身边，谁也不会说闲话。

“哥哥这次又拿到了第一名。总是第一名，哥哥一直都很厉害。”

时奕获得了三千米长跑冠军，同学们连连称好，虞稚一对他也是赞不绝口。

运动会之后，时奕的人气又一次高涨。

虞稚一听到班上的同学谈论与时奕相关的事情，刚开始听着还很自豪，后面听多了，心里就冒起了酸溜溜的泡泡。

这么好的时奕，大家都喜欢他，而自己也只是其中一个罢了。

“唉……”暗恋好难啊，酸酸甜甜的，全是她一个人的事。

就在她为此烦恼不已的时候，班上同学拿着一个普通的黄色信封放到了她的桌面上，对她说：“虞稚一，有人让我把这个交给你。”

“什么啊？”

“他说你看了就明白了。”

虞稚一带着好奇心把书信拆开，折叠的信笺纸透出了浅浅的笔迹，然而看到开头一句，她就立即把信笺折回，把信塞进了抽屉里。

虞稚一是真的没想到，在大部分人都用手机交流的年代，还有人用这种最朴实无华的信封给她送情书。

虞稚一藏信的举动全被闻听语看在眼里，这位情话达人一语中的：“不会是情书吧？”

虞稚一沉默了。

“怎么不看完呢？”

“没必要看。”就算那些人用文字写出一朵花来，她也不会喜欢的。

闻听语没有对那封信表示好奇，只是随口提议道：“你可以告诉时奕，看他是什么反应。”

虞稚一若无其事地翻了一页练习题，脑子里已经绕了十八道弯儿。

情书啊……

初中时她收到过情书，那时候还不好意思看，结果被时奕发现了，时奕亲自去找了写情书的人“谈话”，再后来，她跟那个写情书的男生成了朋友。

这段时间也有男生想要跟她拉近距离，她都当作不知道，委婉地拒绝。

QQ 上有人申请好友，她也不随意加人，至于这封情书……

她不得不承认，她对闻听语的建议心动了。

正好，今天就是星期五，她要跟时奕一起回家。

1班的老师经常拖堂，她跟时奕约定好，在16班的教室等他。不过今天时奕来得早，下课没一会儿就到了。

虞稚一将收拾好的书包摆在桌上，时奕光明正大地从前门走进教室，16班的其他同学已经见怪不怪了。

“走吧。”他动作熟练地拎起书包，跟虞稚一并肩而行。

每周五回家的路也是虞稚一所期待的，有种跟喜欢的人走在一起，慢慢散步的感觉。

“哥哥，我今天收到一封信。”

“嗯？”闻言，时奕顿时停住了脚步，等待她的后续。

“在书包里。”虞稚一坦然地把信封从书包里取了出来，递给他。

黄色信封，像是邮政寄来的信，可这封信上的邮编居然写着“201314”。

时奕嘴角一抽，顿时明白了信里的内容。他直接收走了情书，说：“高中生不能早恋，这件事情我帮你解决。”

“哥哥你好封建。”虞稚一小声嘀咕道。

声音虽小，却被时奕听得一清二楚，他故意反问：“我封建？”

“高中生也可以有喜欢的人。”她下意识地反驳道，目光闪烁。

“你的意思是，你也有喜欢的人？”时奕的眼神变得犀利起来，连语气都充满了危险意味。

虞稚一立即缩起脖子，不敢再挑战他，说：“没……没有的。”

她有也不敢承认啊！

男生送完情书的第二天收到了一封回信，他美滋滋地打开信封，待看完信笺纸上的内容后，脸色由红变青，一脸苦涩。

朋友安慰道：“长得漂亮的女生都难追，别泄气啊，拿出点儿实际行动来。”

男生摇头，说：“人家说了高中不谈恋爱，还说不想认识我。”

朋友继续劝道：“现在谁还流行写情书啊，早就叫你不要写了。”

男生摇头叹气，十分无奈地说：“可我申请加她的QQ好友，她一直都不给我通过啊！”

朋友给他支着，说：“那你直接去找她呗。”

男生最后被劝动，决定找个合适的时间去找虞稚一，面对面跟她表白。

男生的感情突然上头，他就有些控制不住地想往16班跑。他运气好，中午下楼买水都能看见心心念念的女孩儿。

男生此刻所站的位置刚好可以看清她的侧脸，她的鼻梁又高又挺，五官也是线条精致柔和，撩得人心口发烫。

他发现自己朝思暮想的女生站在走廊上，手里捧着书和笔。

男生鼓起勇气走上前，叫道：“虞稚一。”

听到自己的名字，虞稚一下意识地回头，却见身后站着的是个陌生人。

“不知道你记不记得上周五给你写了一封信的人。”

“信……怎么了？”

“那封信就是我写的，你还给我回信了。”

“我没……”

等等，回信？时奕把她的信拿走的时候只说会解决，所以很有可能是时奕模仿她的字迹回了一封信。

“嗯，咳咳。”她单手握拳举在唇边轻咳了两声以掩饰尴尬，“那封信我已经收到了，谢谢你，不过我们现在还是该以学习为重。”

只学习，不恋爱，这就是委婉的拒绝。

可那男生似乎听不懂这句话的意思，缠着她不肯走，说：“虞稚一，我是真的喜欢你，我们可以先做朋友，我不会影响你学习的。”

话音刚落，男生的衣领就被人从后面提起来，男生猛地一回头，对上了一张冷峻的脸。

时奕揪着男生的衣领往后一拽，直接把男生从虞稚一的身边扯开了，自己的身体挡在了虞稚一前面。

“在我面前跟她表白，你当我是死的啊？”时奕的语气里透出危险，还有几分咬牙切齿的意味。

之后根本不用虞稚一表态，时奕几句话过去，男生顿时就丢盔弃甲，灰溜溜地离开了。

时奕把刚买回来的水塞到虞稚一的手上，对她说：“以后再有这种事情，不用跟他们多说什么，直接拒绝然后离开。”

虞稚一顺着他的意思点头，歪了歪脑袋，说："可我不是要等你吗？"

这句话突然戳到了时奕的点，他似乎想到了什么，抬手摸了摸女孩儿的头发，一副稳操胜券的模样，说："嗯，等我就可以。"

虞稚一微微垂眸，一手抱着书本，一手握紧水瓶，嘴唇一张一合，发出轻细的声音，说："哥哥也会等我吗？"

"嗯？"少年刚拧开瓶盖，一时没有听清。

她才意识到自己刚才的问题太明显，仓皇地改口道："我的意思是，哥哥遇到这种事情，也会拒绝吗？"

少年语气坚定地说："当然。"

运动会圆满结束，不久之后又迎来一场校园篮球赛。

热爱运动的时奕毫无疑问地报名参加，这段时间黎少舟回回都喊上他去练习打球。

这次跟他们打对手赛的队伍齐齐走了过来，对方的队长沈江寒提议："嘿，要不然咱们提前打两场，练习一下？"

黎少舟一听，觉得有趣，问他们这边的人："我觉得可以，你们呢？"

"行啊。"大家没什么异议。知己知彼，百战不殆，他们跟对手打一场可比自己练习两场都要进步得快。

刚开始上场，一个个就热血沸腾得仿佛进入了正式比赛的状态。球场上的篮球队员们身姿矫健，在球场上争分夺秒，赢取比分。

时奕跟黎少舟可算是球队中的主力，两个人合作默契，一开始他们这边比分就遥遥领先。对方的球员黑了脸。就在比赛过半时，对方铆足了劲儿，争了几分。

时奕跟黎少舟配合抢球，投篮之际，对方球员一跃而起，试图挡球，却在落地时狠狠地朝时奕撞了过去。

刚跃起投篮的时奕来不及躲避，被撞倒在地。篮球毫无疑问地钻进篮筐，回到了地面上。

"奕哥！"黎少舟连忙朝时奕跑过来，将他扶起。

时奕的手肘被擦出了一片血。

黎少舟暴跳如雷，对撞人的男生吼道："你们是在打球还是想打架？"

"对不起对不起，我不是故意的。"刚才撞人的男生连忙低头道歉，态度极其诚恳。

沈江寒指着自己队友的鼻子骂了起来，反倒弄得他们这边不知道怎么说。

“奕哥，感觉怎么样？我们去医务室吧。”

“先别吵了，看了结果再说。”时奕理智地说，因为觉得口舌之争并没什么实际作用。

两个人去医务室拿了擦伤药膏。刚开始时奕还没觉得有什么，慢慢地手肘开始酸痛，到第二天，手肘竟然肿了起来。

黎少舟很是担忧，直嚷嚷着要去找那些龟孙子算账。

他们找到对方的教练讨要说法，那个人被取消了球赛资格。黎少舟还是觉得气不过，时奕直接拿着医院的受伤证明，再加上众人的证词，要求将那人从校篮球队里除名。

沈江寒找到时奕，手里还托着一个礼物盒。他以队长的身份向时奕道歉，希望时奕这次能够息事宁人。

时奕神色冷淡，丝毫不动摇自己的决定。

沈江寒想将礼物塞到时奕手中，时奕冷漠地挥开他的手，冷着声音说：“如果球场有监控，我保证你们受到的惩罚不止于此！”

沈江寒握紧了用来道歉的礼物盒，低下头，嘴角却向上弯了弯。

大家都是聪明人啊……

那场所谓的练习赛一开始就是针对时奕去的，现在看来时奕也心知肚明了。

虽然时奕的狠绝是出乎意料的，但他们的目的已经达到了，至于被牺牲的那个队员，就算他倒霉吧。

时奕的伤在右手上，他连拿笔写字都有些别扭。虞稚一知道这件事的时候眼泪跟断了线的珠子似的往下掉，止都止不住。

这几天虞稚一对他心疼得不行，就差亲自把饭喂进他的嘴里了。

一开始时奕还是挺享受的，可到后面，实在是看不下去小姑娘那满含怜惜的眼神了。

“我只是受了伤，不是断了手……”他试图说服虞稚一，让她安心。

“对呀，你受伤了，千万不能乱动，得好好养着。”虞稚一说着说着，又亲自把切开的一瓣水果送到他的嘴边。

时奕张口咬住，牙齿不小心碰到了她的手指。

“哥哥，别咬我的手指。”

他微微松口，虞稚一赶紧收回了手，藏在背后。

时奕看见她的小动作，笑了，说：“你再喂，我还咬。”

虞稚一捂着手指连连摇头。

她不喂了，不喂了，看来时奕是真的好了，居然有闲情逸致打趣她了。

篮球赛如期而至，有一点很可惜，除了本班参与的比赛之外，想看其他班的比赛只能在下课时间去看。

时奕的班级赛排在中午，虞稚一和姜觅尔对篮球赛非常感兴趣，便拉着闻听语一起去捧场，甚至连饭都顾不上吃。

虞稚一是来给时奕加油的，不过也不能自私地把闻听语留在这里，就对闻听语说：“听语，要不然你先去食堂吃饭。”

“不用了。”闻听语早有先见之明，淡定地拿出了自己准备的面包。

虞稚一从包里拿了一瓶牛奶递给她，说：“喝这个。”

闻听语把面包分给了虞稚一跟姜觅尔。

站在人群中的乔乐芷发现了她们三个，绕了一圈，从背后拍了她们一下，跟她们打招呼：“嘿！”

“乔乔！”

四位好友重新聚齐了。

黎少舟跟时奕发挥还算稳定，一场比赛下来，高二 1 班大获全胜。

打完比赛，黎少舟就念叨着：“吃饭，吃饭。”

姜羽然本想以班长的名义将他们组织起来一起去食堂吃饭，时奕却举手说：“不用了，我们自己有安排。”

他所谓的安排，当然是跟虞稚一一起去食堂了。

黎少舟屁颠屁颠地跟了上来，说：“奕哥，刚才那几颗球投得真不错，照这样打下去，球队赛也稳了。”

然后在他们没注意的时候，时奕轻轻地捏了一下右手。

他的右手的手肘有些疼。

上次受的伤时奕本以为恢复了，没想到打了两场比赛下来，那里又隐隐作痛。

班级赛打完就是球队赛，他们要跟沈江寒的队伍对战。两队人员再度相遇，是一场看不见硝烟的战争。

只要他们抢夺先机胜出几分，又会被沈江寒的队伍抢回去，全场激烈的争夺让现场观众的情绪高涨起来。打到后面，时奕有些力不从心了。

黎少舟发现时奕的状况有些不对劲，可现在正在比赛场上，不能分心。

抢球时，有人不小心撞到了时奕受伤的胳膊，他手里的球差点儿掉落。

时奕动作迅速，然后在跳跃投篮之际，受伤的右手忽然使不上力，那颗球撞到篮筐，从边缘擦过。

总成绩对比出来了，他们以一分之差输给了沈江寒的队伍。

黎少舟快被气炸了。

沈江寒特意找到时奕，对他拱起手，装模作样地说："承让了，时队长。"

时奕眼神一凛，在休息区拿回了自己的外套，从沈江寒身旁擦过。

黎少舟骂了一圈，扭头发现时奕已经不见了。

"哎，奕哥呢？"

"刚才看见奕哥走了。"

"可能是心情不好吧。"

"也是，他从来没输过，这次偏偏差了一分！想想都很气人！"

他们本以为他们这支队伍能所向披靡，没想到最后就差那么一分！

教学楼里，虞稚一刚从教室跑出来。她知道时奕有球赛，可班主任的课她实在是溜不走。这会儿一听见下课铃声，她就跑出来了。

没想到，她在楼道间跟时奕撞个正着。

"哥哥。"她满脸喜悦，"你们打完了吗？"

时奕看了她一眼，在原地靠墙停下，没吭声。

"哥哥，你怎么了？"见时奕情绪低沉，她心里生出了一个不好的猜测，但不太敢说。

虞稚一靠近时奕，帮他抱着衣服。

时奕轻叹了口气，脚后跟抵着墙，脸别向另一边，没有看她的目光。

可他看起来很失落。

"哥哥。"她轻轻拽了拽时奕的胳膊。

少年低沉的声音传来，他说："我输了。"

时奕从小到大都活在别人的赞赏之中，可以坦然接受别人的能力比自己强，可不容许自己没有拼尽全力去争取到应该获得的荣誉。

虞稚一咬了咬唇，一时不知道该说什么话安慰他。

她便学着以前时奕常对她用的姿势，摸摸他的脑袋，给他一个温暖的拥抱，声音如细雨和风地说："在——这里，哥哥永远不会输。"

无论时奕以什么原因输掉了比赛，在其他人眼中，他们输了就是输了。

篮球队的成员气得想去找沈江寒干架，但这也改变不了比赛的比分。

时奕心情不佳，虞稚一特意找了个理由向老师请假，下晚自习后，迅速地跑去了1班。

1班的老师刚走，班上的同学陆陆续续地离开教室，虞稚一站在门口，路过的人认出了她，还同她打招呼。

教室里的人走了大半，时奕也慢悠悠地站起身。

故意在旁边等待的姜羽然跟着时奕站了起来，说："时奕，一起去操场走走吧？"

时奕刚回教室那会儿就没跟人说话，上课、下课都不太方便，她就想着等下晚自习了有充足的时间。

时奕瞥了她一眼，只将自己的书本摆好，推开凳子，从座位上离开。

姜羽然追了上去。

走到门口时，时奕突然停下，姜羽然正欣喜地准备开口，却见时奕转身走向了另一处。

那个地方站着一个女孩儿，是虞稚一。

"怎么跑上来了？"见到虞稚一，时奕便主动开口说了话。

虞稚一拎起手中的小书包，语气轻快地说："我说过的呀，晚上跟你一起回家。"

两个人一见面，眼里就只有对方了。

姜羽然很不喜欢被人无视掉的感觉，可不得不承认，开学时那些同学说的话是对的。

时奕对虞稚一很好，也只对虞稚一好。

这让她有些嫉妒。

可在这个时候，她不知道做什么才能改变现状。她甚至想将时奕对虞稚一的好奇过来，可也清楚，这很难。

虞稚一跟时奕一同离开校园，回家的公交车还有最后两班。他们站在公交车站牌处，周围还有些等车的同学。

虞稚一从书包里取出公交卡，公交车停下时，时奕自然而然地牵住她的手，带她一起上了车。

这班车的人还挺多，车上只剩下一个空位。后面上来了一个老太太，慢悠悠地往后走着。

他们将那空位让了出来，时奕单手抓住扶手，另一只手揽着虞稚一的后腰，生怕她站不稳。

时奕的目光没有聚焦，暖色车灯灯光在他的侧脸上映出一圈深色光晕，他的眼里面装着令他不快乐的事。

车子向左拐，站在车上的人身体晃动，她便更加用力地抓紧了扶手。时奕跨了一步，直接挡在她的身后，将她完完全全护在怀里。

虞稚一忽然转身对他说："哥哥，我可以抱着你吗？"

"嗯？"男生还没反应过来，突然就感觉到腰间被人用双手环住了，独属于女孩儿的清香气息扑入怀中，令他猝不及防，心中满满的情意快要漾出来了。

无论如何，他都是要护好她的。

公交车的语音提示报出站名，时奕低头在虞稚一的耳边轻语："我们该下车了。"

躲在他怀中的女孩儿点点头，在车子停下时，恋恋不舍地松开了手。

今晚的气氛十分安静，虞稚一觉得，时奕需要有人哄一哄，就像当初他总是温柔地哄着自己一样。

"你以前跟我说，开心和不开心的事都要告诉你，那时候我是被保护的角色，理所当然地接受你的好。

"现在你遇到了不开心的事情，我也想哄哄你。

"可是——太笨了，除了语言上的安慰，不知道该怎么做。

"哥哥要怎么样才能开心起来呢？"

在她说出这些话的时候，时奕有些意外。

虞稚一总是乖巧的软性子，习惯性地接受，而她的付出大多体现在力所能及的行动上，那些哄人的话她是很少说的。

对家长来说，这种听话的孩子很让人省心，但嘴巴不够甜。可时奕觉得，她不开口的陪伴已经是安慰了，她能说出这些话，就足够治愈他的心了。

时奕顺手揉了揉女孩儿的头发，说："你什么都不用做。"只要你陪在我身边，就是最大的安慰。

虞稚一因为突然回家忘记将闹钟的时间提前了，在家里耽搁了不少时间。时奕虽然一直耐心地叫她不要着急，可最后他们还是踩点儿赶到的学校。

班上的同学基本上都到齐了，虞稚一刚要进教室，鲁赫就从她身旁超过了她。

鲁赫讲起赶来学校时"惊心动魄"的事，说："我刚才在校门口闯红灯了，还好没被老师逮到。"

姜觅尔接梗道："闯红灯？成功比别人快几十秒，不成功就比别人快几十年了。"

大家哄堂大笑。

虞稚一回到自己的座位上，做了个深呼吸。她惜命，从来不闯红灯。

数学老师又发下一套试卷，让他们课后练习。

虞稚一遇到问题会先留着空，最后堆积在一起，再挨个儿找人问清楚解答方式。

她跟闻听语互帮互助解决了不少问题，但也有些难题是她们两个合力也无法攻克的，那么班长廖哲文就成了一个很好的选择。

"等会儿我们先问这两道题。"她跟闻听语商量好下午三节课下课之后一起去找廖哲文请教，结果闻听语忽然想去上厕所，就将这"重任"交付于她了。

廖哲文下课不喜欢待在教室里，更喜欢站在走廊上吹风。

虞稚一拿着草稿本去向他请教，廖哲文也耐心地教起来。

她听得认真，能够举一反三。他俩一个认真教，一个认真学，讨论学习的气氛也相当和谐。

闻听语从厕所回来的时候发现楼道口站着一个身材颀长的男生，是时奕。

他没去打扰虞稚一，只是在那里站了许久。

时奕这个名字在大家心目中就是优秀、第一名的象征。

然而这样一个优秀的人出现了一次差错，就会被有心人捉住把柄，无限放大。最后篮球赛的事变成了：时奕心性高傲，承受不了失败，刻意误导别人把气撒在了对手身上。

沈江寒作为时奕的对手，对本次比赛获胜的结果表现得不骄不躁，在学生中大受好评。

虞稚一听到这些话难受得不行，在别人对时奕议论纷纷时，第一次站起来反驳了那些人。别人笑她出风头，她依然坚定地维护自己的选择。

黎少舟气得吃不下饭，终于明白时奕先前说的“人言可畏”的意思。

沈江寒纵容队友搞小动作令时奕受伤，这是他们自己的感受，却拿不出实际证据。而时奕也曾替班级赢得荣誉，偏偏最后输给沈江寒了，就有人指出输掉比赛是因为时奕的手受伤。

“什么玩意儿啊这人，明明就是自己做了亏心事，最后还往奕哥身上泼脏水！”黎少舟最近脾气很暴躁，炸了一次又一次。要不是时奕拦着，他真的会忍不住冲出去找沈江寒干架。

时奕冷静地抓住他的手，说：“你现在去找他的麻烦，只会给人留下把柄。”

是了，沈江寒纵容队友这事在球场上，他们拿不出证据。而黎少舟去找沈江寒打架的话，吃亏的还是自己。

黎少舟听了进去，愤愤地往墙上踹了一脚，说：“我就是憋不下这口气！”

时奕的本事他是见过的，偏偏被小人阴了一把。

相较于黎少舟的烦躁，时奕更为冷静，说：“放心，我也不会憋这口气的。”

时奕从来都不是什么奉行“退一步海阔天空”的好人。

当初撞伤他的人被校队除名，心里必定不平。时奕找到他，字字诛心，击破了他的心理防线。

正值青春年少的时候，有几个人甘心被别人利用，毁掉自己的前途？

沈江寒此人心胸狭隘，并不能令所有队友心甘情愿地听他的话。当他暴露出一个弱点时，剩下的便好办多了。

元旦将至，沈江寒做过的坏事不断被爆出，其中就有他指使队友设局令时奕受伤，导致时奕无法正常比赛的事。

沈江寒被踢出校队，被学校给予处分，甚至要在周一的升旗仪式上当众念出千字的检讨。虽然时间晚了一点儿，但先前义愤填膺的黎少舟，也觉得现在沈江寒受到的惩罚特别解气。

“奕哥，果然这种事情还得你们聪明人来做。”凡事得动脑子，蛮力不能解决所有问题，黎少舟深有体会。

元旦节那天，沈江寒单独跟时奕见了一次。

“你现在一定很得意吧？”沈江寒的语气依然带着愤懑，“这下子，在大家心里你又变成了十项全优的第一名。”

时奕脸上没什么表情，即便看见了落败的对手，他内心依然没有喜悦，或者别的心情。

他做这件事情，大概只是为了……为了不让虞稚一那么难过，为了不让黎少舟那么愤愤不平，还为了还自己名义上的一个公道。

至于将对手打败的愉悦感，他是没感受到的。所以他回答：“你说的这些，我根本不在意。”

沈江寒冷笑道：“你有天赋，习惯了当第一名，若是有一天出现更厉害的人超越了你，你还能这么平淡地接受吗？”

时奕无法回答沈江寒这个问题，纵然他的思维比同龄人更成熟一些，可那些没有经历过的事情，连他自己都不敢妄下定论。

沈江寒临走之前，仍然怨气难消，那篇千字的检讨根本没有令他认识到自己的错误。他说：“像你们这种人，总是高高在上，活在别人的赞赏中，像个没有灵魂的躯壳！”

从那以后，时奕开始观察“普通”学生的生活。

时奕并没有因为自己的成绩而觉得高人一等，可现在认真观察了才发现，他跟那些人之间也是有着距离的。

他们可以一起讨论游戏、帮忙抄写作业、想方设法地应付老师，但没有人会跟时奕说这些。

他一出现，那些人只会以一种仰望的姿态看着他。

“看人家时奕从来就没有这种烦恼。”

“好学生独得老师偏爱。”

“啊，时奕跟咱们不一样，人家才不会考虑这些问题，咱们继续吧。”

所有人都没有恶意，在平时的交往上大家都很好相处，可这种大大方方地将他单独归为一类人的话，令他有些烦躁。

他想，他也不过是个拥有七情六欲的普通人。

时奕爱玩游戏，却从不跟人去网吧，因为讨厌那里面的气味。

可当那几个男生成群结队，手搭着肩膀，商量着要去校外的网吧打两把游戏的时候，时奕意外地想要参与其中。

众人感到诧异，说：“不是吧，你要跟我们一起去网吧？”

“怎么？不行？”

“没有没有，只是太惊讶了。”男生心里没那么多弯弯肠子，既然时奕愿意跟他们一起玩，他们也是很欢迎的。

一群人踏进网吧，前面的人已经聊起了时间跟游戏。其中一人转头问道：“奕哥，你想玩什么游戏？”

“随你们。”

“啊？我们玩的游戏你真的会玩吗？”

时奕经常玩游戏机，周末偶尔在家用电脑，没跟他们在外面的网吧玩过。大家下意识地认为年级第一的学霸，可能会玩的游戏比较少。

他们本是想将就一下时奕，没想到时奕反过来让他们选择。他们也不客套了，随便选了个联机的竞技游戏，登录的时候才发现，时奕的游戏角色等级还挺高。

“没想到奕哥还玩这种游戏，哈哈哈。”他们找到了共同点，感觉跟年级第一的距离一下子拉近了许多。

时奕笑而不语，眼睛盯着屏幕，眉头微微皱起。

网吧的气味，一如既往地令他讨厌。

直到旁边坐着的男生递过来一支烟，问时奕：“奕哥，抽吗？”

时奕以前没什么坏习惯，却鬼使神差地接过了那支烟。

他刚开始不太适应，觉得烟味呛人，可没过一会儿就习惯了。

他能接受，但不会沉迷。

凡事有了第一次就有第二次，那些人终于将他归为同类，对他的加入很是欢迎。在网吧里打游戏、抽烟，这些事他都做了。

他好像终于做了“普通人”会做的事情，但对现状依然无感。

而他的这番变化，周围的人竟没有察觉。

时奕跟男生打游戏无可厚非，而了解他的人也知道他喜欢玩游戏，现在不过是换个地方，跟一群人玩游戏罢了。

他的成绩依然稳定，学习挑不出错，大家便以为他跟以前一样。

你看，聪明的人，连伪装都做得那么完美。

虞稚一最近从姜觅尔那里学来一个很简单的小魔术，或许不够神奇，但能逗人开心一笑。

她发现时奕最近有些奇怪，但观察许久都没有找出答案。为了逗时奕开心，她决定把这个简单幼稚的魔术表演给他看看。

虞稚一拿了两个杯子和一颗圆球，她手里拿的纸杯被动过手脚，只能把杯子藏在身后。

“哥哥，我最近新学了一个魔术，表演给你看。”她这时才把两个杯子放在时奕的书桌上。

时奕很配合地看过来，认认真真地等着她的精彩表演。

她要将杯子里一个球变到另一个杯子里，尽管交替的动作已经熟练，却仍然逃不过时奕的眼睛。但他微微一笑，没有戳破，反而配合地表现出惊讶的样子，说：“一一怎么做到的？”

“嗯……我先不告诉你。”小姑娘为自己的魔术表演成功而沾沾自喜。

可明明是很温馨的气氛，却慢慢地冷了下去。

“哥哥，你最近遇到什么事情了吗？”虞稚一能感觉到，时奕心里装着事，他不开心。

如今两个人角色转换，她想要追问时奕的秘密，就跟当初自己隐瞒感情的时候一样。他们可以跟对方交心，却也有无法对对方开口的秘密。

话到嘴边，时奕最后却说：“一一的生日快到了。”他话锋一转，扭头问道，“想要什么礼物吗？”

虞稚一抿了抿唇，用一种奇怪的眼神盯着他，说：“你以前从来不会问我这个问题。”

“以前我没有问过你的意见，是觉得我足够了解你，给你的东西都是你需要的。可后来我又在想，你习惯了接受我给你的东西，但会不会其实还有你更喜欢的东西是我没发现的？”

“不可能！”她毫不犹豫地反驳了时奕的话。

小姑娘性子软，反驳的声音却铿锵有力，她说：“每次你送我的礼物是我自己都想不到的惊喜，怎么可能还有比那些更好的礼物？”

她从来都坚信，时奕给予的东西就是最好的。

时奕欲言又止。

虞稚一捏了捏拳，说：“如果一定要问我想要什么礼物的话，那哥哥就真正开心起来吧。”

“什么？”他问。

“你最近都不开心，可我问过好多人，也观察了你很久，都没有找出你不开心的原因。”虞稚一直接把刚才动过手脚的杯子翻过来，给他看破绽，“其实我也觉得那个魔术很幼稚，但我希望能逗你开心，哪怕你笑一下也好。”

她又说：“我的确没有你聪明，如果你不愿意说出来的话，我可能永远也没办法找出真正的答案。可是，我藏起来的秘密是令我开心的事，而哥哥你的不是。”

“你说过，不开心的事情一定要讲出来的。”小姑娘看着时奕说道，眉头皱得很紧。

“在一一眼中，我是什么样的人？”时奕问她，然后将她手中的杯子拿掉，双手按住了她的胳膊，紧盯着她的眼睛，似乎想从里面看出什么。

虞稚一认真地想了想，却也只得出一个结论，说：“是很厉害的人！”

“很厉害的人吗？……”

“对啊，学习好，脾气好，哪儿哪儿都好。”虞稚一数着他的好，“最重要的是，对我很好！”

“如果有一天，我变成了跟你口中所形容的人相反的人呢？”他问。

“我觉得不会。”虞稚一摇了摇头，否定他的说法。

“为什么？”时奕不解，或许是因为他一直在虞稚一的生命里充当着保护她的角色，让虞稚一对他的认知定型了。

但虞稚一没想那么复杂，从小到大她都是那样信赖他。

她扬起嘴角，语气坚定地说：“因为你是时奕，时奕一定会站在令人仰望的高台上，光芒万丈！”

周六，时奕又独自出门了。

虞稚一仍然待在自己的房间里，一遍又一遍地学习巩固。她羡慕时奕的记忆力和思考能力，可做不到那样，只能以勤补拙。

在自己定的休息时间里，她会看看家里有没有什么可做的事情，比如倒垃圾。

客厅里的垃圾桶满了，虞稚一干脆拿了个大袋子，打算把客厅、厨房还有卧室的垃圾都收起来。她几乎不进时爸爸时妈妈的房间，但时奕的房间“归她管”，她可以随意出入。

奇怪的是，她在时奕的房间的垃圾袋边缘发现了灰色杂尘，仔细一看，像是烟灰。

家里只有时爸爸偶尔抽烟，时奕的房间里怎么会有烟灰?

时奕不抽烟的啊。

人一旦起了疑心，就很想找到答案。这个垃圾桶里的垃圾并不多，她随便找了一双一次性筷子扒拉了两下，竟在底下发现了一小截烟头。

虞稚一紧紧抿着唇，将所有垃圾一并收拾了，提到楼下扔掉。

时奕上午出门，直到下午才回来。

听到开门的动静，虞稚一打开手机看了一眼时间，估摸着应该是时奕回家了。

时奕到家，首先敲响虞稚一的房门，告诉她一声，再去做自己的事情。

时奕最近在阳台上研究什么小玩意儿，虞稚一放下手中的书本，跟着去了阳台上。

时奕扭头盯着她。

虞稚一随意地揉了揉眼睛，说：“看书太久有点儿累，歇一歇。”

他没再出声，专心做着自己的事情。过了会儿，他见虞稚一还守在旁边，便开口提了请求，说：“一一，帮我拿一下透明胶，在书桌抽屉里。”

“好。”她推门进去，顺手拉开了左边抽屉。

时奕突然闯了进来，声音有些急躁地说：“等一下！”

虞稚一回头，疑惑地望着他，问：“怎么了？”

时奕往前走了两步，见抽屉仍然是关着的，松了口气，嘴上却说：“没事，我现在不需要那个东西了。”

“好吧。”虞稚一笑着点头，乖乖离开了房间。

就在虞稚一走出去后，时奕迅速地打开抽屉将里面的烟盒和打火机拿走，放进了书包里。

而回到自己房间的虞稚一紧闭上眼，脑子里出现的画面都是她拉开抽屉所见的那一幕。

烟灰、烟盒、打火机，一切都说得通了。

在学校她知道有些男生会抽烟，可时奕从来没有这些坏习惯。现在她就是还不晓得时奕什么时候学会了这种事，还故意瞒着所有人。

难怪他这段时间不对劲……

有了第一个突破口，虞稚一多留了个心眼儿。或许，时奕最近去网吧玩游戏，不仅仅是为了玩游戏。

第二天是周末，时奕又在那个时刻准备出门了，虞稚一抱着书跑到门口将他拦下，说：“哥哥，你今天又要自己出去玩吗？”

“怎么了？”

“我有些题不会做，你可以教教我吗？”

“好。”时奕几乎没有迟疑地就答应了她的要求。他放下手中的鞋子，陪她回房间学习。

为了“占用”时奕的时间，她特意找了几道难题，可这些题目到时奕手里很快就被解出了答案。

虞稚一不得不感叹他的聪明，说：“哥哥也太厉害了，我想了几个小时都做不出来，你一个小时就能做这么多道。”

时奕拿着红笔，在重点公式上打圈标记，说：“这些题目一般不会出现在考试卷上，你想要考出好成绩，也不需要纠结这些题。”

“你也说是一般了，万一就有特殊情况呢？”小姑娘口齿伶俐，字字句句都有道理，“多学一些知识总是好的。”

“行，你有这个想法是很好的。”

“就是要麻烦哥哥了，哥哥今天也是要出去跟朋友玩吗？这样是不是失约了？”

时奕将手中的笔放下，故作轻松地与她开玩笑，说：“你才想到这个问题啊？”

“啊，我当时就想着求助了。”就算她是故意的，也不可能当着时奕的面承认。

时奕摇头，心中的话脱口而出：“没关系，一一从来不是我的选择题。”

“什么？”

他愣了一下，将面前的草稿纸覆盖在她原本的试题上，沉声叮嘱道：“让你好好把公式背下来，以后遇到同样的问题可以直接套用了。”

“公式我都记下了，就是运用的时候脑袋有些转不过弯儿。”她看了时奕一眼，又说，“不过我有哥哥啊，哥哥会教我的。”她对他完全信任。

少年看着那个低着头、握着笔认真学习的女孩儿，心思沉了下去。他单手操控手机，将原本发给“朋友”的那句“晚到”改为了“不去”。

他们约定周末去网吧“开团”，但在虞稚一需要他的时候，他会毫不犹豫地留下。

虞稚一在时奕的心里从来不是选择题，而是唯一的答案。

第八章

难 受

这个周末，虞稚一发现了时奕的很多秘密，回到学校之后，她就更加关心时奕的行为。

不知道时奕只是一时兴起叛逆，还是已经养成了这个习惯。她越想查清楚，就越找不到他的破绽。

他们周一到周五都在学校上课，下晚自习之后虞稚一回寝室，时奕回家，这段时间是没有交集的。

中午他们一起去食堂吃饭，这么会儿时间她也瞧不出别的。时奕还是跟从前一样，她找不出问题，只能当作不知道。

下午，虞稚一想要查资料，就抽空去了图书室。

她找来找去，终于挑中了一本，然而就在她伸手取书的时候，站在书架另一边的人也同时用力拿书。

虞稚一伸头一看，竟然是廖哲文。

“班长。”她喊了一声，有些惊讶，心想这也太巧合了。

廖哲文见到是虞稚一，客气地把书往她面前推过去，大方地谦让，说：“你拿去吧。”

“谢谢班长，我只是想查一下里面的资料，一会儿就可以给你。”

“既然这样，那我等等吧。”

两个人在图书室内找了个靠墙的位置坐下，虞稚一同时拿了两三本书翻阅。廖哲文就坐在虞稚一对面，把手臂绕至颈窝，脑袋枕在手臂上。

周围的环境和谐安宁，使这画面看起来格外温馨。

姜羽然没想到自己来图书室还书，还能遇见这么“美妙”的画面。她悄悄地举起手机，将这一幕拍摄保存。

回到教室，姜羽然装作不经意地提到图书室的话题，说到一半忽然止住，把身体往时奕那边倾斜，然后对他说：“时奕，你妹妹是不是谈恋爱了啊？”

“你在做梦呢？”时奕懒懒地睨了她一眼，没把这话放在心上。

“我可没瞎说，不信你看。”姜羽然生怕时奕把自己当作故意造谣的小人，悄悄将手机放在桌下，点开相册递给他，“你看，我可不是空口说白话的。”

时奕扫了一眼，原封不动地将手机还回去，没好气地说：“男女同学面对面坐在图书馆里就是早恋？班长，我真怀疑你那些分数是怎么考出来的。”

时奕的言外之意，是姜羽然在瞎扯。

“时奕，我只是好意提醒。虞稚一不是你妹妹吗？我也是担心她，才会跟你说这事的。”

“不劳班长费心。”时弈明显不领情。

虞稚一的生日快到了，这次室友们学聪明了，准备提前给她庆贺。不知道谁在班里提了一句“虞稚一今天生日”，大家也不管是不是今天，就先祝贺她了。

“祝你生日快乐。”

“谢谢。”

“你今年满几岁生日啊？”

“十六周岁。”

“哇，这么小，我都要成年了。”

“我读书读得比较早……”

虞稚一今天收到的除了祝福之外，也有些奇怪的问题，不过大家都是好意。

为了不耽搁虞稚一的学习时间，外婆也提前来到市里陪她吃了顿饭，就当是庆祝她生日。

临走之前，外婆偷偷塞给她一个红包，说是阮晴专门打过来的钱。

红包里有五张百元钞票，一共五百块。

虞稚一没有拒绝，只是把这些钱暂时收了起来。

在她未成年之前，父母有养育她的责任，但他们养不了她，只能提供维持她的基本生活的金钱。阮晴重组家庭后生活过得似乎比以前好了些，承担了她的学费跟住宿费。

虞稚一被父亲打伤的时候，曾恨过阮晴，为什么选择妹妹却不要她？

现在她不恨任何人，感激阮晴为她提供学费。只是要她像以前那样捧着一颗真心去期待父母的关怀，她做不到了。

虞稚一把每一笔钱都仔细记录得清楚，想着等到有能力的时候，再将这些物质加倍还回去。

虞凯出省打工之后就同虞稚一失去联系了。他没往家里打过电话，似乎也忘记了女儿的生日。只有阮晴每隔几个月打电话催他支付部分抚养费用时，才能证明虞凯还好好地生活着。

虞稚一十六岁生日那天，乔乐芷拎了个袋子来16班的教室找她，如往年一样送给她生日礼物。

“一一，你上次跟我说的那件事，我认真观察过了，时奕最近真的很奇怪……”

两个小脑袋靠在一起嘀嘀咕咕聊了半天。虞稚一了解得越多，心情就越沉重。

她知道不能以抽烟、喝酒、去网吧去评论一个人是好是坏，可觉得时奕不该是这样的。

时间一长，姜羽然也发现了端倪。

她好几次闻到时奕身上有烟味，一开始以为是时奕跟那些男生待在一起沾染了些气味，可有一次她无意中看到时奕的手里拿着一支烟。

当时她就瞥了一眼，时奕就反应极快地将东西收了起来。一开始她觉得有些不可思议，可后来再想想，这或许是她跟时奕拉近关系的好机会。

姜羽然一直看不惯那种娇滴滴的女生，觉得她们矫揉造作，拿捏着姿态。她跟班上的男生玩得不错，再加上她班长的这个职务，让她能够跟班上每个同学都有交流的时候。

姜羽然顺利地打入了那群男生中，甚至在听到他们说要去网吧打游戏的时候，提出跟他们一起去的请求。

可惜的是，这段时间，时奕都不去网吧跟他们玩游戏了。

时奕操作游戏的手法很犀利，大家都喜欢跟他玩，如今他次次都推托。

有人问起理由，时奕只说："学习。"

"他不是从来不用课余时间学习的吗？"姜羽然感到疑惑。

她跟时奕当了快一学期的同桌，从来没看过时奕在课余时间努力学习的一面。大家都知道时奕是天赋型学霸，上课的时候认真，休息时间也真的在休息。

他在教室里懒懒散散的，偏偏要周末回家学习？

大家都不知道的原因，只有虞稚一清楚。

她知晓时奕每周去网吧后，就变着法儿地想把人留下来。然后她发现自己做这种事情特别顺利，因为基本上只要她开口了，时奕都不会拒绝她。更何况临近期末考试，学习气氛也更加紧张。

在家的时候，时奕会坐在她的旁边充当老师的角色，监督她完成老师规定的学习任务，直到期末考试结束都是这样的。

期末考试成绩出来后，虞稚一在文科的排名提升到了前二十。

虞稚一带回了一堆寒假作业，从早写到晚，一周时间就搞定了所有作业，剩下的大半个月她就能随心所欲地支配假期时间了。

春节她要回家陪外婆过新年，时奕也跟父母去了爷爷奶奶家，如往常一样。

外婆早早就把家里的卫生打扫干净了，等到虞稚一回家时，发现家里的床被都换了新的。

"外婆，不是说等我回来一起大扫除的吗？"

"哎呀，你学习忙，这些事情不要你做。"

老人还是很心疼小孩儿，一老一小有说有笑的。

院子里的人搬走了两户，剩下的基本上是老人和留守儿童。听说虞稚一回来了，大人们聚在院子里闲聊的时候，又问起了孩子的期末考试成绩。

外婆很自豪地说："我家一一考了全校前二十名呢！"

不需要拔尖，这已经是值得骄傲的成绩了，所有人都赞她聪明。可这些人不知道，她是怎样坚持走到这一步的。

晚上吃饭的时候，外婆特意提起了阮晴的事，说：“今年你妈妈说要回来过年。”

这里到底是阮晴的老家，她还是会回来看看亲人，顺便带现在这个丈夫回老家认认亲。

听到这个消息，虞稚一轻轻地“嗯”了一声，没问太多。

她的妈妈也是外婆的女儿，她没理由阻止女儿见母亲，而且她现在已经不害怕见到阮晴了。

除夕前一天，阮晴带着丈夫和小女儿出现在镇上。赵先生手里拎着许多年货，外婆热情地将这位女婿请进了家中。

阮晴穿着打扮时尚，人看起来倒是比之前更显年轻了。

十岁的虞心妍正是长身体的时候，长了个子，也变得苗条了。

不过她现在已经改名叫赵心妍了。

说起来，赵心妍是虞稚一同父同母的妹妹，可她俩如今站在一起，竟像是陌生人。

虞稚一不知道该怎么面对这个妹妹——这个被父母偏爱着的妹妹。

阮晴特意将一个大袋子送进虞稚一的房间，当着虞稚一的面把这份大礼拆开，里面有衣服和一些生活用品。

“一一，妈妈给你买了一些东西，我看那边的女孩子都喜欢这些，你喜不喜欢？”阮晴很热情地想把那些东西都给虞稚一用上。

虞稚一的眼中并没有喜悦之色，她只是礼貌又客气地拒绝道：“谢谢，以后不用破费了，我的东西够用。”

阮晴听到这话，深深地叹了口气，主动上前一步，试图去拉女儿的手，又怕她排斥，只能站在距离她半米的地方。

阮晴问道：“一一，你是不是还不肯原谅妈妈？”

虞稚一摇了摇头，对曾经的伤痛轻描淡写，说：“我已经不怪你了。”

她仅仅是不怪了。

阮晴面对这个大女儿，有种深深的无力感。曾经乖巧会撒娇的女儿，大概永远都不会再跟她亲近了。

“这些东西都是妈妈给你买的，你留下吧。”说完这话阮晴就转身离开了，生怕女儿拒绝似的。

虞稚一目送那道匆匆逃离的背影，深深地闭上眼，觉得有些心累。

不知道什么时候，赵心妍忽然走了进来，随意地将那袋子里的礼物全部挑出来摆在床上，一边挑拣一边说：“姐，你也太不知好歹了，这些东西可花了不少钱呢！”

“花了钱的东西，我就要感恩戴德地接受吗？”

“哼，他们都夸你听话懂事，我就没看出来。他们还让我向你学习，你明明脾气这么怪！”

赵心妍似乎有些瞧不起她。虞稚一心里涌起一股不平之气，质问道：“你又有什么资格评论我呢？从小备受关爱的你，从未被人放弃过的你，到底有什么资格来评论我呢？”她紧紧盯着赵心妍，眼前这个打扮精致、无忧无虑的小女孩儿的生活，跟她形成了鲜明对比。

虞稚一突然变得严肃，那种眼神让赵心妍看了害怕。赵心妍连忙扔了手里的东西，跑出房间。

虞稚一深吸了一口气，平复自己的心情。不可否认，她对赵心妍这个妹妹，心里也是有怨气的。

有人说，大人的选择跟孩子没关系。可偏偏就是父母的选择，让她跟赵心妍成了最明显的对比！

她又不是看破红尘的圣人，怎么可能不嫉妒？事实上，她从小到大都在嫉妒赵心妍。

除夕年夜饭，虞稚一帮着外婆和母亲做了一桌子好菜。赵先生为了在老人面前表现自己，也进了厨房帮忙。

热气腾腾的饭菜出锅，虞稚一将炒好的菜端去桌上时，只见赵心妍正随心所欲地躺在沙发上，手里抱着遥控器，两只眼睛直勾勾地盯着电视机。

虞稚一只是看了一眼，便移开了视线。

吃饭时，赵心妍只夹肉不吃蔬菜，阮晴夹了一些蔬菜强行放进她的碗里，对她说：“妍妍，不能偏食！”

赵心妍不肯，又冲旁边的男人撒娇，亲昵地喊着爸爸，好像她真的是那位赵先生的亲生女儿一样。

那时候虞稚一在想什么呢？

她想，也许是因为她不够活泼，不会像妹妹一样撒娇，才会一直被忽视吧。

除夕夜的十二点，虞稚一跟时奕在手机里互道“新年快乐”，这便是虞稚一在新的一年遇到的第一件令她开心的事。

不知不觉间，寒假已经过去大半。还剩下十天开学，虞稚一准备提前一周回到市里。

时爸爸和时妈妈已经回归工作岗位了，那白天就只剩下时奕在家了。

“外婆，过两天我就要去市里了。”

“去吧去吧，学习最重要，你到了那边也要照顾好自己。”

“嗯嗯。”

她在家里收拾东西时，姜觅尔突然给她打了个电话过来。

“尔尔？”接到电话的时候虞稚一有些奇怪，因为姜觅尔是那种没事绝不打电话的人。

不一会儿，姜觅尔的声音从电话里传来，还有比较吵的背景声，她说：“一一，你知道我在网吧看见什么了吗？！”

听起来，她似乎有些激动和不可思议。

姜觅尔性子活跃，很容易带动气氛，让人只听到她的声音也觉得心情好。

虞稚一将手中刚叠好的衣服摆在一旁，问：“你看见什么啦？”

“我看见时奕在这里抽烟啊！我都不知道他还会在网吧里抽烟。”

姜觅尔自知学习不好，在他们眼里，时奕这种优秀学生跟这些东西不沾边儿，可偏偏她亲眼看见了，所以才会感觉新奇。

虞稚一收拣衣物的动作一停，她认真地说道：“尔尔，我拜托你一件事。”

挂断电话之后，虞稚一收拾东西的动作更快。她将床角的一个盒子拉出来找东西，忽然一个小口袋掉出来，落到了她的脚边。

虞稚一弯腰将它捡起，打开一看，里面是一枚铃铛——一枚不会发出声音的铃铛。

下午的时候，虞稚一背着书包跟外婆道别：“外婆，我得提前回去啦，下次回来看你，你想我的时候也可以来看我哦！”

老人和蔼地拍了拍外孙女的手，说：“去吧去吧，好好照顾自己。”

坐上了回市里那趟车后，虞稚一打开书包，从里面拿出了几根红绳，开始打结编织。

到达终点站时，她的红绳刚刚编好，她穿起铃铛，将它戴在了手腕上。

许是因为过年，学生放假，还有小部分人还没开始上班，网吧里坐满了人。

虞稚一从姜觅尔那里打听到时奕跟朋友常来的地方，刚走进来，就觉得这里的气味太难闻了。

她还记得时奕以前说过，他讨厌这里的味道。可他如今还是来了，而且变成了这里的一员。

她找到时奕的时候，那些人个个面对着电脑，正激情热血地操作着键盘和鼠标。而她要找的那个人，被她撞了个正着。

烟雾在身边缭绕，少年的眼里没有光，因为他看不清未来的方向。

有人发现了虞稚一，连忙推了一下旁边的人的胳膊，于是认识时奕的这伙人纷纷朝她望了过来。

其中竟然还有姜羽然。

“哟，这是……妹妹查岗来了？”姜羽然把手指搁在鼠标上，冲她笑了笑，用一副开玩笑的口吻说道。

虞稚一没有搭理姜羽然，径直朝时奕走去。不管他为什么变成这样，她只想在她亲眼见到的这一刻阻止他。

“跟我回去好不好？”

时奕眼神微动，表情晦暗不明。

姜羽然从座椅上站起来，嘴里说着劝虞稚一的话：“哎呀，男生打打游戏也挺正常的。”

正因为姜羽然“理解”，她才能跟这些男生打成一片。虞稚一看那些男生的眼神，似乎他们也是这么认为的。在他们眼里，来网吧打打游戏，真的很正常。

可虞稚一不为所动，也不反驳姜羽然的话，只是望着时奕。

她说：“我难受。”

只这一句话，那个少年便立即关了电脑，说：“好，回去。”

虞稚一的闯入打破了他们原本和谐的气氛，众人一时之间也不知道该怎么劝。

这小姑娘一看就跟他们玩不到一起，但他们也不能直接把人撵走。

倒是时奕先开口说：“你们玩，我先带她回家了。”

“奕哥，这把还没打完呢……”他们需要时奕这个手法犀利的队长。

“不打了。”时奕爽快地退了游戏。

“时奕，可不带你这么坑队友的，打完这把再走呗，也就十几分钟，虞稚一应该会同意的吧？”姜羽然看了看时奕，又看了看虞稚一，视线在两个人之间来回游走。

“总不能让我家小姑娘等我十几分钟吧？”时奕笑了笑，从钱夹里取出一张一百块的钞票放在了桌上，对他们说：“今天这三个小时算我请的，抱歉。”

他毫不犹豫地选择了虞稚一，不顾旁人的挽留，自然地牵起她的手，离开了这嘈杂的地方。

踏出网吧的那一刻，周围的空气都变得清新了，虞稚一深深地吸了口气。

她一直觉得网吧沉闷，还真是不好受。

时奕垂下眼眸，视线落到她的手腕间，看到那个系在红绳上的铃铛，觉得有些眼熟。

虞稚一发现时奕的注意力集中于此，便扬起了手，说：“你看，我找到小时候你送我的铃铛了。”

刚上小学一年级那会儿，她跟小伙伴一起去操场玩耍，阴错阳差地被老师带进了办公室。时奕找了她一圈儿，满头大汗地跑进办公室想要向老师寻求帮助时，才知道虞稚一被老师带走了。

那件事过后，时奕怕她走丢，幼稚地在她手上套了个铃铛，走起路时叮当作响。

只不过铃铛太吵，不切实际，必须得摘掉。

她不肯，时奕便想了个法子，送给她一个不会响的铃铛哄她开心。

时间一久，手绳被磨旧了，她便将铃铛取下保存了起来。如今铃铛重新被翻找出来，她竟将往事记得清清楚楚。

他托起小姑娘的手掌，左右翻转，看到编织的红色绳结，不吝啬地给予赞美，夸道："很漂亮。"

她说："因为哥哥送给一一的都是最好的东西。"

最好的东西……可他如今学的这些，于她而言都不是什么好事。

见时奕神色不对，虞稚一故意在他面前叹气，说："真是很抱歉，因为太想念哥哥，所以提前回来了。"

"一一。"少年眉头微皱，显然不喜欢听她说这种话。

道歉什么的，他从来都不想从她口中听到，更何况是因为这种事。

两个人毫无目的地慢慢向前走着，路过一个公园，他们默契地走了进去。

公园四周有行人路过，越是往里面走，人就越少。他们不知道绕进了哪里，四周安安静静的，不见其他人。

眼前所见是一片寂静的湖面，两个人站在湖边，同时保持沉默。二月的天气还很凉，虞稚一把手从衣兜里抽出来，寒风一吹，手指被冻得通红。

时奕将她的双手握起，感觉到冰凉的温度，很是心疼，说："我们回去吧。"

"不，我觉得吹吹冷风能让人更清醒。"她执拗地站在原地不动，即使冷风钻进脖子的时候，会冷得她下意识地缩脖颈。

"哥哥现在做的事情，会让你感到开心吗？"她问道。

时奕垂下眼，四周的寒气似乎卷进了眼睛里，他说："你想知道什么？"

虞稚一摇头，说："我不知道你为什么那样做，可看得出来你不开心。

"期末考试前的那段时间，我是故意把你留在家里的。你一直隐瞒着不让我发现，我也就真的假装不知道。因为我觉得，不能以是否去网吧来评论一个人的好坏，那只是你的选择。

"但是到现在，我还是忍不住干涉了。

"因为你做了这些事情，却没有从中得到快乐，那就说明这种事情对你来说是无意义的。"

虞稚一将这些憋在心里的话一次性说出口，竟有种难以形容的轻松感。

当初那个自卑到不敢发表任何言论的小女孩儿，在他的鼓励中一步一步走了出来。

那个人还是时奕，将她从泥潭中拉出来的时奕。

到现在，她甚至有了引导别人的勇气。

她深深地凝视着时奕的眼睛，认真地说："我希望有人提起时奕的时候，是称赞他的优秀，是以他为骄傲；而不是说那个年级第一的学霸，坐在网吧里跟一群人抽烟、打游戏。"

两个人视线交会，时奕沉默了半晌，抬手揉了揉她的脑袋，吐出一口寒气，说："我知道该怎么做了。"

他主动将大衣兜里的烟盒和打火机拿出来，交到虞稚一的手中，并且承诺："哥哥不会让一一失望的。"

这一次，他是彻底放下了。

虞稚一紧紧地抓住了这两样东西，眼中溢出真切的笑意。

她缩了缩脖子，主动挽起了时奕的手，说："哥哥，外面好冷呀，我们回家吧。"

后来，很多人问起时奕不再叛逆的原因，他的答案十分简单：他舍不得啊……

他的小姑娘喊一句"难受"，他便什么也顾不上了。

他总不能一身刺，去拥抱自己爱的人吧。

自从虞稚一到网吧把时奕带走之后，时奕再也没有跟那群人出去过。

很快，新的一学期拉开了帷幕。

学校那群男生还是经常邀时奕一起玩耍，尽管他拒绝得很明确了，可那些人就是不死心。

姜羽然随口说了一句："你们又不是不知道，时奕对他妹妹好得很，肯定是他妹妹不允许他去呗。"

这个年龄的男生都不喜欢受人约束，他们感觉自己的"兄弟"被一个小姑娘管着，就忍不住发表自己的意见。

不知道怎么的，学校就传出了一些关于虞稚一的不太好听的话。

尽管时奕制止过一些，可嘴巴长在别人身上，他不可能时时刻刻管住别人，反而那些话被传得更远了。

新学期月考的时候，有人早早地发出了一份答案。

凭本事抄到的人最后发现，每个选择题的答案如果往前移一位，那就是完全正确的答案，如果完全按照那份答案来抄的话，就等于把上面一道题的正确答案写到了下面一道题上。这么明显的错误，明摆着是给老师提供抄袭证据。

当时大家还在想，每次传出来的答案对对错错的，他们偶尔修改两个，考出来的成绩也差不多，但选项也是乱的，可这次居然选项都是对的，如果不是从第一题开始错位的话……

这件事有些怪异，抄袭的人也只能自认倒霉。

只有乔乐芷忽然想起一件事，初中那年，班上很多人抄时奕的作业，唯独虞稚一抄了之后，被时奕修改了答案，因此她逃过一劫。

两者之间仿佛有异曲同工之妙。

噢，这个男人真可怕！

“我喜欢的人，皮肤白皙，身材高挑，笑起来眼里有星星。他品学兼优……”

十六岁那年，虞稚一在小说网站上注册成为作者，随心所欲地在网络上连载着自己的少女心事。

她更新得很慢，从小时候写到十六岁，节奏缓慢。

她写到了十六岁，更新就断断续续的，不是因为不够勤劳，而是因为他们的故事还在发展中。

小说刚开始连载的时候，几乎没什么点击率，收藏量好不容易累积到两位数，又因为更新断断续续的，一边涨一边掉，总是难以过百。

有读者在评论区留言：作者大大更新好慢，什么时候才能大结局？

那时候，每个评论她都很珍惜，会挨个回复。这条她回复道：“抱歉呀，因为我也不知道这个故事会发展到哪一步，不知道什么时候会写到大结局。”

聪明的读者从这句话里发现了重点，评论道：“感觉前面写得好细致，这篇文是有原型吗？”

作者回复：“是我自己的故事。”

读者有些激动，评论：“冲着有原型，我决定追下去了！希望有生之年能看到幸福的结局。”

那时候总评论数也就十几条，除了几条没意义的评论，就这条一直被点赞，被顶到了书评区的热帖位置。

时光飞逝，他们也正式进入了高三学生的紧张状态。

寝室里只有姜觅尔不用死磕文综成绩，还悠闲地从学校外面买回了一只小乌龟。

姜觅尔用脸盆来装乌龟，把盆子搁在桌上，有时候盯着乌龟游泳都能看半天。她偶尔又会发出一句疑问：“你们说我把它养在盆里是不是不太美观？”

另一个室友答：“想要美观只能去买个玻璃缸回来装着，透明的那种，在里面加点儿水草装饰一下。”

“有道理。”姜觅尔戳了戳乌龟壳，真打算替它搬家。

虞稚一慢悠悠地提醒道：“如果买玻璃缸放在寝室里，会被宿管阿姨发现吧？她会让我们养吗？”

高三学生不让整那些花里胡哨的东西，学校宿舍的要求很严格，除了住宿用品和学习工具，其他什么都不让放。

阳台都不让摆盆栽，更何况是乌龟这种动物。

这只乌龟，她们大概也只能偷偷养着。

姜觅尔把乌龟捉起来逗弄，不小心被咬住了。

“啊！它咬我！”

“你用手戳它的鼻子，或者把它放水里。”

姜觅尔照做，乌龟果然松口了。

“这么小的东西，还攻击我，太可恶了！”姜觅尔表示很生气，决定不养它了。

虞稚一觉得有趣，把这件事写进了小说新章节中。

很巧的是，她刚更新，底下就出现了一条新评论：“你们寝室养乌龟，回头我就去跟宿管阿姨打小报告。”

虞稚一点开读者头像，进入他的主页，发现是个小号。

这个号是刚注册的，书架里就她这一本书。

姜觅尔最终还是没舍得抛弃小乌龟，大着胆子买了个小型的透明玻璃缸放在了教室的课桌底下。她还说："最危险的地方就是最安全的地方！"

玻璃缸放在寝室，宿管阿姨会不定时地查寝；放在教室，课桌的上面和下面都堆满了厚厚的书本，老师也不会每天盯着课桌底下看。

那个玻璃缸不高，完全可以塞进书桌抽屉里。

姜觅尔的小乌龟在班上很受欢迎，课余时间还专门有人跑去找她，问她："这乌龟几岁了？"

这真是个好问题！主人也不知道它几岁了。

小乌龟害羞地缩进壳里，不肯再探出脑袋。

不爱看书的姜觅尔只想老老实实地当个学渣，所以在上课的时候，这只小乌龟也成了姜觅尔打发时间的好东西。

"姜觅尔，你来回答这个问题！"眼神犀利的历史老师站在讲台上，早已经看破了一切，实在忍不下了，故意喊人起来回答问题。

姜觅尔一开始还没听到，直到她的同桌推她的手肘，示意她看黑板，她才知道自己被提问了！

"五四运动哪一年发生的？"历史老师紧盯着姜觅尔问。

姜觅尔的脑子里装的就是一团乱七八糟的毛线，她哪里知道答案？

她不停地用眼神向前后左右的同学求助，前面的同学悄悄地把手伸到背后，对她比出一和九的手势。

姜觅尔跟着念："一九……一九……"

"好，就是一九一九年。"历史老师示意她坐下，然后说，"接下来我们看投影仪上的题……"

虚惊一场。

姜觅尔稳稳地坐到了椅子上，悬着的一颗心才真正放下来。她把玻璃缸往抽屉里慢慢地推，不敢再盯着乌龟看了。

虞稚一往右边靠了靠，轻声说："尔尔的历史进步了啊。"

闻听语听后面不改色，把脑袋往左边歪了歪，低声接话："你太高估她了。"

果然，回到寝室之后，姜觅尔就主动提起了这件事，还把它当成了玩笑。姜觅尔夸张地讲道："今天真的太险了，差点儿就被历史老师抓到了。她那问题也太玄乎了，其实我根本不知道，竟然还答对了！"

听到这话，虞稚一跟闻听语对视了一眼。

闻听语推了推眼镜，一副意料之中的模样：看吧，尔尔上课答题全凭运气……

虞稚一忍俊不禁，拿起手机，将今天发生的趣事写入了小说章节存稿。

在高三紧张的学习氛围中，体育生姜觅尔反倒成了大家枯燥学习中的乐趣。

养乌龟的事情刚过，她的名字又在班上热闹了一阵。原因是，课间的时候，同为体育生的鲁赫在班里大着嗓门说了句："姜觅尔跟黎少舟谈恋爱了。"

这些话他们不敢当着老师的面说，同学们都会默契地替某些早恋的人隐瞒的。尽管姜觅尔极力否认，大家也只当她是想低调行事。

姜觅尔说不过大家，直接跑到了楼上 1 班去，把黎少舟拽来教室，说："你跟他们说，咱俩清清白白的，什么关系都没有。"

黎少舟捏了捏鼻子，面对众人随口解释道："哦，我跟她没什么关系的，我俩不认识。"

你俩不认识？骗谁呢？

他俩每天一起在校队训练，还是曾经的同班同学，这话听着不就等于此地无银三百两吗？

"姜憨憨"同学为此感到头秃。

"鲁赫为什么要那样说呀？"虞稚一憋了许久，终于问出了疑惑点。

一提起这事，姜觅尔就一副忍不住抓狂的模样，气愤地说："那天球赛在最后一秒逆转全凭黎少舟力挽狂澜，那家伙高兴疯了，突然抱了我一下，被大家撞了个正着！"

就是这样，鲁赫才说他俩谈恋爱的。

虞稚一劝了她好一会儿，终于把她的脾气给捋顺了。

安抚好姜觅尔，虞稚一慢悠悠地爬上床，旁边传来闻听语的声音："她这样没心没肺，也挺好的。"

这样，至少她不会为情所困，徒增烦恼。

虞稚一笑了笑，不发表意见。

"你今天更新了吗？"没过一会儿，闻听语再次开口说话，单手扶在床头栏杆上，睁眼望着虞稚一。

这种问题简直是作者的噩梦！

“呃……”某作者支支吾吾，竖起四根手指，说，“四天没更了。”

“唉……”闻听语摇头叹气，不禁感叹，“追你的文好累。”

虞稚一在网上连载小说这件事情她只告诉过闻听语，因为乔乐芷跟姜觅尔的嘴不够严实，容易泄露出去。如今，闻听语就是她的头号忠实粉丝，催着虞稚一更新。

“给你分享一个好句子。”过了一会儿，隔壁床的闻听语又递来一张便利贴，上面写着：我也想穿上情侣装，拿着泡泡机，一路狂奔扑到我喜欢的男生怀里。

“这也太甜了吧。”虞稚一感叹道。虽然这听起来有些幼稚，但其中包含着满满的少女心。

“我怀疑你这是变相地催我更新！”虞稚一笑了笑，顺手把那张便利贴夹在了草稿本中，然后掏出手机开始编辑文字。

学校管得严，还让他们主动上交手机。虞稚一把手机藏了起来，上课却不敢带去教室，只能每天晚上回到寝室偷偷存稿。

用手机打字太久，大拇指会疼，她捏了捏手指，将最近一周存的两千字发表为最新的章节。

第二天早上闹钟一响，寝室里的室友便陆续起床，收拾一番去教室。

高三比前两年更严格，一周上六天课，如今学生们只有周日可以休息。

等周六的课程结束，虞稚一迅速地回到寝室，将手机和其他东西装进书包，匆匆跑向校门口。因为时奕会在这里等她回家。

时奕见到虞稚一朝这边小跑过来，自然地伸出手，从她手中接过书包，嘴里还在念叨：“跟你说过不要跑，每次都记不住。”

“就这么一点儿距离嘛，没关系。”她只是不想让时奕等太久而已。

他们到家时，宁素雅已经在准备晚餐了。宁素雅见两个孩子回家，便随口说道：“明天我跟同事约了爬山，你们两个想不想去放松一下，顺便锻炼锻炼？”

爬山？他们现在每天待在学校里，一坐就是一天，连课间休息时间都很少，正好可以借此机会锻炼身体。

虞稚一看向时奕，等他表态。

时奕微微点头，答：“可以。”

第二天，宁素雅开着车，载着两个孩子到山脚跟同事会合。

十一月中旬的天气不冷不热，秋风凉爽，山下景色宜人。这座山并不高，但爬到顶上也需要一两个小时。

宁素雅约出来的同事们跟她年龄相仿，都是当妈的人。有同事看到两个年轻孩子就很喜欢，说："阿雅，你家不是只有一个儿子吗？这又是哪家的小姑娘？水灵灵的，这小脸长得真标致！"

"也算我的半个女儿。"宁素雅委婉地解释。至于虞稚一的真实身世，她就不方便同外人说了。

时奕从小就情商高，不管老的少的，只要他愿意哄着，就没人不喜欢他。这会儿跟长辈们一起爬山，大家问他什么问题，他也不嫌烦。

不过爬山时，他会放慢速度跟虞稚一同步，提醒她时时刻刻注意脚下。面对多级的石梯，他会向身旁的虞稚一伸出手，说："抓着我。"

虞稚一全程喘气，一句话都不想说。

在运动方面，她的身体比较差劲，爬山对她来说比常人更难。

走过一段路程，他们终于看到了提供给游客休息的凉亭，宁素雅提议进去坐着歇息片刻再往上走。时奕从书包里拿出两瓶水，先拧开一瓶递给宁素雅，另一瓶自然就归虞稚一。

虞稚一抱着水瓶子咕噜喝了两口水，时奕又从书包里拿出一个手戴式的小风扇，对她说："伸手。"

她乖乖地听从指令，时奕便将那个手环给她戴在手腕上。

旁边的人见了，满脸笑容地说："阿雅，你家孩子真懂事，会照顾人。不像我家那个皮猴子，总是让人操心。"

"哪里哪里，每个孩子性格不一样，活泼些也是好的。"宁素雅又回了些客套话，脸上却笑得像朵花。

阿姨甲说："你看他们两个，不知道的还以为是在照顾小女朋友呢。"

阿姨乙说："我瞧着这两个孩子般配！"

他们大人围着一张石桌聊天，两个孩子则是坐在凉亭周围的地方。宁素雅不由得朝两个孩子看过去，见两个人之间亲近的互动，陷入了沉思。

从她肚子里出来的儿子是什么样，她还是了解的。单凭时奕的这些作为，她就可以肯定，他对虞稚一有不同的心思。

只不过两个人一直以兄妹相称，万一小姑娘真心真意地把时奕当成兄长，到那时候他们又该如何处理这段感情呢？

宁素雅轻轻摇头，喝了口凉水冷静了一下。

难啊……

后半段路程，虞稚一体力不支，全靠时奕牵着她往上走。

有时候爬一段石梯，虞稚一就会站在转角处歇气，时奕扶着她，说：“实在不行咱们就不爬了，好吗？”

小姑娘脸蛋通红，嘴里还喘着气，却摇头说：“就差……一点点了，我想……再……坚持一下。”

“好，那我们走，不着急。”他尊重虞稚一的决定。

一群人爬到山顶，阿姨们歇了歇脚，就开始按照“标准游客照”的姿势摆拍，咔嚓咔嚓地拍个不停。

山顶周围修建着高高的栏杆，避免发生意外，但恐高的人根本不敢靠过去。时奕偏偏站在栏杆边逗虞稚一，问道：“会不会害怕？”

“我才不过去。”虞稚一一个劲儿地往后退。

她只要一往前走，即使还没有靠近栏杆，一想到山下的高度，就有种心惊胆战的感觉。所以，她是不敢过去的。

时奕往前走了一步，不慌不忙地向她伸出手，对她说：“过来牵着。”

“那你不能拉我到边上！”小姑娘睁大眼睛，表情充满了警惕。

他轻笑一声，朝她勾了勾手指，又说：“再不过来，一会儿下山我可不管你了。”

“哥哥！”时奕又威胁她。

小姑娘没骨气地服了软，试探性地牵住他最长的那根手指头，说：“哥哥你再往里面走一点儿。”

时奕一动不动地站在原地，逗她说：“啊，这么胆小啊？”

“恐高是人之常情。”她不是胆小。

“不相信哥哥？”少年挑眉，发出了疑问。

她连连摇头，道：“这跟相不相信没关系。”

她相信时奕，也无法控制自己内心对高度的恐惧啊！

时奕突然用力，抓住她的手腕将人拉了过来。小姑娘条件反射地死死抱住他的腰，恐惧地大喊：“时奕！”

“好了，不逗你了。”男生低头在她耳边轻声说，“就算我自己掉下去了，也不可能让你掉下去的。”

一行人在山顶待了大约半个小时，又齐齐往下走。下坡路跟散步似的悠闲，他们一路上有说有笑的。

时奕和虞稚一走在后面，跟那群大人保持了十米的距离。

“今天大概是我这两年来走过的最多的路了。”虞稚一深吸一口气，扭头瞥了眼旁边的男生，对他说，“哥哥，你的体力怎么这么好？你都不累的吗？”

“男人的体力是无穷的。”

“什么啊，你明明还是个未成年的小男生。”

此话一出，那个悠闲地走在路上的少年忽然停住了脚步，挡在虞稚一身前，逐字逐句地重复刚才那句话：“未成年的小、男、生？”听起来，还有些咬牙切齿的意味。

小姑娘满脸无辜，眨了眨眼睛，疑惑地看着她。

时奕抿起唇，双手叉在腰间，视线往别处看去，似乎在进行自我调节。

最后，他的目光重新落到了虞稚一身上，他意味深长地说：“虞稚一，但愿你能记住今天这句话。”

“我说错什么了吗？”她仍然没想明白时奕为什么会这样。

少年轻轻地扬起一侧的嘴角，明明是笑着的，却让人感觉有些威胁的意味，他又对虞稚一说：“我有没有告诉过你，我挺记仇的？君子报仇，多少年都不晚的那种。”

虞稚一只感到后脊发凉。

回到山脚，大家纷纷道别，时奕突然拍了拍虞稚一的肩膀，示意她往左边走。

这里有小摊贩摆着地摊，出售风车、泡泡机、气球等小玩意儿。

在虞稚一疑惑的眼神中，时奕蹲下身，从中拿起一个粉色小猪形状的泡泡机，面对着她问道：“这个好看吗？”

“好看！”可爱的粉色小猪，作为泡泡机，它当然是好看的。

时奕点头，直接跟老板说：“要这个，多少钱？”

老板爽快地报价：“二十五块一个。”

见时奕拿钱，虞稚一连忙叫住他，问：“现在买这个干什么？”

“你们女孩子不都喜欢玩这个吗？比较有少女心？”他笑了笑，将零钱递给老板，买了这个泡泡机，将它挂在虞稚一的脖子上。

女孩儿的心怦怦乱跳。

她想起了闻听语给她写的那句话，如今也算是……实现二分之一了吧？

寒冬腊月，虞稚一终于迎来了她人生中的第十七个生日。

今年冬季下了雪，学生们走在校园里，脚下一踩一个脚印。

她这个生日算是赶巧，在周日。室友们提前在周六替她庆了生，周日她就可以在家里吃蛋糕了。

宁素雅是个豁达的家长，即便是高三，也没时时刻刻逼着孩子们学习，反而大大方方地赞助儿子五百块钱，让他带虞稚一出去玩，正好放松放松。

“谢谢妈。”时奕坦然地接受了这笔“巨款”。

上半年时父又升了职位，连孩子的零花钱都多了起来，虞稚一不肯要，他们也尊重孩子，但会通过其他方式来照顾她。

比如，时奕花钱，从来都不是虞稚一拒绝得了的。因为他基本不用问虞稚一需要什么，买来的都是对她有用的东西。

就像生日这天，虞稚一完全不知道宁素雅给了时奕五百块钱，让时奕带她出来玩。

上午时奕带她去了电玩城，虞稚一终于练就了当初那个男生所说的“多玩几次，你也可以”的手速。

几局音乐玩下来，她的身体都出了汗。时奕跟老大爷似的，一副悠闲姿态靠在休息区的椅子上，全程守着她。

时奕的手指在扶手边缘轻轻敲击，和成了节奏。虞稚一从音乐机上走下来，时奕将手中的水瓶往前一推，对她说：“过来，喝水。”

“我还不口渴。”虞稚一摇着头说。

“不口渴也要喝。”时奕叮嘱了她这么多年，她竟还没养成习惯。

小姑娘双手抱着温水瓶喝了一小口水，时奕就直直地盯着她。

于是，她又喝了两大口水。

“玩累了吗？”

“嗯，有点儿累了。”她老实承认。

时奕差不多懂了，接下来他们就该挪地儿了。他接着问道：“等会儿还想去哪儿？”

“不玩了，今天已经玩了好几个小时了。”虞稚一还是比较有时间观念的，一般不会贪玩。

“行，我先预订吃饭的位置，我们慢慢走过去。”时奕摸了摸她的脑袋，又问，“想吃什么？”

“都可以。”不挑食的小姑娘很随意地说。

“不吃可不可以啊？”时奕歪歪脑袋，问她道。

小姑娘瞪大了眼，说：“不可以。”

她今天过生日，怎么可以不吃饭？

“走吧。”

两个人离开了电玩城。

只是，虞稚一习惯了电玩城的暖和温度，走出大门那一刻，感觉整个人都不好了。她搓了搓手，赶紧把手揣进了衣兜里。

周末人多，这里又是商业中心，他们预订好的吃饭的那家店，外面排起了长长的队伍。他们站在外面等，免不了要吹凉风。

天空中不知道什么时候开始飘雪，轻如柳絮，落在身上毫无感觉。虞稚一下意识地缩起脖子，说：“又下雪了，好冷呀。”

“你的耳朵被冻红了。”时奕提醒道。

“啊……耳朵也冰冰的。”虞稚一从兜里抽出双手捂了捂耳朵，感受到了耳朵的冰凉。

双数楼层跟单数楼层电梯分开，双楼层的电梯先降落到了一楼，前面的人陆续进了电梯。

等到他们，电梯里面已经没有足够两个人站立的位置了，于是他们静静地等待着下一班。

等到下一班电梯，时奕让她站在角落，自己用身体替她挡住了后面挤进来的人。

这天晚上回去，虞稚一“加班”更新了小说，剧情发展到了自己的十七岁生日。

等到新章节编辑完成，发表出去的时候已经是晚上十一点五十分了，过后她又刷新了一下，看到一条新评论：“生日快乐。”

发表评论的还是之前那个一级账号，到现在他的书架里也只收藏了这一本书。

高三没有几天寒假，上学期的期末考试放假至下学期的开学，总共不过七天休息时间，让孩子们能回家过个年。

即便是过新年，他们每天也被繁重的作业安排得明明白白的。

外婆体谅孩子学习辛苦，不让她回老家。尽管如此，虞稚一还是在除夕夜和大年初一陪外婆过的，庆祝新年。

之后她又回到时家，跟时奕一起做题。

这个阶段的作业都是各种卷子和练习册，走的是题海战术。即便是再聪明的人，写作业也需要花费一定的时间。时奕拒绝了学校的保送，另外选定了心仪的目标。

虞稚一发奋努力，只为了高考的时候能够发挥好点儿，跟时奕考上同一所学校。

毕竟那句话怎么说来着？“再多的聊天记录，都比不过一张同样的录取通知书。”

虞稚一觉得这句话非常符合她现在的心情，所以一直在做题，直到看见那些题目，她的脑子里就会自动形成答案。

政史地这种学科，说简单也简单，说复杂也复杂。

历史的知识点多而烦琐，地理的部分题目需要分析计算，而政治……做政治试卷的时候必须得认真审题，选对了方向那就是正确答案，选错了方向只会越偏越远。

到这一步，大家的成绩基本上已经定型了。虞稚一跟闻听语的综合分数相差无几，两个人都是16班的前五名。

姜觅尔的文化分数总是在四百分上下浮动，好在她是体育特长生。而她们寝室的另一位室友成绩中等，不高不低。

好的学习氛围能够提高人的学习兴趣，姜觅尔跟两个学霸同屋，偶尔也会学她俩那样，把书本拿出来学习。可姜觅尔坚持不了多久，就会垂头丧气地说：“我放弃了，我天生就不是读书的料。”

虞稚一劝道：“你耐心一点儿，反正距离高考也就三个月了，再坚持一下。”

姜觅尔听后抱着脑袋摇头，一副痛苦难忍的表情，说：“不会吧，不会吧，你们不会以为我最后三个月看看书，就能考出好成绩吧？”

虞稚一被她的模样逗笑了，闻听语扶了扶镜框，说：“每个人都有自己的长处，此路不通，就换另一条吧。”

姜觅尔撇了撇嘴，神秘兮兮地说：“你们听说过上一届的学神吗？”

“什么？”虞稚一很给面子地附和她的问题。

姜觅尔站起身，双手抓住虞稚一的床栏杆，说：“据说上一届有个学神，是以理科状元的成绩考入的大学，她大一学分没修满，大二留级，大三被学校劝退，最后又回来参加高考，又考了一个理科状元，甚至比三年前她的高考分数还要高。”

虞稚一转身面向姜觅尔，同她说：“这么厉害？”

“是吧，小说都不敢这么写。”姜觅尔耸了耸肩膀，摊开手，“由此可见，有些人天生就适合学习，而我不是。”

姜觅尔决定不耽搁这两个书呆子学习了，自己躲在床上玩手机刷微博，床帘一关，谁也不见。

姜觅尔刷着刷着，忽然看到平日关注的美妆博主“希喵”更新了一条不属于化妆教程的微博：“忽然读到一篇写青梅竹马的连载小说，对比了一下自己的，我嫉妒了。”

姜觅尔没有这些经历，可她的室友有啊！就冲着“青梅竹马”这四个字，她也忍不住点开了这条微博。

这条微博发的截图内容，是这个博主从小说里截取的几个很暖的片段，“生日蛋糕”“风扇”“从小到大同班”等字眼吸引了姜觅尔的眼球，特别是，这篇文里的主角名字分别叫司亦和喻知。

“咦……这故事情节，我瞧着怎么这么眼熟呢？”姜觅尔发出了小小的一声惊呼，似乎发现了什么不得了的事。

她搜索主角名字，最终找到一篇名为《对你心动啦》的小说。

看了几章，她已经完完全全地确定，那个小说的主人公原型之一，就是她对面床的室友——虞稚一！

姜觅尔激动地撩开床帘，惊喜地分享道：“一一，我发现有人以你跟时奕为原型写了一部青梅竹马的小说！”

虞稚一刚准备落下的笔在本子上画出了一条长长的痕迹。

“你……看到什么了？”她有些不敢相信，自己那篇没有多少收藏量的小说，还能被姜觅尔发现？她这会儿连说话都带着颤音。

姜觅尔兴冲冲地跑到她身边，将手机举起来，说：“你看，这篇小说绝对是以你跟时奕为原型写的。”

隔壁的闻听语捂了捂耳朵，大概是不想听见姜觅尔这愚蠢发言。

一般人遇到这种事情，第一个想法难道不应该是觉得虞稚一就是作者本人吗？怎么姜觅尔还觉得，有另一个人能把时奕跟虞稚一从小到大发生的故事的细节，写得清清楚楚啊？

姜觅尔的脑筋还没转过来，她甚至迫不及待地想要跟小伙伴分享了，说：“我要把这小说分享给乔乔，让她也去看看。”

虞稚一连忙伸手阻止道：“别别别！别发！”

“怎么了？”

“那是……”虞稚一咬了咬牙，迫不得已地承认道，“那是我写的。”

姜觅尔愣了许久，半天才发出一声：“啊？”

之后，姜觅尔花了近一个小时的时间看到了那篇小说最近更新的章节。

姜觅尔明白了……全明白了。

原来虞稚一一直暗恋和她从小一起长大的好朋友——时奕。

姜觅尔原本是想跟朋友分享这本小说的，现在却不能这样做，甚至要替虞稚一保守秘密。

姜觅尔紧紧地捂着嘴巴，内心警告自己以后不要乱说话。她向虞稚一保证道：“一一你放心，我肯定不会跟别人说的。不过这个博主的粉丝很多，说不定……”

不用姜觅尔说完，虞稚一已经发现，自己的小说收藏数量上涨了！虽然现在还是刚过百的三位数，但是今天一下就涨了二三十个收藏数，比之前任何一天涨的都要多。

在这个网络技术发达的年代，有时候有些人就是突然得到了一个契机，人生就可能发生巨大的变化。

比如，虞稚一和她的那篇小说。

那个博主发的那条微博被她的粉丝看见了，那些很爱看小说的粉丝就来搜索这篇小说。

慢慢地，虞稚一的这篇小说的收藏量多了起来。

某一天，她收到了这个网站发来的站内短信，发现是编辑的签约留言。

绝对偏爱

江萝萝 著

下册

长江出版社
CHANGJIANGPRESS

第九章

贪恋温暖

编辑告诉她，她的文达到了签约标准。

虽然她更新得很慢，但那些读者好像很喜欢这个故事，这篇小说就在网文的小圈子里流行起来。

之后形成了一个良性循环，推荐这篇小说的人多了，小说的评论增多了，还有人打赏，让作者更新。

虞稚一受宠若惊，偶然点开月收益一看，居然有两千块钱！甚至收益还在日益增长中。

作为虞稚一的第一个忠实读者，闻听语提出建议：“你之前不是也想过写小说吗？你可以再开其他的书，这本慢慢更新就是。”

虞稚一思考了一会儿，说：“马上就要高考了，抽不出时间。”

“那倒也是，那就等高考完再说吧。”

虽然虞稚一现在不能立即写新书，但凭着《对你心动啦》这本小说的收益，终于有了属于自己的零花钱。

为了他俩能顺利考进同一所学校，时奕把虞稚一的桌子上都贴满了知识点，虞稚一站着、坐着，不管做什么事情，都能巩固知识。

“今天还有几张卷子没做？”

“还有三四张呢。”

虞稚一把曾经考过的试卷全部按照顺序整理了出来，还专门用一个本子来记录错题。为了确保她不会再出错，时奕会出几道同类型的题考考她，直到她做正确了为止。

时奕虽然因虞稚一花了不少时间，可在为她巩固知识的时候，等于自己也在学习。

虞稚一觉得，跟喜欢的人一起学习进步的感觉真的很好。

距离高考还剩下一个月，乔乐芷的生日快到了。

“下周日是乔乔的生日，她说要找家牛排自助餐厅一起聚餐，就当是高考前为大家加油鼓劲了。她让我们都去。”

“那就去呗。”他们是多年旧友，庆祝生日是理所当然的事。

乔乐芷跟她的室友们已经提前在寝室庆祝了，周日便只请了他们原高一（2）班这几个人，有时奕、黎少舟，还有她们寝室的四个人。

虞稚一跟闻听语还有姜觅尔约好了早上去蛋糕店定制蛋糕，于是虞稚一早早就出了门。

闻听语出了点儿突发状况，说是只能吃饭的时候再过去了。剩下虞稚一跟姜觅尔了，两个人挤在蛋糕店里挑选了一个蓝天白云主题的生日蛋糕，接下来的时间就是等待制作。

“我们起码得等一个小时吧。”

虞稚一对做蛋糕的过程挺感兴趣的，就守在一旁看着。

姜觅尔缺乏耐心，选定蛋糕之后，就直接坐在休息椅上玩手机，突然说：“我想起来了，黎少舟好像就住附近。”

她给黎少舟发了条 QQ 消息，很快黎少舟回复了她：“你们在哪儿？”

姜觅尔给他发了蛋糕店的名字和位置。

黎少舟刚跑步回家，看到姜觅尔给他发送的信息，迅速地洗了个澡，套上运动 T 恤就出门了。

姜觅尔在蛋糕店见到黎少舟后，站起身喊道：“啊，终于不用我一个人无聊地待着了！”

“你一个人在这里？”

“不是，一一也在，不过她在看蛋糕师傅做蛋糕。”

两个人同时朝里面望去，默契地对视一眼，又都摇了摇头。

算了，他俩都不是那种有耐心的人。

黎少舟挠了挠头发，姜觅尔这才发现他的头发还湿漉漉的，便问道：“你的头发怎么湿了？”

黎少舟动作一顿，故意展示出最帅的角度面向姜觅尔，然后撩了一下头发，说：“你给我发消息的时候，我刚跑完步回家，这不赶着来找你吗？”

一般女孩子听到男生这样说，可能会感到害羞，或者会心动。

可姜觅尔听到这句话之后，朝黎少舟竖起了大拇指，回道：“厉害！”

黎少舟无声地叹了口气，知道姜觅尔觉得无聊，于是把手机摸了出来，说：“开一把游戏？”

姜觅尔向他投去一个“还是你懂我”的眼神，点开了游戏，说：“开！”

他俩运气不太好，匹配到的队友技术都不太行。

姜觅尔玩了两把，直接退出游戏了，烦躁地说：“不玩了不玩了，这几个队友也太坑了。”

这游戏打得她都热了。

姜觅尔轻轻地咳了一声，捏了捏嗓子，问黎少舟：“你口渴不？我想去买杯奶茶。”

黎少舟跟着退出游戏，把手机收了起来，说：“走吧。”

“等一下，我问一一想要什么。”姜觅尔跑了过去，对虞稚一说：“一一，我们要去买奶茶，你想喝什么？我帮你带过来。”

“不用啦，我现在不想喝。”

“OK。”

她们认识三年了，也不说那些客套话，虞稚一说不喝就是真的不想喝，姜觅尔也没强求，转身走出了蛋糕房。

姜觅尔想着黎少舟应该对附近的商业区比较熟悉，走了两步又退到他身旁，问道：“这附近哪里有奶茶店？你知道不？”

黎少舟左顾右盼地分析起四周环境，终于想起来了，说：“往前走有个路口，过马路就是了。”

两个人一起往前走，快要到斑马线时，姜觅尔高兴地指着对面，说：“我看到了。”

下一秒她就注意到，此刻斑马线上的人群差不多快走到马路对面了。

“哎呀，绿灯还有六秒钟，快点儿！”姜觅尔看着不断变化的绿灯时间，下意识地拉着黎少舟一起跑过了斑马线。

等到了马路对面，姜觅尔仰着脖子看店名，完全没注意到自己还跟人牵着手。

黎少舟的视线落在两个人握着的手上，他心虚地瞥了一眼旁边那个注意力全在奶茶店上的女生，手指僵得动也不敢动。

他怕自己动一下，就被她发现了。

蛋糕快要做成了，蛋糕师开始为其添加装饰，做收尾工作。

虞稚一走到主厅，坐下等待，等蛋糕，也等姜觅尔跟黎少舟归来。

此时，一个身形佝偻的老年人缓缓地走进蛋糕店，在装着蛋糕的玻璃柜前看了一圈儿，最后指着一个已经制作好的圆形小蛋糕，向老板问道：“老板，这个蛋糕多少钱啊？”

“三十九块一个。”

老人在听到价格后，垂下脑袋无奈地叹了口气。他又找了个更小的，可一问价格，二十九块。

虽然这个比之前那个少了十块钱，但对有些老年人来说，花二三十块钱买个巴掌大的小蛋糕，是真的舍不得啊！

“老板，能便宜一点儿不？”

“不行啊，我们这是明码标价的。”

“我孙女今天过生日，她一直想要一个蛋糕……”老人一说话，就能感觉到他生活得辛酸。

可店员还是得依照规定拒绝，说：“不好意思啊老爷子，这确实是店里规定的价格。你喊我们老板，其实我们也只是给老板打工的员工而已。”

老人不再寻找蛋糕，佝偻着背，慢慢走出了蛋糕房。

想起老人脸上的失落与无奈，虞稚一心一动，让店员将那个三十九元的草莓酸奶蛋糕包装了起来，然后赶紧追出去，将蛋糕交到老人手上。

“这使不得……使不得……”

“爷爷，老板说要日行一善，决定把这个蛋糕送给您。”

“小姑娘，你别唬我呀。”

“真的，您拿着吧。”

老人不是怕被骗，而是觉得好心人施恩不求报，让他受之有愧。

可虞稚一极力将蛋糕给他，老人最后红着眼接受了她的好意，不断地向她道谢。

虞稚一连忙说：“祝您的孙女生日快乐。”

她只是……想到了自己小时候的情形。

她想，外婆是不是曾经也这样走进蛋糕店里，想要给她买生日蛋糕，但最后因为生活不易，而选择了另一种方式替她庆生呢？

她很幸运，有时奕——那个风华正茂的少年，治愈了她的童年。

蛋糕制作完成，黎少舟充当“苦力”，任劳任怨地提着蛋糕，三个人一起前往约定的饭店。他们到达目的地的时候刚好遇见了时奕。

乔乐芷提前到场，闻听语迟了一点儿，不过也无碍。

当时的座位是黎少舟、时奕、虞稚一三人坐在一排，分别对应着姜觅尔、乔乐芷、闻听语的位置。

每个人点了一份不同口味的牛排，然后轮换着去拿自己喜欢的食物。桌上摆满了盘子，里面装着不同的菜。牛排陆续地上齐了，就是有几个人用刀叉用得不太顺手。

乔乐芷一看就是熟手，自己动手，丰衣足食。

黎少舟看了看对面的女孩儿，主动提出帮忙，说：“要不然我帮你切？”

“不用不用。”姜觅尔头也不抬地拒绝了，靠蛮力切块，仿佛要跟盘子里的牛排进行殊死搏斗。

闻听语基本不说话，安安静静地吃着自己的东西，那牛排都被她切成了大小差不多的条块。

再看看最惹眼的那两位，虞稚一根本不用亲自动手，她的牛排刚上桌，时奕就先拿起刀叉给她切牛排，还一边切一边对她说：“现在牛排还有些烫，你可以先吃点儿别的东西。”

其他人连一个眼神也不想给他俩。

陆续将肉片放进汤锅里煮熟，这时候他们终于发现，时奕也有不懂的地方。

比如，他看不懂那些菜到底是熟了还是没熟。

一直都是虞稚一在旁边跟他说："这个肉熟了，那个菜还要等一会儿……这个不能煮太久哦，不然就咬不动了。"

解决完牛排和桌上的自助食物，大家吃了七分饱。

黎少舟将蛋糕提上桌，嘴里喊着："来来来，上蛋糕！"

今天是乔乐芷的生日，他们一起出钱买了个大蛋糕带来店里。虽然在公众场合不好唱生日歌，但点蜡烛许愿的步骤还是可以进行的。

姜觅尔调皮，往乔乐芷的脸上抹了奶油。

乔乐芷也不甘示弱，两个人互相斗了起来。闻听语淡定地从座位上离开，站在旁边看了一会儿，又自己去拿了一盘食物。

乔乐芷跟姜觅尔暂时"休战"，去洗手池洗干净手和脸。

乔乐芷回来看见桌上新多出来的点心，夹了一块儿比萨放进嘴里，觉得味道不错。

"一一，这个味道的比萨好好吃，你试试。"

乔乐芷向虞稚一递了块儿比萨过来，虞稚一双手不得空，下意识地张嘴咬住了。

"嗯……"等她反应过来，嘴里含着比萨，两只手上还抓着虾，油乎乎的不方便拿筷子。她面前的盘子里也摆满了虾壳，不方便放比萨。于是她转向旁边的时奕，示意他帮忙把比萨拿下来。

时奕转过头，只见虞稚一嘴里咬着比萨，朝自己凑了过来。在这温馨的灯光下，时奕忽然倾身向前，张口咬住了比萨的另一端。

乔乐芷惊得筷子都掉在了地上。

姜觅尔连忙捂住嘴，生怕自己叫出声来。

虞稚一则整个人都呆住了。

乔乐芷生日事件过后，虞稚一对时奕的感情进入了一个新的层面。

她在想，时奕是不是也有那么一点儿喜欢她？

可时奕从来不说这些，她最终也没敢问，毕竟时奕对她一直都很好很好。

高考即将来临，高三学生的重心也都放在了学习上。

距离高考还有半个月，阮晴忽然回来了，并且到学校找到了虞稚一。

当虞稚一听说是她妈妈来找她的时候，还感到有些惊讶。

阮晴来的时候，正是学生的午休时间。虞稚一跟阮晴一起走出教学楼，找了个几乎没人的地方坐下。

阮晴试图去拉孩子的手，被虞稚一不着痕迹地避开了。

阮晴的表情变得略微尴尬，但也只是几秒钟，她很快又恢复了一脸的笑容，说："妈妈这两天放假，回来看看你。"

虞稚一神色淡淡地垂下眼眸，低声道："谢谢。"

不知道什么时候开始，在他们家，连父母看孩子都成了一种恩赐。面对这个女儿，阮晴满心愧疚，难以弥补。

她以前总是想着，大女儿听话、懂事，即便没有她也可以好好地照顾自己，好好生活。

可现在，虞稚一真的不需要她了，她想对孩子好都无从下手。

阮晴无声地叹了口气，说："最近学习是不是很累？这身子骨看着都瘦了。"

高中以来，虞稚一的体重几乎没怎么变过，哪里有"瘦了"这一说？

别人家的大人说这些话，那是心疼孩子。可纵然阮晴有这种想法，这话落在虞稚一的耳朵里，也成了"你根本就不了解我"的意思。

"我很好，吃得饱，穿得暖。"我即便没有父母，依然可以好好地活下去。

这不冷不热的语调终究逼急了阮晴，阮晴眉头紧锁，满脸愁绪，又开始问虞稚一："一一，你为什么到现在还不肯原谅妈妈呢？妈妈是真心想对你好的。"

同样的话在耳边循环了无数遍，吵得虞稚一脑袋都疼。

虞稚一再也沉不住气，质问阮晴道："您一直反复地问我为什么不肯原谅您，那么您现在所做的一切，是真的在关心我，还是为了让您自己安心呢？"

阮晴目光一怔，不由得拔高了音调，说："一一，你怎么可以这么说我？我是你的妈妈，自然是真心待你的。"

虞稚一闭了闭眼，再次睁眼时，目光比先前沉了几分，道："我不知道在您眼中，真心待人是以什么为标准的。可是我想告诉您，哪怕是宁阿姨，也从来没要求我做过什么。而您，口口声声说希望得到我的原谅，其实就是在要求我回答'原谅你'这句话。

"按理说，您才是应该对我负责的人，可既然您选择了对另一个女儿负责，我不争也不抢，但您不能要求我跟您的另一个女儿一样。”

阮晴有些急，说：“你跟妍妍都是我的女儿，妈妈对你们的爱是一样的。”

虞稚一听到这句话，轻轻地笑了一声，有些无奈地问：“除了血脉关系，您自己扪心自问，您到底关心了我什么？

“我缺的是您每次施舍般腾出时间回家，给我带回来的那些不合心意的礼物吗？

“您非要逼我给个答案，我不妨告诉您，以前我喜欢那些东西，是因为我喜欢我的父母，可我现在不喜欢了，你们不能再逼着我去喜欢。”

这大概是这么多年来，虞稚一对父母说过的最重的话。

周围的空气似乎在这一刹那凝固了。

阮晴的心都在颤，她说道：“这些话，你应该早告诉妈妈的，你要是早点儿告诉妈妈……”

可后面的话，阮晴怎么也说不出口了。

虞稚一轻轻摇头，说：“早点儿告诉您，又能怎么样呢？您会放弃妍妍，然后把我带在身边吗？或者把我们两个都带上？

“可是现在已经没必要了，我觉得当初那样挺好的。至少经历过那些事情，我才真正明白，这个世界上有一个人不会抛弃我，哪怕我跟他没有什么所谓的血脉亲情。”

“一一，妈妈没有抛弃你，真的没有。”阮晴说得动容。

忽然，她的手机铃声响起，是她的丈夫赵先生打来的电话。阮晴看了女儿一眼，还是接通了电话。

“什么？妍妍受伤了？好好好，我马上赶回去。”阮晴下意识的关心与担忧毫不作假。

虞稚一静静地看着阮晴，直到她挂了电话，才问出困在心里许久的难题：“其实我也一直有一个疑惑，我跟妍妍都是女孩儿，也不存在什么重男轻女的说法，可为什么当初你们离开的时候不愿意带上我，却愿意在外面再生一个女儿把她带在身边？”

有时候虞稚一甚至在想，哪怕父母重男轻女，养了个男孩儿只对他好，那她心里也只会惋惜自己不是父母喜欢的性别。

可偏偏两个孩子都是女儿，这样的对比才更强烈，也更加伤人。

“后来我才知晓，所有的爱都是分深浅薄厚的。”

阮晴被堵得说不出话来。

当初他们把大女儿留在老家，是因为还不了解外面的情况。后来他们出去一年多，又怀上了一个。虞凯想要个儿子，就把那个孩子生了下来，结果，还是个女儿。

两个都是女儿，他们也认了。

那时候他们在外地已经稳定了，于是安心地把小女儿养在了身边。

可他们疏忽了，他们的大女儿也才几岁大，也还是个需要父母陪伴，渴求父母疼爱的小孩子……

这样的真相，她告不告诉虞稚一都是一样的。

那只会提醒虞稚一，她从来不是被父母选择的那个。

母女俩的这次见面仍然不欢而散。

虞稚一回到教室，同桌闻听语发现，她见了母亲之后情绪反而低落了。

再联想到虞稚一的小说里对父母寥寥几笔的描述，闻听语大概也猜得出来，虞稚一的原生家庭或许不太幸福。

闻听语从抽屉里翻出一张卷子，指着上面打着红叉的错题说：“一一，刚才我有道题不会解，你给我讲讲吧。”

“好啊。”

虞稚一拿过试卷看题，思绪重新回到了学习上。

阮晴并没有立刻离开学校，而是找到了时奕。

两个人就在楼梯的转角处说了几句话。

刚见到阮晴时，时奕还是尊重长辈地喊了声：“阿姨。”

阮晴见到眼前这个个子高高的优秀少年，也很欣慰，因为就是这个少年，从小到大偏爱着她的女儿。

阮晴说：“这会儿来教室打扰你，真是不好意思。”

时奕没跟她假客套，语气平静地问道：“请问，您有什么事？”

阮晴道：“我刚刚去见过一一了。”

时奕眉心微皱，片刻后便舒展开了，等待阮晴的下文。

“她还是不愿意接受我对她的好，我也知道当初的事情对她的伤害很大，如今我也不求她原谅我了。”

“阿姨对我说这些，是希望我做什么呢？”

“我没有别的意思。我知道你也是真心疼爱一一，甚至比我这个当母亲的做得还要多。我就是想感谢你。”

“那倒不必了，我对她好，只是因为想对她好。”而不是需要得到别人的肯定和感谢。阮晴沉默了。她大概也听得出来，时奕对她的态度也有几分排斥。

不过她现在终于知道，虞稚一为什么会说出那些话了。

因为虞稚一得到过甘心付出又不求回报的爱，那么其他掺了杂质的感情，在她眼里都不再纯粹。

阮晴临走之前，放下了大人的身段，朝这个少年弯腰致谢：“谢谢你，还有你的家人。一一能够遇到你们，才是她这辈子最幸福的事情。”

从虞稚一出生开始，就是宁素雅的母乳救了她的命。

到后来，是时奕治愈了虞稚一的心。

阮晴这个做母亲的自愧不如，走的时候悄悄抹掉了眼角的泪。

考试前，阮晴给虞稚一打了一笔钱过来，让她想吃什么、想买什么都不要省着，对自己好一点儿。

虞稚一查到卡里多出了五百块钱，一分没动，甚至将最近一个月得到的部分稿费存了进去。

她早就决定好了，高中的所有费用，她会还给阮晴，还给时家。

虽然还需要一些时间，可她不会忘记这样做。

六月七日，紧张而刺激的高考终于来临了。

宁素雅专门在考点学校附近的酒店为两个孩子开了房间，并全程陪伴他俩。

考试的时候，两个孩子一起走进校园。考试结束之后，两个人一起回到酒店，面对面地围着一张桌子，上面摆着明天考试科目的复习资料。

虞稚一还是有些紧张，而时奕完全是陪着她看。

时奕安慰她，说：“别紧张，都考完两科了。”

“我就是想再看看，万一明天就刚好考到了呢？”虞稚一自我安慰道。其实她白天发挥得还不错，就是想再谨慎点儿。

六月八日，全科考试结束。回到自己学校的学生像是脱了缰的野马，竟真的有人打算撕掉书本往楼下扔，以宣告自己获得自由。

结果，学校一通禁止破坏校园环境卫生的广播让“野马们”偃旗息鼓。

教室里闹哄哄的，大家七嘴八舌地讨论着毕业之后要做的事情。

虞稚一把教室里仅剩的东西收好，准备叫上闻听语一起回寝室一趟。

她扭头一看，旁边座位没人。

“咦？刚刚还在这里呢。”

闻听语的东西还在，就是人忽然不见了。

虞稚一下意识地扭头朝后排最角落的那个位子看去，班上最古怪的那个少年，沈落白也不在教室里。

至于她为什么会看向沈落白，那当然是因为——闻听语在本班除了跟她和姜觅尔的话比较多以外，只跟沈落白有交集。

她也是前不久才知道，原来闻听语当初鼓励她跟时奕表白，只是因为跟她有着同样的暗恋经历。

而闻听语那种心思通透的人，比她更能忍。

她可以用跟时奕的兄妹之情来掩饰这份浓烈的爱，而闻听语面对那样一个安静的少年，默默地喜欢了很久很久。

考完试的第二天，班上的同学商量起了毕业聚餐的事。

最后一次聚餐，之后大家都要奔向不同的城市，所以几乎无人缺席，除了——沈落白。

时奕的班级也在商量聚餐，有些巧，就选在了虞稚一他们班的隔壁店。所以在来之前，两个人已经说好吃完饭后一起回家了。

同学聚餐也不仅仅是聚餐，比如某些在高中时期偷偷喜欢别人的暗恋者，就打算鼓起勇气在今天表白。

有人欢喜有人忧。

表白成功的人笑呵呵地跑到楼下买糖发给大家，表白失败的人则灰溜溜地离开。

闻听语不时地看向门口方向，虞稚一大概猜得出，闻听语在等那个人。

但很有可能……她会失望。

同学们都放开了，点了几箱酒。

平日里默不作声的闻听语不声不响地喝了好几瓶，好像在发泄。

虞稚一看不下去了，伸手抢走了她的酒瓶，劝道："听语，不要再喝了。"

"没事，就这点儿，醉不了人。"

是醉不了，可她的情绪明显已经不对了。

虞稚一抿了抿唇，轻声安慰道："听语，你不要太难过，很多事情可以想办法去解决的。"

闻听语抓紧了桌上的玻璃杯，低着头，不甘心地呢喃道："他硬要错过我，我有什么办法？"

这话听得人心里难受。

虽然虞稚一的情况比闻听语好些，可她好像也是个卑微的暗恋者……她暗自喜欢了那个人好久好久，直到现在都不敢表明心意。

她本来是想要劝闻听语的，结果被闻听语悲伤的暗恋气氛感染，被带偏了。

"听语，你别说了，我也暗恋着呢……"

"我们两个怎么会一样呢？"闻听语摇着头苦笑，"他的温柔，从来都只给了你一个人，你是他的偏爱和例外，你比很多人幸福。"

闻听语往两个杯子里倒满了酒，递给了虞稚一一杯，自己也拿了一杯，还跟虞稚一碰杯。

闻听语盯着那杯酒，充满文艺气息地发表感言道："我这份悬在半空中的喜欢，怕是飞不过这千山万水了。"

虞稚一刚刚还有点儿想哭，但一听这句话，突然有点儿想笑。

临走之前，闻听语拍着她的肩膀，在她耳边说了句话："信我，鼓起勇气跟时奕表明心意。"

虞稚一送闻听语上了车，目送她离开。

回到楼下，她准备先待会儿，再给时奕打电话，免得打扰他跟同学聚餐的兴致。

虞稚一站在过道旁边，忽然听到有人喊自己的名字。

"虞稚一。"

"啊？"虞稚一扭头一看，廖哲文正向她走过来。

"班长，怎么了？"她问道。

廖哲文停在距离她半米的位置，忽然问起："你以前是不是掉过一个本子？”

提起这事，虞稚一的脑子里立刻有了答案。当初把她吓惨了的一个意外事件，她当然没有忘记。

她好奇地问：“你怎么知道？”

“说起来，你还欠我一个人情。”

“难道说……当初是班长捡到了那个本子？”

“是啊。”藏在心里两年的往事，在毕业之际，廖哲文终于说出了口，“从你进入16班开始，我就知道了。”

他看过那个本子，也知道虞稚一的秘密。

他知道虞稚一喜欢时奕。

“其实我还知道你的一个秘密。”

“什……什么？”自以为藏得很好的少女心事忽然被人戳破，虞稚一还是有些慌张的。

廖哲文往前迈一步，虞稚一便往后退一步。

廖哲文重重地叹了口气，说：“你躲什么？我只是想跟你说第二个秘密。”

虞稚一站定，紧张地握住手指，道：“你说。”

“我还知道你……”

没等廖哲文把话说完，虞稚一忽然消失在眼前。

时奕刚下楼就看见一个有点儿眼熟的男生把他家小姑娘堵在了角落，差点儿没忍住一拳头招呼过去。

当然，他不是那么不讲道理的人，在没搞清楚状况之前，直接动手把虞稚一拉了出来，把她护在自己身边才安心。

“哥哥。”

“刚刚在说什么？”

瞧着时奕那副防备的姿态，廖哲文反倒露出了轻松的表情，不急不缓地看向虞稚一，说：“那是我们的秘密，对吧？”

他赌虞稚一不敢暴露秘密。

廖哲文猜得没错，别的事情虞稚一都会如实交代，唯独这个秘密，她不敢轻易说出。

“OK，那你们的秘密聊完了？”

“嗯嗯，哥哥你们也散了吗？我们快点儿回家吧。”她着急地想要离开，因为不能完全确定廖哲文会不会像刚才一样，突然说出什么真相。

时奕见她一副心虚的模样，心里很不是滋味儿。但看虞稚一对自己的依赖和对旁人的防备，这倒是令他心里畅快。

“嗯，回家。”他暂时不去计较那什么秘密，揽着虞稚一转身离开了。

廖哲文看着那两道远去的身影，把自己的眼镜摘了下来，重新擦干净。

至于虞稚一，此刻心虚的她肯定无法安心。

两个人坐上公交车，幸好有同排的空位。

虞稚一转身面向时奕，说：“哥哥，你别听他的，我跟他之间没有什么秘密。”

“哦？是吗？”少年面无波澜地说。

“真的！真的！我跟他都不是很熟的。”

要是廖哲文听到这句话，恐怕会忍不住吐血的。他们当了两年的同班同学，他还是个班长，却被虞稚一把他俩的关系定义为“不熟”。

“那你倒是说说看，刚才他同你说了什么话？”

“就……”

她想起了闻听语临走前的鼓励，抬眼瞥了时奕一眼，有些按捺不住内心躁动的欢喜。

如今都毕业了，那么多人因此错过了，她要不要试着赌一把呢？

“就……”

女孩儿动了动嘴唇，就在她要开口之际，司机忽然刹车。她因为一时没有防备而向前倾，额头撞得砰的一声响。

“一一！”时奕连忙抓住她的手，想替她挡住，但已经来不及了。

虞稚一摸了摸被撞疼的额头，呲了一声，把刚才那点儿紧张的气氛全给冲散了。

“手拿开，让哥哥看看。”时奕的话虽然是这样说的，但虞稚一那只抬起来的手，还是被时奕握着手腕放下的。

虞稚一被他握着她的手的那份甜蜜转移了注意力，忽然感觉不到疼了。

“现在还疼吗？”

在时奕问她感受的时候，她便下意识地摇头，说：“不疼。”

时奕仔细瞧着她额头泛红的地方，叮嘱道：“有点儿红，等会儿到家还没消退的话，就搽点儿药。

许是他的声音太温柔了，小姑娘耳朵嗡嗡地响，心脏又开始怦怦跳，连自己都不知道该说什么，却冒出了这样一句话：“哥哥帮我涂吗？”

“嗯？”时奕似乎没想到她会突然这么说，听起来更像是在撒娇。

“我……我的意思是我看不到哪里红了……”小姑娘咬唇，暗骂了自己一声笨蛋，这蹩脚的借口连她自己都觉得假，

疼痛的地方，她自己的感受最清楚，即便现在看不到，那回家照着镜子不就看到了吗？

时奕没有戳穿她，还替她圆了话，说：“你这么不会照顾自己，只能我多费些心思了。”

这话落在耳朵里痒痒的，落在心里暖暖的。

他们都说：一一很懂事，能够自己照顾自己。

只有时奕觉得，她还是个需要被照顾的孩子。

毕业之后，他们将有接近三个月的长假期。

在高考分数出来之前，高中的几位好友商量一起出去旅游，放松心情。

这个建议得到了众人的支持，无论高考结果如何，至少大家先玩开心了再说。

时奕跟黎少舟是铁打的兄弟情，乔乐芷跟姜觅尔最兴奋，而虞稚一也私下喊了闻听语。

以闻听语的性子，她一般不会主动冒泡的，可没想到在听到大家的提议的时候，居然也附和了几句。

大家都很想要来一场愉快的毕业之旅，挑了许久，最终选定了西安。

四大古都之一的西安别有一番古风韵味，他们见识了那里的风土人情，还计划着去爬华山。

极其险峻的天下第一山，他们在这个年龄尝试一下，也是难忘的回忆。

只有时奕听到这个计划的时候，第一反应是想要反驳。

西安古都他们可以去，华山这种险峻的地方实在不适合虞稚一。

可虞稚一偏偏对此表现出浓烈的兴趣，先他一步开口投了同意票。时奕犹豫了一下，还是顺从了她的选择。

六个人将费用和相关信息统一交给了时奕，他负责购买机票。

虞稚一还在准备旅途中的必须用品，时奕的行李基本都是她在帮忙收拾。

他们提前半个小时到达了机场，用身份证取出机票，在指定的地方托运行李，再一起排队等待检查。

站在仪器上被检查时，怕痒的姜觅尔忍不住笑了。

虞稚一也很怕痒，但笑得比较含蓄，忍住了。

六个人同行，排成一排走不太方便。

时奕必然是跟虞稚一走在一起的，而“吃瓜四人组”故意让他们走在前面。

知道部分“内部消息”的姜觅尔一脸谜之微笑，说：“啧啧啧，手都牵上了。”

乔乐芷表示道：“牵手而已，说不定下次他们都直接亲上了。”

纵观全程的闻听语扶了下眼镜框，没说话。

黎少舟正努力地跟某人找话题聊天，说：“尔尔，上次我给你发的那个游戏你玩了吗？”

“啊，你不说我都忘了，我最近在玩另一个游戏，等有网的时候就去下载。”

“行啊，我都玩了好几天了，等你下载好了我就可以带你玩了。”就这样，黎少舟借游戏“上位”，成功挤掉了乔乐芷在姜觅尔身边的位置。

于是，现在的队伍形成了两列三排，前面是虞稚一跟时奕，乔乐芷跟闻听语在中间，黎少舟和姜觅尔断后。

走着走着，乔乐芷抬头看了看前面的两个，又扭头看了看后面的两个，最后转头对闻听语说：“听语，咱俩是不是应该走最前面啊？”

闻听语不解地看着她。

乔乐芷以眼神示意，说：“前面一对儿，后面一对儿，这还让不让‘单身狗’活了？”

闻听语保持着稳定的速度走在中间，平静地安慰道：“你也别太伤心。”

“啊？”

“至少，目前大家都是单身。”

“听起来好像有点儿道理……”闻听语这话落在耳里，乔乐芷心理平衡了许多。

飞机起飞，虞稚一慢慢地进入睡眠状态。

中途有空姐给乘客送来小零食和矿泉水，时奕把东西收在一旁，尽量没有吵到旁边睡觉的虞稚一。

但这会儿有了点儿动静，虞稚一还是醒了。

“哥哥？”

“这里有水和零食，要吃点儿吗？”

她迷迷糊糊地睁开眼，看了两眼，摇了摇头。

时奕摸了摸她的头发，安抚她说：“那就再睡会儿。”

坐在他俩旁边的乔乐芷，脸上一副生无可恋的模样……

乔乐芷其实是很想让闻听语坐在这里的，可黎少舟私下贿赂了她，因为有乔乐芷在，姜觅尔肯定会拉着她说话的，于是就让闻听语坐过去了。

闻听语那懒懒的性子，她不发出声音的时候基本没什么存在感，姜觅尔不会跟她闲聊，黎少舟自然有更多的机会跟自己喜欢的女生相处了。

乔乐芷在心里无声叹气：终究还是我一个人扛下了所有。

众人下飞机之后在酒店休息到下午，点了份外卖在酒店填了填肚子，等到晚上就去逛夜市了。

西安的古建筑别有一番风味，景致独特，吸引眼球。到了夜晚，钟鼓楼的灯光点亮，橙红景色相衬，描述不出的壮观。

“这里人多，走路的时候看着点儿，别走散了。”

为了防止虞稚一走丢，时奕自然而然地往旁边伸出了手，对她说：“牵好。”

话音刚落，虞稚一就乖乖地抓住了他的手掌。在软乎乎的小手靠上来那一刻，时奕将她的手紧紧一握，拉到自己身边。

两个人默契的动作羡煞旁人。

黎少舟暗暗地向姜觅尔伸出手，对她说：“要不然，我的手借你牵一牵？”

他本来是一副忐忑的模样，落在姜觅尔的眼里就变成了不信任。

姜觅尔拍拍胸脯，坦荡地说道：“开玩笑，我怎么可能走丢？东南西北我分得清，也不是路痴，绝对不会走丢的，放心。”

黎少舟的脸微微抽动。

乔乐芷跟闻听语一起瞥了姜觅尔一眼。

他们在游逛途中遇到了几家店的店名非常独特，有家店门上贴的“营业时间”也非常有趣。

他们觉得特别有意思，就一致同意在这里吃晚饭。

陕西菜味道跟家乡的不一样，牛柳比较咸，土豆更像是煮熟的薯片，排骨又甜又腻，总之他们尝不到一点儿辣味。

许是吃不惯这个地方的口味，他们对这顿饭的感觉也就一般，但这并不妨碍他们逛街的好兴致。

小摊贩的店里摆着许多具有民族特色的小物件，但这些东西不是本地特有的，他们也没有在这里多花钱。

路过卖埙的店铺，那里围着一堆人，他们也上前凑了个热闹，发现老板在埙上刻了字，觉得很有意思。

一个埙不贵，他们在商量要不要买的时候，闻听语直接走上前对老板说：“老板，我要刻字。”

至于闻听语刻了什么，他们就不知道了。

大约是喜欢刻字的形式，虞稚一也紧随其后，要了两个。

正当时奕准备付钱的时候，虞稚一拦住他，非常认真地同他说：“哥哥，我想送给你一个。”

这就表示，虞稚一要自己买。

这不过二三十块钱的东西，时奕点了点头，没有好面子地争着给钱。

姜觅尔跟乔乐芷纯粹是看见朋友买了，觉得好玩，便跟风也买了，但没让刻字。

黎少舟绕到后面，跟老板要了两个刻字的。

一行人在西安玩了两天，第三天就收拾东西去华山了。他们从西安坐车过去花了几个小时，抵达山脚时已经是下午三点多。

他们提前预订了山脚的客栈。

到了之后，时奕对大家说：“好好休息一下，晚上准备爬山。”

没错，他们要晚上爬山。

大家都说，因为华山险峻，所以晚上爬山反倒没那么害怕。

几个人提前购买了水和压缩食物放在两个书包里，由时奕跟黎少舟分担，按照他们计划的时间，买了手套跟雨衣，买票上山。

他们从晚上十点开始上山，中途走走停停。山上长长的队伍，全是爬华山的旅客。

路的两边有粗壮的铁锁链和灯光，除了通行的道路，别的地方一片漆黑。旅客看不见高度，也就不会因为恐高而产生恐惧感。

有些道路特别陡，有一段路仿佛直梯，只够人踩到半只脚，全靠抓着铁链向上爬。

前后都是人，即便谁心中有畏惧也没办法后退，只能义无反顾地向前行。心中的忐忑是必然的，好在他们坚持不懈地爬到了一座峰顶。

直到凌晨三四点钟，他们才到达了最低的那座山峰。他们不打算再往上爬了，于是在那里找了个地方坐下休息。

山上风大，单薄的雨衣竟也起了作用。

时奕脱了手套，给虞稚一焐手，还是觉得她的手冰凉。他问道："是不是很冷？"

"有点儿冷，不过可以坚持。"大家爬上来就是为了等日出，这点儿冷，她忍一忍也就过去了。

夏天上山的时候他们只准备了两件衣服，不像冬天那样可以用棉服裹着，但拥抱的话，还是能达到一定程度的取暖效果的。

"抱着我会好一点儿。"时奕说得很坦荡。

虞稚一左顾右盼，见周围全是人，特别是旁边还围着熟人，她脸皮薄，终究不好意思抱时奕。

"那，让哥哥抱一下。"时奕看穿了她的小心思，直接向她伸出手，将她抱了个满怀。

刚好看过来的乔乐芷牙齿都在打战。她在心中安慰自己：冷的！牙打战一定是因为冷风吹的！

他们运气不太好，没有等到美丽的日出。不过清晨的风景也是非常美的，云雾缭绕，人仿佛置身仙境。

"我觉得，这事我能吹一辈子。"

这么高、这么险峻的山他们都爬上来了，可不就是一辈子也难以忘记的回忆吗？

六个人站在一起，请旁边的路人帮忙怕了一张合照。

“哈哈，果然旅游的合照都很朴素。”

“没事，咱们队伍的颜值高！”

下山时他们乘坐的缆车，虞稚一克服了内心的恐惧坐了上来，但全程没敢往下看，只能紧紧地抓着时奕的手。

他们早上从华山上下来，中午又坐车回到了西安。

这次他们订了回民街附近的酒店。

旅游还没结束，闻听语却已经收拾好行李，说：“我要提前走了。”

“啊？出什么事了吗？”

“有点儿急事，我必须现在回去处理，祝你们玩得愉快。”

闻听语走得突然，原本跟闻听语同住一屋的虞稚一就落单了。

放她一个人住酒店，时奕肯定是不放心的。

“要不然你们三个住一个房间？”

乔乐芷跟姜觅尔同时摇头，姜觅尔开口道：“三个人有点儿挤。”

“我跟尔尔睡觉都不老实，都是开标间分开睡的，要是一一跟我们其中的谁睡一张床，那可要受罪了。”

“啊？你们两个……”虞稚一正要说什么，姜觅尔立即将她拖走，对她说：“一一你过来，我跟你解释一下。”

剩下乔乐芷应付时奕，说：“奕哥，要不然你给一一单开一间房吧，主要是我跟姜觅尔睡相不好。”

时奕想都没想直接拒绝道：“不行，她一个人住会害怕。”

乔乐芷再次提议：“那要不你开一间房守着她？”

乔乐芷补充道：“反正你们两个一起长大的，天天待在一起，特殊情况住在一个房间里也没什么。”乔乐芷真心实意地把两个人的房间安排得明明白白的。

时奕按了按额头，忽然沉默下来。

他俩是天天在一起，可……

算了，还是照看虞稚一重要。

计划得逞，姜觅尔带着虞稚一回来的时候，虞稚一的脸蛋微红。

“他又不可能亲自验证我跟乔乔的睡相，还不是任由我俩编？”

“一一，这是个绝佳的机会，你要趁机试探他的心意。”

“你的读者都催更好久了，你就不想什么时候给他们更新一个完美的结局吗？”

姜觅尔跟虞稚一说了好多话。

说到最后，虞稚一的脸都红了。

但她还是默认了乔乐芷跟姜觅尔的计划。

毕竟这是绝佳的机会呀！

他们本来想订标间，房里有两张床，但酒店已经没有多余的标间了，他们只能订了间大床房。

本来他俩相处得跟平时没什么区别，或许是因为虞稚一的心理作祟，她总觉得提心吊胆的，坐在屋子里都紧张，喉咙发干。

“一一。”时奕叫道。

虞稚一没有应答。

“一一？”

“啊？”

时奕喊了虞稚一几声，她才有反应。时奕把行李箱里的洗漱用品取出来摆在桌上，对她说：“你先去洗漱。”

“好的好的！”她巴不得有什么事情能够让她缓一下。

虞稚一拿着东西和衣服进了浴室，一番折腾下来，用了半个小时才洗完。

她出去的时候，时奕还在拿着手机打游戏，一副悠闲的姿态。

她觉得是自己想太多了。

“哥哥，我洗好了。”

“嗯，昨天到今天早上都没睡觉，今天早点儿休息。”时奕淡定地说完这些话，转身进了浴室。

虞稚一盘腿坐在床上，耷拉着脑袋重重地叹气。

跟乔乔和尔尔说的完全不一样，看来时奕对她一点儿感觉都没有，反倒是她自己在这里瞎紧张，太丢人了。

然而她不知道，她喜欢的那个人在淡定地走进浴室之后，把右手按在心口的位置，感受到心跳在无法控制地加速跳动。

他真的……淡定不了。

虞稚一等啊等，没想到时奕在浴室里磨蹭的时间比她还长。

她盖好空调被想睡觉，可躺在床上，脑子十分清醒。

她来来回回地躺下又坐起来好几次，时奕终于推门走了出来。

“怎么还没睡？”时奕问道。

“有点儿睡不着。”她回答。

“可能是因为开着灯，关掉就好了。”时奕走到床边按下开关，四周一下变得漆黑。

窗外洒进来淡淡的光线，可以借此看清一点儿，虞稚一感觉到时奕坐在了旁边，但迟迟没有躺下。

四周变得安静，过了一会儿，虞稚一忽然开口：“哥哥，你这样坐着……我也睡不着。”

“咯，行了，闭上眼睛，一会儿就睡着了。”时奕轻咳一声，终于躺了下来。

床很大，两个人之间仿佛隔着楚河汉界。

虞稚一有贼心没贼胆，虽然很想靠时奕更近一些，但那样的话目的就太明显了。她只能在心里暗暗叹气，问时奕：“哥哥，你困了吗？”

“嗯。”他仿佛真的累了，只是随口应了一声。

虞稚一没好意思再打扰他，只说：“那你早点儿休息。”

她只能借着黑暗偷偷看他，一直盯着他。她也不怕被发现，因为时奕平躺着，睡姿很端正。

可她不知道的是，旁边那个睡相极好的少年身体僵硬，完全不敢乱动。

这要不是小姑娘还没长大，他至于忍得这么辛苦？

他不敢在此刻招惹虞稚一，因为到最后受苦的肯定是自己。

于是他只能在心里默默地对自己说：“再忍忍吧。”

很快，他们都要长大了。

直到旁边传来平稳的呼吸声，虞稚一仍然没睡着。

借着窗外的光线，虞稚一小心翼翼地坐起来，挪到了时奕身旁。

她两只手撑在床上，靠近时奕的时候，闻到了他身上跟自己一样的沐浴清香。

“到时候你亲他一下，就知道感觉了。”乔乐芷跟姜觅尔的话犹在耳边，虞稚一心跳若擂鼓，她在黑暗之中无声开口：我就亲一下哦。

时奕没回应，就算他默认了。

即便看不清楚他的全貌，她依然能够分辨时奕的眉眼、鼻梁还有嘴唇的位置。

虞稚一的手掌按在软绵绵的床垫上，使床垫微微凹陷，她以此借力撑起半边身子，鼓起勇气靠近他，准确无误地碰了一下他的嘴唇。软软的触感，如蜻蜓点水般转瞬即逝。

虞稚一像得逞的小偷，一翻身就钻回了自己的被子里。她捂着怦怦乱跳的心脏，感觉自己置身蒸笼一般，腾腾发热。

好紧张，她想，偷亲这种事情，未免也太刺激了。

虞稚一两只手揪着被角，把被子捏得皱巴巴的，手心出了好多汗。

过了好一会儿，虞稚一也没听见别的动静，感觉旁边的人依然熟睡着。小姑娘双手扒拉着被子的一角，小心翼翼地探出脑袋，睁大两只黑溜溜的眼睛，定定地望着他。

她又慢慢地朝那边挪过去，复制刚才的动作，再次偷香。

成功之后，她果断躲进被子里，心跳得更加厉害。

虞稚一躲在被子里，竖起耳朵仔细听外面的声音。房间很安静，只有她因为心虚而无法安静下来的心跳声。她的脸被捂得通红，慢慢地，她把被子掀开，再度靠过去。

前两次都只碰了一下，可她很喜欢，很喜欢跟他的每一次触碰。

虽然这是她偷偷得到的，但她已经很满足了。

一下、两下，要不然……我再亲最后一次？虞稚一嘴唇一张一合，就守在那里无声地自言自语着。

她有了第一次和第二次的经验，第三次的准备动作就熟练了许多。可就在她俯下身，即将碰到他的时候，原本熟睡的男生忽然伸手，刚好按住了她的背。

虞稚一浑身僵硬。

“睡不着吗？”少年的声音喑哑而性感。

“有……有……有点儿……”她有点儿结巴，有点儿不知所措，紧张到牙齿都在打战。

她想要偷亲却被抓个正着，也不晓得时奕知不知道她刚才的小动作？

她想，时奕应该是不知道的吧，不然也不会开口问她是不是睡不着。

时奕似乎真的相信她只是睡不着，安抚似的轻轻拍她的背，耐心地哄她入睡，说：“闭上眼睛，不要乱动。”

顺着时奕的话，虞稚一乖乖躺了下来。

时奕的手臂没有抽回，仍然垫在她的脑袋下。

这下可跟刚才不一样了。

刚才他俩相隔甚远，现在更像是情侣依偎的姿态，十分暧昧。

虞稚一第一次枕着他人的手臂睡觉，其实是不适应的。但她不想说出来，就想待在他身边。

时奕侧身而卧，虞稚一睁眼就能看见自己跟他面对面。她尽量减轻了呼吸声，呢喃软语传进身旁那人的耳朵。

“哥哥。”

“嗯。”

“晚安。”

“晚安。”他应声时，鼻音略重。

时奕的手臂收紧了几分，她便顺势靠得更近了些，躲在他怀里缓慢呼吸。

如果她再大胆一点儿，也要学他那样，抱着他才好！

时奕没有赖床的习惯，因为习惯了高中生的作息时间，即便现在可以睡到自然醒，也会在七点左右醒过来。

今天与往常不同，他的手臂上枕着一个小脑袋，他无法自然地起身。

虞稚一的睡眠较浅，如果他动作太大，她肯定会醒。于是他只能继续保持睡觉时候的姿势，让她靠着自己。

这会儿他的感觉，可跟昨天晚上睡觉的时候完全不同。那时他的意识被困意占据，这会儿他的脑袋正处于清醒的时候，感觉就更加强烈。

温香软玉在怀，难免神思荡漾，他若是再低头往前靠近几分，就能与她亲吻。

私心作祟，他却只敢轻吻她的眼睛。

虞稚一悠悠转醒，视线蒙胧，眼睛有些酸痛。

“醒了？”

“困……”虞稚一睡眼惺忪地说。

时奕侧身抚着她的后脑勺，轻声道：“那再睡会儿。”

虞稚一闭上眼，想再睡一觉，却睡不着了。

她闭上眼睛调节了状态，然后撑着手臂坐起来，晃了晃脑袋，这才想起自己好像是在时奕的怀抱中醒来的！

昨天晚上，她还偷偷干了坏事！

虞稚一身体一僵，完全不敢转过头去面对时奕。她捂了捂脸颊，脚底抹油似的开溜，说道：“我先去上个厕所。”

她飞奔过去，连拖鞋都穿错了。

待听到关门声响，时奕才慢悠悠地起床。

如果他没看错，虞稚一是因为他而羞涩脸红的，这种反应应该八九不离十了。

大家休息了一天，精力恢复之后继续逛街。

回民街就在附近，但那里白天不如晚上热闹，于是众人商量着在周边吃吃喝喝。

这几个人走在路上，有人注意到时奕时不时地用左手按右手的手臂。

黎少舟晃了两步，走到时奕身边，悄悄地开玩笑道：“奕哥，昨天晚上是不是忍得手酸啊？”

时奕动作一顿，递给他一记眼神，说：“你不说话没人当你是哑巴。”

“奕哥，咱们一一妹妹吧也是如花似玉的一个大姑娘，你把持不住也是很正常的。”黎少舟笑脸不改，意味颇深地说。

时奕冷冷地睨了他一眼，那眼神跟冰刀子似的锋利。

黎少舟可不怕他，反倒觉得自己猜对了真相。

一行人吃喝玩乐了整个下午，烈阳缓缓降落，天色渐晚，但距离天黑还有一段时间。

黎少舟弯腰系鞋带，姜觅尔对旁边的人打了个手势，悄悄走到黎少舟后面，跳到了他的背上。

姜觅尔想要整蛊黎少舟，却没想到黎少舟在稳住身子之后，直接将她背了起来。

“放我下来！”两个运动细胞发达的体育生，一点儿也不怕摔。

“哼，谁叫你要跳到我的背上来的？”黎少舟不肯放人。姜觅尔以为他在“报复”自己，勒着他的脖子威胁道：“放我下来。”

姜觅尔不过是做做样子，黎少舟可不怕。

看到纠缠不休的两个人，虞稚一觉得，她的小说里或许要增添一对新的情侣了。

他们徐徐前行，等到夜幕降临，回民街热闹了起来，小商贩们也都纷纷摆出了自己的拿手绝活。

据说石榴是西安特产，颗颗果粒鲜红饱满。为了方便，他们选择买榨好的石榴汁，只是那滋味不如想象中诱人。

炒冰激凌他们还是第一次见，冰激凌与配料混合在一起，最后切块，再卷成浅紫色的圆筒形放入碗中，增添些装饰。

烤肉串上添香的作料闻着有些油腻，他们只买了几串尝了尝味道。

柔软的棉花糖颜值很高，桂花糕跟只有糯米的粽子一个味道，绿色的甘蔗也被榨成了汁。

白嫩嫩的豆腐块上铺满了红色辣椒和青色葱段，路过的行人都不免多看几眼。

肉夹馍还好，只是他们有点儿吃不惯那种肉味儿。

总的来说，这就是一场美食体验。

一路优哉地吃饱喝足后，一行人回到酒店里，也都心满意足了。

明天下午的飞机，在这之前他们没有别的行程安排，休息的时间很充裕，甚至能约两把游戏。

有人提出玩纸牌，于是大家都挤在一个屋子里，五个人便以输赢轮流换位。

“哎，你们有想要报考的学校吗？”乔乐芷忽然提起了报考大学的事。

时奕的目标早就确定了，他说：“去重庆。”

虞稚一跟着举手，说：“我跟哥哥一起的。”

乔乐芷没想过一定要去哪里，心里舍不得跟多年的朋友分开，于是提议道：“要不然我们都尽量报一起吧！”

“那太好了！”

伴随着欢乐的笑声，五个人玩纸牌游戏玩到了晚上十二点，然后大家回到了自己的房间里。

今晚虞稚一是真的困了，也没有昨天那种心虚和紧张情绪了，洗漱之后躺在床上就睡着了。

嗒——

时奕摸到了床头的灯光开关，把室内灯光熄灭。

他躺下之后，又把旁边的女孩儿拉了过来，让她靠在自己的怀里。

他竟然贪恋这种温暖。

第十章

草莓味的吻

一趟自由的旅行让他们身心放松，回到家时，感觉整个人的精神面貌都变得不一样了。

虞稚一去老家陪外婆住了一阵子才回来。她拟定了新的小说大纲，准备开始靠写小说自力更生。

第一本小说《对你心动啦》，因为美妆博主希喵的推文，累积了一些人气，虽然没有大火，人气依旧普普通通，但让虞稚一有了些粉丝基础。

虞稚一开始在网络上连载她的第二篇小说，没有原型故事，自然不需要等待现实事态的发展。她每天勤奋更新，达到了“入V”标准。

不过，这一切都是她瞒着时奕进行的。

因为她的笔名暴露的话，她暗恋的事情也就暴露了。

与此同时，众人紧张期待的高考成绩终于出炉，大家守在电脑面前，几乎要把网页刷爆了。

时奕的电脑上输入的是虞稚一的相关信息，他点进去查成绩那一刻，虞稚一紧张得闭上眼睛不敢看了。

“我看到了。”时奕说。

虞稚一捂着眼睛问道：“我能跟哥哥一起考上吗？”

“可能……”

听到时奕犹豫的语气，虞稚一整颗心都提了起来。如果不能的话，她大概面对不了那种结果……

见她紧张的样子，时奕悠悠地补充道："太简单了。"

虞稚一撒开手，睁大眼睛，看到的总成绩令她惊喜万分。她不可思议地说："六百七十九！"

分数比她预想的还要高，完全能达到当地所有学校的录取分数。

而时奕自然不用说，一个在中考就创新高的优秀学霸，高考也发挥稳定，顺利拿下本市"理科状元"的名号。

记者采访那天，站在镜头前的少年风采卓越，气度不凡。

成绩出来，有人欢喜有人忧。填报志愿时，时奕选择的C大计算机系，是C大的王牌专业。

虞稚一有些犹豫。

她不用思考选择哪所学校，但选专业方面也令她纠结了不少时间。她思来想去，最后报了中文系。

姜觅尔跟黎少舟是体育生，对文化成绩的要求会低一点儿，果真如那天晚上说的那样，大家尽量都报到了一起。

唯一可惜的是乔乐芷失约了，她的理科成绩算是中等，为选择合适自己发展的专业，报了别的学校。

在剩下的一个多月假期中，虞稚一努力更新第二本小说，收益也逐渐增多。

她把获取的收益都存了起来，除了要还时家和阮晴钱之外，还有一件目前令她更为惦念的事情。

时奕的生日在九月份，她想用稿费为他准备一份更好的礼物。

这段时间，时奕在网上买了许多与计算机知识相关的书籍，每天坐在电脑面前钻研。

暑期天气炎热，一般他们不太想出门。

时奕研究电脑软件，虞稚一关在房间里写小说，两个人各做各的事情，生活过得充实，他们竟也没觉得无聊。

距离开学还剩下半个月，虞稚一将稿费提了出来，约闻听语一起逛街买东西。

就在虞稚一准备出门的时候，时奕忽然从房间里走出来，顺口问道："现在就要出去？正好我也想买东西，一起吗？"

一听这话，虞稚一哪里敢答应？她连忙摆手，都不敢看时奕的眼睛，连忙拒绝道："不不不，我跟听语约好了，哥哥你跟我们一起不太方便。"

时奕落在虞稚一身上的目光深了几分，他没再强求。

他想，小姑娘的秘密可真是越来越多了。

虞稚一跟闻听语约在了市中心广场，两个人都很守时，准点赴约。

虞稚一第一次看见留鬈发的闻听语，光看背影的时候，差点儿没认出来，便问闻听语："听语，你什么时候烫头发了？"

"就前几天。"闻听语满不在意地回答。

"好看！"虞稚一夸赞道。

"是吗？"闻听语抬手抓了一小撮，随后松了手，又说道，"我就是想尝试一下，幸好没搞砸。"

去理发店做头发就跟赌博似的，发型弄得好那就是赚了，弄不好连门都不敢出。

好在闻听语的发型做得不错，一头黑色的波浪小卷，再配上她的五官，使她有一种独特的复古风情。

只是虞稚一觉得，她戴的这副眼镜有些碍眼了。

虞稚一指着她的眼镜，试探性地提出建议："听语，要不然你试试摘掉眼镜？"

"上次放在家里的隐形眼镜弄丢了，正打算趁今天买新的。"闻听语抬手扶了扶镜框。

"嗯嗯，那我们走吧。"

市中心的商场里包含了各种各样的商品，在来之前，虞稚一已经列好了购物清单。

她们最先要去的地方是——美妆店。

女孩子都拥有一颗爱美之心，十七八岁正是娇艳如花的年龄，更应该努力绽放自己美好的一面。

其实虞稚一想要尝试化妆，也是受美妆博主希喵的影响。

在希喵分享了《对你心动啦》那本小说之后，虞稚一也关注了希喵，这是她关注的第一个美妆博主。

希喵是一名在校大学生，凭借活泼的性子和一手高超的化妆术成了美妆博主，当然，漂亮的脸蛋也是她的一大优势。

希喵会定期在微博上更新化妆教程，或一些彩妆的测评。虞稚一看得多了，也想学习化妆。

化妆之后，整个人的精神面貌都会变得不一样，虞稚一希望，自己在踏入新的人生阶段之前，要有一个好状态。

而且，她还有一个计划……

总而言之，她希望自己在时奕十八岁之前，变得更漂亮。

闻听语也会化妆，不过是最基础的淡妆。

两个人在店员的推荐下挑得眼花缭乱，护肤的水乳买了滋润补水型，隔离、防晒、妆前乳等也都买了适合自己肤质的产品。

“你的皮肤白皙，可以用这款亮肤美白的气垫。”

虞稚一还不适应比皮肤白出一个度的色号，最后选择了自然水光款。

定妆散粉倒是很好挑，轻薄持妆就可以了。

“除了那些彩妆，至少还要买眼影和口红。”虞稚一计算着还未买的东西，两个人又去看了眼影盘。

眼影盘的色彩很漂亮，虞稚一买了一款日常粉色系，闻听语挑了一款暖色调的橘色系。

“这个口红适合你。”

“我觉得这个颜色很好看，草莓色。”

“半亚光的豆沙色，甜而不腻。”

“我更喜欢这个复古绛红色，颜色不错。”

两个人挑到了自己喜欢的，付款之后迫不及待地拆开包装，站在镜子面前涂抹了起来。

“嘴唇有点儿干，我大概还需要一个润唇膏。”

“买呗，难得这么愉快地花钱。”她们买的不算什么大品牌，全部加起来也就几百块。

因为她们买的东西多，所以店员免费帮她们修眉，又用棕色的眉笔轻轻勾画出了一对弯弯的眉毛。

其实虞稚一的皮肤底子很好，画了眉毛又涂上口红，很自然，却比之前气色更好。

之后，虞稚一又陪闻听语去眼镜店买了隐形眼镜。

闻听语涂上复古红色的口红，又摘掉了眼镜，把气质这块拿捏得很好。

虞稚一选的草莓红色的口红，涂在嘴上显得水润光泽，看起来人很甜美。

两个人对视一眼，对镜中的自己感到很新奇！

下午，姜觅尔在原先她们建的姐妹群里冒泡，喊着无聊："最近好无聊，天气热不想出门，在家又没事做。"

乔乐芷回道："你们不是要提前到校报到吗？"

体育生要提前进入大学训练，姜觅尔之前说的时间是提前半个月。

姜觅尔："这不还有两天嘛。"

看到消息的时候，虞稚一跟闻听语还在外面，就索性邀她一起，便发了一句："我们在市中心广场，要出来一起吃个饭吗？"

冲着姐妹的邀约，姜觅尔也得去！

三个人相聚之后，选了个奶茶店坐下，一人点了一杯果饮，围着圆桌坐着闲聊，回忆着高中，憧憬着大学。

聊着聊着，姜觅尔的手机来了新信息，她打开一看，发现是黎少舟发来的一条新消息："你有喜欢的人吗？"

看到这个问题的时候，姜觅尔皱了一下眉头，心想：这是什么奇奇怪怪的问题？

虽然有些无聊，她还是回答："没有。"

顺便，她又复制了刚才的话反问他："你有喜欢的人吗？"

很快，新的一条回复出现在屏幕之上："我正在跟喜欢的人聊天。"

"哈哈哈哈。"姜觅尔顿时笑出声，说，"黎少舟有喜欢的人了。"

咯咯——虞稚一差点儿被刚喝进嘴里的饮料呛到。

她们以一种神奇的眼神盯着姜觅尔，姜觅尔却浑然不知，还坦然地拿着手机打字，发给黎少舟一句："那你聊，我在跟姐妹们约会。"

坐在旁边的闻听语刚戴上隐形眼镜，视力极佳，再加上姜觅尔没有刻意掩饰，闻听语这么轻轻一瞥，就看到了屏幕上的内容。

她突然不知道该说什么好了。

每天一个单身小技巧，姜觅尔在这方面是无师自通。

看起来，姜觅尔完全没有往那个方面想而且在以为黎少舟有喜欢的女孩儿时，也没有表现出心情不好或者难过。因此，闻听语也不知道该不该提醒她。

这一提醒，姜觅尔与黎少舟的关系就会变质。

闻听语想，算了，还是不要好心做坏事。

而黎少舟那边并不这样想。

他在网上看了表白的段子，虽然觉得很土，但这样表白不容易丢脸。

网上评论怎么说的？

如果对方也喜欢你，你俩就成了。

如果对方不喜欢你，就会当听不懂这句话的意思，那你也可以假装不是说给她听的，这样面子、里子都在。

如今他看姜觅尔的反应，那就是后者了。

“奕哥，出来喝酒不？”黎少舟觉得自己失恋了。

“未成年喝什么酒？”时奕随口应道。

“我成年了。”黎少舟上半年就已经满十八岁了。

“哦。”时奕淡淡地补上了一句，“我还未成年。”

为了维持这份虚假的“塑料兄弟情”，时奕还是出去了。

黎少舟说的喝酒，就是趁着父母不在家，买了一箱啤酒回来。他对时奕说：“奕哥，我失恋了。”

“你什么时候恋过？”

黎少舟突然回答不上来，有点儿想哭，但又不肯服输，反驳道：“我暗恋不行啊？！”

时奕眉头一挑，附和道：“行，你失恋了。”

时奕这么一说，黎少舟更想哭了。

他拿开瓶器一次性开了十瓶啤酒，直接抱着瓶子喝了起来。

时奕没喝，在中途劝过他几次，但黎少舟不肯放下酒瓶，说要借酒消愁。

看黎少舟这样，时奕还以为他千杯不醉，结果到第六瓶他就不行了。黎少舟好像是真的喝醉了，脸都是红的。眼前的景象越来越迷离，他把酒瓶子甩在旁边，摇摇晃晃地去了一趟厕所。

他回来的时候顺便洗了个脸，脸上挂着水珠。

时奕决定强制阻止黎少舟再喝下去，谁知黎少舟往旁边一靠，竟然将他抱住，大哭着说："奕哥，我失恋了，我好难过。"

身上扑过来一个满身酒味的人，时奕脸色一黑，感觉全身都不对劲儿了。

时奕直接把人甩开，一脸防备地说："喝酒就喝酒，别摸我。"

黎少舟摸着摔痛的屁股，只觉得不痛不痒，还不如他的心痛。

"黎少舟！你要是再敢靠近我，我就给姜觅尔打视频电话！"时奕对他充满了警惕心。

黎少舟抱紧酒瓶子，惊呼一声，问："你怎么知道是……是她？"

"瞎子才看不出来。"

"对，她就是瞎子！不，她是故意的！她就是不喜欢我，所以故意装作听不懂。"

对方是姜觅尔的话……时奕觉得有必要提醒黎少舟一下，便说："她可能真的没听懂。"

那姑娘就没有长着恋爱这根筋。

迷迷糊糊的黎少舟好像听明白了，嘴里开始碎碎念道："有点儿道理。""有道理……"到最后他又给自己加油打气，"我不能放弃！"

黎少舟想通后，眼睛一闭，就躺在旁边睡着了。

看着沙发上那个睡得直打呼的人，时奕把周围打扫干净，拿起自己的手机准备回家。

走之前，他给黎少舟留了张字条。

虞稚一没想到自己逛了一天回家的时候，时奕竟然还没回来。

她把今天买来的东西放到房间里空余的位置，摆放整齐，身上热出了一层汗，赶紧拿上睡衣去洗了个澡。

长发沾了水，她干脆从头到尾洗了个遍，就在她擦着头发出来时，听到门口传来了动静。

虞稚一站在客厅里，等着看进屋的是谁。

钥匙插进锁孔，往右一转，不出意料的是，时奕出现在门口。

虞稚一一边擦着头发，一边往前走，靠近时奕的时候，她灵敏的鼻子闻到了淡淡的酒味。

"哥哥，外面很热吧？"

“嗯。”他轻轻地应了一声，又说，“我先去洗个澡。”

夏天出门，就是容易流汗，这点特别让人难受。

时奕洗澡速度快，等他洗完出来，虞稚一还在用护发精油抹头发。

她伸手去摸吹风机，时奕抢先把吹风机拿到了手上，对她说：“转过去，我帮你吹。”

“嗯。”虞稚一把头发撩到了背后。

刚抹了精油的头发比较顺滑，还散发着淡淡的清香。

调好吹风机的风力和温度，时奕耐心地为她吹着发丝，手掌温柔地从她的发间穿过，根根分明的发丝在指间穿梭，每一个动作都能撩动她的心扉。

两个人都没开口，好在周围充斥着吹风机的声音掩饰了尴尬，虞稚一反倒没有那么紧张。

不知道过了多久，时奕把手指贴着她的脑袋，感受头发的湿度，觉得差不多可以了。

“好了。”他关掉吹风机，拔下插头，将吹风机放入水池下的柜子里。

虞稚一不确定是不是自己的错觉，总感觉今晚的时奕跟平常有些不同。

至于哪里不同，她也说不上来。

“哥哥，你头发还没干，要不要也吹一下？”

“没事，头发短，很快就干了。”

“哦……”虞稚一有些失落，她还想趁此机会帮他吹头发呢。

确定虞稚一的头发已经吹干，且没有别的事需要他帮忙之后，时奕按了按脑袋，说：“我先回房间了。”

虞稚一盯着他的背影，满脑子里都是疑惑。

今晚的时奕比往常更加沉默，但所表现的方方面面又很正常。

回到房间，虞稚一打开电脑开始更新小说，将这几日的事情当作日记写进小说里。因为是她亲身经历的事情，不需要特意思考，写作速度就会增快。

大约花了半个小时，她写满两千字发表更新了。

她刷新网页，几分钟后出现了新的评论：

“司亦要是不喜欢喻知，我直播吃屎！”

“男主百分之百喜欢女主，女主别暗恋了，直接上吧！”

"呜呜呜，终于蹲到更新了，女主赶紧表白呀，这对青梅竹马绝对能成！"

看到这样的评论，虞稚一感觉备受鼓舞。

但要她现在去表白的话，她还是不太敢的。

她再一次刷新网页，确定更新没问题之后，才点击右上角的关闭退出页面，关掉电脑。

想起刚才时奕的状态，她有些不放心，于是来到了时奕的房门前，敲响他的门。

"进。"时奕靠在电脑椅上，桌上的电脑屏幕还发着光。

迈进房屋，虞稚一习惯性地把门关上，问："哥哥，你今天遇到什么事情了吗？"

"怎么了？"他反问道。

"感觉你有点儿怪怪的，但又说不上来。你白天干什么去了？"

时奕坐直身体，手臂搭在椅子的扶手两侧，解释道："我没事，是黎少舟失恋了，在他家喝了点儿酒。"

"难怪刚才进门的时候，我好像闻到了酒的味道。"这下虞稚一明白了。

"闻到了？"时奕倒是不知道她刚才还闻到了酒味，她居然忍到现在才说。

"嗯，有点儿。"小姑娘一五一十地回答问题。

他把电脑椅一转，面向虞稚一，又问："现在呢？"

"现在？"

现在他俩隔着一米远，时奕回家后又洗了澡，半个小时过去了，哪里还闻得到？

于是，她摇了摇头，说："应该没有了吧。"

时奕手心一转，朝她勾了勾手指头，说："你过来。"

"啊？"虞稚一有点儿疑惑，但还是乖乖地走了过去。

时奕忽然伸手将她往下一拽，拉得她朝自己的方向弯腰，然后脑袋凑了过去。

他把左手扣在她的后颈上，时奕的声音就贴在她的耳边，问她："闻到酒味了吗？"

酒至微醺，气氛已然令人沉醉，小姑娘手心里出了汗，脸红到好似能滴出血来。

“没……没……”此刻，她哪里还有心思去闻那淡淡的酒味？

时奕却偏偏不肯放过她，反而义正词严地说：“那就是不够近。”

话音一落，他顺手将人拉至身前，虞稚一毫无防备，直接扑在了他身上。

她还没来得及反应，耳畔就传来了时奕戏谑的声音：“——投怀送抱啊？”

投怀送抱！！这句话真是要命！

“我不是……”小姑娘声音又低又弱地说，最后的话都咽回了肚子里。

不是她不反抗，而是她现在身体好似软到没力气挣扎了。

那双手紧扣着她的胳膊，她完全拼不过时奕的力量，最后竟然侧坐在了他的腿上。

虞稚一的手指抵在他的胸膛前，她感觉手心炽热发烫。她不得不避开那道灼人的目光，随便扯了个问题，说：“哥哥，你是不是真的喝醉了？”

“有可能。”他顺势点头说。

“那……”小姑娘咬了下嘴唇，想问，那该怎么办呢？

电脑待机时间过久，屏幕自动变黑了。

照射在时奕眼前的光线忽然消失，他垂下眼眸，目光温柔地看着虞稚一说：“醉酒的人，做出一反常态的事情，也是可以理解的吧？”

“啊？是吧……”她没能跟上时奕的思维，猜不透这句话的意思。

“那你理解一下。”时奕轻轻捏了捏她的耳朵，忽然说出了这样一句话。

虞稚一用疑惑的眼神凝视着眼前的少年，未待她反应过来，唇上传来了一种柔软温润的触感。

温厚的手掌托在她的后颈窝处，虞稚一被迫仰头承受与他的亲近，手紧紧地攥着能够触碰到的衣角。

事实上，在少年靠近时，她的脑子里已经空白一片了。

独属于少年的气息萦绕在身边，唯独没有酒的味道。女孩儿细声喘息，娇小的身体被阴影笼罩，像是被捕捉在囚笼里的幼兽，娇弱得惹人怜惜，却再无逃跑的可能。

“时奕……”你也是喜欢我的，对吗？那个答案触手可及，她却不敢把问题问出口。

砰——客厅里传来了关门的声响，仿佛在她的耳边炸开。虞稚一猛地往后一缩，后背撞到了电脑桌，疼得她紧咬着牙。

时奕哑然失笑，将她扶起，为她轻揉后脑勺。

“小奕、一一，”门口传来宁素雅熟悉的声音，“快出来吃东西。”

宁素雅跟丈夫一起逛街回来，在路上买了些新鲜可口的水果，到家第一时间就想分给孩子们吃。

躲在门后的虞稚一心虚到手一直抖，迟迟不敢打开门。

宁素雅以为两个孩子没有听见，便来敲门。虞稚一赶紧做了一个深呼吸，鼓起勇气把门打开，对上了宁素雅的目光。

“一一也在这边啊，快，过来看看喜欢吃什么水果。”宁素雅完全没有察觉不对劲儿的地方，热情地拉着虞稚一往客厅走去。

桌上摆着几个塑料袋，里面分别装着不同的水果，有西瓜、桃子、葡萄、苹果……

虞稚一不知道要拿什么，时爸爸端着小托盘走过来，上面摆放着已经切开的西瓜，对虞稚一说：“西瓜切好了，先吃点儿这个吧，解解渴。”

西瓜清甜多汁，夏季食用最好不过了。虞稚一便顺势拿起了西瓜，小口小口地咬着。

时爸爸亲手挑的西瓜，也想问问孩子吃起来的感觉，便说：“这个西瓜怎么样？甜不甜？”

虞稚一点头捧场道：“很甜，好吃。”

时爸爸笑着对妻子说：“你看，我就说买这个没错吧。”

“是是是，你这次运气好，挑对了。”宁素雅顺口回应，洗了串葡萄放进了水果篮里。

“嘿，你这人，怎么就不承认我会挑呢？”

“你上次买回来的那个西瓜可不是这样的。”

“上次是上次，我现在已经会看瓜了。”

夫妻二人的甜蜜争执，听着都令人感到快乐。

虞稚一安安静静地吃着瓜，眼神却不自觉地往时奕的房门口瞥了好几眼。

那人到现在还没出来，难道是因为刚才的事情？

时奕因为喝酒，一时冲动吻了她，现在酒醒了，不敢面对她了？

作为一个思维跳跃的言情小说作者，虞稚一在这短短的几分钟内想出了许多缘由。

就在她想入非非的时候，时奕走出了卧室。

“小奕，快，还有几块西瓜，一起吃了。”宁素雅叫时奕吃水果时，时奕的目光却一直落在旁边那女孩儿的唇上。

听到了宁素雅的声音，虞稚一下意识地仰起头。

时奕清楚地看见女孩儿红红的唇上泛起了一层潋滟水光，犹如一颗娇艳的草莓，诱人采撷。

他尝过其中的滋味，甘甜诱人。时奕喉咙发干，觉得那可比西瓜好吃多了。

迎上他的目光，虞稚一感觉脸颊滚烫，匆忙将剩余的果肉吃完，说：“我……我吃好了，先回房间了。”

待她离开后，时奕慢悠悠地走到虞稚一刚才那个位置，落座。

“小奕，还有两周就要开学了，到时候要不要爸爸送你们过去？”

“不用，我会照顾好一一的。”

“哎我说，你小子……”时爸爸吃完最后一口西瓜，看儿子的眼神都变了，“我怎么觉得你管着一一跟养女儿似的？”

“咯咯——”宁素雅呛得差点儿咽下西瓜籽。

她狐疑地瞥了儿子一眼，接丈夫的话，道：“那还不好吗？白捡一个女儿，还不用你养。”

时爸爸边听边点头，说：“这倒是挺好的，一一又勤快，做饭又好吃，不知道以后要便宜哪家的小子。”

宁素雅心想：不出意外的话，就是你家这臭小子了。

第二天，两个大人准时去上班了。虞稚一起床把两人份的早餐做好，站在时奕的房门前，手伸出又缩回，反复几次都没下定决心敲门。

正当她犹豫不决时，房门从里面被人拉开了，两个人目光碰撞，虞稚一条件反射地低下头，说：“那个……早餐，我做好了。”

时奕习惯性地抬起手，轻轻落在她的头顶，说：“辛苦我们一一了。”

刚起床，他的声音都变了调，低沉又温和，像是在耳边呵气。

因为时奕自然亲昵的动作，虞稚一僵在原地，像是被点了穴道，动也不敢动。

直到时奕与她擦肩而过，虞稚一才背靠着墙，咬了咬牙，不禁在心里嘀咕：他怎么……又忘了？！

他上次抱着她睡觉，这次又亲了她，结果看起来还是那么坦荡，只有她一个人为此纠结。

她总不能直接去问他吧？唉，太难受了……

而造成这一切的人有另一番想法。

时奕觉得虞稚一好像有点儿躲着他，或许是事情发生得太突然了，她还没能接受。他得再耐心地等等，不能吓到她。

八月底，虞稚一收到了一个快递，里面的东西包装精致。

当夜，在更新完小说章节后，虞稚一从抽屉里找出了一封早已经备好的信，一笔一画地写了整页文字，格式工整，字迹娟秀，字字流露真情。

可在完成之后，她又觉得不太满意，于是把这张信纸折叠好收了起来，重新换了一张红色小卡片，上面只写着一句话。

九月，开学了。

大一新生的报到日期比其他年级要晚几天，提前到达学校的姜觅尔和黎少舟早已经为他们拍照、录视频，分享新学校的环境了。

C大的占地面积宽广，教学楼、教师楼、寝室楼等建筑都有各自的分区。

“学校这么大，会不会迷路？”这是来自一个路痴的灵魂拷问。

但无论如何，这都是他们将要生活四年的地方。

虞稚一和时奕的入学报名流程，比一般人要简捷，因为他们可以提前把行李放在姜觅尔跟黎少舟的寝室里。姜觅尔跟黎少舟还分别带着他们两个去他们的专业报到，省得他们走冤枉路。

操场上支起了许多遮阳大伞，伞下是学长学姐们用课桌拼成的临时办公点。被辅导员任命为助教的学姐学长坐在班级报名点，等待着属于他们班的同学到来。

“一一，你是中文3班，3班在这里。”

班助听到了有人在说3班，立马打起精神，看着两个手上空空的女孩儿出现在中文系3班的标志牌前。

一个身材高挑，一身运动装扮；而另一个姑娘看起来很文静，是个淑女。

确认是中文系一年级3班的报到点后，虞稚一将自己的录取通知书递向前，说：“学姐好，我是中文系3班的新生，虞稚一。”

“对啦对啦，是我们班的学生没错了。”学姐核对名单道。

乖乖巧巧的小姑娘，给人留下的第一印象就是很好，同这样的人讲话是一种享受。旁边的班助眼红了，说道：“哎哟，新来的小学妹很漂亮哦！”

“再漂亮那也是我们3班的人了。”

“要是能随机抢人，该多好啊！”

虞稚一低头填写着资料，因为接不上这个话茬儿，只能在最后道一声：“谢谢。”

姜觅尔站在虞稚一旁边，用手扇着风，等到报名点的事情处理完了，又带着虞稚一去办理校卡。

时奕那边的流程，跟这边是一样的。

计算机系的男女比例失调，班助几乎都是男生。他们在接待新生时，看不同的男同学来报到已经见怪不怪了。只不过有那种外貌出众的，他们还是会多看几眼。

“完了完了，本来咱们系就男女比例失调，今年来的这批颜值都还不错，学妹学姐们都要被抢了。”

“得了吧，就算没有长得帅的新生，你也脱不了单。”

大一的时候他们还想挑一挑，大二就开始降低标准，再往后，标准变成了是个女的就行。

时奕在填写资料时，后面又来了一个同班的同学，男生刚好看到时奕填写的寝室号，惊喜地说：“嘿，我也是这个寝室的。”

男生叫何蔚然，性格外向，三两句话后对时奕就喊上了兄弟。于是，时奕在报名点提前见到了自己的室友。

黎少舟带着他们两个，办了校园卡之后，上男生寝室楼收拾东西。

他们的另外两个室友还没来，何蔚然在放下东西后，接了个电话，就又要走了，便对时奕说：“我就要这张床了，东西先搁这儿，要是另外两个室友来了，你帮我跟他们说一下。”

何蔚然就是重庆人，把东西放下就要回家去了。时奕爽快地应下：“OK。”

黎少舟问时奕：“奕哥，你占哪个床位？”

“这个。”时奕挑了一张里面的床。

两个人又去黎少舟的寝室把时奕的行李拿下来，搁在了床上，没打开。

“你现在不弄床啊？”

“我先问问——那边的情况。”时奕刚拿出手机，没想到那边的人就打电话过来了。

“哥哥，你报完名了吗？”

“差不多了，现在正在寝室里。你那边需不需要我帮你做什么？”

“不用啦！”虞稚一握着手机说，回答时还下意识地摇头。

她忽然听到手机里传来黎少舟的声音，他说：“奕哥，你选的这床好多灰尘。”

时奕回头给黎少舟比了个手势，对虞稚一说：“你的寝室怎么样？室友到了吗？我现在过去找你吧！”

“不用不用，我跟尔尔都弄好了。”虞稚一盯着刚打扫完的寝室，对时奕撒了谎。

她们把寝室打扫完了，她的床还没铺。

“哥哥，你的寝室在哪儿？”

“A 栋 405。”

“我想去找你。”

“你找得到吗？”

“尔尔会带路。”

“那行，我下楼接你。”

刚开学，学生需要搬东西，所以进入寝室没有性别要求。虞稚一还是第一次踏进男生寝室，不过这会儿大家都还没入住，除了空床和桌子，看不出别的来。

“哇，你们这寝室比女生那边糟糕多了。”姜觅尔发出感叹。

黎少舟摆了摆手，说：“还好我已经住进来了。”

“哥哥选了哪个床？”

“这个。”

虞稚一确认床位之后，就开始找东西打扫。

“等等，我接你上来，不是为了让你给我打扫房间的。”时奕直接抽走了她手里的扫帚。

虞稚一眨了眨眼，说：“可我想帮你。”

她没有抓着那个扫帚不放，自己又找了张帕子，沾湿之后开始擦桌子。两个人没有再争，而是分工做起了清洁。

黎少舟嗞了一声，说：“我们一一妹妹就是贤惠，当初咋没人帮我铺床呢？”

姜觅尔一拳捶到他的脑袋上，说：“醒醒，你能拥有田螺姑娘的前提是，得费心费力地把田螺姑娘养大。”

姜觅尔作为虞稚一的忠实粉丝，记得小说里的那些细节。像时奕那种，无论在哪个年龄段，都尽自己最大的努力护着虞稚一的人，可以说是独一无二的。

他是值得虞稚一去付出的。

两个人看了会儿热闹，也开始帮忙打扫。

很快，房间的垃圾就都被扫到了外面，时奕把东西拿出来，虞稚一就开始为他铺床。

“这都快三点了，一会儿去食堂吃饭吗？”

“行。”

黎少舟跟姜觅尔给他们指了好几个口碑不错的校园商店，看着陌生的环境，他们才真正意识到，新的校园生活即将开始。

大一新生开学还有一个不可避免的活动，那就是入学军训。

C大的新生按照不同的专业安排军训时间。因为他们不是在校园里进行训练，而要乘坐校车，到山上的军训基地训练。

虞稚一所在的中文系和医学系还有另外两个专业的同学，同一批前往军训基地。他们到那里的第一天就要按规定整理内务，还要上交手机。

“哇，我听说在这里训练，十天只能洗一次澡。”

“那得多臭啊？”

其实他们是可以在卫生间清洗的，不过只有冷水，比较麻烦。他们一共训练十天时间，忍一忍也就过去了。

对虞稚一来说唯一可惜的是，这十天里不能碰手机。

虞稚一所在的中文系3班，遇到了一个十分严厉的教官。训练时，谁若走错一步，就会被他单独拎出来，当着众人的面重新再走。

其中有两个女生被教官凶哭过。

虞稚一自知运动细胞不够发达，训练时一直提心吊胆的，生怕自己出错。

每天都有人来临时宿舍检查卫生，还会打分。为了将床上的被子叠成“豆腐块”，他们每天五点钟就要起床，自己叠好了，还要帮室友一起完成。听到哨声，他们就要以最快的速度跑下去集合。

军训时，他们每天晚上回到寝室都只想睡觉。但是躺在陌生的床上，虞稚一还是会想起那个人，可惜连跟他在手机上说说话都不行。

“哎，听说明天有大二、大三的学长学姐来看我们。”

训练到中期时，各个系的学生会和团总支会分派几名干部，带些东西过来看望新生。

“看我们又能怎么办？看我们也不能减少我们的训练啊！我现在只希望老天爷可怜可怜我们，下几场大雨，真的不想训练了。”

他们来这里五天了，居然一滴雨都没见着。期待下雨，大概是他们共同的心声。

到了第六天，天气依然晴朗，前来慰问的学长学姐们准时到场。他们提了些东西，有些性格外向的学生就跑过去拿了。

虞稚一跟室友坐在一起，没打算过去。

休息时间，一个气质出挑的女生走进人群，像是在找人。

虞稚一听着室友们讲话，无意间抬头，眼前闪过了一张熟悉的脸。

参加军训的学生都穿着统一的迷彩服，军训基地又不许人随意乱逛，那人十之八九是今天来看望大一新生的学姐。

那女生腰身纤细，穿着紫色短袖和牛仔裤，把栗色的中长发编成了两股马尾辫，分别搭在左右两肩前，看起来清新靓丽又不俗气。特别是她鼻子侧边那颗独特的美人痣，让人过目难忘。

正是因为女生鼻子上的那颗痣，让虞稚一证实了自己内心的猜测，这人好像是她在微博关注的美妆博主希喵。

就在虞稚一疑惑时，那个学姐却径直走到了她的面前，问她：“你是虞稚一吗？”

“是。”

“太好了，终于找到你了。”

“找我？”

学姐从书包里拿出了几支防晒霜递给她，说：“有人托我把这个东西给你，这瓶你自己用，另外的可以分给你觉得合眼缘的朋友。”

会做出这种事情的人，几乎不用想，虞稚一就有了答案，问那个学姐道：“是时奕吗？”

学姐笑着点头，回道：“他知道军训收了手机，但不晓得先前给你准备的防晒霜是否够用，所以找到了我们学生会，希望有人可以帮忙。”

本来这件事情跟她没关系，可她恰好知道那个男生叫时奕，又听说他要找的女孩儿名字是虞稚一。

这两个名字不把它们联想起来倒没什么，若是合在一起可就不一样了，所以，她当时主动揽下了这个任务。

虞稚一将东西收下，真诚道谢。

那个学姐还在打量她。

虞稚一轻轻地抿了下唇，小声问道：“冒昧问一下，学姐你是微博上那个希喵吗？”

颜希竖起手指靠近唇边，又冲虞稚一笑了笑，悄悄地说：“你好呀，作者大大。”

网络上的美妆博主与小说作者，在现实中相遇了。

临走前，颜希拍了拍虞稚一的肩膀，语重心长地对她说：“等你军训回校，记得更新啊！”

虞稚一心想：完了，感觉她的秘密很快就要保不住了。

颜希走后，虞稚一回到了人群中，室友们就很好奇地问：“刚开学，你就跟学姐认识了啊？”

“没有，是朋友托学姐带了点儿东西过来。”虞稚一模棱两可地给出回答。

大家还在好奇，于是她把多余的几支防晒霜分给了平时交好的几个人，也是她在学校里的室友。

她知道时奕的用意，希望她在新的环境能跟身边的人打好关系。她只是没想到，时奕找到帮忙的人居然是那个博主希喵，还真是巧。

她拿到这些防晒霜后，心里更迫切地想要回到学校了。

还有四天她才能回学校，真难受，也不知道时奕在学校怎么样了？

除了军训的学生外，在学校的新生已经开始步入正轨了。

男生寝室，计算机系的男生，多多少少对游戏感兴趣，所以时奕他们寝室四个人很快就打成了一片。

大一的学生还有晚自习，不过没有老师看管，班上的同学基本上都坐在教室里玩手机。

大部分人是和室友一起坐前后两排，前面的何蔚然扭头对后面的人发出邀请：“奕哥，等会儿下了晚自习玩两把不？”

“都行。”时奕把书往前面推了推。

一个留着齐耳短发的女生大大方方地走了过来，坐到何蔚然旁边的空位上。

旁边的人打趣道：“嘿，柯雪又来了。”

柯雪是他们班为数不多的女生之一。

他们都知道何蔚然跟柯雪是高中同学，一开始大家还以为这两个人有故事，谁知道双方坦坦荡荡的，相处起来更像是哥们儿。

柯雪性格比较开朗，也擅长打游戏，很快就融入了男生群体中。

“你们今天组队打不？”

“打啊，刚才还跟奕哥约好了，等着他带我们呢。”

“嘿嘿，你们寝室四个人，再加我一个呗？”

“行啊。”何蔚然回答得爽快。

晚上他们连麦玩游戏，柯雪跟他们寝室的人聊了起来。

时奕没有开麦。

柯雪说：“奕哥，你开麦说话呗，咱们打游戏好沟通啊。”

时奕打字说：“没麦克风。”

知道真相的何蔚然打圆场，说：“高手都是沉默的，反正我们都是一个寝室的，有情况我们会说的。”

柯雪只能作罢。

打着打着，柯雪又说：“咱们计算机系，除了大三那个江学长，现在最受欢迎的就是奕哥吧？”

何蔚然一拍大腿，有种自豪的感觉，说：“那可不，那些女生要电话号码都要到我们这里来了。”

柯雪笑道：“咱们学校颜值高的美女还挺多的，奕哥有没有看上的，我们帮你牵线啊？”

刚好，此刻屏幕上弹出了“胜利”的画面，时奕直接摘了耳机，说：“不打了。”

一个室友问：“咋说不打就不打了呢？”

时奕回道：“聒噪。”

何蔚然心想：还好时奕没开麦，这话要是让人家女孩子听到，面子往哪儿搁啊？

这也差不多打了一个半小时，时奕退出后，他们也陆续退出了。

过了一会儿，何蔚然收到柯雪发来的信息：“时奕的生日好像快到了，你帮我确认一下呗，不要让他知道是我问的。”

何蔚然大概也知道了柯雪的想法。

看在两个人三年同学的份儿上，他决定帮这个忙，便说：“时奕，你的生日好像就在最近了，是吧？”

“差不多。”

“几号啊？”

“九月二十二号。”

“那就是这个周六啊！要不咱们出去庆祝庆祝？”

“周六我有安排，换个时间请你们吃饭吧。”时奕知道人情往来也很有必要。

何蔚然把这个信息传达给了柯雪。

柯雪回复：“我有办法，周五晚上没有自习，咱们提前给他庆祝。要是拖到了十二点，不就等到他的生日了？”

十八岁的生日，具有不同的含义。

柯雪提前订下了市里的 KTV，打定主意要让时奕到场。

军训时间结束，虞稚一终于坐上回校的车。

“终于回来了，我第一次这么想念学校。”

坐在旁边的女生叫钟静萱，是她的新室友之一。

虞稚一的座位靠窗，她透过车窗遥望远处的景色，内心也有些激动。

钟静萱问道：“一一，你的手机还有电吗？能不能借我用一下？”

虞稚一摇头，说：“没有了，关机了。”

她拿到手机的第一时间就给时奕发了信息，可那时候手机没电了，也来不及充电，所以她现在也不知道时奕看到消息没有，有没有回复她。

回到学校他们还要整队集合，一群穿着迷彩服的学生站在操场上，很难分辨出谁是谁。

相处十日的教官正式与他们道别，有些人还流下了不舍的眼泪。不过他们 3 班的教官太严厉了，他们巴不得他赶紧走。

队伍解散，大家纷纷朝自己的宿舍楼方向移动，虞稚一跟三位室友走在一起，几个人有说有笑的。

“终于解放了。”

“是啊是啊，再不回学校，我人都快没了。”

虞稚一很着急，陪她们走了两步干脆跑了起来，说：“我先回寝室了。”

室友看着她快速移动的背影，惊讶地说：“她这是回到学校太激动了吗？”

虞稚一是挺着急的，因为想快点儿回到寝室给手机充电，这样才能找到时奕。可就在她要冲进宿舍楼大门时，旁边伸出了只修长的手臂抓住了她的胳膊。

虞稚一回头看到时奕，眼睛都亮了起来，惊喜地说：“哥哥！”

“跟我来。”时奕拉着她，拐了两个弯儿，两个人就站到了大树底下。

前面是路过的人群，繁茂大树用粗壮躯干和茂盛枝叶圈出了一个隐蔽的小天地，几乎没人注意这里。

“哥哥，你看到我给你发的信息了吗？”她着急地回牵住少年的手，目光澄净地看向他。

“嗯。”少年轻抬下巴，简单地应了一声。

“我的手机关机了，都不知道你有没有看到我的留言，刚才就是想回去充电的。”虞稚一仰起小脸望着时奕，斑驳的光影从树叶缝隙间洒落，映照在她的脸颊上。

“这么着急啊？”少年扬起嘴角，不需要刻意藏匿的情绪流露了出来，眼里透出的光芒比曾经任何时刻都要坦然。

“对啊，我怕你没看到嘛！”他俩都十天没见面，也没有讲话了，她真的好想快点儿听听他的声音。

“看来一一是很想我了。”他微微低头，拉近与她的距离。

“才……才没有……”虞稚一被戳中了心思，偏偏还要欲盖弥彰地否认。

时奕往前迈了一步，把脚抵在了女孩儿的脚边，手指滑过女孩儿那泛红的脸颊。他专注地凝视着她的眼睛，喉咙发干地说：“那，哥哥想你，行吗？”

这……这……这种语气和动作，绝对不是哥哥对妹妹的反应吧？

这一次总不该是她自恋了吧？

虞稚一张了张嘴，唇齿碰撞，竟未发出一个完整的音节。过了会儿，她才结结巴巴地回应了一句：“可……可以想。”

话音落下，她就开始在内心咆哮：啊！我在说什么？！我应该再主动一点儿问清楚啊！

然而此刻，她的耳边传来轻轻的笑声，那人用带着调侃的语气说：“嗯，感谢我们一一的准许。”

“这有什么好谢的。”虞稚一垂着眉眼说。

“因为想要名正言顺。”时奕的手指停留在她的脸颊上，轻轻摩挲着，像是在抚摸。

时奕眼底流转的光影映着她的模样，他的瞳色漂亮得不像话。她一直都知道，那双桃花眼是会勾人的呀。

“哥哥想我，不是理所当然的吗？”

“你说得很对，为了补偿我们一一这十天受的罪，我决定——”时奕故意拖长了尾音，不把话说完，高挺的鼻梁从她柔软的脸颊上擦过，有一种说不出的暧昧氛围。

那人明明做出了许多超越常理的事情，却总停在最后一步，吓得她不敢轻举妄动。

“那边有人吗？”一个拿着扫帚和垃圾铲的同学走过来问道。

像是做了坏事被发现，虞稚一打了一个激灵。时奕取走她手中的迷彩帽，扣在她的头顶，护着她从另一边离开。

虞稚一感觉自己的胸口憋着的那股难以疏解的情绪快要冲出来了，就差那么一点点！

时奕比她高，站在外面可以把娇小的女孩儿挡住，旁人看不见。

“刚回来，肚子饿不饿？哥哥带你去吃饭。”

虞稚一摇头，揪了揪迷彩服的衣摆，说：“我想先回寝室换衣服，在那边洗澡都不方便。”

刚才她见到时奕太高兴了，一时之间忘了自己还没梳洗。她觉得自己现在肯定臭臭的，好丢人。

这么一想，她的内心超级无敌后悔，因为在喜欢的人面前，她想要给他展示最好的一面。

时奕懂了，女孩子都很在意形象，他得理解。

“那你先回寝室，哥哥下午还有课，大概不能等到你整理完了。你要是饿了，记得提前点外卖，下午再带你去吃好吃的。”

“嗯嗯，知道了。”她现在下意识地往后退，跟时奕保持着距离。

观察入微的时奕注意到她的行为，哑然失笑，道：“我们一一很香的。”

落在她耳边的声音，对她来说犹如一道心灵暴击。

等虞稚一跑回寝室，另外三名室友已经在做自己的事了。

“咦，刚才你说要回来，结果没看见你的人，我们还都奇怪呢。”钟静萱脱掉了迷彩服，换回了自己平时的衣服。

“刚才在下面遇到了朋友，耽搁了。”虞稚一故意模糊了事情经过。

“你在这学校认识的人挺多啊。”钟静萱随口接话道。

“嗯，因为好几个高中朋友都在这儿。”虞稚一将手里的东西摆到了自己的床位下，洗了手，到厕所门口望了一眼。

钟静萱提醒道：“倪倪在里面洗澡。”

“知道了。”那她就先洗头发好了。

她们回来已经是接近下午上课时间了，四个人的寝室，挨个洗澡换衣也耽搁了不少时间，等忙完这些事情，竟然已经过了两个小时。

军训完回来就不想动了，四个人在同一家店点了外卖，吃完就开始躺着。过了好一阵，虞稚一才收到时奕下课发来的短信。

她赶紧换了干净的衣服，把头发扎成精神有活力的马尾，又坐在小方镜前对着镜子描眉，抹了一层浅浅的口红，把自己的外表从头到尾整理了一番。

她对面床铺的钟静萱听到动静，从床帘里探出一个脑袋，问："你要出门啊？"

"对哦，一会儿要出去吃饭。"

"能帮忙带个饭吗？今天不想动了。"

"我不确定什么时候回来。"

"那好吧。"

"我给你们发信息吧，看你们需不需要什么东西。"

"可以，谢谢了。"

下楼梯时，虞稚一忍不住加快速度，直接跑了出去。

时奕站在女生寝室楼下，来往的人看见男生出现在女生寝室楼前，见怪不怪，因为大学可以自由恋爱，很多男生会来这里等女朋友。

不熟悉的人不会太在意男生的模样，只不过柯雪跟室友下课回寝室时，刚好看到了时奕。

"那个男生好像是时奕。"

"时奕来女生寝室做什么？走，过去看看。"

正当柯雪跟朋友手挽着手走过去的时候，突然见到一个人从女生寝室楼跑出来，走到时奕的身边，两个人姿态亲昵，不知道说了什么，一起离开了。

柯雪最终还是没有上前一探究竟。

她跟时奕同班，从未见时奕跟哪个女生关系好过。因为放心不下，她私下向何蔚然打听道："时奕最近有跟哪个女生走得近吗？"

"没有啊。"何蔚然身兼"红娘"一职，还算尽心，"入学以来就没见过时奕跟哪个女生走得近，平时也不跟谁打电话。"

然而何蔚然在说完这句话的当天晚上，就被"打脸"了。

时奕当天晚上回来，拒绝跟他们打游戏，戴着耳机不知道在跟谁聊天。

何蔚然竖起耳朵听了听，偶尔听到时奕自称"哥哥"，才松了口气。

C 大第一批军训学生是九月十八号返校，正是周二。

为了庆祝虞稚一的回归，姜觅尔在周三请她吃了顿——外卖。

“一一你终于回来了，我有一件事情憋在心里好久了，跟别人说，别人又不懂，我又不敢告诉黎少舟跟时奕。”

“怎么了？”

姜觅尔靠近她耳边小声说道：“你去军训基地之后我才发现，大二有个叫颜希的学姐，就是微博那个美妆博主希喵。”怕虞稚一想不起来，姜觅尔特意补充，“推你的文的那个。”

虞稚一捏了捏耳朵，说：“我已经知道了。”

“啥？”姜觅尔蒙了。

虞稚一把军训期间大二学姐颜希找她的事情，全部告诉了姜觅尔。

姜觅尔双手一拍，说：“缘分啊！”

因为虞稚一上交了手机，长时间无法联系他们，都不知道已经发生了这么多事情。

“也不知道希喵有没有告诉时奕。”姜觅尔随口一提，却犹如把一颗炸弹丢进了虞稚一的心里。

如果颜希真的告诉了时奕小说的事，那也太可怕了吧！

回归学校的他们，开始了正常的校园生活。中文系的学生会跟团支部的各部门，趁着晚自习时间到每个班级招新，颜希就在其中。

颜希是文艺部的新任副部长，虞稚一直接报名了文艺部的面试。学生会文艺部对男女生身高有要求，要求颜值也不能太低，而虞稚一是肯定达标的。

她在参加高中运动会花束队的表演时，特意培训过气质，后来也一直坚持做某些简单的训练，现在也算是学有所成。

第一轮面试结束，虞稚一等到其他面试者都离开了，才走到颜希身边，礼貌地询问道：“学姐，请问你现在有空吗？我想跟你说几句话。”

颜希回头，见是虞稚一，脸上立刻绽放笑容，说：“有空。”

作为一个小说读者，看到自己喜欢的小说作者出现在自己面前，难免会感到小小的激动。

而虞稚一作为一个经常看美妆博主的视频教程学化妆的粉丝，在看到自己喜欢的美妆博主，而且那个人还知道自己的心事时，心里是感到大大的激动。

总之，这是在不同圈子发光发热，又喜欢对方的两个人的奇妙缘分。虞稚一主要是想知道，颜希在见到时奕的时候有没有暴露小说的事。

颜希当即摇头，说："没有，我看更新就知道，你们还没走到那一步。"

虞稚一得知了答案，终于松了口气。随后，两个人闲聊起来。

虞稚一好奇地问："当时我的那篇小说都没几个人看，你是怎么看到的呀？"

"说起这个，我的印象可真是太深刻了。"颜希咬牙道，"那天，我被我那发小儿气得睡不着觉，就想看小说打发时间，打开网站看到最近时间更新的书，见那下面有着青梅竹马的标签，就点进去了。"

那天晚上，她才知道别人家的发小儿那么暖，不是电视里演的戏，而是在世界的另一个地方，真实存在的人与事。

她想到自家那个欠揍的发小儿，再对比一下别人家的邻居哥哥，差别可太大了！人家从小被保护，她跟那谁从小斗到大。

她觉得这篇小说有意思，于是顺手发在了微博上。没想到有这么一天，她跟故事中的男女主角相遇了。

女孩子之间想要迅速建立起友谊很简单，只要有共同话题就行。虞稚一想要学化妆，颜希好奇虞稚一跟时奕的故事，两个人有了话题，这关系亲密度就噌噌噌地往上涨。

九月二十号，周四。

虞稚一、姜觅尔以及颜希三个人聚在一起，爬到女生寝室的顶楼共商大计。

"还有两天。"虞稚一竖起了两根手指，强调时间的短暂。

颜希点头附和，说："十八岁生日啊，这可太重要了。"

"要搞就搞个大动作，"姜觅尔不用脑袋思考感情，她的逻辑是喜欢就说出来，于是说，"我建议直接表白。"

"这样好吗？"颜希稍微能够理解虞稚一暗恋时那种小心翼翼、不敢打破关系的心态，觉得这样太直接了。

"你俩到底发展到哪一步了？"颜希问虞稚一。

虞稚一支支吾吾的，把小说里面没有写出来的某些事情，模糊了细节才告诉她们。

颜希捂嘴，惊讶地说：“他都亲你了！这么明显你还犹豫什么？”

姜觅尔举双手赞成，说：“直接冲吧。”

“我也觉得他应该是喜欢我的，可是我……”虞稚一说不出来，但那种就差一点点的感觉，真的只可意会，不可言传。

姜憨憨再度提出建议：“我觉得你就是胆子太小了，要不你练习练习，到时候直接冲上去问他，要不要做你的男朋友！”说完，姜觅尔还特意做出了凶恶的威胁表情。

颜希单脚踩着上一级台阶，双手叉腰，乐不可支地说：“你确定这不是土匪抢亲？”

姜觅尔回道：“我觉得你现在的动作比较像土匪抢亲。”

纠结的虞稚一双手按住脸颊，自个儿抓狂了，说：“你们两个不是来帮我出招的吗？”

“表白多简单啊，不就一句话的事嘛。”为了给虞稚一鼓气，姜觅尔真是把自己为数不多的情商都用上了。

姜觅尔冲旁边的颜希挑眉，颜希很上道儿，拍着手掌附和道：“是啊，不就是表白嘛，一句话的事，简单！”怕虞稚一不信，最后两个字颜希甚至提高了分贝。

虞稚一的目光在两个人身上扫了一遍，她道：“说起来很轻松，做起来很难啊。”

姜觅尔灵机一动，连忙摆手，说：“不难不难。”

她把颜希拉到一旁，两个人悄悄嘀咕了几句，然后转过身，重新回到虞稚一面前。姜觅尔咳了一声，说：“不就是表白吗？我们示范给你看。”

姜觅尔努力给颜希使眼神，颜希重重地点头，说：“没错，我们示范给你看。”

然后，两个人你看着我，我看着你，最后还是颜希决定舍“身”取义，说道：“等着，我这就打电话表白。”

虞稚一睁大了眼，觉得不可思议。

在电话被拨打出去之前，颜希又补充道：“不过，我只是给你演示大胆表白，至于结果，你就不要参照了。”

话说到这儿，颜希点开通讯录，备注为“江狗”的通话记录就在第一个，而且数量最多。

颜希正准备拨打这个电话，旁边的姜觅尔天真地提出疑问："这备注，确定不是仇人吗？"

虞稚一弱弱地补充道："我觉得，仇人是不会有这么频繁的电话交流的。"

颜希摆了摆手，说："我那不争气的发小儿，跟仇人差不多。"

三个人围在了一起。

颜希拨通电话，还打开了免提。

彩铃响了两声之后，电话被人接通。

手机那头的人说："有事说。"

可能是"有事就直接说"的意思吧，围在旁边的两个人自己给自己解释。

颜希还真的就没说话。

她不说话，旁边的两个观众也不敢随意开口。

可对面那个似乎没有耐心的男生，也并没有挂断电话，而是静静地等待了十秒钟之后，又主动开口问道："颜希？哑巴了？"

"江迟舟你……"在旁边两个人的注视下，颜希想要骂回去的话变成，"我喜欢你，我们在一起吧！"

江迟舟说："说梦话？"

颜希一秒就挂了电话！

最后她指着手机通话记录对两个人说："你们看，这只狗！"

他们主要是为了演示告白很简单，就是一句话的事。

接下来轮到姜觅尔了。

姜觅尔想到了自己的好哥们儿，于是给黎少舟打了电话过去

正在打游戏的黎少舟看到来电，心烦得想要咆哮，结果在看到是姜觅尔打来的时，屁颠屁颠地退出游戏界面，接了起来。

"尔尔，怎么突然想起给我打电话了？"

姜觅尔一心完成任务，便对他说："我喜欢你，我……"

姜觅尔话没说完，黎少舟已经学会抢答了，说："我也喜欢你，我们在一起吧！"

虞稚一和颜希震惊地看了对方一眼。姜觅尔心想：这故事的发展方向

似乎不太对？

过了一会儿，江迟舟又打电话过来，颜希接了。

她听到手机里传来粗重的喘息声，问："你喘什么呢？"

"刚下楼跑步。"

"你闲得慌啊？"

江迟舟没接她的这句话，反而提起了之前的话题，说："你刚才说的是真的吗？"

在虞稚一跟姜觅尔真诚的目光下，颜希硬着头皮也得把这戏唱下去，便说："当然！比真金白银还真！"

江迟舟爽快地说："行，我同意了。"

颜希赶紧说："要不等会儿我们分……"

似乎猜出了她要说的话，江迟舟直截了当地断了她的后路，语气凶狠地道："敢分手，腿打断！"

九月二十一号，周五。

时奕之前说过生日当天没空，柯雪退而求其次，把时奕的生日庆祝宴安排在了前一天，也就是周五的晚上。

柯雪拜托何蔚然帮忙，何蔚然以室友的名义，叫上了他们寝室的其他两个室友，热情邀请时奕周五去 KTV 提前庆祝生日。

时奕这次没有拒绝。

谁知他们在寻找包房的途中，恰好遇见了跟朋友来这里玩耍的姜觅尔。

"时奕？好巧啊，没想到在这里碰到你了。"姜觅尔跟时奕打招呼。

"是挺巧。"时奕回了她一声，瞧姜觅尔的那群人中没有黎少舟的身影，随口叮嘱了一句，"在这里面，最好别喝酒。"

"不会的，不会的。"姜觅尔可不喜欢酒。

时奕人缘好，但很少主动跟女生聊起来，这不免引来了室友的关注。室友调侃道："哎？奕哥的桃花啊？"

"瞧着这两个人关系不错啊。"

"嘿，小姐姐，我们准备给奕哥庆生，你来不？"

姜觅尔下意识地问："时奕的生日不是明天吗？"

虞稚一天天在她们耳边念叨，她都形成条件反射了。

然而这被他们理解成了：这女生居然如此了解时奕。于是他们回答道：“咱们提前庆祝。”

姜觅尔点点头，说：“那行啊，你们的包间号是多少？我一会儿过来瞧瞧。”

那哥们儿爽快地报上了房间号，何蔚然阻止都来不及。

“走吧。”

他们进了 KTV 包间才发现，柯雪早早到场等待了，且身边还带着另外两个女生朋友。

何蔚然摸不清时奕的心思，先给自己打了个圆场，说：“人多热闹，热闹。”

时奕笑了笑，说心领了他们的祝福，也没表现出不悦或者排斥的样子。

他果然是擅长与人打交道的。

柯雪见状，也逐渐放松。

有时候唱完一首歌，柯雪就故意换位置，靠近时奕。

时奕会默不作声地指着另一处，示意她不要靠近自己。

柯雪咬了咬牙，为了缓解气氛，让何蔚然等人把蛋糕拿出来。

切蛋糕时，姜觅尔刚好走进来，说：“奕哥，生日快乐啊。”

时奕一般不跟女生交好，但对虞稚一的朋友都会保持一种距离上的友好，于是随手将切好的蛋糕递给了姜觅尔。

柯雪顿时产生了危机感。

她听何蔚然说，刚才进来的时候，时奕还“特别关心”这个女生。

然而，姜觅尔完全没有察觉什么不对劲儿，只是看着满屋子的陌生人，疑惑地问时奕：“你提前过生日，怎么不喊一一？”

“我不知道他们打算给我庆生，临时来的。”至于虞稚一，他当然是把真正的生日时间留给她了。

因为有人唱歌，包间比较吵，姜觅尔跟时奕说话的动作，在柯雪看起来就是故意接近。

姜觅尔终于发现了柯雪在看自己，也坦然无畏地看了回去。

“……”

柯雪心想：这个叫姜觅尔的女生是在向我示威吗？

姜觅尔身材高挑，但皮肤不如她白，五官也比较硬朗。柯雪不懂时奕怎么会喜欢这种女生。

柯雪在心里将自己跟姜觅尔对比了一番，觉得自己还是很有胜算的。

姜觅尔没赖在这里，蹭了块蛋糕，吃完就走了。

柯雪松了口气。

然而柯雪不知道的是，姜觅尔在走出包间后，站在门外边跟真正威胁到柯雪的人打电话去了。

站在窗边的少女，把头抬起了四十五度角，仰望着天空，思绪飞得老远。

身边的手机屏幕持续发光，虞稚一用余光扫过，直接将屏幕朝下扣到了桌上。闭上眼睛，她看不见周围的景物，所思所想反而更加集中了。

好友姜觅尔的声音在脑海中盘旋不停。

“一一，我看到时奕跟几个男生一起进 KTV 了，包间里面不止男生，还有三个女生。”

“他们真的在给时奕过生日，我还蹭了一块蛋糕。”

“一一，你要不要来啊？”

我……要不要去啊？这也是折磨虞稚一的问题。

时奕真正的生日在明天，十八岁，他的成年日。

这么重要的生日，他提前跟大学认识的新朋友一起去 KTV 庆祝，却未曾叫她一起。

虞稚一纠结地绞着头发，心里自言自语：“为什么今年他偏偏不叫我一起过生日啊？”

每年都在一起的人，就在她决定表明心意的时候，忽然把她撇在一边了，她心里难免会有落差感。

可即便如此，她还是忍不住将藏在桌子最里边的手提袋拎了起来。

他们吃了蛋糕，歌也唱了，接下来就是柯雪设计的歌曲表白环节。

柯雪是那种喜欢谁就想要立刻得到的性格，所以这才开学不到一个月，她就忍不住要跟时奕表明心意。

她自以为今日的安排很完美，虽然刚才姜觅尔的出现令她感到不愉快，但现在姜觅尔走了，而且看起来时奕对姜觅尔也不怎么上心。

她最终选定了一首甜蜜的恋爱歌曲，若是她在这种时刻邀请男生合唱，那心思不言而喻。

柯雪握住话筒，在音乐前奏响起时，满脸笑意地看向时奕，说："这首歌我想邀请在场的一位男生跟我一起唱。"

何蔚然立即起哄道："今天是时奕的生日，时奕上呗。"

"好啊，那我想邀请时奕跟我一起……"柯雪满意地将另一支话筒递向时奕。

然后就在关键时刻，一道清亮的女声闯进了众人的耳朵。

"不可以！"

原本热闹的气氛被突然闯入包间的人打破，众人齐齐抬头，朝门口方向望去。

坐在沙发边缘的时奕轻轻抬眸，自然而然地坐直了身体。

何蔚然率先开口问道："这位是……？"

大家你看我，我看你，都表示不认识。

虞稚一紧张得要命，攥在手心的礼物袋系绳都要被她拧断了。

刚才发生了什么？她满脑子都是生日、告白，所以在听到姜觅尔说，有别的女孩儿要跟时奕表白的时候，忍不住冲了进来。

然后她该怎么办呢？

周围全是陌生人，这里的热闹与她格格不入。

于是她开始打退堂鼓，磕磕巴巴地说："我……走……走错了。"

当然，时奕没有给她逃跑的机会。

不知道什么时候，时奕已经站起身向她走去，对她说："跑什么？"

虞稚一心想：我心虚，能不跑吗？

音乐前奏已过，却没人开口唱歌。何蔚然站了起来，又问道："这位是……？"

"我家小朋友。"时奕自然地揽着女孩儿的肩膀，姿态亲昵。

"来，介绍一下，这是何蔚然……"时奕把他认识的人名念了出来，就算介绍他们认识。

虞稚一仔细地记清名字，神色坦然地跟他们打招呼："你们好，我叫虞稚一。"

一时之间，他们也不知道，时奕口中的“我家小朋友”到底和他是什么关系。

热情的室友招呼虞稚一，打破尴尬，说：“时奕的朋友那也是我们的朋友，来来来，大家继续玩。”

直觉告诉柯雪，她刚才想错了，姜觅尔不是威胁，这个虞稚一才是。

柯雪推了推何蔚然，提醒他帮忙牵线。

何蔚然轻轻叹气，把多余的那支话筒递了过去，对时奕说：“奕哥，刚才的歌还没唱呢，一起呗。”

“你们唱，我听着。”时奕摆手拒绝道。

虞稚一看一眼就知道柯雪喜欢时奕，那种眼神她太清楚了。她要是来晚一点点，就有人跟时奕合唱情歌了。

小姑娘微微鼓着嘴，心里冒起酸酸的泡泡，说：“哥哥，我是不是打扰到你唱歌了？”

“怎么会？”

“可你都没有告诉我，你要提前庆生，我还以为……”她还以为时奕撇下她了呢。

“临时被喊过来的，不好拒绝。”毕竟他们将来要相处四年，他总不好拂室友的好意。

“那明天呢？”她试探地问道。

“明天……不是要陪我们一一吗？”他故意控制了语速和声调说道。

这句像是耳边呢喃的情话，让虞稚一从脸红到了脖子。她紧紧地攥了一下礼物袋的绳子，决定明天再送出去，那时候就向他表明心意。

“晚饭吃了没？”时奕问她。

虞稚一老实摇头，说“还没有。”

“我看看，这里还有蛋糕，先吃点儿填肚子。”

他们买的蛋糕很大，但其实男生不怎么吃，女生也吃不了多少。

最后蛋糕剩下了一大半，时奕耐心地用塑料刀弄掉蛋糕四面的奶油，切出被包裹在其中的蛋糕块，上下层之间夹着白色椰果，爽口不腻。

把蛋糕递给虞稚一后，他又去洗杯子给她倒了杯奶茶，在虞稚一只顾着吃蛋糕的时候，他主动把杯子送到了虞稚一的嘴边，提醒她道：“喝点儿水。”

室友们的下巴都要被惊掉了。

这……这是演哪出啊？

时奕的手机来了电话，包间里人多声杂，他便拿着手机出去，对虞稚一说："我出去接个电话。"

柯雪差点儿把牙咬碎。她不敢当着时奕的面破坏自己的形象，便选择了迂回战略，先从虞稚一下手。

"嘿，你也是我们学校的吗？"

"嗯，我是中文系的。"

"看你跟时奕关系很好，在你来之前还有一个叫姜觅尔的，也说是时奕的朋友，你认识吗？"

"认识，她是我的高中同学。"

原来他们都是高中同学，柯雪点点头，表示知道了。

柯雪注意到了虞稚一身边的礼物袋，猜测那里面是虞稚一为时奕准备的生日礼物。面对情敌，人都有一种攀比心理，从自身比到外部附加条件。

柯雪的家庭条件不错，否则她也不会毫不犹豫地出钱订下这个巨幕包间。她为时奕准备的礼物也是上千元的东西，只不过还没拿出来，因为想等到时奕真正生日的时候再送。

"这是你给时奕的礼物吗？好想看看里面是什么东西啊！"她以为虞稚一跟自己的想法一样，所以主动把话题引到了礼物上。

柯雪这么一说，她的朋友也趁机附和道："小雪，你放心好了，你准备的礼物肯定是最好的！"

"就是啊，两千多的球鞋，哪个男生不喜欢？"

"没有啦，礼物贵在心意。"柯雪掩唇笑道。

"的确是要送给时奕的礼物。"情敌步步紧逼，虞稚一也不甘示弱地说。一首歌曲刚刚结束，她的声音就显得格外清晰。

时奕进来，刚好听见了这句话，问道："什么礼物？"

柯雪笑道："我们在聊天，虞稚一说给你准备了礼物呢。"

他们将音乐暂停了，男生们也都看了过来。

事已至此，也不需将礼物藏着掖着了，虞稚一把袋子里面的那个盒子拿了出来。纯黑色的礼盒大气高雅，里面放着一块价值不菲的手表。

柯雪脸色微变，女生送男生手表，谁都能想到其中的含义——表白，示爱。

然而柯雪故意将它曲解了，说："这手表真好看哪，都说送表就是分分秒秒，代表友谊地久天长。"

虞稚一听到这话生气了。友谊？她才不是要什么友谊长长久久！

虞稚一干脆把礼物袋一并交给时奕，说："送你。"

这时候大家都关心那块表，谁会在意装东西的袋子呢？偏偏时奕一眼就看到了那夹在旁边的红色爱心卡片。

虞稚一送给他一张红色爱心卡片当礼物？

时奕看了一眼手表，却取走了卡片。

这卡片上面的内容……简直不要太直白。

少年挑起那双魅惑的桃花眼，对虞稚一说："送我这么贵的东西，是心血来潮吗？"

小姑娘脸颊绯红，支支吾吾地憋出五个字："是……处心积虑！"

你是我心底的欢喜，也是唯一中意。

一句文艺又直白的句子，是她"处心积虑"对他的告白，对时奕而言，这张普通的卡片才是最贵的礼物。

"上面写了什么啊？"何蔚然绕到时奕的身后，想要探个究竟。

时奕用手指夹着卡片往中间对折，动作流畅地将卡片放入左心口前的衣袋之中，原本只是做装饰的衣袋，第一次派上了用场。

那是距离心脏最近的位置，时奕对这份礼物的重视不言而喻。

然而刚才那个大胆送礼的小姑娘，此刻已经紧张到说不出话了。因为内心羞涩，她一直埋着头，从脸红到了脖子。

时奕轻轻捏了捏她的手指。

柯雪内心不爽，原本以为自己两千多的礼物送给普通家庭的大学生，也算是高价，可虞稚一的那块表，也明显价格不低。

她这会儿要是再送出鞋子，可不就刚好形成对比了吗？

但她还有一张底牌。

"不管什么礼物，都是送礼人的一片心意。"柯雪笑了笑，故意把话题引开，"好了好了，礼物看过了，咱们继续唱歌玩游戏呗？我订下这巨幕包间可贵了，酒水也都买了套餐，可别光顾着聊天，就浪费了。"

她字里行间道明了自己为时奕的"付出"，时奕眉心微蹙，转瞬即逝的不耐烦之色没有表现出来。

他原以为是何蔚然和另外两个室友合力出钱，打算结束之后再把消费的钱还给他们，没想到，这从头到尾都是柯雪的主意。

不过，他会把这里变成自己的主场。

时奕将桌边的手表还有盒子一并收起，朗声笑道："感谢各位腾出时间为我庆祝生日，今天在这里的消费，我请。"

他语气坚定，不是随口的玩笑话。何蔚然与柯雪对视一眼，何蔚然无奈耸肩，表示：我都帮你到这一步了，实在没办法了。

一个室友看出气氛不对，赶紧站出来打圆场，说："奕哥，这蛋糕也吃了，礼物也收了，接下来还整点儿什么呗？"

时奕的心情明显变得很好，他嘴角上翘，拿起话筒说道："既然在KTV，那我就唱首歌吧。"

话筒就搁在桌子中央，却是时奕今晚第一次主动拿起。

音乐开始了，时奕往前走了两步，路过虞稚一的身旁时歪了歪脑袋，在她耳边提醒道："听仔细了。"

时奕的嗓音清亮，犹如天籁。

英文汇聚成的歌词从他口中被念出，像是被诉说的情话，能蛊惑人心。

那双多情的眼里泛起微光，犹如娇艳的桃花在眸中绽放。他的视线一直停留在前方女孩儿的脸上，其中的情意不言而喻。

KTV的生日宴还算圆满，他们在那里待到了十点半才走。

柯雪不想自取其辱，那份昂贵的礼物也没有送出去。因为从那首歌开始，所有人都明白了时奕的心思。

礼貌地将三位女同学送上车后，另外三名室友也要乘坐另一辆离开了。他们走之前问时奕道："奕哥，你今晚不回寝室了？"

时奕冲他们摆了摆手，直言道："不回。"

室友向两人投来暧昧的打量目光，虞稚一脸皮薄，略微低着头，小脚轻轻地往前踢着空气。

直到多余的人全部离开，虞稚一才轻松那么一点儿，也仅仅是一点儿。因为现在她没办法再用之前的心态面对时奕。

她到底还是忍不住将暗恋转为了明恋。

她想，这不是苦涩的单恋，而是暗藏惊喜的双向奔赴。

等待答案的过程，好似在被煎熬地审判，只要那人没有明确地说出口，她就永远无法安心。

“一起走走吧。”时奕牵住她的手，很自然地扣入她的指缝。

他们来重庆不久，对周围的环境也不算熟悉。不过他们这是在市区，即便不认识路，也不会走丢。路标指向公园，虞稚一也不用看路，只晓得跟着时奕就能安心。

两个人明明牵着手同行，距离十分亲近，这时却不知该如何跟对方开口。

九月份还有蚊虫，虞稚一走着走着，感觉左臂有些痒。然而她的另一只手被时奕攥在手心，她并不想松开。

她下意识的动作引起了时奕的关注，时奕回过头询问道：“怎么了？”

“好像是被蚊子咬了，有点儿痒。”虞稚一咬了咬唇，觉得痒感在加剧。

“在哪儿？”时奕将视线移了过来。

她看向自己的左臂，时奕立即松开手，在长裤的侧兜一摸，拿出了一根蓝色手绳，给她套在手腕上，说：“戴上，这是驱蚊手环。”

“哥哥你怎么随身携带这个？”

“给你准备的。”

这本来就是为她准备的东西，不过从KTV出来到现在，他都没有想起。不是因为他不上心，而是也没有自己表现出来的这么镇定。

在看到那张红色爱心卡片的时候，他就已经无法恢复平常心了。从KTV一路走到这里，占据他脑海的全是与她曾经相伴的画面，逐渐蓄满胸腔的情意就快要涌出来了。

“只有一个吗？那你呢？”虞稚一摸着手环说。时奕连驱蚊手环都买了特别设计的款式，可见其用心程度。

“我一个男人，才不需要这种东西。”男人的面子不能丢。

时奕无微不至的照拂，让虞稚一突然生出了前进的勇气，她主动牵起他的手，用能甜进人心坎儿里的乖巧语气说：“我牵着哥哥的手，站在你身边，就可以了。”

灯光下，她的眼睛比夜空中最亮的星星还耀眼。

这个时间点，公园里跳舞的大妈们已经散去，乘凉的大爷们陆续离开，周围被路灯照耀着，显得有些空旷。

公园里建造的休闲娱乐设施空闲了出来，虞稚一盯上了滑滑梯。

她以前很喜欢这个，因为这项游戏只需要爬上去就可以玩。只是后来搬了住所，平时都待在学校，她就再也没有碰到过这样的游乐设施。

时奕瞬间看透了她心中所想，便鼓励她："想玩就过去。"

"我都长大了。"再玩那些小孩子的游戏，她会不好意思的。

"你还是个小朋友。"时奕咧着嘴朝她笑，"未成年的小朋友。"

大概是时奕的语气太过溺宠，虞稚一慢慢地爬了上去，坐在高处有一种不同的感觉。

"我要是滑下去摔了怎么办？"虞稚一从上边看这滑梯坡度还挺陡的，说不定会一屁股坐地上去。

然而时奕站在底下，信誓旦旦地向她保证："不会。"

虞稚一慢慢坐下，双手借力往下一滑。然而就在她准备用双手按住扶手，以双脚着地时，时奕站在了陡坡末端，直接将她抱起，稳稳当当的，丝毫不会让她心慌。

她想，小时候那么喜欢玩这个游戏，或许是因为她知道，自己每次滑下去的时候，时奕都会在下面等着她、护着她。

那时候她就打心底里依赖时奕。

时奕担心招惹上更多的蚊虫，没让她待太久，也不打算继续往里走了。两个人掉头走出公园，到马路边时，时奕提醒她道："跟你的室友说，你今晚不回去了。"

"我也不回去？"她以为他们只是晚点儿回学校呢。

"不然谁陪我过生日？"时奕没解释，温热的手掌按在她的肩头，别具深意地反问道。

虞稚一连个反驳的理由都没有，而后她也欢喜地举起手，说："我陪哥哥过生日！"

十八岁的成年礼总是意义非凡的，刚才虞稚一还在想，怎么才能跟时奕一起等到十二点呢？

两个人也不是第一次同住一个房间，甚至有些轻车熟路了。

虞稚一看了看三人群组里的新消息，发现姜觅尔已经把在 KTV 遇到时奕的事在群里说开了，颜希也知道虞稚一去找时奕了。

这两个人清楚她的计划，所以很关注事情的发展进度。

颜希："表白了没？表白了没？"

姜觅尔出了损招："要是她还不敢表白，我们直接把小说分享给时奕看吧！"

虞稚一赶紧打字回复："你们可别乱来！"

表白是一回事，小说是另一回事。虞稚一当初写小说的时候，是想珍藏自己的少女心事，若是被当事人看见，那她恐怕会羞到无法面对时奕的。

虞稚一正在用手机敲字聊天，时奕忽然出现在身侧："一一，现在饿不饿？"

她摸了摸肚子，认真感受了一下："好像有一点点。"

"想吃什么？我点个外卖。"时奕拿出了手机。

虞稚一站到他旁边，把脑袋伸过去看他的手机，下意识地问："现在还能买蛋糕吗？"

"还想吃蛋糕啊？"时奕扭头问她。

她摇头，说："哥哥的十八岁生日，不也需要蛋糕吗？"

时奕回道："刚才已经吃过了，再吃就腻了。"

"可蛋糕意义不一样呀！"尽管吃不了多少蛋糕，可点蜡烛许愿的过程很有意义啊，她一直都是这么认为的。

时奕忽然低头，向她伸出了手，最终在她的脸上轻轻捏了两下，说："我有更喜欢的。"

小姑娘大概是没听懂这句话的含义，当真开始点夜宵，问时奕道："比萨可以吗？"

"可以。"他不会说"你喜欢就好"，而是会用另一种口吻附和她，表示欣然同意她的选择。

虞稚一选了一份九寸大的比萨，又选了一杯奶茶，抬头问道："哥哥想喝什么？"

时奕拿回手机，也选了杯奶茶。

虞稚一看了一眼，时奕点的奶茶好像是草莓奶茶，很甜的奶茶。

她记得时奕很少喝这种甜味儿的东西。

这个时间点餐，错开了高峰期，客人不多，外卖很快送到了门口。

虞稚一打开包装，香味扑鼻，肚子还应景地叫了两声。

时奕笑她，说："看来是真的饿了。"

小姑娘脸色一红，愤愤地拆开包装，把一次性手套扔给他，凶巴巴地吼道："吃！"

在时奕看来，她实在是太可爱了，一点儿威慑力都没有。

虞稚一点的奶茶很好喝，时奕喝了一口草莓奶茶，见小姑娘盯着自己手中的，大方地把它推了出去，问她道："要试试吗？"

"啊……这个……"那什么，他俩同用一根吸管不就等于间接接吻了吗？

虽然她还蛮期待的，但女孩子得矜持一下。

时奕面露笑容，又把奶茶往她面前推了推，补充道："很甜的。"

手指不受大脑控制地握住了奶茶杯，虞稚一低下头去含住了吸管。

奶茶的确……很甜。

虞稚一抱着奶茶杯，脸上的燥热感就没消失过。她吸了几口奶茶，松开了手。

旁边那人没有半点儿嫌弃的意思，拿回奶茶杯，将吸管送入口中，动作再自然不过。

原以为时间很漫长，可两个人不知道做了什么，仿佛转瞬之间时光奔走，现在已到晚上十一点五十分了。

还有十分钟就是时奕的生日了，虞稚一定了闹钟，要在零点闹钟声响起时，第一个对他说生日快乐。

时奕把手机调成了静音，此刻没人能打扰到他。两个人站在窗边，虞稚一抱着手机，眼睛都不眨一下，恨不得数着分分秒秒过。

零点的闹钟声响起。

虞稚一笑容灿烂，迫不及待地向他道贺："哥哥，生日快乐。"

她一回头，目光撞进了那双盛满笑意又温柔似水的桃花眼里，便再也挪不开视线。

只见时奕的手指伸进上衣口袋，从中取出那张心形卡片，虞稚一局促不安了起来。

时奕明知故问地说："一一，你能不能解释一下，这个生日礼物是什么意思？"

"你……你自己不会看吗？"虞稚一转身就要跑，却被突然横出的手臂挡住，束缚在了窗边。

“嗯，哥哥太笨了，理解不了。”他举着那张卡片，光明正大地要无赖。

“那你就不要知道了。”虞稚一偏过头，就是不肯看他。

时奕挑起眉毛，低头在她耳边吹了口气，说：“那不行啊，一一送的礼物，我必须放在心上。”

这人分明就是在故意逗她，虞稚一哪里肯屈服，扭着脖子别向了另一边，就是不让他如愿。

她的腰间袭来一只手，搂着她的身子往前一带，温热的气息洒在她的耳朵上，那人在她的耳边说道：“知道我为什么点那杯奶茶吗？”

虞稚一微微摇头，根本不敢看他。

但女孩儿那副娇滴滴的模样本就惹人怜惜，他有数不尽的心里话想要告诉她，说：“因为，暑假那天我很清醒。”

怦怦怦的，虞稚一清晰地听见自己的心脏在狂跳。万千情意涌现，温柔的声音在她的耳畔坠落。

原来，这不是她的一厢情愿。

她喜欢的男孩儿，刚好也喜欢着自己。

藏匿在心中多年的喜欢，就在这一刻得到回应，虞稚一感觉整颗心脏都被幸福填满了，包括曾经缺失的部分也得到了安慰。

后来，虞稚一还是坦诚地献上了自己满心的欢喜，将卡片上的含义亲口说与他听：“时奕，我喜欢你，希望……你也能喜欢我。”

“好。”

十八岁生日，代表人生进入了另一个阶段，他将肩负起比从前更重的责任，也可以自由随心地去追求自己想要的人。

国庆节后，时奕也参加了军训，不过他们运气好，连着三天都在下雨。下雨的时候，他们就在大食堂里看电影，播放的都是军队相关的影片。

虞稚一表示很羡慕，心想他们运气真好，军训时间排到了后面，天气也凉快一些。

回到校园，系里立刻恢复了正常的上课安排，他们军训十天落下了不少课程，作业都得补上。

他们每一堂课的教室都不一样，有时候上理论课，跟中文系挨得近，虞稚一就会跑到教室外面来等他。计算机系的男女比例失调严重，这么漂亮一个女孩儿站在教室外面，很多人忍不住看她。

何蔚然敲了敲时奕的课桌，提醒道："你家小朋友来了。"

时奕抬头，果然见虞稚一站在教室后门口，便悄悄地冲她打了个手势。

两分钟后，老师终于下课了，教室里立马就有人起哄："奕哥，你女朋友找。"

这种情况不是第一次发生了，但虞稚一腼腆，他们起哄时，她连教室都不敢踏进去。偏偏时奕也不阻止他们，好像巴不得所有人都知道他俩的关系。

时奕单手抱着书，另一只手牵着她，说："走吧，我的小女朋友。"

"哥哥，你怎么也拿我寻开心？"男朋友都不站在她这头，也太可恶了。

"难道他们说的不是实话吗？"

"是实话，可……好多人呢。"

时奕捏了捏她的手，说："这不算多。"

时奕巴不得全校的人知道才好，这样才没人打她的主意。别以为他不晓得，好几个男生试图要她的联系方式。

大学恋爱自由，时奕毫不掩饰和女朋友的亲近，去哪儿都想带着她。

"跟我去学生办公室待会儿？"

"好呀。"女孩儿脾气温柔，乖得不像话。

时奕最近在跟他部门的几个人一起研究什么软件，虞稚一不太懂他说的那些专业知识，但很有耐心，时奕做事的时候，她会乖乖地在旁边等。

她不吵不闹，也不会催他。

这时候，一个穿着棕色卫衣的男生走了进来，随手拉了张椅子坐下，长腿自然弯曲着。

这个男生眉眼精致，五官比例堪称完美，给人印象最深的是他左耳上的那枚银色耳钉，彰显着个性。

那个男生单手握着手机，不知道在看什么。忽然他察觉到了虞稚一的目光，抬起头，饶有兴趣地打量着她。

这个男生有点儿眼熟，虞稚一想。她好像在哪里看见过，但一时之间想不起来了。

毋庸置疑，男生外貌出众，但在虞稚一眼里，除了时奕，其他人都一个样。

她也只是看了看，便移开了视线，继续关注自己的男朋友。

后来又进来一个同学，看到那男生的第一眼，就指着他的脖子说："江哥，你这脖子……？"

男生抬起手，准确无误地摸到了脖子上那抹红色印记，显然，他知道此事。

他往上扯了扯衣领，实际上根本盖不住，只说："没办法，家里的小猫太黏人了。"

时奕听到两个人的对话，回头喊了声："江迟舟。"

原来他就是江迟舟！虞稚一睁大了眼，总算知道她为什么眼熟了，颜希口中的那个"狗竹马"，可不就是江迟舟！

时奕跟江迟舟交流着一些她听不懂的专业术语，她只能从另一个同学说的赞美话中，得知一个结论——江迟舟能力很强，几分钟就破解了他们无法解决的难题。

跟时奕去食堂的途中，虞稚一问了一句："他就是那个大三的江迟舟学长吗？"

"嗯。"

把人对上号后，虞稚一就知道了。她还听过江迟舟为学校获取了许多荣誉的事，随口一赞，说："他好厉害。"

时奕微眯起眼睛，说："我们一一了不得了，刚来就开始欣赏别的男生了。"

时奕的上半句话仿佛魔咒，虞稚一下意识地捂住嘴，冲他摇头。

江迟舟在这学校三年，能力出众，提起他的人都这么说，她也就下意识地说出口了。其实，她对江迟舟一点儿也不熟悉。

逃避是没用的，她得想办法抚平时奕的情绪，便说："其他人我都不认识，也不了解，我欣赏的只有你一个。"

"我们一一了不得了，都敢当着我的面撒谎了。"

"才不是撒谎，真心实意的。在我心里，哥哥才是最厉害的！"

"跟谁学的，嘴这么甜？"

她摸着心口，满眼真诚地冲他眨眼，说："就是心里话啊！"

"行，哥哥给你一个赎罪的机会。"

"你说。"她口误，犯了错，甘愿认罚。

“刚才看到江迟舟的脖子了吗？”

“被猫挠的那个？”

“他说猫挠的，你信吗？”

虞稚一摇头。

好歹她也是个言情小说作者，没吃过猪肉也看过猪跑吧，说是颜希挠的还差不多。

“看来——也不是小笨蛋了。”

“我……就……他那个借口太拙劣了。”

“嗯，如果是我的话，就不会找借口。”

“哥哥你又没有，当然不需要找借口。”

“这就要靠你了。”

“靠我？”

不知道什么时候，她已经被时奕带进了一处隐秘的角落。这个地方她知道，是学校出了名的情侣约会地点，但谁会在白天来这里啊？

时奕弯腰，配合着虞稚一的身高，眼角微微上挑，唇边向上勾起。

“赎罪吧，小女朋友。”

回到寝室，时奕如往常一样打开电脑。

何蔚然刚洗完澡出来，脚下踩着一双蓝色拖鞋，肩上搭着一条干毛巾，没穿上衣。

“奕哥，今天……”何蔚然正想说什么，却一眼发现了时奕身上不同寻常的地方。

男生对这种印记特别敏感，何蔚然完全忘记了自己一开始的目的，指着时奕的脖子嘿嘿笑了两声，说：“奕哥，你这脖子有点儿意思。”

“我家小朋友太热情了。”时奕简单地摆弄领口，神色淡定自若。

突然被虐的何蔚然咬了咬牙齿，说：“真没看出来。”

晚自习时，时奕又特意换了一件高领衫，把脖子上的痕迹遮掩了起来。

“奕哥，别遮啊，就这样出去吧，谁见了都知道你名草有主了！”何蔚然觉得这不符合时奕的作风。

时奕面不改色地回了一句：“我家小朋友脸皮薄。”

若是让他们班上的人看见，那就不太好了。

从一开始，时奕就不是为了向人炫耀什么，在这个印记被创造出的那一刻，他的目的就已经达到了。

何蔚然在心中大喊：现在都流行把狗骗进来杀了吗？

加入各系学生会和团总支的大一学生，过了两个多月，能留到本学期的人都已经确定了。

各部门提议周末聚餐，虞稚一作为文艺部的一员，周六就要跟本部门的同学一起去。

她本来不太习惯跟一群不熟悉的人相处，还好有颜希这个副部长在，她才能够安心些。

大家商量了一下，决定去市中心吃自助烤肉。一个部门的人，差不多凑了两桌。

“这里有洗手的地方吗？”

“好像在那边，我带你过去。”

虞稚一跟颜希一起进了卫生间，按出洗手液搓洗，又对着镜子整理头发。

“我去上个厕所。”

“去吧，我等你。”

两个人在卫生间耽搁的这会儿时间，烤肉店里又陆续进来一群男生。有人看见江迟舟，瞬间认了出来，说：“那好像是计算机系的吧？是江迟舟学长吧？”

江迟舟已经大三了，学校里很多人知道他。

除了江迟舟，还有一个男生惹人注目。有人看到那个男生后，说：“哎哎哎，你看那个男生，好像是今年入学的，叫时奕，校园贴吧有他的照片！”

“对对对，是他，好帅啊！”

“计算机系的男生颜值都这么高的吗？”

正当她们激动的时候，路过了一个小眼睛、身材较胖的男生，三观跟着五官跑的人们纷纷扭头，移开了视线。

“谁要是胆子大，直接过去找那群男生要微信，准能脱单。”

“我跟你说，长得帅的男生一般不会轻易给微信的。”

“你们刚来学校不久，大三的江迟舟就别想了，人家名草有主了。”

“那就看看时奕呗，跟咱们同级，长得也不比江迟舟差。”

文艺部的女生各方面都还不错，比一般的人更有自信。她们谈论得正起劲儿的时候，虞稚一跟颜希结伴回来，又去弄蘸料碟了。

正当虞稚一蹲下身拿碗的时候，忽然有人轻拍她的肩膀。

虞稚一下意识地抬头，瞬间变得惊喜地说：“哥哥，你怎么在这儿？”

“部门聚餐。”时奕回答道。他们部门的某位学长以公谋私，刻意选在跟中文系文艺部相同的时间和地点聚餐，其目的再明显不过。

时奕直接将手中端着的那碗配好的蘸料碟递给虞稚一，说：“我就在那边，有什么事情找我，记得不要喝酒，还有等会儿离开的时候，喊我一起。”

他仔细地叮嘱，把她照顾得像个孩子。虞稚一端稳蘸料碟，轻轻点头，说：“知道了。”

颜希绕了一圈，听到这些话后，心里有点儿扎得慌。

她回头看着那位大爷似的江迟舟，把刚弄好的蘸料碟塞给他，生气地说：“拿着蘸料碟，麻溜地走开。”

她看着他就来气！

江迟舟右手揽着女孩儿的腰，附在她耳边说道：“颜颜，今天早上我起床给你洗衣服、洗床单的时候，你可不是这么说的。”

颜希在他的腰上捏了一把，说：“施恩望报？”

江迟舟拿走了她手中的蘸料碟，临走之前留下一句：“不要喝凉水。”

谁知道，被议论的两个人还趁机谈了个恋爱呢？

部门聚餐，部长和副部长在两桌之间来回徘徊，啤酒都喝了好几杯。虞稚一端着一杯酒，跟人碰杯之后，就假装喝一口。

自助烤肉店里摆着一架免费的冰激凌机器，有人一下子做了好几个拿回来，挨个儿递给他们。

虞稚一拿到了一个粉色的草莓味冰激凌，吃得津津有味。

同部门一个男生已经注意她很久了，见今日气氛和谐，忍不住借此机会献殷勤。他又单独跑去机器那里，做了几个不同口味的冰激凌回来，说：“虞稚一，这里还有其他口味，你可以都试试。”

“啊……”可是她已经不能再吃了。

虞稚一想着直接拒绝不太好，就接过了冰激凌盒子，想着等会儿分给周围的人。

可她刚碰到冰激凌就有人起哄，说："哎哟，郑永川，你是不是喜欢虞稚一啊？"

起哄的人并非虞稚一的同班同学，所以他们不太清楚虞稚一的感情生活，只晓得这个女孩儿乖乖巧巧的，是最容易激起男生保护欲的类型。

男生有些腼腆，但能从他的眼神中很明显地看出来他的情意。

虞稚一暗道不妙，假装随意地将冰激凌盒子搁在一旁，和部门的人笑谈道："你们就别拿我开玩笑了，我男朋友会吃醋的。"一句话带出了自己非单身的信息。

旁人惊讶道："你有男朋友了？"

虞稚一点头，再次确定。

一时之间，旁人也不好意思再拿她打趣，而那个腼腆的男生也回到另一张桌子边。

虞稚一松了口气。

部长被轮番敬酒，喝红了脸，直接去厕所吐了。

大部分人吃好了饭，瘫坐在椅子上聊天。

"难得这样聚餐，感觉挺好的，大家一下子就熟悉了。"

有人在席间讲了个笑话，逗得大家哈哈大笑。

第二个人讲了个冷笑话，反应过来的人笑得很欢，没反应过来的人还一脸蒙的样子。

"喀喀，"第三个人清了清嗓子，说，"笑话讲了，冷笑话讲了，要不我来给你们讲个鬼故事？"

"哇，不是吧，现在天都黑了。"

"讲吧讲吧，人多不怕！无所畏惧！鬼故事多刺激。"

有人支持，那人就真的说起来。

"传说，原本我们学校有一栋教学楼，每到了晚上十二点，那栋教学楼的七楼就会亮起灯光……"

提到与自己生活相关的地方，恐怖感就会在人的内心增强。

虞稚一自知胆小，正想要离开，忽然有一双温暖的手捂住了她的双耳，让她听不见那恐怖的故事了。

第十一章

告　白

虞稚一回头一看，来人在意料之中。

其他同学也注意到了时奕的到来，见时奕跟虞稚一这样互动，好似明白了什么。讲鬼故事的人都被带偏了，问虞稚一道：“你在跟时奕谈恋爱吗？”

一男一女这么亲近，也只有这个答案了，虞稚一点头承认，离开了座位。

“哥哥，现在回去吗？”

“等你们部门聚餐结束。”

“我不知道他们打算什么时候走。”

“没关系，才刚刚开学，想要打好人际关系，得有耐心。”

大家都才认识不久，只能从表面去分析判断，这个人是否可以继续来往。

“那你刚才怎么突然过来了？”

“这不是担心你听到鬼故事会害怕吗？”他也是帮朋友取果汁的时候，恰巧听到他们这边在谈论鬼故事，放下东西就走过来了。

虞稚一抿着唇笑，眼里的喜悦掩饰不住，能时刻体会被男朋友保护的感觉，再美好不过了。

她闻到时奕身上有明显的酒味，说：“哥哥你喝酒了。”

“我是男人，喝点儿酒没什么。”

“那你记得少喝一点儿。”虞稚一也叮嘱他顾好身体。两个人分别回到了自己部门的聚会场地。

见时奕回来，部门一个男生向他递出一支烟，问道："奕哥，抽烟吗？"

"不了。"时奕摆手拒绝道。

何蔚然拿了一支烟点燃，又把打火机借给了旁边的人，说："奕哥，是男人就抽一支！"

时奕把玩着手中刚换的茶杯，不轻不重地回了一句："总不能让我的小姑娘跟着我抽二手烟吧？"

何蔚然感觉老扎心了！

"什么二手烟，有女朋友的人就是不一样。"大家笑了起来，那男生把烟盒收了回来。

九点钟的时候，两边聚餐的人逐渐散了。

虞稚一跟颜希说了一声，便先跟时奕离开了。

"哥哥！"

"走吧。"

这两个人明目张胆地牵着手，离开了众人的视线。

"哇，我没听错吧？时奕的女朋友喊他都喊哥哥的吗？这妹子性格也太软了吧……"

男生不像女生那样，会羡慕别人甜蜜的爱情，但如果他们听到女生乖乖巧巧地喊自己哥哥的话，没有人不会心软的。

市中心和学校有一段距离，两个人打车回去。虞稚一有些犯困，坐在车上打哈欠，说："有点儿困了。"

"靠着我睡一会儿，到了我再叫你。"

"嗯。"她就靠着时奕的手臂，闭上了眼睛。

虞稚一还没睡着时，时奕捏了捏她的手，说："一一，我的手机没电了，借我用一下。"

"拿吧。"她的手机密码时奕也知道。

时奕刚拿到手机，手机上就弹出了一条来自码字软件的信息。

车子停在校外百米的地方，时奕唤醒了虞稚一。

虞稚一刚下车还有些不清醒，揉了揉眼睛，晃了晃脑袋，问："到了吗？"

"你都站在地面上了，才想起问这个问题，是不是太晚了？"时奕扶着她的手臂，等她站稳。

“我睡糊涂了。”她刚才在车上太困，真是睡糊涂了，下车才反应过来。

时奕手中的手机忽然亮起一道光，吸引了虞稚一的视线，她才注意到，说：“这不是我的手机吗？”

“嗯，刚才用了一下。”

“哦，那你用。”她完全不介意。

时奕瞥了手机一眼，说：“一一，你……”他在看向她的时候欲言又止。

虞稚一用双手捂住半张脸，打了个哈欠，双眼蓄起了一层水雾，软绵绵地问道：“怎么了？”

“没事，我们回学校吧。”时奕摇了摇头，将手机放回她的背包里。

A 栋 405 男生宿舍。

何蔚然和另外两位室友发现，他们寝室里玩游戏最厉害的那位哥，最近在勤勤恳恳地写程序，已经一周没打开过任何游戏了。

“奕哥，你最近也太拼了吧！在干吗啊？”

“赚钱。”

“你最近很缺钱吗？你要是需要，咱们兄弟也可以给你凑点儿。”

“不缺钱，但要赚钱。”

不缺钱，但他想要更多。

何蔚然摸了摸脑袋，表示实在不懂学霸的思维。开学那会儿，时奕每天跟他们玩游戏，现在突然就开始认真赚钱了。

不过令他们既羡慕又佩服的是，时奕写出的程序能赚钱，他们还在为考试发愁。

他们专业的这几个班的人基本都知道，大一的时奕跟大三的江迟舟有的一拼。

“人比人，真是气死人。”何蔚然摇头感叹道。他喝下一罐啤酒，又开启了新一局游戏。

时奕对此充耳不闻，认真地盯着电脑屏幕，手指迅速地敲击着键盘。

叮——

手机信息发出特别提示，他拿起看了一眼，便关掉了电脑，迅速换衣，出了寝室。

十一月的天气已经很凉了，时奕下楼时，见虞稚一站在那里搓手。

他跑过去，捂着她的手哈了一口气，说："你要过来就早点儿给我打电话，不要等到了再说。"

他根本就不希望让她等在这里吹冷风。

"没事的，就等了一会儿。"两个人都在为对方着想，有些话根本不用说。

时奕拿她没办法，低头在她耳边说了几句，两个人携手往前走去。

本来他俩是约好一起出去吃饭的，结果今天的天气不是很好，他们干脆就留在校园食堂里解决了。等餐的时候，时奕坐在旁边，将纸巾对折再对折，叠成了长条。

虞稚一好奇地望着他的举动，问："你在干吗？"

"无聊，打发时间。"好像真如他所说的那般无聊，他将叠好的纸条围着自己的手指绕了一圈。

虞稚一信以为真，谁知时奕忽然盯上了她，对她说："伸手。"

时奕握着她的手腕，把叠成长条的纸巾在她的中指上绕了一圈。

"哥哥你好幼稚。"

"嗯？"时奕的目光紧锁着她的手指，然后他将纸条取掉，笑着反问她，"我幼稚？那你这么配合干什么？"

虞稚一心想：那还不是习惯了听你的话！

十二月份差不多是一年中最冷的时候了，好在重庆最近都没下雨，天气还不错。

"重庆冬天还不错，有太阳。不像我老家那边，一到冬天就下雨飘雪，上学的时候都得踩着泥水走，搞得人心情特别郁闷。"室友钟静萱抱怨曾经走过的上学路，又表达了对这座城市的喜爱之情。

可是，就在她这话说出来后不久，天空变色，等到中午放学时，外面已经下起了大雨。

钟静萱立马改口，说："原来重庆的天气也这么糟糕啊。"

虞稚一和室友们不想说话。

但是更大的难题来了。

"怎么办？我们都没有带伞。"大家当时都觉得天气好，整个班的人都没几个带伞，就算是想蹭一把都蹭不了。

他们今天在一楼上课，走两步就是教学楼的大门口。大部分人被困在了这里，还有人已经联系了其他班的朋友，希望他们能够送伞来。

钟静萱掏出手机，说："我问问我男朋友今天有没有课，看他能不能送两把伞过来。"

这时候，另外两个单身的室友又把目光移到了虞稚一身上，说："一一，要不你也问问你男朋友？"

话音刚落，虞稚一便指着前方，淡定地说道："他来了。"

大雨落在了雨伞上，再顺着伞面弧度滑动坠落。那个身形挺拔的少年撑伞而来，每一步仿佛都踩在了众人的心尖上，令人悸动不已。

这个人是来接她的啊……

室友羡慕极了，说："哇，这速度也太快了吧！"

钟静萱问："你提前跟他说了呀？好聪明。"

虞稚一摇头，说："我没说。"

的的确确是时奕自己来的，虞稚一都很好奇，便问他道："你都没给我发信息，错过了怎么办？"

时奕摇头，语气十分肯定，犹带笑意地说："我知道你在这里。"

他上午没课，但记得虞稚一的课表，所以掐准时间出现了。

他到得不早不晚，刚刚好。

时奕带来了两把伞，虞稚一大方地将其中一把借给了室友，自己跟男朋友共撑一把。

他俩正准备离开的时候，虞稚一用余光瞥见了一抹熟悉的人影，微微惊讶地道："咦？黎少舟也在这里，他好像没有伞。"

"没事，自然会有人管他的。"时奕扣着她的手，拉她离开。

就在他们走出教学楼的时候，只见姜觅尔撑着一把七彩大伞冲了过来，还大声地唤了一声："黎少舟！"

只见黎少舟犹如一只花蝴蝶，扑腾扑腾地飞进了伞下，丝毫没有被围观的尴尬感。

这俩恋爱奇葩……绝了！

虞稚一抱紧时奕的胳膊，往自己男朋友的身旁靠了靠，说："哥哥，下次你也买一把更大的伞。"

时奕毫不犹豫地回绝了她的建议，道："不好。"

“为什么？”虞稚一仰头，疑惑地望着他。

时奕的目光在她身上转了一圈，最后他看向前方，嘴角慢慢地翘了起来，说：“靠我近点儿，别淋到了。”

元旦节即将来临，各系的节目从十一月就开始排练，到了十二月中旬，训练时间更是紧张。

虞稚一在文艺部的表现很好，为了多加学分，她也报名参加了学院的礼仪队。

进入大学校园，就是进入了一个小社会，学生多参加活动才能更快地搞好人际关系，认识的人多，各种机会都会增加。至于是什么机会，没有定义，但总归是能让人成长的。

虞稚一在时奕的鼓励下，参加了许多活动，有成功的、失败的，短短几个月就使她受益良多。这次，她成功被学院的礼仪队选中，在学院的大型节目上出礼仪，可以加很多学分。

只不过，她上次买的高跟鞋不是很合脚，练了两次下来，她的脚后跟都被磨破了一层皮。

“好了，大家先中途休息一下，等会儿再练习。”

礼仪队的队长给了大家休息放松的时间，虞稚一找到了一张在角落的凳子坐下，脚从高跟鞋中挣脱出来，被磨破的地方红得扎眼。

一道阴影遮盖在了她的头顶，虞稚一没注意到。

接着，那个男生蹲在她的脚边，问她道：“是脚受伤了吗？”

“哎？”

听到不太熟悉的声音，虞稚一疑惑地抬起了头。

来人正是他们校文艺部的副部长，平时也会指导她们礼仪队的练习。

“是不是脚上穿的这双高跟鞋不太合适？”副部长的表情看起来很担心她，他甚至想去托她的脚。

虞稚一下意识地缩回腿，把脚钻回了鞋子里。

“没事没事。”她不习惯跟不熟悉的人分享自己的事情，哪怕是诉苦，也不想。

副部长意识到了自己的唐突，连忙向她道歉，说：“不好意思，刚才就是看你脚受伤，我太唐突了。”

虞稚一仍是摇头。

副部长耐心地与她沟通，道："咱们训练并不是只为这一场节目，作为校礼仪队的成员，以后还有很多需要出礼仪的地方，一双合适的高跟鞋很重要。"

这听起来也是一条好建议，虞稚一点了点头，说："谢谢副部长。"

她原本也是打算买新鞋子的。

结果虞稚一还没来得及给自己换新鞋，第二天副部长就送了她一双。

"我看过你的鞋码，应该是合适的，你试试这双鞋怎么样？"

虞稚一受宠若惊，但万万不敢收下，便说："不好意思，副部长你这是什么意思？"

"啊……"男生笑了笑，说，"你还没看出来啊？我想追你啊。"

因为是其他系的学长，他并不了解虞稚一的情况，只是看她每天都来练习，身边也没有别的男生，就以为她是单身。

或许也是他自己私心作祟，就下意识地当她是单身了。

他对自己的颜值有信心，部门里曾有几个女生试图跟他拉近关系。可他觉得，像虞稚一这种单纯可爱的女生，更惹人怜爱。

即便这女孩儿不是单身，他也可以凭借自己的耐心去追求。毕竟，这个年龄的男生还是意气风发的，觉得一切都有可能发生。

虞稚一没想到，得到的竟是这样的答案。

"抱歉，我们不是很熟。"她这算是婉拒他了。

在虞稚一看来，他们连话都没说几句，他说喜欢她也太莫名其妙了。

"你也别急着拒绝我，所有人都是从陌生到熟悉的，咱们可以慢慢了解。"副部长又把那鞋盒往前递，"就当是朋友的一点儿心意。"

他欲擒故纵，拿捏得当，然而选错了目标。

听到这样的话，虞稚一微微皱眉，明明白白地拒绝道："抱歉，我们可能不太适合当朋友，我已经有男朋友了。"

既然她有男朋友了，自然要跟别的男生保持距离，更不会跟喜欢自己的男生做朋友。

副部长愣了一下，却提出质疑："倒是没听说过你有男朋友，你不会是为了拒绝我才故意这样说的吧？"

虞稚一很是无语，不知道这人脑子怎么想的。她会为了拒绝别人，而撒谎自己有男朋友吗？

“是真的，我没故意骗你。学长，这件事情到此结束吧。”要不是因为他俩在礼仪队，抬头不见低头见，她可能就直接扭头走了。

见虞稚一拒绝自己，副部长追了上来，说：“好吧好吧，我相信你有男朋友。但你看，你的那双旧高跟鞋让你的脚受伤了，这时候你就需要一双合适的新鞋子。”

他意有所指，再次把鞋盒递给虞稚一，道：“反正我都买好了，也是按照你的尺码买的女式款，你若是拒绝了，我拿回去也只能丢了，那多可惜？就当这是学长对学妹的照顾吧。”他不依不饶，自以为绅士礼貌地说个没完没了。

虞稚一本不喜欢与人争论某件事，可此刻副部长的行为确实令她心烦。

“无功不受禄，如果学长真的没办法处理，那就扔了吧。”

副部长愣住了，从来没哪个女生做得这么绝，平时看着软萌乖巧的小学妹，脾气居然这么硬？

这样的女孩儿实在是太有个性了！

副部长想：完了，他更喜欢她了。

虞稚一转身离开，副部长想伸手拉她，手腕却被人紧紧扼住了。

“学妹，你——啊啊啊啊——”

连连的惊叫声引起了虞稚一的注意，她回头一看，熟悉的人终于回来了。

“哥哥！”女孩儿脸上露出了欣喜的表情。

时奕将那学长甩开，走向虞稚一所在的位置，直接将她揽入怀中宣示主权，对那个副部长说：“这位学长，感情这种事，也是分礼义廉耻的。”

时奕也没说什么狠话，仅仅是用一个成语就让副部长感到无地自容。

“礼义廉耻”四个字，犹如巴掌打在副部长的脸上，着实令人难堪。

时奕护着自己的女孩儿，转身离去。

没有其他人在耳边嗡嗡嗡地讲话，虞稚一觉得整个世界都变得清静了。

时奕代表学校去参加信息技术全国竞赛，一共去五天，这才三天就回来了。

“哥哥，你的比赛结束了吗？结果怎么样？”

时奕举起了食指。

“是第一名吗？”虞稚一觉得，这比自己考第一都令人激动。

时奕轻轻点头。

小姑娘毫不吝啬地朝他竖起大拇指，说：“哇，哥哥好厉害。”

虞稚一又想起今天应该也是比赛的日子，还以为自己记错时间了，又问：“哥哥，你什么时候回来的呀？之前不是说明天才回来吗？”

时奕迈出一大步，挡在她的前面，两个人停在了原地。他低下头，额头与她的额头相触，温柔地道明相思意：“因为太想一一，就提前回来了。”

虞稚一害羞地退后一步，双手捂脸道：“啊，好害羞哦……”

时奕能不能不要把情话说得这么顺口呀？！

时奕没否认自己是故意为之的。

某人自己在小说里写：希望他能更清楚地表达心意，这样我才能感受到。

所以他才会这样，毫不掩饰自己的感情。

“哥哥，你现在跟以前不一样了，以前你都不会说这些话。”

“以前？那不是还未成年吗？”总不能让他每天诱导小朋友早恋吧？尽管这个小朋友只比他小三个多月。

这话倒是让虞稚一想起，高中毕业之前，时奕一直把她当妹妹的。

她的角色转变得这么快吗？

“我有个问题，你是什么时候喜欢我的？”

“不知道。”

果然！万一时奕根本没分清对她的感情是哪种喜欢，该怎么办？

女朋友是不讲道理的，特别是当那个女孩儿真心喜欢你的时候，每件事的细节都会被放大。

虞稚一有些苦恼，说：“你怎么不知道？你暑假的时候都亲我了。”

“不是暑假。”

“什么？你亲我的时候都还不喜欢我吗？”她下意识地把时间往后推。

时奕咳了一声，想起自己曾经多次因为不经意间的触碰而心烦意乱。

他摸了摸鼻梁，反驳道：“你怎么会这么想？我没那么迟钝。”

“那是之前吗？”虞稚一很是不解，想起曾经他总是对外宣称她是他的妹妹，“可你之前一直把我当妹妹的。”

时奕愣了一下，差点儿气笑了，说：“谁跟你说我之前一直把你当妹妹了？”

“你自己说的。”虞稚一逮到了证据，更有质问的勇气了，说，“你一直跟其他人说，我是你的妹妹！”

他伸手抓住女孩儿的发尾，低声笑道："我故意的。"

"故意的？"这个答案实在让虞稚一感到惊喜。

时奕把玩着女孩儿的长发，微垂的眉眼含着笑意，解释道："大学之前的读书阶段，老师、同学和家长，对谈恋爱这个话题都很敏感，如果是兄妹关系的话，那些人就无话可说了。"

在谈恋爱不被人接受的时候，只有以兄妹之名，他才能肆无忌惮地对她好。

"我说不知道，是因为时间长到连我自己也记不清了。或许，从你被送到我家的那一刻起，就注定是要跟我在一起的。"

不然当初那个嫌弃同龄孩子幼稚的时奕，怎么偏偏对反应迟钝的虞稚一特别对待呢？

"所以——，你根本不用担心那个问题。"他将句句发自内心的话说出了口，声音落在了虞稚一的耳边，仿佛灼烧着她的脸颊，一片滚烫。

时奕刚回来，收到消息的室友提议，为他这个第一名庆祝庆祝，时奕却将时间延后了。

他扭头就对身旁的小女友说："等会儿我们去商场。"

"现在去商场干吗？"

时奕看了她一眼，视线移到她的脚上，将她拉到旁边没人的四角亭里坐下。然后他缓缓地蹲下身，握住了她那纤瘦的脚。

因为穿高跟鞋而被擦破皮的伤，其实不严重，养两天就会好，可在时奕看来，脚后跟的红印有些触目惊心。

他内心很不爽，因为心疼。

"我离开了三天，你就不会照顾自己了？"

"只是鞋子不太合脚，我已经打算去买新的了。"

冰凉的脚被温暖的手掌握住，虞稚一还是会害羞的。她下意识地往后缩，却被时奕稳稳地握住了。

他当下改变了去商场的主意，说："算了，你还是不要去了，我直接给你买回来。"

原来时奕是要给她买新鞋……

虞稚一提出疑问："我没有试穿，还是不合脚怎么办？"

时奕反驳道：“你之前那双试穿的时候，不也没试出来吗？”

虞稚一跟着点头，说：“好像有点儿道理。”

也对，除了特别不合适的，有些鞋子刚穿上时很难感受到舒不舒服。

不过，她还是去了。

“总不能让冠军独自去给女朋友买鞋吧？”小姑娘嘴甜撒娇的时候，没几个人抵抗得住。

至少时奕抵抗不住，趁着周围没人，抱着自己的小女朋友亲了好几下。

当天晚上，虞稚一破天荒地更新了《对你心动啦》这本小说，更新了一万字。

屏幕前的读者仿佛都能闻到恋爱的味道，评论区一片火热。

虞稚一的第二本书成绩很好，吸引了大批读者。许多读者连带着追起了第一本，大家都期待这对现实中的情侣能够有一个好结局。

不过，其中最能引起虞稚一注意的，是两个账号。

一个是从她高中开始就一直不变的账号，那个账号跟当初一样，书架里干干净净的，只收藏了她这一本书，并且在她更新的每一章下都会留下评论。

这几年下来，虞稚一已经确定这是个忠实的粉丝。

这个账号在新章节的评论区留言：“暗恋变明恋，是好事，恭喜。”

她随手就回了这个人一个书币红包。

还有一个是两个月前出现的新读者，她将那人称为“土豪读者”。

“土豪读者”每次都会在她更新时打赏她，打赏的数量是九十九。

一次不算什么，可他坚持了两个月，弄得虞稚一都不好意思了。有两次她回了这个读者丰厚的书币红包，那人却留言说：“不要给我红包。”

这么耿直的“土豪读者”也是不多见了。

男朋友回来之后，虞稚一每天训练结束时，都会在训练室外看到时奕。

时奕总是不辞辛苦地等她训练结束，从不抱怨。

虞稚一跟他商量过几次，说：“哥哥，你的时间也很紧张，可以不用来等我的，反正咱们都在校园里。”

她知道时奕在用专业知识赚钱，比一般的学生更辛苦，也很心疼自己的男朋友。

可在这件事情上，时奕很坚定，说：“我得好好守着我家一一。”

免得她又被！骚！扰！

刚从里面走出来的副部长听到这话后浑身一颤。

天地良心，他之前虽然有过不好的想法，可在打听清楚虞稚一跟时奕的关系之后，就决定离虞稚一远远的了！

像时奕这种陪伴了虞稚一多年的“竹马”，还格外优秀，自己想跟他抢女朋友，简直是在做梦！

没有了副部长的“特别关心”，虞稚一在礼仪队训练时更轻松了。

等到元旦节，礼仪队的队员们顺利完成了任务，一下子加了好多学分，虞稚一感觉美滋滋的。

过了这个大节日，还有一个更大、更特殊的日子等着虞稚一，那就是她的十八岁生日！

不过她这生日都快到了，身边的朋友居然一点儿动静都没有。

不是她非要朋友送礼物，而是像乔乐芷那种，过节都要挨个发祝福的，还有闻听语这么心思缜密的，这次好像齐齐忘记了她的生日，就跟往常很不同。

有一次，姜觅尔随口提起了虞稚一的生日，那两个人也假装没看见一样。

她有一种无法形容的奇怪感。

也许是分开太久，她们都有了新朋友吧。

结果在生日前一天，虞稚一收到乔乐芷的信息：“我要去重庆啦，去给你过生日！”

虞稚一很是惊喜。

她刚要退出消息界面，许多年未联系的高中班长廖哲文忽然和她聊天。

消息框弹出来：“明天有空吗？”

虞稚一发过去一串问号。

廖哲文：“我明天去重庆，又看到系统提示，说你的生日将至，正好可以给你庆祝一下。”

虞稚一在内心哇了一声，心想她这生日过得也太巧了，个个都要来重庆给她过生日？

她有空是有空，可还要接待远道而来的姐妹，还要给男朋友单独留出时间，再邀请其他男生，似乎不太好。

虞稚一正想要打字拒绝，廖哲文忽然提起：“当年我还你本子，守护你的秘密，不至于连跟恩人吃顿饭都要拒绝吧？”

哦，她差点儿忘了，自己还欠廖哲文一个人情。

既然如此，她明天请朋友们聚餐的时候，加上廖哲文就好了。如果时间对不上，那可就不怪她了！

虞稚一回复了一个吃饭时间，廖哲文说他下午两点左右才到。

虞稚一把这件事告诉了时奕。

收到这条信息后，时奕啧了一声。

两点，他的事情早就办完了。

那时候，他的小女朋友哪还有心思去跟别人吃饭？

第二天，虞稚一起了个大早。

她一直把生日当作特别的节日，特别是代表成年的十八岁生日。

因此，虞稚一起了个大早，开始给自己化妆，步骤精细。

最后，她站在寝室的全身镜前摆弄好久，换上了白色毛绒外套。柔顺的长发两边被编了几股小辫子，最后她拿起蓝色贝雷帽戴在头顶，整体形象清新可人。

室友钟静萱看了都连连称赞，道：“难得看你这么仔细地打扮，我都忍不住……呜呜呜，我要是个男的，我就娶你！”

虞稚一含蓄地笑了笑。

地点是时奕提前选定，直接发给她的，不容她拒绝。

但虞稚一今早收到时奕的信息，说他遇到点儿事情需要处理，让她跟颜希一起过去。

临走之前，虞稚一还联系了姜觅尔，可姜觅尔说不跟她们一起走。

虞稚一还有些奇怪，说：“也不知道尔尔在干什么，不跟我们一起走。”

颜希摸着手机，随便扯了个理由，道：“可能是想跟男朋友一起走吧。”

“咦，那你男朋友嘞？”

“分了。”颜希说得干脆。

虞稚一诧异地望着她，颜希无辜眨眼。下一秒，虞稚一的视线就移到了颜希的腿上。

颜希摆了摆手，说："嘿，想什么呢？！"

虞稚一在心里说：想看是不是真的"敢分手，腿打断"。

十点多的时候，虞稚一收到了廖哲文的短信，两个人用文字沟通，廖哲文竟已经到达了那个地点。而说要来重庆的乔乐芷还没回复她。

这些人真是奇怪，她没想到的人都到了，期待的人一个个都不在。

好奇怪，好奇怪！

车子不能直达目的地，虞稚一跟颜希在距离一百米的地方下了车，顺便在街口买了两杯温热的奶茶。

奶茶刚做好，颜希就接到了江迟舟的电话。

"有事吗？前男友。"

虞稚一隐约听见了他们的对话，语气完全不像分手的情侣，调情还差不多。

没过一会儿，颜希就说要走，对虞稚一说："抱歉啊，我家那狗……不太安分，我回去给他顺顺毛。生日快乐，祝你今天有个好心情。"反正她的任务是把人安全送到，虽然差了一百米，但也差不多了。

所有人都在计划之中，唯独突然冒出的廖哲文。

其他人"状况百出"，正好给了廖哲文跟虞稚一单独见面的时间。

廖哲文按照虞稚一给出的地点寻过去，一眼就看见了站在屋檐下的那个女孩儿。

她玉雪可爱，手里捧着杯奶茶，整个画面安然。

"虞稚一。"他昂首挺胸地走过去，喊她的名字。

虞稚一回头，看清了来人。

半年不见，廖哲文跟之前看起来不太一样了，不过还是一副书生相。

在她的印象中，她跟廖哲文也不算熟，不过用一顿饭还人情还是可以的，毕竟廖哲文的善意，维护了当初那个小心翼翼的女孩儿的秘密，这很珍贵。

"班长，好久不见。"她仅仅是打了个招呼，没有说多余的话。

虞稚一拿起手机，又说："我看看时间，差不多可以进去了。"

廖哲文猜到里面应该还有其他人，不是很想凑热闹，便说："我们先在外面说说话吧。"

“好像没什么好说的。”她觉得，她跟班长除了那个本子的恩情，其他没什么好说的。

廖哲文几乎要被这个思想简单的女孩儿逗笑了，说：“你这样，也太伤人心了。”

虞稚一说：“你说下午才到，没想到提前了这么久。”

“啊……这样的话，不是可以创造一个惊喜吗？”

他在原本约定的时间前出现，算惊喜吧？

站在楼里观察情况的黎少舟惊呼道：“大事不妙，一一被一个男的拦住了！”

姜觅尔捏了捏鼻子，补充道：“好像是我们班的高中班长啊？”

万万没想到，中途杀出了一位不速之客，时奕黑了脸。

不是说他下午才到吗?

时奕拿起了旁边的伞。

黎少舟还以为他要去打架，劝道：“奕哥你别冲动啊，今天可是你大喜的日子……”

姜觅尔吼道：“什么大喜的日子，你会不会用词啊？！”

黎少舟心虚地解释道：“形容词嘛。”

“按原计划行事！”时奕扔下这话，便冲下了楼。

屋檐下，虞稚一跟廖哲文之间的气氛有些微妙。虞稚一不是很想站在这里聊天，可没想到廖哲文竟提起了小说的事。

她正要探个究竟，忽然听到有人喊她的名字。

“一一！”

虞稚一猛地回头。

只见那个身形挺拔的少年，手里拿着一把沾了些许红色的伞，向她走来。

时奕一出现，虞稚一的眼中就再无旁人，廖哲文准备好的说辞全被打断了。

今天两个人都特别打扮过，芝兰玉树的少年身着英伦风的浅咖色大衣，步伐从容，占据她全部的视线。

“一一，过来。”

小姑娘脸上浮起笑容，欢喜地走近他的身边，说：“哥哥，你来了呀！”

“来接你进去。”

“嗯嗯！我们进去吧！”被男色迷惑住的虞稚一差点儿都要走了，才想起后边还有一个恩人。

她看了看廖哲文，向时奕解释道：“对了，我高中班长也提前到了。”

“嗯……我觉得，让他暂时在外面等等比较好。”

“咦？这样不太好吧？”他们说好的请客吃饭，却把人留在外面，这样是不是不太礼貌？

时奕扫了一眼不远处的男生，一副胜券在握的姿态，说：“当然了，他跟我们一起进去也行。”

廖哲文总觉得这个一直面带笑容的少年，算计着什么他们都不知道的事。

说是一起进去，廖哲文刚进了一道门，就被闻听语拦下了，她说：“班长，好久不见。”

闻听语摘了眼镜，染了头发，廖哲文乍一下还没认出来。

闻听语从不是喜欢主动与人说话的性格，这会儿她突然冒出来，铁定有事！

廖哲文被阻挡了，但也并非将他关在外头，只是让他跟前面两个人保持了一段距离。

廖哲文不禁咋舌，道：“我又不是病毒，把我隔离得这么远干什么？”

闻听语也不解释，只说：“班长理解一下。”

行，他理解！

虞稚一预感到，她的朋友们在策划着什么，猜想是时奕为她准备了十八岁的生日惊喜。

精装的外门被打开，里面别有洞天。室内面积宽广，环境布置以粉白色为主，满足了虞稚一的少女心。

前进的道路用装饰隔开了，引着她一路向前。悬空的照片是她跟时奕从小到大、不同阶段的合照。

虞稚一停住脚步，随手抓住了一张，那照片中的小女孩儿趴在男孩儿的背上，脸蛋儿亲昵地靠在一起。

装满童年回忆的匣子被打开，虞稚一的心头涌上一种无法言喻的感觉。

穿越照片编织的回忆长廊，挂满暖色小灯的心形气球在熠熠发光。

“这是……？”这里看起来不像是生日宴，但她很喜欢。

时奕转身与她面对面，桃花眼里满满的都是她，深情地对她说："还记得我十八岁时，送你的那首歌吗？"

虞稚一点头，说："记得。"

"那我再给你唱一遍，这次你也要听清楚了。"这一次他不需要音乐伴奏，而是坦然地站定在她面前，注视着她的双眼。

他性感的薄唇轻启，这首歌是告白，也是宣誓。

她与他这么近的距离，这么清晰的声音落进她的耳朵里，眼泪染红了眼睛。

他单手将人揽入怀中，透明伞撑开的瞬间，娇艳的玫瑰花瓣纷纷落下，将两道身影笼罩其中，四面气球腾空起飞，场面壮观至极。

时奕用温柔的手指替她拭去眼角晶莹的泪珠，说："我是想让你开心的，你这样哭起来，哥哥心都疼了。"

"我很开心。"虞稚一是喜极而泣。

时奕将透明伞倾斜，挡住她的身影，对她说："那你知不知道，我想做什么？"

她轻轻摇头，此刻哪里还有思考的能力？

少年嗓音清朗，字字句句格外坚定地道："我早就想好，在你十八岁的这天，要跟你求婚。"

"求……求婚？"虞稚一直接呆住了。

"是啊。"

透明伞从她的头顶移开，时奕松开手，倒退一步，单膝跪地。

他将伞搁在一旁，手里变出了一枚戒指，向前递出，漂亮的桃花眼里漾出似水的温柔。他注视着虞稚一，说："想要以你一生伴侣的身份，明目张胆地偏爱你。"

虞稚一惊喜到说不出话来。

在她曾经以为自己糟糕到被全世界抛弃的时候，有这样一个人，坚定不移地把她捧在心尖上。

她做出了让时奕意想不到的动作。她没有拒绝，也没有立刻答应，而是像时奕一样蹲下身，红着眼睛问道："你确定不会后悔吗？"

那样优秀的他，真的要这么早就跟她锁在一起吗？

"这个问题不成立。"他说，"我尽心尽力守护了十八年的宝贝，怎么会后悔？”

虞稚一紧紧地抓住了那枚戒指，好像回到了那年夏天坚定地做出选择的时候。她带着哭腔说：“——愿意跟哥哥回家。”

躲在四周的朋友们激动不已，乔乐芷举着相机的手都在颤抖。

她在这个年龄，见证一对青梅竹马的爱人在十八岁求婚，简直是奇遇。

而廖哲文终于知道了他被拦在后面的原因。

在别人只顾着谈恋爱而没有设想未来的时候，已经有人要将自己认定的姑娘套在身边一辈子了。

最终他没有留下来吃那顿“感恩饭”。他想起了那年无意捡到的笔记本。

那上面写了许多文绉绉的句子，还有满篇时奕的名字。时奕的大名众所周知，他原本以为笔记本的主人只是时奕的众多仰慕者之一。

当年那个笔记本上，令他记忆最深刻的话是什么来着？应该是，“如果时奕能够喜欢我，那将是我这辈子最快乐的事情”。

他当时还想，人生中有亲近的家人、重要的朋友，一个少年的喜欢怎么会是最快乐的事情？

他没把一个“恋爱脑”的话放在心上，随手将本子放在一边，过了好几天才重新想起，还了回去。

巧合的是，他跟那个笔记本的主人成了同班同学。

一开始廖哲文只是好奇，后来发现了她在网上连载小说的秘密，看着她描述着对另一个人的深情，他无法控制地追着看到了现在。

幸好，他从未向那个女孩儿表露过心迹。

或许青春的遗憾就是，每个人都有过无法宣之于口的秘密，他也是。

这时候音乐响起，渲染了气氛，负责布景、摄影留念的工具人们终于得以放松。

乔乐芷悠悠地走了过来，说：“我真想现在冲出去，说一句surprise（惊喜）。”

闻听语淡定地回道：“那你可能会挨打。”

他们都知道虞稚一脸皮薄，现在一群人冲出去的话，温馨的气氛肯定就没了。

乔乐芷握紧拳头，说：“我要控制自己，控制，深呼吸。”

结果她转头就把主意打到了另外两个人身上，问：“黎少舟跟姜觅尔呢？”

闻听语顺手指了个方向，回道：“在那边蹲着呢。”

“蹲那边干吗？我去找他们两个。”乔乐芷迈步就往前走，闻听语手疾眼快地将她拽住，提醒道：“我怕你去了更心酸。”

乔乐芷一下子就懂了。

时奕把虞稚一的成人礼变成了求婚宴，亲眼见证他们年少时光的几位朋友，都真心为他们祝福。

有情人终成眷属，闻听语看着那个胆怯地守了三年爱意的女孩儿，突然想到一句话：是我心脏的隔音效果太好，否则你一定能听到我怦怦的心跳声，即使隔着三千棵树、六百条河。

时奕对虞稚一的爱，那样肆意，却又无声无息地渗透进她的生命。大概没有什么再能将他们分开。

“真羡慕啊……”

大二的时候，虞稚一的小说再次火了起来。

小说里主角甜甜的恋爱和明目张胆的偏爱，实在令人羡慕，好多读者在网上自行推广这本小说，被广大网友阅读收藏。

网站编辑联系她，谈到了实体书出版的事情。还未大学毕业的虞稚一，有了自己的收入来源，小日子过得越来越惬意。

可就在这样温暖的时光中，总有不如意的事情打破宁静。

外出工作好多年的虞凯，突然回到了老家。他在外面混了好几年，跟别的女人处过关系，但最终都没有结成家庭，事业也一塌糊涂。

走投无路的虞凯回到老家，外婆心善，留了他几日。

虞凯安分地待了两天，开始找老人家借钱。

刚开始他说话还比较委婉，可在遭到老人家的拒绝之后，他心一横，趁老人不在的时候偷偷摸摸进了房间，偷走了老人压箱底的钱。

老人家上了年纪受不得刺激，发现家里遭了贼，这贼还是自己招进来的，老人顿时心痛不已，一口气没缓过来，直接进了医院。

舅舅的电话打到了阮晴跟虞稚一那里，分别召回了她们。

阮家舅舅在电话里，把病情描述得很严重，吓得阮晴立马请假，把现任丈夫和小女儿都带了回来。

而虞稚一在接到电话的当天，买了最快的票回家。

当然，陪她一起的还有时奕。

虞凯知道出事了，吓得连夜买了火车票逃走，没敢出现。

老人家躺在重症监护室里，吊着一口气，外面等待的家人们心力交瘁。好在老人意志顽强，医生拼尽力气，把那条垂暮的生命拉了回来。

外婆的病情还未稳定，晚辈们都暂时留下来照顾她。

在这里的人，只有赵先生和赵心妍跟外婆相处的时间最短。

赵先生作为成熟稳重的成年人，懂得人情世故，该做的事情都会做到位。而赵心妍就比较娇气，对外婆没什么感情，一开始就念着不想待在医院。

阮晴严肃地要求小女儿留在身边，赵心妍只能留下。

不过她很快就发现了令自己感兴趣的人，就是那个长得很帅的大哥哥。

十三四岁的小女孩儿已经懂得欣赏长相了，而且赵心妍追星，就喜欢十几岁的阳光小哥哥。

时奕模样长得好，她觉得他比那些电视上的明星还帅，偷偷拍了照片发给朋友看，说这是在老家遇到的哥哥。

“妍妍你运气真好，居然回老家认识了这么帅的小哥哥。”

“妍妍你跟那个哥哥很熟吗？”

“妍妍你家那个哥哥都可以去当明星了！”

朋友们纷纷表示羡慕，这极大满足了赵心妍的虚荣心。

因此，她决定跟时奕拉近关系。

可她发现，时奕都不怎么搭理自己。她每次跟他说话，他要么随口应一两个字，要么就当作没听见。

赵心妍生气地拦在时奕面前，问：“你为什么不理我？”

时奕神情淡漠，不予解释，只说：“让一下。”

赵心妍不肯，甚至展开双臂不让他路过，说：“你跟姐姐玩，不跟我玩，这不公平。”

时奕懒得跟她纠缠，直接转身离开了。

赵心妍气得跺脚，跑回去跟阮晴告状，道："妈妈，为什么时奕对姐姐那么好，就是不跟我说话？"

"时奕哥哥是你姐姐的男朋友，所以才会对姐姐比较好啊。"阮晴对赵心妍说了一个比较温和的回答。

"那我也可以给他当女朋友！"

"妍妍，别胡说八道！"

"妈妈，我想跟时奕哥哥玩，你叫他跟我玩嘛！"赵心妍挽着阮晴的手臂开始撒娇。

阮晴被念叨得没办法，连声答应。

趁着赵心妍不在，阮晴私下把时奕喊到一旁，说起赵心妍的事，对时奕说："妍妍还小，最近的行为可能吵到你了，不好意思啊。"

"嗯。"

"那个，小奕，妍妍也是小孩子脾气，想跟你玩，你能不能稍微对她耐心一点点？"阮晴生怕时奕以为自己这是在强制要求他，把话说得小心翼翼，"当然我不是要求你对她好什么的，就是小孩子嘛，自尊心强，其实你只要哄她两句，她就不会这样闹着你了。"

"我为什么要哄她？"

"这……"这话让阮晴无言以对。

一直以来，时奕在大家心中都是优秀懂事的孩子，对大人和小孩儿的态度都令人感到舒适，所以阮晴才希望时奕能够稍微回应赵心妍一点儿，这样赵心妍就不会吵着闹着非要跟他玩了。

她没想到，时奕却问出这样的话。

"哎呀，阿姨也没有别的意思。"到最后阮晴也不知道该怎么说，"妍妍好歹也是一一的妹妹，小孩子嘛……"

时奕不冷不热地提醒道："快十四岁了，不小了。阿姨如果觉得赵心妍还是小孩子心性，不妨将她放在别处养一养，等她到不得已学会自己生活的时候，自然就懂事了。"时奕这话暗有所指，反倒堵得阮晴哑口无言。

时奕淡淡地微笑了一下，转身离开了。

阮晴觉得，这个少年随着年龄的增长，性子越发冷淡了。

可当她看到时奕细心地给虞稚一削水果，耐心地陪虞稚一在外婆的病床前一起谈论有趣的事情时，恍然大悟。

或许正因为赵心妍是虞稚一的妹妹，他才会如此冷漠，连一个温柔的表情都不愿给予赵心妍。

阮晴心事重重，赵先生安慰着妻子。

夜深人静的时候，阮晴辗转反侧，努力地回想，十四岁的虞稚一是什么样的？可笑的是，作为母亲，她脑海中竟完全没有关于虞稚一小时候的记忆，即便是有，也很模糊。

在医院守了几天，赵先生要返回公司，得提前离开了。

阮晴本想让赵心妍跟着一起回去，让她回学校上课，但赵心妍不肯，非要以照顾外婆的名义留下来。

其实明眼人都知道，她只是贪玩，不想回去。可阮晴一提起来，赵心妍就假装听不见跑开。

阮晴气愤不已，赵先生摇头叹气，劝阮晴道："阿晴，算了吧。"

临走之前，赵先生意味深长地在阮晴耳边说了句话："其实你当初若是把一一带来，我也会接受那个孩子。你问问那孩子，毕业以后……算了算了，当我说笑了。"

丈夫的话没说完，但阮晴已经猜到了后半句。

只不过，虞稚一恐怕也不愿意再跟她一起生活。

阮家报了案，虞凯以偷窃罪被抓，经过盘查，发现他还有前科。

阮晴没想到，自己的前夫彻彻底底变成了人渣，还气得自家老人住进了医院。她见到虞凯的时候，没忍住把他骂得狗血淋头。

虞凯被判入狱，虞稚一犹豫了许久，最后拒绝跟他见面。

虞稚一独自站在窗边，双目失神地眺望着远处。

有人轻轻推门进入，虞稚一没回头就知道来人是谁。

"哥哥，你会不会觉得我很冷血？"她问。

这么多年，她自始至终没忘记当初的痛苦，即便给她造成痛苦的那人是自己的亲生父亲，她也无法原谅。

"不会，你有选择的权利。"

虞凯再犯错之后，除了口头上的道歉和愧疚，并没有做出实际的弥补行动。

名义上的父亲因为一己之私，气病了疼爱自己多年的外婆，孰轻孰重，她根本不需要思考。

“他既然犯了罪，就该受到应有的惩罚。”

大三的时候，时奕加入了江迟舟的创业计划。江迟舟集合了一部分有能力又志趣相投的人，打算一起做网游。

国家鼓励并且支持大学生自主创业，但创业的实际难度超乎想象。

大三下学期，时奕就开始申请提前毕业。

他的学分早已经修满，各科成绩也都十分优秀，甚至有公司向他发出了入职邀约。

连导师都私下劝他，最好选择大公司稳定发展，上升空间大。

时奕对自己的选择很坚定。

他开始学校跟公司来回跑，越来越忙，几乎连和虞稚一约会的时间都没有。

姜觅尔在群里开玩笑，说上次去找虞稚一吃饭，还听见她班上同学议论时奕跟虞稚一是不是分手了。

因为这事，时奕特意跑回了学校，等着女朋友下课，当着班上同学的面，证实自己这个虞稚一男朋友的身份！

关键是，虞稚一还不清楚其中的原因。

但她知道时奕很忙，贴心地跟他说：“哥哥，你最近很忙，就不用等我下课了。”

小女朋友这般体贴，反倒令他愧疚，时奕说：“这段时间没怎么陪你，我这个男朋友做得很失职。”

虞稚一摇头，说：“并不会啊，你不要听那些人乱讲，我真的没有怪你什么的。”

她捧着时奕的手，小脸在他的手心上蹭了蹭，满眼信任和依赖地说：“因为我知道时奕有多优秀，所以相信他的一切选择。”

大三的暑假，时奕全身心投入创业计划，他们没时间回老家，就在重庆租了房子，虞稚一陪他留在重庆。

第十二章
下一个夏天

为了方便工作，时奕在公司附近租了套两室一厅一厨一卫的房，大约六十平方米。

房子面积不算大，可两个人在这里生活绰绰有余。

公司正在起步阶段，时奕每天都早出晚归。

虞稚一白天就在房间里写作，其余时间做做家务，准备饭菜，偶尔闲情逸致地摆弄花草。小房子在她的精心布置下变得越来越漂亮。

她在和姐妹们视频时，乔乐芷看到她现在住的房子，叫着要来她家里做客。

“欢迎啊，你们随时可以来。”虞稚一言笑晏晏。

闻听语突然说：“你们仿佛已经过上了夫妻生活。”

这位平时不怎么爱说话的姐姐，总是语出惊人。

乔乐芷是个爱凑热闹的人，对着屏幕摆了摆双手，开玩笑不嫌事大地说：“反正都是要结婚的嘛，而且这两个人从小就同居，小问题小问题。”

虞稚一鼓起脸颊，保持沉默，主要是害羞的。

乔乐芷最喜欢看虞稚一这副无力反驳的样子，软软萌萌的反应实在是太可爱了。

“看吧，一一就是不禁逗，哎哟，哎哟，还脸红了，我打赌一一绝对早婚！”

其他人还没来得及表态，虞稚一那边忽然传出了一道男声：“提前恭喜你，赌赢了。”

乔乐芷听出了声音是谁，跟着起哄道：“哟哟，奕哥开口了，咱们可都等着了。”

“放心，不会让你们等太久。”时奕退出了群视频通话。

虞稚一静静地看着他的一系列熟练操作，半天才反应过来，说：“哎，这是我的手机。”

时奕笑着揉了揉她的脑袋，说：“知道，不过我现在需要你。”

有自己能够发挥作用的地方，虞稚一好奇不已，问：“怎么了，怎么了？需要我做什么？”

“我妈搞突袭，到重庆看我们来了。”

时奕接到电话的时候，宁素雅直接告诉他，人已经到车站了。

“宁姨来了，那咱们快走，走……”

时奕皱眉，搞不懂他的小女朋友怎么比他还激动。

宁素雅在虞稚一的心里，比阮晴更像一个母亲。她感念一切真心对待自己的人，这会儿听说宁素雅主动来看他们，能不高兴吗？

两个人出门，打了出租车过去，好在他们距离那边不算远，十几分钟就到了。

人到中年，宁素雅却越活越年轻，把自己打扮得很时尚，气质也提了上来。

宁素雅刚从火车上下来不久，对这座城市感到很新奇。两个孩子都在重庆上大学，她也来过两次，但每一次来都有不同的感觉。

虞稚一看到宁素雅就迈腿跑过来，喊道：“宁姨！”

这几年，在时奕肆无忌惮的宠爱下，虞稚一的性格越来越活泼了，跟当初那个胆小自卑、害怕成为累赘的小女孩儿完全不同。

宁素雅见到虞稚一也是很开心，两个人抱在一起，像极了一对真母女。

时奕淡定地接过母亲的行李箱，身为儿子，要懂得做一个合格的拎包工具人，必要时候还得学会隐身。

比如现在，他不开口，宁素雅就好像一副完全没有看到他的样子，只拉着虞稚一的手，关心这儿关心那儿，对她说：“我都说直接把地址发过来，我可以自己去找你们的。”

“我们来接你更好。”

"好吧好吧，我们一一懂事。"

两个人有说有笑地往前走，时奕摸了摸鼻梁，一只手握着行李箱扶手，另一只手插着兜，默默地走在两个人身后。

过了一会儿，他终于听到前面那两个人提到了他的名字。

没到饭点儿，宁素雅也说不饿，于是他们先带宁素雅去了现在的住所。

宁素雅踏进门，观察房间的环境布局，满意地点头道："不错不错，这装修的风格看起来真舒服。"

她四处看了看，最后目光落在两扇房门前，缓缓地笑起来，问："你们一人一个房间？"

两个孩子大学谈恋爱的事情她是知道的，水到渠成的感情，她很满意。

算算时间，再过几个月他们都满二十一岁了，现在的小年轻同居，她也是能够理解的。

虞稚一突然领会到什么，睁大眼睛向宁素雅保证道："我……我……我的房间是这个，哥哥的房间是那个。"

她分别指了不同的两处，代表他们睡在不同的房间。

小姑娘还是不禁逗，宁素雅也不笑她了，说："好了好了，宁姨又不是什么老古板，你们小年轻谈恋爱，宁姨不掺和的。我这次来呢，就是想看看你们住的地方，我现在看到了，你们的生活状态很不错，我很放心。"

生活状态从房间的布局和整洁度就能看出来，家里的东西摆放有致，四处都很干净，说明主人懂生活。

本来他们计划好，下午带宁素雅去吃当地的特色美食，结果时奕接到公司打来的电话，遇到紧急情况需要处理，于是只剩下了虞稚一跟宁素雅。

其实对宁素雅来说，吃什么是次要的，她这次来主要还是想了解孩子们的生活情况。

"一一，跟阿姨说说你们平时的事情吧。"

虞稚一将大致情况向宁素雅描述了一番。

最后宁素雅递给她一张卡，跟她说："我跟你时叔叔都不在这边，也不太懂现在年轻人搞的那些新奇玩意儿，我们做父母的，只希望你们孩子能过得好。这张卡你拿着，不用给小奕，遇到困难的时候再拿出来。"

"宁姨，这个我不能收的。"虞稚一推拒道。

就算是宁素雅要给自己的儿子花钱，也轮不到她收这张卡呀！

宁素雅不肯收回，继续说："你也是我看着长大的，其实喊我一声妈妈也不为过，你跟小奕迟早都是要在一起的。我把这张卡给你，是因为将你看作一家人，而且我相信，你是全心全意对小奕好的。"

"他呢，年轻人有傲气，从小到大都很争气，几乎不需要我们费什么心思。我若是把这卡给他，他也不会收的，还不如放在你这里以备不时之需，你们都可以用。"宁素雅是真真切切地把虞稚一当作自家孩子看待了。

"宁姨，我现在也在赚钱了，也可以帮哥哥的。"

"这就对了，你爱他，所以想尽其所能地帮助他。我跟他爸爸也是这个想法，懂了吗？"宁素雅字字戳心，令虞稚一动摇了。

可最后虞稚一还是摇头，说："我答应过哥哥，不会瞒着他做事的。"

听到这话，宁素雅畅然一笑，道："小奕眼光真好。"

自己宠大的媳妇儿，就是不一样。

宁素雅并非想拿这张卡试探虞稚一，但虞稚一的反应确确实实打动她了。两个人相处能做到坦诚以待，那是再好不过了。

宁素雅没再继续，暂时把卡收了起来。

饭后，两个人散步消食，聊着聊着又说起小时候的事了。

"我第一次见到你的时候啊，你瘦瘦的，小小的，看着就让人心疼得很。

"那时候小奕很活泼，就算不会走路不会说话，也很折腾人，非要人抱着摇晃才会安静。当时我还担心两个孩子会顾不过来，结果把你跟小奕放在一张床上，他就睁大眼睛盯着你看。你呢，放在哪里就躺在哪里，要么闭着眼睛睡觉，要么睁着眼睛待着，也不乱动。

"他从小就喜欢你，思想又比同龄人成熟，甚至连我都不知道，他对你的喜欢是从什么时候开始转变的。

"不过，你们两个是注定的缘分。"

从宁素雅的口中，虞稚一也听到一些自己从来都不知道的事，都是令人开心的话。

宁素雅在重庆待了三天，走的时候悄悄把那张卡留在了桌子上面，字条上写得明明白白，说是她送给两个孩子的成年礼。

在他们看来，十八岁不算长大，可步入社会的二十二岁，那就是人生的真正开始。

时奕跟虞稚一同时望着桌上的银行卡，最后，时奕把卡递给了虞稚一，说："收起来吧。"

"我？"虞稚一不解，怎么又给她？

时奕十分肯定地点头，直接把卡塞进了她的手中，将她的手指按了回去，别具深意地留下一句话："就当是提前学习如何管家了。"

如何管家？他们好像真的成了夫妻一样。

宁素雅走后，虞稚一又迎来一位新客人——闻听语。

闻听语刚到的时候，对虞稚一说："我来旅游。"

重庆近年来的旅游业发展的确不错，他们学校附近就有一条艺术街。艺术街并非指整条街道，而是那条街道上很长一段距离的墙面都是美术生自由创作的，许多外地游客慕名而来。

虞稚一提前完成了更新小说的任务，决定好好带朋友逛逛这座城市。可她发现无论去哪儿，闻听语都心不在焉的，根本无心旅游。

闻听语心里藏着事。

虞稚一找了个环境舒适且幽静的地方，两个人坐在树下，一开始都不知道从何说起。

高中时，她跟闻听语和另外两个朋友的性格就是极端，如今她比以前更大胆些，可闻听语还是没变。

闻听语的性格从一开始就是那样，而并非她胆小自卑。

这倒是让虞稚一更加为难。

"听语，你的事情，介意说一下吗？"

聪明人对话，就不需要说得太直白了。

闻听语又看了她一眼，显然懂她的意思。闻听语把玩着手机，指腹在手机边缘来回滑动，似在纠结。

就在虞稚一打算换个话题的时候，耳边传来闻听语的声音。闻听语又一次语出惊人，说："我把他睡了。"

虞稚一睁大了眼。

"睡了素的，还是荤的？"虞稚一不确定了，是她理解的那个意思吗？

闻听语白了她一眼，说："我又不是时奕。"

虞稚一问："时奕怎么了？"

闻听语嫌弃地说："磨磨叽叽。"

闻听语喜欢了一个人整整六年，放弃过很多次，但都没有成功，最后走到了这一步。

虞稚一没追问闻听语为什么这么做，只问了一句话："后悔吗？"

"不会。"闻听语不假思索地做出回答，语气很坚定。她一直都很清楚自己想要什么。

闻听语到这里的第三天是周日。

已经开始实习的颜希，早在周一就约虞稚一去玩密室逃脱。成员当然是两对情侣，以及另外一个小伙伴。

现在多了一个闻听语，六个人刚好合适。

"我选了一个密室主题，你们两个觉得怎么样？"颜希发来一张截图，虞稚一搜索到了店名，点开仔细地看了看。

有条评论特别吸睛："有个任务，要两个人拥吻十秒才能拿到开启下一关的钥匙。"

"哇，这也太刺激了吧！"虞稚一忍不住惊叹道。

颜希表示道："我前男友说很喜欢这个主题。"

虞稚一问："又是前男友了？"

"喀喀，顺口了，江迟舟那家伙总是惹我生气。"颜希特别淡定地说，连分手都成为家常便饭了。

闻听语有些好奇，私下问道："你那个叫颜希的朋友，很多前男友吗？"

虽然她不会随意评论别人的感情选择，但如果那个人花心的话，她还是会有些心理排斥的。

虞稚一知道她介意这点，连忙解释道："不是的，她就一个前男友，不是不是……她就一个男朋友，他们也就是口头上说说，不是真分手的。"

那对欢喜冤家从小就打打闹闹，每天不是在分手，就是在分手的路上，但自始至终，谁也没有离开过谁。

众人商议好主题，买了票。

晚上，虞稚一看到闻听语的 QQ 空间更新了一条说说，是在他们买票之后发布的截图，贴上了密室逃脱主题的名字。

闻听语平时都是发些文艺的句子，这种生活类型的几乎没有，这一条就显得尤为突出。

第二天，他们按照约定时间提前十分钟到店，没人迟到。

核对场次之后，店员打开储物柜，让大家把携带的物品，包括手机，一并存放起来。

就在储物柜门关上那一刻，闻听语的手机屏幕亮了，但谁也没看见。

工作人员领他们入场，在密室门外为他们讲解注意事项，检查他们是否携带了电子设备。

“你们谁拿对讲机？谁当队长？”

颜希举手，道：“我，我来！”

工作人员教给她使用方式，最后让大家签字，戴上眼罩入场。

眼前黑乎乎的一片，密室里面没有灯光。进门之后，虞稚一紧紧牵着时奕的手。

这是一个恐怖指数为三颗星的主题密室，中途有 NPC（非玩家角色）出场，还有随机的单线任务，要保护好自己的同伴。

头顶传来了系统设定的背景故事音，大家保持沉默，仔细聆听其中的线索。

这是一条狭窄的时空隧道，左右墙面上亮起的时钟，有不同走向，需要按照钟表的时间顺序，找到正确的密码，才能进入下一关。

“墙上的时间指针是乱的，但下面都有数字，我们或许可以试试按照时间大小排列，对应的数字顺序可能就是密码！”

第一关不算困难，大家很快掌握了规律，打开了时空之门。

他们过了第一关，游戏才算是真正开始。

房间四面漆黑，还有奇怪的声音。他们借助电子蜡烛的光，才能看清部分区域。

直到他们根据提示找到开关，房间里的红色灯笼忽然亮起，他们才知道这是一个古代时空，里面的布置看起来阴森森的。

NPC 还要求玩家坐在铜镜前梳妆。

他们都担心铜镜里会冒出什么东西，小心翼翼地不敢直接过去。胆子大的男生坐了过去，NPC 不同意，提示必须是美丽的姑娘。

颜希作为队长，担负起了重任。

当然，这只是游戏插曲，他们真正想要过关还得动脑找密码。

第三关的时间设定是民国时期。NPC 戴着鬼面具出现在必经之路上，吓了他们一大跳，并且带走了闻听语做单线任务。

第四关的时间回到了现代，他们不仅要找到密码，还得解救被抓走的同伴。

时奕得知了通关条件之一后，搂住了身旁女孩儿的腰，低头轻语：“原来一一选的主题这么有意思啊。”

“这不是我选的。”虽然她当时默认了。

“那需要哥哥配合吗？”他意有所指地说道。

好在环境光线暗，脸红也没人发现，虞稚一在他的腰间挠了一下，说：“哥哥你能不能正经点儿？我们在玩游戏。”还是恐怖主题的游戏！

“嗯？我这不是在通关吗？”不等另一对表现，时奕直接付诸行动，俯身与虞稚一拥吻了十秒。十秒？根本不够。

被手铐锁住的闻听语不耐烦地说：“亲够了没有？”

没人回答她，不过时奕终于放开了虞稚一。

时奕他是来玩游戏的？

不过人家时奕破解关卡的速度很快，耽搁几十秒，他们也无话可说。

最后，他们踩着结束时间，成功逃脱。

他们离开了密室，从储物柜里拿回了自己的东西。工作人员给每人倒水，讲解着这个主题。

闻听语的目光落到前桌上，对上了那双琥珀色的眼眸。

明明没有吃过东西，她还是淡定地从包里取出了一支复古红色的口红，拿手机当镜子仔细涂抹，像是在补妆。

沈落白神色平静，但握住杯壁的手指逐渐泛白。

“我去上个厕所。”闻听语起身离开。

但她没进厕所，而是去了相反的方向。

来人将她压在墙边，愤怒地问道：“谁亲你了？”

闻听语抬手推了推他，毫无作用。于是她放弃抵抗，说：“玩个游戏而已。”

随意又坦然的回答，点燃了沈落白心里的火，他动作粗鲁地用手指将她嘴唇上的口红擦掉了。

“别这样啊，我会误会的。”闻听语推开他的手。

“是你先招惹我的！”沈落白的手掌按在她那白皙的脖颈上，他被气红了眼。

“听语？”

见好友迟迟未归，虞稚一过来找她了。

闻听语从楼道走过来，面色如常地说：“走吧。”

游戏结束，江迟舟带走了颜希，另一个男生也离开了。

时奕低声在虞稚一耳边说了几句话，没等他们开口，闻听语就说：“我先回酒店了。”

她一向不喜欢当电灯泡。

时奕和虞稚一去了超市，选购晚餐的食材。

时奕不擅烹饪，两个人各有家务需要分担。

他们饭后散步，携手同归，平凡的生活却格外令人舒心。

只是到了晚上，虞稚一遇到了麻烦。

他们小区停电了。

今年重庆的夏季不算炎热，最近几天睡觉都不用开空调。只是没有了电蚊香，那惹人烦的蚊子又飞出来咬人了。

虞稚一彻底睡不着觉了，耷拉着小脸来到隔壁，跟刚出房间的时奕撞个正着。

“哥哥，我好痒。”

“花露水在这儿。”

虞稚一借助手电筒，把花露水从手到脚摸了一遍，但花露水还没起作用的时候她还是想挠。

时奕握住她的手，说：“别抓，一会儿抓红了。”

人痒起来的时候，下手没轻重，最容易留下痕迹。

除了痒，她还困，可身上痒着，又睡不着，眼睛一眯一眯的。

时奕拉她进了房间，说：“就在我这边睡。”

虞稚一的困意来袭，她沾床就倒了。

时奕拿了扇子搁在一旁，以备不时之需。他也抹了一遍花露水，才躺上床。

后半夜，虞稚一都睡得很安稳。

早上她是被热醒的，睁开眼，发现自己被时奕抱在怀中，像围着火炉。

她伸手拿到床头的空调遥控器，不知道什么时候来的电，打开空调，调好了温度。

她看到了时奕手臂上未消的痕迹，是被蚊虫咬的，还没消失。

而被抱在怀中的她，显然很“幸运”。

时奕的额头上也冒了汗，可热成这样他都没醒，估计是太困了。

虞稚一不出声也不再乱动，等房间里的温度降下去，越来越清醒。

她永远不会忘记那个夏天，无意间听到那个少年发自内心的话，他说：“我很心疼她，心疼到想要把自己拥有的全部温柔都给她。”

他做到了。

此刻，她内心生出一个无比强烈的念头：好想快点儿长大，嫁给他！

C 大各专业的实习时间有差别，按照本年度学习计划，虞稚一该从大四下学期开始实习，还要在学校待一个学期。

而时奕的提前毕业申请，终于被批准了，他将有更多的时间和精力，去为事业打拼。

大四上学期的时候，虞稚一跟寝室的几位小伙伴已经开始计划实习的事情了。

钟静萱打算回老家，说：“我爸妈让我回老家，说在那里给我找了关系，过去就能直接实习。”

另一个室友连连摇头，道：“我要自己找，也不知道去哪里找。”

“一一，你怎么不说话？”

“啊，我已经确定实习的地点了。”时奕跟江迟舟创办的是网络游戏公司，也需要文职工作人员，她倒是不担心实习问题。

她已经决定考研了，反正现在每天写作就有收入来源，再提高一下学历也是好的。至于工作，因为她没打算在专业路上一条路走到黑，毕业之后会成为职业作家也说不定。

不过这些话，她就没再对室友说。

钟静萱羡慕地道：“真的羡慕你啊，找到了一个那么好的男朋友，关键是他对你也很好。”

“甜甜的恋爱什么时候才能轮到我啊？”另一个室友呐喊道。

虞稚一微笑着打开电脑，开始今日的写作。目前她在更新的书，已经是她的第三部作品了，成绩不错。

不过看着第一本书逐渐增多且不知何时完结的字数，她心里万分感慨。这本好像随时都能完结，可她又不知道从哪里完结。

读者们也早已经习惯，随缘地等待更新。

考研那段时间，虞稚一每天抱着书泡在图书室里，仿佛比时奕还忙。她不是天赋型选手，只能靠努力学习。

因为虞稚一不喜欢在人群里扎堆，在图书室便更习惯找人少，或者周围没人的位子坐下。今天她刚进入学习状态，对面就来了一个人。

虞稚一没受影响，依然盯着书看。

对面那人实在忍不住，跟她打了招呼，道："嘿，同学。"

虞稚一抬头，看见自己的正对面坐着一个男生。

"有事吗？"她问道。

男生直接拿出了手机，说："同学，看你每天都来这里学习，一定喜欢看书，我也喜欢，不如咱们加个联系方式，一起讨论讨论？"

他也是观察了几天，见虞稚一总是一个人坐在这里，才鼓起勇气，上前跟她要联系方式的。

虞稚一没想到会是这样的情况。她每次只是单纯地表达疑惑，那些人总是很主动地点明缘由，那她也只能干脆地拒绝道："不好意思。"

被拒绝的男生有些尴尬，拿过旁边的书，随意地翻开其中一页，把手臂放在书上面，却没有离开的打算。

之后，哪怕是虞稚一刻意避开，他也会跟来。

不过这样的情况并没有持续几天，虞稚一干脆没去了。她也不是非要去图书室。

这天时奕忽然回学校找她，两个人都比较随意，就约在了食堂餐厅吃饭。

来的时候，虞稚一手里抱着几本书，时奕见到就问："最近是不是很累？吃饭都抱着书。"

她摇头，说："没有啦，这个是我一会儿要拿去图书室归还的。"

"行，一会儿陪你去。"

"谢谢哥哥。"

"嗯？跟我说谢谢？"

“哎，平时在学校说顺口了嘛。”

在学校面对同学、老师或者其他什么人，说话做事她都习惯性地保持基本礼貌，“好的”“收到”“谢谢”，这一类词语的出现频率极高，她的确是说顺口了。

“好了，快吃饭吧。”

C 大的图书室绝对是个宝库，里面藏书千万，是学生们学习的好地方。虞稚一去还书，又想另外再借两本。

回到那个图书区，她再一次看见了那个男生。这仅仅是个巧合，虞稚一没放在心上，反正挑了书就要走的。

可她没想到那个男生还没放弃，眨眼的工夫就绕到虞稚一身旁来，对她说：“嘿，同学，还记得我吗？”

虞稚一对他非常无语，心想：都过去好几天了，您怎么还来？

得不到的使人心痒痒，虞稚一的拒绝反倒令这个男生念念不忘。男生还想继续搭讪，忽然一本书挡在了他眼前。

男生愣了一下，扭头却发现，虞稚一的身边已经站着另一位护花使者了。

“同学，有事吗？”时奕笑看着那个男生，那笑意却不达眼底，反而具有威胁性。

男人之间，有时候无须交流，就能感受到对方的敌意。男生虽然想撩妹子，但也知道情况不对，摆了摆手，走了。

时奕回头，盯着自己的女朋友，嘴角勾起了微小的弧度，说：“我们一一了不得了，魅力十足啊！”

虞稚一连连摇头，道：“我不认识那个人的！”

在虞稚一的思维里，她的男性友人除了跟她和时奕都玩得好的黎少舟，其他人都是不熟、不认识。

事实也的确如此。

考研结束之后，距离放寒假就没多长时间了。虞稚一的时间多了起来，她经常会回家。

时奕工作忙，她就在家里准备好早、晚餐。等两个人都放假的时候，会一起出去玩。

公司的人对时奕的评价很高，他们都很佩服这个年仅二十一岁，却比众人都优秀的人。

一次公司聚餐，有人不解地问道："奕哥，你年纪还小，这么拼是图啥啊？"

大家认识一年多了，大概也知道时奕的家境不错。现在的年轻人想赚钱无可厚非，但他才二十一岁，就这么拼地加速自己的成长，总有什么特定的目标吧？

觥筹交错的聚会上，曾经的少年已然拥有了成熟稳重的气质，变得意气风发。

"问我图什么……"他饮了酒，桃花眼里仿佛添了几分醉意，又继续说，"我的小姑娘想要一个家。"

他自己说过的啊，因为他心疼她，心疼到想要把自己拥有的一切都给她。

哪怕是他还没拥有的东西，只要她想要，他也会拼尽全力地去为她争取到。

虞稚一接到时奕公司同事打来的电话，说是时奕喝醉了酒。一月份的天气正寒冷，虞稚一在学校接到电话，就拿起床上的围巾跑了出去。

有些人认识虞稚一，有些人是第一次见到她。原来时奕心尖上的人，就是这个眉眼温柔的小姑娘。

时奕坐在椅子上，一直低着头。

虞稚一走到他面前，微微弯腰，说："哥哥，我们该回家了。"

"好。"听到熟悉的声音，时奕反应极快。

她挽着时奕的手，但时奕也没有真的把身体全压在她身上，只是他的神态有些迷离。

"哥哥，你喝醉了吗？"

"嗯，喝醉了。"

虞稚一忍俊不禁，突然想到高中毕业，他骗自己喝醉的时候的情形。

走出餐厅的大门，虞稚一把脖子上的围巾取下来戴在了他身上。她正要叫车，时奕却拉下她的手臂，不让她挥手。

"怎么了？"她问。

时奕眉头微皱，说："我可能需要在外面散散酒味。"

“好，那我们先在外面走走。”虞稚一果断同意了，没有任何异议，就愿意陪着他走下去。

走在路上，时奕突然问起道：“一一，你的生日快到了，是不是？”

她二十一岁的生日刚过去两天，时奕许是喝醉了酒，记混了。虞稚一笑他真是醉糊涂了，说：“哥哥，你记错了，我的生日刚过了呢。”

“哦，一一已经二十一岁了。”时奕仿佛才反应过来。

“对呀。”

寒风迎面袭来，时奕停住了脚步，将身旁的女孩儿拥入怀中，替她挡住寒冷的风。

站在外面吹太久冷风也不好，虞稚一正想劝他回去，忽然听到头顶传来他微哑的声音，他说：“那明年这个时候，我们结婚。”

结婚？两个字重重地敲击在虞稚一的心头。

没等到她的回应，时奕便揪着这个问题不放，一定要问出答案：“一一，好不好？”

“好呀。”女孩儿主动伸出双手拥抱着他，粉红的脸颊贴在了他的心窝处，“那你要记得自己说过的话哦！”

“嗯。”

他们说好了。

二月份，考研的笔试成绩陆续出来了，虞稚一的辛苦没有白费。

大四的剩余几个月时间，她一直在公司实习。为了更了解时奕的工作，她也花了大量时间去研究这方面的知识。

现在他们可以一起上下班，仿佛回到了小时候，每天一起上学放学。

有人说，除了家人和朋友，情侣之间相处越久，感情就会变质，朝好的方向发展，就会从爱情里延伸出亲情，反之，则渐行渐远。

而他们之间，是许多种感情编织成网，大概这一辈子也离不开了。

九月份，虞稚一又回到校园里读研。

十月份，时奕需要回云阳县办理资料，恰逢周三，虞稚一满课不能陪他回去。

“哥哥，到时候你也帮我看看，我房间里有没有什么现在用得上的东西，一起带过来吧。”她完全不介意时奕帮她处理房间里的东西。

知道儿子要回来，宁素雅特意做了一桌子好菜，席间又忍不住唠叨，叮嘱他在外面要好好注意身体。

时奕来到虞稚一的卧室里，这里的摆设一如既往，甚至是角落的摆件，他都十分熟悉。时奕挑拣了几样他觉得用得着的东西收了起来，准备给她带回去。

他坐在虞稚一的书桌前，顺手打开了抽屉，里面还装着零散的星星、巴掌大的小镜子，还有曾经用过的钥匙扣，都是承载着回忆的东西。

他把东西稍稍整理好，又打开了另一边的门，在抽屉的最里面，放着一个带锁的密码本。

他知道虞稚一不会把书本放在抽屉里，这个本子就格外引人注意。

这抽屉也不知道几年没打开过了，她居然还把本子遗落在这里。他捏着那把小锁看了看，只需要将三个数字对准，就能打开。

他随手拨弄了几下，调到了“一一一”，果然打开了锁。

“这家伙……”这么简单的密码，她到底是想锁住什么？

可在他翻开本子，看到里面的内容的那一刻，脸上的笑容渐渐敛去。

虞稚一的日记并非长篇幅的描述，就好像是她偶尔想起了什么，就会把自己所想的话写下来。这些文字断断续续，没有章法，可字字句句都戳人的心。

“哥哥不要心疼，一一会听话。”

“我想努力把宁姨做的饭吃完，可是我好难受。”

“我变成了丑八怪。”

“他说，我很可爱，值得被爱。”

“不要给别人带来麻烦，不能成为累赘……我真没用……”

“我好喜欢这个家。”

内容不多，但每一句话都清清楚楚地记录着她当时的心情。

大约在本子用了三分之一处，有一篇的文字全是重复的“时奕”两个字——他的名字。

那页的最后是一句：哥哥，你救救我。

那时候，陷入泥潭的女孩儿在向他求救。

好在，十五岁的时奕做出了正确的选择，从一开始就稳稳地抓住了她的手！

时奕整理好东西之后，并没有直接去重庆，而是回了镇上。

十年左右的时间，经济迅速发展，这周围也发生了巨大改变。原本泥泞的小路已经修成了柏油马路，路两边建起了一栋又一栋的楼房。

曾经那个装满回忆的小院还在，时奕走到院门口，院里的人一眼就看到了他，问道："这是哪家的亲戚？找谁啊？"

时奕认出了那个中年妇女，喊了一声："杨阿姨，我是时奕。"

当年杨阿姨在虞稚一出事的时候给他打的一通电话，他永远不会忘记。

"哎呀，时奕都长这么大了……"这里不像在城里，关上门就谁也不认识谁了，这儿的邻里关系都不错，谁家来了人都会知道。

时奕轻车熟路地去了虞稚一的外婆家，大门敞开着，老人躺在老人椅上，悠闲地摇晃着手里的蒲扇。

"外婆。"

听到声音，老人慢慢地坐起来，似乎以为自己看错了，还仔细地瞧了几眼。

"是小奕啊！"外婆认出了他的模样，顿时喜形于色。

这天，时奕耐心地陪伴了老人家一整天。临走之前，他向外婆借了一样东西。

外婆把那东西递给他的时候，眼含泪水，说："那孩子小时候受了苦，你要多多疼她呀！"

"我会用实际行动证明的，谢谢外婆！"时奕的目光坚定又坦然。

又迎来了一年冬季，虞稚一的二十二岁生日将近，远在外地的朋友依然惦念着她，纷纷给她寄来了礼物。

这几个人隔得老远，还吵着要她请客吃饭。虞稚一在群里连连答应，可事实上大家都明白，成年人的生活，不再像小时候那样随心所欲了。

她在学校认识了新的朋友，跟时奕商量着，到时候去哪里吃饭，她好确定时间和人数。

时奕难得迟疑，说："可能到时候情况有变，也许你还需要请一天假。"

时奕以前会说"等我安排"这样的话，现在却用不确定的语气，告诉她可能会怎么做。

他好奇怪。

虞稚一心想，请假？她只是过二十二岁生日，也犯不着大费周章吧？

“哥哥，你不要弄得太麻烦，只是二十二岁生日而已。”

“嗯，不麻烦。”他口头上这样答应了。

在虞稚一二十二岁生日的前一天晚上，时奕已经把礼物交到了她手中，是一本宽又厚的画册。

时奕说：“提前让你拆礼物。”

可虞稚一很喜欢仪式感，欣喜地抱着礼物，压抑住内心的冲动，说：“我可以过了十二点再拆吗？”

时奕却摇头，一脸正色地跟她说道：“不用等十二点，现在拆了，我会送你一个更好的礼物。”

既然还有更好的礼物，虞稚一就……控制不住了。

虞稚一迅速地拆了礼物上那层薄薄的透明防护膜，这是一本宽又厚的画册，画册不同于平常，翻开的每一页，都是立体的彩色动漫图，每个画面都十分温馨。

这份礼物很精致，但凭她多年的经验来看，这不像是二十二岁的时奕会送给她的东西。

女生的第六感，往往都很准确。她耐心地往后翻，图画也勾起了她心中的美好回忆。

从幼年逐渐长大，人物的身高、发型、服装都在不断地发生改变，唯一不变的就是，每一幅画中都是两个主角，从未分开，像极了他们俩。

虞稚一即将翻到最后一页时，手背忽然被人按住，动不了了。时奕将她按住，阻止她继续翻页。

虞稚一表示疑惑，时奕格外认真地注视着她，对她说道：“我在最后一页放了一个东西。”

“什么？”

“现在不能告诉你是什么，但只要你打开了，就必须收下它。”他先给了她一句温馨提示，甚至贴心地给她提供了第二个选择，“你也可以选择不打开。”

虞稚一噘起嘴，说：“哥哥，你也太狡猾了，都到这一步了才跟我说，我怎么可能不打开？”

到了最后一步，谁忍得住啊？

而且，无论时奕送她什么，她都会接受，这根本不用怀疑。

“哥哥，你挪一挪，我要看礼物了。”虞稚一用另一只手戳他的手背。这就是她的选择。

时奕像是不太自信，一双眼睛都要黏在她手上了，再次跟向她索要保证，说：“打开了，就必须接受！”

看他说得这么认真，虞稚一也十分配合，郑重点头，道：“嗯，我一定接受！”

“那行，你看吧。”时奕把手移开了。

虞稚一原本挺放松的，被他这几句话弄得紧张了起来，迅速看了他两眼，再一次向那本画册伸出手……

页面被翻开，呈现的是两个人牵手的画面，而在他们双手交握的中间，放着一枚闪耀的戒指。

虞稚一的耳边随之传来那道使人沉溺的声音：“一一，我们结婚吧。”

“我……”

她只是略微迟疑了一下，那人便开始紧张，说：“刚才我们说好的，你打开了，就必须接受。”

聪明如时奕，在遇到这件事情的时候，也会担心自己失算。

虞稚一摇了摇头。

没等她说话，时奕就迫不及待地说：“你是不是觉得现在有点儿早？但这绝对不是我一时冲动。从我记事开始，你就在我的生活规划之中。虽然那时候我还没想过以后我们会以什么样的方式和身份相处，但跟你在一起的那一刻开始，我就确定要跟你结婚，也只会跟你结婚。”

小时候，他只知道有个小妹妹，便想着要一直把这个妹妹带在身边，陪她玩耍，保护好她。

长大了，他喜欢上了那个女孩儿，并且认定了她，就想稳稳抓住她，绝不松手。

“一一，你相信我。”时奕握住她的手掌，轻轻贴在自己的心口处，那颗因她而跳动的心，真诚又炙热。

“我又没有说不答应。”虞稚一笑起来，眼里闪着晶莹的泪花，“你知道的，我只是反应有些迟钝，从一开始就是。但在相信你和爱你这两件事情上，你从来都不需要怀疑。”

"在——这里，时奕永远不会输。"亦如当初，那些人质疑他失败的时候，她会坚定不移地站在那个少年身边，相信他会勇往直前！

十二点的钟声敲响，他们即将拥有另一层身份。

虞稚一二十二岁生日当天，时奕陪她去找导师请假。

老师问起原因，时奕直接送上了一袋喜糖，说："老师，我们今天要去领结婚证。"

老师刚握在手中的笔直接掉落在了地上，她问："我……我没听错吧？"

这两个人才刚满二十二岁吧？

"等我喝口茶，压压惊。"导师嘴里念念有词，最后还是签了字。

他们是成年人，可以为自己的人生负责。导师收下了那袋富有意义的喜糖，还送他们出了校门，对他们说："祝福你们，年轻人。"

他们启程回家，时间刚刚好。

"哥哥，很多人领结婚证的时候，会很早来排队，都想当第一个！"他们这又是请假，又要回家的，流程一套一套地走下来，仿佛一点儿都不着急。

"或早或晚，虞稚一都会在今天成为时奕的妻子。"时奕握紧她的手，语气笃定地说。

办结婚证的流程，时奕早就背得滚瓜烂熟了。只是工作人员在看到两个人的年龄的时候，还特意问了几句，不过两个人的回答都十分一致且坚定。

从工作人员手中接过两本红灿灿的证件时，时奕低头附在虞稚一的耳边轻语："戒指不是送给你二十二岁的生日礼物，这个才是。"

虞稚一扬了扬手里的红本本，告诉他："这是我收到的最好的礼物。"

因为时奕对她说过的话，从未食言。

两个人一直盯着手里的结婚证看，明明就那么一点儿内容，却仿佛怎么也看不够。

他们从民政局的大门口出来，还没走两步，就感觉到天空的异样。

她抬头，发现天空在下雪。

洁白无瑕的雪花翩然落下，虞稚一惊讶又欢喜，说："是初雪！"

大家都说，初雪是纯洁爱情的象征，一起看过初雪的情侣，是得到上天的祝福的。

"时奕，你知道我最喜欢哪个季节吗？"她伸手去接，雪花落入掌心，融化成水。

时奕回眸，桃花眼弯成了月牙状，瞳孔里映着光，他问：“是现在吗？”

女孩儿伸出手，用手臂环住他的脖颈，踮脚在他柔软的唇上盖下“印章”。

“是夏天。”

那个夏天，有心动、有偏爱，还有一直陪在我身边的少年。

结婚第二年的夏天，虞稚一连载近六年的小说，也终于更新到了完结的篇章。

“早早遇见想要共度余生的人，本身就是一件值得骄傲的事！”

大结局的评论数量比任何章节的评论数量上涨得都要快速，所有人都用不同的文字表达着祝福。

因为，有情人终成眷属，本就是件令人向往的事。

作家在最后只留了一句话：“但愿这个夏天，我们都能遇到温柔的人和浪漫的爱情故事。”

虞稚一跟时奕领了结婚证的事情，亲近的家人和朋友都知道。

尽管他们年龄小，但没人觉得这是胡闹。

沉淀了二十二年的感情，世间能有几人拥有？

他们领证的当天，时家人把虞稚一的外婆也接来了市里，亲近的家人为两个孩子送上了祝福。

虞稚一陪伴外婆时，外婆私下跟她说了些体己的话。外婆对她说：“总觉得，你还是原来那个天真可爱的小丫头，一转眼，你都已经嫁人了。”

“外婆，我都长大了嘛。”

“是啊，你长大了，外婆很开心。”当年那个受尽委屈的小丫头长成了这般模样，老人家是真的很开心。

“我们那个年代嫁人早，不过大多是媒人介绍的，合适就结婚。现在你们年轻人都兴自由恋爱，结果你还是早早就嫁人了。”

“外婆，我跟哥哥是认真的。”

“我知道，我知道。”外婆轻拍她的手背，“早在几个月前，他来拿户口本的时候我就知道。”

虞稚一的户口并没有跟着父母，而是和外婆在一个本子上。去年十月份的时候，时奕回到镇上，陪外婆待了一天，就是向外婆坦白了自己的想法。最后他们也得到了外婆的祝福。

“正因为是他来，我才肯把我的宝贝外孙女嫁出去，若换了旁人，我哪里舍得？”

外婆虽然老了，但仍旧心明眼亮。在这个世界上，没人比时奕更能好好地保护虞稚一。

虞稚一听到自己敬重的长辈对自己喜欢的人评价这么高，很开心，挽着老人的胳膊撒了个娇：“外婆真好。”

但在这温馨的亲情时刻，她们也不免提起另一个无法割断血脉的亲人。

外婆忽然问：“这件事情，你同你妈妈说了没？”

虞稚一面色微僵，说：“还没有。”

其实她跟阮晴打过电话，很巧合的是，对方的手机关机了。

她总不会因为那人没接到电话，就中断自己要做的事情，也就没再惦念了。所以到现在，阮晴还不知道大女儿结婚了。

外婆叹了口气，说：“找个合适的时机，还是告诉你妈妈吧。”

老人家夹在中间也是为难，女儿和外孙女，手心手背都是肉啊……

虞稚一轻轻点头。

考虑到时奕现在工作忙碌，和虞稚一没完成的学业，他们暂时先不举办婚礼。这些事情，大家都理解。

宁素雅握着虞稚一的手，笑得合不拢嘴，还给了她一个大红包，对她说：“好孩子，以后你就真的是我女儿了。”

以前她俩是思想上的亲人，现在连名义上也是了。

红包的寓意是好兆头，虞稚一坦然收下了，笑着道谢：“谢谢宁姨。”

宁素雅愣了一下，打趣道：“还叫宁姨呀？”

虞稚一轻抿着唇，小脸热腾腾地喊了声：“妈妈。”

“哎！”宁素雅回答时的声音格外清亮，谁都知道她有多么高兴。

虞稚一嘴角含笑，眉眼舒展开来。

收到时父给的红包时，她比刚才放松了许多，用软软的声音说了声：“谢谢爸爸。”

时父朗声大笑，道：“当初我还在想，这么乖的丫头不知道要便宜哪家的小子，没想到是我家的。”

宁素雅拍了拍丈夫的肩膀，说：“你儿子做的事情还不够明显吗？也只有你才没看出来。”

时父连忙摆手，道：“我后来不也知道了嘛。”

时奕走过来，握住了虞稚一的手，低声耳语道：“看吧，大家都知道，就你傻乎乎的。”

虞稚一扭头瞪了他一眼，那小表情一点儿也不凶，可爱极了。

时奕揉了揉她的脑袋，说：“好了，不逗你了。”

虞稚一的房间让给了外婆，她理所当然地跟时奕睡一个屋。

虽然虞稚一没想过他俩会有一个激情的新婚之夜，可更令她猝不及防的是，她的生理期到了。她不好意思地说：“肚子有点儿不舒服，好像是‘那个’来了……”

于是，时奕给她焐了一晚上的肚子。

外婆在城里住不惯，虞稚一跟时奕把老人送回了镇上后，又赶回了重庆。

他们这个年龄，正是努力奋斗的时候，无论是学习还是工作，都要抓紧时间。长辈体谅他们，没有让他们留下，不过时爸时妈还是把他们送去了车站。

他们到达的时间不早不晚，检票进去找到了指定的座位，虞稚一闷不吭声的，精神不是很好。

她来月事一般不会肚子疼，或许是因为冬季气温低，又受这两天她一直在两地奔波的影响，才会不舒服。

时奕摸了摸她的脸，发现她的脸蛋也有些冷。他直接把人拉过来，让她靠在自己的身边，把手掌贴在她的腹部上，对她说：“一会儿回去给你煮红糖水。”

虞稚一靠着他，就很有安全感，全身心放松下来，不知不觉就睡着了。

座位旁边的陌生人看到这温馨的一幕，笑着问道：“这是你的女朋友吧？”

时奕垂眸，落在女孩儿身上的眼神格外温柔，回道：“不，她是我的妻子。”

时隔多年，那个反应迟钝的小笨蛋，真的成了时太太。

虞稚一原本以为会先回家，也就是他们一直租的房，可没想到，时奕对出租车司机报出了另一个小区的名字。这个小区名字她知道，只是她不知道他们为何要去那里？

虞稚一仰着头，时奕看出了她的疑惑，神秘地不肯向她透露，只说："送你一个礼物。"

"最近我好像收到了很多礼物？"

她先是收到了彩绘书本，然后是戒指，她把结婚证也算在了其中，现在又出现了一份神秘礼物。

礼物一个比一个贵重，还都是她无法拒绝的东西。

真不知道这次她会收到什么。

时奕似乎对这里的路很熟悉，连小区的门卡都有。

进了小区往右转，时奕径直带她乘坐电梯上了二楼，然后，他突然掏出了一把钥匙。

虞稚一似乎猜到了什么，但还是有些不敢确定。

直到那扇门被打开，她看到房间的风格布局，心里的答案逐渐明晰。

前段时间，时奕给她看了一些房间的装修风格，竟然是为了套她的话，然后把她所描述的东西全部变作了现实。

"这就是送给你的礼物，一个真正属于我们的家。"

"我一点儿都不知道……"开心之余，她还有些自责，"我觉得自己做得不够好，永远都是你先做好了一切。"

她吸了吸鼻子，鼻尖泛红，又说："我都不知道要怎么回报你，才配得上你的好。"

"作为一个男人，我应该给你的不只是感情，还要承担为你提供优质生活的责任。"时奕将她拥入怀中，"我总不会让时太太受委屈的。"

时奕既然决定娶她，必然是做好了万全的准备，而不是单纯用感情将她留在身边。

虞稚一破涕为笑。

光是感动没用，她得用实际行动去回报。

这里共有两层楼，一楼有客厅、厨房、卫生间，二楼是卧室，一共有三间卧室。

时奕带她去看那间最大的卧室，房间里的布置跟另外两间不一样，更像是她跟时奕以前卧室的结合体。

她很喜欢这个新家，不过这里距离时奕上班的地方比之前那里远一点儿。

思及此，虞稚一问了一句："以后就是我们两个住在这里了吗？"

时奕抄着手，歪了下脑袋，反问道："那不然呢？一一还要我独守空房吗？"

虞稚一心想，咱们说的都不是同一件事！

除了逗她，时奕还没忘记她身体不大舒服的事，又问："现在感觉好点儿没？"

虞稚一点点头，说："好多了。"

"这里没有红糖，一会儿我出去买。"

"不用麻烦，今天过了就好了。"

"反正以后也会用到的。"时奕说要去买，不只是口头上说说，真的就跑下去买了。

虞稚一留在家中，首先拐进了厨房。这里家电齐全，食材也有不少，当真就差两个主人搬进来了。

从冰箱里找了些东西，虞稚一开始准备今天的晚餐。工作上她帮不了时奕，只能在生活上把他照顾好。

这些年来，时奕不擅烹饪这一点，大概是为数不多的，让虞稚一在时奕面前对自己的能力感到骄傲的事。

至少，她能满足时奕的胃！

虞稚一把淘洗过的米装进电饭煲，按下煮饭开关，突然想起了一件事。

她站在楼梯口，拨打了阮晴的电话。

这一次，对方接通了。

"一一？"阮晴接到女儿主动打来的电话，有些惊讶。

这些年来，母女二人很少联系。

虞稚一用一只手将手机举在耳边，另一只手在楼道扶梯上滑来滑去，开口说："我有个事情要跟你讲。"

阮晴好奇地问道："什么事啊？你说。"

虞稚一低下头，似随口一提地说："我结婚了。"

阮晴听到了之后，足足愣了十秒钟，才消化这个信息。

"结婚？"阮晴先是感到震惊，然后炸了，"你才多大？！你跟谁结婚？"

她条件反射地提出了质疑，而后又很快想出了那人的名字："时奕？你跟他结婚了吗？"

"是。"

"你才多大就结婚？怎么也不跟妈妈商量一下？你这孩子真是……"作为一个母亲，阮晴急了。

在她心里，女儿才刚成年，怎么就突然结婚了呢？而且虞稚一事先也没告诉她，这不是在开玩笑吗？

相较于阮晴的激动，虞稚一就显得格外淡定。听到阮晴那些质疑的话，她现在的心情竟然比昨天领证之前更平静。

虞稚一解释道："我昨天给你打过电话，但是你没接到。"

阮晴说："妈妈昨天手机没电了……"

手机开机之后也没有来电记录显示，她根本就不知道大女儿给她打过电话。

"嗯，没关系。"这些都没关系，无论阮晴是否接到那通电话，她都不会改变自己的决定。

"一一，妈妈现在脑子有点儿乱，你告诉我，你们什么时候领证的？怎么这么突然？是不是……"

阮晴脑子里冒出了一个不太好的想法，毕竟虞稚一还在上学，如果不是什么特殊原因，他们为什么会急着领证呢？

虞稚一没听懂，更不知道阮晴未说出口的后半句话是什么。

但她想提醒阮晴，便说："你忘记了，昨天是我二十二岁的生日。"

但凡阮晴记得这件事情，记得在昨天打电话来跟女儿说一句"生日快乐"，那么就不会错过这个消息。

这句话像是一根刺卡在了阮晴的喉咙里，她说："一一，妈妈不是……"

她不是什么呢？不是故意的？这些话对虞稚一而言意义不大。

虞稚一顺着楼梯一步一步慢慢地往上走，对阮晴说："没关系，反正我已经习惯了，我打这通电话只是想告诉你这件事，并非征求你的同意，也不需要你的建议。”

“好，事到如今我总不会让你们分开，但是有些事情我还得问清楚。他们家出了多少彩礼？还有，你们的婚礼打算什么时候办？”阮晴开始问那些约定俗成的婚礼流程，好像真是一个为女儿操碎了心的母亲。

然而这些话对虞稚一来说十分刺耳。她跟时奕的关系，早已经不是世俗的礼仪扯得清的。

虞稚一正准备结束通话，突然听到阮晴那端传来了小孩儿惊天的哭声。

阮晴一边举着手机，一边走进客厅，见赵心妍和一岁多的小弟弟坐在一起，那场面非但不和谐，还更像是个修罗场。

原本放在沙发上睡觉的小儿子醒了，吵到了正在玩手机的赵心妍，赵心妍不管不顾地把弟弟放在了一边。小孩子翻身摔到了地下，不受控制地放声大哭起来。

可赵心妍非但没有耐心地哄弟弟，反而觉得哭声烦躁，在凶一个听不懂话的孩子。

“妍妍！那是你的弟弟，你怎么能这样？！”阮晴赶紧把儿子抱起来。

听到这儿，虞稚一轻轻对着手机说了句话，便挂断了电话。

“再见了。”再见了，妈妈。

她已经不是当初那个渴望父母关怀的孩子了，已经有了属于自己的家。

时奕送她的结婚戒指，比当初那枚求婚戒指还要张扬。虞稚一刚回到学校宿舍，就被室友发现了戒指，一个个都围着她。

研究生结婚，其实不算什么特别稀奇的事。可虞稚一才刚满二十二岁，读书早，年龄摆在这里，算是早婚了。

宿舍的人都知道，虞稚一有个优秀的男朋友，也非常羡慕他们的感情。

“我看看这戒指，真漂亮，还是带钻的，肯定不便宜！”

“一一的男朋友会赚钱，还是开公司的呢。”

“真的太羡慕你了，国家欠我一个男朋友！”她们的反应，比虞稚一想象中的还要强烈。

她虽然不介意跟别人谈起自己的男朋友，可若是因为一枚戒指就引起这么多话题，她有点儿招架不住。

她想私下跟时奕商量在学校不戴婚戒，可又想戴着，毕竟这戒指寓意非凡。

这对婚戒是时奕一人购买的，她忽然想到，自己可以再买一对适合平时佩戴的戒指送给时奕。

收多了时奕制造的惊喜，她也想给时奕一个惊喜。

虞稚一看了许多品牌的戒指，经过筛选，再找朋友商议了一下，最后买下一对价值不菲，但外表低调的对戒，并且在戒指内圈刻下了“SY”的字样。

恰逢这个周日，时奕有一天休假。

周六晚上，虞稚一自己动手准备了一桌好菜，从桌布到菜品的摆盘，精致得像是店里的烛光晚餐。

时奕进门，将外套放下，换了鞋，刚走到客厅就察觉气氛跟平常不一样。

“一一？”

“在这儿呢。”厨房里探出了一个脑袋，她围着围裙，手里还拿着锅铲，“就剩下最后一道菜了，马上。”

时奕看到桌上的菜，有他平日最喜欢的，也有他从未见过的新花样。

他觉得自己确实娶了一个贤惠的小娇妻。

最后一盘菜出锅，虞稚一把锅端到了洗碗池里，时奕则把那盘菜端上了桌。

两个人配合默契。

虞稚一取下围裙挂在一旁，整理了一下衣服，坐在了时奕的对面。

她神神秘秘地把双手藏在桌下，说：“哥哥，我也有一个礼物要送给你。”

时奕嘴角含笑，道：“今天是什么好日子？”

虞稚一捂紧了手中的宝贝，回道：“一定要好日子才能送吗？我送你礼物，就是你收礼物的好日子！”

“一一说得对。”他无条件赞同老婆的观点。

虞稚一哼了两声，突然把藏在桌下的双手举了起来，不过是扬起了两个拳头。她说：“哥哥你选一个，选对了就有礼物，选错了的话……就很抱歉了哦。”

时奕挑眉，笑着说：“还有你这样送礼物的？”

虞稚一摇头，今晚就是要硬气一回，说道：“不管，你快选。”

“行。”时奕配合她，缓缓地抬起手。

他的手指从左指到右，再从右指到左，来回徘徊着。虞稚一的视线也一直追随着他的手，她都快被搞晕了。

就在这时，时奕抬眼瞥了她一下，嘴角轻轻勾起，点了点她的左手。

“这个。”

虞稚一内心一喜，立即把手翻过来，手心朝上，说：“那我要打开了，哥哥你自己看好。”

时奕点头道：“行。”

她故作神秘地跷起大拇指，然后依次把手指展开，手掌心里躺着一枚男式戒指。

“恭喜你，选对了！”

“一一想送哥哥戒指，不用这么大费周章，万一哥哥选了右手怎么办？”

她听到时奕这么说，便直接摊开了右手。掌心里放着一枚女式戒指，跟刚才的是一对儿。

“如果你选对了，那我就给你戴上；如果你选错了，那你就给我戴上呗！”

总之，无论时奕选中哪个，其实都不会错。

时奕没拿戒指，而是朝她勾了勾手，指着自己身旁的椅子，示意道：“坐过来。”

虞稚一没想那么多，乖乖地换了位置，坐到时奕身边。

时奕伸出手，说：“戒指给我。”

虞稚一把那枚男式的给了他，时奕继续向她索要女式戒指。

虞稚一疑惑地望着他，似乎不解他要两枚戒指干什么。

时奕差点儿被她这迟钝的反应气笑了，说：“怎么？你还想自己戴上？”

“哦哦，我傻了。”她自己吐槽自己，连忙把女式款递给了时奕。

当然，她也为时奕戴上了戒指。

这顿烛光晚餐，夫妻二人吃得圆满。

虞稚一做饭，时奕承包了洗碗的工作。等他把厨房收拾干净，不知道自己的小妻子又跑哪儿去了。

虞稚一刚从浴室出来。

卧室里开了暖气，她今夜穿着单薄的睡裙，却完全不觉得冷，反而感觉自己置身火炉之中，身体在灼热燃烧。

除了戒指，她还有一个礼物要送给时奕。

为了顺利进行，她提前做了功课，甚至向有经验的闻听语请教过。

虞稚一坐在床边，拍了拍脸颊，自言自语道："好烫。"

她即便做了功课，仍然很紧张。

她听到门外传来的脚步声，两只耳朵都竖了起来，是上楼梯的声音，那就代表时奕来了。

不出她所料，几秒钟之后，时奕推开了房门。

当他发现身着单薄睡裙的虞稚一坐在床边时，开口便说："怎么穿得这么少？"

时奕大步走过去，将床上的棉被裹在她身上。

虞稚一被捂得脸蛋通红，两只白嫩嫩的胳膊从被子底下钻出来，试图阻止道："我不冷。"

"你是一时感觉不到，过后会感冒的。"

"我真的不冷……我热……"她没撒谎，现在是心热，身体更热。

关心过度的时奕好似终于反应过来，虞稚一这样子……有点儿意思。

她换了衣服，身上染了沐浴露的清香。他问道："洗过澡了？"

"嗯！嗯！"她一连点头两次，脑袋一次比一次埋得低。

时奕拍了拍她身上的被子，故作随意地说："那行，你先休息吧。"

虞稚一不懂了，他这话是什么意思？

她猛地抬头，对上时奕那似笑非笑的眼神，就知道自己又被他骗了。

时奕弯腰，用手指抬起她的下巴，在女孩儿粉润的唇上亲了一口，说："乖乖等我。"

他拿起浴袍出门了。

虞稚一知道他要去做什么，那洗澡之后是不是就……？

她没计算时间，脑子里被那些事情填得满满的，感觉一眨眼时奕就回来了。

穿着浴袍的男人，跟白天阳光的形象不同，看起来更性感些。

时奕看到懂事的小娇妻已经在床上坐好了，两只圆溜溜的眼睛盯着前方，不敢看他，只是她那白皙的耳朵逐渐变红了。

他饶有兴趣地捏了两下她的耳朵，手指从她侧面的脸颊上轻轻滑过。虞稚一感觉身体里好像突然蹿过了一阵电流，刺激了她的整颗心脏。

卧室的灯，仿佛也随之变得柔和。

他俯身，在她耳边轻语道："那么现在，我要亲你了。"

她的身体忍不住颤抖起来。

时奕用手指穿过长发，一遍一遍地安抚着她。

他的动作很温柔，逐渐缓解了虞稚一内心的紧张情绪。

只是温室里的花朵喜欢和风细雨的滋润，却无法承受猛烈的狂风暴雨。

她最后也只能哭着求饶。

"哥哥……"

往日那个哄着她，不舍得她掉一滴眼泪的男人，亲了亲她落在眼角的泪水，却不肯放她离开。

时奕抓住她的手腕搭上自己的肩膀，蓄势待发，说："我是不是告诉过你，我挺记仇的？君子报仇，多少年都不晚的那种。"

虞稚一此刻迷迷糊糊的，哪里还记得曾经说过的那些话，回道："我又没有惹你，报什么仇？……"

时奕缓缓向下，说："你忘记了没关系，哥哥帮你回忆一下。"

虞稚一又听到他说："就是现在了。"

"时奕！！！"她也仅仅有那一瞬间哭喊的力气，之后全化作了呜咽，"呜呜呜……"

卧室的灯光剪影温暖而柔和，衬得屋里风光旖旎。

睡醒之后的时奕神采奕奕，见虞稚一睡醒了都没吭声，长臂一伸，将人捞入怀中，轻声细语地问道："生气了？"

小姑娘躺在被窝里，神态疲倦，低声应了句："没有。"

"一一怎么这么乖？"她乖到让他心生愧疚之意。

时奕满含歉意地吻了吻她的额头，只说："哥哥以后会注意的。"

以前不管时奕说什么，虞稚一都会毫不犹豫地相信。

可这句话，她觉得可信度不高。

事实证明她想得没错，开荤之后的时奕简直像变了个人。虞稚一觉得，自己这眼泪非但没有让他心疼，反而助长了他的战斗力。

她索性就忍住不出声。

但这样也不行，时奕不会轻易地放过她，还会用更过分的方法逼她喊出声。

她从一开始的羞涩到后来的迎合，心理变化过程丰富。但不可否认的是，她在逐渐习惯两人之间的亲密无间，并会为此感到身心愉悦。

虞稚一生日过后的下一个节日就是新年，分布在不同城市的朋友都会在此时聚集。

聊天群里，乔乐芷跟姜觅尔已经商量好，怎么敲诈时奕和虞稚一请客了。

虞稚一跟闻听语单独聊天时，闻听语给她发来一个大红包，并备注：份子钱。

她俩回到聊天群里，在乔乐芷和姜觅尔得意扬扬地要吃喜酒的时候，虞稚一不慌不忙地打出了三个字：“份子钱。”

乔乐芷：“……”

姜觅尔：“……”

过了半晌，黎少舟忽然冒泡：“我跟尔尔算一份。”

姜觅尔：“附议！”

乔乐芷：“……”

他们玩笑归玩笑，该给的份子钱一分没少。

新年时，大多数人回了云阳，高中好友难得相聚。

虞稚一跟时奕牵手进来时，乔乐芷跟姜觅尔都故意笑了好久。

“结了婚的人，就是不一样哦。”

虞稚一笑了笑，没再像以前那样被她们调侃两句就害羞。

她现在可是名正言顺的时太太了。

他们正在聊天，黎少舟举起手机说：“哎，看班级群没有？他们都在问哪些人回了云阳，还在喊大家过年出来聚一聚呢。”

旁边的姜觅尔下意识地问道：“哪个群啊？”

“我们 1 班。”

“哦，那就跟我没关系了。”

当初分文理科，两个人一文一理，就不同班了。现在是理科 1 班要聚会，跟她这个文科班的人没关系。

黎少舟连忙摆手，说：“不是，你算我的家属，能去！”

作为一名时常被“排挤”的“单身狗”，乔乐芷终于硬气了一回，说：“我报名了，打算去见见老朋友。”

姜觅尔乐了，道：“那我也去凑个热闹，嘿嘿！”

既有男朋友，还有好朋友，她凑个热闹也无妨，反正都是报名给钱的聚餐。

大学那几年，有些去了外地的同学，即便是放假也没有回家。如今算着时间，大部分人大学毕业了，要么留在了外地，要么回到老家发展。再加上这是新年，放假回来的人就更多了，所以沉寂了许久的班级群又突然活跃起来。

闻听语和 1 班还有 1 班的人都没啥关系，就默默吃饭，不参与这个话题。

黎少舟又开始撺掇时奕，说：“奕哥，一起去呗，当初咱们玩得好的那几个兄弟都在呢。”

时奕漫不经意地应下：“行啊。”

时奕一直是别人眼中的天之骄子，却不摆架子，能与周围的人打成一片，这也是他处理人际关系的一种方式。毕竟在这个社会上，任何人都不容轻视。

莫欺少年穷，谁知道你现在看不起、不愿意结交的人，会不会就在将来的某个时刻，突然翻身呢？

报名的同学加上某些人携带的家属，算下来竟有三十几人。

聚会的时间定下了，大家集体出钱，合租了一个临时公寓。有几个活跃的人主动去采办食材，可以让大家一起做饭。

他们打算整一次有意义的聚会，而不是简单地出去吃顿饭、喝个酒。自己动手参与的聚会，肯定令人难以忘怀。

先到公寓的人组队去超市采买东西，带回了十几袋食材。做饭的时候，厨房里的男性比女性还多。

有些人自愿在厨房帮忙，其他人就在大厅玩玩游戏、听听音乐、打打牌。

乔乐芷最先到场，黎少舟和姜觅尔出门的时候就在跟时奕和虞稚一联系，黎少舟跟姜觅尔要更早抵达公寓。

姜觅尔性格外向，再加上乔乐芷的调和，姜觅尔很快就跟1班的人打成了一团，还自愿到厨房帮忙打杂。

时奕跟虞稚一随后也到达了公寓。

时隔四年，大部分人的变化很大，女生学会了化妆和更时尚的打扮，男生也退去了青春年少的模样，变成了真正的成年人。

跟当初的老同学碰面，有的人无法准确地喊出很多人的名字，但时奕这张脸，认错谁也不可能认错他。

“哎，时奕，好久不见啊。”相较于一些连名字都喊不出的高中同学，他们更倾向于跟时奕交往。

时奕外表气质出众，站在他身旁的女孩儿也不容忽视。

因为不是同班同学，大家对虞稚一的印象更模糊一点儿。但她是时奕带来的家属，有人猜道：“时奕，你这是带女朋友来了？”

时奕坦然自若地举起两个人交握的手，两个人的无名指上的对戒十分耀眼，他说道：“我太太。”

“什么？你都结婚了？！”那人惊讶地大喊了一声，引得不远处那群正在玩游戏的同学也望了过来。

姜觅尔从厨房跑出来找人帮忙，见虞稚一在这儿，连忙朝她招手道：“一一！大厨！ Come here（过来）！”

虞稚一听到了来自厨房的求助，挥手示意，扭头对时奕说道：“哥哥，我去尔尔那边看看。”

时奕略微迟疑，然后点头道：“去吧，有什么事情随时喊我。”

纵然是他的同学聚会，他也不想限制虞稚一的自由。

虞稚一进入厨房，姜觅尔和乔乐芷便热情地跟大家介绍道：“这就是我们的大厨！有她在，今天这顿饭有着落了。”

大家都是成年人，自愿来厨房帮忙的都是安心做事的。虞稚一不是他们班的同学，却要人家下厨，他们还有些不好意思。不过虞稚一愿意帮忙，他们自然是欢迎的。

领头人说道："咱们把东西都准备好，大厨师掌勺，这样分工合作，也不至于太辛苦！"

"行！"

虞稚一只负责放菜、看火候、加作料，需要的食材，都是其他人弄好放在旁边的。大家配合起来，厨房的气氛也很和谐。

这时候，外面客厅里又来了几个人。

姜羽然如今已经是公司管理层领导，一身职业装突显气质，但又不会过于刻板，倒是今天人群中独特的打扮。

今日姜羽然的装扮成熟知性，很容易给人带来视觉上的冲击感，男人看到了都挪不开眼，说道："呀，大美女来了啊。"

也有女生附和道："咱们班长这些年越来越漂亮了。"

身为理科1班的班长，姜羽然的人气也挺高。

当初班上最优秀的一男一女聚在一起，大家的大部分话题是围绕着他俩的，也纷纷打听大家的工作。

姜羽然应和了几句，视线落在前方那个不可忽视的男人身上，款款笑道："时奕，好久不见。"

时奕颔首，礼貌性地回复道："好久不见。"

姜羽然移动目光，见时奕身边并无他人，心中了然。

"咦，先前好像听谁说时奕有女朋友了，怎么今日也不把家属带来？"她这话多有打探之意。

旁边的一些老同学听到这话，私下交头接耳道："好像当年姜羽然就喜欢时奕吧？现在她还惦记着呢？"

"嗐，像时奕那种几乎十项全优的男人，谁不喜欢啊？我要是长得漂亮，也想试试。"说到底，大家对美好的人和物总是心生向往的。

"姜羽然还不知道时奕结婚了，现在也没人告诉她。"

"嘘，等会儿有好戏看了。"

也不知道有意还是无意，刚才听到时奕已经结婚的人，都默契地保持了沉默。还有一部分不知情人士，也没办法代替时奕回答姜羽然的问题。

不过时奕仍是坦然承认，说："我太太在厨房里。"

言罢，他立即起身往厨房的方向走去。

厨房里，虞稚一不自觉地展示出了大厨风范，烹饪的美味佳肴令人食欲大增，厨房里的人对她赞不绝口，大家很快就熟络起来。

时奕走进来一瞧，他这小妻子竟然比他“混”得还要好。

“时奕，不错啊！你老婆厨艺这么好，你太有口福了！”

厨房里的人都知道虞稚一是时奕的家属。以前他们嫉妒时奕的天赋和能力，现在连他娶的老婆都让人羡慕不已。

“其实我当初就看出来了，他们两个姓都不一样，真不知道谁传的他们是兄妹。”

提起这事，虞稚一扭头瞥了时奕一眼。

时奕避之不谈。当年可不就是他自己传出去的吗？

这些人不会说话，光戳他的短板。

趁虞稚一休息的时间，时奕握着她的手仔细清洗，说道：“我家宝贝可不是来给你们做饭的。”

虞稚一不是1班的人，的确没必要如此。

厨房的各位差点儿给时奕跪下了，说：“奕哥，嫂子确实厉害，我们可佩服她了。我们没让她受累，这洗菜洗碗的活儿都是我们在做，你就行行好，让嫂子掌厨吧。”

众人哄堂大笑，气氛十分和谐。

时奕可不管他们怎么说，把虞稚一拉到一旁，柔声问道：“累不累？”

虞稚一说：“没事的，真的不累，我就炒炒菜，其他的事情大家都抢着做，而且还有两个大厨帮忙呢。”

听到她这话，时奕也知道这事没什么，就随她去了。

美食出炉，呈上桌的食物色香味俱全。

“今天这满汉全席，还得感谢我们厨房的诸位功臣。不过在这里，还要特别感谢一个人……”那人最后指向虞稚一，“是奕哥的家属虞稚一帮了我们大忙。”

众人起哄，夸了虞稚一好多话。

然而姜羽然在亲眼看见虞稚一的时候，脸色都变了。

她最近工作很忙，但听说时奕要参加班级聚会，就想来碰一回运气。

在见到时奕周围没有旁人的时候，她内心喜悦，可没想到时奕非但不是单身，还早早结了婚。

一开始，大家以为他们只是情侣关系太好，买了戒指，互称对方为伴侣，可结果是他们已经领了结婚证，是被法律承认的夫妻。

对他们而言这是一段佳话，于姜羽然而言，却是一场遗憾。

席间，他们直接抱出几大箱酒，有啤酒，还有别的。

“奕哥，来来来，喝一杯。”

时奕一开始就被点名了，若是他接了这杯酒，后面肯定还有。

时奕不是不能喝酒，但他先向妻子询问意见，说：“我今天可以喝酒吗？时太太？”

被时奕当众这么称呼，虞稚一嘴角微翘，小弧度地点头，道：“可以。”

时奕得到了小娇妻的同意，以酒会友，在男生这边很受欢迎。

姜羽然不知道什么时候，跟虞稚一站到了一起。

姜羽然突然感叹道：“真没想到，女生最大的情敌竟然是你。那时候所有人都把你当作时奕最宠爱的妹妹，甚至想讨好你，跟时奕拉近关系。”

虞稚一沉默片刻，问道：“也包括你吗？”

“是。”姜羽然凝视着远处说道。当年她因为心中骄傲而不肯坦言的感情，如今倒是大大方方地承认了。

面对如此坦诚的情敌，虞稚一并没有欣赏之意。虞稚一盯着姜羽然的眼睛，明明白白地告诉她：“他是我的。”

简洁明了的四个字，比任何长篇大论都更有杀伤力。

姜羽然的表情不太自然，她对虞稚一说：“你说这些做什么？谁没有过年少轻狂的时光？那些事情早已经过去了。”

虞稚一摇头，缓缓说道：“当年你让时奕的那些朋友把我当作阻碍，让他们觉得是我缠着时奕，让时奕跟他们划清界限。这件事情我一直知道，也从未忘记。

“你以为迎合他的选择，就能跟他拉近距离。但你没有想过，他是时奕，本就该成为大家的骄傲。”

真正喜欢一个人，不是陪他一起堕落，而是在他陷入泥潭时，拼尽全力地将他拉上高处，告诉他，无论如何也不能放弃！

姜羽然问道：“你当时就是这么想的吗？”

虞稚一说："对。"

姜羽然又问道："我很想知道，为何你当初就那么肯定他会毫不犹豫地选择你？"

"因为他不会让我输。"虞稚一无比坚信这一点。

姜羽然闭上眼，再睁开时，心境已然与之前不同。

她望着虞稚一，眼前这个满脸洋溢着幸福的女孩儿，仿佛被岁月温柔以待。

姜羽然说："你真幸运。"

之后，两个人默契地分开，回到自己原本的位置上。

虞稚一坐回时奕身旁，闻到他身上的酒味，就知道他喝了不少。她不会在人前制止他，只是凑近他的耳边，悄悄对他说："哥哥，少喝一点儿。"

时奕扭头冲她扬眉一笑，桃花眼里闪烁着光。

这场同学聚会比想象中的有意思，有人因为曾经错过而感到遗憾，有人因为这场聚会重新结缘，也有人更现实一点儿，从中扩展了人脉关系。

姜觅尔已经喝醉了，黎少舟一直抢她的酒瓶。

而虞稚一滴酒未沾，她身旁这人倒是酒香四溢。

回家的途中，虞稚一仍然问他道："哥哥，你喝醉了吗？"

时奕低着头，脑袋靠在她的肩膀上，温热的气息喷洒在她敏感的颈窝处，他沉声道："醉了。"

每次时奕回答"醉了"之后，都会发生一些事。

今晚也不例外。

时爸爸时妈妈不在家，时奕就更加肆无忌惮了。

他拿醉酒当作借口，把小娇妻哄了过来。

虞稚一只是来给他送浴袍的，结果身上全被淋湿了。

"时奕！"小娇妻凶起来，那都是连名带姓称呼时奕的。

不过，时奕喝醉了。

"一一不是说过，喝醉酒的人，做出一些跟平常不同的事也是可以理解的吗？"他总是拿虞稚一以前那些话给她下套，让她从来都占不了口头便宜。

浴室里的暖光灯在发热，虞稚一穿着毛衣外套站在里面，感觉全身的温度都在飙升。

虞稚一呼吸加重了，说："这里开了暖灯，好热的，我先走……走了……"

她想退出去，时奕却握住了她的手，对她说："——不是说过，要好好照顾我吗？"

他耐心地引导虞稚一，让她的身体随之而动。两个人"坦诚相待"时，时奕低头在她耳边轻语："乖女孩儿，张开。"这像是一句情话。

时奕跟江迟舟还有另外几个人，共同创办的网游公司叫易舟。

这两年来，他们一直在开发并完善一款叫"重梦江湖"的古风网络游戏。

公司的发展并不是一帆风顺，前期创业困难，中期问题不断，但公司众人齐心协力，付出了无数的辛苦，度过了一次又一次的艰难时期。

最难的那会儿，公司那些技术人员几乎每天都睡在公司里，丝毫不敢懈怠。

时奕也是，从早到晚留在公司，全程没有放松，一直在跟时间赛跑。

虞稚一在学校研究课题，跟时奕说要在学校住宿几天。

时奕在电话那头，瞒虞稚一瞒得严严实实的，最后还是她悄悄回家才发现，时奕已经好几天都没回家了。

她做好饭菜，热了一次又一次，本该在这个时间点回家的男人却迟迟没有出现。虞稚一以为他是遇到一点儿事情，被绊住了脚，就耐心地等待着。

后来她打电话过去，问他在做什么？

他只说："最近公司加班，会晚点儿回家。"

可事实上，时奕对她撒了谎。

他一晚上都没回家。

她倒是从未想过，时奕会瞒着她做什么不好的事情，只是担心他遇到了麻烦。

虞稚一向导师请假，自己去了一趟公司才知道，公司最近事务繁多，员工好久都没休假了。

"嫂子，你怎么来了？"公司的人认出了虞稚一，有些诧异地问道。

虞稚一回答道："我有些事情想找时奕，现在方便吗？"

“方便方便，奕哥现在应该在技术部，我带你去。”这个热情助人的男生叫于杰，是时奕的大学室友之一，跟时奕的关系还稍微亲近一些。

趁这段时间，虞稚一问起了公司的近况：“你们最近很忙吗？听时奕说，你们一直在加班呢。”

于杰答道：“是啊，游戏出了点儿问题，最近所有部门都挺忙的。奕哥和江哥都跟大家同甘共苦，好几天没回家了。”

虞稚一这才知道，时奕好几天没回家了……

所以，她之前告诉时奕，自己最近忙着研究课题要在学校住宿，正好给时奕提供了隐瞒自己不回家的机会？

几句话的工夫，于杰已经领着她到达了技术部。

于杰指着那边的门，说：“嫂子，就是这儿了，你自己进去吧，我手头上还有点儿事。”

虞稚一温柔地点了点头，说：“谢谢你呀。”

“没事没事，我先走了。”于杰摆了摆手，转身离去。

虞稚一本想站在门口看看情况再进去，没想到她刚探出个脑袋，就被部门的其他同事发现了。

大家都知道时奕已婚了，有时候公司聚餐，时奕也会带着虞稚一，所以这里的人基本都见过她。

她一出现，大家差不多就猜到她要找谁了。

“奕哥刚走。”

“应该是回办公室了。”

从大家提供的信息中，虞稚一得知了时奕可能出现的下一个地点。

虞稚一礼貌地向大家道谢，随后径直上了二楼。

目前公司规模不大，时奕的办公室还比较小。虞稚一站在门前敲了敲门，并未听到回应。

恰逢江迟舟从隔壁办公室走出来，虞稚一听到声响，看了他一眼。

江迟舟扫了她一眼，对她说：“他在里面，一个人。”虞稚一冲他点头，道：“谢谢。”

她推门进入，办公室里十分安静。她要找的那个人此刻正疲惫地趴在办公桌上，像是睡着了。

虞稚一把门轻轻地合上了。

一开始她就不是来兴师问罪的，从于杰口中得知了公司近况，又见到时奕的这副模样后，更心疼了。

她不敢打扰他，放轻了脚步，近乎无声地来到他身旁。他俩不过几日未见，时奕看起来憔悴了许多。

他们每天晚上通电话的时候，时奕都表现得毫无破绽。其实他是把所有的苦都揽在了自己身上，不让她担心，不让她分心。

虞稚一抬手抹了一下眼睛。

或许是她的承受能力太弱，她看到他这样辛苦，心里就难受。

她赶紧把眼泪擦掉，心想：可不能让时奕瞧见她掉眼泪。

时奕的办公桌很干净，除了电脑、一些纸质资料和笔，就没有其他多余的东西了。

包括他这间办公室，装饰也很简单。

虞稚一没打扰他，悄悄地来，又悄悄地离开。

她下楼的时候又刚巧撞见了于杰。

于杰诧异地问："嫂子，这么快就走了啊？"

"嗯，我等一下再来。"

她要回去拿些东西。

虞稚一打车回到小区，就直奔楼下超市，迅速地选购了食材，回到家就在厨房待了一个多小时。

她做完这份营养的午餐，额前出了一层汗。

虞稚一拿食盒把饭菜装好，搁在了客厅里，上楼简单收拾了一下，提起食盒再度出门。

她到公司时，于杰又碰到她了，对她说："好巧……"

虞稚一回道："好巧，中午好。"

她又来公司了。

虞稚一直接上楼，去了时奕的办公室。这一次她运气不错，没有扑空，时奕也已经醒来。

"一一？"乍一见到虞稚一出现在公司里，时奕还感到很惊讶。

虞稚一扬眉，故意反问道："怎么？看到我很奇怪吗？"

"不是。"他否定道。

虞稚一脸上露出浅浅的笑容，她将食盒摆在旁边的桌上，说："哥哥，你现在忙吗？”

“还好，怎么了？”

“我给你准备了一些食物，如果你现在不是很忙的话，可以先过来吃饭。”

打开食盒后，香味扑鼻，他不吝啬地称赞道：“好香。”

虞稚一体贴地为他把每一个食盒打开，甚至为他摆好了筷子和汤勺，又似不经意间问起：“你最近都在吃什么？”

他每天在公司加班加点，每顿的食物都只为填饱肚子，要问他吃了什么，他还真想不起来。

“每顿吃的都不一样，我也不记得了。”这确实也是实话，只不过他吃的那些跟虞稚一特意准备的丰盛午餐完全没法儿比。

虞稚一在他对面坐了下来。

时奕还没动筷，先问道：“你吃过了吗？”

虞稚一摇了摇头，说：“我不饿，这是专门为你准备的。”

尽管如此，时奕还是舀了一勺汤递给她。

虞稚一张口喝掉了里面的汤，说：“汤还是鲜的，你快喝。”

时奕也毫不介意，舀了一勺汤放进自己嘴里，继续食用。

他吃饭的速度比较快，或许是为了赶工作而养成的习惯。虞稚一提醒他道：“慢点儿吃。”

等他吃得差不多的时候，虞稚一才说：“哥哥，其实我上午来过一次。”

听到这话，时奕不禁皱起眉头，说：“我都不知道你来过。”

从技术部回到办公室，熬了十几个小时的他终究扛不住了，就在办公室闭目小憩。他醒来之后就一直坐在电脑面前，完全不知道她来过。

虞稚一抬头望着他，心里的话脱口而出：“我也不知道，你这几天都没回家。”

时奕突然明白了。

隐瞒的事情被戳破，他也不狡辩，直接承认了错误，说：“一一，我不是故意瞒着你的。不过这件事是我做得不对，我向你道歉。”

虞稚一摇头，道：“我没怪你什么，但你不能为了不让我担心就瞒着我。你如果一开始就告诉我，我也会理解你的。”

时奕垂眸，轻声叹息，又突然说：“我记得你今天有课。”

他在说：你看，在你知道这件事情以后，果然还是因为我耽搁了自己的事情。

双方都在为对方考虑，也都在默默地为对方付出。

话说到这里，两个人相视一笑。

有些事情真的说不清楚，不过好在他们互相理解且信任，这是感情长久的关键。

易舟网游公司在历经波折后成功翻盘，其中耗费的心血、时间、财力不计其数。

为了奖励辛苦工作的员工们，公司给每人发了福利，还组织了团建活动。

公司员工的年龄差不算太大，所有活动，最后都变成了喝酒玩游戏。

他们玩得正开心，时奕出去接了个电话。

于杰笑呵呵地说："我刚才瞥了一眼，看到给奕哥打电话那人的备注了。"

旁人好奇，顺口问道："啥呀？"

于杰答道："A 十三。"

"咦？"这又是字母又是数字的，不像人名，令大家十分好奇。

于杰说："这个号码可是我们大学时候的未解之谜，也不知道是谁，占据了奕哥通讯录首位。"

其实大学时候，也是何蔚然无意间看到的。但他们问的时候，时奕笑而不语，搞得非常神秘。

这只是件平常小事，于杰没怎么放在心上，但刚好就记在了脑子里，所以刚才看到手机屏幕，就想起来了。

"不会吧，奕哥最看重的人不是嫂子吗？"

"等会儿咱们玩游戏，要是奕哥输了，就让他给'A 十三'打电话怎么样？"

"这个主意好！"

就算时奕再厉害，也抵不过这么多人套路他。其他人输几次没关系，只要时奕输一次，他就栽了。

他们拼智力拼不过时奕，那就拼运气。

时奕终于输了一盘。

“奕哥，这下轮到你了。”

“说吧。”他愿赌服输。

“嗯……”他们假装思考，然后提出，“这样吧，你给你通讯录里的第一个人打电话，然后问她在干什么。”

这种要求在游戏惩罚中其实不算过分，大家都一脸期待地望着时奕。

时奕目光淡淡地从众人身上扫过，最后停留在了自己的手机上，他欣然点头。

大家亲眼看着他拨打了电话，在铃声响起几秒钟后，对方接听了。

按照游戏规则，时奕第一句话就问她：“在干什么？”

“在想你呀——”手机里传出了一个甜甜的声音，说着甜甜的话。

众人都十分诧异，一个软绵绵的女声，在对时奕说想他！

众人看时奕的眼神都变了，仿佛在问：咋回事啊？这女的是谁啊？

那女孩儿又问道：“你给我打电话干吗？还有什么事吗？”

时奕从容不迫地说着甜言蜜语：“没事，就想听听你的声音。”

“啊啊——”女孩儿抱着手机在床上打了个滚，娇滴滴地说，“刚刚我们才打过电话的。”

“对，我想起来了。”

小娇妻实在太甜了，他已经完成了惩罚，当然不愿意再让旁边这些家伙听下去。时奕想要结束通话，便说：“一一，早点儿休息。”

刚才还躺着的虞稚一慢慢从床上坐了起来，觉得他这句话不太对。

“不是说好一会儿我过去接你的吗？”

“是吗？那我等你。”

对话到此，他们的通话结束了。

众人惊呆了，心想：什么？故事的发展怎么跟想象中的完全不一样呢？

他们跟虞稚一相处的时间不长，见到人能认出她来，可从手机里传出来的声音就听不出来了，况且虞稚一刚才还在撒娇。

先前他俩打的那个电话，是以时奕的一句“记得想我”作为结尾的，所以这通电话打过去，虞稚一下意识地就做出了回答。

就是这么巧！让他们猝不及防，酸得他们心痒痒。

于杰往自己脸上拍了一巴掌，说：“我们寝室的未解之谜，竟然是这样！”

他们以为的神秘人物，居然就是时奕的妻子——虞稚一！

这两个人，真是让人羡慕。

而虞稚一那边呢？

就因为时奕打的第二通电话有些奇怪，让她以为时奕已经喝醉了，直接就出门接他去了。

公司团建的地方距离他们家不远，她走路都能到。

当虞稚一带着满心的关怀出现时，众人又感受到了他俩爱情的甜蜜。

回家路上，两个人十指相扣。

夜晚的街道平静安宁，两个人走在树下，时奕开口喊了一声：“一一。”

“我在呢。”她温顺地回应。

时奕突然说：“明年夏天，我们结婚吧。”

“哥哥你又喝醉啦？我们已经结婚了。”

时奕轻笑一声，这次真的没有喝醉，今天晚上只喝了不到一瓶酒。

小娇妻有点儿缺心眼，他得包容她、照顾她。

时奕解释道：“我是说，我们举办婚礼吧。”

虞稚一想都没想，顺口就回道：“好啊。”

不过，过了一会儿她又问道：“为什么要等到明年夏天呀？”

时奕回答道：“因为今年的夏天已经来不及了。”

他要准备很多东西，需要时间。

“但是今年还有很长的时间啊。”她想，除了夏天，还有秋天、冬天和明年春天。

时奕停住脚步，面对她，微微弯腰，用额头抵着她的额头，说：“可是，一一喜欢夏天。”

他的女孩儿，最喜欢的季节就是夏天。

他要将最美好的记忆，留在她最喜欢的季节里。

第十三章
梦幻婚礼

虞稚一原本以为，夏季的婚礼就是今年最大的幸事，没想到在婚礼之前，她的事业也有了新的成就。

出版社联系网站，想要出版虞稚一的新书。新书的成绩带动了旧书，除了她另外几部已经出版过的小说，这次，她写的最长时间的那本书也要被出版了。

《对你心动啦》书名更改为《绝对心动》，也在印刷制作中。

虞稚一想，这书要是被身边的亲朋好友看见了，可怎么得了？

她其实不介意跟旁人分享自己的快乐，只是会有些羞涩罢了。

幸福的生活总是令人向往的。

虞稚一的小说签售会定在了三月份，正是春暖花开的时候。现场签售那天，时奕送她到了现场。

"等会儿你自己在这里可以吗？"时奕仍然担心地问。

"也不是我一个人呀，还有其他人呢。"她是指还有工作人员。

时奕握了握她的手，说："这不一样。"

这次，她眼神格外坚定地说："我可以的。"

以前不适应被围观的小姑娘终于长大了，能够大大方方地站在人群前面，语言流畅地讲出感谢词。

虞稚一签名签到手软，也抵不住粉丝们的热情。

来到这里的粉丝，基本上都看过《绝对心动》，对那样一个优秀的男主角充满了好奇。

虞稚一长得好看，那书里的司亦又是何种模样呢？

虞稚一在书里写出了关于她跟时奕的许多故事，却没有让男主角在现场出现。

这本书在连载期间，也被很多人质疑过真实性。他们说，她只是用“原型”来吸引眼球。不过也有很多粉丝认为，从他俩高二到大学毕业结婚，这六年的时光是真实的。

后来，微博有人发出一张照片，在作者喻知的签售会上，有一个外形气质出众的年轻男人跟她站在一起，两个人在低头耳语。

网友猜，这个就是故事中的司亦吧。

尽管照片没有拍到清楚的正面，但看这男人的身材比例，和两个人亲密的动作，他们就知道这二人绝对般配。

易舟游戏公司上市的古风网游《重梦江湖》，受到了许多爱好游戏的年轻人喜欢，公司发展得蒸蒸日上。

四月份的时候，美工部来了一位新成员，是个身材高挑的女人，叫汪思苑。

汪思苑是经朋友介绍来易舟面试的。她有些实力，也顺利地通过了公司的测试，成为实习员工。

这时候她才知道，时奕竟然是易舟的老板！

时奕这个名字，她可是从小听到大的。她每次回老家，都会听到那些长辈谈论他、称赞他。

时奕，从小到大都是家长口中的“别人家的孩子”。她小时候心气高，也不愿意去结识他。

如今人家成了老板，自己成了他的员工。

有一次虞稚一来公司，汪思苑准确无误地喊出了她的名字。

虞稚一见到了新面孔，还有些疑惑，便问：“请问有什么事吗？”

汪思苑笑着说：“你可能忘记了，咱们老家还是一个地方的。”

虞稚一将汪思苑从头到脚打量了一番，实在没想起来这人是谁。但她也不好直说，只能点了点头，轻声道歉：“不好意思。”

“你不记得也很正常，毕竟那时候我们都还小。”

她提起了她小学二年级回镇上遇到的那件事。

那时候她是从城里回去的，觉得自己比其他小孩儿高一等，玩游戏都想抢到最好的。

汪思苑比虞稚一大三岁，当时的事情她记得更清楚。她怎么都没想到，那个玩游戏被所有人嫌弃的小女孩儿，最终嫁给了人人夸赞的天才。

汪思苑现在无比后悔，当初没跟这两个人搞好关系。

虞稚一本以为这件事情到此结束了，可不知道汪思苑从哪里得到了她的联系方式，申请添加好友。

虞稚一成功添加汪思苑为好友之后，汪思苑经常给她分享一些女孩儿相关的东西，与她找话题聊天。

虞稚一差不多也知道，汪思苑想跟自己拉近关系。

“唉……”虞稚一现在很后悔同意添加好友。

交友可以，但这种带着目的来的人，她不太喜欢。

虞稚一态度冷淡，汪思苑慢慢地也察觉出来，稍微收敛了。

过了一个星期，汪思苑再度发来信息：“我前几天回老家，遇到小时候一起玩过的人，就是那个小胖子。我跟小胖子说到了你跟时奕的事，聊着聊着就想起来一件事。”

汪思苑提到了小时候的事，这让虞稚一比较感兴趣。

虞稚一顺着问了一句：“什么事呀？”

汪思苑回答道：“就是小时候玩游戏，他们不是说你玩得不太好吗？当时他们不仅被时奕威胁道歉，回去之后还被家长教育了一顿。你知道为什么不？”

虞稚一有些印象，岂止是她玩得不太好，那时候除了时奕，根本没人愿意跟她玩！

但汪思苑后面说的那些事，虞稚一是真的不知道，便回道：“不知道。”

汪思苑答：“因为在那之后，时奕去找了那些欺负你的人的家长，所以其他人都不敢再说你的坏话了。”

看到这段文字，虞稚一沉默片刻，回复了一句话：“谢谢你告诉我这些事情，谢谢。”

这一刻，她是真的感谢汪思苑。

事情过去了那么多年，她甚至回想不起当年的情景了。可在听到汪思苑说，时奕当初为了维护她私下去找那些人的家长时，她脑海中竟已经浮现那个画面。

对六岁的小孩子来说，做这件事，也是费了很多心思的吧。

时奕对她的好，是从小到大，自始至终。

虞稚一拔了耳机，关闭了电脑页面，起身出门。

原本她在房间里写作，时奕在隔壁书房办公，两个人很默契地不打扰对方。

现在，虞稚一就想去“打扰”时奕一下。

意外的是，时奕并没有坐在电脑桌前办公，而是靠在飘窗的坐垫上悠闲地打着游戏。

虞稚一心想：好啊！时奕居然一个人坐在这边打游戏！连游戏的 BGM（背景音乐）她都听得清清楚楚！

虞稚一放轻了脚步，待站在他身旁时，一声不吭地弯下腰，脑袋靠近他，冷不丁地问道：“赢了吗？”

时奕抬头，差点儿撞上她的下巴。他伸手一捞，直接把虞稚一拉入怀中，让她坐到自己的腿上。

这一系列流畅的动作，令虞稚一猝不及防，她喊道：“哇哇哇，你要干吗？！”

刚才还在打游戏的男人，现在正用双手禁锢着她，说道：“故意吓我？”

“我可没有，是你自己玩游戏玩得太认真！”

“嗯，怪我。”他也不为自己辩驳。这种态度，就算其他人都气不起来，更何况虞稚一没生气。

“哥哥你的工作做完了吗？”

“已经告一段落了。”

“那你在这边玩游戏都不喊我。”她最近在跟时奕玩同一款游戏，不过她三天打鱼两天晒网，玩游戏的时间较少。

时奕用余光扫过搁在一旁的游戏机，淡淡地笑着说：“嗯，这也怪我。”

“我没怪你！”她表态道。

“可刚才哥哥自我反思了一下，觉得自己做错了。”

“哎？”虞稚一觉得奇怪，现在这个时候，还有主动把错误揽在自己身上的吗？

“所以，我得好好补偿我们一一。”时奕话锋一转，看她的眼神都变得不一样了。

虞稚一好似突然意识到了什么，连忙从他身上挣脱，说：“不……不……不用了，你继续玩，我先走了……”

时奕一下子站了起来，她知道自己走不掉了，就闯进了旁边的窗帘里。

时奕准确无误地抓住窗帘边缘，向外掀开，追了进去。

虞稚一的双手被扣在墙面上，全身起了燥热感。男人低头附在她的耳边，薄唇从她耳边擦过，对她说：“乖女孩儿，我们今天试试新姿势。”

浑厚的嗓音犹如浓烈的酒，香醇诱人。

没过多久，窗帘布后传出了连续不断的喘息声。

后来，她把汪思苑说的那件事情告诉了时奕，问他是否记得。

时奕否认了，只说当时太小，不记得了。

可他哪里会不记得呢？

小时候，虞稚一不太会玩游戏，跟同龄小孩儿相比，节奏总是慢半拍。其他小孩儿也不知道稍微照顾她一下，直接把她排除在外了。

于是，他时常把虞稚一带在身边，让她没时间去顾及旁人。

小姑娘被别人的话伤了心，时奕就把那些人的名字记下，挨着去找他们的家长。

只要那些针对她的难听话全部消失，即便被其他孩子认为他是故意去跟家长告状的，也没关系。

总归，他是一定要护着她的。

虞稚一跟时奕的婚礼定在了六月初，这时已经是夏季，但还没到特别炎热的时候，穿婚纱正好，不冷也不会热。

令虞稚一感到惊喜的，是婚礼的场景设计。

以前她在小说里面写男女主角结婚的场景，总是靠她自己看视频总结，再编写出一个美好的画面。

如今时奕把她书中所描写的场景，一点一点地呈现在了她眼前。

就好像小时候，她说她想要当公主，时奕就会为她建一座城堡。

她想要的场景，时奕都为她实现了。

“哥哥，你什么时候看了我写的文啊？”

“太久了，不记得了。”

“总有一个大概的时间吧？”

“你猜猜看。”时奕不肯主动承认，反倒给她抛出了难题。

当初他们同居的时候，时奕就知道她写小说的事情。她心想着，反正都在一起了，也不可能一直隐瞒下去。

可时奕表现得对她写的言情小说没多大兴趣，只是支持她坚持这个爱好。

她当时真以为时奕对此不感兴趣的。

可虞稚一将后来发生的事情串联在一起，发现其中很多是她小说中的情节。

一次两次是巧合，这么多次，那就是他有心为之。

虞稚一在收拾往日旧物，准备换新的时，从纸箱子里找到了一个粉色的泡泡机。

泡泡机已经坏掉了，但外表没什么瑕疵。

她忽然想起，自己曾经在书中写到的那句话：拿着泡泡机，一路狂奔，扑到我喜欢的男生怀里。

虞稚一查看了文章更新的时间，再推算过去，好像就是她写了这句话之后，时奕不仅给她买了泡泡机，还抱了她？

她心想，不会那么早吧？！

为了搞清楚这件事，她又旁敲侧击地问了时奕好几次，但时奕总是不肯给出明确的答案。

越是这样，虞稚一就越好奇。

恋爱军师闻听语给她出了个妙招，跟她说：“等晚上在床上的时候，你别让他得逞，看他说不说。”

虞稚一觉得这招够狠！

说实话，虞稚一听到这个建议的时候，觉得不太靠谱。因为时奕在那件事情上很强势，掌握着绝对主动权，每次都累得她没有反击的余力。

可闻听语提出这个建议后，这个想法就在虞稚一的脑海中不断徘徊，并且十分想要付诸实践。

她这么想的，也这么做了。

动情时，她努力让自己保持理智，坚决将他阻挡在外，对他说："你到底什么时候知道我写的那本书的？"

"宝贝，这种时候不适合谈那些事情。"

"可我想知道。"她用手抵着时奕的胸膛，就是不肯让他进行下一步。

时奕微微眯着双眼，只消片刻就扭转了局势，用双手将她扣住，按在柔软的床上。

"时奕！"小娇妻嘴唇滋润，脸颊绯红，"你别以为你力气大，就可以胡作非为！"

"——不想要吗？"时奕见她的双眸像蒙了层水雾，明显是动情了，不断撩拨她，"你明明忍得很难受。"

她不安地扭动着身体，小声哼唧，也不说话。

时奕到底不舍得伤她，她一反抗，他只能顺着她，免得她挣扎得太过了伤到自己。

看她这样执着，时奕就知道，如果今日不顺她的意思，恐怕她真会不开心了。

"真想知道啊？"

"想。"女孩儿嗓音娇柔，令他难以自持。

"是大一，我们两个系同在一家店聚餐那次。"

"那，当初在山下你给我买的泡泡机，还让我抱你的那次呢？"

"我看过你夹在草稿本里的便笺纸。"就是因为时奕见过便笺纸上描写的内容，觉得那是虞稚一心里向往的场景，才会把那些话一一实现。

然而，虞稚一已经忘记了，自己曾把便笺纸夹在草稿本里的事。

还好，在她暗恋的时候，时奕还没发现那个秘密。

虞稚一有些走神，时奕却憋得不行了。

"好了，你的问题我已经回答了，接下来，该我向你索要奖励了。"言罢，时奕咬住了她的唇，不再给她提问的机会。

时奕一直认为，人生所走的每一步都应该计划清楚，等到做好所有准备，再进行下一步。

然而，遇到虞稚一后，他根本等不了那么久，只想在最短的时间内将她拥有！

他俩正式举办婚礼那天，阮晴带着小儿子过来了，跟虞稚一解释道："妍妍最近工作繁忙，实在是走不开。"

赵心妍没有考上理想的大学，就干脆出去打工挣钱，现在已经进入社会工作了。

虞稚一能感觉出来，阮晴自己在说这句话的时候都不太好意思。

不过虞稚一也无所谓赵心妍来不来，她们这对亲姐妹跟陌生人没什么区别。

陈年旧事已经影响不到她的心情了。

婚礼按照计划流程进行，举办得十分顺利。

除了室内令人惊艳的蓝色布景，室外也搭建了一条长长的拱桥花廊，就像是虞稚一梦中的婚礼。

当司仪问他们，是否愿意跟对方结为夫妻，甘苦与共的时候，两个人都毫不犹豫地回答道："我愿意。"

余生漫漫，幸好有你相伴。

婚礼只是一个仪式，却又是婚姻中不可或缺的一次经历。

这天是两个人开心的一天，也是劳累的一天。

时奕陪那些宾客喝酒，却不肯让她沾一滴。

到了晚上，虞稚一把满身酒味的男人推进浴室，问他："你今天喝了多少呀？"

"不多。"

她都看到了好几次，现在他又跟她说不多？

虞稚一又问他："哥哥，你是不是喝醉了？"

时奕摇头，说："没有。"

"好吧。"虞稚一听着，默默点头，表示自己知道时奕真的喝醉了。

给他脱了衣服，虞稚一想去调水温，却发现自己被时奕拉住了，走不开。

"哥哥，你先放开我，我……"她话说到一半，就被时奕的动作打断了。

不知道哪句话刺激到了时奕，他突然转身将她紧紧抱住，嘴里一直念叨："我永远不会放弃一一。"

虞稚一觉得这句话似曾相识。

一句话，轻轻松松地戳动了她的情绪，勾起了她埋藏在内心深处的回忆。

但如今回想起来，她竟已将那些人带给她的伤害忘得差不多了。她闭上眼时，脑海中浮现的画面，全是时奕温暖的陪伴。

思及此，虞稚一顺势揽住他的腰，手掌轻轻拍着他的背，安慰道："一一已经跟你回家了哦，不会再离开了。"

"好。"时奕神思安定，那双桃花眼更加迷离。

浴室温度上升，两个人亲密接触的光影映照在紧闭的门上。

虞稚一硕博连读，一共读五年时间。在她读博期间，他们还迎来了一个小生命。

在计划生孩子时，两个人特意计算了时间、孕期、生产时期等。他们运气极好，孩子就在他们的最佳预算期内到来了。

孕妇娇贵，在虞稚一怀孕期间，时奕遇到了大难题！

虞稚一怀孕之后，时奕就不肯让她进厨房了，说："你怀孕了，不能在厨房待太久。"

往日，他跟虞稚一男主外女主内，把生活打理得井井有条。可如今虞稚一怀孕，时奕又不愿让她进厨房，两个人的饭菜就没办法解决了。

为此，时奕专门花时间看视频学习做饭，最后做出来的菜虽然熟了，但味道实在是——太平淡了。

时奕吃惯了虞稚一做的食物，感觉自己做的根本不叫食物。

那日他俩坐在饭桌前，时奕面对难以下咽的饭菜，提议道："我想请个阿姨回来，可以照顾你。"

虞稚一摇了摇头，坚持说："我可以照顾自己的。"

她不是很喜欢陌生人参与他们的生活，觉得怀孕时做饭没什么，只是时奕太紧张了。

虞稚一把手搭上他的手背，缓缓说道："做饭真的没什么的，很多人怀孕了还工作呢，你别太担心了。"

时奕有些郁闷，第一次觉得自己的这个缺点真的很糟糕。他从失败中

吸取教训，花费了更多时间去学习、尝试。

虞稚一将他的努力看在眼里，忽然就松了口，对时奕说："我们找个阿姨吧，这样更方便。"

时奕抱着她，坚定地向她保证道："一一，我能学会做好饭菜的！"

没过多久，一直不会做饭的时奕，在虞稚一怀孕期间学会了做饭技能。

哪怕是怀孕，虞稚一也没闲着。

她不仅要完成论文，还要更新小说。可她又不能坐在电脑面前太久。

这样一来，时间就显得紧张了。

完成了手上这本书，虞稚一不得不推迟了开新书的时间。

不过粉丝们表示理解，并且在微博上向她发送了许多祝福的话，让她照顾好身体，生下健康的宝宝。

看到这些暖心的留言，虞稚一心情好极了。接下来的时间，她就可以专心攻克论文了。

等虞稚一肚子里的孩子月份大了后，宁素雅向单位请了长假，专门到重庆来照顾她。

虞稚一觉得很不好意思，可全家人都宠着她，叫她不要担心，不要多想，只保持着愉悦的心情，一直开开心心的就好。

她跟外婆也时常用电话联系，外婆对她的身体也十分关注，只不过人老了，不适合奔走两地。

虞稚一怀孕了也不方便照顾老人，时奕干脆给外婆的院子里接了网线，还给外婆换了一部操作简单的智能手机，方便同他们视频。

虞稚一怀孕的第二百八十天，孩子足月出生了。

时奕跟虞稚一在二十六岁那年，迎来了两个人共同的宝贝，是个男孩。

他们为他取父母姓氏的谐音为名，唤作时遇。

小时遇继承了父母的优点，生得一副好模样。在他还是个奶娃娃的时候，皮肤又白又嫩，软嘟嘟的，谁抱着他都不愿再放下来。

他再大了一点儿，五官更加精致。时遇就是专门挑着父母的优点长的孩子。

小时遇性格开朗，爱笑，十分讨人喜爱。

宁素雅抱着孙子就乐，还说："还是我们小阿遇乖巧，不像时奕，小时候跟皮猴儿似的闹腾，一刻都不得安宁。"

自从宁素雅有了孙子，时奕这个亲儿子的地位在她的心中就直线下降。她抱着孙子一口一声“小阿遇”喊得亲热，叫儿子的时候就变成了大名。

宁素雅逗着怀里的奶娃娃，又笑道：“小阿遇这一点肯定是随了一一，一一小时候就不哭不闹的，可听话了！”

小时遇开朗，但不闹腾。大人抱着他，跟他说话的时候，他就冲人笑，简直能融化人的心。

哪怕是大人把他放在一旁，他也安安静静地不会哭闹，一直都很乖。大家都说，这孩子长大了性格肯定很好。

小时遇三岁时，爸妈送他去幼儿园，他学会了从一到一百的数字，还有几首简单的古诗词。

平时爸爸工作忙，都是妈妈接送他上幼儿园。但是小时遇对父母的爱是一样的，不会说只喜欢谁、更喜欢谁。

他喜欢妈妈，也喜欢爸爸。

因为爸爸放假的时候，会跟妈妈一起陪他玩耍。

每天晚上，小时遇回到家都会把今天学到的东西念给父母听，让他们了解自己在幼儿园的生活。

这天早上，时奕把儿子从床上抱走，等走到房间外面才喊醒他。

小时遇迷迷糊糊地睁开眼，用软乎乎的小手揉了揉眼睛，开口道：“爸爸。”

“今天爸爸送你去上学。”时奕动作熟练地给时遇穿着衣服。

“妈妈呢？”

“妈妈昨晚没睡好，需要休息。”

“我知道了。”小时遇乖乖地洗脸刷牙。

时奕拉开了阳台的落地窗门，听见外面的雨声越来越大。他把早餐摆在桌上，小时遇自己爬上了椅子，拿起叉子用餐。

“爸爸，我吃好了。”小时遇用完早餐，时奕收起桌上的垃圾，一并丢进了垃圾桶。

这时候，小时遇已经背起了幼儿园的专用书包，坐在门口给自己穿鞋了。

幼儿园距离家很近，他们走路就能到。

今日下了雨，地面有水坑。对大人来说，见到水坑都会绕道走，或者直接迈开腿跨过去，但小孩子跨不过去，也不想绕道走，就想踩水坑。

小时遇想起班上的小朋友有时候会故意踩到水面，让四周溅起轻微的水花，他们把那当作一种游戏，感觉很有趣。

等待绿灯过马路时，小时遇抬起了脚，把脚悬在水面上问道："爸爸，我可以玩水吗？"

时奕没有立即训斥他的行为，而是认真地跟他说："现在不可以，因为快到上学时间了。"

小时遇从中领悟到什么，现在不可以，不表示永远不可以。他收回脚，继续问道："那什么时候可以呢？"

时奕微微停顿，告诉他："等下午爸爸去接你的时候，如果那时候你还想玩，爸爸可以带你体验一次。"

小孩子总是对没有经历过的事情充满了好奇心，这并不是什么不可理解的事情。

因为早上时奕说过的话，小时遇一直盼着下午放学。

等到放学时间，时奕准时出现在幼儿园门口，接走了孩子。

小时遇还没忘记今天早上的事情，扯了扯时奕的衣袖，问道："爸爸，我现在可以玩水了吗？"

时奕打开手中的袋子，里面装着儿童雨衣和雨鞋，正是为了让时遇玩得尽兴而购买的。

"爸爸，我们耽搁了回家时间，是不是应该给妈妈打电话呢？"

"放心吧，我出门的时候已经跟妈妈讲过了。"

时奕给儿子穿上雨衣和雨鞋，带他去了影响不到别人的地方，让小时遇玩了个尽兴。

时奕作为一个成年人，或许不能理解孩子的娱乐方式，但只要不是违背原则的事情，都可以让孩子尝试、体验。

这一次的尝试，彻底满足了小时遇的好奇心，但他觉得这项游戏并不适合自己，所以告诉时奕："爸爸，这个不好玩。"

时遇指着自己身上的半透明雨衣，奶声奶气地说："我的雨衣都被弄脏了。"

时奕趁机教育道："那以后看到水坑要躲开，知不知道？"

“嗯嗯！”小时遇点头，回答得爽快。

他们在回家的路上，遇到了年轻女孩儿在摆摊卖花，她旁边都是花篮，花篮里的花朵十分鲜艳。

时奕突然想起，今年的母亲节快到了，不过身旁这个小家伙恐怕还不知道这个节日。

小时遇左看看，右看看，也看到了那些漂亮的鲜花。他指着那束粉色的康乃馨，说：“花花漂亮。”

时奕听到了时遇说的话，停下脚步，低头看着他。小时遇正好仰起了脑袋，说：“送妈妈。”

时奕轻轻笑着说：“谁送？”

时奕本以为小时遇不明白，却听他逻辑清晰地说道：“爸爸送给我，我送给妈妈。”

时奕牵起了孩子的手，领着他过去买花。那卖花的姑娘见这孩子机灵可爱，还免费赠送了几朵给他。

鲜花递过来，小时遇抢着抱入了怀中。等时奕付了款，小时遇期待地望着他说：“爸爸可以帮我拿一下吗？”

时奕弯下腰，说道：“可以帮你，但妈妈收到礼物，只表扬你怎么办？”

小时遇兴冲冲地开口：“我会帮爸爸争取表扬的！”

时奕勾唇微笑，夸奖道：“很好。”

于是，父子俩捧着一束鲜花回家了。

虞稚一计算着时间做完饭，刚把最后一碗汤端上桌，父子俩就回来了。

“你俩这时间算得还挺准，快洗手来吃饭吧。”

时奕背后藏着东西，虞稚一没注意到。

小时遇洗了手出来，噔噔噔地跑到虞稚一面前，牵起她的手对她说：“妈妈，我们有礼物要送给你。”

“什么礼物呀？”

“嗯……”小时遇扭头看向父亲，并且向他伸出了手。

这是两个人事先沟通好的事情，所以在儿子伸出手时，时奕便将藏在身后的康乃馨拿出来交到了他的手中。

时遇手里捧着一束花，完全遮住了他的脸。然而他还是很执着地亲手将礼物递给了虞稚一，并说道："妈妈，送给你，母亲节快乐！"

"咦？宝贝怎么知道今天要过母亲节呀？"孩子主动祝她节日快乐，令她惊喜不已。

小时遇一字一顿地解释道："我们老师说，母亲节就是属于妈妈的节日，我们要感谢自己的妈妈。"

"谢谢宝贝，妈妈很喜欢你的礼物。"虞稚一蹲下身，欢喜地在他的脸上亲了一口。

被认可的小时遇也很开心，追求公平的他，也开始为爸爸争取表扬，便说："妈妈也要谢谢爸爸。"

"为什么呢？"

"因为是爸爸买的花。"

"噢——"她声音婉转，含情的目光落在了时奕身上，说："谢谢老公。"

时奕笑出了声，说："一一，当着孩子的面，你不能这么偏心吧？"

虞稚一不解，偏心？她干啥了？

时奕指了指脸颊，主动凑了过来。

虞稚一心领神会。

这些年她的胆子大了许多，亲亲脸蛋这种事情，她也不会太害羞。

于是她踮起脚，正要吻他的侧脸的时候，时奕故意扭头，准确无误地让嘴唇碰上她的唇。

他们当着孩子的面没有再进一步，但这个举动已经令虞稚一心跳加速了。

时遇五岁的时候，要回云阳陪伴爷爷奶奶一段时间。

年过五十的宁素雅已经提前退休了，想念孙子，经常跑来重庆。虞稚一的小说创作遇到了瓶颈，她便计划着去旅游，可以放松身心，找寻新的灵感。

父母心疼自己的孩子，会无微不至地照顾着，但并不代表此后一生都要围绕着孩子打转。

正好爷爷奶奶也想念孙儿，时奕便提出让小时遇回云阳上一学期的幼儿园。既让他俩有了自由的时间，又满足了爷爷奶奶想念孩子的心。

当然，这件事情并非由他们强制决定，在计划实施之前，他们也问过孩子的意见。

“爸爸妈妈因为工作需要经常出远门，你愿意到爷爷奶奶家住一段时间吗？”

“爸爸妈妈要工作多久呢？”

“一两个月，或者更长时间。”

其实他们也不知道孩子对时间的概念，但虞稚一即便是出去放松，也不可能完完全全不管孩子。

她也想过，如果孩子不愿意，那她就带上孩子一起去旅游。

不过时遇很快做出了选择，说：“爷爷奶奶上次给我打电话，说很想念我，我也想他们。”

于是，四月份的时候，虞稚一带孩子回了云阳。在走之前，她还陪孩子待了几天，让他熟悉这里的环境。

虞稚一带着时遇去了商场，打算给他多添置几套新衣服。

他们等待电梯时，旁边走来一个带着孩子的女人，她们的打扮有些特别。

这时候，有人对那母女俩指指点点，原因是那个年轻女人跟她身旁的小孩儿都穿着 Lolita（洛丽塔）风格的服饰。

她们漂亮精致的装扮，在某些人眼中成了异类，还有个上了年纪的大妈嘀咕道：“现在的年轻人，带着小孩都打扮成这副模样，真是不知检点！”

那个大妈自以为说话声音很小，但周围的人都听见了。虞稚一眉头微蹙，下意识地捂住了儿子的耳朵，不想让他听到这些污言秽语。

时遇却抬起手指向那对母女，扬起灿烂的笑脸，说道：“妈妈快看，是公主殿下！”他稚嫩的童声在人群中显得格外清脆

小时遇会在云阳待上一段时间，宁素雅高兴极了。

以前时奕住的卧室被改成了小时遇的房间，虞稚一的卧室就成了夫妻俩回家时的住所。

原本时奕提出买一栋更大的房子，但时爸爸时妈妈拒绝了，宁素雅说：

“住在这里习惯了，没事的时候，还能跟楼下的姐妹聊聊天呢。”

人老了，恋旧。

虞稚一回到云阳的第三天，处理好工作事宜的时奕也将到达云阳。

虞稚一计算好时间，提前带着儿子去了高铁站接人。有一段路上画了斑马线，却没有红绿灯，过往车辆络绎不绝，母子二人站在路边等待着。

终于有车主减缓了速度，为他们让行。过马路时，小时遇对着那几辆停下来的车子鞠了躬，以示感谢。

“宝贝，你刚才做得很好，不过可以告诉妈妈，你为什么会想到那样做吗？”

“老师说过，做人要懂得感恩。司机叔叔给我们让行，我们也要向他们表示感谢。”小时遇逻辑清晰地做出回答，最后还问，“妈妈，我说得对不对？”

虞稚一微微弯腰，摸着他的脑袋，说：“你很棒，等会儿咱们把这件事情告诉爸爸，爸爸也会开心的。”

如虞稚一所言，时奕也没吝啬对儿子的鼓励和赞赏，还送了时遇一个新的魔方。

新找的幼儿园距离小区不远，虞稚一带着儿子去的第一天，他就成功融入了班级。

因为小时遇学到了父亲交际的本事，甚至比时奕还会哄人。

晚上，小时遇喜欢听爷爷奶奶讲故事，但并非童话故事，而是关于父母小时候的事。

“你爸爸像你这个年龄的时候，就喜欢照顾你妈妈，还非要跟你妈妈读同一个班。”

小时遇安安静静的，听得很认真。

一个人的成长，跟家庭环境脱不开关系，最好的家庭氛围无外乎——父母相互爱护、尊重。

时遇是被幸福和甜蜜滋养长大的小孩儿，在他的世界里，一切都是美好的。

幼儿园课外活动时刻，小朋友们在操场上跑跑跳跳，结队玩游戏。

时遇玩了一会儿就找借口走开了，坐在一旁玩魔方。

上次他跟爸爸比赛，他又输掉了，得想办法提高自己的速度。

有脚步声逐渐靠近，他正面的太阳光全被挡住了。时遇停止了转魔方的动作，下意识地抬头。

一个扎着双马尾的女孩儿，领着四五个小孩儿将时遇围了起来。领头的女孩儿双手叉腰，又骄又傲地说："喂，听说你是大一班最聪明的小朋友，以后跟我混怎么样？"

时遇从未遇见过这样的情况，稍稍迟疑后，简单明了地拒绝了她，说："不要。"

女孩儿眉头一皱，朝身后那个瘦瘦矮矮的男生招手，道："楚一航，你告诉他，认我当老大有多少好处！"

"是的，老大！"楚一航声音干脆，对时遇说："时遇，你要是跟我们老大一起玩，老大会给我们分很多零食和玩具的。"

时遇仍是摇头，说："我不需要。"

女孩儿往前走了一步。

此刻，老师让小朋友们集合，呼唤他们道："小朋友们，集合了。"

时遇将魔方收好，站起身来。

"唉！"双手叉腰的小女孩儿一脸遗憾，重重地叹了口气，然后指挥着身后的小弟们，"走！回去集合。"

但是，在临走之前，她特意跑到时遇面前问："你喜欢什么东西？我明天送给你，你就认我当老大行不行？"

时遇摇头。

他不需要别人送什么东西。

不过第二天时遇就收到了来自"老大"的关爱，是两个形状不一样的魔方。

他觉得很新奇，但不能收。

时遇站在教室里左看看，右看看，终于找到了坐在边上的楚一航。

楚一航跟他那个老大不是同班，但因为收了老大的好处，对老大忠心耿耿、死心塌地。

时遇想要找到她，把这些魔方还回去，于是先找了楚一航问清楚情况："你们老大叫什么名字？"

"老大的名字？"楚一航回答道，"老大就叫夏夏啊。"

夏夏？时遇觉得，这应该是朋友之间称呼的小名。

时遇又问道："大名呢？"

"大名……"楚一航认真地想了想，拍手道，"我想起来了，老大的大名叫'夏只'！"

"夏知？"时遇根据读音，下意识地解读成了"知"字。

"我还会写老大的名字，我写给你看。"楚一航拿出作业本和铅笔，在本子上一笔一画地写出"夏火口"。

只不过夏字中间少了一横，火跟口写得太分开了，像是两个字。楚一航写完还检查了一遍，自顾自地点头，说道："对，就是这个！"

时遇拿着作业本仔细一看，一个火跟一个口？

很快，他就想到了"知"字，以为或许是楚一航还不会写"夏知"的名字，写错了偏旁。

"可以把你的铅笔借我一下吗？"时遇礼貌地询问。

楚一航大方地将铅笔递给他，时遇拿到手中，一笔一画地在本子上写出"知"字，并且帮楚一航纠正错误，说："'知'是这样写的。"

"我记得不是这样写的啊。"楚一航摸了摸自己的小脑袋。

时遇非常肯定地告诉他："就是这样写的，我再教你一遍。"

时遇写字也是跟着父母练过的，字迹很工整，端端正正地写下了两个"知"字。

后来楚一航拿着本子去找那女孩儿，告诉她："老大老大，有人说你的名字是这样写的。"

女孩儿看着本子上那一行奇奇怪怪的"夏火口"，生气了，说道："笨蛋，这才不是我的名字。"

她明明叫夏炽！

楚一航发现自己翻错页面了，赶紧翻到另一张，指着时遇写的字，说："是这个，这个。"

夏炽用手指着本子，一字一顿地念出声："知……知……"

"咦？"她突然觉得，知知比炽炽好看又好听！

夏炽指着本子上那两个好看的字，满脸兴奋地做出一个决定，说："我决定了，我以后就叫知知！"

有了这件事情，夏炽对时遇就更感兴趣了。

时遇把魔方还回来，她不肯收回，对他说："这是我送你的礼物。"

时遇试图说服她，道："夏知，我们可以一起玩，但是我不会认你当老大的。"

他知道老大是什么意思，但只会把自己敬佩的人放在比自己还高的位置。

夏炽自动屏蔽掉了时遇的后半句话，着重强调，说："我叫——知知！"

这是她给自己起的新名字，目前非常喜欢。

"好吧，知知。"时遇再次将魔方递给她，这次夏炽收下了。

时遇本以为这件事情到此结束了，没想到第二天他又收到了魔方。

时遇把魔方还回去，夏炽就会在第二天送回来，一来一去，两个人好似养成了送还魔方的习惯。

有一天早上，时遇没再收到魔方或者其他礼物。

休息时间，他跑去隔壁班看了一眼，还没来得及问，就被老师带回了教室。

又到了活动课时间，楚一航忽然跑过来，一只手抓住时遇的肩膀，小声说道："时遇，快过来。"

楚一航的话有点儿前言不搭后语，不过时遇能听懂。

楚一航神神秘秘地把时遇带到了一棵大树下，指着那棵大树说："时遇，你快想想办法。"

时遇顺着楚一航手指的方向一看，那棵大树上还挂着个人！

他惊讶地问："你们在干什么？"

时遇只是用了他平常说话的音量，楚一航就紧张得不行，对他说："嘘，小声点儿，不要被别人发现了。"

时遇微微皱眉，一本正经地提醒道："爬树很危险。"

夏炽现在虽然稳稳地抱着树干，可要是一不小心手滑了，就会摔下来。

楚一航仍然坚持说："不能告诉老师。"

"那你们想让我做什么？"时遇望着那挂在树上的女孩儿，总担心她会摔下来。

楚一航下意识地回答道："你聪明啊！"

“喂，楚一航，你找到人没啊？”挂在树上的夏炽紧紧抱着大树，只能左右扭一扭脑袋，不能把下面看全。

楚一航小声地吼道：“找到了，老大你下来吧。”

两人绕到了夏炽的视线之中，夏炽安心了许多，说：“你们站在那儿，我就敢下来了。”

时遇问道：“她要自己爬下来吗？”

楚一航点头，说：“老大说，人多有安全感。”

时遇估算着距离，这高度对成年人来说不算高，可他们都还太小了。

夏炽往下爬的时候，时遇跟楚一航都围在树下，不自觉地张开了双手，对她说：“你小心一点儿。”

夏炽爬到一半，左看看右看看，忽然就往下跳。

“知知！”

夏炽平安落地，不过就是——扑倒了时遇。

六月下旬时，幼儿园发生了一件轰动云阳的大事。

一名歹徒冲进了幼儿园，持刀伤人，十二个小孩儿被歹徒袭击砍伤，一个小孩儿和一名幼师不幸身亡。

关于幼儿园的新闻很快就被各大媒体报道，警方介入调查，幼儿园提前放假。旅行途中的虞稚一跟时奕停止了所有的旅游计划，连夜赶回了云阳。

不幸中的万幸，时遇平安无事。

时遇一直守在医院病房里，因为床上躺着他的小伙伴。他待到很晚很晚，直到不得不跟父母回家。

时遇趴在桌上，写了一张字条放在枕头边，握住女孩儿的手，诚心实意地向她承诺道：“等你回到学校，我一定认你当老大。”

番外一

为我沉沦

轰隆——

七月的厦门本是干燥炎热的，今年却总是下雨。

阳台上的衣裙被风吹在一端，还有一件短袖被吹到了地上。闻听语赶回家中，在门口迅速换好鞋，打开阳台的落地窗，迎着大风把衣服全部收了回来。

这场夏雨来得猝不及防，挂在外面的衣服未能幸免，而她自己此刻也成了落汤鸡。

闻听语将衣服挂在屋内，进了浴室。

浴室响起哗啦啦的水声，十几分钟后，女孩儿裹着浴巾走了出来，长发用条纹干发帽包裹着。

茶几上的手机突然开始振动，闻听语弯腰，伸手去拿手机，在看清来电人备注的时候顿了一下，才重新拿起来。

她将手机放在耳边，电话里传来女人诚恳的请求声："听语，下周是你爸爸的生日，你……能不能抽空回来看看他？

"他现在的状态，越来越不好了。

"你是他唯一的女儿，他很想念你。"

闻听语静静地听着，直到最后挂电话时，也只是语气平淡地回了一句："不一定。"

那时候，她就像外面被大雨打落的花一样。

她刚才接到的那通电话，是她的继母打来的。

继母希望她能回去看望那个即将过五十大寿的男人——她的亲生父亲闻斌。

初二那年，闻听语父母离异，她被判给了父亲。天真的她甚至想过撮合父母复合，可没过多久，母亲病逝，家人都说母亲是郁郁而终。

她跪在母亲的遗体前，眼泪一滴一滴地往下掉，怎么也不敢相信，曾经那个抱着她、温柔地教她读诗词的女人，已经永远地离开了。

她伤心、难过，把父亲当作唯一的依靠。

然而，一个月后，父亲就把另一个女人带回了闻家，并且告诉她："听语，以后任阿姨就是你的妈妈。"

闻听语难以置信地瞪着那对男女。

她的妈妈刚过世，她的爸爸就迫不及待地把另一个女人领回了家？

她无法理解闻斌的行为。

即便是离婚之后，他和妈妈的感情淡去，他也不至于着急到这个程度！

后来她才知道，原来那个女人是闻斌的初恋，二人早就认识。

因此，她跟闻斌父女离心。

高中三年，当初的怨愤在她心中慢慢平息，她跟闻斌的关系也有所缓和。

可高中毕业那一年，闻斌在她毫不知情的时候，以"我是为了你好"为名，再次让她寒了心。

她报考了厦门大学，逃离了以前的生活。

如今，在大三这年的暑假，继母发来了关于闻斌的身体检查的报告书。那张图片在手机上被闻听语无限放大，白底黑字叙述着令人害怕的结果。

三天后，闻听语踏上了回云阳的路程。

闻斌这个五十大寿实在是开心不起来。

他的脑子里长了一颗瘤，需要做切除手术，但手术过程中的风险无法预料。

闻听语根据继母发来的地址找到医院，还没踏进病房，就听见笑声从屋里传了出来。

闻斌不愿意住在单人病房里，说是太安静了，无聊。

如今他住在二人病房里，跟他同病房的也是个四十几岁的中年人。两个人年龄差不多，有聊不完的共同话题。

闻听语已经走到病房门口，却止步不前了。她手中提的背包系带，已经被她拧成了麻花。

听到里面传出的源源不断的笑声，闻听语往后退了一步，转身离开。

很不巧的是，她站在电梯外，跟从电梯里出来的继母任馨撞了个正着。

任馨乍一看，差点儿没认出闻听语来。

不过，闻听语也是曾经和她共同生活了三年的“女儿”，任馨还是看得清楚的。

“听语？你已经到了？”任馨不知道闻听语已经找到了她父亲的病房，以为她是走错了方向，还主动带她过去，跟她说，“你爸爸一直念着你，等会儿你去见他，他一定很高兴。”

任馨不是故事中恶毒的后妈，相反，这个后妈几乎不插手她的事情，偶尔还会从中调和她跟父亲的关系。

作为一个后妈，任馨对闻听语这样也算仁至义尽了。

可偏偏任馨出现的时机不对。

闻听语完全有理由怀疑，在父母离婚之前，任馨就跟闻斌来往密切。

闻斌正在和病友聊昨天看的那场篮球赛，两个加起来快一百岁的人，对着篮球赛的直播看得津津有味。

“阿斌，你看谁来了？”任馨轻车熟路地走进病房，将手中提来的饭盒放到闻斌的病床边。

闻斌扭头一看，目不转睛地盯着那个逐渐向他走来的年轻女孩儿。

“听语……”闻斌嘴唇翕动，一时之间竟不知该从何开口。

父女二人许久不曾交流，顶多是过年过节的时候隔着电话说两句，如今见面却是在医院，气氛微妙。

闻听语走到病床边，语气平淡地问：“最近感觉怎么样？”

“还行吧，没什么大问题。”

闻听语心想，在脑袋上开刀，还不算大问题吗？

闻听语平心而论，闻斌或许背叛了婚姻，但从未亏待过她的生活。

作为母亲的女儿，她跟闻斌闹了很多年。

作为父亲的女儿，她不可能对生病的闻斌冷漠相待。

不过闻听语也不是那种话多的人，更擅长将情绪埋在心底。

她看到任馨正在洗勺子和筷子，便对闻斌说："您先吃饭吧。"

"好，好。"闻斌把女儿的话当作关心，感觉今日的饭菜都变香了许多。

闻斌拿起筷子，又想起关心女儿，对她说："你什么时候回来的？吃过饭了吗？"

闻听语简短地回答了这两个问题："刚回来，吃过了。"

闻听语安静地坐在病房里，等闻斌用餐结束。父女俩大眼瞪小眼，闻听语突然站起来，说了一句："您好好休息。"

"听语，你要去哪儿？"

"先回家一趟。"

闻斌听到这句话，非但没有不高兴，反倒开心地笑起来。

闻听语离开后，隔壁床的病友问他："刚才那个是你家亲戚？"

"是我女儿，漂亮吧？"闻斌提起自己的女儿，隐隐有些自豪。

病友有些不理解，问道："我看她态度有些冷淡，怎么这么快就走了？"

"哎，你不懂，我不怪你。"闻斌扯了扯病服，又说，"她刚才那句话的意思你没听明白，我肯定是知道的。我女儿肯定是刚回到云阳，就直奔医院来看我了，我能不高兴吗？"

病友回道："你说得有些道理。"

闻听语这么快离开，其实是因为待在那里觉得很压抑。

她本来就不知道该怎么跟闻斌交流，而且屋子里还有其他人，有些话她也不能说。

总而言之，她见过父亲之后，总觉得心里堵得慌，还有些烦躁的感觉。

然而，离开病房之后，她没有直接离开医院。

闻听语站在楼道里，翻看任馨曾经发给她的那些关于闻斌的检查报告。她记下了主治医师的名字，问了路过的护士，找去主治医师的办公室。

按照护士所指的方向，闻听语找到了赵医生的办公室。

门虚掩着，她朝里面望了一眼，抬手敲门。

“请进。”

闻听语本意是过来问问闻斌的病情的，却没想到第一眼吸引她的视线的，是那个身形颀长的男人。

那个穿着实习生白大褂的年轻男人捧着本子，站在赵医生的办公桌前，握笔的那只手骨节分明。

那人气质清冷独特，明明是普通无奇的白大褂，却被他穿出了别样的感觉。

这个能吸引闻听语的全部视线的年轻男人，是她曾经熟悉的人。

赵医生看向闻听语，见她眼睛一眨不眨地盯着实习医生，轻咳了一声以作提醒，说：“请问你有什么事吗？”

闻听语收回视线，平静的神情看不出任何波澜，好似刚才出神那人并不是她。

“赵医生你好，我想咨询一下关于我父亲闻斌的病情。”

就在闻听语开口说话时，那个站得笔直的男人动作明显停了一下，手指间的黑色签字笔落在了笔记本上，画出了一道深深的痕迹。

之后闻听语好似已经忘了旁边那人的存在，专心地跟赵医生谈起了闻斌的病情。

沈落白一动不动地站在那里，甚至连扭头的动作都没有。

赵医生微微抬手，对沈落白说：“落白，下午的课还会讲到这种病例，你先回科室吧。”

沈落白转身，从闻听语身旁经过，好似两个陌生人。

饶是如此，闻听语还是没忍住往门口方向望了一眼。

赵医生打趣道：“小姑娘，别看了，人家还是实习生。”

即将大四的沈落白在这个医院实习。他专修医学，实习期间刻苦认真，深受老师喜爱。

闻听语在内心感叹不已。

曾经，她觉得城市这么大，除了在学校，居然一次也没能跟他偶遇。

现在，她没想到城市这么小，回云阳的第一天就能碰见沈落白。

她不知道这是有缘还是孽缘。

短暂的相逢搅乱了闻听语的心思，但也只是一会儿。

她回到家中，发现自己的房间一直保持着原样，连灰尘都没有。

看到这些，闻听语的内心被小小地触动了。房间必然是有人时常打扫，才能保持整洁如初。

下午，任馨打电话来，对闻听语说：“听语，阿姨工作上有些事情需要处理，你下午能不能去医院给你爸送饭？”

“嗯。”

闻听语接下了这个任务，五点多的时候把饭送去了医院。

她又在医院待了一个小时才离开。

今天发生的事情太多了，闻听语坐在地铁上的时候都还在想。

地铁上慢慢进来了新的乘客，好在她坐的这条地铁路线不是很拥挤，虽然没剩下空位，但只有几个人站着。

闻听语心思飘忽不定，没注意到刚进来的那个男人一直在往她这边挪。

当她发觉不对劲儿时，猛地抬头，下意识地给了那男人一脚。

被踢的男人反倒面露凶狠神色，作势要跟她算账。

可男人还没来得及发挥，就被另一只强劲有力的手紧紧扣住，胳膊被往后拧去。

男人惊恐失色，发出杀猪般的叫声。

旁边的乘客都被吓到了。

沈落白眸中充满戾气，将人狠狠地往外一摔，说道：“滚！”

此刻，地铁到站，车门打开，男人落荒而逃。

闻听语已经站了起来，两个人对视着。只是看了几秒，沈落白便移开了视线，转身背对闻听语，仿佛刚才的事情从来没有发生过。

闻听语紧紧地盯着他的背影。

她一直以为自己早已放下了，可没想到只需要片刻工夫，那颗早已冷掉的心就能复燃。

下一站车门打开，沈落白头也不回地从左侧车门离开了。

闻听语也立即下车，追了上去。直升电梯即将满员，闻听语最后一个挤了进去。

沈落白当然发现了她，眉头微蹙。

因为闻听语是最后上去的，出电梯的时候，就成了第一个出来的。闻听语站在电梯口，等着沈落白出现。

“别跟着我。”沈落白说。

“沈落白。”她郑重其事地喊出了他的全名。

沈落白停住脚步，身后那女孩儿的声音又传入耳中。

闻听语说：“你不该帮我。”沈落白，你不该帮我。

沈落白闭上眼，再睁开时，语气平静地回答道：“不会再有下次了。”

“哧——”闻听语的嘴里溢出了一声笑，她接着说，“可你已经出手了，我没办法把这件事情当作没发生过。”

她勇敢地向他靠近，站在他面前，一字一顿清晰地说道：“所以，沈落白，三年前的话，已经不作数了。”

三年前，闻听语亲口说：“是我不够好，没能让你爱上我，我会从你的世界里消失”。

所以之后的三年，她不去找他，不关注他的消息，将那个人的名字从生活中剔除。

在大学，她仍然像高中时那样，不爱主动跟人交流，也不喜欢说话，总是一个人安安静静地抱着书看一天。

她不知道这样的平静日子能够持续多久，但没想到在她重新见到沈落白的第一天，就打破了她这么多日夜的坚持。

现在她已经冰冷的心重新活跃了起来。

她说：“沈落白，你不该帮我。”她的弦外之意就是：你帮了我，我就会再次爱上你。

沈落白的嘴角微微向下。

他看得清，闻听语的眼神中透着执着，就像多年前那样。

闻听语上初中的时候，父母离婚，父亲把继母带进了家门。

她不满父亲的行为，跟父亲吵了一架。可父亲仍然坚持让那个继母留在家中，于是她跑了出去。

当然，她是聪明的，没有不顾一切地离家出走，而是趁着暑假搬去了外公外婆的老家。

外公外婆住在村子里，他们很喜欢农村的生活环境，所以在那里建造了一栋三层的楼房，装修得比城里的小区还要精致。

闻听语拖着行李箱回到村子的那天，外公外婆不在家，她自己拿钥匙开了门进去。

虽然她平时只有逢年过节才会回来看望老人，但家里一直有专门为她准备的房间。闻听语轻车熟路地进入卧室，把自己的行李放置妥当。

总之，暑假这两个月她是不打算回去了，省得见到不相干的人影响自己的心情。

她刚到外婆家，有些口渴，本想下楼接杯水喝，却发现原本放在那处的饮水机已经换成了别的东西。

厨房有井水，也能直接喝，于是她绕了一道门过去。厨房的门大开着，里面还有做饭的声音，闻听语竖起了耳朵听着。

她以为是外公外婆回来了，便大大方方地走进去，差点儿跟一个身子单薄的少年撞上。

“你是谁？”家中出现了陌生人，闻听语对他充满了警惕。

少年的目光落在她身上，神色让人捉摸不透。

闻听语第一次对沈落白有印象，是在那个朴实无华的厨房里。

少年端着盘子，胳膊很瘦，闻听语甚至能清楚地看见肌肤下微微凸起的青筋。他有着病态的苍白容颜，看起来弱不禁风，好像碰一下都会破碎。

直到外公外婆回来，闻听语才了解到关于少年的情况。

他叫沈落白，也是村子里的人。

外公外婆家距离村口最近，而沈落白家更偏僻。

沈家的房屋狭小而简陋，两个月前，村子里下了一场大雨，让原本就残破的房屋漏满了水，架子搭建的东西都被风吹垮了。

沈落白跟他的母亲失去了唯一的住所。全村人都可怜这对母子，却无人愿意向他们伸出援助之手。

最后，外公外婆实在看不过去了，想着家里空房多，就腾了一间先给他俩住着，等村子里为他们申请的补贴款批下来，再做其他安排。

闻听语听后表示理解，以为事情仅有这些。

失去家园的母子二人暂住在这里，平时也很少出现在他们面前，有时候甚至可以当作不存在。

可没想到的是，闻听语来到这里的第三天，在大门前的平坝上透气，一个女人忽然从她后面走过来，嘴里还嘀嘀咕咕地说着一些听不清的话。

尽管那女人模样好看，但闻听语还是被女人神神道道的一面吓到了。

闻听语受到惊吓后没有大喊大叫，只是内心很忐忑，环视左右环境，找机会离开了。

她躲进了大门口，想看个究竟，却见原本住在隔壁房的那个少年跑出去，把那女人带了回来。

对，是回来。

女人回到了闻听语隔壁的房间，也就是她外婆家。

晚上，她跟外公外婆提起那人，才从他们口中得知，那个女人就是沈落白的妈妈。

外婆指着脑袋说："他妈妈这里有点儿问题，不过她不会打扰别人，你别搭理她就是。"

沈妈妈是村子里难得的美人，最后却嫁给了一个普普通通的农民，只因为她娘家贫穷，自己又有精神疾病。

沈落白遗传了母亲的美貌，是个正常人。

闻听语想到了自己。

父母离婚的时候，她觉得自己很可怜；母亲过世的时候，她因为丧失亲人而悲痛不已。

可如今换了个地方，她发现还有人比自己更可怜。

大约是怀揣着这样的想法，闻听语对沈落白多了一丝怜悯之心。

同在一个屋檐下，两个人总会在不经意间偶遇。

闻听语发现沈落白跟自己很像，一样沉默安静，一样喜欢书本，一样——远离人群。

她对沈落白产生了一种惺惺相惜的感觉，但两个人都不太会说话，都是有什么就放在心里的性子。

所以，闻听语没有主动说想要跟他交朋友，只是会在某些时候做出一些实际行动。

比如她会把自己看过、觉得内容不错的书，借给沈落白。

又比如，她会在买了零食之后，分给沈落白一些。

虽然，沈落白只接受前者。

暑假过去，闻听语回到了云阳县，开始了高中生活。

从那时候起，她就申请了住校。

刚进入新的环境，她不合群，跟室友也还不熟悉。她每天戴着眼镜，梳着最普通的发型，这样其貌不扬的老实学生，最容易成为被欺负的对象。

在她差点儿遭遇校园暴力的时候，是沈落白及时出现了。

就像书中所描写的，从天而降的勇士挥舞着刀剑，披荆斩棘地来救她。

故事的发展也很狗血，她喜欢上了那个会保护自己的男孩儿，开始了她长达三年的暗恋。

所以，她在听到时奕对虞稚一做的那些事情时，会十分敏感地认定，时奕喜欢虞稚一。

她鼓励虞稚一坚持，或者大胆地去向时奕表白，不如说，她是将自己没敢做的事情寄托在了虞稚一身上。

高三毕业那年的同学聚会，沈落白缺席了。

闻听语跟虞稚一坐在一起，喝了一些酒。饭店里的啤酒跟掺了水似的，走的时候，闻听语的脑子都是清醒的。

她告诉虞稚一，自己跟沈落白表明了心意，但是遭到拒绝了。

虞稚一安慰她："听语，你别说了，我也暗恋着呢……"

可闻听语心里清楚，自己跟虞稚一怎么会一样呢?

虞稚一喜欢的那个人是如此宠爱她，从小到大都舍不得让她受一丝委屈。

而自己喜欢的人，只会冷漠地疏离她。哪怕是她不顾女孩儿的矜持，鼓起勇气主动向他告白，也得不到一个好结果。

她也清楚，这是她自己心甘情愿受罪，怪不得别人。

闻听语从饭店到家的时候，闻斌还没回来，任馨不知道在哪儿。

她在自己的房间里坐了一会儿，忽然站起身去了隔壁。

隔壁的客房平日没人住，但高考这两天，沈落白住进了这里。

她站在那扇紧闭的门外，犹豫了十秒钟，伸手敲了门。

咚咚咚——

她叩响了房门，却无人回应。

闻听语的眉头紧紧地皱了起来，她甚至想到，沈落白或许已经离开了这里，毕竟他只是高考这两天临时住在这儿。

闻听语把房门打开，目光在房间内迅速搜索了一圈，还好……他的书包还在。

她松了口气，直接在房间的椅子上坐了下来。

这是她住了十几年的家，这个客房也是她所熟悉的，但沈落白仅仅住了几天，她就感觉这间卧室变得不一样了。

咔——

门口传来了动静。

闻听语下意识地抬头，就见沈落白推门而入。

前不久她表白被拒，换个人或许早就落荒而逃了，根本不敢再面对自己喜欢的人。可闻听语不一样，觉得不过是被喜欢的人拒绝了一次，又不是永远没有机会了。

只要沈落白这个人还在，还是单身，还没有喜欢上别人，那她就一直有机会！

“沈落白，今天的聚餐……”说到这里，她自己停了下来。

或许是她喝了些酒，糊涂了。

她想问沈落白为什么不来，原因其实很简单，聚餐费大家均摊，也是需要钱的。

对别人来说，几十块钱并不多，可对沈落白而言，那就是浪费。

闻听语自己打了一下嘴，望向沈落白的眼神不是那么清醒了。

她按着椅子扶手缓缓起身，在靠近沈落白的时候，故意以跌倒的姿势向他倒了过去。

不出意料地，她扑进了少年的怀抱中。

沈落白主动握住她的胳膊，却是为了让她自己站稳，然后毫不留情地赶她走：“闻听语，你喝酒了，回自己的房间去。”

她才不要走！

考试结束，沈落白就会从这个家里搬出去了，她今天要是走了，明天又该跑去哪里找他？

她没走，也不肯松手，反而强悍地揪住了沈落白的衣领，直白地问他道：“你为什么不喜欢我呢？是我不够漂亮吗？”

如果她像平时那样理智，一定不会问出这样的问题。

可她就是感觉在她见到沈落白的那一刻，已经酒不醉人人自醉了。

闻听语在自我感觉脑子很清醒的情况下，大脑却不受控制，说出了比平时更大胆的话，甚至做出一些更大胆的行为……

她揪着沈落白的衣领，往下一拉，在他下意识低头的时候，咬了他的唇。

她不是轻柔地吻，而是咬。

她豁出了女孩儿的矜持，得到的结果却是沈落白的不告而别。

即便是这样，她依然没有放弃。

高考之后，他们有接近三个月的暑假，好友们在群里商量一起出去旅游。

闻听语的朋友很少，高中的几个小伙伴是因为一起住在寝室里三年，才累积出这般深厚的感情。

她从来不会错过这个群里的消息，只是很少说话。但这一回，在她们聊得热火朝天时，她也主动参与其中了。

闻听语觉得，自己需要好好地放松一下心情。

大家都在网上查看旅游攻略，挑了许久，最终选定了西安。

在这种公共场合，除非必须分开的情况，时奕会一直牵着虞稚一的手。

那时候乔乐芷故意调侃他们，虞稚一腼腆害羞，时奕却大大方方地告诉大家："不牵着，我家小姑娘走丢了怎么办？"

大家都清楚，十几岁的人了，这个地方又不是人多到看不清路，怎么会走丢呢？

时奕这种明目张胆的宠爱表现，是所有女孩儿都向往的吧。

他们真般配啊……

不只是这对从小亲昵的青梅竹马，还有那个吊儿郎当的黎少舟，喜欢上了感情缺根筋的姜觅尔。

黎少舟是少年典型的喜欢表现，他想追姜觅尔，委婉地追求她，所以一路上都在跟姜觅尔找话题。

飞机上，他们选的座位是三连座。

闻听语觉得自己坐哪里都行，但这次有两对搞暧昧的人，她跟乔乐芷才是真正单身的人。

乔乐芷跟姜觅尔喜欢讲话，若是她俩坐在一起，基本上就没黎少舟插嘴的时候了。

为了成全黎少舟的一腔爱意，闻听语坐在了姜觅尔旁边的位子上。

她不爱说话，姜觅尔也就不会跟她瞎扯。黎少舟如愿以偿地跟自己喜欢的人聊了近两个小时。

他们在旅游区逛了古城，品尝了当地的美食。

路过卖埙乐器的店铺，他们也上前凑了个热闹

老板在埙上刻字，很有意思。其他人在商量要不要买的时候，闻听语直接上前买了一个，对老板说："老板，我要刻字。"

刻在埙上的字必定具有不同含义。她没有特意去问大家，但也知道虞稚一买的那两个埙上，分别刻了"奕"和"一"字，姜觅尔跟乔乐芷没刻字，黎少舟却买了两个，刻了"舟"和"尔"。

有些事情不用说出来，明眼人都能看出来。

按照旅游计划，一行人要去爬华山。

华山的路很陡，有些人不用特意示弱，就有人主动保护。而闻听语需要自己前行，一路上都未求助于人。

乔乐芷还朝她竖起了大拇指，夸她厉害。

其实啊，她也很希望有个人能够在她需要的时候出现，义无反顾地护她前行。

他们六个人在南峰上留下了一张合照，后来把照片洗出来，仔细一看，好几个人都没看镜头。

黎少舟是单相思，在偷看姜觅尔；虞稚一跟时奕，眼睛都在看对方。

计划的旅游时间还未结束，闻听语接到了外婆打来的电话。外婆说："你外公逞强，非要自己去安那灯泡，这下好了，直接摔进医院了。"

于是，她只好中断了旅游计划，连夜赶回去。

理所当然地，她在那里见到了沈落白。

也就是在那段时间里，沈落白的态度让她决定放弃。

三年后的今天，一切将重新开始。

闻听语把自己的思绪从回忆里拉出来，站在洗手池边洗了个脸。颗颗晶莹的水滴往下坠落，沿着下颌流到脖颈处。

她用手掌往颈窝处一拍，清凉的水珠弄湿了脖颈，整个人都清醒了不少。她回到卧室，随手扯起纸巾擦干手指，然后准确无误地将纸巾扔进了垃圾桶。

闻听语许久没回来了，如今见到沈落白，倒是想起很多事情。

她拖了一张凳子到书柜前，赤脚站上去，从书柜顶层取出了一个纸盒。

那里面装着一些小东西，还有一个刻了“沈”字的埙。

去西安旅行那次，她就买了一个埙，却刻了沈落白的名字。

闻听语想，没有比那时候更纯粹的喜欢了。

任馨似乎有意让闻听语跟闻斌缓和关系，彻底将送饭这个任务交到了闻听语手中。

闻听语接下了这个任务，每天中午和下午，都会准时给闻斌送饭。

“香，我女儿做的饭就是香！”闻斌这几日心情大好，连对病魔的恐惧都减少了不少。

闻听语听到这些话后，淡淡地说道：“您想吃什么就告诉我。”

“只要是我女儿做的，我都喜欢！”除去他执意娶任馨那件事，闻斌对女儿那也是真心疼爱的。

闻斌的手术时间已经确定，就在三天后。

这几天，闻听语待在医院的时间更多了。她除了在病房里，就是在赵医生的办公室里了解父亲的病情。

赵医生对这场手术的把握很大，让她放宽心。

闻听语拎着食盒准备回家的时候，刚好遇见了下班的沈落白。她三步并作两步追了上去，叫道：“沈落白。”

闻听语的声音一出来，沈落白下意识地停住了脚步。

闻听语发现了他的动作，心情好极，故意问道：“哦，现在是不是应该称呼你为沈医生？”

沈落白神色严肃地说：“我只是个学生。”

他只是实习生，当不得“医生”二字。

“你是在跟着赵医生实习吗？”

沈落白没有回答这个问题。

“那赵医生给我爸做手术，你也会一起吗？”

沈落白言简意赅地回答道：“会。”

他从大一开始就抓住了每次来医院见习的名额，大二的时候几乎每周都来，大三结束，就真正进入医院实习了，比其他实习生的经验都要丰富。

“哦，有你在我就放心了。”

沈落白愣了半晌，还是提醒她："我只是个实习生。"

他进了手术室，也只是旁观学习，还轮不到他动手。

闻听语故意忽略他的话外之音，目光坦然地望着他说："可我相信你。"

两个人回家在同一个方向，上了同一班地铁。

他俩本来就不是话多的性子，两个人一路沉默，直到快要下车时，闻听语故意挨近沈落白，在他耳边说："等我爸爸的手术成功，我还会为你准备一份大礼。"

闻斌住在医院里，越是临近动手术的日子就越紧张，念叨着："也不知道我这次进去，还出不出得来……"

闻斌这辈子算是幸运，没因为什么大病进过手术室，这还是头一遭。

病人面对手术室，都有一种发自内心的恐惧感。他一个大男人，不好意思把自己怯弱的一面表现出来，强装作没事，但偶尔流露出的神情分明是害怕的。

闻听语虽然没能说出长篇大论去安慰他，可这两天留在医院陪伴他的时间明显增多了。

闻听语将食盒收起，拿到水池前清洗。闻斌隔壁床的病友称赞道："你女儿对你真好，孝顺，懂事。"

闻斌骄傲地说："那是当然的。"

病友顿了顿，又试探性地问道："你女儿今年多大了？有男朋友了吗？"

闻斌顿时生出了警惕心，反问道："你问这些做什么？"

病友把隔开的床帘往边上撩了撩，半边身体探出来，对闻斌说："我之前跟你说过的，我有个侄子今年二十五岁，高高大大的，性格也不错。他工作稳定，家里有房有车……"

病友这一段话，都是往好的方面说的。

闻斌摆了摆手，拒绝道："我女儿大学还没毕业呢，想什么呢？"

"大学没毕业那也二十多岁了，可以谈恋爱了。现在年轻人不都流行谈恋爱培养感情吗？"病友极力想要将他侄子"推销"出去。

闻斌想了想，还是摇了摇头。

见闻斌不怎么愿意，病友叹了口气。

两个人沉默了半晌，闻听语把已经洗干净的食盒拿了回来，对闻斌说：

“爸，我先出去吃个饭。”

闻听语刚来的那会儿还不觉得饿，现在肚子有些空了。

闻斌连连点头，说：“去吧，去吧。”

闻听语将东西摆好，才离开病房。病友望着那亭亭玉立的身影，更加坚定了内心想要撮合她和侄子的想法。他悄悄打电话跟亲戚说了说，让侄子抽空过来医院看望他。

医院的走廊有一股淡淡的消毒水味道，闻听语习惯性地使用了病房门口的消毒洗手液，往前走去，看到护士台前站着一道熟悉的身影。

这的确是偶遇。

闻听语停住了脚步，等沈落白跟护士交代完毕，转身的那一刻，两个人的目光在空中碰撞。

闻听语主动上前，问道：“沈医生，吃饭了吗？”

沈落白微微垂眸，将指间的笔插入白大褂的衣兜里，语气淡然地答道：“还没下午班。”

实习生的工作时间跟医生一样，他们吃饭都是要跟其他人交替着来的。不知道他是认真工作还是在委婉拒绝，闻听语只当是后者。

她轻轻点头，表示理解，还说：“我等你。”

沈落白抓着本子的手微微一紧，他仍说道：“不用。”

闻听语不再回答，只是站在那里等他。她说不出的话，可以直接用行动表达出来。

沈落白回到屋内，另一名实习生刚从食堂回来，正准备拿白大褂穿上，见沈落白出现，便提醒道：“沈落白，快去吃饭吧。”

沈落白点头，两只手解开白大褂上的衣扣，将它挂在了门口墙壁的挂钩上。

待那名实习生穿好白大褂，回头一看，哪里还有沈落白的身影？

实习生左瞧一眼，右瞧一眼，喃喃自语道：“难道我今天去的时间久了？把人饿成这样了？”

他想了想，看了一眼时间。他回来的时间跟往常无差别，甚至早了几分钟。

实习生摇摇头，从抽屉里拿出透明袋，将手机装了进去。

闻听语不知道自己要等多久，也不确定那人是否真的会跟她一起去吃饭。都这个时间了，她是真的饿了。

她低头看了眼手机，用余光瞥见身旁来了人，是沈落白。

闻听语收起手机，问道："我们去哪儿吃饭？"

"食堂。"沈落白回答道。

"好。"

医院食堂，正合她的心意。

医院的食堂对外开放，医生有员工餐和饭卡，也可以按照跟其他人一样的价格选择更好的食物。

沈落白平日都是吃员工餐，今日带着闻听语，直接去了另一个区域。

在他排队的时候，闻听语忽然握住他的手腕，说："我想试试你们医院的员工餐，沈医生，请客吗？"

"你吃不惯。"沈落白没答应她。

"在学校吃了这么多年的食堂，医院的食堂还没尝试过。"闻听语拉着他，不松手。

沈落白轻轻叹气，最终还是随了她的选择。

事实证明，医院食堂的饭还是比学校的好吃。

两个人选了靠边的空位，面对面坐下来。用餐的时候，两个人没说什么话。

倒是有一个端着餐盘的女生走过来，问沈落白："沈落白，你们这桌没人了吧？"

闻听语微感诧异，他们竟然认识。

从这个女生的外表，闻听语无法确定她的身份，但听这语气，或许对方是跟沈落白一样的实习生，也可能是医院的正式医生。

沈落白简单回复道："没人。"

闻听语用筷子夹菜的时候，戳了一下餐盘，发出了声音。

那女生偏偏选在沈落白旁边的位置坐下，闻听语面无波澜，嘴里却在咬牙。

而就在此刻，沈落白忽然将自己的餐盘推到闻听语这边，位置也从她对面换到了她身边。

这番举动令两个女生都愣了一下。

闻听语刚才是不大开心，毕竟是自己追了好久都没追到的人，他身边出现个异性，都可能是她的情敌。但这种情况下，她不会随意表现出来。

对面那个女生呢?

这个女生本以为闻听语只是个路人，却没想到沈落白会为了她换位置，这就是在告诉自己他们的关系。

虽然这个女生明白沈落白为什么这么做。

女生试探性地问道：“沈落白，这是你女朋友？”

沈落白低声回答了一句：“不是。”

听到这句话，闻听语嘴角溢出了一声轻笑，她抽出纸巾擦干净嘴角，自信地补上了一句：“快了。”

沈落白沉默了，但也没有反驳她。

两个人吃完饭就没再多待，将餐盘放去指定区域，径直离开了食堂。

“刚才为什么换位置？”

“不想惹麻烦。”

“那个女生是不是对你有意思？”

沈落白没回答，就是默认了。

闻听语乐了，说：“我也对你有意思，你为什么要换到我这边来？”甚至还答应跟我一起吃饭。

沈落白捏了下眉心，好像无奈地说：“不答应你，会更麻烦。”

闻听语眉开眼笑，说道：“沈落白，原来你这么了解我。”

闻听语的五官本身就是好看的，她从前不知道打扮，也不在意自己的形象。后来她烫了头发，摘了眼镜，模样就露出来了。

闻听语的唇色偏红，即便是不抹口红，也比较红艳。眉笔勾勒出弯弯的眉形，浓淡相宜。她不是清新的长相，笑起来时，更有女人风情。

总之，她很吸引人。

沈落白微微别开眼。

夜晚，闻听语在睡觉前习惯地拉开床头抽屉，从中取出便笺纸和笔写下几行字：借书和吃饭，都是极其暧昧的两件事，一借一还，一请一去，情份就这么结下了。

如赵医生所说的那样，闻斌的手术进行得很顺利。

任馨把闻斌照顾得无微不至，的确是个好妻子。

若非当年她进门的时间太微妙，父亲对她的态度又过于偏袒，闻听语真的会接受这个继母也说不定。

闻斌身体无碍，悬在闻听语心中的大石头终于落地了。

这下，她也有心思去做自己想做的事情了。

闻听语今日还是准时送来了饭，闻斌隔壁床的病友来了别的亲戚看望他，闻听语也并未在意。

闻斌休息的时候，她就坐在病床旁边的椅子上安静地看书。

病房里无聊，她又不喜欢看电视、玩手机，所以放了本书在这里。她偶尔翻开看看，能平心静气。

不知道怎么的，隔壁床的那位叔叔在跟亲戚聊天还提到了她。

闻听语不动声色，耳边源源不断地传来那些陌生的声音。

她听着，好像是隔壁床那叔叔在夸她，说她日日来给父亲送餐，陪伴父亲，是个孝顺的孩子。

对这些话，闻听语心里没什么特别的感觉。

没过多久，那边的亲戚散去，就还剩下一两个人。有个年轻男人留在了病房里，试图跟她交流。

闻听语的内心有些抵触。

在没有正经事情需要商议的情况下，她不太喜欢主动跟陌生人沟通。

沈落白跟着赵医生来查房时，恰好见到了这一幕。

闻听语抬头，二人目光交会，但都没说话。

赵医生按例询问情况，闻斌就把自己的感受说了出来，沈落白手捧着本子记录着。

其间，闻斌还特意瞥了沈落白几眼。

赵医生交代了几句，查完之后跟沈落白说了些专业知识，他们就一起离开了。

转身出病房门口之际，沈落白微微侧身，朝病房多看了一眼。他没想到的是，闻听语正直勾勾地望着门口方向。

他装作不经意地移开视线，心跳却慢了半拍。

而隔壁床来探望的那个年轻人，差不多也看出了闻听语的态度，不再自讨没趣了。

隔壁床的病友小声鼓励侄子去追求女孩子，年轻男人叹气，摇着头说：

“二叔，你就别操心我的事情了，我看那个女孩儿分明更喜欢今日来查房的那个年轻医生。”

病友只得作罢。

但他跟闻斌每天共处一室，难免会提起这个话题。他问闻斌：“我说老闻，你女儿是不是喜欢那个实习医生啊？”

闻斌说：“你说谁？”

“就是那个沈医生啊，跟着赵医生来查房那个。说实话，他模样真不错，我家小女儿天天在朋友圈发她那些男朋友，说是什么‘小鲜肉’，我看就跟沈医生差不多。”

闻斌听了这些话，表情有些不自在，说道：“你别瞎扯。”

“我这怎么是瞎扯呢？我看你啊，就是舍不得女儿。当爸的都有这心态，我懂！”

闻斌摇了摇头，不肯与他再说下去。

闻听语却找准了机会，守株待兔，终于等到了沈落白。

在赵医生的办公室里，她无意间看到过沈落白的排班表，确认他这周六休假。那她的计划也可以开始实施了。

闻听语早已准备好一套说辞，对沈落白说：“沈医生，先前我说过，我爸爸手术成功之后要感谢你。明天周六，我请你吃饭。”

这话很有意思，她没问他去不去，而是直接告诉他明天一起吃饭。

然而，闻听语还是遭到了拒绝。

沈落白没抬眼，低声说道：“我明天有事。”

闻听语没放弃，追问道：“连吃个饭的时间都没有吗？”

“抱歉。”

“OK，那这次先欠着，下次补回来。”

闻听语还是不打算放弃。

沈落白闭上眼，掩去了眸中的无奈之色，说道：“闻听语，没必要在我这样的人身上浪费时间。”

“你这样的人？”闻听语的嘴角勾起了意味不明的笑。

她突然上前一步，几乎要撞上他的胸膛，连语气都变了几个调，又说：“你是怎样的人？你成绩优异，无不良嗜好，不花心、不滥情，连外表都深受女孩子喜欢，这难道不是一个十分合格的男友人选吗？”

“我没你说的这么好。”

“可在我心里，你就是那样好。”闻听语平时不爱说话，可说的一些话总能戳到人的心尖尖上。

饶是沈落白也无法避免。

毕竟那种心跳都不受控制的感觉，他已经不是第一回感受了。

即使沈落白不能赴约，闻听语也要腾出一天给自己放松。

姜觅尔知道她回了云阳，便说：“有空出来聚聚啊。”

闻听语答应了。

就她们两个女生，最大的去处也就是商场或者美食店什么的。

姜觅尔来的时候，手里拿着把太阳伞。她性格大大咧咧的，是不注重细节也不娇弱的女生，闻听语还是第一次看到她在晴天打伞。

闻听语有些诧异，说：“这把伞……挺好看的。”她说话一向很委婉。

姜觅尔的重点全落在了“伞”上，她对闻听语解释道：“黎少舟那家伙非说要打伞防紫外线什么的，啰唆得很。”

“他也是关心你。”

“可他限制了我发挥！”

“你最后不也听他的话了吗？”

“那是因为如果我不打伞，他就会在我耳边念叨。”姜觅尔收了伞，扭头问道，“你会喜欢叽叽歪歪的男生吗？”

“嗯？”闻听语垂下眼，缓缓道出了一句，“我喜欢积极向上的男生。”

姜觅尔愣了一下。

“积极向上的男生？”她跟黎少舟待久了，总能把一些话想歪。

到后面，姜觅尔发挥了自己能唠嗑的本事，开启话匣子，说：“乔乔留在学校那边实习了，一一在重庆陪时奕，只能咱俩聚一聚了。”

她又说：“你最近看一一更新的小说了吗？她明明都跟时奕同居了，小说里却刻意省略了这个情节，哈哈哈，她绝对是害羞了。我还跑去评论区留言了，她都不回我。”

闻听语默默听着，回应道：“一一脸皮薄，可以理解。”

跟高中好友见面，两个人就会慢慢地从大学回忆到高中。

“你去了厦门上大学后，我们就很少见面了。”姜觅尔性格直爽，有什么说什么，“大学认识了很多人，可到最后还是觉得在高中认识的你们，才是我真心认可的朋友。前几天我在街上还遇到了一个高中同学，她跟以前没什么变化，我一眼就认出来了。”

“谁啊？”

“刘新云。”

“不记得了。”

“就是那个短头发、经常坐在后排的……我找找手机相册，发给你看。”姜觅尔把话题引出来了，就很想对方也能参与其中。

姜觅尔翻出手机相册。她专门分了个高中相册，里面装满了高中时期的照片。

姜觅尔找啊找，没找到那个短发妹子，倒是看到了不少高中时班上举办活动的搞笑照片。

她将手机摆到桌面上，放在两个人中间，说：“听语你看，哈哈哈，高中的时候怎么这么‘中二’呢？”

姜觅尔一边看一边笑，慢慢地往后滑动照片。

其中有校园风景照，有班级活动时布置教室的照片，还有同学们戴着彩色帽子，在教室里表演小品的搞笑视频。那时候拍摄出的照片和视频都有些模糊，但还是能够看清楚的。

“哎，听语，这张照片里有你！”姜觅尔把手指按在屏幕上，放大照片，可以清楚地看见，照片上那个戴着眼镜、坐在桌后的女孩儿就是闻听语。

“你现在走出去，那些高中同学多半认不出你了，你现在好漂亮的。”姜觅尔说着说着，又往后滑动，看下一张照片。

闻听语忽然挡住姜觅尔的手，阻止道：“等等。”

闻听语伸出食指，滑回上一张照片，再次放大。

她发现了一个秘密。

“尔尔，可以让我翻翻这个相册吗？”

姜觅尔不知道闻听语看到了什么，突然对这个相册这么感兴趣，但还是坦然地点了点头，说：“可以可以，随便看，都是咱们高中的照片。”

闻听语往前后翻动，仔细地看着，又发现了几张照片。

姜觅尔看到照片笑了，闻听语也笑了，但两个人的重点完全不一样。

最后，闻听语把手机还给姜觅尔，说：“尔尔，谢谢了。”

“谢我？”姜觅尔不明白闻听语为什么这样说，便问，“就是些照片而已，谢我干吗？”

“谢谢你的照片，让我发现了以前没有看清楚的事实。”

“咦？”

闻听语的哑谜绕得姜觅尔头都晕了。

闻听语此刻心情大好。

华山上的六人合照，虞稚一跟时奕的眼里是对方，黎少舟的眼里是姜觅尔。因为在人多的时候，人们总是会不自觉地看向自己喜欢的人。

就在刚才，她发现了那些照片中的秘密。

照片中的沈落白——在看她。

在父亲没动手术之前，闻听语不可能一门心思地扑在沈落白身上。如今父亲平安，她就要去翻过最难的那道坎。

虽然她现在连沈落白住在哪里都不知道。

闻听语向姜觅尔要了那几张照片，保存在了自己的手机相册里。她又坐了一会儿，就跟姜觅尔道别了。

闻听语站在街口，等对面的红灯倒计时结束，趁着绿灯的时间过了马路。她过了马路之后，拐弯儿往前走了几步，就没再前行了。

她抱着一丝期望，拨出了那个烂熟于心，却没有保存在通讯录中的电话号码。她甚至不确定这个电话号码是否还能接通。

几秒钟后，有人接听了电话。

“喂？”

对方仅仅说了一个字，闻听语也确定了那个人的身份。

“你在哪儿？”她对着手机，直接问那人。

沈落白的声音缓缓传来，他问：“有事吗？”

闻听语答道：“我想去找你。”

电话那端的人似乎愣了一下，过了半晌才出声问道：“闻听语，你很闲吗？”

“我挺忙的，不过……”她话锋一转，语气比之前更加轻快，“我突然发现了一个胆小鬼，想要捉住他。”

“闻听语……”

“嗯，我听着呢，你喊我也没用，还不如直接告诉我你在哪里。”

“我有事。”他仍然是用那句简单的话堵住她。

闻听语低头看向脚尖，不说话了。她沉默的时候，对方也未挂断电话。

她这人心思敏感，最喜欢抓细节，发现沈落白从来不会挂她的电话。

过了半晌，她对着手机叹气，用无奈的口气说：“好吧，不打扰你了，再见。”

沈落白自然听出了她语气低沉，像是一块坚硬的碎冰在他的心上划了一道口子，又冷又疼。

他微微张开嘴，话还未来得及说出口，就隐约听见了咳嗽声。

沈落白转头望了一眼，握着手机的力道又紧了几分，最后只对着电话说：“再见。”

通话结束，闻听语一直站在街上盯着手机屏幕，直到手机自动黑屏。

她抬头望向天空，用手臂遮挡着光线。

夏日的午后天气闷热，时而有阳光，时而变阴天，好似要下雨。

咯——

咯咯——

咳嗽的声音断断续续，让人听得心慌。

沈落白收起了手机，弯腰拿起床头的开水瓶走了出去。

走廊的角落摆放着巨大的热水器，偶尔会有人过来接水。沈落白接了半壶开水，回到房间，又往干净杯子里倒了小半杯，将热水凉凉。

他熟练地拉开抽屉，里面摆放着各种药物。虽然抽屉里东西很多，但他总能从里面准确无误地拿到需要的东西。

做完这一切，他拉开凳子坐在了床边，安静地看着床上的女人。

坐在床头的中年妇人双目无神，嘴里嘀嘀咕咕地说着谁也听不清的话。

沈落白就这么安静地看着她，在这狭窄的出租屋里，一切都显得那么凄凉。

过了一会儿，他伸出手，用手指碰过杯壁试探水温，再将刚才拿出的药递过去，对那妇人说：“吃药。”

那女人却连连摇头，喊道：“我不吃，快丢掉！那是毒药！”

沈落白深吸一口气，耐心地举着水和药，对那女人说道：“妈，吃了这些东西，我带你出去。”

女人还是摇头。她突然掀起床上的薄毯，不慎打翻了水杯。

温热的水落在了他的手背上，弄湿了床面。

沈落白只觉得心口发闷，像是被大石头压得喘不过气来。

他一言不发地站起身，将药放在桌子上，重新换了一杯水。

邱惠仪又发病了。

从记事开始，沈落白就总会听到周围邻居的闲言碎语。

沈落白的父亲是个老实农民，挣的都是苦力钱。到最后，他娶了个漂亮媳妇儿，旁人对他的道贺也夹着玩笑话，只因为他娶的妻子有缺陷。

父亲对旁人的话并不在意，努力照顾妻子和孩子，砸锅卖铁都要送孩子去上学。

沈落白一直记得父亲跟他说的话：“咱们家里穷，你要努力读书，走出这个小地方。”

否则没有文化的话，他只能继续待在这小地方受苦。

所以后来无论在多么困难的条件下，他都抓紧一切机会让自己能够正常上学。

前几年邱惠仪的身体状态还不错，虽然有时候会神神道道的，但应付日常生活没有问题。

可这两年，邱惠仪的病情加重了。

她犯病的时候什么话都不听，就像刚才那样，完全不配合。

沈落白靠着大学兼职的钱，在距离医院不远的地方租了一间小屋。这里的环境不算好，但胜在方便。

从在医院实习开始，沈落白每个星期的休假时间都不固定。

他上班走的时候，会从外面把门锁上，防止邱惠仪乱跑出去。他还在屋子里安装了监控，可以随时监控她是否发生了意外。他下班之后，再回来照顾邱惠仪。

大部分时间邱惠仪是清醒的，但即便在她清醒的时候，两个人也没法儿像正常母子那样交流。

沈落白的生活很简单，就是学习、工作、照顾母亲。

等到沈落白重新把药和水准备好时，邱惠仪已经完全安静下来了。

她闭着嘴，没再神神道道地讲话了。

见儿子送来了药，她一点儿也没抗拒，乖乖地服下了。

刚才洒在床上的水渍还未干，邱惠仪的手掌按在那处，她回想着自己犯病时制造的麻烦，眼里满是后悔之色。

“落白，我想回村子里。”

“妈，这件事情不要再说了。”

“我真是没用，别人都是父母照顾孩子，我却连累你……”

邱惠仪清醒的时候，比发病的时候还要痛苦，觉得是自己拖累了儿子。然而每次她提出回到村子里时，沈落白都会拒绝。

刚来云阳那会儿，她也试图去做些杂工赚钱，可管不住自己发病，非但没赚到钱，反倒弄坏了别人的东西，还需要赔偿。

至此她明白，不出去制造麻烦才是对沈落白最好的帮助。

她知道这个孩子很孝顺，可她除了主动要求把自己关在房间里，别的什么也做不了。

邱惠仪清醒之后就坐不住了，看了眼时间，又去做家务。沈落白不会阻止她，因为这是邱惠仪能做的为数不多的事情。

窗外的天色逐渐变得阴沉，乌云飘了过来，外面很快就下起了哗啦啦的大雨。

桌上的手机振动，沈落白拿起一看，又是闻听语。

“沈落白，下大雨了。你能来接我吗？”

她有很多躲雨的方法，却偏要打电话来让他去接她，其目的不言而喻。

“妈，我要出去一趟。”

“这外头在下大雨，你要去哪儿？”

“接一个朋友。”

话说到这里，邱惠仪没再多问，只是叮嘱他注意安全。

她这个儿子做事向来有主张，她询问是下意识地关心，却不会干涉他做事。

沈落白拿起了门口的大伞，正打算关门时，又多拿了一把。

闻听语刚从医院出来，是看准了天气才给沈落白打的这通电话。

现在她只要等着人来就行了。

闻听语站在医院门口，忽然听见一个男人喊她的名字。

闻听语下意识地扭头看去，见到了跟父亲同一病房的病友的侄子。

那个男人手里拿着一把伞，见闻听语站在门口，她除了挎在肩头的小包，就没别的东西了。他顺口问道："你是没带伞吗？"

"嗯。"闻听语点头。

男人为了表现自己乐于助人，十分真诚地说："我带了伞，要不然我送你到马路边打车吧？"

闻听语摇头拒绝道："不用麻烦了，谢谢。"

"这算什么麻烦？我二叔跟你爸现在也算是熟人了，我就送你去打车，多大点儿事。"那男人有些自来熟，虽然知道自己跟这个漂亮的女孩儿没缘分，可也愿意和她交个朋友。

沈落白打着雨伞匆匆赶来时，看见的就是这样一幅画面。

站在医院门口的一男一女相对而立，不知道说着什么。

他是从闻听语的背后走过去的，所以闻听语并未看到他来了。

而这个方向，沈落白刚好可以看清那男人的满脸笑容，两个人之间的交流仿佛很愉快。

沈落白心里堵得慌，连走路的速度都无意识地加快了。

"闻听语。"

熟悉的声音从后方传来，闻听语环抱着手臂，手指微微一挑。她就知道他会来。

那男人突然明白了什么，不再打扰，朝她挥了挥手，主动离开了。

如此，沈落白的脸色好看了几分。

闻听语转过身子，面对着他。她身体微微向前倾，盯着他的眼睛，悠悠地提出了一个问题："怎么看你好像不是很开心的样子？"

沈落白往后退了一小步。

闻听语的眼神并不犀利，可当她认认真真地盯着沈落白看的时候，他不太敢直视她，怕被看穿心思。

沈落白话不多说，直接将手中那把干净的折叠伞递了出去，说："伞。"

闻听语也是没想到，沈落白还刻意拿了两把伞来。

她没接伞，瞥了他手中的大黑伞两眼，暗示道："我比较喜欢你手中撑着的这把。"

沈落白直接把大黑伞递给了她。

闻听语扑哧一笑，说：“没看出来，你还挺会宠人的。”

沈落白疑惑地反问道：“宠？”

不等他反驳，闻听语直接钻进了大黑伞下，跟他的身体紧挨在一起，说道：“我不想打伞，就这样吧。”

“这样会淋雨。”

“你没看出来我想靠你近点儿吗？”

“不要把时间浪费在我身上。”

“做任何自己想做的事情，都不算浪费时间。”

她总是能找出理由，并且还是当“大道理”讲出来，令人无法反驳。

天空下着雨，他俩谁也没提打车这事，只是慢慢地往前走着。

沈落白没跟她争，有意地将雨伞向她那边倾斜。闻听语将这些细节全看在眼里，忽然就抱住了他的胳膊。

沈落白浑身一震，只听见女孩儿在他耳边说：“这样，我们两个就都不会淋雨了。”

可是，他的心已经乱了。

闻斌当时找医院的时候，就特意选择了离家最近的医院，离家不到两公里。沈落白和闻听语各怀心思，都感觉没走几步就到达了目的地。

沈落白提示道：“你家到了。”

闻听语抬头望了一眼熟悉的居民楼，抛出了一句：“谁告诉你我住在这里？”

沈落白眉头一皱，似乎对自己的记忆产生了怀疑，问道：“你搬家了？”

闻听语回道：“是啊。”只不过前两天刚搬而已。

其实她这也算不得搬家。当初她爸妈离婚，一人分了一套房，在她成年之后，她妈妈那套房子就落在了她的名下。

她现在已经二十多岁了，可以搬出来住了。

她之前就跟父亲提了这事，父亲知道她跟她继母一直有隔阂，也就同意了。

“怎么不早说？”

“你没问我。”

沈落白感觉自己被她摆了一道，闻听语倒是淡定得很。

两个人只好往回走。

可刚走到马路上，闻听语又冒出了新的主意缠着他，便对他说："我饿了。"

沈落白对她已经无语了。

于是，两个人又去了饭店。

饭店是闻听语指定的店，服务员在介绍菜单的时候，就一脸笑意地跟他们推荐道："本店周年庆，情侣套餐半价。"

沈落白无奈地看了闻听语一眼。

闻听语就坐在他对面，单手支着下巴盯着他看，仿佛一切尽在自己的掌控中。

闻听语自然点了那份情侣套餐，还美其名曰："打折啊！多好，省钱。"

这话说得他没法儿反驳。

夏季的白天时间长，但因为今日下雨，天色阴沉沉的，黑得早一些。

闻听语第一次打电话给他是下午三点多，第二次打电话是接近五点钟。两个人走了一段路，又吃了晚饭，差不多就到晚上七点了。

到了晚上，人的情绪更加浓烈。

沈落白一直是沉默的，但会不辞辛苦地把闻听语送到家门口，哪怕她故意带他绕了很大一段路。

沈落白这人性子寡淡，可闻听语喜欢了他这么多年，哪怕是她强迫自己放弃他的那三年，也曾无数次想起过这个人。

她逼着自己忘记他，可逼着自己忘记的同时也是在想念。

她当时能暗恋沈落白三年，是因为少女心思太重，害怕被拒绝，就跟虞稚一当时的心态差不多，甚至比虞稚一更为敏感。

后来，虞稚一被时奕一步一步套了进去，而她是自己忍不住主动表明了心意。

两者之间的选择不同，结果也不一样。

事到如今，她也没想过会温水煮青蛙。

闻听语停住了脚步，同时拉住了沈落白。两个人站在路灯下，哪怕有雨伞遮着，依然能看清对方的神情。

闻听语对他说："沈落白，我想确认一件事。"

沈落白问道："什么？"

她咬着牙，忽然有种豁出去的架势，问他："你是真的不喜欢我这个人呢，还是因为其他的什么事不肯接受我？"

他愣了一下，眼底流露出一丝无奈之色，最终也只憋出一句："我们可以当朋友。"

就这么一句话的工夫，闻听语心里已经绕了十八个弯，她心想：啧，谁要跟你做朋友？

闻听语手臂微扬，五指向内弯曲，做了一个招手的姿势，并对他说："你低头一点儿，我有句话想跟你说。"

沈落白眉头一蹙，还是听话地弯下了腰。

就是现在！

闻听语一只手覆上他握伞的那只手的手背，一只手搂住他的后颈，踮起脚，吻了他的唇。

男人唇薄，却有明显的柔软触感。

三年前她咬了他一次，三年后她吻了他一次。

沈落白完全没有预料到她会做出这般举动。可闻听语很快又从他身边离开，手指轻轻点着下唇，别具诱惑感。

她说："今天先放过你。"

闻听语"抢"了另一把伞走了，只留下匆匆的背影。

沈落白站在原地，路灯灯光将他黑色的影子拉得很长。

半晌，他还是难以控制地抬手摸了摸唇。

正如闻听语所说的那般，她开始对沈落白发起了猛烈进攻。

之前她只是给闻斌送饭，如今都是备上两份饭菜。

沈落白一开始拒绝了，可事实证明，到最后那份饭还是会落在他的手里。

跟沈落白同一个科室的同事，都知道了闻听语在追他这件事，有人抱着看戏的态度，也有人支持闻听语，还时不时地在沈落白面前提起，说："人家女孩子都做到这份儿上了，你也表个态呗。"

不知道什么时候，这个八卦传入了闻斌的耳朵里。

闻斌终于绷不住了！

隔壁床的病友已经病愈出院，这个病房里暂时只剩下闻斌一个人。

等闻听语来了，闻斌坐在床头，捧着水杯看了她好几眼，终于忍不住问道："听说，你最近跟那个沈落白走得挺近？"

闻听语立即停了手上的动作，反问道："您又想做什么？"

"你这话说的，我能做什么？……"

"爸，这次的事情您别掺和，我不希望再发生三年前那种事。"

闻斌别开眼，说："我不管你！"

两个人明明只说了几句话，却仿佛进行了一场看不见硝烟的战争。

闻斌没再当着女儿的面提起这件事，可要在医院找到沈落白，简直不要太容易。

当沈落白看见穿着病服的闻斌主动找上门时，心里就已经预料到了即将发生的事。

闻斌主动问起沈落白的现状，当然还包括他的母亲。

"你跟你妈妈，最近还好吗？"

"挺好的，谢谢。"

"听说最近听语经常去找你。"

沈落白的神情蓦地冷了几分。

闻斌即将出院，闻听语就算再来医院找沈落白，也不可能长时间待在这里。沈落白又很忙，如此一来，她跟沈落白相处的时间就更少了。

闻听语深吸一口气，把相册里那几张照片又翻来覆去地看了几遍，重新打起了精神。

感情这种事情无法掌控，但是她可以争取！

她跟往常一样，做了午餐送去医院，因为午餐时间可以跟沈落白待在一起。

可今日，不再是他们两个人一起吃饭。

陪在沈落白身边的，是一个年轻的实习生，闻听语听说那个女生跟沈落白同校、同系、同级。

两个人都是医学生，还是同一个专业的，自然有共同话题。

他们也没聊别的闲话，交流的每一句话仿佛都在谈论学习，可偏偏就是这样，让闻听语一句话都插不上。

她又不是学医的。

一开始闻听语只当是巧合，可接连三次，她都看见那个女生跟沈落白一起学习。闻听语炸了！

她生气了，不会立马发火，而是憋在心里，等积累到一定程度就会一并爆发。

这天沈落白是夜班，不过实习生的夜班跟医生的有所不同，他们只需要从下午上到晚上八点左右，就可以离开了。

夜班相对空闲，科室老师顺道给他们讲了两道题，一不小心就拖延了十几分钟。

沈落白跟那女生是同一批实习生，实习值班是轮转的，这周两个人刚好被分到一起。

他们下班，就跟放学一个性质，都是老师规定的时间。只是很不巧，闻听语今天特意过来找沈落白，等了他半个小时。

等半个小时没什么，反正是她自己愿意等的。可闻听语等了半个小时，却看见他跟别的女生走在一起，那心情……

闻听语平时的表情都是平平淡淡的，这会儿她的脸直接冷了下来。

出了医院大门，那个女生跟沈落白不往同一个方向走，终于分开了。

“沈落白，她是谁？”

“同学。”

“以前也没见你跟哪个同学一起吃饭，一起下班的。”

他也不解释，似乎无话可说。

闻听语是真的被气到，转身就走，也不跟他说话。

现在天色黑了，沈落白自然不会让她一个人回去，加快速度跟了上去。

“跟着我做什么？”

“送你回家。”

闻听语生气了，沈落白也不肯再说别的话哄她，哪怕是半句解释都没有。

两个人就这么闷头走着。

再过一条马路，她就该到家了。

闻听语到此止步，忽然转身对他说：“我等了这么久，不是为了等到你给别人机会。”

没有别人……沈落白张了张口，那句话还是没说出来。

他轻轻咬牙，最后也只说："不要在我身上浪费时间。"

"那你管我做什么呢？你不要帮我，不要跟我讲话，不要送我回家，或许我早就断了念头了！"

闻听语又在心里说：如果你没有那么好，或许我就真的不那么喜欢你了。

话说到这个地步，沈落白整个人的心思都被挑起来了，可他偏偏沉得住气，还要违心地佯装不在意，说："你说的这些……我以后会注意。"

闻听语心里恼火，问道："所以你宁愿错过我，也不愿意主动，是吗？"

"听语。"他难得这样喊她的名字，他的音质如玉，听起来比之平时更加亲近，像是在包容她的小脾气。

"三年前你就这样，现在你还是这样。沈落白，你就是个胆小鬼！"她极少爆发自己的情绪，这会儿直接把人往旁边推了一步。

斑马线对面的红灯变绿，闻听语迈开脚步往前走去。

不远处，一道刺眼的灯光逐渐逼近，那辆车子非但没有减速，反而继续开过来。

沈落白转过身来，迅速将她往后拽回。

那辆车子不受控制地闯了红灯。

被拉回人行道的闻听语心有余悸，沈落白突然抱住她，收紧双臂，叫她的名字："听语……"

感受到了温暖的怀抱，闻听语的心跳逐渐恢复正常。

人哪，在最危险的时刻下意识做出的反应是没办法骗人的。

闻听语有一点跟其他女生很不一样，她胆子很大，刚才害怕是真的，可很快就能缓过来。

"沈落白，你是在害怕吗？"

沈落白用双手握着她的手臂，眼里好像燃着熊熊的火，他又急又气地说："闻听语，你故意吓我是不是？！"

闻听语垂下脑袋，脸颊贴近他炽热的胸膛，身体都在发抖，像是很害怕。她轻轻地说："沈落白，你能背我回家吗？"

闻听语从来不撒娇。

但女孩儿天性柔软，撒起娇来没人拒绝得了。

当女孩儿躲在他怀中瑟瑟发抖的时候，沈落白哪里还说得出狠话？

他真以为闻听语被吓到了，就顺着她的意思将她背回了家。

到了门口，闻听语慢悠悠地从包里掏出钥匙。

沈落白想将她放在地上，闻听语就抓着他的手不放，说："我腿软。"

闻听语是个很神奇的女生，就算是撒娇示弱，也不会做出很萌的动作，连表情都不会做。

可偏偏沈落白拒绝不了她。

过马路的时候，吓没吓到闻听语他不知道，但他是真的被吓到了。

他不敢想象，当时若是他没反应过来或者再晚一步，会发生多么恐怖的事情。

于是他只能听从闻听语的话，一点点地被她引导着动作，最后还随她进了屋。

沈落白给邱惠仪发了信息，说是可能要晚点儿回去，邱惠仪回复知道了。

这时候，闻听语拿了两个杯子过来，问他："你要喝什么？"

沈落白抬眸，盯着她的眼睛问道："你没事了吧？"

"我有心理阴影了。"闻听语面不改色地坚持撒谎，"我现在害怕极了。"

"闻听语，你知不知道你很不会撒谎？"

闻听语撇了撇嘴，哪怕是被戳破，依然脸不红心不跳，反而抓到了重点，问道："是吗？那你不是也送我回来了吗？"

沈落白说："既然你没事，那我就先走了。"

闻听语直接把杯子搁在了桌上，故意发出声响。

她弯着腰，保持着这个姿势。

夏季衣服薄，闻听语今日穿的是雪纺碎花衣，布料丝滑，垂感十足。她弯下腰来，领口的布料自然垂下，那抹春色呼之欲出。

沈落白忽然觉得喉咙干涩。

他可能需要一杯清水。

屋内的气氛十分微妙，他忽然听到闻听语的声音，她说："门已经被我锁死了。"

沈落白呼吸一窒，突然看到了前面的杯子。

一杯是空的，一杯里面装着水。他直接拿起那杯水一饮而尽，似乎想借那杯凉水压住心里蹿起的那股燥热的火。

闻听语嘴角轻轻上扬，问道：“沈落白，刚才你是不是很害怕？”

她语气笃定地说：“你在担心我。你担心我什么呢？担心我出事？如果我出事了，以后就没人缠着你了。”

不知道什么时候，闻听语已经坐到了他的身旁，继续说道：“可你刚才抱着我，抱得好紧，就好像我是你很在意的人。”

她又故意提起那件事，分明是掐准了他很在意她。

“闻听语！”沈落白能够听见自己的心跳声正在失控。

作为一个医生，他却无法检查自己的症状，多么不像话。

闻听语身子一转，双腿跪在了沙发上，细长的手臂自然环住沈落白的胳膊。她低头在他耳边说：“刚刚你喝的那杯是酒。”

温热的气息洒在耳边，像是羽毛，挠得人心痒难耐。

难怪他的心情会这么异常。

“你真的不喜欢我吗？”

女孩儿的声音就在他耳边盘旋，从耳朵传入他的心脏，字字句句刺得他心口酥麻。

沈落白扣住她的手腕，语气比刚才还要激烈，说道：“听语，放手！”

闻听语当然不会放开他。

今晚沈落白失态抱了她，那就是他在意她的表现。

大概所有人都无法理解，她为什么就对沈落白念念不忘。

只能说，第一眼就印象深刻的人，她不可能轻易忘记。更何况，在后面那些数不清的时光里，她把那个人当作心中的英雄。

当初的沈落白，对她也不见得多么好，可偏偏就是那么巧，沈落白每次都出现在她需要帮助的时候，并且对她施以援手。

这就足够令她永生难忘，且引她产生私念，想要抓牢他。

明明是沈落白扣住了她的手腕，她却可以趁他失控的时候轻易将他制服。

闻听语握住他的手，把他的手放到自己的眼睛、鼻尖上，再到嫣红的嘴唇中间，问他：“真的不喜欢吗？”

沈落白心跳的速度已经告诉了她答案。

她的吻，她的每一个动作、声音，无一不在撩拨他。

两个人不知道什么时候，已经滚在沙发上。温热的气息交织，她牵着他的手，从自己的下巴再到修长白皙的脖颈，甚至是更隐秘的地方。

已经不是她一个人在主动了，男人埋在她的颈窝处，牙齿磕碰到了她的肌肤。

最后，闻听语故意在他耳边吹气，偏偏说道："不喜欢也没办法。"让我得到你，也可以。她没有说后半句话。

她又不知道从哪儿掏出了一把钥匙，举在沈落白面前轻轻晃荡着，说："钥匙就在这里，你若是想走，就用它开门。"

"不过，这是最后一次。今天你若出了这道门，我闻听语发誓，这辈子绝对不会再打扰你，只当我们从未相识。"她是第二次对沈落白放出狠话，甚至比三年前的那次说得更加决绝！

此刻的沈落白，哪里还有平日里淡漠的神情？他现在连眼眶都是红的，说："闻听语，你别逼我。"

"我没逼你，只是在帮你看清自己的心。"

事实证明，她赢了。

她永远知道自己想要什么。

男人咬了咬牙，终于发狠地问道："房间在哪儿？"

闻听语抬手指了一个方向，沈落白直接把她抱了进去。

身体砸进了软绵绵的大床，使床凹陷一处，沈落白掐着她的细腰，整个人被欲念焚烧。

汗水淋漓落下，闻听语最痛的时候，用手指在他的肩头上抓出了两道痕迹。她因为疼痛流出了眼泪，脸上却是笑着的。

"沈落白，我刚才骗了你。你喝的那杯不是酒，是水。"

所以，从始至终你都是清醒的，清醒地为我沉沦！

番外二

再次心动

翌日，闻听语醒来，发现沈落白比她想象中的更会照顾人，尽管她醒来之后身体很不适，但身上是清爽的，衣服也被换过。

闻听语起身的动作很轻，几乎没有打扰到旁边沉睡的男人。

她简单收拾了两套衣服装进行李箱里，把箱子提到了门口。

她又找到了昨晚遗落在沙发上的那把钥匙，钥匙被她随手放在了茶几下层，这确实是家里的房门备用钥匙，只不过就算沈落白真拿了，也不可能打开那扇门。

闻听语在手机上打出了一行字，点击发送，然后轻轻关上了大门。

半个小时后，她已经踏上了去重庆的高铁。

闻听语到达重庆后，第一个联系的人就是虞稚一。

对闻听语的到来，虞稚一真是惊讶又惊喜，问她原因，她也只说：“我来旅游。”

虞稚一信了她的话，两天就带着她逛了好几个地方。只不过她心里一直装着事情，旅游也没法敞开心扉地玩。

虞稚一也看出了她的不对劲，特意找了个环境舒适且幽静的地方聊心事，对她说：“听语，你的事情，介意说一下吗？”

闻听语看了看虞稚一，又低下头把玩着手机，半晌才蹦出一句：“我把他睡了。”

虞稚一很是震惊，问道："睡了？是素的还是荤的？"

闻听语白了她一眼，说道："我又不是时奕。"

闻听语真的挺佩服时奕的，他作为一个血气方刚的男人，十八岁才表白，忍到现在都没碰过虞稚一。

时奕确实是把小姑娘捧在心尖上，做什么事都要铺垫好，幸亏虞稚一按照他的计划长大了，若是出现了什么意外情况，恐怕时奕得疯！

前几年，闻听语一直鼓励虞稚一去表明心迹。但其实真正让虞稚一鼓起勇气的，不是闻听语的那些话，而是时奕给了虞稚一足够的安全感。

最后虞稚一问她是否后悔，她不假思索地给出了答案，语气很坚定。

那件事情并非她的一时冲动，她知道沈落白一直退避的原因。如果她不激他一把，他会一直在原地徘徊。

曾经，她放弃了；现在，她成长了。

来到重庆的第三天，闻听语已经不想出去瞎逛了，虞稚一却提出一起去玩密室逃脱。

她也参与其中，六个人刚好一组。

她并不在乎密室逃脱是什么主题，不过那个特殊的任务，令她非常感兴趣。

这里面有个任务，要两个人拥吻十秒，才能拿到开启下一关的钥匙。

当初虞稚一在选主题的时候，她也引导着虞稚一做出决定，让这个主题全票通过了。

他们在网上买的票，闻听语把购票的截图发在了QQ空间里，并且贴上了他们玩的密室逃脱的主题名字。

这个主题的难度不低，但好在这里有智慧型玩家，带着他们成功通关了。

玩游戏的时候，手机被锁在了储物柜里，拿回来的时候，闻听语瞥了一眼未接来电，又默默地按灭了手机屏幕。

她一抬头就看见了坐在另一张桌前的沈落白，他那双琥珀色的眼睛可真好看。

大家都在讨论主题故事，没人注意旁边。

闻听语从包里取出了一支复古红色的口红，拿手机当镜子仔细涂抹，像是在补妆。

她没吃过东西，却要补唇妆。

沈落白握住杯子的力道逐渐加深，似乎再多等一秒，他就会忍不住冲出去将她带走。

闻听语以上厕所为借口离开了，却向厕所相反的方向去了。

沈落白将她压在墙边，恶狠狠地问道："谁亲你了？"

闻听语抬手推了推他，毫无作用，于是放弃抵抗，回道："玩个游戏而已。"

随意又坦然的回答，点燃了沈落白心里的火，他动作粗鲁地用手指将她的嘴唇上的口红擦掉了。

沈落白气红了眼，把手掌按在她那白皙的脖颈处，对她说："是你先招惹我的！"

那天早上他醒来后，却发现身旁空无一人，找遍整个房间都没看见她的人影。

他后知后觉地查看手机，只见到闻听语留下的一句话："我出远门了，勿念。"

勿念？怎么可能！

她一步一步将他引入圈套，让他失去冷静，走到了无可挽回的一步。

她却在这个时候离开了，还让他勿念？

闻听语发送的那条"空间说说"，他是第一个发现的人。他赶紧搜索主题名字找寻地点，没想到看见了那些乱七八糟的评论，眼里只剩下了四个字：拥吻十秒。

大概是被嫉妒心蒙蔽了，他直接向老师请了假，一大早赶来了重庆。

打她的手机号没人接听电话，他只能找到这里。

最后，他却发现她跟别人有说有笑的，很是快乐。

沈落白肺都要气炸了，心想：这个女人真是够可以的！

"闻听语，你现在后悔已经来不及了。"这不是忠告，而是他的警告。

在他艰难忍耐，一步步退让的时候，她逆向袭来，击破他的堡垒，攻下城池。若她现在说她不想要这块地，要将其荒废，那也是不可能的。

沈落白将她压在墙边，这下是真的把她的口红给吃了。

楼道外传来了声音，是虞稚一出来找闻听语了。

闻听语拍了拍他的手，声音平静地说："我先走了。"

沈落白自然不会放过她。

两个人的相处方式忽然对调了，纠缠不舍的人变成了沈落白。

闻听语憋住笑意，把手掌贴在他的脖颈上轻轻摩挲了两下，挑眉道："我会在下面等你。"

沈落白终于肯放她走了。

游戏结束，他们这六个人也各自散去。

闻听语向虞稚一摆了摆手，转身离开。她没走多远，就瞧见了沈落白。沈落白站在人群之中，偏偏她一眼就能看到。

闻听语不紧不慢地走到他面前，微微仰起脸问道："我们去哪儿？"不等他回答，脑袋一歪，她直接抛出一个选项给他，"酒店吗？"

沈落白眼皮子跳了一下，表情变得不太自然，特别是在听她说了去酒店之后。

闻听语别开了脸。

她往日猜不透他的心思，如今却觉得沈落白这人再简单不过。

他总是用冷漠的外表将自己伪装起来，好似对一切漠不关心。事实上，他能得到的东西本就不多，还总是在逃避。

不知道沈落白在心里拐了几百道弯，最后只说了一句："吃饭了吗？"

闻听语在心里偷偷说他：真是胆小！

她还是跟沈落白一起去了饭店，并肩而行时，两个人挨得很近，摆摆手都能互相碰到。

沈落白的目光不自觉地从前方移到了身侧，他垂下手臂，手指自然弯曲着，走两步就会和闻听语的手碰到一起。

他轻轻攥起了拳头，压抑自己的心情。

闻听语却抓起他的手，又抛出问题："你觉不觉得，两个人牵着手走在大街上，像是在约会？"

沈落白无声叹气。

吃饭的时候，他们这桌很安静，却一直听到旁边的女生在聊感情相关的话题，其中一个嗓门大点儿的人问："跟喜欢的人约会，做什么事情比较有意义？"

闻听语的耳朵都快要竖起来了，手里夹菜的动作也停止，筷子戳到了碗底。

沈落白忽然夹了一颗水晶团子放进闻听语的碗里，对她说："吃东西。"

闻听语移回了视线，将目光落在碗中，用筷子夹起那个白白嫩嫩的水晶团子，举在了嘴边。

她正要张嘴一口咬下去的时候，余光瞥见了坐在对面的沈落白，又刻意减小了张嘴的动作，用牙齿咬住了水晶团子的一半。

她嫣红的唇色跟白色的水晶团子形成了鲜明对比。

她嚼了几口，才慢慢咽下，问沈落白："你想知道刚才那道问题的答案吗？"

沈落白动作一顿。

闻听语就这么明目张胆地望着他，清楚地回答道："和喜欢的人在一起，做什么都有意义，就像现在。"

沈落白从未想过，自己会遇到这样一个女孩儿，她沉着冷静，坚韧不拔。

她的每一个举动、每一句话，都在勾引他沉迷。

两个人没有逛街的兴致，终究还是去了酒店。

闻听语在这里住了三天，房间干净整洁，没有随意乱放东西。

由此可见，住在这里的人很注意卫生。

房间里只有他们两个人，安安静静的，谈事也方便。闻听语坐在床头，双腿并拢，一副淑女模样。

沈落白拉了椅子来，坐在她对面方向，开口道："那天晚上的事情，我很抱歉。"

不再吃醋的沈落白显得格外冷静，闻听语想，她还是喜欢在密室里的那个沈落白。

她双手本是搭在膝盖上的，这会儿她听沈落白说话，手指有一搭没一搭地跳动着，调侃道："你这开头，是从哪本'渣男'语录里找的？"

沈落白一本正经地说："我做过的事情我会认，但是听语，真正需要考虑的人是你。"

"嗯。"闻听语轻轻地点头，好像在敷衍他，根本没往心里去。

沈落白对她这副态度真是又可气又无奈。

她比三年前更沉得住气，如今沈落白面对她，总有种无可奈何的感觉。

“你希望我怎么做？”他问道。

闻听语抬起眼，紧紧地盯着他，反问道：“我希望？你就没有自己想过吗？”

她又说：“我不需要你负责，毕竟是我主动的。”

“你是女孩儿。”沈落白还是觉得是她吃亏了。

“前几天是，”闻听语提醒道，“我的年龄都能领结婚证了。”

结婚，这对沈落白来说是个敏感话题。

沈落白大抵猜到了她的想法，可无法轻易地说出口。

闻听语永远比他想象中的更为胆大。

她又问道：“我要是说希望你娶我，你会答应吗？”

沈落白毫不犹豫地点头，语气坚定地说：“我会。”

“这就够了。”她伸出一只手钩住了沈落白的手指头，“今天的你，既没有喝水，也没有喝酒。”

她的手指从他凸出的喉结处轻轻滑过，人已经从床上坐到了他的腿上。

沈落白在来之前组织好的话，都被她搅浑了。

炽热的手掌贴在她的小腹上，沈落白在她耳边咬牙警告道：“不要再跑了。”

“我不跑。”女人的笑声溢了出来，彻底占据了他的心房。

从身体的容纳，再到灵魂的契合，从床上再到浴室，两个人多次想要停止，却总是能擦出火花。

毕竟在清醒时沉溺，是会上瘾的。

这次闻听语说话算数，的确没跑，还安稳地躺在他的身边。

纵情之后，他内心的想法也更加坚定。

他知道自己对闻听语有什么心思，只不过从始至终都在克制。每次他动摇的时候，那些人总会给他当头一棒，就像三年前那样。

誊写好的笔记、他喜欢的书籍，还有偶尔出现在他的课桌里的食物……高中那几年，他身边一直都有闻听语的影子。

只不过她不说，他也不会提。

后来她说了，他也不敢答应。

初中时，他跟闻听语的外公外婆结缘，两位老人对他多有照顾，更是在高考那几天主动联系闻斌，让他暂住在闻家两日。

刚开始他拒绝了。

可不知道闻听语从哪儿听到的消息，竟自己跑来找他。

“沈落白，你就去我家住吧，高考最重要。到时候我们还可以互相监督，免得出现意外状况。”

令他动摇的不是前一句，而是最后那句话。

高考最重要，他却是想保护她，所以才会住进闻家。

屈指可数的时日，却是他离她最近的时候。

高考结束的那天晚上，闻听语聚餐回来，喝了酒，咬了他。

她可能忘记了，她咬了他，沈落白却忍不住吻了她。

因为沈落白清楚地知道，再没有一个人会像她这样将他放在心里三年，整整三年。

执念生妄念，其实他知道，能主导这段关系的人从来不是他。

在发生那件事情之后的第二天，闻斌找到了他。根本不用什么警告和威胁，闻斌只用了轻飘飘的几句话就让他死心了。

“虽有古话说英雄不问出处，可至少你得先站到足够高的地方。

“说句最实在的话，你跟听语谈恋爱，你能给她什么？

“金钱？时间？还是一些无关紧要的话？

金钱，他给不了；时间，他依然给不了。

他的时间得用来赚取金钱，有些东西他就不该贪恋。

所以他离开了。

后来闻听语的外公出事，他们在医院见了面，这次他狠下心将她推开了。

闻听语去了厦门读书，而他留在了这里。

他肩负着责任，被困在了这个地方。

哪怕到现在，他依然自卑，觉得自己配不上她。所以他把一切选择权交给了她，永远为她留着后路。

闻听语醒来的时候，闻到一阵饭菜香。

她把手掌按在脸上，躺着打了个哈欠。她不想起，但也睡不着了。

临近傍晚的这个时间，她心里总是空落落的，好在她一转身，就看见这屋子里还有另一个人。

沈落白把食物推到她面前，解释说："怕你会饿。"

所以他提前买好了吃的。

闻听语本想说没饿，可脑子转了一下，脱口而出道："是啊，毕竟消耗了不少体力。"

沈落白没接她的话茬儿，帮她把饭盒打开，自己却没吃。

"介意我抽烟吗？"

"你也会抽烟了？"

"偶尔。"他只会在心里有太多事情，烦躁难安的时候，想要发泄一下。

闻听语点头，说："抽吧。"

尽管如此，沈落白还是站到了离她最远的窗户边。

她本就不饿，没吃几口饭，注意力全集中到了沈落白身上。

闻听语忽然起身走到他面前，瞄准了他手中的烟，说道："我也想试试。"

她想试试这个东西是不是真的那么神奇？

沈落白躲开她的手，眉头一蹙，教育道："抽烟不好。"

"你这可就'双标'了啊。"她不肯依，仍然伸手去拿。

沈落白动作迅速地捉住她的手腕，拉着她到另一边坐下，顺手把烟给掐灭了，扔进了烟灰缸里。

闻听语刚要站起来，又被他给按下了。

沈落白一脸正色，严肃地说："我有事情跟你谈。"

大多时候的沈落白都是神色淡漠的，不去招惹一切与他无关的人和事。

不过现在，闻听语与他的关系紧密相连，需要认真对待。

闻听语难得见到他这副表情，也收敛了动作，规矩地坐在椅子上，冲他点头道："你说。"

"我的家庭背景你都知道，工作和赚钱几乎占据我的全部生活，我没有很多时间去谈恋爱。毕业之后，我的工作时间会比实习期还要长……如果你跟我在一起，我甚至没办法陪伴你。"

他想要有个好的未来，必须抓紧时间奋斗。

闻听语见他低着头，情绪有些低迷，她皱起眉头，歪着脑袋看向他，问道："沈落白，你别告诉我你磨磨叽叽这么多年，就是因为这点儿事？"

“不仅如此，”沈落白略微迟疑，又说，“还有我的妈妈……”

他照顾母亲是责任，一个女孩子跟他谈恋爱，势必会接触他的家庭。那些生活琐事、难听的流言，并不是人人都受得了。

她是被亲人捧在手心里的宝贝，何必因他受苦呢？

闻听语的坐姿变了。

她环抱着双臂，大长腿重叠交错着，瞬间流露出了强大的气场，说：“你可别跟我说什么‘都是为你好’这样的鬼话，我闻听语从来不信。再说了，门当户对又如何？”

她父母当年结婚的时候也是门当户对，亲戚朋友个个都说他们般配，可到最后他们还是以离婚收场，无法终老。

“而且，你照顾母亲，是因为你孝顺。你没有因为遇到挫折而气馁，反而充满斗志，说明你有担当。”她变着花样地夸他，到最后还有些骄傲地说，“那些没责任感、没上进心的人，我还看不上呢。”

她是专挑好听的话夸沈落白，让他根本无力招架。

闻听语本就是他不敢奢望的宝藏，他能够看着她都觉得是幸运，如今他还碰了她，甚至想要全部拥有她。

闻听语跟沈落白的谈话，是在两个人的拥吻中结束的。她终于得偿所愿，尝到了烟的味道，味道不是很好。

“以后少抽烟。”

“好。”

这段感情终于确定，闻听语最先把喜悦的心情分享给了虞稚一。

虞稚一知道这件事后，跟她道了声：“恭喜呀。”

闻听语多年追逐，终于得偿所愿了。

他们原本也是高中的同班同学，虞稚一跟沈落白不熟，但也并不陌生。

两个人在一起，本就是值得庆贺的喜事。虞稚一又觉得他们难得来一次，便主动提出请两个人吃饭。

闻听语不想辜负这份好意，但因为沈落白只有两天假，所以他们直接把吃饭这事定在了第二天上午。

虞稚一问了闻听语的意见，商量着选了合适的地点。约定好时间后，双方一前一后地到达。

虞稚一是和时奕牵着手进来的，她看到了闻听语，便松开手朝闻听语走了过来。

闻听语发现了一件事，时奕的胳膊上还有未消的微红痕迹，乍一看还以为……

不过，她仔细一瞧，也能看出那是蚊子咬的疙瘩，而且时奕的身上还沾着花露水的香味。

尽管如此，心情大好的闻听语还是没忍住拿这事去诈虞稚一。

虞稚一的反应在闻听语的预料之中，她明明什么都没做，却还是会心虚，连说话的声音都低了几分，说："啊，怎么可能！"

"我还以为你出息了。"闻听语轻轻拍了两下虞稚一的肩，安抚她，让她淡定。

虞稚一扭头看闻听语时，恰好发现了闻听语锁骨下的痕迹。那道红痕藏在雪纺的领口之间，半隐半露，很是暧昧。

虞稚一的脸蛋一下子变红了，她想说什么，又找不到合适的词语去描述，最后吞吞吐吐地说："你……你才是……"

"是啊。"闻听语大大方方地承认，反倒让虞稚一噎住了。

谈学习，虞稚一能说一堆，但谈床事，她确实没什么经验。闻听语这么淡定的表现，反倒让她害羞起来。

闻听语提醒虞稚一："你脸红了，时奕往这边看了好几眼，估计是在想我们在聊什么。"

"我不跟你说了。"虞稚一脸皮薄，实在顶不住了，哼了一声扭头走了。

当然，她走也走不远，还是回到了时奕身边，娇滴滴地喊道："哥哥。"

闻听语啧了一声，小弧度地摇了摇头。

虞稚一被时奕吃得死死的，没有反抗的余地了。

当然了，反抗的人才是傻子。

闻听语本来只是想着，临走之前跟好友吃个饭。后来吃着吃着，她又起了别的心思。

说实话，跟时奕和虞稚一待在一起，一般单身的人都很难受，谈恋爱的人也可能会感到心里堵得慌。

不过，如果把他俩当作恋爱教材看的话，那还是非常赏心悦目的。

时奕对虞稚一如何，沈落白对她如何，两者之间没得比，她也无须将自己喜欢的人拿去同别人比较。可如果沈落白能从中学到一点儿东西，对她主动一些，那岂不是更好？

时奕会替虞稚一拿她喜欢的口味的饮料，为她剥了吸管外的那层透明纸，把吸管插进饮料瓶中。然后，他顺手就将饮料递到了虞稚一的嘴边，等她喝了一口再放下。

沈落白没有交心的朋友，几乎没有在这样的场合下跟朋友一起吃过饭，更不知道情侣之间可以这么甜蜜。

生活压得他喘不过气，让他根本无暇顾及其他。

可这次他真真切切地看见了什么叫作宠爱，这大概是每个女孩子都想要得到的感情吧。

时奕把虞稚一照顾得太周到了，她吃什么、不吃什么、特别喜欢什么，时奕都会顾及。

沈落白特意看了闻听语一眼，见她安静地吃着碗里的东西，脸上也没别的表情。

闻听语来医院陪他吃午饭的那段时间，他观察过，她没什么特别不喜欢的食物，但不喜欢吃醋，接受不了太辣的口味，也不喜欢蒜味。

再给他一些时间，他会了解她更多的。

吃完这顿饭，他们就准备回云阳了。临走之前，闻听语也送了虞稚一一份礼物。

那是一个还未拆封的，比拇指大一圈的方形小盒。

回到家，虞稚一拆了包装，里面是一支圆柱形的口红。口红外表黑色，开口的位置镀着一层金，外壳很漂亮。

她拔开圆盖，捏着中间往右转动，口红露出了膏体，是樱粉色的。

一般人涂不了这个颜色，但虞稚一肤色白，涂上去很好看。

虞稚一跑到镜子前，迫不及待地在嘴唇上涂抹了一层口红，试试颜色。

她自我感觉挺好看的。

虞稚一跑到了客厅，把小脸直接凑到了时奕跟前，心情愉悦地问道："好看吗？"

她抿了抿嘴唇，唇瓣上的口红颜色更加明显了。

时奕朝她勾了勾手指，示意她靠近。

虞稚一脚步没动，身体倒是向前倾了些，告诉时奕："这是听语送我的礼物，我之前都没买过这个色号的口红，你觉得合适吗？"

不是所有男生的审美都和女生的不一样，至少时奕对女孩子的喜好有所了解，或者说，他是了解虞稚一。

虞稚一跑出来问他好不好看，是想要得到他的认同。

时奕眼睛微眯，用修长的手臂揽着她的后腰，将她往身前一带，舌尖卷走了她唇上的口红香味，侵入齿间，过了好一阵才放过她。

虞稚一的呼吸声都不太顺畅了，他却没受什么影响。等他占完便宜，才慢悠悠地给她回复："味道不错。"

情侣接吻这种事，一回生二回熟，她现在也会回应了。

只不过以前连亲一下都需要用醉酒当借口的人，现在面对她是越来越肆意了。

"我只是问你好不好看。"

"我很喜欢。"

"那你可以先单纯地回答我的问题！"

"——这句话的意思是，回答过问题，就可以做别的事了？"

得！他又在故意曲解她的意思。

时奕的眼睛都笑弯了，他本来只是想逗逗她，她的反应却远比他想象的还要具有吸引力，撩得他心口发烫。

在虞稚一转身之际，时奕一伸手就抓住了她的衣领，不让她走。

虞稚一扭头，鼓起嘴瞪他，就像鼓着腮帮子的小仓鼠。

时奕强行把她的身体转过来面向着自己，握住她那细白柔嫩的小手，牵至自己腰间，让她站稳。

"抱着我。"他的声音低沉有力，使人甘愿沉溺其中。

"现在，还早……"虞稚一余音未尽，就全被吞进了肚子里。

阳台的窗帘迎风飘起，尽管他们站在客厅中央不会被人看见，可这青天白日的，他们这样实在是罪过啊。

时奕的身体完全将她笼罩着，两个人难分难舍地从客厅到了卧室。

她的上衣被卷了起来，时奕紧挨着她。虞稚一能清楚地感受到他的身体的变化，紧张到她的脚指头都用力蜷缩了起来。

她想到闻听语说的那些话，时奕是在尊重她、保护她。

可她觉得自己已经长大了，感情的事，自然地发展到那一步，她也不会抗拒。

虞稚一的姿势已经从抱时奕变成了攥衣摆。她的力气太小了，分不出别的精力做别的事情。

女孩儿肤如凝脂，时奕虔诚地吻着她，但关键时刻还是放过她了，没再继续下去。

房间里开着空调，她却流了满身的汗。

虞稚一感觉自己全身发软，在时奕放开她后，揪着空调被挡住半边脸，轻轻哼唧了两声就不动了。

时奕的手又碰到她，虞稚一敏感地往旁边缩了一下。

他笑了一声，说："不动你。"

他只是想帮她把衣服拉下来，遮住露在外面的小蛮腰。

这种事情后来也再发生过，但时奕跟她承诺："结婚之前都不会动你。"

当时虞稚一还在想：结婚之前？那还得等多久？

没想到，就在她二十二岁生日的时候。

闻听语跟沈落白是在下午回到云阳的，闻听语本想着还能一起再待一晚，可沈落白得回家了，说："我得回去看看我妈。"

邱惠仪情况特殊，这也是没办法的事。

闻听语拉住他的手，说："我可以和你一起去看阿姨。"

沈落白迟疑了一下，婉言拒绝道："等我找个合适的时机。"

邱惠仪已经连续几天没有发病了，他当然很高兴，可同时也在担忧，不知道她下次发病会是什么时候。

闻听语不再说话了。

沈落白大概意识到自己这样是个很不合格的男朋友，就站在那里没走。

他想起了时奕跟虞稚一之间那亲密又自然的样子。

他习惯了一个人，突然要跟另一个人亲密地相处，那也不是一下子就可以扭转的。

可他既然答应跟闻听语在一起，就不会给自己找借口。

沈落白靠近她，第一次主动跟人解释自己的想法："听语，我不是不愿意。"

“我知道。”闻听语神色如常，朝他挥了挥手，说，“回去吧，路上注意安全，到家给我发信息。”

沈落白仍然站在原地没动，垂下眉眼，藏起了眸中涌动的情愫，问闻听语：“你羡慕他们，对不对？”

哪怕沈落白没有点明“他们”是谁，闻听语也听懂了。

沈落白的反应在她的意料之外，她原本以为他会直接走掉的。

既然沈落白问起了，她也由衷地回答道：“羡慕啊……”

她羡慕他们两情相悦，可以无所顾忌地在一起。

因为那两个人的互动不是刻意做出的表演，而是经年累月的习惯。

她羡慕的是他们的默契。

她的视线被一道阴影遮挡，沈落白不知何时又靠近了她一步，两个人几乎挨在了一起。

他低下头，语气沉着地说：“我会学。”

“哎呀……”闻听语口中溢出一声轻叹，她好似明白了什么。

被她撬开心门的男人，终于学会了主动，这就是她想要的结果。

她又安慰他道：“人与人之间的相处模式本就因人的性格而异。我不需要你学其他什么东西，你只要学会坚定地选择我就好。

“我没生气，也不会因为这种事情跟你闹脾气。

“我会等你敞开心扉的时候。”

她明白，那些压抑在沈落白内心深处的是多么沉重的现实。

沈落白第一次体验到被人这样信任和包容的感觉，连带着心情都好了许多。

虽然他认为自己把情绪控制得很好，但邱惠仪还是很快就发现了儿子的不同寻常之处。

邱惠仪这几天没发病，心里清明，在有人看着的情况下还会在附近散散步。

她傍晚的时候熬了汤，往日这时候沈落白都在房间里学习，所以邱惠仪直接盛了一碗汤给他端了过去。

房间的隔音效果不是很好，邱惠仪刚走到门边，就听到里面有人说话的声音。

是沈落白在跟人打电话。

沈落白很少打电话，属于有事说事，绝不闲聊的类型。

可她听着听着，就觉得沈落白今天有些不对劲，他跟对方聊天时，不再是以前那种生硬的语气。

邱惠仪虽然平时很少接触外人，可好歹也是结过婚的，大概能猜到一点儿。

她没有惊动屋里的人，而是放轻脚步，又把汤端了回去。

他们还在村子里的时候，就总有人开玩笑问沈落白，班上是不是有很多女同学喜欢他。

沈落白从小就是沉默的性子，对这些无关紧要的问题毫不理睬。

她知道，那些人都夸她家孩子模样长得好。

邱惠仪清醒的时候，也曾问过沈落白：有没有交女朋友？

那时候沈落白给出的回答，不是“没有”，而是“我不会交女朋友”。在他没有真正摆脱困境之前，他不打算耽搁任何人。

如果现在儿子真的遇到了喜欢的女生，她会由衷地为他感到高兴的。

闻听语经常往医院跑，闻斌去医院复查身体的时候，无意间得知此事，当即冷了脸。

他不用问都知道原因，除了沈落白，找不出其他理由了。

闻斌很快就打听出了两个人的关系，一时之间心情五味杂陈。

他不想自己的女儿被一个配不上她的男人拖累，才会两次三番地阻挠他们，可这两个人还是走到了这一步。

平心而论，他也欣赏沈落白那不向现实屈服的傲气，若是沈落白一个人，那他也不会这么反对。可偏偏沈落白有一个那样的母亲。

他不敢想象，他的女儿跟沈落白在一起之后，还要花心思去照顾别人。平常人也就罢了，关键是邱惠仪精神上有疾病。

他曾见过邱惠仪发病，她发病时像个无理取闹的孩子，而且比孩子更难控制，只会制造出一堆麻烦让人收拾烂摊子。

闻斌心里发愁。

任馨抱着晾干的衣服进屋，见他一脸愁容地坐在床边，关心地问道：“怎么了？看你从医院回来就怪怪的。”

“听语还是跟那孩子在一起了。”

"年轻人的事情，就让他们自己去处理吧。"

"她不是你亲生的，你体会不到那种感觉。"闻斌一巴掌按在了大腿上，连声叹气。

任馨听到这句话，默默地闭上了嘴。

闻斌后知后觉地反应过来，又向她道歉，说："我不是那个意思……我也是太急躁了。"

"没事。"任馨摇了摇头，细心地将衣服全部折叠好，收入衣柜。

过了两三天，闻斌还是找上了沈落白。

对闻斌的出现，沈落白没有感到意外。他从跟闻听语在一起的时候，就做好了准备。

"你和听语在一起多久了？"

"两周。"

"之前你还跟我说过，你不会跟她在一起的！"

"抱歉，有些事情是无法预测的。"特别是最难控制的感情。

闻斌也了解自己女儿那性子，她就算到了黄河都不会死心，一根筋。

"说句实话，我对你个人没什么意见。我就想问问，你打算怎么协调家庭跟事业？你明年毕业，不仅要忙于工作，还要分神去照顾你妈……你能留出多少时间给听语？现在这个社会，做什么都是要钱的，你又能给听语什么？"

就是这些话，让沈落白一次又一次地把闻听语推开。

可是这一次，他做出了不同的选择。他语气坚定地对闻斌说："闻叔，我不会再因为这些事情把她推开了。你说的这些问题，我可能现在没办法给出答案，但我会用实际行动向你们证明的。如果我做不到，我和她也就走不到最后。"

闻斌微微眯起了眼。当年他跟沈落白说了这些话，让沈落白沉默地离开，现在沈落白都会反驳他了，也算有长进。

那天沈落白留在了闻听语的房子里，两个人抵死缠绵，难以开口的话全化作了行动。

她感觉到沈落白今天的情绪有些不对劲，便问道："你今天是不是遇到什么事情了？"

沈落白沉默不语。

在她累得发晕之际，隐约听见沈落白在她耳边发出声音，他说道："我带你去见我妈妈，好吗？"

闻听语醒来的时候感觉身边凉飕飕的，一看沈落白已经走了。

桌上放着沈落白为她准备的早餐，还有她喜欢的口味的牛奶。她不感觉饿，倒是觉得喉咙很干，接了一杯水润润嗓子，这才舒服了些。

洗漱过后，她才坐在桌边慢条斯理地食用早餐。

沈落白似乎掐准了她睡醒的时间，铃声打破了室内的沉静。

"醒了？"

"你是在我身上安了监控吗？"不然他怎么会算得这么准？

手机里传来一声轻笑，很浅很浅，若非四周过于安静，可能就会被她忽视掉。

但闻听语刚好听见了，还听到沈落白后面又说："你的嗓子有点儿哑。"

闻听语的手抖了抖，她把手机放远了一点点。

但她依然能够听清楚，随之传来的那句"抱歉，下次我会注意"。

"感觉你今天不一样。"闻听语对他说。以前的沈落白不会跟她说这种话，他在这方面表达得很含蓄，而且不会主动提及。

不过她也知道，在床上的沈落白并不会克制，仿佛要将她撕碎。

她亲身体验过。

"多喝点儿热水。"沈落白说道。

"你知不知道，说这句话的十有八九是渣男？"

"我是医生。"从医生口中说出的这句话就是权威。

"我的休息时间结束了。"他是在上班时间，挤出几分钟给她打的电话，不能耽搁太久，最后只说，"下午再去接你。"

"嗯……"

她想起来了，昨天晚上沈落白好像说，要带她回去见他的母亲。

闻听语是见过邱惠仪的，在邱惠仪安静的情况下，她还是个很漂亮的女人。不过闻听语也多多少少从外公外婆那里听说，这两年邱惠仪的病情加重，她除了神神道道之外，有时候还会搞坏东西。

有些人觉得沈落白可怜，他聪明有能力，偏偏出生在这样的家庭，有这样一个母亲。

闻听语觉得，沈落白既要学习又要赚钱，还得照顾他的妈妈，一定很辛苦。

从认识沈落白到现在，她心里一直都有“心疼”他的感觉。

想到她要以女朋友的身份去见沈落白的母亲，闻听语还是多了几分慎重心情。

她的五官比较大气，她总是涂正红色的口红，和自己的五官更相衬。为了把那份美艳的攻击性减弱，她特意挑了颜色比较浅的口红，让自己看起来更温柔。

不过很可惜，沈落白来接她的时候，很快就把她的唇妆给“吃”掉了。

闻听语推开他，又从包里拿出口红重新涂了一层。

沈落白要靠近时，她还伸手拦了一下，警惕地盯着他说：“别弄掉我的口红。”

沈落白点了点头，又说了句：“我很抱歉。”

闻听语心想：真没看出来。

她能感觉出沈落白对她的感情发生的变化，从量的累积到了质的飞跃。

她打了六年之久的持续战，沈落白肯带她去见邱惠仪，说明他也在努力地向她靠拢。

“我要带你去的地方，可能跟你想象中的不一样……那里的环境不是很好。”在某些方面，他仍然缺乏自信。

后来闻听语亲眼看到了，沈落白口中描述的“不是很好”的环境。

这条巷子里挨家挨户住着人，而他居住的地方只是一个房子里隔出来的一部分。

沈落白赚来的钱大部分用在生活上，因为邱惠仪吃的药也需要花钱，其他方面就得省着点儿。

闻听语来的时候，周围的人都向她投来异样的眼光，就像当初他们看见沈落白这样气质独特的少年出现在这个地方一样。

更何况，两个人还是一起出现的。

其实沈落白一直都在观察闻听语，对她的每一个表情动作都不放过，如果她表现出不愿意，他会立即带她离开。

无论闻听语做出什么反应，他都不会怪她。

然而闻听语并没有表现出排斥的样子，尽管有些不自在，但还是坚定地抓紧了他的手，说："快点儿吧，别让阿姨等急了。"

她要以他女朋友的身份，去见他的妈妈。

邱惠仪得知儿子的女朋友要来，高兴得很，从早晨就开始期待。

她想要把自己最好的厨艺展示出来，在条件允许的情况下做了一大桌的菜。

见到闻听语的时候，邱惠仪又是高兴又是激动，眼里都闪着泪花。

闻听语的外公外婆是他们家的恩人，而这个女孩儿在了解他们的家庭的情况下，还毅然地选择跟她儿子在一起，这岂止是高兴能表达的情绪？

"阿姨好。"

"好，好孩子，快进来坐。"大部分母亲看见自己儿子的女朋友上门会很高兴，会欢迎她，但邱惠仪比那些人还要多一种感情。

邱惠仪把家里彻彻底底地打扫了一遍，拖了地板，擦了家具，甚至桌椅都清洗过。

她很喜欢这个女孩儿，也很想像其他家长那样热情地跟年轻人说说话，可居然紧张到不知道该说什么。

儿子带女朋友见父母，父母紧张成这样的的确少见。

闻听语也不是热情健谈的人，要她一下子改变也不可能。

邱惠仪喊闻听语坐下，闻听语迟疑了，因为长辈还站着呢，便说："阿姨您坐。"

两个人都很想在对方面前好好表现，可因为太在意对方的看法了，反倒都很拘谨。

最后还是沈落白说："你们两个都坐下吧。"

"都六点多了，饭菜都做好了，要不就现在吃饭吧？"邱惠仪问了问他们的意见。

闻听语自然是同意的。

吃饭的时候，沈落白坐在闻听语旁边，悄悄握住她的手，在她耳边说："我妈很喜欢你。"

听到这样的话，闻听语很高兴。

其实不用沈落白说，她也能感觉出来。

饭后，房东阿姨忽然找上门，沈落白跟房东阿姨去了门外谈事。

开始收拾饭桌时，闻听语要帮忙，邱惠仪连忙阻止她，道："孩子，你坐着，歇着就好。”

邱惠仪这不是客套，而是发自内心的行为。

不过，闻听语同样真的想要给邱惠仪留下好的印象，手上动作没停。

“没事，我帮您。”

邱惠仪先进了厨房，闻听语把碗碟送进去后，把桌面上的垃圾扔进了垃圾桶，又拿了抹布将桌子擦干净。

邱惠仪还在厨房里洗碗，闻听语走到门口喊了声：“阿姨。”

下一秒，厨房里发出一声惊叫。

邱惠仪又犯病了，这次不是吃药就可以处理的。

她第一次因为发病而伤到了自己。

闻听语满脑子都是站在厨房门口看见的那个画面，饶是内心强大如她，也因此产生了心理阴影。

她还记得当时刚踏进厨房门口，喊了邱惠仪一声“阿姨”，邱惠仪猛地转身，手里举着菜刀。

没等闻听语反应过来，邱惠仪手里的菜刀掉了下来，伤了自己的脚。

闻听语眼中是一片猩红血色。

医生说，邱惠仪这次是因为情绪过于紧张才发病的，很是突然，完全没有预兆。

闻听语想了想，觉得自己的出现竟然诱发了邱惠仪的病。若不是她当时喊了邱惠仪一声，或许邱惠仪就不会受到惊吓。

闻听语第一次因为别人而陷入自责的情绪中。

“沈落白，对不起。”她以为主动向前就是正道，没想到会引发这样的意外。

沈落白紧紧地抱住她，神色疲倦地说：“不是你的错。我妈妈她真的很喜欢你。”

邱惠仪的病情加重了，医生也说过，随着年龄的增长，她的病可能会更加严重，而且她每次犯病的后果是无法预估的。

以前她不会干扰别人，之后会制造麻烦，到现在更是伤害了自己，保不准下次就会伤害到别人。

医生建议邱惠仪住院进行针对性治疗。

沈落白何尝不想给母亲提供最好的治疗条件呢？

可现实就是这么残忍，不会因为他的遭遇值得同情就对他格外开恩，该用钱的地方一点儿也不会少。

住院费、医疗费，那都不是小数目，且邱惠仪这种情况是要长期坚持才有效的。

因为要照顾母亲，沈落白又向医院请了假。

邱惠仪清醒之后自责不已，急得快要哭出来了

一是自己的病连累了儿子，二是害怕自己吓到了闻听语。

她自己的伤都没管，反倒是最先问沈落白："你跟听语还好吗？我是不是吓到她了？你们两个……"还在一起吗？那几个字，她甚至无法问出口。

沈落白安抚她道："妈，别担心我的事。"

"怎么可能不担心呢？！"邱惠仪都快急哭了。

她儿子好不容易过上了正常的生活，若是因为她而被毁掉，那她真的无法原谅自己。

沈落白只好告诉她，说："我跟她很好。"

邱惠仪稍稍松了一口气，说："那就好，那就好。这件事情肯定是我吓到她了，能不能给她打个电话？我想跟她道个歉。"

"她等会儿会过来看你。"

邱惠仪对他的话本是半信半疑的，现在又听说闻听语会过来，才彻底放心。

闻听语给父亲送饭的那段时间，了解到了适合病人的食物，所以在家里煲了汤，特意给邱惠仪送来。

邱惠仪感动不已，拉着闻听语的手一直说："阿姨是不是吓到你了？阿姨跟你道歉，你千万别因此跟落白生了嫌隙。"

"不会的阿姨，我跟他很好。"

两个年轻人都说着同样的话。

接下来的时间，沈落白更加忙碌。医院的实习生没有工资，可他需要钱。

沈落白向学校和医院提交了申请，带他的导师也了解他的家庭情况，代他去向主任说情，让他在医院挂名实习，只要通过每月的考试即可。

正规的工作都要从实习期开始，实习期工资少，根本满足不了沈落白

的需求，他只能兼好几份职，找的工作都是可以迅速拿到钱的那种。

这样一来，他的所有时间都被工作占据了，他连休息时间都很少，可以说是身心俱疲。

闻斌在得知此事后，专门把女儿喊回去训了一顿。

“你看看你现在都成什么样子了！你跟他谈恋爱，居然还要去伺候他妈！他是把你当女朋友还是当保姆？”闻斌的话字字句句扎在闻听语的心头，“你这是在谈恋爱吗？你这是在作践自己！”

虽然父女俩这几年的关系不是很融洽，可这次闻听语没有跟他争吵，淡淡地回答道：“我只是想帮帮他。”

“你还没有毕业，还有大好的前程，是打算现在就把自己的未来终结在那样的家庭里吗？”闻斌也是被气急了，嘴里没什么好话。

闻听语眉头皱得很深，说：“爸，我知道自己在做什么。”

“你知道个屁！”闻斌气得拍桌，“你赶紧跟他分手！”

那句话太过尖锐，闻听语也回了一句：“你当初不也因为感情，连女儿都不顾了吗？”

当初她的母亲去世不过一个月，闻斌就执意让任馨进了家门。哪怕她因此跟他闹，跟他吵，跑去外公外婆家里两个月，他都没有改变主意。

现在怎么轮到她想要坚持自己的感情，闻斌就非要干预呢？

父女俩还是跟往常一样不欢而散。

闻听语走的时候，任馨追了上来，语气很急地说：“听语，你等等。”

“有事吗？”闻听语冷着脸问道。

任馨连声叹气，说：“我想跟你谈谈。”

“我跟你没什么好谈的。”这个女人就是让她跟父亲产生多年隔阂的原因，此时此刻，她不知道该用什么态度对任馨才好。

“是关于当年的事情，你不想知道吗？”任馨成功抓住了闻听语的弱点。

“当年……”当年的事情，她想知道。

闻听语从任馨口中得知，她父母离婚的时间比她所知的更早，只不过为了她，他们才一起瞒着她。

任馨是闻斌的初恋，在闻斌离婚后，缘分让他们重逢。那时候任馨还是一个人，两个人慢慢多了联系，之后顺理成章地在一起了。

闻听语得知父母离婚的时候，一心想要父母复合。母亲抵不住女儿的要求，心思动摇了，竟然真的跟闻斌提起复合的事。

闻斌那时候已经跟任馨在一起了，自然拒绝了。

她母亲拿出了病检报告给闻斌看。

母亲的确生病了，所以才想满足女儿的愿望。

于是她私下去找了任馨，可就在她们约定那天，任馨发生了意外，被送进医院的时候，任馨才知道自己已经怀有身孕，现在却没了。

因为这事，闻斌跟闻母大吵了一架，闻母气急攻心，一病不起。

闻母也不是什么坏心思的人，任馨的意外就成了压在她心头的石头，继而病情加重。她的确是郁郁而终的，只不过所有人都对闻听语隐瞒了背后那些复杂的故事。

闻母病逝一个月后，闻斌才将任馨接进家门，那时候他对任馨满怀愧疚。

所以女儿跟他吵架，跟他闹，他也没有动摇。

闻听语听完这个故事，问任馨："为什么不早点儿说出来？"

"你妈妈已经去世了，你爸爸不希望你背负那些沉重的事。"

活着的人，总比逝去的人幸运吧……

闻听语知道了当年那些事情的真相，心情变得更糟糕了。她给沈落白打电话，想告诉他：我需要你。

可当她听到老板在催促沈落白工作的时候，那些话终究没有说出口。

从一开始谈恋爱他就说过，可能没办法给她很多时间。

闻听语不怪谁，只是有些委屈。

当然，沈落白也不见得好过。

闻斌再一次出现在他面前，居高临下地质问他："你所谓的做出努力，就是像现在这样，让我的女儿变成你家的保姆去伺候你母亲吗？"

这简直就像一巴掌打在了沈落白的脸上，还让他无法反驳。

有些事情不是单靠努力就能做到，现实的残酷几乎将他的脊梁压垮。

沈落白满脸疲惫地回到家中，闻听语还在厨房忙碌，而他的母亲正蹲在床边发呆，嘴里又开始念叨。

他陷入了一个死胡同里。

一切的苦应该由他承担，而闻听语不该被他困在这里。

夜幕降临之时，树下传来了两道争执声。

他们也算不得争执，只是意见产生了分歧。

闻听语问他："我的存在会令你感到为难吗？我不觉得你在拖累我。"

其实对沈落白心里的想法，她完全猜得到。她想要告诉他的是，自己从来没因为他的家庭情况而厌弃这段感情。

闻听语上前一步拥抱住他，对他说："我给你时间。"

阻碍在他们之间的东西很现实，就是钱。

她喜欢他，所以不在乎为他付出。

而他也在意她，所以不忍心见到自己心爱的女孩儿为此受苦。

母亲去世之后，闻听语第一次向父亲寻求帮助。很"狗血"的剧情，发生在了她自己身上："爸，你能不能……帮帮他？"

"我可以答应你的要求，但你也得听我的话。"

曾经听乔乐芷跟姜觅尔讨论电视剧里的剧情，她还在想：为什么那些主角总是会受到威胁？

可故事里的一幕幕变成了现实，她才明白，人哪，有时候真的很弱小。

当你真正在意一个人的时候，就希望他好，哪怕自己受了委屈也没关系。

父亲没有威胁她，她只是心甘情愿地跟父亲做了一笔交易。

后来闻听语再去见沈落白，是为了跟他道别。

"快开学了，我要回厦门了。"

"好。"

闻听语离开前的那天晚上，他们是在一起的。他们在那个充满温情的房间里，吻得难舍难分。

她走的时候，将这个房子的备用钥匙留给了沈落白。

两个人都没有说分手，可都默契地没有再联系。

番外三

她是恩赐

十月过后，厦门已经进入了秋季。

秋风飒飒，红叶悠然坠落，飘在树下人的掌心之中。

枫叶浓艳似火，漂亮又鲜明。

她想起曾经读过的一首三行诗：螃蟹在剥我的壳，笔记本在写我，漫天的我落在枫叶上雪花上，而你在想我。

沈落白，我在想你。

“听语，约好的今天下午两点去逛书店，别忘了哦。”

“会准时到的。”

室友早上就出门了，一直在外面，而闻听语跟室友约好下午两点见面。

闻听语一点半出门，到达书店差不多用了十五分钟。这时候室友还没来，她也不着急，自己先进入店里挑书。

不一会儿，室友打来电话，她找到室友口中描述的地点，前去与室友会合。

跟室友来的还有一个男生。

“介绍一下，这是工程系的，叫赵新宇。”

室友又向那个男生介绍道：“这是我的室友，闻听语。”

室友介绍了二人认识。

赵新宇大约一米七五的身高，体形不胖不瘦，皮肤倒是很白。

“你好，之前就听说过你了。”赵新宇同闻听语打招呼，并且第一句话就引出了话题。

按照一般人的逻辑，或许会问“在哪里听说”“听谁说了我什么”，或者是其他表达疑惑的话，对方再回答问题，两个人自然而然地就聊了起来。

然而闻听语并没有对此感到好奇，只是淡淡地回道：“你好。”

她并不打算跟这个赵新宇进一步认识。

赵新宇跟室友悄悄说了几句，室友有意让出位置，让赵新宇站在闻听语旁边。

赵新宇说：“你这室友好高冷。”

室友解释道：“听语只是性格比较沉静。”

赵新宇担忧地问：“她是不是对我一点儿感觉都没有？”

“拜托，你们才第一次正式见面，又不是所有人都跟你一样，看到照片就来感觉。”

赵新宇跟室友的的确确是朋友，而今天赵新宇来其实是另有目的。

赵新宇曾在室友的QQ空间看到了女孩儿们的合照，一眼就看中了站在最边上那个神情悠然的女孩儿，也就是闻听语。

赵新宇好说歹说，终于让朋友同意帮他牵线搭桥，才有了今天这一出。

不过，闻听语的反应太平淡了，让人望而却步。

“是你自己非要我帮忙介绍的，如今见到人了，就看你自己的了。”室友暗示赵新宇主动一些，又鼓励他，“而且听语从大一到现在都没有跟哪个异性走得特别近，现在这反应很正常。”

听她这么说，赵新宇松了口气。

这样洁身自好的女孩儿，不跟异性来往，那恋爱经验估计也为零。

若他铆足了劲儿去追，说不定真的能梦想成真呢？

赵新宇有意无意地靠近闻听语，见她正认认真真地挑着书，又被她这股认真劲儿吸引了。

赵新宇试图跟她搭上话，开口问道：“你想买什么书？”

闻听语神情未变，看都没看他一眼，回答道：“《丰乳肥臀》。”

“啊？”赵新宇在听到这个名字的时候，眼中露出了诧异的目光。

闻听语将他的表情变化尽收眼底，但也只是轻轻地别开了眼，并未做解释。

赵新宇再次向闻听语投去了打量的目光，审视着她。他悄悄跟朋友说：“闻听语看的书好像……挺那什么的？”

“那什么？”室友顺口应道，“听语喜欢看的书就是有些与众不同，挺深奥的，非我等凡人所能理解。”

闻听语的社交圈子很小，她经常坐在寝室的阳台上看书，大家也见过她那堆书，都是些文学和哲学著作，挺深奥的。

赵新宇显然误解了两个女生的意思，突然之间变得别扭，说：“她刚才居然跟我说要买一本叫什么《丰乳肥臀》的书，没想到她一个女孩儿还看那些书。”

室友愣了一下，突然反应过来，问：“等等，你以为是什么书？”

“还能是什么书？听这名字就很露骨了！”赵新宇理解成了字面上的意思。

室友深深叹气，道：“算了兄弟，你还是别追她了。不是我打击你，你们两个可能没法儿沟通。”

室友原本还想着撮合一对姻缘，现在看来是没戏了。

赵新宇不明所以，刚才朋友还鼓励他，这么快就叫他放弃了？

虽然闻听语喜欢看那种书，但他还没跟闻听语说过几句话。男人都有征服欲，追求这样的女生也挺刺激的。

赵新宇摆了摆手，跟室友表态：“可能每个人都有点儿特殊癖好，我毕竟是个男人，还是可以理解她的。”

室友翻了一记白眼，回道：“你自己查一下那本书的内容吧。”

赵新宇疑惑地摸出了手机，搜索《丰乳肥臀》，却发现——

一九九七年，《丰乳肥臀》夺得中国“大家文学奖”。

这本书不是他想的那些乱七八糟的书，而是一本讴歌母亲的伟大、朴素与无私的著作。

难怪朋友劝他放弃，是他见识短，还差点儿误会了别人，他真是惭愧啊！

认识到自己的缺点的赵新宇，对闻听语更加充满了好感，提出下午要请客吃饭，替他搭桥的朋友点头答应了。

他又看向闻听语，却发现她沉浸在书海中，仿佛自动屏蔽了周围的声音。

赵新宇刻意绕到她面前，引起她的注意，说：“嘿，下午要不要一起吃饭？我请客！”

“不用，谢谢。”

闻听语直接从他身旁擦过，把手中的书放回原位，又对室友说：“我要找的书买到了，既然你跟你朋友还有约，我先回去了。”

闻听语当真就这么走了。

赵新宇跟朋友面面相觑。

朋友告诉赵新宇，说：“听语很聪明的。”

他们都知道闻听语很聪明，却不知道她在感情方面更加敏感。

她察觉到了赵新宇的意图，所以根本不给他接触自己的机会。

后来室友回到寝室提起这件事，还特意向闻听语道歉，说：“听语，不好意思啊，以后不会再这样了。”

闻听语沉默片刻，忽然当着她们寝室所有人的面说：“我有男朋友。”

室友们惊讶地说：“什么？”

“从来没有听你说过啊？”

“也没见你跟谁走得近啊？”

“我男朋友不在厦门，我们已经认识很多年了。”

闻听语真是不鸣则已，一鸣惊人。

平时闷不吭声，也不跟异性来往的人，突然冒出个男朋友，两个人还是认识很多年的，可见其感情深厚。

“怎么没听你说起过啊？”

闻听语回以微笑，并未多解释。

她知道，很多事情他们懂得对方就够了，就好像那句道别的话。

凉爽的秋季过去，严寒的冬日悄然来临。

路上的行人大多穿上了暖和厚重的外套，还有些爱美的小姑娘穿着短裙，露着腿。

“你们这些小姑娘，真的不冷啊？”

当然不是，爱美的小姑娘也会穿上自然肤色的打底裤，让保暖与美丽并存。

闻听语今年也喜欢上了这种装扮，毛衣长至臀部，搭配半身短裙和长靴，衬得双腿又细又长。

她被室友们拉出来一起过圣诞节，她们找了个风格独特的饮品店，室友们就在这里拍照。

闻听语在位置上坐了一会儿，见前方的室友在那儿摆姿势，便放下了手中的饮料杯，拿起手机走了过去。

“可以帮我拍一下吗？”

室友有些诧异，随后点头说：“当然可以啊。”

“谢谢。”闻听语把手机递给了室友。

室友问道：“你要拍全身还是半身，还是别的什么？”

闻听语想了想，说：“全身照。”

室友举着手机，角度微微倾斜，将镜头中的人物的身材比例拉长。

咔嚓——画面定格了。

照片中的少女容颜姣好，唯一遗憾的是，不见她笑。

冷了一段时间的姐妹群里有人开始说话了。

乔乐芷在群里发了一张像红包封面的图片。

姜觅尔：楼上是假红包，别点！

虞稚一发了个真红包出来。

乔乐芷：这个红包好大，富婆姐妹让我抱抱大腿。

虞稚一：是我仅剩的红包了。

姜觅尔：哈哈哈，我领了八十八！

乔乐芷直接发了语音，说：“不瞒你们说，我从小到大都有一个梦想，希望找到一个富婆姐妹，让她养我。如今，我终于等到了。”

姜觅尔回道：“想得不错，今晚我就做这个梦了。”

这两个人运气真的不错，两百块钱的红包直接被她俩领走了一百五十块。虞稚一自己领了三十多块，剩给闻听语的就少了。

乔乐芷故意起哄道：“这不行啊，一会儿听语看到这仅剩的十块钱，得哭啊！”

姜觅尔说：“富婆再爱我们一次！”

虞稚一那边停顿了一下，就在乔乐芷跟姜觅尔打算揭过这个话题时，手机里传来虞稚一的声音：“等一下，我让哥哥给我转。”

这句话真是把人伤得措手不及啊！

她们两个是开玩笑的，可虞稚一不是。她真跑去隔壁房间找时奕，对他说：“哥哥，你 QQ 上面能给我转些钱吗？我想给她们发红包。”

“要多少？”

虞稚一竖起了两根手指头。

很快，时奕给她转来了两百块钱。

虞稚一领取了，随即打开另一个软件，对时奕说："那我用支付宝还给你。"

时奕拒绝道："不用，我有一个更好的方式。"

"什么？"

"你过来。"

虞稚一单纯地向他靠近，等他说出那个更好的方式。

"亲我。"

"什么？"

"快点儿。"

"好吧……"

连亲亲都要命令她，时奕真是越来越霸道了！

尽管如此，她还是扭头，迅速地在时奕的脸颊上亲了一口，说："好啦！"

心满意足的男人宠溺地揉了揉她的长发，又往她的支付宝里转了五百二十块钱，跟她说："去玩吧。"

虞稚一又发了一个红包，但并不是在群里发了两百块，只是专门给闻听语补了六十六块。

朋友之间的小红包，不过是图个高兴罢了。

虞稚一看到支付宝多出了五百二十元，也没给时奕发回去。只是她又打开了另一个软件，开始搜索游戏键盘和鼠标，最后还挑选了个音质不错的游戏耳机，给时奕买了全套。

可她下单之后，又忍不住跟时奕分享，说："哥哥，再过几天就是元旦节了，我要送你一份大礼物。"

时奕自然是配合地露出了欢喜与期待的表情，说："那还是我赚了，一个红包就能收到你的一份大礼物。"

"我先不告诉你，不过可以提前透露一点点，是你经常会用到的东西。"而且是他几乎每天都会用到的东西。

时奕眼角微挑，没有追问。

不过，也正是虞稚一的"透露"，让他做了一件坏事……

某人半夜起床，拿了虞稚一的手机偷看了购买记录，确定她要送的礼物之后，默默将自己账号里下单的东西退了。

下午，闻听语的QQ空间里突然更新了一条说说，配图是她本人的全身照。

乔乐芷是个捧场王，无论谁发了说说，都会在下面点个赞，关系好一点儿的就会评论。闻听语的这一条也不例外，乔乐芷在下面评论道："哟哟哟，这是哪里来的大美人哦？真好看！姐姐给我发消息！姐姐我可以！"

乔乐芷最近换了个酷酷的头像，网名是个男明星的英文名字，只看她的账号的话，都会以为是个男生的账号。

偏偏姜觅尔跟乔乐芷碰到一起就会变成"戏精"，姜觅尔评论的是："楼上的，我们听语姐姐上得厅堂，下得厨房，追她绝对不亏哦！"

乔乐芷又回了姜觅尔一句："谢谢鼓励，我已经买好花，准备送去姐姐楼下了。"

不仅如此，乔乐芷还配了一张鲜花的图片，把戏演了个全套。

这种对话，一般人看着都会觉得是开玩笑的。但也不排除某些人无法用理智去判断事情的真相，便会信以为真。

"落白，你在看什么？主管在找你呢。"

"好的，谢谢。"沈落白应声，将手机收起，起身离开了工位。

曾经凭心情说话的少年，终于戴上了适合职场的假面具。他不会再忽略任何人对他说的话，并且会做出相应的回答。

沈落白走远后，旁边的同事在小声八卦："哎，主管找他什么事啊？"

"不知道，估计是要奖励他吧。"

"他可真厉害，这么短的时间内居然完成了别人的双倍业绩。"

"是啊，有些人真是老天爷赏饭吃。"同事羡慕得很，但想到自己的本事，也只能继续加油打气了，"算了算了，比不过人家的聪明，赶紧多加些班，把业绩提上去吧。"

沈落白也算是公司的新人，一开始大家觉得他年纪轻轻吃不得苦，毕竟干销售这行不是件容易的事。

可没想到沈落白用实力打破了他们对他的认知。他不仅忍受住了所有的苦，还坚持每天跑业务，好似有用不完的精力。

别人只求完成基本的业绩，他做到的永远比别人多，连这一行的老人都对他刮目相看了。

沈落白去见主管，不出意外地受到了表扬。

主管非常欣赏他的工作能力，并且对这个新人寄予厚望，对他说："落白，你的工作完成得真的不错，下个月又可以把你的奖金往上提一提了。"

"谢谢主管。"

在这个残酷现实的社会中，工作其实是分等级的。

能力越强的人，得到的东西就越多，这样将形成一个良性循环。

"落白，上面有意向将你调去其他地方，到时候还可以给你升职加薪。"

"抱歉，我得留在这里。"

沈落白出去后，留在办公室的主管还在叹气。

多好的一个年轻人，看起来却死气沉沉的，仿佛把自己变成了赚钱的工具，又被许多东西束缚在了这里。

沈落白还记得九月份的时候，闻斌找到他，要介绍他去一家公司。

沈落白拒绝了这份"好意"，因为已经决定去做销售了。

这是一个发展性很强的行业，当然，在这个行业里，两极分化十分严重。

为了挣钱，沈落白改变了许多。

以前他不爱说话，现在可以跟客户侃侃而谈。

以前他从不喝酒，现在可以在酒桌上陪客户干掉一整箱酒，喝到客户满意为止。

就像今日，人们还在庆祝圣诞节，而他为了让客户签字，陪客户喝到了晚上十一点，中途去厕所吐了一次又一次。

他这才知道自己的酒量很好，越喝越清醒。

最终，客户满意地签下合约，而他又做成了一单生意，即将获得高额的提成。

沈落白将那些人送上车，自己却没有打车。他走在路上，扶着树干差点儿呕吐出来。

被夜里的凉风一吹，他感觉脑袋似乎清空了许多东西。

就好像累积在一起的记忆一点点被清除，最终只剩下最为重要的部分……

他突然加快速度往前奔跑，直至路边的电话亭，义无反顾地走了进去。

圣诞节的晚上，闻听语接到了一个陌生电话。

对方没有开口，也没挂断。

大概是心理作用，闻听语似乎听到周围的风都开始吟诵，组成了一曲悠扬的晚风歌。

只可惜，冬季的晚风是寒冷的。

闻听语在喂了一声之后，也安静了下来，但没有挂断电话，就这么静静地等待了许久。

直到最后，她启唇轻轻地道了一声："圣诞快乐。"

圣诞快乐，沈落白。

临近年关，家家户户开始张灯结彩，走到哪里都能感受到喜庆的气氛。

闻听语接到了一通来自云阳县的电话，还是那个熟悉的声音。

"听语，你今年……"

"我会回去。"

这一次，不需要任馨找其他理由，闻听语也是打算回去的。

她已经长大了，可以理性地判断事情对错。其实这件事也没有什么对与错，不过是许多线团缠绕在一起，将她束缚住了。而如今，她已经从中解脱了。

闻听语回到云阳县后，是住在她原来的家中，而非母亲留给她的那个房子里。

新年的假期不过三周，她并未携带过多物品，日常所需品可以直接买。

不过，冬季的衣服宽松而厚重，一件外套就占了大半个行李箱。

闻听语正在房间里收拾摆弄自己的东西，听到外面有人敲门。

"进。"

得到了卧室主人的允许，任馨缓缓推开门。

闻听语回头望了一眼，见任馨左右手中分别握着一个酒瓶，像是她爸爸最近收藏的那两瓶红酒。

任馨在确定闻听语没有露出不满的表情后，才迈进房间，举着手中的两瓶酒对她说："你爸爸最近一直念着这两瓶酒，我得藏起来，免得他找到。想了想，这家里也就你的房间最安全了。"

闻听语虽然不太懂酒，可看那标志也知道价格不便宜。

藏酒藏到女儿的房间里，这事……还挺有意思的。

闻斌以前就喜欢收藏红酒，再慢慢喝掉。可现在医生不让他喝酒，他还是改不掉那收藏的习惯，还有忍不住偷喝酒的臭毛病。

任馨想着，干脆把酒藏起来。可这家里哪个地方闻斌不能去？也就只有女儿的房间，他会收敛一些。

闻听语默认了任馨的举动。

任馨见闻听语不似前几年那般排斥自己，也试着跟她交心，便说："你爸爸他啊……"

任馨口中的件件事情都与闻斌有关，或许是故意说给她听的。

闻听语也从中了解到了许多父亲的习惯，以及他的两鬓已生白发。

"你爸爸这人，都一把年纪了还不服老，多了几根白头发都不行，非得把它染回来。他又听说吃什么东西能让头发变黑，也都试过。"

闻听语静静地听着，这时候也不觉得任馨吵。

最后，她认真地对任馨道了谢，诚恳地说道："阿姨，辛苦了。"

任馨当时愣住了，随后反应过来，对闻听语报以微笑，说："没什么辛苦的，人就这么一辈子，凡事不都图个乐吗？"

她照顾这个家并不觉得苦，是因为她自己甘愿做这些事。

念叨丈夫的日常琐事，皆源于她对丈夫的关心和爱。

饭桌上，闻斌问起女儿的工作，道："你这大四都要结束了，快实习了吧？你打算在哪里找工作？"

闻听语随口答道："就在云阳。"

闻斌小幅度地点头，说道："也好，厦门离得太远，平时也照看不到你。你要是回云阳，想做什么工作，我还能找熟人帮你安排一下。"

闻听语将筷子轻轻地搁在小碗上，婉拒了父亲的帮助，说："爸，我自己可以找到的。"

闻斌也没强求，摆了摆手，表现得满不在意，说："随便你吧，我乐得轻松自在。"

任馨悄悄地推了推他的胳膊，眼神示意他注意自己的言辞。

新年是阖家团圆的日子，在外的游子也会归家。

虞稚一跟时奕回到云阳县的那天，闻听语就已经知道了，因为她和虞稚一互发过短信。

闻听语很少主动约人出门，但虞稚一是个例外。

她很喜欢跟那个女孩儿讲故事，因为虞稚一懂得倾听，且藏得住秘密。

跟虞稚一聊天，是一件令人心情愉快的事。

这家咖啡厅的环境是她喜欢的，灯光暖而不亮，坐在角落，有种让人舒服的平和感。

一家安静的咖啡店，一杯咖啡，她们可以在这里待很久。

两个人都是大四学生，又了解对方，一开口就有说不完的话。

她们两个都不属于一说话就不停的性子，对话也慢吞吞的，仿佛在故意咬文嚼字，把每句话都细细品出其中深意。

虞稚一问闻听语的未来计划，说："下学期就要实习了，你决定好要做什么了吗？"

"我回云阳工作，你是考研了，对吧？有把握吗？"其实闻听语计划得并不长远，但无比确定的一点就是回到这里。

"嗯！读研再学点儿知识，感觉上次发挥得还可以。"虞稚一有收入，其他方面也都不缺什么。时奕也不希望她太早地接触复杂的社会，也很支持她留在学校读书。

闻听语垂眸，手指摩挲着咖啡杯，声音轻轻地感叹道："真好，能够做自己想做的事情，跟自己喜欢的人待在一起，真好。"

虞稚一也知道闻听语跟沈落白的那些事，但这时候不太敢问，怕戳到对方的伤心处。

她旁边的手机屏幕突然亮起，随之传来了振动的声音。

虞稚一连忙拿起手机，指着手机对闻听语示意，然后起身去了外面，以免接电话的声音吵到别人。

闻听语想起刚才那一眼扫到的来电人备注，是一个特别的备注。

但她知道那是时奕。

咖啡已经见底，闻听语的手仍然未从杯壁上移开。

她散漫地环顾四周。

窗边有一对面对面坐着的男女，男人做了个弧度极小的手势，那女人微微低头，波浪长发垂落在身前。女人手指自然弯曲地挡住嘴唇，似乎是因为听到了什么有趣的事情而露出了笑容。

前方有两个女孩儿，对话声音不大，可若细细地听，也能从中听出些重点。

虞稚一的这通电话也没打太长时间，她回来时，脸上还挂着明显的笑容。那种发自内心的微笑，本身就具有极强的感染力，闻听语不由得感叹这个女孩儿的美好。

单说外貌，虞稚一的美丽没有任何攻击性，没有惊鸿一瞥的惊艳感。

她是那种能够温柔岁月，让人甘心待在她身边共度时光的人。

“一一，我们走吧。”

一杯咖啡搭配一段故事，未完结的故事总得等到下一次才能揭晓更精彩的剧情。

从咖啡厅走出去的时候，感觉四周的温度都降了不少，虞稚一连忙围好围巾，将脖子挡住。

闻听语没有那么惧寒，别人冬天穿三四件衣服，她只需要两件就不会觉得冷。

不过看虞稚一这种下意识的反应，像被冷风吹到的小动物，把爪子全部缩进温暖的保护壳里，她总觉得很有趣。

闻听语顺口说道：“你这习惯，挺好。”

“被念了很多次才养成的。”虞稚一自然挽住闻听语的胳膊，不用刻意讲甜腻的话，也不用刻意做什么做作的动作，就已经有了撒娇的味道。

这样的小姑娘，总是让人想要宠着。

冬日的街道是寒冷的，可新年的喜气总能把气氛带热。路上来往的行人络绎不绝，虞稚一偶然一瞥，就从中找出了惊喜。

“听语，那个是不是沈落白？”虞稚一激动地扯着闻听语说道。

闻听语的手臂被摇晃着，就像心里被装满的那杯水，忽然荡漾起了涟漪，更是要从四周漫出来。

闻听语顺着虞稚一所指的方向看去，那个在梦境中出现过无数次的模糊身影，在瞳孔中一点点地变得清晰了。

也就是这么一眼，将她的目光冻住了，此后再难移开。

可他不是一个人。

他身边站着一个身材姣好的年轻女人，那女人留着黑色长发，齐刘海，穿着粉色外套，搭配白色短裙，米色的长靴看上去一尘不染。她从头到脚的穿着都是浅色调的，模样清纯动人。

他们相距不过十米，挡在中间的广告牌将他们分隔在两端。

闻听语的眼里起了一层雾，那抹身影逐渐被掩在了浓雾之中。

“听语……”虞稚一一瞬间也有一些错愕。

她刚才并未看见沈落白身边还站着一个人，才会告诉闻听语看到了沈落白。

虽然她不知道沈落白跟那人是什么关系，但闻听语对沈落白的事情本就敏感，再看见这个画面，想必心里会很不好受。

闻听语淡淡地收回视线，仿佛一切都不曾发生过，还像平常一样保持理智，对虞稚一说：“我们走吧。”

虞稚一知道，闻听语跟沈落白许久未见，却还一直惦念着他。如今他们在街上碰巧遇到，闻听语却要转身走开，实在令人遗憾。

她握了握闻听语的手，鼓励道：“如果你想见他，一定要去找他。”

闻听语面不改色地提出了一个问题：“如果你看见的人是时奕，会怎么想？”

“嗯……”虞稚一缓缓摇头，回答道，“不怎么想。”

就算时奕跟别的女生站在一起，她也不会产生什么乱七八糟的想法。因为她信任时奕。

闻听语从虞稚一的表情与反应中读懂了答案，难得地露出笑意说：“你知道吗？你有一种特点十分招人喜欢。”

话题突然转到自己身上，令虞稚一有些猝不及防，她也只能反射性地追问道：“什么啊？”

虞稚一脖子上的那条围巾，因为刚才那些动作而从肩头滑落至身前。

闻听语笑着看她，替她挽起那条长长的围巾，摸着柔软的围巾，动作轻柔地帮虞稚一把围巾围好，然后说：“跟你待在一起总是能够放松，会有一种愉悦的舒适感。”

虞稚一没想到自己会得到这般好的评价，哑然失笑道：“大概因为我是被治愈者吧。”

虞稚一虽然平时表现得迷糊，但终究不是小孩儿，心里清楚得跟明镜似的。

她也不是从一开始就被养在温室里的花朵。只不过她运气好，遇到了惜花的善者，将她摘回家，温柔细心地灌溉滋润，终于令她重新生根发芽了。

Carol 发现旁边的男人不够专心，顺着沈落白的视线看过去，除了普通的人群，一无所获。

Carol 有些好奇，便问道："嘿，沈，你在看什么？"

沈落白神色淡淡地收回视线，说："Carol，你该走了。"

Carol 拎着浅粉色的包，包的银扣是镂空的猫咪图案，可爱又时尚，正适合她这身清纯的装扮。

面对男人不温不火的态度，Carol 也不生气，反而用撒娇的语气说："干吗着急赶人走啊？爹地让你来接我，你该把我送回家才是。"

"这并不属于我的工作。"

迎面而来的出租车上亮着红色微光，沈落白右手一抬，出租车减缓了行驶速度，靠边停下。

沈落白打开车门，站立在侧。

Carol 以为他答应了，微笑着坐进了车内。

砰——

车门被关上了，坐上车的只有她一个人。

Carol 按下车窗，手指贴在车窗上，向外探出脑袋，对沈落白说："你把我一个人留在出租车里，我发生意外怎么办？"

"那我会报警。"沈落白没有半分犹豫地转身离开了。

Carol 望着那道背影，越发觉得那个男人充满着令人无法抗拒的魅力。

她觉得有趣，轻易得到的东西不会被珍惜，反而是这种不能轻易获得的，更能使人入迷。

闻听语跟虞稚一的家在相反的两个方向，两个人是在半路上分开的。

"下次再见。"虞稚一扬了扬手，对闻听语说。

待闻听语离开后，虞稚一才拿出手机给时奕回电话，说："哥哥，你过来吧，我就在路边等你，这里靠近公交站。"

不一会儿，熟悉的车子出现在了视线之中，停靠在路边。

虞稚一坐在了副驾驶座的位置。

时奕单手搭在方向盘上，有节奏地敲了两下，说："直接跟我说在这里好了，非让我在旁边等，我就这么见不得人吗？"

“才不是呢。”虞稚一动作熟练地拉下安全带，时奕侧身，从她手中接过安全带，将其扣入座位旁边。

“听语很敏感，我怕她多想。”

虞稚一不是怕闻听语误会什么，只是觉得，闻听语在那样的心情下看见别人甜甜蜜蜜的，可能会影响心情吧。

时奕摸了摸她的头发，说：“好了，这件事过去了。”

跟虞稚一分开之后，闻听语给闻斌打了电话，道：“晚上可能会去妈妈的那个房子里，不在家吃晚饭了。”

这些事情闻斌不太管她，她还是很自由的。

闻听语打开手提包夹层，从中取出那把许久未用的钥匙插入了锁孔。

她轻轻扭转钥匙，将房门打开。

时隔半年，房子里面跟她走的时候一模一样，甚至跟那时候一样干净。

这个家只有两把钥匙，闻听语不用刻意去查，答案已经浮现在心中。

这里许久没有生过火，家中也没有新鲜的食材，闻听语懒得动，直接在网上点了一份外卖。

外卖送来大约要半个小时，可她刚退出点单页面没多久，就听见门口响起了敲门声。

“我们是物业分派下来检查住户家庭电路设备的，来排除安全隐患。”

她核查了身份，的确是物业安排过来的人，这才给他们开门。

物业检查了一圈电路，又简单地问了点儿问题，签字记录后才离开。

二十分钟后，外卖送到了楼下，外卖员打电话让她下去拿。

进入小区的大门有保安看着，但每幢楼的一楼还有一道门。运气好的人，可以在别人进门的时候跟着一起进入；运气不好的人，就只能被关在门外，联系里面的人开门。

闻听语接到电话后就赶去了楼下，从外卖员手中把饭接过来的瞬间，忽然想起了一件很重要的事——钥匙还在屋里，就在一进门的桌子上。

好在，她没把手机忘在房间里。

楼下的铁门关上了，闻听语就在外面的长凳上坐着，把外卖盒搁在了旁边。

她把手机解锁，单手点开拨号页面。她没有搜索联系人，而是逐个打出了一串数字。

手机响了十几秒钟，在她等待的时间里，心跳的速度也在发生变化，内心并不如表面这般平静。她等了十七秒，电话终于接通了。

对方没有发出声音，闻听语把手机举在耳边，语气平缓地说道：“我把钥匙落家里了。”

手机里传来的女声，是曾经在他耳边回响了千百遍的声音，在他没说话的那几秒钟之内，心脏跳动得比任何时候都要剧烈。

他从嗓子里发出的声音，似夹着一团火，他说：“等我回去。”

他说的是，回来。

毫不生疏的说话语气，就好像两个人从未分开过。

沈落白跑出去的时候吓得同事大喊道：“哎哟我的妈呀，谁呀？跑这么快！”

有人惊叹道：“刚刚那个人，好像是沈落白啊？”

闻听语就坐在长凳上，搁在旁边的外卖还未动过。冬季温度低，什么热腾腾的东西摆在外面都会很快变凉，那份饭估计也快冷了吧。

手机右上角的电量格子近乎透明，只剩下了丝丝红色，很快，手机也关机了。

在赶过去的路上，沈落白忽然接到了医院打来的电话，说是邱惠仪发病了，闹着要见儿子。

沈落白又给闻听语打电话过去，可对方的手机已经关机了。

为了母亲，他放弃了许多，包括那个女孩儿。

可是这一次，就让他自私一会儿，一会儿就好……

车子停在了小区门口，沈落白打开车门就直接向里面奔跑。他把钥匙放在感应区，推门穿过，终于跑到了闻听语居住的那栋楼下，那边的人刚好转身。

两个人的目光在空中碰撞，已然擦出了火花。

在这个世界上，有些人仅仅遇见，就已是恩赐。

沈落白弯腰拎起长凳上的袋子，站在闻听语身旁对她说：“走吧。”

他们本是并肩走着的，闻听语故意落后了两步，把视线移到男人空出的那只手上，然后嘴角微微上扬。

在沈落白转身时，她加速向前一步，稳稳地抓住了那只温暖的手掌，动作熟练地把手指扣在了他的指缝间。

沈落白身体一颤，心口暗涌的热潮在那一瞬间蹿向了全身，尘封于心底的情绪顷刻间爆发了出来。

他紧紧地握住她的手，手掌贴着她柔嫩的手心，摸到了纤细的手骨。

这一次，他的选择是心之所向。

沈落白用带来的钥匙打开了门，闻听语顺手将刚才忘在家里的钥匙揣进了兜里。

沈落白问道："你的手机是不是没电了？"

"嗯，可我忘了带插头。"

"房间里有，我去拿。"他们的手机是同一个品牌的，虽然型号不同，但充电器是通用的。

闻听语单手抱着手臂，现在进入这个家，她竟有种客人的感觉。沈落白倒是很熟悉这里，一看就经常来。

沈落白刚把充电线拿出来，正准备帮她的手机充电，一通电话打了进来。

沈落白把充电线递给闻听语，又往旁边走了几步，去接电话了。

闻听语接过充电线，但并没有急着给手机充电，反而站在原地不动，目光追随着沈落白。

也许是她的目光太强烈了，饶是沈落白背对着她也无法忽视。

沈落白回头撞上了她的视线，看似平静的眼神下面，不知道隐藏着多少压抑的情绪。

他在心中默默叹气，脚步已经往回走了，在距离闻听语还有一步时停下。

这个距离，闻听语已经可以听见电话另一端的人说话的声音了。

是医院打来的电话，告诉沈落白邱惠仪已经安静下来，休息了。

这次邱惠仪发病来得快，去得也快，沈落白原本负重万斤的沉重感瞬间少了一半。

倒是闻听语主动提起："去看看阿姨吧。"

沈落白微怔片刻，旋即岔开话题，道："你不是饿了吗？外卖点多久了？看看有没有冷。"

他甚至将那外卖袋子提了过来，开始动手去解捆绑的结。

闻听语轻轻按住他的手背，阻止他的动作，对他说："我可以跟你一起去。”

沈落白抬头看她，女孩儿的眸中有着明亮的光。

明明两个人说出口的话听起来就不是在说一件事，可偏偏他们都懂得对方的话。

闻听语故意在他的手背上挠了两下，如恶作剧一般，却又与他讨论着极其认真的事。

“你为什么总是这么小心翼翼？我们是男女朋友关系，你可以要求我做一些原则内的事情。”

闻听语觉得，见家长这种事情，在双方愿意的前提下是完全可以的。而沈落白总是小小心翼翼的，不敢跟她提任何要求。

“沈落白，你是不是不把我当你的女朋友啊？”她以玩笑般的口吻问的一句话，却犹如坚硬的石头砸在了沈落白的心头。

他把女孩儿拥入怀中，低头在她的颈窝间轻轻咬了一口，呢喃道：“求之不得。”

他就差把心挖出来，捧到她面前求她验证自己的心意了。

医院来电说，邱惠仪已经休息了。然而等他们进去探望时，才发现邱惠仪一直坐在床头，两只眼睛都睁着，哪里是在休息？

“落白！”邱惠仪听到熟悉的脚步声，知道儿子来了，然而在抬头的瞬间，发现一个更大的惊喜！

“听……听语……”邱惠仪声音颤抖着说。她难以置信地望着迎面走来的女孩儿，颤巍巍地伸出手，想要拉住女孩儿。

闻听语看了沈落白一眼，随后走到了邱惠仪身边。

在闻听语伸出手的瞬间，邱惠仪准确无误地握住了她的手，生怕她消失不见。

“你真的是……真的是……”邱惠仪激动得说不出完整的话来。

闻听语知道邱惠仪的意思，连忙点头说：“阿姨，是我，我来看您了。”

“好，好，好。”邱惠仪连说了三个好字，两只手都拉着闻听语，身子都从被子里探出来了。

沈落白替邱惠仪整理被子，邱惠仪现在都顾不上跟他说话，只怕闻听语会消失不见。

确定真的是闻听语来了，邱惠仪才试探性地问道："听语，阿姨想单独跟你说说话，行吗？"她用哀求的语气对闻听语说着话，生怕闻听语不答应她。

闻听语微抿唇瓣，眼珠向上抬了一下。

站在邱惠仪身后的沈落白轻轻点头，自觉离开。

房间里只剩下了她们二人，邱惠仪终于可以问出心里话了："好孩子，你……你能不能告诉阿姨，你跟落白现在……还在一起吗？"

原来，她最关注的还是儿子的幸福。

因为邱惠仪许久没有见到闻听语，在心里不止一次猜测过，两个人是否已经分开了。可她不敢问，怕伤到儿子的心。

如今再次见到闻听语，邱惠仪的内心别提多高兴了。

这岂不是证明，两个年轻人还有感情？还没分开？

她的儿子那么优秀，偏偏带着她这个累赘。

她多害怕因为自己而耽搁了孩子的幸福。

"阿姨，您放心，我跟他没有分手。"闻听语很认真地回答道，更像是宣誓一般说，"现在不会分手，以后也会一直在一起的！"

"好，好……你一定要跟落白好好地在一起，那孩子真的很好，若不是我拖累他，他会比现在更好的。"邱惠仪没什么文化，但她口中的"好"，必然就是最好的"好"，发自内心的"好"。

闻听语发现，邱惠仪的心理压力之所以这么大，一切都源于沈落白。

儿子孝顺母亲，母亲也疼爱儿子。

闻听语跟沈落白说起这件事，还从他口中了解到一些关于邱惠仪的情况。

沈落白原本以为邱惠仪住院之后能够得到好的治疗，不会再像以前那样犯病，可没想到的是，邱惠仪的情况更加糟糕了，犯病时候的状态能够更好地控制，但犯病也更加频繁了，且整个人没什么精力。

就好像是，她越治越病。

但这种情况又不敢随意断药。

闻听语想了很久，最终决定把心里话说出来。

她问沈落白，道："你有没有想过，把阿姨送回老家？"

沈落白摇头，说："那样我没办法及时照顾她。"

他在这里还能赚钱，承担邱惠仪的医药费，可如果回去，他没有了收入来源，邱惠仪的病怎么办？

闻听语抓住他的胳膊说："你知道半年前，我为什么会跟你说再见吗？"

不等沈落白回答，她又说："因为我心里清楚，那时候我留在你身边，看起来是跟你不离不弃，可实际上你的心理压力很大。你怕辜负我，你在与生活对抗的同时，还要分出心思来考虑我的事情。尽管我叫你不用担心这些，但你还是不希望我受苦，对不对？"

沈落白无可辩驳，因为闻听语的字字句句全戳到了他的心坎儿上。

"我那时候就在想，如果分开能让你好受一点儿，我可以离开。但那只是暂时的，等那段时间过去，我依然会回来。"闻听语心思通透，想得很清楚。

她曾不止一次从邱惠仪的口中听到过要回老家的事情。

当然，闻听语知道邱惠仪不是想和儿子分开，而是认为她自己回到那里，才不会拖累儿子，那时候，郁结在心口的情绪才能真正得到纾解。

"你不辞辛苦地为阿姨争取来的医疗条件，或许在阿姨心中也是一种负担呢？

"这世界上，唯有人心最不可控。

"明明双方都宁可舍弃自己也要成全对方，一个心甘情愿地付出，另一个因为不忍辜负，而承担这份情意，却把担忧与不舍都压抑在了心底，开始埋怨自己为什么这么无能，成为对方的累赘。"

沈落白把这些话都听了进去，开始认真地思考这个问题。

曾经，他因为母亲的病，而把母亲接到身边，之后他一直为此奔波。好像从一开始，他就是按照自己的想法在孝顺母亲。

或许，他该试试另一种方式。

在闻听语的帮助下，他们找到了合适的护工。

有些人不愿意去乡下，有些人为了高昂的护理费签订了合约，去乡下照顾人。

邱惠仪出院那天，心情格外明朗。得知要回老家，她是最开心的那个人。沈落白跟闻听语也一起送她回去。

当初政府重新为他们搭建的房屋早已经修好了，距离闻听语的外公外婆家也不是很远。

邱惠仪站在家门口，直接“撵”他们回城里，说：“你们回去吧，我以后就住在这里，我高兴！”

邱惠仪是真的高兴，虽然舍不得儿子，可更希望儿子能够随心所欲地追求自己的幸福。

闻听语跟沈落白走之前去看望了外公外婆，两位老人才知道他们已经在一起的事。

两位老人活了大半辈子，如今晚辈找到了自己的幸福，他们也都表示祝福。

“不过你爸爸那边……”老人也了解女婿的脾性，恐怕他那关不太好过。

闻听语反倒安慰起他们来，说：“没事的，我们会找合适的时间告诉他。”

等到一切尘埃落定，闻斌自然会同意。

回到云阳，沈落白先送闻听语回家。

沈落白担心闻听语饿着，两个人在楼下的超市买了点儿菜，有商有量地讨论着等会儿要做的晚餐。

“我不挑，什么都可以。”闻听语说。

沈落白推着车直奔肉食区，说：“买点儿肉。”

两个人准备好了东西，回到家里还得自己动手，闻听语选择给沈落白打下手。

她问沈落白：“你觉得，你做的东西好吃，还是我做的东西好吃？”

“我。”男人又恢复了惜字如金的状态，而且一点儿都不谦虚。

闻听语关掉水龙头，把洗干净的盘子递给他，随口聊起曾经的事：“大学那几年，我可是自己在外面租了房子的。”

她上学的时候住在寝室，前几年放假没回来，就在外面租房，还去找兼职赚钱。

在外面吃一顿饭太贵，还是得自己在家里做，闻听语就是这样慢慢把厨艺练起来的。

不过，从小就学会做饭的沈落白拥有的做饭经验比她多得多。他那厨艺不是吹的，让闻听语自叹不如。

吃完饭洗碗，两个人分工合作。缓慢的日常生活节奏，给他们造成了一种两个人已经住在一起很久的错觉。

闻听语将最后一个碗放进碗柜，因为之前叠得太高，她踮了踮脚想放上去。沈落白在她身后伸出手臂，越过她取走那个碗，将其放在了最上层。

闻听语转身，好像整个人都被沈落白拥在了怀中。

她的第一反应是退出去，可她正要行动时，又突然改变了主意。

她扫了一眼沈落白的身后，双臂从沈落白的腰间擦过，用身体推着他向前。

沈落白顺势往后退了几步。

沈落白的背后是洗手池，闻听语压过去的时候，沈落白的背部撞到了洗手台。他没有撞疼，只是刚好挨到了。

两个人的身体隔着衣服紧密相贴，让他们回忆起那个令人难忘的暑假。

可他们现在——

“我要洗手。”闻听语说道。

“帮你。”沈落白有些无奈地回道。

沈落白抓住横在腰间的手臂，将闻听语绕到身前，再拉着她的手掌送至水龙头下。他按压下开关，温热的水流缓缓落下。

他将她的两只手用水打湿，再挤出洗手液揉出泡沫，十指交错，从手心到手背，用标准的六步洗手法给她洗了遍手。

不愧是沈落白帮她洗的手，细致清洁了手指间的每个角落。

最后，闻听语举起双手，不由得感叹了一句：“真干净。”

余留在她指间的水滴，顺着掌心往下流。沈落白取了纸巾，替她擦干了大部分水渍，摸到了她细腻娇嫩的双手。

女孩儿的手指跟他的完全不一样，干净、没有瑕疵，连指腹都是白里透红的。而他的手指，因为常年劳作已经生了一层又一层的茧子。

刚洗过的手指很干净，她低头亲吻沈落白的掌心，并不嫌弃，反而夸赞道：“手指真长。”是一双适合弹钢琴的手。

闻听语心中念着，不由自主地脱口而出道：“如果以后我有孩子，我会建议他去学弹钢琴。”

沈落白下意识地蜷起手指。

闻听语偏偏牵住他的手不放，还乘胜追击，发起了更猛烈的攻势，对他说：“你搬过来，怎么样？”

沈落白顿了顿，才回答道：“你不用担心这个房子，我经常过来。”

即便再忙，他也会每个星期都过来打扫，这样等她回来的时候，随时可以居住使用。

闻听语摇了摇头，她并不是这个意思。

“我下学期就开始实习了。”她说。

“在哪边？”沈落白问她。

细白的手指按在他的胸前，速度缓慢地打着圈，一张一合的红唇带着别样的诱惑，她对沈落白说：“你搬过来，我告诉你。”

“听语……”他犹豫地说。

不知道是什么让他徘徊在原地止步不前。

闻听语松开手，慢慢地往后退了一步，在他的注视下缓慢地开口说：“波伏娃的《越洋情书》里有一句话——‘唯有你也想见我的时候，我们见面才有意义’。所以你告诉我，这一切都是因为我过于主动，而你只是顺势承受了，是这样吗？”

她的眼眸好像幽深不见底的洞，让人猜不透她的情绪。

“不是。”沈落白急急忙忙地否认，想要将她抓住。

闻听语迅速避开了，沈落白那只悬在空中的手扑了个空。

她避开沈落白的触碰，低着头说：“那就是你只打算谈个短暂的恋爱，并不想跟我牵扯太多？”

“听语，我从来没有这么想过！”这一次，他双手钳住她的肩膀，让她离不开。

“那还有可能，就是你喜欢上了别的女人，比如那个留着‘黑长直’头发的清纯美女，嗯……”

男人不善解释，直接用行动证明了他对她的感情，用他一如既往，甚至比从前更浓烈的热情。

她被压在了厨房的墙壁上，沈落白将一只手垫在了她的后背与墙面之间，另一只手垫在了她的脑后，以免她受到伤害。

来势汹汹的吻，承载着他努力压制在内心深处的欲望。天堂与地狱、自律与放纵，本就在人的一念之间！

沈落白一改方才谨慎的模样，被她亲吻过的手指，此刻正捏着她的下颌，迫使她仰起脑袋。

沈落白警告的声音在她耳边响起：“听语，不要刻意激怒我。”

他知道闻听语在打什么主意。

他跟她之间的感情和关系本就不需要言明，他们注定会纠缠在一起，沉溺在无边的欲望中。

如果他不能跟闻听语走到最后，那么这辈子也绝对不会再出现另一个人和他在一起。

他遇见的第一个人太惊艳了，若是得不到，那他宁可孤独终老！

闻听语气息紊乱，最后被他抱回了房间。

她还有力气，双脚稳稳地钩在他的腰间，像是从复古油画里走出来的妖精，对沈落白说："你看，很多事情都要住在一起才方便。"

她知道沈落白这个人，哪怕当初她刻意将钥匙留下，他也不会趁机霸占，把这个屋子据为己用。

所以，她会用自己的方式一步一步引着他，直到他走到无法拒绝的那一步。

她的双腿被分开，沈落白重新触碰那隐秘的地方。

关键时刻，他忍耐得全身发汗。

事发突然，家里没有备用的计生用品。

沈落白忍耐着退出去时，闻听语握住了他的手，对他说："在里面也没关系。"

"安全期吗？"

"嗯。"

两个人像漂浮在海面上的扁舟，一浪涌起，一浪平息。

闻听语的手指穿过他那浓黑的发，她仰起头，又一次"大发慈悲"地告诉他真相："沈落白，我刚才又骗你了。那个问题的答案是，不是。"

烟灰缸里又多出了几枚烟头，周围还残留着淡淡的烟味。

闻听语只穿了件毛衣就从房间里走了出来，踩在地面的拖鞋声在安静的环境中显得格外清晰。

"沈落白。"

沈落白从阳台上走进屋，见她穿得单薄，不由得皱眉，说道："怎么不穿外套？"说着他就把搭在沙发上的黑色大衣提起来，给她披在身后。

闻听语身材比例很好，个子高，但身材丰盈，凹凸有致。可男式的衣服裹在她身上，倒显得她身材娇小玲珑。

闻听语没有抗拒，还顺着他的动作蹭了蹭他的下巴。

“沈落白，你还挺‘双标’的。”沈落白分明自己也没穿外套，倒是第一时间把外套裹在了她身上。

“我是男人。”他本身火气就重，而且不是只穿了单件衣服，所以站在屋里不冷。

闻听语自己扯住大衣领子往上提了提，灵敏地嗅到黑色大衣上沾染了独属于他的气息，便对沈落白说：“衣服挺好，送给我吧。”

“带你去买件新的。”他说。

“我就喜欢这件。”她低头轻抚大衣纽扣，黑色的圆扣镀了一圈细细的金边。

沈落白的目光追随着她。

闻听语闻到了淡淡的烟味，又看见了烟灰缸，还记得他们进来时里面是干净的。

“又抽烟啊？跟我在一起让你很发愁吗？”她的话音带着一丝笑意，说明这个问题并不严肃。

沈落白眉头一皱，只说：“你不该骗我。”

一句看似没关系的回答，其实就是真正的原因。

闻听语愣了一下，很快就明白了他的意思。

她仍然不急不躁，动作自然地扯了扯衣袖，似随意地开口道：“你怕啊？那我明天去买个药吃了，也还来得及。”

“不准！”沈落白着急地反驳道，眉间的褶皱更深了。

“不准随便吃药，听到没有？”他再次强调，还不忘叮嘱，“那个药不好，会伤身体。”

闻听语咬了下嘴唇，语气仍然平和地说：“那万一中了呢？”

沈落白毫不犹豫地回答：“我会负责。”

闻听语垂着眼眸，轻声反驳道：“可那并不在你的计划之中。”

他却说：“与你相关的事，都可以纳入我的计划之中。”

他承认还没有想过生孩子的事情，不是因为不想，而是因为认为现在的自己还没有资格去想。

如果他心爱的女人真的为他孕育了孩子，那他会用自己所能争取到的最好的一切去迎接那个小生命！

闻听语低下头，握着他的手臂轻声笑了。

你瞧，这么“好欺负”的男人，让她怎能不爱？

Carol 最近喜欢上了一个冷漠的男人，他认真工作时能跟客人侃侃而谈，除却工作，他几乎不怎么说话。

他懂得经营职场关系，却并非丢弃尊严和脸面去讨好他们。

他永远不卑不亢，凭实力得到所有人的认可。

Carol 是大老板的女儿，这里的人都认识她。

见她出现，大家都带着几分讨好意味说：“Carol 小姐，下午好。”

Carol 是带着明确目的来这里的，可找了一圈也没看见那个男人，只好直接问道：“沈落白今天出去了吗？”

他们的工作并不是只在办公室里完成，她只是来碰碰运气。

可她等到的回答是：“沈落白今天请假了。”

Carol 诧异地道：“请假？”

这事搁别人身上没什么，可沈落白请假，这也太稀奇了。

那个男人连休息日都能变成工作日，更别谈请假了。

沈落白请假，或许是遇到了什么棘手的事情。Carol 突然想知道他请假的原因，或许自己能够借此机会帮帮他，刷新自己在他心目中的印象。

Carol 的手机里保存着沈落白的电话，当然，这并非沈落白给的，而是她从别的途径得来的。

这通电话打过去，Carol 期待着对方能够认出她的号码，哪怕他没有保存，能够接听也是好的。

嘟——

响了几声之后，电话的确被接通了。

Carol 原以为可以趁机关心沈落白，却没想到，那端传来的是个女人的声音。

“你好。”这个声音一听就是个年轻女人。

“不好意思，打错了。”Carol 连忙挂了电话。

她又拿着手机，去找沈落白的同事核对手机号码，一个数字一个数字地对比，确认她手机里的号码没有错误。

她没有打错，打给沈落白的电话，的确被一个女人接了。

Carol 不信这个邪，又一次打电话过去，终于听到那道清冷的男声。

“沈落白，是你吗？”她得确认身份。

沈落白没有否认。

他的私人卡和公用卡都安装在一部手机里，这或许是某个客户打来的电话。

“您好，请问有什么事吗？”

Carol 直接道明身份，说：“我是 Carol。”

“Carol 小姐，有事吗？”

“我今天去公司找你，结果你同事都说你请假了。我就想问问，你是不是遇到了什么事情？需不需要帮忙？”

“没有，不用，谢谢。”他果断利索地拒绝了。

Carol 是从小被宠到大的千金小姐，遇到的男生都是想尽办法讨她欢心，像她现在这样主动对男人示好还是第一次。

不过才几回，Carol 就伪装不下去了。

她故意在公司楼下截住了沈落白的去路，直接向他挑明了自己的意图：“沈落白，你当我的男朋友怎么样？”

“我有女朋友。”

“女朋友嘛，可以分的。”她还记得上次给沈落白打电话的时候，是一个女人接的，不过没问对方是谁。

一是她没有身份问，二是她不在意。

沈落白却说：“我现在的女朋友，将来会成为我的妻子。”

言下之意，他不会分手，现在不会，以后也不会。

Carol 不信，现在的人谈恋爱，谁不是分分合合的？有几对能坚持下去呢？

她昂首挺胸，眼中是绝对的自信，对沈落白说：“你跟我在一起，我爹地还会给你提供更多的资源。以你现在的晋升速度，你想要出头还不知道得多久。我爹地只有我一个女儿，跟我在一起，你就可以摆脱现在的困扰。”

Caro 知道沈落白缺钱，想往上爬。沈落白努力想要得到的东西她都有，她也可以施舍给他。

这是 Carol 手中的王牌，毕竟好多男人想借她的帮助上位。可惜，她不会给那些伪善的小人机会。

“Carol，你爹地知道你抢别人的男朋友吗？”闻听语一边说，一边从转角处走了出来。

“闻听语？”看见这个女人，Carol 差点儿跳起来。

闻听语大大方方地走到沈落白身边，当着 Carol 的面牵起他的手，沈落白主动与她十指相扣。

Carol 眼皮子跳得厉害，她问道：“你是沈落白的女朋友？”

“如你所见。”

Carol 紧咬着牙，没再开口。

她是认识闻听语的，两个人不算朋友，但也还算熟悉，因为她父亲跟闻听语的父亲一直有来往。

站在同一水平线上的两个人，给对方留了面子，但谁也不怕谁。

只不过，闻听语这人平时看着无欲无求，但只要是她想要得到的东西，谁也抢不过她。

追男人追到了闻听语的地盘上，Carol 自认倒霉，说：“算了，不过是个男人，本小姐不要了。”

“轮得到你挑？”闻听语对 Carol 的态度很不满意。Carol 即便是放手，也不该用这种口吻说话。

闻听语在心里暗暗地给 Carol 记下了一笔，没过几天，Carol 就受到了一个小小的惩罚。

当然，这些事情与他们之间的感情无关了。

Carol 跟闻听语认识，这倒是令沈落白感到意外，但他仔细想想，这又在情理之中。

他早知道，这家公司的老板跟闻斌是认识的。

沈落白告诉闻听语：“那个暑假结束时，闻叔叔来找过我，我拒绝了。不过我才知道，我后来的工作能够顺利进行，也有他的帮助。”

当初闻听语跟父亲做了约定，闻斌自然不会食言。无奈沈落白不是个贪便宜的小人，闻斌只好另找别的方式帮他减缓生活上的压力。

闻听语当初并没有明确地答应父亲要跟沈落白分手，所以现在回来了。

事情发展到这一步，已经算是幸运了。

“本身拥有才能的人，需要的只是一个合适的机会，你就当作是遇见了伯乐。”闻听语说话很有意思，从她口中讲出来的道理令人无法辩驳。

她试图让沈落白坦然接受那些机遇，又说道：“现在你所拥有的一切，都是凭你自己的本事得到的。”

沈落白低头看向斜侧方，反问道：“包括你吗？”

“嗯？”闻听语在脑海中准备了一堆大道理，沈落白却给了她出其不意的回答。

她顿了片刻，立即反应过来，抬头注视他的眼睛，无比清晰地回答道：“包括我。”

因为我被你的魅力吸引，才会不顾一切地奔向你。

住回乡下的邱惠仪，开始试着在家附近种菜。她想到沈落白不用再每天惦记着她的病情，可以随心所欲地跟自己喜欢的女孩子待在一起，就无比满足。

“邱姐，该吃药了。”

“哎，就来。”

沈落白请来照顾她的护工也很好相处，工作尽职尽责。

邱惠仪不再排斥吃药，慢慢地，发病的次数少了，发病时间也在减短。

她终于不会拖累儿子了，这一点令她心情松快了许多。

寒假过后，闻听语就在云阳找到了实习工作。

沈落白如她所愿地搬了过去，两个人同吃同住。

闻斌知道这件事情之后，脸色不是很好。闻听语回去陪了父亲几天，任馨也在旁边帮忙劝闻斌。

闻斌对两个人谈恋爱的事情仍然不赞同，但也没有像之前反对得那么激烈了。因为沈落白的改变他都看在眼里。

“老闻，你就别在女儿面前摆脸色了，我看落白那孩子挺好的，有本事，比大多数人强。”在任馨看来，自己有本事的人比家庭条件好更重要。

前者在哪里都能往上爬，而后者多半会靠家庭的帮助，而非自己努力。沈落白要真是凭本事得到了更好的生活，说明这个男人值得托付。

“唉……”闻斌重重地叹了口气，“你们两个就知道气我。”

女儿喜欢，妻子看着也满意，就他不愿意，像个罪人。

“算了，我不管他们了，到时候就看她自己后不后悔！”闻斌话是这么说，实际上心里还是希望女儿不要后悔。

他也希望女儿可以跟自己喜欢的人共度一生，前提是，他们的生活品质也得有保障，他才能安心。

后来，沈落白让闻听语赢了！

实习半年之后，闻听语回到学校参加毕业答辩，顺利拿到了毕业证书。

闻听语离校那天，和室友们约好了吃散伙饭。

“以后各回各家，天南地北难相见了。”

“等你们结婚了，一定记得邀请我！”

“我们寝室谁先结婚啊？”

“就听语有男朋友好吧？”

即将步入社会的她们，都在憧憬美好的未来。

离开的时候，泪点比较低的室友直接哭了出来，趴在桌上都不好意思抬头，哭着说：“感觉我们以后再也见不到了。”

另一个室友安慰她，结果劝了几句之后，反倒把自己给劝哭了。

闻听语也默默地叹了口气，虽然在这分离时刻也觉得感伤，但并不想哭。

或许她天生性子冷淡，能够真正被她放在心里的人并不多。

快要吃完的时候，闻听语给沈落白发了一条短信。

她们下楼的时候，就看见了等在餐厅外的沈落白。

“这里居然还有一个帅哥……”

“那是我男朋友。”

“听语传说中的男朋友终于出现了！”

她们在毕业之际，终于亲眼看见了闻听语口中那个认识了很多年的男朋友。

曾经她们对闻听语的男朋友有过很多猜测，都没想到他会这么帅啊！

“般配，般配！祝你们幸福！以后结婚记得给我们发请帖。”

几个人最后的道别，是那样真诚。

闻听语难得露出了笑容，她暗暗地戳了戳沈落白的手臂，对他说：“听到没有？结婚！”

沈落白嘴角带着笑，回道：“再等两年，我会把最好的东西给你。”

闻听语毕业之后，继续留在了之前实习的地方，成了正式员工。

沈落白的毕业成绩也十分优秀，虽然他现在没有做与专业对口的工作，但仍然会挤出时间看医学专业书，准备考证。

新年时，闻听语应了虞稚一的邀约，可惜沈落白临时出差了，不能和她一起去。

高中时的几位好友重聚，是为了庆祝时奕跟虞稚一领结婚证的事。

这两个人谈恋爱都不走寻常路，进度永远比别人快，出其不意地就多了一层身份。

聊天群里，乔乐芷跟姜觅尔在商量怎么“敲诈”他俩。

闻听语没在群里说话，只是私下给虞稚一转了一个大红包，并注明：份子钱。

这一点让虞稚一受到了启发，她在群里发了一句：“份子钱。”

乔乐芷跟姜觅尔顿时不说话了。

过了半晌，黎少舟忽然发言：我跟尔尔算一份。

姜觅尔：附议！

聚餐时，乔乐芷跟姜觅尔也没放过虞稚一，总是说些别有深意的话逗她。

虞稚一的反应总是很有趣。

后来他们提起时奕他们班高中同学聚会的事，那三个理科生同班，另外还有两个人是家属，只有闻听语跟理科1班还有1班的人没啥关系。

她就默默吃饭，不参与这个话题。

饭桌上的情侣也少不了互动，乔乐芷愤愤地移动凳子，坐到了闻听语身边来。

“他们四个太过分了，咱们才是同道中人！”

闻听语不慌不忙地为乔乐芷倒了一杯饮料，然后对她说：“乔乔，我有男朋友。”

言下之意就是，她们俩也不是“同道中人”。

乔乐芷一脸诧异地看着闻听语。

饭局快要结束时，沈落白过来了。

听说他刚出差回来，就开车来接闻听语回家了，乔乐芷觉得自己又受伤了。

闻听语心疼地对沈落白说：“你刚出差回来，该好好休息休息。”

被闻听语强行推到了副驾驶座上的男人向左俯身，说道：“不要质疑我的精力。”

闻听语二十五岁那年，沈落白为她送上了一枚钻戒，向她求婚。

闻听语二十七岁那年，他们计划中的孩子终于到来了。

如今他们生活稳定，孩子的出生就是惊喜。

孩子的大名是沈纯熙，因为在女儿出生之前，闻听语翻书，刚好看到《周颂·酌》里的那句“时纯熙矣，是用大介”。熙有光明之意，用作名字也很好听。

原本闻斌跟女婿别扭地相处了几年，如今外孙女出生，闻斌整个人都变了样，见着沈落白也不再板着脸了。

“纯熙，小纯熙，我是外公。”闻斌抱着外孙女一直喊她的名字，偶尔还会不自觉地做出一些表情来逗孩子开心。

闻斌很喜欢这个外孙女，能抱着她的时候绝对不会放下。他面对外孙女的时候，脸上都尽量挂着和蔼的笑容，生怕自己吓着她。

闻听语观察了几天下来，悄悄拽着沈落白问：“爸爸最近好像对你很好？”

闻斌有时候会主动找沈落白说话，买东西的时候还会问他需要什么。

沈落白是个明白人，就直接说道：“是因为纯熙。”

两个人讨论这个话题时并不严肃，闻听语甚至笑了出来，打趣他道：“哦，父凭女贵？”

“那又有什么不好？”

“你会不会不高兴？”

沈落白摇了摇头。

因为他现在所拥有的幸福，能够让他化解过往的不甘。

沈落白俯身亲吻妻子的额头，眼底满是爱意。

他说：“我只会爱屋及乌。”

请相信，世界欠你的，总会以另一种方式还回来。